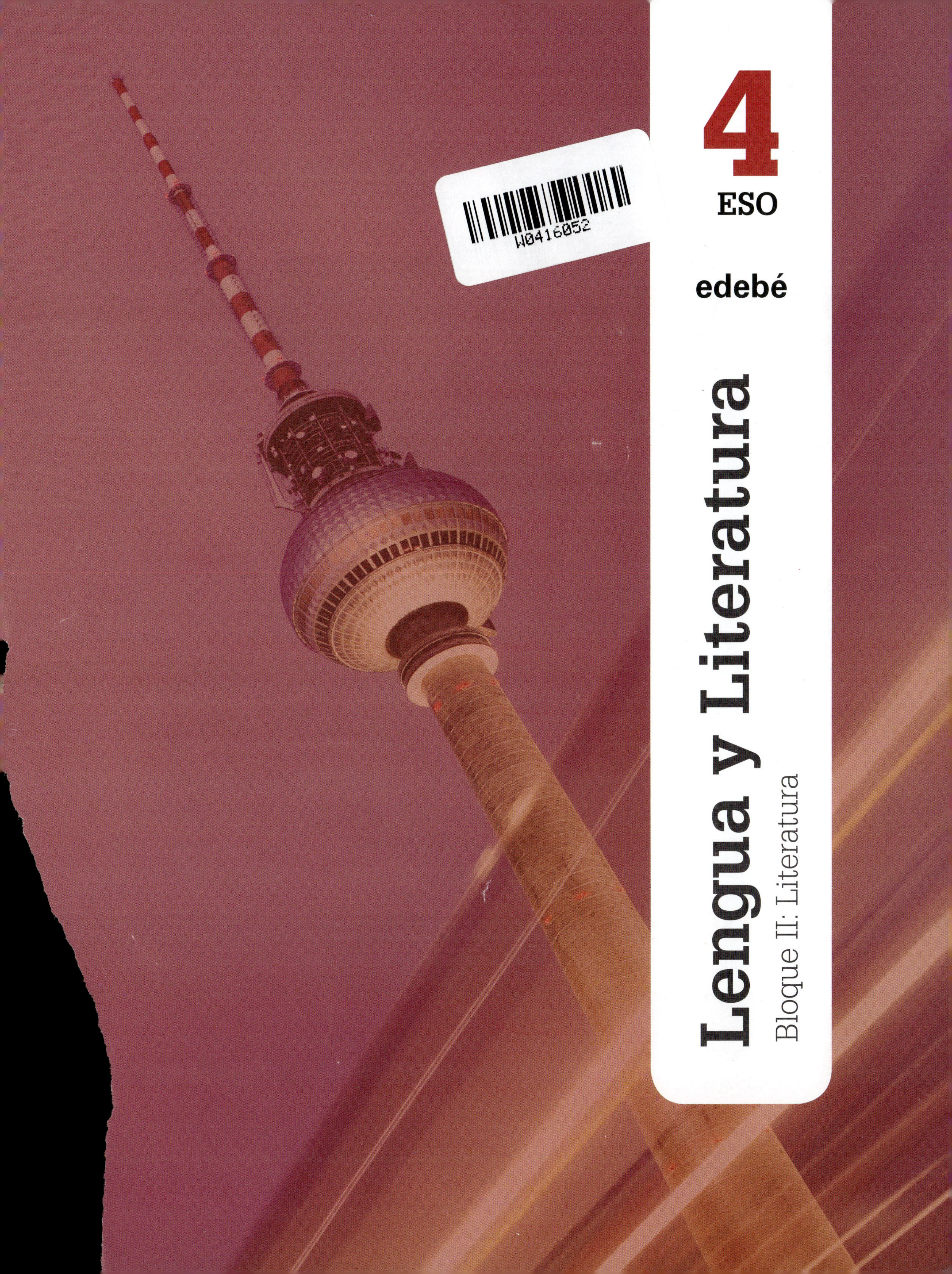

4

ESO

edebé

Lengua y Literatura

Bloque II: Literatura

El proyecto de **Lengua y Literatura 4 ESO**

LAS UNIDADES

Imagen inicial relacionada con el **período literario,** acompañada de los **contenidos** de la unidad.

LECTURA Y COMUNICACIÓN ORAL

Estas primeras páginas están dedicadas a desarrollar las competencias en **comprensión** y **expresión** a partir de textos motivadores, **orales y escritos.**

ANEXO

Páginas para complementar y consultar los **contenidos literarios.**

MONOGRÁFICOS

Pautas para la elaboración de un trabajo monográfico e información sobre **literatura hispanoamericana.**

EVALUACIÓN DE LAS COMPETENCIAS

Actividades que permiten valorar el progreso en la adquisición de las **competencias**.

edebé On
proyecto global interactivo

Libro digital interactivo

Incorpora los **recursos digitales** necesarios (vídeos, presentaciones, actividades interactivas, audios, enlaces...) a fin de que el profesorado gestione de manera eficaz el aprendizaje en el **aula digital**.

EDUCACIÓN LITERARIA

A partir de **textos representativos** de cada período, se analizan las características de los distintos **géneros literarios** en los **siglos** XVIII, XIX y XX, así como en la **actualidad.**

COMENTARIO DE TEXTO

Propuesta de **pautas** y **actividades** para analizar y realizar el **comentario de textos literarios** representativos de cada período.

TALLER CREATIVO

Propuesta creativa para la **producción de textos** con especial atención al trabajo en equipo, al emprendimiento y al uso de los recursos digitales.

PON A PRUEBA TUS COMPETENCIAS

Actividades integradas a partir de un **texto del entorno cotidiano** para valorar los contenidos y el progreso en la **adquisición de las competencias.**

RUTINA DE PENSAMIENTO
Para aprender a pensar.

ÁGORA
Un espacio abierto al diálogo y a la reflexión.

PBL
Aprendizaje basado en problemas.

VISIÓN 360°
Experiencias para aprender fuera del aula.

CRE@CTIVIDAD
Herramientas TIC para buscar soluciones creativas.

DESTREZAS DE PENSAMIENTO
Para un pensamiento crítico y creativo.

TÉCNICAS COOPERATIVAS
Para mejorar la responsabilidad individual y las relaciones sociales.

INTELIGENCIAS MÚLTIPLES
Porque hay diferentes maneras de aprender y ser inteligente.

Disponible en «Tu espacio personal»: **www.edebe.com**

Multidispositivo

Cuaderno digital interactivo

Organizado en **secuencias temáticas** para promover el **aprendizaje autónomo** por parte del alumnado (bajo la planificación y el control del docente) en un **formato digital amigable** e intuitivo.

Biblioteca de recursos digitales

Un **espacio** fácilmente **accesible** donde encontraréis recursos para consultar, descubrir y explorar el conocimiento.

Índice

Unidades 7 a 12

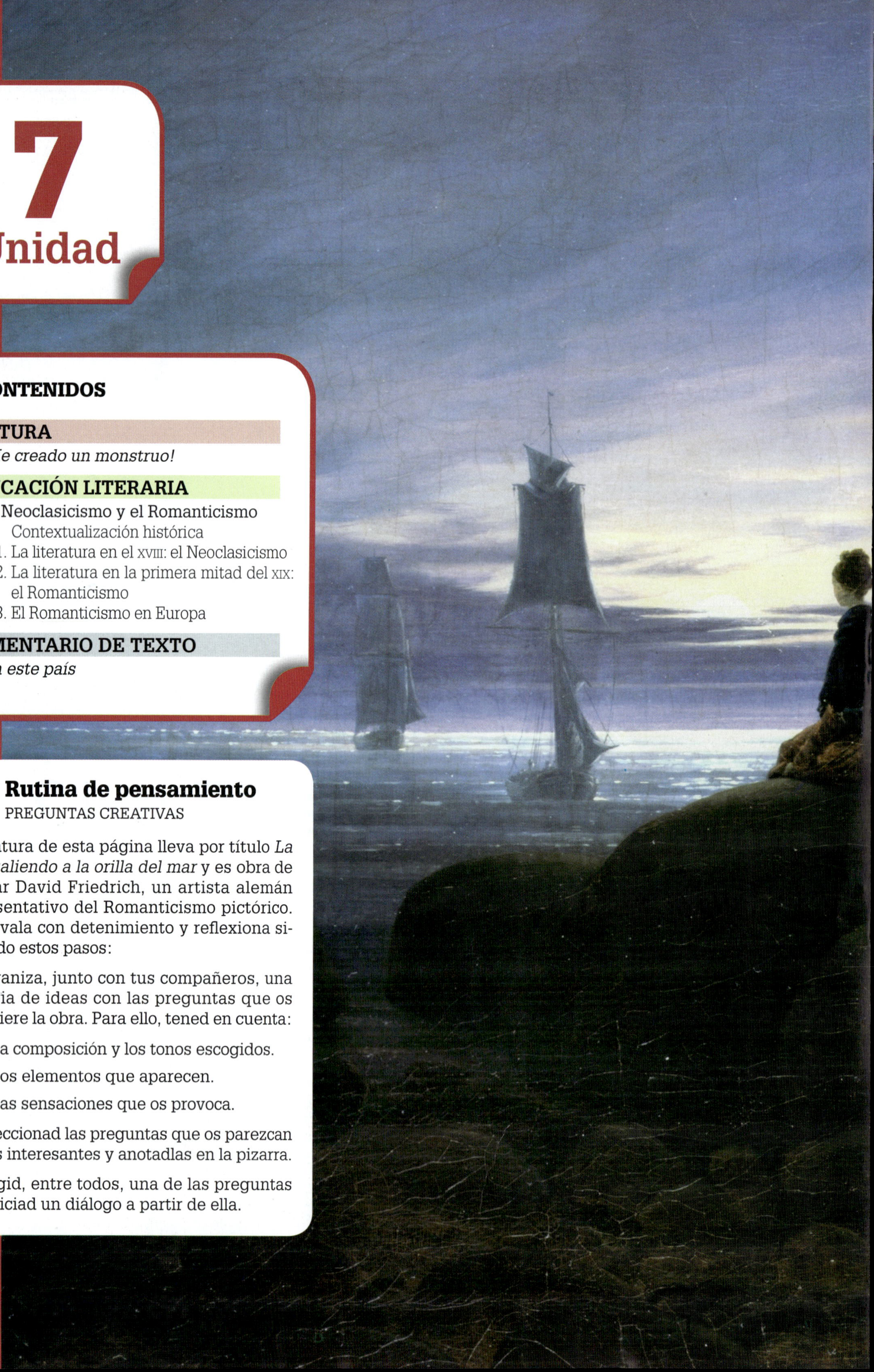

7 Unidad

» CONTENIDOS

LECTURA

¡He creado un monstruo!

EDUCACIÓN LITERARIA

El Neoclasicismo y el Romanticismo

Contextualización histórica

1. La literatura en el XVIII: el Neoclasicismo
2. La literatura en la primera mitad del XIX: el Romanticismo
3. El Romanticismo en Europa

COMENTARIO DE TEXTO

En este país

Rutina de pensamiento

PREGUNTAS CREATIVAS

La pintura de esta página lleva por título *La luna saliendo a la orilla del mar* y es obra de Caspar David Friedrich, un artista alemán representativo del Romanticismo pictórico. Obsérvala con detenimiento y reflexiona siguiendo estos pasos:

1. Organiza, junto con tus compañeros, una lluvia de ideas con las preguntas que os sugiere la obra. Para ello, tened en cuenta:
   - La composición y los tonos escogidos.
   - Los elementos que aparecen.
   - Las sensaciones que os provoca.
2. Seleccionad las preguntas que os parezcan más interesantes y anotadlas en la pizarra.
3. Elegid, entre todos, una de las preguntas e iniciad un diálogo a partir de ella.

Mary Wollstonecraft Shelley

Nació en Londres en 1797, hija del filósofo y político William Godwin y de la filósofa y escritora feminista Mary Wollstonecraft.

Con apenas 20 años, escribió su novela más destacada, *Frankenstein*. Se casó con el poeta romántico Percy B. Shelley. Además de escritora, fue editora y divulgadora de la obra de su marido.

Este fragmento

Pertenece a la novela *Frankenstein o el moderno Prometeo*, publicada en 1818. La idea de esta obra surgió en Suiza, donde la escritora se encontraba en 1816 con su marido y con Lord Byron. A pesar de ser verano, el mal tiempo no les permitía salir del lugar donde se alojaban, por lo que se les ocurrió la idea de escribir, cada uno de ellos, una historia de misterio.

¡He creado un monstruo!

Una *lúgubre*[1] noche de noviembre pude ver compensados mis esfuerzos. Con una ansiedad cercana a la agonía, coloqué a mi alrededor los instrumentos que me iban a permitir infundir un *hálito*[2] de vida al objeto *inerte*[3] que yacía a mis pies. Era ya la una de la madrugada, la lluvia repiqueteaba tétricamente contra los cristales. La vela estaba a punto de consumirse cuando, a la débil luz de su llama a medio extinguir, vi cómo se abría el ojo amarillento y *nebuloso*[4] de la criatura. Respiró con dificultad y un movimiento *convulsivo*[5] agitó sus miembros.

¿Cómo puedo describir mis emociones ante esta catástrofe, o cómo retratar al infeliz que con tamaña infinidad de penas y cuidados me había esforzado por crear? Sus miembros estaban bien proporcionados y yo había seleccionado sus rasgos según su belleza. ¡Belleza! ¡Santo Dios! Su piel amarillenta a duras penas si le cubría el entramado de músculos y arterias que quedaba debajo. Su cabello era abundante y de un negro lustroso; sus dientes, blancos como el nácar; pero estas exuberancias no hacían más que acentuar el horrible contraste con sus ojos acuosos, que parecían casi del mismo color que las blanquecinas órbitas en las que se encajaban, su tez reseca y sus labios rectos y negros.

Las diferentes incidencias de la vida no entrañan un carácter tan cambiante como los sentimientos de la naturaleza humana. Había trabajado muy duro durante casi dos años con el único propósito de infundir vida a un cuerpo inanimado. Por ello me había privado del descanso y la salud. Había deseado aquello con un ardor que sobrepasa en mucho la moderación; pero ahora que había acabado, la belleza del sueño se había desvanecido, y una repugnancia y un horror desalentadores me inundaban el corazón. Incapaz de soportar el aspecto del ser que había creado, salí precipitadamente de la habitación, y estuve un buen rato dando vueltas en mi dormitorio sin poder *apaciguar*[6] mi ánimo para dormir. Al final, el cansancio sucedió a la agitación que había tenido que soportar antes, y me eché vestido sobre la cama, intentando encontrar algunos momentos de olvido. Pero fue en vano: dormí, es verdad, pero perturbado por los sueños más turbulentos.

Me pareció ver a Elizabeth, rebosante de salud, caminando por las calles de Ingolstadt. Alegre y sorprendido, la abrazaba, pero en cuanto depositaba el primer beso en sus labios, estos se volvían *lívidos*[7] con el tinte de la muerte. Sus rasgos parecieron cambiar, y tuve la impresión de sostener entre mis brazos el cadáver de mi difunta madre. Una *mortaja*[8] envolvía su imagen, y vi cómo los gusanos se arrastraban entre los pliegues de la tela.

Me desperté horrorizado, un sudor frío cubría mi frente, mis dientes castañeteaban y sentía convulsiones en todos los miembros. Entonces, a la pálida y amarillenta luz de la luna, que se abría paso a través de los *postigos*[9], vi al infeliz, al miserable monstruo que había creado. Sostenía en alto la cortina de la cama, y sus ojos, si es que ojos pueden llamarse, estaban fijos en mí. Sus mandíbulas se abrieron y murmuró algunos sonidos *inarticulados*[10], a la vez que una mueca arrugaba sus mejillas. Puede que intentara hablar, pero no lo escuché. Había alargado una mano, aparentemente para retenerme, pero escapé y me precipité escaleras abajo. Me refugié en el patio de la casa en la que vivía, donde permanecí el resto de la noche, caminando arriba y abajo en la mayor agitación, atentamente a la escucha, captando y temiendo cualquier sonido que pudiera anunciarme la proximidad del cadáver demoníaco al que tan desdichadamente había dado vida.

¡Ay! Ningún mortal sería capaz de soportar el horror de aquel *semblante*[11]. Una momia reanimada no podría resultar tan horrorosa como aquel infeliz.

Lo había ido observando atentamente mientras aún estaba por acabar, y era feo; pero cuando aquellos músculos y articulaciones fueron capaces de moverse, se convirtió en algo que ni el mismo Dante hubiera podido concebir.

Pasé una noche espantosa. Unas veces el pulso me latía tan rápido y tan fuerte, que notaba las palpitaciones de cada arteria; otras, estaba a punto de caer al suelo de pura *languidez*[12] y debilidad. Mezclada con este horror, sentía la amargura de la desilusión. Los sueños que durante tanto tiempo habían constituido mi sustento y mi descanso se convertían ahora en mi infierno. ¡Y el cambio había sido tan brusco, el vuelco tan completo!

El día, triste y húmedo, amaneció por fin, y mis ojos insomnes y doloridos descubrieron la iglesia de Ingolstadt, su blanco campanario y el reloj, que marcaba las seis. El portero abrió las verjas del patio que aquella noche había sido mi asilo, y salí a la calle. [...]

Mi corazón palpitaba con temerosa angustia. Avanzaba con pasos irregulares, sin atreverme a mirar alrededor, tal como decía *Coleridge*[13] en *El viejo marinero:*

Como aquel que, por algún camino solitario,
camina con miedo y espanto,
y volviendo la vista atrás una vez, sigue adelante
y no se atreve a hacer otro tanto,
porque sabe que un terrible demonio
tras de sí los pies le va pisando.

Continué así, hasta que llegué ante la posada donde solían detenerse las diversas diligencias y carruajes. Ahí me detuve un momento, sin saber por qué, y permanecí algunos minutos con los ojos fijos en un coche que venía hacía mí desde la otra punta de la calle. Cuando estuvo más cerca, observé que se trataba de la diligencia suiza. Se paró justo delante de mí y, al abrirse la puerta, reconocí a Henry Clerval, que, al verme, saltó fuera en seguida:

—¡Mi querido Frankenstein, qué contento estoy de verte! —exclamó.

Mary Shelley, *Frankenstein*.
Col. Nómadas del Tiempo. edebé.

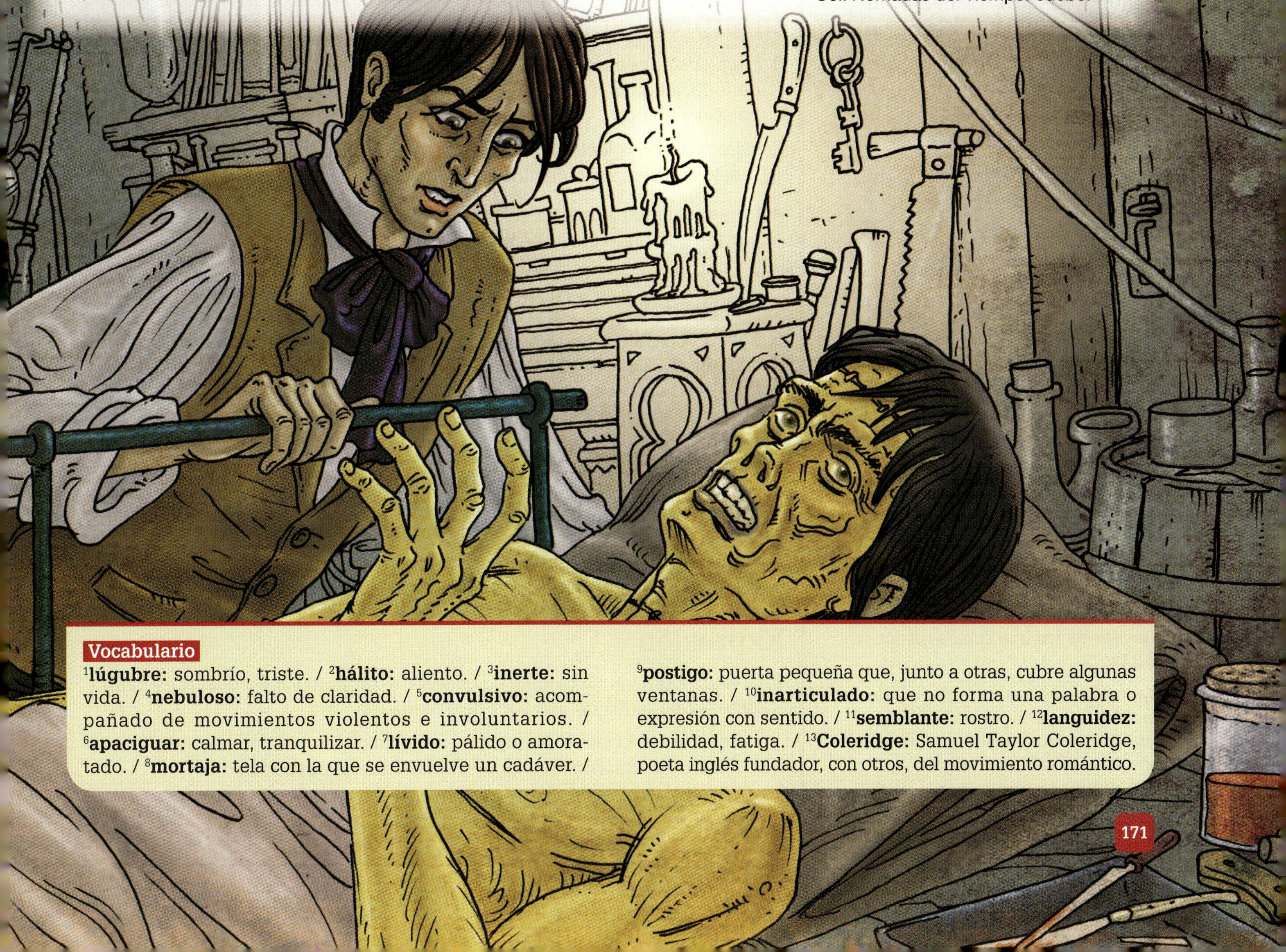

Vocabulario

[1]**lúgubre:** sombrío, triste. / [2]**hálito:** aliento. / [3]**inerte:** sin vida. / [4]**nebuloso:** falto de claridad. / [5]**convulsivo:** acompañado de movimientos violentos e involuntarios. / [6]**apaciguar:** calmar, tranquilizar. / [7]**lívido:** pálido o amoratado. / [8]**mortaja:** tela con la que se envuelve un cadáver. / [9]**postigo:** puerta pequeña que, junto a otras, cubre algunas ventanas. / [10]**inarticulado:** que no forma una palabra o expresión con sentido. / [11]**semblante:** rostro. / [12]**languidez:** debilidad, fatiga. / [13]**Coleridge:** Samuel Taylor Coleridge, poeta inglés fundador, con otros, del movimiento romántico.

Para leer

Si te gustan las historias de misterio y terror, te recomendamos estos dos clásicos:

Leyendas recoge una serie de narraciones que reflejan las características del Romanticismo. Por su parte, Stevenson narra, en *El extraño caso del Dr. Jekyll y Mr. Hyde*, la historia de un científico que crea una poción capaz de transformar su personalidad en la de un terrorífico criminal.

- Gustavo Adolfo Bécquer, *Leyendas*. Col. Clásicos edebé. edebé.
- Robert L. Stevenson, *El extraño caso del Dr. Jekyll y Mr. Hyde*. Col. Nómadas del Tiempo. edebé.

Ágora

La **responsabilidad** alude a la capacidad de una persona para aceptar las consecuencias de un acto que ha realizado libremente.

— ¿Crees que Frankenstein ha reconocido los efectos de su conducta? ¿Consideras que huir es una forma adecuada de enfrentarse a los hechos de los que somos responsables?

— Comenta con tus compañeros de qué otros modos podría haber hecho frente Frankenstein a la situación que él mismo propició.

Obtención de información

Lee el fragmento «¡He creado un monstruo!» y resuelve las siguientes actividades:

1. Responde a estas preguntas:
   - ¿En qué persona está escrita la historia? ¿Quién la narra?
   - ¿Qué esfuerzos suyos se ven recompensados?
   - ¿Cómo se siente tras infundir vida a su criatura?
   - ¿Por qué razón, después de que la criatura se despierte, el protagonista se va a dormir? ¿Qué sucede cuando se despierta? ¿Dónde pasa la noche después de que la criatura intente atraparlo?
   - ¿Cómo reacciona la criatura cuando ve a su creador?

2. De acuerdo con el texto, indica si las siguientes afirmaciones son verdaderas (V) o falsas (F). Después, transforma las falsas para que sean verdaderas.

Al doctor, su criatura le pareció bella.	
La acción tuvo lugar durante un precioso atardecer de noviembre.	
Aunque durmió, el protagonista no pudo descansar bien.	
Por la noche, se refugió en casa del portero.	

Interpretación

3. *Frankenstein* es una obra típica del Romanticismo. En las obras de este período, juega un papel importante la descripción del entorno (naturaleza, paisaje, tiempo).
   - Localiza en la lectura los fragmentos que describen el entorno y relaciónalos con los sentimientos del protagonista.

4. La autora emplea una serie de términos, como *lúgubre, ansiedad, agonía...*, con los que pretende generar miedo y angustia al lector.
   - Elabora una lista con otras palabras del texto que transmitan impresiones similares.

5. @ El título completo de la obra a la que corresponde el fragmento que has leído es *Frankenstein o el moderno Prometeo.* Investiga quién era el titán Prometeo e indica las semejanzas entre el protagonista y este titán. Para ello, puedes consultar este enlace: **http://links.edebe.com/rz3g7v**

Reflexión

6. El protagonista abandona a su creación sin tener en cuenta las consecuencias (la criatura podría sentir miedo, desorientarse, herir a alguien...).
   - ¿Te parece que el protagonista actúa de forma egoísta? ¿Cómo crees que podría sentirse la criatura en el caso de que tuviera sentimientos?

Expresión

7. Cuando logra infundir vida a su criatura, el protagonista la describe horrorizado. ¿Qué términos usa para describirla?
   - Ponte en el lugar de la criatura y redacta un texto en el que describas al doctor y el entorno en el que te encuentras al despertar.

Escucha

Escucha atentamente esta adaptación de *Frankenstein,* escrita por Mel Brooks y Gene Wilder en la década de 1970:

http://links.edebe.com/tj6g

1. Responde a estas preguntas sobre la adaptación que acabas de escuchar:
   - ¿Por qué se vio atraído Igor al lugar?
   - ¿Qué objeto han encontrado que «aún está caliente»?
   - ¿Dónde cree Igor que se encuentran? ¿Dónde están realmente? ¿Por qué han llegado a esa conclusión?
   - ¿Qué tipo de relación tiene el doctor Frankenstein con uno de los personajes? ¿Cómo se titula el libro que encuentran en la biblioteca? ¿Quién lo escribió?

2. Tanto la adaptación que has escuchado como la película de Mel Brooks en la que está basada reformulan la historia de Mary Shelley de forma cómica.
   — Localiza en el vídeo los fragmentos cómicos y explica por qué lo son. ¿Te parece sencillo realizar una adaptación cómica de una novela de terror? ¿Se te ocurren otros ejemplos de adaptaciones similares?

Habla

3. En la lectura, el protagonista (el doctor Frankenstein) expresa sus emociones y sentimientos cuando su criatura cobra vida.
   — Relata un suceso especialmente intenso de tu vida (un accidente, un sueño, una celebración, una excursión...) y explícaselo a tus compañeros. Para ello, sigue estos pasos:
   - Escoge un acontecimiento que te haya impactado por alguna razón.
   - Elabora un guion con el suceso seleccionado e indica qué sentiste.
   - Cuenta tu experiencia a tus compañeros procurando transmitirles tus emociones fielmente.
   - Utiliza recursos lingüísticos: metáforas, comparaciones, hipérboles...

Frankensteins cinematográficos

El interés por la historia del doctor Victor Frankenstein se ha plasmado en el ámbito cinematográfico, en el que se han realizado numerosas adaptaciones de la famosa novela de Shelley. Entre las más importantes, destacan:

- *El doctor Frankenstein* (1931), protagonizada por Boris Karloff.
- *Frankenstein de Mary Shelley* (1994), dirigida por Kenneth Branagh y protagonizada por Robert de Niro.
- *Victor Frankenstein* (2015), protagonizada por Daniel Radcliffe.

1700-1746

Durante el siglo XVIII, con los Austrias menores, se produjo una **gran decadencia económica, social y política.** Antes de fallecer, Carlos II nombró como su sucesor a **Felipe de Anjou,** lo que provocó la **guerra de Sucesión española** (1701-1713) entre los partidarios de Felipe y los del **archiduque Carlos.** Finalmente, fue el primero quien acabó reinando en España como **Felipe V,** inaugurando la dinastía de los Borbones.

En cuanto a la **economía,** el **siglo XVIII** constituyó un período de **recuperación.**

1746-1788

En 1746 accedió al trono **Fernando VI.** Su reinado se caracterizó por el mantenimiento de la paz y por su posición de neutralidad ante Francia e Inglaterra.

A Fernando VI le sucedió su sobrino **Carlos III,** en cuyo reinado destacó la aplicación de las **reformas** del **despotismo ilustrado.** El sucesor de Carlos III fue Carlos IV.

El siglo XVIII

Supuso un período de reformas encaminadas a superar la decadencia heredada. En el plano literario, se impusieron las **ideas neoclásicas** inspiradas en la **Ilustración.** Bajo la influencia de la Ilustración, se crearon numerosas instituciones científicas y culturales, como la Real Academia Española de la Lengua, la Biblioteca Real y el Gabinete de Historia Natural.

Sociedad

Durante el **siglo XVII,** las epidemias, las guerras y las malas cosechas habían provocado una gran mortandad, además de sumir el país en una **grave crisis económica y demográfica.** La **monarquía absoluta** centralizaba las tres formas del poder.

Frente a esta situación, el **siglo XVIII** supuso una **mejora** gracias a las reformas propuestas por los **ilustrados.** Se instauró en España la dinastía de los Borbones, que impulsó una serie de **cambios sociales.**

Entre los ilustrados, se extendió la conciencia de la necesidad de emprender **reformas en la agricultura,** actividad que ocupaba a la mayoría de la población y que padecía un importante atraso.

Por otro lado, los ministros ilustrados aprobaron medidas con el objetivo de **fomentar el desarrollo de la industria.**

Cultura

En el **siglo XVIII,** con la llegada de la **Ilustración,** la visión pesimista y amarga de la vida sufrió un cambio.

Así, se concedió un gran valor a la **educación** y, frente al uso artificial de los recursos literarios del Barroco, la **literatura** se hizo **más accesible.**

El ser humano era el centro del mundo, como en el Renacimiento, y el **arte** volvió a los cánones clásicos del **mundo grecolatino.**

En el ámbito científico, el desarrollo de la termodinámica y la óptica propició el notable avance de las **ciencias físicas,** gracias a los científicos Boyle, Young y Newton.

En el **terreno musical,** el siglo XVIII acogió a uno de los compositores más importantes de la historia, **Mozart,** quien, a su muerte, con tan solo 35 años, dejó una extensísima obra.

1807-1814

El primer ministro de Carlos IV, Godoy, firmó un tratado por el que se permitía el paso del ejército francés por España para atacar Portugal. Estalló el motín de Aranjuez y el rey abdicó en su hijo, Fernando. Napoleón obligó a los Borbones a renunciar al trono español en favor de su hermano, José Bonaparte. El 2 de mayo de 1808, el pueblo de Madrid se alzó en contra de las tropas francesas: empezó, así, la **guerra de la Independencia,** que finalizó en 1814.

1814-1833

Fernando VII regresó a España, abolió la **Constitución de Cádiz** (aprobada en 1812) e implantó de nuevo la monarquía absoluta. Tras el pronunciamiento del general Riego, los liberales gobernaron tres años (trienio liberal). A la muerte de Fernando, Isabel (de tan solo tres años) heredó la corona. Su madre, María Cristina, asumió el trono como regente.

1833-1868

Durante el reinado de **Isabel II,** se instauró una **monarquía constitucional,** que limitaba el poder real.

Este nuevo sistema político posibilitó el regreso de los exiliados **liberales,** quienes trajeron consigo el **espíritu romántico.**

La primera mitad del siglo XIX

Fue una etapa de **profundos cambios** en toda Europa, tanto políticos como culturales. La deriva de la **Revolución francesa** y la decadencia de las ideas ilustradas dieron paso a un período convulso con la llegada del **Romanticismo.** Los románticos se opusieron al orden ilustrado (basado en la razón) y **ensalzaron** la **subjetividad,** los **valores individuales** y las **libertades políticas.**

Sociedad

España no superó la decadencia económica iniciada en el siglo XVIII. La **industria,** pese a sus intentos de modernización, no podía competir con la europea, y las reformas agrarias resultaron insuficientes para sacar al país de la crisis.

La **sociedad** española del **siglo XIX** era fundamentalmente **rural** y estaba formada por campesinos, que trabajaban para una **aristocracia** que conservaba los privilegios heredados de la Edad Media. Esta tendencia cambió poco a poco, a lo largo del siglo, con la industrialización del país y con las **reformas liberales** impulsadas por la clase burguesa.

Entre 1820 y 1823 se produjo el trienio liberal, durante el cual se instauró una monarquía constitucional; Fernando VII tuvo que jurar la Constitución de Cádiz. La aprobación, en 1812, de la **Constitución de las Cortes de Cádiz** supuso un espaldarazo a **las ideas liberales**. Los liberales mejoraron sensiblemente la **situación del país** y recuperaron el espíritu romántico. En 1823 la intervención del ejército permitió el inicio de un nuevo período absolutista.

Cultura

El **movimiento romántico** llegó a España en la primera mitad del siglo XIX, más tarde y más atenuado que en el resto de Europa, cuando ya despuntaba el realismo. Este retraso se explica, como en muchos otros casos, por la situación del país.

A pesar de los avances tecnológicos (la invención del ferrocarril, el telégrafo, el alumbrado...) y la mejora en la calidad de vida, la población sufría en este período un **grave problema educativo y cultural:** tres de cada cuatro españoles eran analfabetos.

Hegel se desveló, en el cambio del siglo XVIII al XIX, como uno de los pensadores más relevantes de la historia; su influencia en la **filosofía** sigue siendo muy notable.

Uno de los artistas que mejor representó el **«genio romántico»** fue el músico **Ludwig van Beethoven,** cuyas obras están a caballo entre el Clasicismo y el Romanticismo. Considerado el precursor del Romanticismo, en ocasiones, se le denomina «el primer romántico».

El término *Neoclasicismo*

Originalmente, fue acuñado para aludir peyorativamente a este movimiento artístico y literario que trataba de recuperar las características de las manifestaciones culturales grecolatinas.

1. La literatura en el XVIII: el Neoclasicismo

La literatura en el siglo XVIII abandonó el tono pesimista del Barroco y se convirtió en un **fiel reflejo del pensamiento ilustrado,** cuyo principal objetivo era reformar la sociedad por medio de la razón. Se la denomina *neoclásica* debido a su **renovado interés** por los **gustos,** los **temas** y los **autores clásicos grecolatinos.**

Los géneros más cultivados fueron la **didáctica,** que se consolidó como el medio idóneo para divulgar las ideas de los ilustrados, y en menor medida el **teatro.** La lírica y la novela suscitaban un escaso interés, al no considerarlas útiles desde el punto de vista educativo.

1.1. La didáctica

La **didáctica** era empleada por los ilustrados como un medio para difundir sus ideas entre la sociedad. Sobresalen la **fábula,** el **ensayo** y el **género epistolar.**

La fábula

Se trata de una composición en verso que recrea escenas entre animales personificados o seres inanimados con una **finalidad didáctica** y **moralizante.**

Presenta, en sus composiciones, una **gran variedad métrica** (versos alejandrinos, endecasílabos...) y **estrófica** (silvas, décimas...), pero buscando siempre el equilibrio y la armonía que rigen las creaciones artísticas de la época.

Los **fabulistas** más destacados son **Félix María Samaniego** y **Tomás de Iriarte.**

MORALEJA

Enseñanza que el lector debe tomar como ejemplo.

PERSONAJES

Animales que hablan y razonan como seres humanos.

Nunca una obra se acredita tanto de mala
como cuando la aplauden los necios.

Un oso, con que la vida
ganaba un piamontés,
la no muy bien aprendida
danza ensayaba en dos pies.

Queriendo hacer de persona,
dijo a una mona: «¿Qué tal?».
Era perita la **mona,**
y respondiole: «Muy mal».

—Yo creo —replicó el **oso**—
que me haces poco favor.
Pues ¿qué?, ¿mi aire no es garboso?
¿No hago el paso con primor?

Estaba el **cerdo** presente,
y dijo: «¡Bravo! ¡Bien va!
Bailarín más excelente
no se ha visto ni verá».

Echó el oso, al oír esto,
sus cuentas allá entre sí,
y con ademán modesto,
hubo de exclamar así:

«Cuando me desaprobaba
la mona, llegué a dudar;
mas ya que el cerdo me alaba,
muy mal debo de bailar».

Guarde para su regalo
esta sentencia un autor:
si el sabio no aprueba, ¡malo!
si el necio aplaude, ¡peor!

Tomás de Iriarte,
«El oso, la mona y el cerdo»,
en *Fábulas literarias*.
Imprenta de Benito Cano.

El ensayo

Consiste en una **exposición clara** sobre un asunto, que aporta pruebas y suscita comentarios y **reflexiones.**

Durante el período ilustrado, sirvió para tratar **temas diversos** (política, educación, artes, ciencia...) y se utilizó con una **doble finalidad:**

— **Divulgar** las nuevas teorías de la ciencia y la técnica.

— **Combatir** las falsas creencias populares.

Los ensayistas españoles más relevantes fueron **Benito Jerónimo Feijoo** y **Gaspar Melchor de Jovellanos.**

Son muchos los indoctos que pasan plaza de sabios. Esta equivocación es un copioso origen de errores, ya particulares, ya comunes. En esta región que habitamos, tanto vituperio tiene la aprehensión como la verdad. Hay hombres muy diestros en hacer el papel de doctos en el teatro del mundo, en quienes la leve tintura de las letras sirve de color para figurar altas doctrinas; y cuando llega a parecer original la copia, no hace menos impresión en los ánimos la copia que el original. [...]

Puede decirse que para ser tenido un hombre en el pueblo por sabio, no hace tanto al caso serlo como fingirlo. La arrogancia y la verbosidad, si se juntan con algo de prudencia para distinguir los tiempos y materias en que se ha de hablar o callar, producen notable efecto. Un aire de majestad confiada en las decisiones, un gesto artificioso, que cuando se vierte aquello poco y superficial que se ha comprendido del asunto, muestre como por brújula quedar depositadas allá en los interiores senos altas noticias, tienen grande eficacia para alucinar a ignorantes.

Benito Jerónimo Feijoo, «Sabiduría aparente», en *Obras escogidas.* BCRAE.

Benito Jerónimo Feijoo (1676-1764)

Monje benedictino nacido en Ourense. Estudió en Salamanca, aunque consiguió una cátedra en Oviedo, donde permaneció desde el año 1709 hasta su fallecimiento.

Gran erudito, reflejó en sus ensayos la influencia de los ilustrados franceses y su aprecio por la cultura clásica. Fue un activo difusor de las novedades científicas racionalistas y un gran defensor de la libertad religiosa.

Criticó especialmente las supersticiones y, con el fin de erradicarlas, utilizaba argumentos científicos.

El género epistolar

Los ilustrados también utilizaron las cartas para reformar la sociedad. La obra más destacada de este género es *Cartas marruecas,* de **José Cadalso.** En ella se ofrece una visión crítica de las costumbres del pueblo español, a partir de las **cartas** que **intercambian** tres personajes.

El atraso de las ciencias en España en este siglo ¿quién puede dudar que procede de la falta de protección que hallan sus profesores? Hay cochero en Madrid que gana trescientos pesos duros, y cocinero que funda mayorazgos; pero no hay quien no sepa que se ha de morir de hambre como se entregue a las ciencias.

Los pocos que cultivan las otras son como aventureros voluntarios de los ejércitos, que no llevan paga y se exponen más. Es un gusto oírles hablar de matemáticas, física moderna, historia natural, derecho de gentes, y antigüedades y letras humanas, a veces con más recato que si hiciesen moneda falsa. Viven en la oscuridad y mueren como vivieron: tenidos por sabios superficiales en el concepto de los que saben poner setenta y siete silogismos seguidos sobre si los cielos son fluidos o sólidos.

Hablando pocos días ha con un sabio escolástico de los más condecorados en su carrera, le oí esta expresión, con motivo de haberse nombrado en la conversación a un sujeto excelente en matemáticas: «Sí, en su país se aplican muchos a esas cosillas, como matemáticas, lenguas orientales, física, derecho de gentes y otras semejantes».

Pero yo te aseguro, Ben-Beley, que si señalasen premios para los profesores, premios de honor o de interés, o de ambos, ¡qué progresos no harían! Si hubiese siquiera quien los protegiese, se esmerarían sin más estímulo positivo; pero no hay protectores.

José Cadalso, «Carta VI», en *Cartas marruecas.* Editorial Humanitas.

Gaspar Melchor de Jovellanos (1744-1811)

Nació en Gijón, en el seno de una familia noble. Estudió Filosofía en la Universidad de Oviedo y, más tarde, realizó estudios eclesiásticos en Ávila.

Después de licenciarse, ocupó varios cargos políticos y se trasladó a la corte de Madrid. Muy vinculado a la cultura madrileña de su tiempo, fue miembro de la Real Academia de Historia y de la Real Academia de la Lengua. Cultivó varios géneros literarios, entre los que destacan sus ensayos, como el *Informe sobre la ley agraria,* de 1787. En sus escritos sorprende, sobre todo, el enfoque liberal con que aborda los asuntos de los que trata.

Leandro Fernández de Moratín (1760-1828)

Hijo del poeta y dramaturgo Nicolás Fernández de Moratín, recibió de este una completa educación que lo convirtió en uno de los mayores exponentes de la literatura ilustrada española.

Su amistad con Jovellanos le permitió viajar por toda Europa y conocer las tendencias culturales y literarias de otros países. Ocupó diversos cargos políticos, como el de secretario de Lenguas, y logró la protección de Godoy, quien le ayudó a estrenar sus comedias. Durante la invasión francesa, fue partidario de José Bonaparte, que le nombró bibliotecario mayor.

1.2. El teatro

El teatro neoclásico no se rige por los preceptos del Barroco sino que regresa a las normas clásicas. La **reforma del teatro neoclásico** se caracteriza por los siguientes aspectos:

— Las obras dejan de representarse al aire libre y pasan a las **salas de teatro.**

— Se vuelve a imponer la **norma de las tres unidades** que Lope de Vega había eliminado en el Barroco (unidad de tiempo, lugar y acción).

— La **finalidad** de la obra teatral es **didáctica** y pretende, ante todo, ser útil.

— Se huye de lo irreal y se buscan **temas verosímiles** que representen hechos de la vida cotidiana.

— **No** se permite **mezclar** la prosa con el verso ni lo trágico con lo cómico.

— Los **personajes** actúan y hablan de acuerdo con lo que en aquel momento se consideraba esperable, es decir, con **decoro.**

— Se incorporan el **telón** y los **decorados** en las representaciones.

El subgénero teatral más representativo de esta época es la **comedia burguesa** y su máximo representante, **Leandro Fernández de Moratín,** fiel seguidor de las reformas dramáticas. Escribió cinco comedias, en las que destacan las siguientes **características:**

— Reflejan **situaciones cotidianas** de la sociedad.

— Su **estilo** es **llano** y **natural.** El lenguaje de los personajes responde a la posición social que estos ocupan, con lo que se dota de verosimilitud y naturalidad la interpretación de los actores.

— Tienen una **doble finalidad:**

a) **Criticar a través de la sátira.** Es el caso de *La comedia nueva o El café,* donde se critica a los malos autores dramáticos que no tenían en cuenta las reformas del teatro neoclásico.

b) **Aleccionar** y **entretener** al espectador. Un ejemplo es *El sí de las niñas,* donde se cuestiona la educación tradicional de las jóvenes y los matrimonios concertados:

Doña Irene. —¿Qué se admira usted? Son niñas... No saben lo que quieren, ni lo que aborrecen... En una edad tan así, tan...

Don Diego. —No, poco a poco, eso no. Precisamente en esa edad son las pasiones algo más enérgicas y decisivas que en la nuestra, y por cuanto la razón se halla todavía imperfecta y débil, los ímpetus del corazón son mucho más violentos... [...]

Doña Irene. —Si es natural, señor, ¿no ve usted que...?

Don Diego. —Calle usted, por Dios, doña Irene, y no me diga usted a mí lo que es natural. Lo que es natural es que la chica esté llena de miedo, y no se atreva a decir una palabra que se oponga a lo que su madre quiere que diga...

Doña Francisca. —No, señor; lo que dice su merced, eso digo yo; lo mismo. Porque en todo lo que me mande la obedeceré.

Don Diego. —¡Mandar, hija mía!... En estas materias tan delicadas los padres que tienen juicio no mandan. Insinúan, proponen, aconsejan; eso sí, todo eso sí, ¡pero mandar!... ¿Y quién ha de evitar después las resultas funestas de los que mandaron?... Pues ¿cuántas veces vemos matrimonios infelices, uniones monstruosas, verificadas solamente porque un padre tonto se metió a mandar lo que no debiera?

Leandro Fernández de Moratín, *El sí de las niñas.* Cátedra.

1. Indica cuáles de las siguientes características son propias de las obras literarias del Neoclasicismo:

- Lenguaje complejo y repleto de figuras retóricas.
- Elogio de la razón por medio del rechazo de la superstición y de la apuesta por los textos didácticos.
- Los géneros más cultivados son la didáctica y, en menor medida, el teatro.
- El culteranismo y el conceptismo son dos de sus principales corrientes líricas.

— ¿A qué movimiento literario corresponde el resto de las características? Comprueba tu respuesta en este enlace:

http://links.edebe.com/nvj

2. Emplea la **rutina** *diez veces dos (observar y describir)* para analizar las siguientes obras:

Joven con pendientes (1654), de Rembrandt.

Leónidas en las Termópilas (1814), de Jacques-Louis David.

— Teniendo en cuenta que la obra de Rembrandt pertenece al Barroco y la de Jacques-Louis David, al Neoclasicismo, ¿qué características pictóricas observas en ellas que sean trasladables al ámbito literario? Justifícalo.

3. Lee el siguiente texto y completa la actividad:

Más vale saber una cosa bien que muchas mal.

A orillas de un estanque,
diciendo estaba un pato:
«¿A qué animal dio el cielo
los dones que me ha dado?
Soy de agua, tierra y aire:
cuando de andar me canso,
si se me antoja, vuelo;
si se me antoja, nado».
Una serpiente astuta,
que le estaba escuchando,
le llamó con un silbo
y le dijo «¡Seó guapo!
No hay que echar tantas plantas;
pues ni anda como el gamo,
ni vuela como el sacre,
ni nada como el barbo;
y así, tenga sabido
que lo importante y raro
no es entender de todo,
sino ser diestro en algo».

Tomás de Iriarte, «El pato y la serpiente», en *Fábulas literarias.* Imprenta de Benito Cano.

— ¿De qué tipo de texto se trata? ¿A qué género pertenece? Justifica tu respuesta.

— Señala los personajes y la moraleja.

— ¿De cuántos versos se compone? ¿Y de cuántas estrofas?

4. Consulta en el enlace inferior la «Carta XXXIV» de *Cartas marruecas* y responde: ¿qué pretende transmitir el autor? ¿Qué recurso emplea para mostrar esta idea?

http://links.edebe.com/f9qw

5. Lee este fragmento de *El sí de las niñas*, de Leandro Fernández de Moratín, y resuelve la actividad:

Don Diego. —Ve aquí los frutos de la educación. Esto es lo que se llama criar bien a una niña: enseñarla a que desmienta y oculte las pasiones más inocentes con una pérfida disimulación. Las juzgan honestas luego que las ven instruidas en el arte de callar y mentir. Se obstinan en que el temperamento, la edad ni el genio no han de tener influencia alguna en sus inclinaciones, o en que su voluntad ha de torcerse al capricho de quien las gobierna. Todo se las permite, menos la sinceridad. Con tal que no digan lo que sienten, con tal que finjan aborrecer lo que más desean, con tal que se presten a pronunciar, cuando se lo manden, un sí perjuro, sacrílego, origen de tantos escándalos, ya están bien criadas, y se llama excelente educación la que inspira en ellas el temor, la astucia y el silencio de un esclavo.

Leandro Fernández de Moratín, *El sí de las niñas.* Cátedra.

— Busca en el diccionario el significado de los siguientes términos: *pérfida, perjuro* y *sacrílego.*

— ¿Qué se asocia comúnmente a una buena educación, según don Diego? ¿Qué opina al respecto este personaje?

— Formad grupos de cuatro alumnos y, empleando la **técnica** del *folio giratorio*, reflexionad sobre lo que consideráis una buena educación de los padres hacia sus hijos.

La importancia de la música

Una de las artes que manifestó con mayor potencia los rasgos característicos del Romanticismo fue la música. Las obras de Fryderyk Chopin, cargadas de misterio y de una atormentada inspiración, influyeron enormemente en la composición musical.

La palabra *romántico*

La palabra *romántico* ha sufrido una curiosa evolución semántica desde sus orígenes. En el siglo XIX, este adjetivo definía una actitud de rebeldía ante la vida, de inconformismo y lucha contra el orden establecido. Sin embargo, hoy en día este adjetivo se utiliza para definir a una persona sentimental, enamoradiza y soñadora.

Este nuevo significado tiene una fácil explicación: los románticos del siglo XIX eran muy apasionados en todos los órdenes, incluido el amor. En la actualidad, el término *romántico* ha perdido buena parte de los matices de rebeldía vital y se ha centrado en los referentes amorosos. Así, *romántico* es quien vive intensamente el amor.

2. La literatura en la primera mitad del XIX: el Romanticismo

A finales del siglo XVIII y principios del XIX, surgió en Europa, sobre todo en el Reino Unido y en Alemania, un movimiento cultural de carácter **liberal** y **revolucionario,** opuesto al racionalismo ilustrado del Neoclasicismo.

Esta nueva corriente de pensamiento, el **Romanticismo,** se presentó en todas las artes (la pintura, la literatura, la música...) y reclamó el protagonismo del **ser humano** y sus emociones frente al dominio de la razón.

El Romanticismo aporta una **nueva visión** del mundo. El artista romántico se subleva contra el orden establecido y la racionalidad neoclásica, y busca **nuevas formas expresivas** en las que pueda manifestar su subjetividad y sus emociones. En líneas generales, el Romanticismo se **caracteriza** por los siguientes rasgos:

— **Subjetividad.** El arte se convierte en un medio para reflejar el mundo interior del artista (sentimientos, deseos, frustraciones...).

— **Deseo de libertad.** El romántico es un defensor a ultranza de la libertad personal: en las ideas, en el arte, en la política...; por ello, se **rebela contra las normas sociales** y las costumbres de su época.

— **Angustia vital.** El mundo, para el romántico, es injusto e imperfecto, alejado de sus grandes ideales y su sensibilidad artística. Esta confrontación entre la realidad y el ideal provoca una constante **insatisfacción.**

— **Nacionalismo.** Los románticos valoran la **cultura propia** y la perciben como algo auténtico y genuino. En España, esta tendencia provoca el resurgimiento de la literatura en gallego, eusquera y catalán.

El modelo ilustrado del siglo XVIII, en suma, se convierte para los románticos en una prisión que les impide revelar sus pasiones, sus sueños..., y, por ello, buscan nuevas formas de expresión.

En la siguiente tabla comparativa se puede observar el cambio de mentalidad que va del **Neoclasicismo** al **Romanticismo:**

Neoclasicismo (siglo XVIII)	Romanticismo (primera mitad del siglo XIX)
▪ Se afirma el **poder de la razón** y la **ciencia** como única forma de conocimiento. ▪ El ser humano se siente parte de un **proyecto social y colectivo** inspirado por la razón. ▪ La fe en el progreso y en los avances sociales genera un **optimismo vital.** ▪ El arte busca la **armonía** y el equilibrio y se inspira en las **formas clásicas** grecolatinas. ▪ El **arte** tiene una **función didáctica:** enseñar y transmitir valores sociales.	▪ Se defiende la supremacía del **sentimiento** y la **subjetividad** sobre la razón. ▪ El artista reafirma su **individualidad** y su **libertad,** oponiéndose a las normas sociales. ▪ La confrontación entre el ideal y la realidad provoca **angustia existencial** y **pesimismo.** ▪ El arte busca **nuevas formas de expresión,** creativas, que reflejen las pasiones humanas. ▪ El arte es **subversivo:** persigue una nueva sociedad de personas libres.

2.1. La lírica

Los románticos encontraron en la **poesía** el **cauce ideal** para la expresión de los **sentimientos.** La lírica, mejor que cualquier otro género, permite al poeta transmitir su mundo interior: deseos, temores, fantasías, emociones...

La poesía romántica se caracteriza por la **ruptura** con las formas **neoclásicas** y la **búsqueda de la libertad creativa** más allá de lo racional. A continuación veremos cómo se materializó esta ruptura en los temas, el estilo y la métrica. Los temas más tratados en la lírica romántica son los relacionados con los sentimientos íntimos del poeta: el **amor,** la **existencia,** la **libertad...** Obsérvalos:

El amor

Es el gran tema de los románticos y, para ellos, el fundamento de la existencia. Tiene una doble vertiente:

— **Amor idealizado.** Se concibe como un sentimiento supremo que provoca en el poeta un estado de máxima felicidad (A).

— **Amor trágico.** Se entiende como una fuerza apasionada que arrastra al poeta hacia la melancolía o a un destino fatal (B).

La existencia

La vida es una fuente de **agonía existencial.** El romántico está en conflicto con un mundo que no le satisface y que no acepta. Este enfrentamiento le produce una frustración que le lleva a la tristeza, la soledad (C) o la angustia. Dos variantes de este tema son:

— **La evasión.** A veces, el desengaño provoca la **huida de la realidad.** El poeta se refugia en ambientes o tiempos exóticos (D).

— **La naturaleza.** Se identifica el estado de ánimo con la **naturaleza.** Esta es desapacible, para expresar angustia, o serena, para transmitir felicidad (E).

A

Tu pupila es azul y, cuando ríes,
su claridad suave me recuerda
el trémulo fulgor de la mañana
que en el mar se refleja.

Tu pupila es azul y, cuando lloras,
las transparentes lágrimas en ella
se me figuran gotas de rocío
sobre una violeta.

Gustavo Adolfo Bécquer, «Rima XIII», en *Rimas.* edebé.

B

Tú eras el huracán y yo la alta
torre que desafía su poder.
¡Tenías que estrellarte o que abatirme!
¡No pudo ser! [...]

Hermosa tú, yo altivo: acostumbrados
uno a arrollar, el otro a no ceder.
La senda estrecha, inevitable el choque...
¡No pudo ser!

Gustavo Adolfo Bécquer, «Rima XLI», en *Rimas.* edebé.

C

¿Qué es soledad? Para llenar el mundo
basta a veces un solo pensamiento.
Por eso hoy, hartos de belleza, encuentras
el puente, el río y el pinar desiertos.

Rosalía de Castro, «Un manso río, una vereda estrecha», en *En las orillas del Sar.* Akal.

D

Dueña de la negra toca,
la del morado monjil,
por un beso de tu boca
diera Granada Boabdil.

Diera la lanza mejor
del Zenete más bizarro,
y con su fresco verdor
toda una orilla del Darro.

José Zorrilla, «Dueña de la negra toca», en *Obras completas.* Manuel P. Delgado.

E

Al aprisco sus ovejas
lleva el pastor con presura,
y el labrador impaciente
los pesados bueyes punza.

En sus hogares le esperan
su esposa y prole robusta;
parca cena, preparada
sin sobresalto ni angustia.

José de Espronceda, «A la noche», en *Poesías.* Imprenta de Yenes.

La libertad

Es el gran deseo de los románticos; por eso, luchan contra las normas y la opresión. Una variante de este tema es el **patriotismo,** entendiendo la patria como territorio de libertad (F).

F

Yo desterrado de la patria mía,
de una patria que adoro,
perdida miro su primer valía,
y sus desgracias lloro. [...]

Mas ora, como piedra en el desierto,
yaces desamparada,
y el justo desgraciado vaga incierto
allá en tierra apartada.

José de Espronceda, «A la patria: Elegía», en *Poesías.* Imprenta de Yenes.

Los valores románticos en la pintura

El francés Eugène Delacroix fue un artista romántico que reflejó los rasgos de esta corriente en muchas de sus obras. *La Libertad guiando al pueblo* es una muestra de su carácter patriótico y libertario.

2.1.1. Estilo y métrica

La poesía romántica tiene un **estilo musical, enfático** y **evocador.** Estos rasgos se ven reflejados tanto en el vocabulario como en los recursos retóricos y la métrica:

— **Vocabulario.** Los románticos utilizan un **léxico sugerente** y **sonoro** para reflejar el ímpetu de sus sentimientos. Los sustantivos y los adjetivos buscan el colorido y la expresividad, y se emplean con una gran carga de significado como símbolos de la realidad espiritual: *dulce, perfumado, frío, calor...*

— **Recursos retóricos.** Los poetas emplean abundantes figuras, como interrogaciones y exclamaciones retóricas *(¡Pero qué aprisa en este mundo triste todas las cosas van!)* e hipérbatos *(audaz el loco pensamiento sueña),* para crear un efecto enfático que exprese la intensidad de sus emociones.

— **Métrica.** Los románticos reclaman **libertad en las formas.** Se huye del refinamiento y la rigidez neoclásicos, pues lo importante es que el verso se adapte a la expresión de los sentimientos. Por ello, emplean **estrofas y versos de distinta medida,** a veces en combinaciones novedosas e insólitas. Así, para reforzar el efecto musical, se tiende a la rima consonante. Es muy típica la rima aguda *(afán-pasar),* por su contundencia sonora.

Adivínase el *dulce* y *perfumado*
calor primaveral;
los gérmenes se agitan en la tierra
con inquietud en su amoroso *afán,*
y cruzan por los aires, silenciosos,
átomos que se besan al *pasar.*

Hierve la sangre juvenil; se exalta
lleno de aliento el corazón, y *audaz*
el loco pensamiento sueña y cree
que el hombre es, cual los dioses, inmortal.

No importa que los sueños sean mentira,
ya que al cabo es verdad
que es venturoso el que soñando muere,
infeliz el que vive sin soñar.

¡Pero qué aprisa en este mundo triste
todas las cosas van!
¡Que las domina el vértigo creyérase!...
la que ayer fue capullo, es rosa ya,
y pronto agostará rosas y plantas
el calor estival. [...]

Frío y *calor,* otoño o primavera,
¿dónde..., dónde se encuentra la alegría?
Hermosas son las estaciones todas
para el mortal que en sí guarda la dicha;
mas para el alma desolada y huérfana,
no hay estación risueña ni propicia.

Rosalía de Castro, «Estaciones»,
en *En las orillas del Sar.* Akal.

Actividades

6. Lee esta rima de Bécquer y responde a las siguientes preguntas:

—¿Qué es poesía? —dices mientras clavas
en mi pupila tu pupila azul.
—¡Qué es poesía! ¿Y tú me lo preguntas?
Poesía... eres tú.

Gustavo Adolfo Bécquer,
«Rima XXI», en *Rimas.* edebé.

— ¿De qué tema trata el poema?

— ¿Responde a la rima romántica? Justifica tu respuesta con ejemplos.

— ¿Emplea el autor, en esta rima, interrogaciones y exclamaciones retóricas? ¿Cuáles? ¿Con qué intención las usa?

7. Utiliza la **destreza** del *mapa mental* para tratar los principales temas de la lírica romántica.

8. Lee y escucha la «Rima LXVI» de Bécquer y responde a las siguientes preguntas:
@ **http://links.edebe.com/cpsq**

— ¿Qué versos se utilizan y cómo se combinan? ¿La métrica es romántica?

— ¿Emplea el poeta exclamaciones retóricas? ¿Cuáles? ¿Por qué crees que las utiliza?

— ¿Cómo es el tono del poema?

— ¿Cómo concibe el poeta la vida? ¿Con qué metáforas y adjetivos la describe?

— ¿Cómo se siente ante el mundo?

— Justifica por qué la temática es romántica.

2.1.2. Autores

Entre los autores de obras líricas del Romanticismo español destacan **José de Espronceda, Gustavo Adolfo Bécquer** y **Rosalía de Castro.**

José de Espronceda

Encarna los valores del Romanticismo, tanto por su obra como por su estilo de vida rebelde e inconformista. Sus **poemas líricos** quedaron recogidos en el libro titulado *Poesías*, que el propio autor publicó en 1840. Escribió, además, dos poemas narrativos extensos: *El estudiante de Salamanca* y *El diablo mundo.* Sus **temas** preferidos se relacionan con su espíritu aventurero. En ellos aparecen personajes marginados de la sociedad (mendigos) y delincuentes (piratas, cosacos...), que expresan su amor por la libertad.

También destacan sus composiciones de amor exaltado o dolido por la pérdida de la amada, en las que se refleja su convulsa vida.

La zozobra del alma enamorada,
la dulce vaguedad del sentimiento,
la esperanza, de nubes rodeada,
de la memoria el dolorido acento,
los sueños de la mente arrebatada,
la fábrica del mundo y su portento,
sin regla ni compás canta mi lira:
¡solo mi ardiente corazón me inspira!

José de Espronceda, «El diablo mundo», en *Obras poéticas de Don José de Espronceda*. Librería Europea.

Gustavo Adolfo Bécquer

La obra de Bécquer se caracteriza por el **tono sencillo,** menos altisonante que otros románticos. A pesar de su aparente sencillez formal, Bécquer emplea numerosas figuras literarias y un lenguaje cuidado y elegante.

Para Bécquer, la poesía es un medio para conocer los misterios del alma humana. Esta idea abrirá el camino a otros movimientos poéticos posteriores, como el simbolismo. Su obra poética y narrativa esencial se recopila bajo el título *Rimas y leyendas.* Las *Rimas* se agrupan en cuatro temas:

— el amor jubiloso;
— el amor desesperanzado y la angustia;
— la desesperanza y la muerte;
— el sentido de la poesía.

Rosalía de Castro

Está considerada la **gran poetisa** del **Romanticismo** español. Escribe sus obras tanto en castellano como en gallego. Destaca por su **estilo intimista** y por defender un sentido grave y profundo de la existencia. De su obra, resaltan especialmente tres poemarios:

— *Cantares gallegos* y *Follas novas:* en estas obras expresa la añoranza de su tierra natal, Galicia.
— *En las orillas del Sar:* escrito en castellano y publicado en 1884, poco antes de su muerte. En él, la escritora transmite una delicada sensibilidad en temas como el amor, la soledad, el desengaño, la religión, la muerte...

José de Espronceda (1808-1842)

Nació en Almendralejo (Badajoz). Como revolucionario, luchó contra el absolutismo de Fernando VII y fue perseguido por sus ideas liberales. Estuvo exiliado en Gibraltar y en Lisboa, donde conoció al amor de su vida, Teresa Mancha. La libertad y el amor son sus grandes temas.

Gustavo Adolfo Bécquer (1836-1870)

Nació en Sevilla. Tuvo una vida llena de dificultades y de apuros económicos que afectaron a su salud. Sobrevivió a duras penas como articulista, traductor y pintor hasta que consiguió un empleo de censor de novelas. Su vida amorosa, como se percibe en sus poemas, estuvo plagada de desengaños.

Rosalía de Castro (1837-1885)

Nació en Santiago de Compostela. Se casó con Manuel Murguía, que siempre apoyó su carrera literaria. Rosalía padeció largas enfermedades y la pérdida de una hija, hecho que marcó su vida y su obra poética.

9. Lee el siguiente texto y completa la actividad:

> Saludé a don Timoteo y saqué mis manuscritos.
> —¡Hola! —me dijo, ahuecando mucho la voz para pronunciar.
> —Son de un amigo mío.
> —¿Sí? —me respondió—. ¡Bueno! ¡Muy bien! —Y me echó una mirada de arriba abajo por ver si descubría en mi rostro que fuesen míos. [...]
> Y empezó a hojearlos.
> —«Memoria sobre las aplicaciones del vapor». ¡Ah! Esto es acerca del vapor, ¿eh? Aquí encuentro ya... Vea usted..., aquí falta una coma: en esto soy muy delicado. No hallará usted en Cervantes usada la voz «memoria» en este sentido; el estilo es duro, y la frase es poco robusta... ¿Qué quiere decir «presión» y...?
> —Sí; pero acerca del vapor..., porque el asunto es saber si...
> —Yo le diré a usted; en una oda que yo hice allá cuando muchacho, cuando uno andaba en esas cosas de literatura..., dije... cosas buenas...
> —Pero ¿qué tiene que ver?...
> —¡Oh!, ciertamente, ¡oh! Bien, me parece bien. Ya se ve; estas ciencias exactas son las que han destruido los placeres de la imaginación: ya no hay poesía.
> —¿Y qué falta hace la poesía cuando se trata de mover un barco, señor don Timoteo?
> —¡Oh! cierto... Pero la poesía..., amigo... ¡Oh!, aquellos tiempos se acabaron. Esto..., ya se ve..., estará bien, pero debe usted llevarlo a algún físico, a uno de esos...
>
> Mariano José de Larra, «Don Timoteo o el literato», en *La Revista Española, Periódico Dedicado a la Reina Ntra. Sra.*

— ¿En qué medida los dos personajes representan, por un lado, el carácter ilustrado y racional propio del Neoclasicismo y, por otro, el lírico e imaginativo del Romanticismo? Debátelo con tus compañeros.

10. Busca en Internet la obra del pintor romántico inglés Joseph Mallord William Turner *Tormenta de nieve*.

— ¿Qué se representa? ¿Resulta fácil identificarlo?

— ¿A qué principios del Romanticismo asociarías la obra? ¿Por qué?

11. Lee en este enlace el poema «Canción del pirata», de José de Espronceda **(http://links.edebe.com/3ekz).** Analiza sus recursos retóricos, vocabulario y métrica.

12. Rosalía de Castro demostró en su obra su carácter patriótico y reivindicativo en relación con la cultura y la lengua de su lugar de nacimiento, Galicia.

— Busca información acerca de su obra *Cantares gallegos* y justifica la afirmación anterior.

13. Lee el siguiente poema y responde a las preguntas que se proponen a continuación:

> Hora tras hora, día tras día,
> entre el cielo y la tierra que quedan
> eternos vigías,
> como torrente que se despeña,
> pasa la vida.
>
> Devolvedle a la flor su perfume
> después de marchita;
> de las ondas que besan la playa
> y que una tras otra besándola expiran.
> Recoged los rumores, las quejas,
> y en planchas de bronce grabad su armonía.
>
> Tiempos que fueron, llantos y risas,
> negros tormentos, dulces mentiras,
> ¡ay!, ¿en dónde su rastro dejaron,
> en dónde, alma mía?
>
> Rosalía de Castro, «Hora tras hora, día tras día...», en *Obras completas*. Aguilar.

— ¿Cuál es el tema del poema?

— ¿Responde a la métrica romántica?

— ¿Cómo es el léxico que emplea la autora?

— ¿Qué figuras retóricas observas en el poema?

— ¿Qué relación guarda la naturaleza con el estado de ánimo de la autora?

PBL

La naturaleza en el Romanticismo

El Museo del Romanticismo de Madrid está preparando una exposición sobre la frustración y la angustia existencial que los autores románticos identificaban con la naturaleza que los rodeaba. Para ello, ha seleccionado el poema «Olas gigantes que os rompéis bramando», de Gustavo Adolfo Bécquer, y necesita que los estudiantes envíen fotografías y descripciones de la naturaleza relacionadas con dicho poema.

Es importante que sigáis estos pasos:

— Leed el poema citado y comentadlo en voz alta. ¿Cómo os imagináis el paisaje que se evoca en el mismo?

— Fotografiad un paisaje próximo (o buscad imágenes) que refleje las emociones que os transmite el poema.

— Elegid, mediante un sistema de votaciones, las tres fotografías que se ajusten más a las características del Romanticismo y enviadlas al Museo: **http://links.edebe.com/qd5**

2.2. El teatro

El **teatro romántico** se caracteriza por una **ruptura radical** con el teatro neoclásico. Los cambios se hacen palpables en todos los elementos dramáticos: los personajes, el lenguaje empleado por estos, la ambientación de las escenas, la intención del autor... El **drama** es el subgénero teatral más cultivado. Para estudiar sus características, se toma como ejemplo la obra *Don Juan Tenorio,* de José Zorrilla.

José Zorrilla

Es uno de los dramaturgos más relevantes del Romanticismo español. Destaca principalmente por su obra *Don Juan Tenorio* (1844), la pieza teatral más representada en la historia del teatro español y, a su vez, la más significativa del Romanticismo.

En este drama, Zorrilla recrea el personaje del mítico don Juan, caballero seductor y sin escrúpulos que corteja a doña Inés, una joven novicia que sucumbe a sus encantos. La obra está escrita en verso y ejemplifica los rasgos del drama romántico:

- Se eligen **escenarios tétricos** ambientados en un **tiempo legendario.** En el ejemplo, la escena transcurre en un cementerio.
- Se incluyen **elementos fantásticos y misteriosos.** En el fragmento, don Juan se dirige a los fantasmas.
- Se dan numerosas **acotaciones,** ausentes en el teatro neoclásico.
- El drama tiene una **intención expresiva.** Su propósito es **provocar emociones.** En el ejemplo, don Juan se muestra arrepentido y desesperado.
- El **lenguaje** de los personajes es **enfático, declamatorio** y **exagerado** para emocionar al espectador. En el ejemplo, don Juan usa exclamaciones e interrogaciones que resaltan su sorpresa.
- Se crean **nuevos personajes,** marcados por un destino trágico. Son el **héroe altivo y asocial,** que desprecia las normas sociales y se enfrenta a ellas (don Juan), y la **heroína sentimental,** cuyo ideal es la pasión amorosa (doña Inés).
- Los grandes **temas** son el **amor** y la **libertad.**
- El drama romántico no sigue las **reglas de unidad y de tiempo** propias del teatro neoclásico. Las acciones se desarrollan en distintos escenarios y épocas, y se mezclan los elementos trágicos y cómicos, la prosa y el verso.

José Zorrilla (1817-1893)

Nació en Valladolid. Sus relaciones familiares fueron muy tormentosas, si bien el amor es el eje principal de su obra. Los problemas económicos le obligaron a escribir obras de poca calidad para sobrevivir. Por ello, su obra es muy desigual.

Don Juan. —¿Y aquel entierro que pasa?
Estatua. —Es el tuyo.
Don Juan. —¡Muerto yo!
Estatua. —El capitán te mató
a la puerta de tu casa.
Don Juan. —Tarde la luz de la fe
penetra en mi corazón,
pues crímenes mi razón
a su luz tan solo ve.
Los ve... y con horrible afán,
porque al ver su multitud,
ve a Dios en su plenitud
de su ira contra don Juan.
¡Ah! Por doquiera que fui,
la razón atropellé,
la virtud escarnecí
y a la justicia burlé.
[...]
¡Mas ahí estáis todavía
(A los fantasmas).
con quietud tan pertinaz!
Dejadme morir en paz
a solas con mi agonía.
Mas con esa horrenda calma,
¿qué me auguráis, sombras fieras?
¿Qué esperan de mí?
(A la estatua de don Gonzalo).
Estatua. —Que mueras
para llevarse tu alma.
Y adiós, don Juan; ya tu vida
toca a su fin, y pues vano
todo fue, dame la mano
en señal de despedida.

José Zorrilla, *Don Juan Tenorio.* Crítica.

Duque de Rivas (1791-1865)

Nació en Córdoba, en el seno de una familia noble de la que heredó el título de duque. Compaginó su actividad literaria con la lucha política. En 1823 fue condenado a muerte por sus ideas liberales y sus bienes le fueron confiscados. Vivió varios años en el exilio y regresó tras la muerte de Fernando VII, coincidiendo con el éxito de sus dramas entre el gran público.

Ángel de Saavedra, Duque de Rivas

Es, sin duda, uno de los grandes dramaturgos del Romanticismo español. Se dedicó a la política durante el reinado de Fernando VII y, por su **ideología liberal,** tuvo que **exiliarse** en Francia. En París, conoció a otros liberales y se empapó de las **ideas románticas** que más tarde imprimió a sus creaciones.

Su obra consta de varios poemas, recopilados en el libro *Romances históricos.* Sin embargo, el duque de Rivas destaca especialmente en el teatro, género en el que obtuvo el reconocimiento de la crítica y el público. Su obra más aclamada, *Don Álvaro o la fuerza del sino,* se estrenó en Madrid en 1835. Constituyó el primer éxito del teatro romántico español y elevó a su autor a la cúspide de la literatura.

El **argumento** de esta obra es típicamente romántico: la lucha de los amantes contra la adversidad. Así, el drama trata sobre el amor entre don Álvaro, un indiano de origen desconocido, y doña Leonor, la hija de un noble que se opone a la relación. La resolución de la historia es plenamente romántica. Los amantes deciden huir, pero las dudas asaltan en el último momento a Leonor. El padre de la joven los sorprende y don Álvaro le da muerte, condenando a los amantes a la fatalidad.

Don Álvaro. Destrozado
tengo yo el corazón... ¿Dónde está, dónde,
vuestro amor, vuestro firme juramento?
Mal con vuestra palabra corresponde
tanta irresolución en tal momento.
¡Tan súbita mudanza!...
No os conozco, Leonor. ¿Llevose el viento
de mi delirio toda la esperanza?
Sí, he cegado en el punto
en que alboraba el más risueño día.
Me sacarán difunto
de aquí, cuando inmortal salir creía.
Hechicera engañosa,
¿la perspectiva hermosa
que falaz me ofreciste así deshaces?
¡Pérfida! ¿Te complaces
en levantarme al trono del Eterno,
para después hundirme en el infierno?...
¿Solo me resta ya?...

Doña Leonor. *(Echándose en sus brazos).* No, no, te adoro.
¡Don Álvaro!... ¡Mi bien!... Vamos, sí, vamos.

Don Álvaro. ¡Oh, mi Leonor!

Curra. El tiempo no perdamos.

Don Álvaro. ¡Mi encanto! ¡Mi tesoro! *(DOÑA LEONOR muy abatida se apoya en el hombro de DON ÁLVARO, con muestras de desmayarse).* ¿Mas qué es esto?... ¡Ay de mí!... ¡Tu mano yerta
me parece la mano de una muerta...
Frío está tu semblante
como la losa de un sepulcro helado...!

Duque de Rivas, *Don Álvaro o la fuerza del sino.*
Alianza Editorial.

Actividades

14. Emplea la **destreza** *compara y contrasta* para analizar las semejanzas y las diferencias entre el teatro neoclásico y el romántico. Para ello, sigue estos pasos:

— Relee los fragmentos de *El sí de las niñas,* de la página 178, y de *Don Álvaro o la fuerza del sino,* de esta página. Anota los aspectos que te parecen representativos del Neoclasicismo y del Romanticismo, respectivamente.

— Busca en Internet otros fragmentos de estas obras, o extractos de otros dramas representativos de ambas corrientes literarias, y analízalos.

— Finalmente, elabora en tu cuaderno el siguiente organizador gráfico y complétalo:

COMPARA Y CONTRASTA

Teatro neoclásico | Teatro romántico

Se parecen

Se diferencian

Conclusión

2.3. El periodismo y el costumbrismo

Aunque existen interesantes muestras de narrativa romántica, como la **novela** histórica o los relatos **legendarios,** el género en prosa de mayor auge durante el siglo XIX fue el **periodismo.**

Los **periódicos modernos** (publicaciones regulares que informan sobre hechos de actualidad) surgieron en el siglo XVIII, pero fue durante el Romanticismo cuando adquirieron popularidad y difusión entre el público mayoritario. Los periódicos románticos se convirtieron en un importante medio para difundir las **ideas liberales** y, por ello, en una poderosa herramienta de crítica social y política. Por este motivo, sufrieron la **censura** de los distintos gobiernos absolutistas, que los veían como una amenaza. En España destacaron publicaciones como *El Contemporáneo, El Pensador, El Censor, El Duende Crítico, El Siglo...*

En los periódicos románticos escribían los intelectuales y escritores más relevantes de la época, que concedían tanta importancia al contenido de sus artículos como a la forma. Por este hecho, el periodismo adquirió relevancia literaria, sobre todo, merced a los **artículos de costumbres,** precedente de los actuales artículos de opinión. Los artículos de costumbres son **textos periodísticos de opinión** en los que se reflexiona sobre las costumbres sociales para criticar malos hábitos y reformarlos o, simplemente, para entretener al lector. Observa el ejemplo:

Bien determinado como estoy a no escribir jamás para el censor, he tratado siempre de no escribir sino la *verdad,* porque al fin, he dicho para mí, ¿qué censor había de prohibir la *verdad,* y qué Gobierno ilustrado, como el nuestro, no la había de querer oír? Así es, que si en el reglamento de censura se prohíbe hablar contra la religión, contra las autoridades, contra los gobiernos y los soberanos extranjeros, y contra otra porción de materias, es porque se ha presumido, con mucha razón, que era imposible hablar mal de esas cosas, diciendo verdad. Y para mentir más vale no escribir. Todo esto es claro; es más que claro; casi es justo.

Lo que está permitido es alabar, sin que en eso haya límite ninguno; porque es probado que en la alabanza ni puede haber demasía, sobre todo para el alabado, ni puede dejar de haber verdad y justicia. Por esta razón yo me he propuesto alabarlo siempre todo, y a este principio debo la gran publicidad que se ha permitido a mis débiles escritos.

Mariano José de Larra, «La alabanza, o que me prohíban este», en *Artículos.* edebé.

Mariano José de Larra

El articulista más destacado del Romanticismo español es, con toda seguridad, Mariano José de Larra. Con él, los artículos de costumbres adquirieron una enorme popularidad y un indudable valor literario. Los artículos de Larra se **caracterizan** por los siguientes elementos:

— **Temas.** Tratan asuntos relacionados con aspectos de la vida diaria: costumbres sociales, funcionamiento de las instituciones, crítica de los oficios...

— **Personajes.** Reflejan todos los estratos y clases sociales, porque la intención del articulista es acercarse a la realidad.

— **Estilo.** Están escritos con un **léxico sencillo,** asequible a un lector medio. Emplean **recursos** tales como las descripciones, la primera persona gramatical, la ironía, los juegos de palabras, el doble sentido...

— **Estructura.** Constan habitualmente de tres partes: una introducción del tema; un desarrollo, en el que se detalla la costumbre que se critica; y una conclusión, que refleja la postura del autor.

Visión 360º

Mariano José de Larra se dio cuenta de la importancia de los nuevos medios de comunicación a la hora de transmitir sus ideas y de que estas llegaran al mayor número de personas posible.

- ¿Conoces a escritores que escriban habitualmente en periódicos o revistas?
- ¿Te parece que Internet es un medio de difusión del que los artistas pueden servirse actualmente para difundir sus obras? Pon algún ejemplo.

Mariano José de Larra (1809-1837)

Nació en Madrid, aunque recibió su primera educación en Francia, donde su familia permaneció exiliada. Se formó en las ideas del Clasicismo francés. Muy pronto empezó a escribir folletos satíricos y artículos de costumbres, género en el que destacó por su ironía y mordacidad.

15. Lee este fragmento de un poema de José Zorrilla y completa la actividad:

> ¿Qué te harás sola en el sepulcro lóbrego,
> Sin oír las palabras de un amigo?
> ¡Si al menos ¡ay! los días que me restan,
> Bajo la húmeda losa
> Pasara yo contigo!
> Yo cubriría con mi cuerpo el tuyo
> Cuando la lluvia fría penetrara
> La piedra que te oculta de mis ojos,
> Y el cierzo de la noche
> Tus sienes no tocara.
> Y mis manos la hierba arrancarían
> Que creciera en la tumba abandonada,
> Y alejaría el fétido gusano
> Que se arrastrara hambriento
> Con su sorda pisada.
>
> José Zorrilla, «A la muerte de...»,
> en *Obras completas.* Manuel P. Delgado.

— ¿Cuál es el tema principal del poema?

— ¿Qué recursos retóricos se utilizan?

— ¿Cómo es su métrica? ¿Y su rima?

— Compara el tema y las figuras expresivas que utiliza Zorrilla en este poema con el fragmento de *Don Juan Tenorio* de la página 185.

16. Lee este fragmento de *Don Álvaro o la fuerza del sino* y contesta a las preguntas:

> **Padre Guardián.** —Señora,
> vuestra agitación comprendo.
> No es extraño, no. Seguidme,
> venid. Sentaos un momento
> al pie de esta cruz; su sombra os dará fuerza y consuelos.
> *(Lleva el PADRE GUARDIÁN a DOÑA LEONOR, y se sientan ambos al pie de la cruz).*
> **Doña Leonor.** —¡No me abandonéis! Oh, padre.
> **Padre Guardián.** —No, jamás; contad conmigo.
> Vuestra agitación comprendo.
> **Doña Leonor.** —De este santo monasterio
> desde que el término piso,
> más tranquila tengo el alma,
> con más libertad respiro.
> Ya no me cercan, cual hace
> un año, que hoy se ha cumplido,
> los espectros y fantasmas
> que siempre en redor he visto.
> Ya no me sigue la sombra
> sangrienta del padre mío,
> ni escucho sus maldiciones,
> ni su horrenda herida miro,
> ni...
>
> Duque de Rivas, *Don Álvaro o la fuerza del sino.*
> Alianza Editorial.

— ¿En qué escenario se desarrolla la acción?

— ¿A qué figuras fantásticas hace referencia Leonor?

— ¿Qué acotaciones contiene el fragmento?

— ¿Cómo es el lenguaje?

— ¿Qué emociones te provoca la escena?

17. Lee este texto en el que Larra reflexiona sobre la literatura de su época:

> Si nuestra antigua literatura fue en nuestro Siglo de Oro más brillante que sólida, si murió después a manos de la intolerancia religiosa y de la tiranía política, [...] esperemos que dentro de poco podamos echar los cimientos de una literatura *nueva,* expresión de la sociedad *nueva* que componemos, toda de *verdad,* como de *verdad* es nuestra sociedad, sin más reglas que esa *verdad* misma, sin más maestro que la naturaleza, *joven,* en fin, como la España que constituimos. [...]
>
> No queremos esa literatura reducida a las galas del decir, al son de la rima, a entonar sonetos y odas de circunstancias, que concede todo a la expresión y nada a la idea, sino una literatura hija de la experiencia y de la historia y faro, por tanto, del porvenir; estudiosa, analizadora, filosófica, profunda, pensándolo todo, diciéndolo todo en prosa, en verso, al alcance de la multitud ignorante aún; [...] literatura, en fin, expresión toda de la ciencia de la época del progreso intelectual del siglo.
>
> Mariano José de Larra, «Literatura», en *El Español.*

— ¿Te parece que el texto que has leído es más representativo de los valores del Neoclasicismo o del Romanticismo? Justifícalo.

18. @ Visualiza el siguiente reportaje sobre la figura del donjuán y completa la actividad: **http://goo.gl/PUvMzj** (min 1:15 a 4:35)

— ¿En qué radicaba el atractivo del donjuán?

— ¿Quién fue el primer autor que trató la figura del donjuán en España? ¿En qué siglo escribió su obra? ¿En quién se basó para desarrollar a su donjuán particular?

— ¿Por qué se dice en el reportaje que el personaje del donjuán no es representativo para la sociedad actual? ¿Qué opinas al respecto?

19. + @ Aunque has estudiado los autores del Romanticismo más representativos del género en el que destacaron (la lírica, el teatro y el periodismo y costumbrismo), la mayoría de ellos escribieron todo tipo de textos. Busca en Internet:

— Un poema de Mariano José de Larra.

— Una obra de teatro de Gustavo Adolfo Bécquer.

— Un poema del duque de Rivas.

3. El Romanticismo en Europa

El Romanticismo surge con fuerza en el **Reino Unido** y **Alemania,** y de estos países se traslada al resto de Europa. Por eso, este movimiento no puede entenderse sin la influencia de los escritores y poetas ingleses y alemanes de este período.

3.1. El Romanticismo alemán

Destaca en sus inicios por su rebeldía, su apasionamiento y su intuición creativa. Los escritores más destacados son **Novalis, Friedrich Hölderlin** y **J. W. Goethe.**

12 de mayo

No sé si por estos lugares se pasean hechiceros espíritus o si un delirio del cielo llena mi pecho, porque todo lo que me rodea me parece un paraíso. A la entrada de la ciudad hay una fuente..., una fuente a la que me encuentro adherido, como por encanto, igual que Melusina y sus hermanas. A la falda de una pequeña colina, se puede ver una bóveda; se bajan 20 escalones y se ve saltar el agua más pura y transparente de los peñascos de mármol. La pequeña pared que forma su recinto, los árboles, que techan con su sombra la frescura del lugar, todo esto tiene un no sé qué atractivo y desconsolador al mismo tiempo; y no pasa un día que deje de descansar ahí una hora.

Johann Wolfgang von Goethe, *Las penas del joven Werther.* Austral.

3.2. El Romanticismo británico

Los románticos británicos vuelven la mirada hacia la literatura medieval en busca de temas y escenarios (se sienten especialmente atraídos por las ruinas, los cementerios y lo sobrenatural). Cantan a la naturaleza y sienten pasión por lo exótico. Los poetas más brillantes son **Percy B. Shelley, John Keats** y **Lord Byron.** En el ámbito novelístico, destaca la escritora Mary Shelley, cuya novela *Frankenstein o el moderno Prometeo* se convirtió de inmediato en un gran éxito de crítica y público.

¡Calma, corazón, ten calma!
¿A qué lates, si no abates
ya ni alegras a otra alma?
¿A qué lates?

Mi vida, verde parral,
dio ya su fruto y su flor,
amarillea, otoñal,
sin amor.

Lord Byron, «Al cumplir mis 36 años», en *Álbum de oro del declamador universal.* EMU.

3.3. El Romanticismo francés

Los autores románticos franceses dejaron también grandes obras, como es la autobiografía *Memorias de ultratumba,* de **François-René de Chateaubriand,** o el poemario *Las flores del mal,* de **Charles Baudelaire.**

¡Alma exhausta, vencida! Para ti, vagabundo,
ni el amor ni la guerra pueden ya cautivarte.
¡Adiós, pues, oh, clarines y suspiros de flauta!
¡Olvidad, oh, placeres, a ese pecho sombrío! [...]

¿Por qué, alud, no me arrastras en tu inmensa caída?

Charles Baudelaire, «El sabor de la nada», en *Las flores del mal.* Planeta.

Johann Wolfgang von Goethe (1749-1832)

Nació en Fráncfort en 1749, en el seno de una familia acomodada. Poeta, novelista, filósofo, científico y dramaturgo, es uno de los intelectuales más relevantes de la cultura alemana e influyó, con sus ideas, en numerosos escritores y artistas, como Friedrich Nietzsche y Ludwig van Beethoven.

Lord Byron (1788-1824)

Nació en Londres y falleció en Grecia, a los 36 años, debido a unas fiebres. George Gordon Byron fue un escritor prolífico. En sus obras destacan los personajes heroicos con características románticas, como la rebeldía, el talento y la frustración.

Charles Baudelaire (1821-1867)

Este traductor, poeta y crítico de arte nació en París, ciudad que ejerció una notable influencia en sus producciones.
Vivió una vida bohemia, repleta de excesos, y entabló amistad con diversos escritores. *Las flores del mal* está considerada su obra maestra.

Comentar un texto consiste en analizar el **contenido** (qué quiere decir el autor) y la **forma** (cómo está escrito el texto), y argumentar si el texto cumple la intención de su autor y si ha empleado para ello los recursos expresivos adecuados (opinión crítica).

En el comentario distinguimos **dos fases:**

— **Estudio del texto.** Se analiza el contenido y se extrae la información más importante, para lo cual proponemos una secuencia de actividades.

— **Redacción del comentario.** Con la información obtenida en la fase anterior, se redacta el comentario siguiendo la estructura de este tipo de textos.

Existen muchas formas de comentar un texto. En este libro proponemos una estructura de análisis, que se repite en cada unidad, para sistematizar una **metodología** de comentario, aplicable a cualquier texto.

En este país

En este país..., esta es la frase que todos repetimos a porfía, frase que sirve de clave para toda clase de explicaciones, cualquiera que sea la cosa que a nuestros ojos choque en mal sentido. *¿Qué quiere usted?,* decimos, *¡en este país!* Cualquier acontecimiento desagradable que nos suceda, creemos explicarlo perfectamente con la frasecilla: *¡Cosas de este país!,* que con vanidad pronunciamos y sin pudor alguno repetimos.

¿Nace esta frase de un atraso reconocido en toda la nación? No creo que pueda ser este su origen, porque solo puede conocer la carencia de una cosa el que la misma cosa conoce: de donde se infiere que si todos los individuos de un pueblo conociesen su atraso, no estarían realmente atrasados. ¿Es la pereza de imaginación o de raciocinio, que nos impide investigar la verdadera razón de cuanto nos sucede, y que se goza en tener una muletilla siempre a mano con que responderse a sus propios argumentos, haciéndose cada uno la ilusión de no creerse cómplice de un mal, cuya responsabilidad descarga sobre el estado del país en general? Esto parece más ingenioso que cierto.

Creo entrever la causa verdadera de esta humillante expresión. Cuando se halla un país en aquel crítico momento en que se acerca a una transición, y en que, saliendo de las tinieblas, comienza a brillar a sus ojos un ligero resplandor, no conoce todavía el bien, empero ya conoce el mal, de donde pretende salir para probar cualquiera otra cosa que no sea lo que hasta entonces ha tenido. [...]

Este es acaso nuestro estado, y este, a nuestro entender, el origen de la fatuidad que en nuestra juventud se observa: el *medio saber* reina entre nosotros; no conocemos el bien, pero sabemos que existe y que podemos llegar a poseerlo, si bien sin imaginar aún el cómo. Afectamos, pues, hacer ascos de lo que tenemos para dar a entender a los que nos oyeron que conocemos cosas mejores, y nos queremos engañar miserablemente unos a otros, estando todos en el mismo caso.

Este *medio saber* nos impide gozar de lo bueno que realmente tenemos, y aun nuestra ansia de obtenerlo todo de una vez nos ciega sobre los mismos progresos que vamos insensiblemente haciendo. Estamos en el caso del que, teniendo apetito, desprecia un sabroso almuerzo con la esperanza de un suntuoso convite incierto, que se verificará, o no se verificará, más tarde. Sustituyamos sabiamente a la esperanza de mañana el recuerdo de ayer, y veamos si tenemos razón en decir a propósito de todo: *¡Cosas de este país!*

Mariano José de Larra, «En este país», en *Artículos*. edebé.

1.ª fase: estudio del texto

Comprensión

Se trata de obtener la información necesaria para comprender el texto de forma general.

1. ¿Cuál es el significado de los términos *inferir, raciocinio, muletilla, entrever, fatuidad, suntuoso* y *convite*?
2. ¿A qué hace referencia la frase «en este país...»? ¿Qué opinión le merece al autor el uso de esta muletilla?

Contextualización

Sitúa el texto en el contexto histórico e ideológico de su tiempo. Indica, también, el género al que pertenece.

3. ¿En qué época se publicó este artículo? ¿Qué caracteriza a España, según Larra? Explica, con la ayuda del texto, qué opina el autor con respecto a la actitud generalizada de los españoles.
4. ¿A qué género literario pertenece el texto? ¿Está en prosa o en verso? ¿A qué corriente literaria pertenece la obra? Justifícalo con fragmentos del texto.

Tema y estructura

Consiste en identificar el tema, las ideas principales y las ideas secundarias. A partir de ahí, se estructuran las partes del texto.

5. Tema: ¿cuál es la actitud de los españoles ante los problemas del país? ¿Qué actitud toma el autor en relación con esta?
6. Idea principal e ideas secundarias: ¿cuál es la causa verdadera de la expresión «en este país...»? ¿Qué reina entre los españoles? ¿En qué consiste? ¿Qué impide?
7. ¿En qué partes se estructura el artículo?
8. Identifica en el fragmento las características propias del género periodístico de Larra.

Estilo

Estudiamos el modo en que está escrito el texto, relacionándolo con el contenido y la intención del autor.

9. ¿Qué tipo de expresiones se utilizan?
10. ¿En qué tiempo verbal está escrito? ¿Por qué?
11. El texto critica de forma constante las actitudes de muchos ciudadanos. Subraya cada caso.
12. ¿Larra critica positiva o negativamente a la sociedad española?

Opinión crítica

Valora el texto con argumentos críticos y da tu opinión.

13. ¿Qué expresa el autor con este texto?
14. ¿Estás de acuerdo con lo que denuncia? ¿Has identificado esta actitud en tu entorno?
15. ¿Cuál es tu opinión sobre esta cuestión? ¿Has pensado en ello alguna vez?

2.ª fase: redacción del comentario

Teniendo en cuenta la fase anterior, vamos a redactar un comentario de texto. Cada uno de vosotros puede escribir el suyo de forma diferente; lo importante es que siga una estructura lógica en la que se explique **qué ha querido decir el autor** y **cómo lo ha hecho.**

Esta tarea te resultará más fácil si sigues estas indicaciones:

Comentar un texto es una tarea que requiere práctica. ¡Practica!

1) INTRODUCCIÓN. Comienza el comentario exponiendo, de forma clara y sencilla, cuál es la intención del autor. Para ello, puedes utilizar la información de la actividad 13.

Con este texto, el autor quiere denunciar la actitud conformista y fácil de muchos ciudadanos ante...

A partir de esta idea se desarrolla el comentario.

2) DESARROLLO. Explica cómo el autor consigue su objetivo. Puedes seguir el orden de los apartados de la primera fase, pero en tu redacción no deben aparecer los títulos de los apartados.

– **Tema y estructura.** La intención del autor queda patente en el tema del texto. Enlaza el primer párrafo del comentario (introducción) con el tema y las ideas del fragmento y cómo están ordenados (actividades 5, 6 y 7); por ejemplo:

El tema principal del fragmento tiene que ver con una expresión que, según el autor, manifiesta el carácter...

Relaciona los temas con la contextualización. Comenta el hecho que recrea el texto y explica cómo era la sociedad de la época (actividad 3) para entender la actitud de los ciudadanos a los que hace referencia Larra. Indica, también, el género de la obra (actividad 4).

No se trata de dar datos porque sí, sino de ofrecer aquella información que sea importante para entender mejor el texto.

– **Estilo.** Explica cómo logra el autor transmitir su mensaje. Localiza los principales recursos y comenta su función.

Empieza por los recursos lingüísticos (uso de las formas verbales, léxico...). Comenta solo aquellas expresiones que tengan una intención determinada (actividad 9); por ejemplo:

El autor emplea oraciones extensas para... y recoge expresiones propias de la sociedad que describe...

Prosigue con los tiempos verbales utilizados (actividad 10) y los fragmentos más críticos (actividad 11), explicando cuál es su función en el artículo:

El texto pretende hacer reflexionar al lector para que observe su propia conducta y valore su actitud frente a los problemas de la sociedad de su tiempo...

3) CONCLUSIÓN.

Valora la importancia del texto, si estás de acuerdo con lo que enuncia y si te parece que sigue vigente actualmente (actividad 14). Para acabar, añade tu opinión personal (actividad 15).

Pon a prueba tus competencias

Lee los siguientes consejos y realiza las actividades que se plantean a continuación:

Consejos para asistir a un concierto

Los conciertos didácticos de la Fundación Juan March tienen como objetivo principal estimular la experiencia estética y musical de los estudiantes. Pero la asistencia a un concierto de música también constituye, en sí misma, un aprendizaje para los alumnos, muchos de los cuales se enfrentan por primera vez a este tipo de eventos. Este decálogo de consejos está pensado como una ayuda al profesor en la preparación de sus alumnos antes de venir al concierto de la Fundación.

1. Elige una vestimenta adecuada al concierto y al lugar
2. La puntualidad es una señal de respeto hacia los intérpretes y al resto del público
3. La desconexión de móviles y alarmas de relojes antes del concierto evita interrupciones de la interpretación y molestias durante la escucha
4. Sigue una entrada ordenada observando el clima de silencio de los auditorios
5. El programa de mano es una guía informativa y un regalo del organizador para llevar a casa. Si lo puedes leer antes del concierto, te servirá para entender mejor el espectáculo
6. En caso de localidades adjudicadas por invitación, la organización distribuye al público en la sala
7. Al comenzar el concierto se oscurece la sala y el público aplaude como bienvenida al presentador y a los intérpretes. Una iluminación tenue facilita la escucha con más atención
8. Es importante mantener un clima de silencio y de escucha atenta durante el concierto o representación, para evitar perturbar con movimientos y ruidos a intérpretes y a oyentes
9. Los aplausos se reservan al final de una obra completa, del concierto y, en su caso, de la propina que puedan ofrecer los intérpretes. Los aplausos son una señal de entusiasmo y de agradecimiento hacia los artistas por su esfuerzo
10. Una vez los intérpretes hayan abandonado el escenario, se encienden completamente las luces y se procede a la salida ordenada de la sala y del edificio

Cortesía Fundación Juan March. Conciertos didácticos

1. ¿Cuál es la finalidad de estos consejos?

a) Servir de apoyo a los docentes a la hora de indicar a los estudiantes cuál es el comportamiento adecuado durante un concierto.

b) Informar a los asistentes a un evento musical sobre las normas del auditorio.

c) Comunicar a un grupo de alumnos qué se recomienda hacer durante un concierto.

2. Indica si estas afirmaciones son verdaderas o falsas:

— Cuando los músicos interpretan una obra, resulta adecuado aplaudir al final de cada movimiento.

— Las personas que acudan con una invitación pueden escoger sus asientos.

— La Fundación Juan March celebra conciertos didácticos dirigidos principalmente a estudiantes.

3. Son muchos los músicos de distintos estilos que han puesto música a los poemas del Romanticismo. Escucha al cantautor Paco Ibáñez recreando unos versos de Bécquer **(http://links.edebe.com/iexy4).** También puedes leer el poema completo: **http://www.poesi.as/gabrim53.htm**

> **Volverán las oscuras golondrinas**
> **en tu balcón sus nidos a colgar,**
> **y otra vez con el ala a sus cristales**
> **jugando llamarán;**
> **pero aquellas que el vuelo refrenaban**
> **tu hermosura y mi dicha al contemplar,**
> **aquellas que aprendieron nuestros nombres...,**
> **esas... ¡no volverán!**
>
> **Gustavo Adolfo Bécquer, «LIII», en *Rimas.* edebé.**

— ¿Qué rasgos del Romanticismo se observan tanto en la canción como en el poema?

— Busca en el diccionario estas palabras que aparecen en la «Rima LIII»: *refrenar, dicha, madreselvas, absorto.* Escribe una estrofa de cuatro versos que incluya las palabras anteriores. Tiene que ser de temática romántica.

4. Imagina que acudes a un concierto de Fryderyk Chopin, compositor y pianista del Romanticismo.

— Busca información sobre este músico. ¿Qué elementos de sus composiciones son característicos del Romanticismo? ¿Alguno de ellos coincide con los propios de la literatura romántica?

5. Escucha ahora al grupo de música *heavy* Tierra Santa cantando «La canción del pirata» de Espronceda: **http://links.edebe.com/5cc29b**

— ¿A qué gran tema del Romanticismo le canta Espronceda en este poema?

SÍNTESIS

Completa en tu cuaderno el siguiente esquema sobre la literatura de la segunda mitad del siglo XVIII y la primera mitad del XIX:

Contextualización histórica

- El Neoclasicismo y el Romanticismo tienen lugar en el siglo ..... y en la ..... mitad del siglo ....., respectivamente. El primero comienza con el reinado de Felipe V y finaliza con el de .....; el segundo comienza con el reinado de Carlos IV y finaliza con la subida de ..... al trono.

Sociedad

- El período neoclásico se caracteriza por las ..... impulsadas por la dinastía de los .....; el romántico, por las reformas liberales de la clase .....

Cultura

- El pensamiento de la Ilustración concede un gran valor a la .....
- El movimiento romántico llega a España más ..... que en el resto de Europa, donde ya despuntaba el ..... La población sufre un grave .....

Literatura en el siglo XVIII y en la primera mitad del XIX

Neoclasicismo

- La literatura se convierte en un reflejo del pensamiento .....
- Los géneros más cultivados son la ..... y el .....
- El teatro se caracteriza por el abandono de los preceptos del ..... y por la vuelta a las normas .....

Romanticismo

- Reclama el protagonismo del ..... y sus emociones frente al dominio de la .....
- Se caracteriza por la subjetividad, el deseo de ....., la angustia ..... y el .....
- Los géneros más cultivados son la ....., el ..... y el .....

Diario de aprendizaje

Reflexiona

— ¿Qué sabías sobre el Neoclasicismo y el Romanticismo antes de estudiar esta unidad? ¿Qué te ha llamado más la atención de lo que has aprendido?

— ¿Qué contenidos de los que has estudiado te han resultado más complejos? ¿Por qué? ¿Qué has hecho para superar estas dificultades?

— ¿Has aprendido los fundamentos básicos para elaborar el comentario de un texto literario?

Batallamos con razón y pasión

Jean-Jacques Rousseau, uno de los grandes pensadores de la Ilustración.

Razón y pasión. Ideas y sentimientos. Pensamiento y emoción. ¿Te parecen muy diferentes? A los escritores del Neoclasicismo y del Romanticismo debió de parecérselo, pues basaron sus obras en una de estas dos dimensiones: los primeros, en la razón; los segundos, en la pasión.

Ahora no se trata de que leas más obras, ni de que analices más textos, ni de que estudies a más autores... sino de que tú mismo seas el creador de una obra. ¿Te animas?

1 Pero... ¿tengo que elegir?

Tanto las ideas razonadas como los sentimientos fruto de los arrebatos más inmediatos forman parte de nuestro día a día, por lo que es muy difícil decantarse exclusivamente por unas o por otros.

Sin embargo, en este taller, deberéis dividiros en dos grupos: los neoclásicos, defensores de la razón, y los románticos, representantes de las pasiones.

Para formar los dos grupos, deberéis preguntaros cómo os definiríais, si como personas racionales y reflexivas o, más bien, como sentimentales y pasionales. Una vez formados los grupos, podréis pasar a la siguiente fase.

2 Cuatro temas, muchas posibilidades

Ya has aprendido que los géneros más representativos del Neoclasicismo fueron la didáctica y el teatro, y que en el Romanticismo destacaron la lírica, el teatro y el periodismo.

Ahora, escoged uno de estos cuatro temas teniendo en cuenta que en el grupo de los **neoclásicos** tendréis que tratarlo a través de **fábulas** y en el de los **románticos,** mediante **poemas** que respeten las características propias de esta corriente literaria:

Cre@ctividad

Ahora ya sabes que los escritores del Romanticismo utilizaban numerosos recursos expresivos para transmitir sentimientos e ideas.

Escoge a un escritor del Romanticismo español, alemán, británico o francés y selecciona uno de sus poemas.

Una vez seleccionado, accede a la web **www.prezi.com** (previamente, tu profesor o profesora tendrá que haberse registrado para darte acceso) y elabora una presentación del poema escogido con la que refuerces su mensaje. Para ello, añade imágenes, música...

3 Fábulas y poemas

Una vez escogido el tema, podéis empezar a crear vuestras composiciones. Tanto los neoclásicos como los románticos deberéis tratar los celos, la traición, la esperanza o la belleza, según haya sido vuestra elección, con el género que os corresponda: la fábula o la poesía.

Así, en el caso de los neoclásicos, deberéis escribir una fábula de la que se desprenda una enseñanza relacionada con el motivo escogido.

Los románticos, por vuestra parte, tendréis que escribir un poema en el que tratéis el tema seleccionado pero usando los rasgos de los autores del Romanticismo: subjetividad, deseo de libertad, angustia vital...

Richard Wagner, uno de los compositores románticos más influyentes.

4 ¡A por refuerzos!

Para reforzar vuestras composiciones, tanto los representantes del Neoclasicismo como los románticos podéis ayudaros de obras de las corrientes artísticas y literarias de las que formáis parte.

De este modo, los neoclásicos podéis representar vuestra fábula con obras pictóricas de la época, citas de fábulas de Esopo o música del siglo XVIII.

Los románticos también podéis hacerlo. Seguro que la música de Wagner, Beethoven o Chopin, y las pinturas de Géricault y de Goya os serán de gran ayuda.

5 Que comience la batalla...

¡Ya estáis listos para convencer al grupo contrario con vuestras composiciones y ganar la batalla! Por turnos, leed un fragmento de vuestro texto, ayudándoos de las obras pictóricas y musicales escogidas. Acto seguido, el otro equipo os responderá con un fragmento de su composición. Seguid este proceso hasta haber leído vuestra fábula y vuestro poema completamente.

El profesor o profesora, o los compañeros de otras clases a quienes hayáis invitado a la lectura, serán los encargados de decidir cuál es la obra ganadora. ¡Que gane el mejor!

Actividades

1. Aplicad la **técnica de trabajo cooperativo** *1-2-4* para analizar la composición del equipo rival.

   — De manera individual, escribid vuestras opiniones acerca de estos aspectos:

   - ¿Respeta las características del movimiento al que pertenece? ¿En qué ha fallado? ¿En qué ha acertado? Justifícalo en cada caso.
   - ¿Está bien estructurada y la moraleja está bien argumentada, en el caso de la fábula? En el del poema, ¿logra transmitir los sentimientos? ¿Emplea figuras retóricas elaboradas?

   Cuando hayáis terminado, compartid vuestras respuestas con un compañero, y después contrastadlas con las de otra pareja. Componed un solo texto y leedlo en voz alta a vuestros compañeros; les ayudará a valorar su trabajo.

8
Unidad

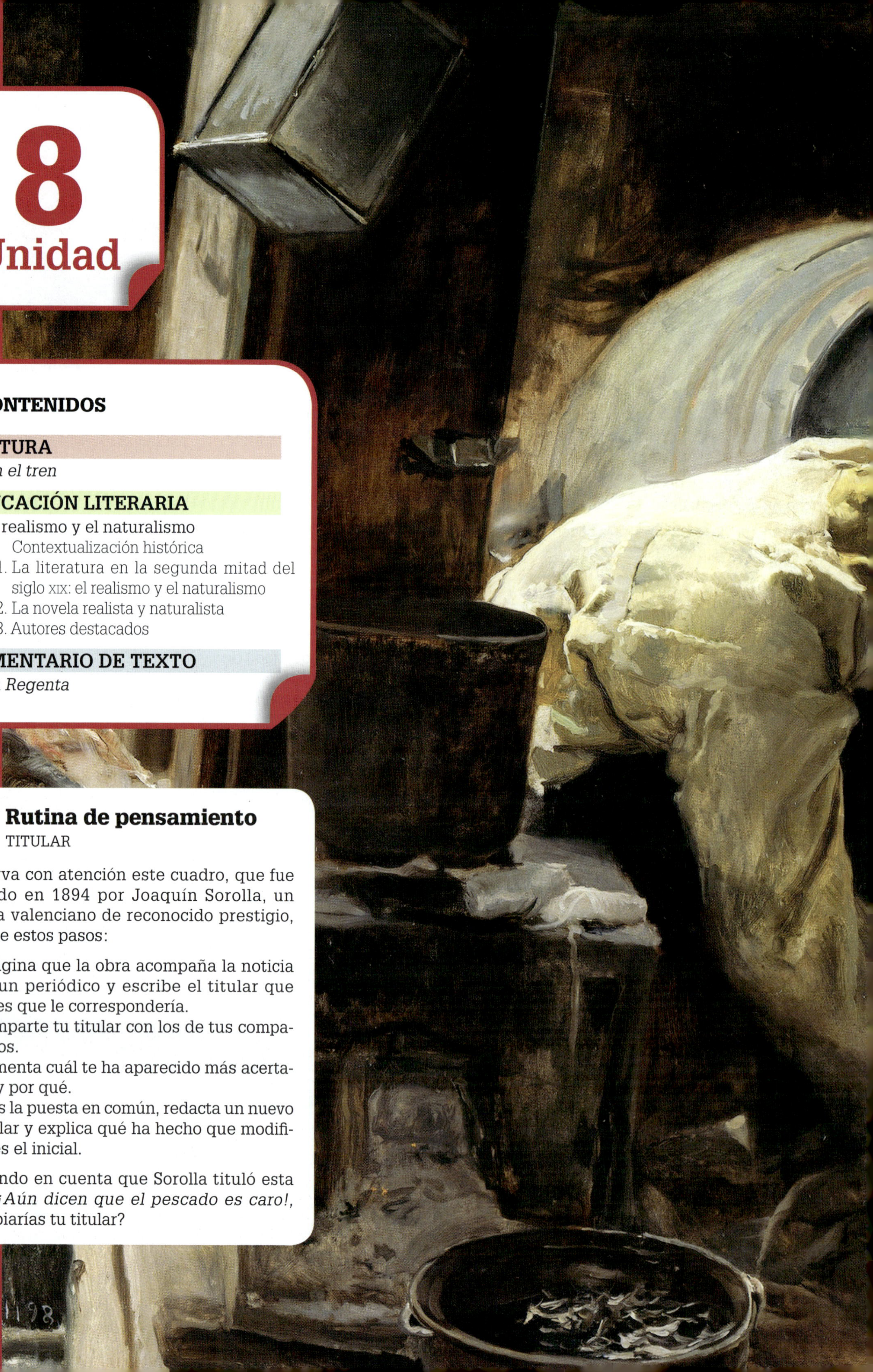

» CONTENIDOS

LECTURA

En el tren

EDUCACIÓN LITERARIA

El realismo y el naturalismo

Contextualización histórica

1. La literatura en la segunda mitad del siglo XIX: el realismo y el naturalismo
2. La novela realista y naturalista
3. Autores destacados

COMENTARIO DE TEXTO

La Regenta

Rutina de pensamiento
TITULAR

Observa con atención este cuadro, que fue pintado en 1894 por Joaquín Sorolla, un artista valenciano de reconocido prestigio, y sigue estos pasos:

1. Imagina que la obra acompaña la noticia de un periódico y escribe el titular que crees que le correspondería.
2. Comparte tu titular con los de tus compañeros.
3. Comenta cuál te ha aparecido más acertado y por qué.
4. Tras la puesta en común, redacta un nuevo titular y explica qué ha hecho que modifiques el inicial.

Teniendo en cuenta que Sorolla tituló esta obra *¡Aún dicen que el pescado es caro!*, ¿cambiarías tu titular?

Leopoldo Alas, «Clarín»

«Más que a España, amo yo al mundo, y más que a mi tiempo, a toda la historia de esta pobre, interesante humanidad, que viene de las tinieblas y se esfuerza, incansable, por llegar a la luz». En esta cita se refleja el carácter crítico e idealista de Clarín, uno de los escritores más importantes de la literatura española, que, aunque nació en Zamora, pasó gran parte de su vida en Oviedo, donde trabajó como catedrático de Derecho Romano en la Universidad.

Este cuento

Pertenece a la colección titulada *La fantasía de un delegado de Hacienda* y *otros cuentos*, publicada por la editorial Lerner.

Se enmarca en el contexto del conflicto colonial con Cuba conocido como guerra hispano-estadounidense o Desastre del 98. España fue derrotada y Cuba se proclamó república independiente bajo tutela de Estados Unidos.

En el tren

El duque del Pergamino, marqués de Numancia, conde de Peñasarriba, consejero de ferrocarriles de vía ancha y de vía estrecha, exministro de Estado y de Ultramar... *está que bufa*[1] y *coge el cielo*[2]... *raso*[3] del coche de primera con las manos; y a su juicio tiene razón que le sobra. Figúrense ustedes que él viene desde Madrid solo, tumbado cuan largo es en un reservado, con que ha tenido que contentarse, porque no hubo a su disposición, por torpeza de los empleados, ni coche-cama, ni cosa parecida. Y ahora, a lo mejor del sueño, a media noche, en mitad de Castilla, le abren la puerta de su departamento y le piden mil perdones... porque tiene que admitir la compañía de dos viajeros nada menos: una señora *enlutada*[4], cubierta con un velo espeso, y un teniente de artillería.

¡De ninguna manera! No hay cortesía que valga; el noble español es muy inglés cuando viaja y no se anda con miramientos medievales: defiende el *home* de su reservado poco menos que con el *sport* que ha aprendido en Eton, en Inglaterra, el noble duque castellano, estudiante inglés.

¡Un consejero, un senador, un duque, un exministro, consentir que entren dos desconocidos en su coche, después de haber consentido en prescindir de una berlina-cama, a que tiene derecho! ¡Imposible! ¡Allí no entra una mosca!

La dama de luto, avergonzada, confusa, procura desaparecer, buscar refugio en cualquier furgón donde pueda haber perros más finos..., pero el teniente de artillería le cierra el paso ocupando la salida, y con mucha tranquilidad y finura defiende su derecho, el de ambos.

—Caballero, no niego el derecho de usted a reclamar contra los descuidos de la Compañía..., pero yo, y por lo visto esta señora también, tengo billete de primera; todos los demás coches de esta clase vienen llenos; en esta estación no hay modo de aumentar el servicio... Aquí hay asientos de sobra, y aquí nos metemos.

El jefe de la estación apoya con timidez la pretensión del teniente; el duque se crece, el jefe cede... y el artillero llama a un cabo de la Guardia Civil, que, enterado del caso, aplica la *ley marcial*[5] al reglamento de ferrocarriles, y decreta que la viuda (él la hace viuda) y su teniente se queden en el reservado del duque, sin perjuicio de que este *se llame a engaño*[6] ante quien corresponda.

Pergamino protesta; pero acaba por calmarse y hasta por ofrecer un magnífico puro al militar, del cual acaba de saber, accidentalmente, que va en el expreso a incorporarse a su regimiento, que se embarca para Cuba.

—¿Conque va usted a ultramar a defender la integridad de la patria?

—Sí, señor, en el último sorteo me ha tocado el chinazo.

—¿Cómo, chinazo?

—Dejo a mi madre y a mi mujer enfermas y dejo dos niños de menos de cinco años.

—Bien, sí; es lamentable... ¡Pero la patria, el país, la bandera!

—Ya lo creo, señor duque. Eso es lo primero. Por eso voy. Pero siento separarme de lo segundo. Y usted, señor duque, ¿adónde bueno?

—Psss... Por de pronto a Biarritz, después al norte de Francia... Pero todo eso está muy visto; pasaré el Canal y repartiré el mes de agosto y de septiembre entre la isla de Wight, Cowes, Ventnor, Ryde y Osborn...

La dama del luto y del velo ocupa silenciosa un rincón del reservado. El duque no repara en ella. Después de repasar un periódico, reanuda la conversación con el artillero, que es de pocas palabras.

—Aquello está muy malo. Cuando yo, allá en mi novatada de ministro, admití la cartera de Ultramar, por vía de aprendizaje, me convencí de que tenemos que aplicar el *cauterio*[7] a la administración ultramarina, si ha de salvarse aquello.

—Y usted ¿no pudo aplicarlo?

—No tuve tiempo. Pasé a Estado, por mis méritos y servicios. Y además... ¡hay tantos compromisos! Oh, pero la insensata rebelión no prevalecerá; nuestros héroes defienden aquello como leones; mire usted que es magnífica la muerte del general Zutano... víctima de su arrojo en la acción de Tal... Zutano y *otro* valiente, un capitán..., el capitán... no sé cuántos, perecieron allí con el mismo valor y el mismo patriotismo que los más renombrados mártires de la guerra. Zutano y el *otro,* el capitán aquel, merecen estatuas; letras de oro en una lápida del Congreso... Pero de todas maneras, aquello está muy malo... No tenemos una administración... Conque ¿usted se queda aquí para tomar el tren que le lleve a Santander? Pues ea; buena suerte, muchos laureles y pocos balazos... Y si quiere usted algo por acá..., ya sabe usted, mi teniente, durante el verano, isla de Wight, Cowes, Ryde, Ventnor y Osborn...

El duque y la dama del luto y el velo quedan solos en el reservado. El exministro procura, con discreción relativa, entablar conversación.

La dama contesta con monosílabos, y a veces con señas.

El de Pergamino, despechado, se aburre. En una estación, la enlutada mira con impaciencia por la ventanilla.

—¡Aquí, aquí! —grita de pronto—; Fernando, Adela, aquí...

Una pareja, también de luto, entra en el reservado: la enlutada del coche los abraza, sobre el pecho de la otra mujer llora, sofocando los sollozos.

El tren sigue su viaje. Despedida, abrazos otra vez, llanto...

Quedaron de nuevo solos la dama y el duque.

Pergamino, muerto de impaciencia, se aventura en el terreno de las posibles indiscreciones. Quiere saber a toda costa el origen de aquellas penas, la causa de aquel luto... Y obtiene fría, seca, irónica, entre lágrimas, esta breve respuesta:

—Soy la viuda del *otro...*, del capitán Fernández.

Vocabulario

[1]**está que bufa:** dicho de una persona que manifiesta ira. / [2]**coger el cielo con las manos:** enfadarse mucho. / [3]**cielo raso:** se refiere, en sentido metafórico, al techo del vagón del tren. / [4]**enlutada:** vestida de luto. / [5]**ley marcial:** ley militar que se aplica a todos los ciudadanos en situaciones excepcionales. / [6]**llamar alguien a engaño:** pretender que algo se deshaga, alegando haber sido engañado. / [7]**cauterio:** remedio doloroso y exigente.

Para leer

Si te ha gustado el cuento de Clarín, te recomendamos estos títulos de autores contemporáneos suyos:

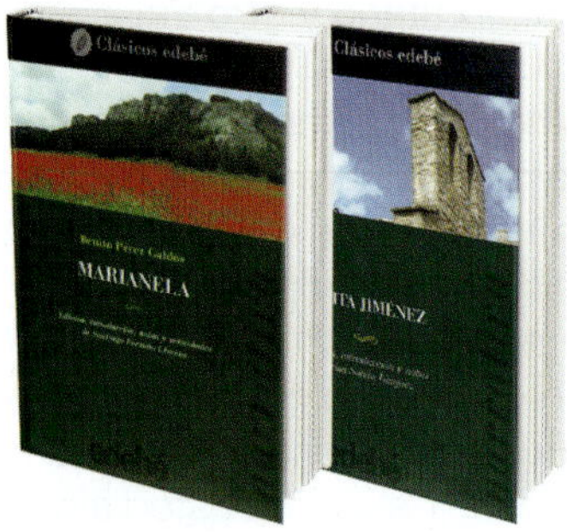

En *Marianela* se relatan las desventuras de su protagonista y de su enamorado, Pablo, ciego de nacimiento. *Pepita Jiménez* narra la historia de amor entre un joven seminarista y su madrastra Pepita, de solo 20 años.

- Benito Pérez Galdós, *Marianela*. Colección Clásicos edebé. edebé.
- Juan Valera, *Pepita Jiménez*. Colección Clásicos edebé. edebé.

Ágora

El **clasismo** es la actitud o tendencia de quien defiende las diferencias de clase y la discriminación por dicho motivo.

— ¿Te parece que el cuento de Clarín que has leído trata el tema del clasismo? ¿De qué manera?

— ¿Alguna vez has observado actitudes clasistas en tu entorno? ¿Qué crees que las motivaba? ¿Cómo crees que podrían erradicarse este tipo de actitudes?

Obtención de información

Lee el cuento «En el tren» y resuelve las siguientes actividades:

1. Responde a estas preguntas:
   - ¿Por qué está enfadado el duque del Pergamino?
   - ¿Quiénes se encargan de convencerlo para que acepte la situación? ¿Cómo lo hacen? ¿Qué actitud adopta la dama enlutada?
   - ¿Hacia dónde se dirige el duque? ¿Y el teniente? ¿En qué se diferencian sus destinos?

2. Por su actitud, entendemos que la dama enlutada está viviendo un drama personal. Contesta:
   - ¿Cómo es su carácter? Justifica tu respuesta con ejemplos extraídos del texto.
   - ¿Quiénes son Fernando y Adela? ¿Para qué suben al tren?
   - ¿Cómo se siente la dama ante la pregunta indiscreta del duque, una vez que la pareja ha bajado del tren?
   - ¿Quién es el «capitán… no sé cuántos» al que se refiere el duque?
   - ¿Por qué rompe a llorar la dama?

3. Al principio del cuento se confrontan dos derechos contrapuestos: el defendido por el duque a permanecer solo en su reservado y el defendido por el teniente de artillería a ocuparlo junto con la dama.
   - ¿Qué argumentos aporta el duque?
   - ¿Cómo los rebate el teniente?

4. ¿Qué tipo de lenguaje emplea el duque? Escoge los adjetivos que lo definen y aporta ejemplos extraídos del texto.
   - Vulgar
   - Coloquial
   - Pedante
   - Culto
   - Esnob
   - Sencillo

Interpretación

5. Explica el significado de estas expresiones del texto:
   - En el último sorteo *me ha tocado el chinazo.*
   - La dama procura buscar refugio en cualquier furgón *donde pueda haber perros más finos.*
   - Y usted, señor duque, *¿adónde bueno?*
   - Buena suerte, *muchos laureles y pocos balazos.*

Reflexión

6. El teniente defiende su derecho y el de la dama a viajar en primera clase.
   - ¿Es importante luchar por lo que uno considera justo? Justifica tu respuesta con alguna situación similar que hayas presenciado.

Expresión

7. Lee de nuevo el cuento *En el tren* fijándote en la visión de la guerra que defienden el duque, por una parte, y el teniente, por otra.
   - Explica cuáles son las posturas de ambos personajes y, a continuación, redacta un texto argumentativo en el que defiendas tu propia postura.

Escucha

Escucha atentamente esta información sobre el ferrocarril en España:

http://links.edebe.com/r6j789 (min 0:00 a 6:03)

1. Contesta a estas preguntas sobre el vídeo que acabas de ver:

- ¿Cuál fue la primera línea de pasajeros de ferrocarril en España? ¿Cuándo se inauguró? ¿Cuántos kilómetros cubría? ¿Qué dos ciudades conectaba?
- ¿Qué ventajas supuso la llegada del ferrocarril para nuestro país? Cita todas las que se mencionan en el vídeo.
- ¿Cómo eran las comunicaciones en la España de ese momento?

2. En el vídeo se habla del peligro al que los viajeros, antes de la llegada del ferrocarril, debían enfrentarse, pues a menudo los bandidos se apostaban en los caminos para robarles.

— ¿En qué medida crees que el desarrollo de las comunicaciones y la construcción de infraestructuras ha contribuido a aumentar la seguridad en nuestro país?

Habla

3. Así como el ferrocarril fue uno de los grandes protagonistas de la Revolución Industrial, otros inventos han causado la denominada «Revolución Digital».

— Organizad un debate en el que expongáis vuestros argumentos: unos defenderéis que la Revolución Digital ha sido tan importante en la actualidad como en su día lo fue la Revolución Industrial; otros, que la Revolución Industrial tiene más importancia.

— Para defender vuestras posturas, buscad información en estas fuentes:

- Vídeo del programa *Para todos La 2* sobre la Revolución Industrial: **http://links.edebe.com/m22b8h**
- Página web de la exposición «Big Bang Data» del Espacio Fundación Telefónica: **http://links.edebe.com/yi8ek**
- Artículo sobre la revolución tecnológica de los teléfonos inteligentes: **http://links.edebe.com/ua2q**

— Para participar en el debate de forma organizada, seguid estas pautas:

- Proponed los argumentos que defiendan vuestra tesis.
- Utilizad organizadores textuales *(en primer lugar, por lo tanto, por este motivo...)* para facilitar la comprensión de las ideas a vuestros compañeros.
- Hablad alto y claro.

— Una vez finalizado el debate, comparad lo que sabíais antes y lo que habéis aprendido tras haber participado en él.

La fascinación por el ferrocarril se trasladó al cine. Los hermanos Lumière, pioneros del arte cinematográfico, convirtieron el ferrocarril en protagonista del cortometraje *L'arrivée d'un train en gare de La Ciotat* (1896), en el que se muestra la llegada de un tren a una estación. La leyenda cuenta que los espectadores, al presenciar el cortometraje, huyeron del local por miedo a que el tren los arrollase.

Recomendaciones para debatir

- Prepárate bien el tema, infórmate al respecto y estudia los aspectos que quieres destacar en el debate.
- Respeta los turnos de palabra.
- Escucha atentamente las ideas de tus compañeros para aprender de sus investigaciones y obtener otros puntos de vista.

1843-1868

Durante el reinado de Isabel II, los liberales progresistas y moderados se alternaron en el poder y se sucedieron más de cincuenta gobiernos. Fue una época de agitación social e inestabilidad.

El prisionero, de Francisco de Goya.

1868-1874

En el año 1868 se produjo un levantamiento militar que provocó un cambio político y supuso el destronamiento de Isabel II. Comenzó el **sexenio democrático** o revolucionario. Encontrar un rey se convirtió en uno de los grandes problemas del país.

Finalmente, en 1870, las Cortes Constituyentes eligieron a **Amadeo I** como rey de España.

Tras su abdicación, en 1873, se proclamó la **Primera República,** que duró tan solo **un año,** hasta 1874.

1875-1902

Se restauró la monarquía en la figura de **Alfonso XII**, hijo de Isabel II, que devolvió la **estabilidad** al país. Se alternaron gobiernos conservadores y liberales. En 1898, tras la derrota de España en la guerra hispano-estadounidense, se perdieron las últimas colonias y se acentuó la crisis.

La segunda mitad del siglo XIX

Constituyó un período de intensos cambios. En Europa se produjo un proceso de industrialización, denominado ***Revolución Industrial,*** que transformó profundamente la sociedad, así como las relaciones sociales, políticas y económicas. En el terreno filosófico, autores como Karl Marx reflejaron en sus obras reflexiones motivadas por los progresos científicos y tecnológicos.

Sociedad

La crisis financiera y la pérdida de popularidad de Isabel II facilitó el entendimiento entre los partidos, que acordaron el derrocamiento de la reina en 1868. En 1873, tras el breve reinado de Amadeo I, se instauró la Primera República, que duró hasta 1874. En 1875 se promulgó una nueva Constitución y se estableció una monarquía parlamentaria.

La pérdida de las colonias americanas sumió al país en una crisis económica, política y social. En España, como en el resto de Europa, la economía experimentó un cambio en el modelo productivo debido a la **Revolución Industrial,** que sentó las bases de la sociedad capitalista. Sin embargo, el país no alcanzó una plena modernización y sus diferencias con el resto de Europa fueron en aumento.

Destaca, en este período, el **auge de la burguesía** y la **lucha de clases entre obreros y patronos.** La nueva sociedad industrial se dividía en tres clases: la **burguesía,** formada por grandes empresarios, que afianzó su dominio en la sociedad y en la economía y luchó por imponerse en la política; la **nobleza,** que vio mermadas sus posesiones y perdió protagonismo; y la **clase trabajadora,** constituida por jornaleros (trabajadores del campo) y proletarios (trabajadores de las fábricas).

El aumento de la industria empeoró las condiciones de los obreros, que iniciaron un largo camino de reivindicaciones.

Cultura

En el ámbito **científico** se produjeron grandes progresos, tanto en la investigación como en la aplicación de los conocimientos adquiridos. Sin embargo, los **avances tecnológicos** que en Europa ya se habían dado a principios del siglo XIX (el ferrocarril, el telégrafo, el alumbrado…) tardaron varias décadas en llegar a España.

El optimismo y la confianza generados por estos avances explican la aparición del **positivismo,** corriente de pensamiento que defiende la comprobación experimental, y rechaza todo aquello que no pueda contrastarse por medio de la experiencia.

En el ámbito científico, dos teorías transformaron la visión del ser humano: el **evolucionismo** de Charles Darwin, que defendía que los seres vivos son el resultado de un proceso evolutivo, y el **determinismo** de Pierre-Simon Laplace, según el cual todo sucede siguiendo leyes físicas.

El desarrollo tecnológico tuvo repercusiones en el arte, que se enfrentó a desafíos técnicos con la llegada de la fotografía.

En el terreno filosófico, Karl Marx analizó las consecuencias de la Revolución Industrial y denunció la situación de la clase obrera.

1. La literatura en la segunda mitad del siglo XIX: el realismo y el naturalismo

Durante el siglo XIX se desarrollaron en Europa dos movimientos artísticos y literarios que surgieron como **oposición al idealismo** y al **individualismo románticos;** dos corrientes que llegaron a España a partir de la segunda mitad del siglo XIX: el **realismo** y el **naturalismo.** Estos movimientos encontraron en la pintura y, sobre todo, en la literatura, los medios idóneos para **reflejar las nuevas corrientes ideológicas.**

1.1. El realismo

Surgió como oposición al apasionamiento romántico y se centró en los problemas sociales que trajo consigo la Revolución Industrial. Este movimiento literario intentaba dar respuesta a la situación de pobreza y de explotación que sufría la clase trabajadora como consecuencia de la nueva economía capitalista.

Los **principios básicos** del realismo son los siguientes:

- **El arte debe reproducir la vida.** La creación del artista y el escritor debe ser un retrato social que reproduzca la realidad (ambientes, vestidos, formas de hablar...).
- **Destaca el interés por lo psicológico.** Se describen el carácter y la conducta de los personajes para analizar las razones que los llevan a actuar de una determinada forma.
- **Predomina la crítica social.** Se denuncian los defectos de la sociedad (pobreza, explotación, analfabetismo...) y se ofrecen soluciones para erradicarlos.
- **Destaca el estilo descriptivo.** Abundan los adjetivos con los que se reproduce la realidad de manera fidedigna.

Una noche, después que todo calló, dejose oír ruido de cestas en la cocina. Como allí había alguna claridad, porque jamás se cerraba la madera del ventanillo, Celipín Centeno, que no dormía aún, vio que las dos cestas más altas, colocadas una contra otra, se separaban abriéndose como las conchas de un bivalvo. Por el hueco aparecieron la naricilla y los negros ojos de la Nela.

—Celipín, Celipinillo —dijo esta, sacando también su mano—, ¿estás dormido?

—No, despierto estoy. Nela, pareces una almeja. ¿Qué quieres?

—Toma, toma esta peseta que me dio esta noche un caballero, hermano de don Carlos... ¿Cuánto has juntado ya?... Este sí que es regalo. Nunca te había dado más que cuartos.

—Dame acá; muchas gracias, Nela —dijo el muchacho, incorporándose para tomar la moneda—. Cuarto a cuarto, ya me has dado al pie de treinta y dos reales... Aquí lo tengo en el seno, muy bien guardadito en el saco que me diste. ¡Eres una real moza!

—Yo no quiero para nada el dinero. Guárdalo bien, porque si la Señana te lo descubre, creerá que es para vicios y te pegará con el palo grande.

—No, no es para vicios, no es para vicios —dijo el chico con energía, oprimiéndose el seno con una mano, mientras sostenía su cabeza en la otra—, es para hacerme hombre de provecho, Nela, para hacerme hombre de pesquis, como muchos que conozco. El domingo, si me dejan ir a Villamojada, he de comprar una cartilla para aprender a leer, ya que aquí no quieren enseñarme. ¡Córcholis! Aprenderé solo. ¡Ay!, Nela, dicen que don Carlos era hijo de uno que barría las calles en Madrid. Él solo, solito él, con la ayuda de Dios, aprendió todo lo que sabe.

Benito Pérez Galdós, *Marianela*. edebé.

1.2. El naturalismo

Apareció en el último tercio del siglo XIX como resultado de una evolución de las ideas y las técnicas propias del realismo, que fueron llevadas a su **visión más extrema.** La estética naturalista considera que la vida y la conducta de los individuos están condicionadas por la herencia genética y el entorno social.

En resumen, el naturalismo es una variante del realismo en la que se aprecia una **visión más dura de la realidad.** Los autores no solo no evitan retratar los aspectos más desagradables de la sociedad, sino que se recrean en ellos para acentuar su **denuncia social** y concienciar al lector. Por esta razón, debido a la crudeza y al tratamiento de los temas, el naturalismo tuvo muchos opositores.

En algunos casos, las diferencias entre el realismo y el naturalismo son leves, y, a veces, **ambos estilos pueden convivir en una misma obra.** En el siguiente fragmento de una novela de Vicente Blasco Ibáñez, un autor comúnmente asociado al realismo, se aprecian rasgos propios del naturalismo en la narración de la desafortunada situación de pobreza en la que viven los protagonistas:

¿Qué eran ellos? Unos mendigos del lago, viviendo como salvajes en la barraca, sin más alimento que los animales de las acequias y teniendo que huir como criminales ante los guardas cuando mataban algún pájaro para dar mayor sustancia al caldero. Unos parásitos de los cazadores, que solo comían carne cuando los forasteros les permitían meter mano en sus provisiones. ¡Y esa miseria prolongándose de padres a hijos, como si viviesen amarrados para siempre al barro de la Albufera [...]!

El abuelo ha sido un pobre, y después de una vida de perro solo logró construir aquella barraca, donde vivían eternamente ahumados. Su padre, a quien tanto respetaba, no había conseguido guardar un mendrugo para la vejez. Que le dejasen a él trabajar a gusto, y su hijo, el pequeño Tonet, sería rico, cultivaría campos cuyos límites se perderían de vista, y sobre el solar de la barraca tal vez se levantase con el tiempo una casa mejor que todas las del Palmar.

Vicente Blasco Ibáñez, *Cañas y barro.* Ediciones Orbis.

1.3. Los géneros literarios en el realismo y en el naturalismo

En España, como en Europa, el **género que mejor se adaptó al realismo** fue la narrativa y, en concreto, **la novela.** Este género se amoldaba perfectamente a los presupuestos estéticos del realismo y el naturalismo, que concebían la literatura como un reflejo fidedigno de la sociedad. Aunque el teatro y la lírica se cultivaron en menor medida, también se desarrollaron obras realistas y naturalistas en estos géneros.

— **Lírica.** La poesía, muy cultivada en el Romanticismo, es escasa en este período. Los autores más destacados son Ramón de Campoamor y Gaspar Núñez de Arce, quienes defienden una **poesía sencilla** y antirretórica, muy **apegada a la realidad.**

— **Teatro.** La dramaturgia representa **asuntos de la vida contemporánea.** Los subgéneros teatrales más cultivados son la **alta comedia,** por Adelardo López de Ayala; la **comedia costumbrista,** por Manuel Bretón de los Herreros, y el **drama social,** por José Echegaray.

— **Narrativa.** La novela es el género por excelencia de la segunda mitad del siglo XIX, el medio ideal para **analizar la realidad social** del momento. También se cultivan, aunque en menor medida, subgéneros prosísticos, como el cuento y el ensayo.

La poesía de Ramón de Campoamor

Ramón de Campoamor (1817-1901), poeta enmarcado dentro de la corriente realista, escribió grandes poemas, como «Amor y gloria»:

¡Sobre arena y sobre viento
lo ha fundado el cielo todo!
Lo mismo el mundo del lodo
que el mundo del sentimiento.
De amor y gloria el cimiento
solo aire y arena son.
¡Torres con que la ilusión
mundo y corazones llena;
las del mundo sois arena,
y aire las del corazón!

1. Busca en Internet la obra del pintor francés Honoré Daumier titulada *La lavandera* (1863).

— ¿A qué clase social pertenecen los personajes?

— ¿Qué realidad social refleja esta obra?

— ¿Consideras que el autor critica algún aspecto de la época? ¿Cuál?

— ¿Con qué principios básicos del realismo relacionarías este cuadro?

2. Observa atentamente estas obras e indica a qué movimientos pictóricos pertenecen (realismo o Romanticismo). Justifica tu respuesta.

El vagón de tercera (1860), de Honoré Daumier.

Dos hombres contemplando la luna (1830), de Caspar David Friedrich.

3. Lee el siguiente texto y resuelve las actividades:

> En lo antiguo se escribían las novelas para divertir, para ensanchar el corazón, para distraer con bellas ficciones los ánimos que se contristaban con la vulgar y prosaica realidad de la existencia terrena. [...] Ahora es todo lo contrario: el toque, el busilis de la buena novela, está en dar un mal rato a cada uno de cuantos la lean; en turbar su digestión.
>
> Juan Valera, *Apuntes sobre el nuevo arte de escribir novelas.* Imprenta Alemana.

— Busca el significado de las palabras *contristar* y *busilis.*

— ¿En qué se diferencian, según Juan Valera, las novelas de su tiempo de las de antes?

4. Los autores realistas y naturalistas ¿veían el desarrollo científico como algo positivo o como algo negativo? Justifica tu respuesta.

5. Lee el siguiente fragmento de *Fortunata y Jacinta*, de Benito Pérez Galdós, e identifica los principios básicos del realismo: **http://links.edebe.com/nc4f7z**

6. Lee con atención este fragmento de un cuento de Vicente Blasco Ibáñez:

> Era receloso; presentía que la desgracia se acercaba; la veía en todas partes: en las caras curiosas que asomaban al ventanillo de la puerta; en el cura de la cárcel, que ahora entraba todas las tardes, como si aquella celda infecta fuera el lugar mejor para hablar con un hombre. ¡Malo, malo! [...]
>
> Al día siguiente lo llevarían a su pueblo, atado y custodiado, como una res brava que va al matadero. Ya estaba allá el verdugo con sus trastos. Y aguardando el momento de salida para verlo, se pasaba las horas a la puerta de la cárcel la mujer, una mocetona morena, de labios gruesos y cejas unidas, que, al mover su hueca faldamenta de zagalejos superpuestos, esparcía un punzante olor de establo.
>
> Estaba como asombrada de estar allí; en su mirada boba leíase más estupefacción que dolor; y únicamente al fijarse en la criatura agarrada a su enorme pecho derramaba algunas lágrimas.
>
> Vicente Blasco Ibáñez, «La condenada», en *La condenada y otros cuentos.* Linkgua.

— ¿Qué rasgos propios del naturalismo observas en el fragmento?

7. Emplea la **destreza** *compara y contrasta* para analizar con mayor detalle las semejanzas y diferencias entre el realismo y el naturalismo. Para ello, completa en tu cuaderno el siguiente organizador gráfico:

COMPARA Y CONTRASTA

Realismo — Naturalismo

Se parecen

Se diferencian

Conclusión

El realismo poético francés

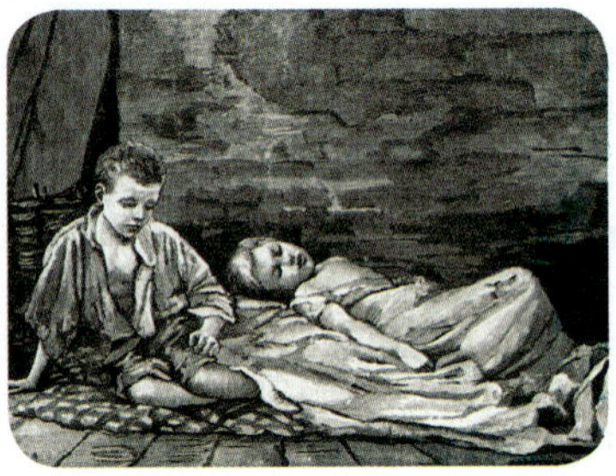

Entre los años 1930 y 1940 surgió en Francia una corriente cinematográfica denominada ***realismo poético.*** Por lo general, las películas correspondientes a esta corriente se caracterizan por reflejar la situación de la clase baja y las vivencias de obreros, soldados, prostitutas...

2. La novela realista y naturalista

Tanto el realismo como el naturalismo **encuentran en la novela el medio de expresión idóneo** para reproducir la realidad. En ese intento por reflejar el entorno, la narrativa se caracteriza por el **detallismo** y por un **estilo elaborado.**

Los rasgos de las novelas de este período son los siguientes:

1. **Fidelidad a la realidad.** Se eliminan los aspectos imaginativos que se alejan de lo real. Se ofrece un retrato exhaustivo de lo que se observa, renunciando a aquellos elementos de tipo fantástico. En el texto de Galdós, el autor describe con rigor lo que hacen, dicen y piensan sus personajes.
2. **Personajes.** El novelista siente un gran interés por la **psicología** de los personajes (psicologismo) y analiza la influencia del entorno en sus comportamientos. Los personajes descritos pertenecen, fundamentalmente, a la burguesía y a la clase obrera. En el fragmento, la protagonista, Isidora, una mujer desgraciada que ha perdido todo su dinero, habla con su padrino, un hombre de clase acomodada.
3. **Narrador.** Normalmente, es **omnisciente,** es decir, conoce y narra los pensamientos de los personajes, así como los acontecimientos que los circundan.
4. **Estilo.** El afán descriptivo y el interés por el detalle de los escritores realistas y naturalistas se traducen en un abundante uso de la **adjetivación,** en un vocabulario riguroso y rico, y en oraciones largas con minuciosas descripciones.
5. **Diálogos.** Cada personaje emplea el **registro lingüístico** propio de su condición social. Los diálogos sirven para caracterizar a los personajes. En ellos se encuentran giros del lenguaje, expresiones vulgares y construcciones propias de la época.
6. **Escenarios y ambientes.** La novela realista ofrece una **descripción detallada** y rigurosa del lugar donde suceden los hechos: ambientes refinados y elegantes para la burguesía; zonas industriales y barrios marginales para la clase obrera. La novela naturalista, en cambio, opta por la descripción de los ambientes más miserables de la ciudad (prostíbulos, orfanatos, zonas rurales degradadas...).

Ahora, observa estos rasgos en el siguiente fragmento:

Fidelidad a la realidad

Personajes de distinta clase social

Narrador omnisciente

Descripciones detalladas

Adjetivación

Estilo elaborado y cuidado

Diálogos

A la derecha, la sierra azul, de masa uniforme y sin contornos, se alejaba, desvaneciéndose en el fondo del firmamento, donde al fin quedaría como el espectro de un mundo. Marcábanse las curvas del río por jirones de niebla desvanecida, vellones sueltos, que se iban reuniendo hasta formar un velo salpicado de motas blancas, o sea la ropa de los lavaderos.

—¡Qué feísimo es esto! —murmuró Isidora con ira que indicaba cierta hostilidad contra la Naturaleza.

Entonces el patriarcal D. José se puso a admirar la belleza del cielo, que estaba limpio, azul, profundo, expresando como nunca la proyección abovedada del pensamiento humano. La luna nueva, como una hoz de plata, caía del lado del Poniente, precedida de Venus. [...] Don José desparramó su vista por toda la redondez de arriba, y apuntando con suficiencia de astrónomo a un astro que brillaba más a cada instante, dijo lacónicamente:

—¡Júpiter!

Isidora también miró pero con escarnio y desdén.

—¡Qué horrible está la luna! —murmuró.

Y la comparó al corte de una uña. Volviéndose a su embelesado padrino, que osó hablar de distancias y magnitudes siderales, le dijo con mucha displicencia:

—¿Y qué tengo yo que ver con Júpiter?... ¿Qué me va a dar a mí Júpiter?

Benito Pérez Galdós, *La desheredada.* Linkgua Narrativa.

8. Lee la descripción de uno de los personajes de la novela *Pepita Jiménez:*

> Don Gumersindo, muy aseado y cuidadoso de su persona, era un viejo que no inspiraba repugnancia. Las prendas de su sencillo vestuario estaban algo raídas, pero sin una mancha y saltando de limpias, aunque de tiempo inmemorial se le conocía la misma capa, el mismo chaquetón y los mismos pantalones y chaleco. [...]
>
> Don Gumersindo tenía excelentes cualidades: era afable, servicial, compasivo, y se desvivía por complacer y ser útil a todo el mundo, aunque le costase trabajos, desvelos y fatiga, con tal de que no le costase un real. Alegre y amigo de chanzas y de burlas, se hallaba en todas las reuniones y fiestas, cuando no eran a escote, y las regocijaba con la amenidad de su trato y con su discreta aunque poco ática conversación. Nunca había tenido inclinación alguna amorosa a una mujer determinada; pero inocentemente, sin malicia, gustaba de todas y era el viejo más amigo de requebrar a las muchachas y que más las hiciese reír que había en diez leguas a la redonda.
>
> Juan Valera, *Pepita Jiménez.* edebé.

— Enumera las características físicas y psíquicas del personaje. Justifica tu respuesta con fragmentos del texto.

— ¿Qué tipo de narrador emplea Valera? ¿Te parece que contribuye a reflejar el rechazo de la fantasía y la apuesta por el objetivismo propios del realismo?

9. Lee con atención este fragmento de *Trafalgar,* de Benito Pérez Galdós:

> Yo, en esta parte, no puedo adornar mi libro con sonoros apellidos; y fuera de mi madre, a quien conocí por poco tiempo, no tengo noticia de ninguno de mis ascendientes, si no es de Adán, cuyo parentesco me parece indiscutible. Doy principio, pues, a mi historia como Pablos, el buscón de Segovia: afortunadamente Dios ha querido que en esto solo nos parezcamos.
>
> Yo nací en Cádiz, y en el famoso barrio de la Viña, que no es hoy, ni menos era entonces, academia de buenas costumbres. La memoria no me da luz alguna sobre mi persona y mis acciones en la niñez, sino desde la edad de 6 años; y si recuerdo esta fecha, es porque la asocio a un suceso naval de que oí hablar entonces, el combate del cabo de San Vicente, acaecido en 1797.
>
> Benito Pérez Galdós, *Trafalgar.* Alianza Hernando.

— ¿De qué tipo de narrador se trata? ¿Suele aparecer este tipo de narrador en las novelas realistas? Justifica tu respuesta.

10. Lee este fragmento de *Los Pazos de Ulloa* y responde a las preguntas que se plantean a continuación:

> Era noche cerrada, sin luna, cuando desembocaron en el soto, tras del cual se eleva la ancha mole de los Pazos de Ulloa. [...] Dirigiose el marqués a un postigo lateral, muy bajo, donde al punto apareció una mujer corpulenta, alumbrando con un candil. Después de cruzar corredores sombríos, penetraron todos en una especie de sótano con piso terrizo y bóveda de piedra, que, a juzgar por las hileras de cubas adosadas a sus paredes, debía de ser bodega; y desde allí llegaron presto a la espaciosa cocina, alumbrada por la claridad del fuego que ardía en el hogar, consumiendo lo que se llama arcaicamente un mediano monte de leña y no es sino varios gruesos cepos de roble, avivados, de tiempo en tiempo, con rama menuda. Adornaban la elevada campana de la chimenea ristras de chorizos y morcillas, con algún jamón de añadidura, y a un lado y a otro sendos bancos brindaban asiento cómodo para calentarse oyendo hervir el negro pote, que, pendiente de los llares, ofrecía a los ósculos de la llama su insensible vientre de hierro.
>
> Emilia Pardo Bazán, *Los Pazos de Ulloa.* Fontana.

— ¿Se trata de una descripción detallada y rigurosa? Justifica tu respuesta con expresiones del texto.

— Indica si la autora emplea muchos o pocos adjetivos. ¿Qué función tienen en relación a la novela realista y naturalista?

11. Lee este texto y responde: ¿a qué clase social pertenecen los personajes?

> Una tarde sonaron a rebato las campanas del pueblo. Ardía la casa del tío Rabosa. Los nietos estaban en la huerta; la mujer de uno de estos, en el lavadero, y por las rendijas de puertas y ventanas salía un humo denso de paja quemada. Dentro, en aquel infierno que rugía buscando expansión, estaba el abuelo, el pobre tío Rabosa, inmóvil en su sillón. La nieta se mesaba los cabellos, acusándose como autora de todo por su descuido; la gente arremolinábase en la calle asustada por la fuerza del incendio. Algunos, más valientes, abrieron la puerta; pero fue para retroceder ante la bocanada de humo cargada de chispas que se esparció por la calle.
>
> —¡El agüelo! ¡El pobre agüelo! —gritaba la de los Rabosas, volviendo en vano la mirada en busca de un salvador.
>
> Vicente Blasco Ibáñez, *La pared.* Linkgua Narrativa.

— Señala el vulgarismo que aparece en el texto y comenta qué función tienen los vulgarismos en los textos realistas y naturalistas.

— A partir de este fragmento y aplicando la **técnica cooperativa** *1-2-4,* anotad las características de la novela realista y naturalista.

Visión 360º

Algunos fotoperiodistas reflejan en sus trabajos la cruda realidad que sufren los países más desfavorecidos.

- Visita el siguiente enlace: **www.worldpressphoto.org** e indica qué puntos en común encuentras entre algunas fotografías y las características del realismo y el naturalismo.

Leopoldo Alas, «Clarín» (1852-1901)

Nació en Zamora, pero vivió gran parte de su vida en Oviedo, donde trabajó como catedrático de Derecho Romano en la Universidad. Fue un hombre de ideas políticas republicanas y muy sensible a las injusticias sociales. Se enfrentó en varias ocasiones a poderes públicos e institucionales, debido al carácter ácido de sus críticas.

Juan Valera (1824-1905)

Nació en Cabra (Córdoba), en el seno de una familia acomodada. Su niñez transcurrió en el mundo rural andaluz, que reflejó en muchas de sus obras. Desempeñó cargos importantes, hecho que le permitió conocer varias de las principales ciudades de Europa y América, así como completar una sólida formación humanística.

3. Autores destacados

La lista de escritores de las corrientes realista y naturalista es verdaderamente extensa. A continuación, estudiaremos algunos aspectos de la obra de los autores más destacados, sin establecer distinciones entre realistas y naturalistas, pues, en muchos casos, los **rasgos** de ambas corrientes literarias **se mezclan** en sus obras.

3.1. Leopoldo Alas, «Clarín»

Clarín es uno de los escritores más leídos y respetados del realismo español. Destaca por su **habilidad para describir,** con gran detalle, el ambiente hipócrita de las ciudades españolas de provincias. Esta **capacidad de observación** se percibe claramente en su obra cumbre, *La Regenta,* en la que realiza un retrato de la sociedad de Vetusta, dominada por el engaño, las apariencias y una moral puritana.

Su obra destaca por la **profundidad psicológica** de sus **personajes,** a los que retrata con una enorme meticulosidad. El autor desbroza la complejidad humana de sus personajes detallando sus acciones y sus pensamientos.

Su obra en prosa puede dividirse en tres grandes grupos: artículos de crítica literaria (publicados en periódicos), cuentos (unos sesenta) y novelas.

Se sorprendía sintiendo un bienestar confuso cuando funcionaba en ella la lógica regularmente y creía en las leyes morales y se veía criminal, claramente criminal, según principios que su razón acataba. Esto era horrible, pero al fin era vivir en tierra firme, no sobre la masa enferma movediza de disparates del capricho intelectual, no en una especie de *terremoto* interior, que era lo peor que podía traer la sensación al cerebro.

Leopoldo Alas, «Clarín», *La Regenta*. Sarpe.

3.2. Juan Valera

Fue un gran estudioso de la literatura, tema sobre el que escribió numerosos artículos y ensayos. Cultivó todos los géneros literarios, aunque destacó especialmente como novelista. Su obra se caracteriza por la **elegancia** y la **sencillez** de su estilo, y se centra en el **estudio psicológico de los personajes,** en especial, de los **femeninos.**

Su primera y más importante novela es *Pepita Jiménez* (1874), obra escrita en forma de cartas que narra los sentimientos del protagonista, un joven seminarista, hacia Pepita, la prometida de su padre.

Cada vez que se encuentran nuestras miradas, se lanzan en ellas nuestras almas, y en los rayos que se cruzan, se me figura que se unen y compenetran. Allí se descubren mil inefables misterios de amor, allí se comunican sentimientos que por otro medio no llegarían a saberse, y se recitan poesías que no caben en lengua humana, y se cantan canciones que no hay voz que exprese ni acordada cítara que module.

Desde el día en que vi a Pepita en el Pozo de la Solana, no he vuelto a verla a solas. Nada le he dicho ni me ha dicho, y, sin embargo, nos lo hemos dicho todo.

Juan Valera, *Pepita Jiménez*. edebé.

3.3. Benito Pérez Galdós

Es uno de los escritores más prolíficos de la literatura española y fue uno de los pocos que pudo dedicarse exclusivamente a la escritura. Su obra novelística es muy extensa, y el propio Galdós la clasifica en tres grupos:

- **Episodios nacionales.** Los constituyen 46 volúmenes sobre la historia de España durante el siglo XIX (la batalla de Trafalgar, el Dos de Mayo, la Primera República...). Este conjunto de obras tiene un **gran valor histórico,** además de literario, y popularizó un género en alza: la novela histórica.
- **Novelas de la primera época.** En ellas se tratan problemas políticos y religiosos, y se profundiza en el estudio psicológico de los personajes. Se observa, también, la contraposición entre lo tradicional y lo liberal e innovador: *La Fontana de Oro, Doña Perfecta, Marianela, La familia de León Roch...*
- **Novelas contemporáneas.** Se acercan más a la estética naturalista y tienen como tema principal la descripción de ambientes y personajes característicos del Madrid de la época: *Fortunata y Jacinta, Misericordia, La desheredada...*

Benito Pérez Galdós (1843-1920)

Nació en Las Palmas de Gran Canaria. Llegó a Madrid con 20 años para cursar estudios universitarios. Esta ciudad lo conquistó de tal manera que transcurrió en ella toda su vida y fue el escenario de muchas de sus novelas.

Eran tres las que así chismorreaban, sentaditas a la derecha, según se entra, formando un grupo separado de los demás pobres, una de ellas ciega, o por lo menos cegata; las otras dos con buena vista, todas vestidas de andrajos, y abrigadas con pañolones negros o grises. La *señá* Casiana, alta y huesuda, hablaba con cierta arrogancia, como quien tiene o cree tener autoridad; y no es inverosímil que la tuviese, pues en donde quiera que para cualquier fin se reúnen media docena de seres humanos, siempre hay uno que pretende imponer su voluntad a los demás, y, en efecto, la impone. Crescencia se llamaba la ciega o cegata, siempre hecha un ovillo, mostrando su rostro diminuto, y sacando del envoltorio que con su arrollado cuerpo formaba, la flaca y rugosa mano de largas uñas. La que en el anterior coloquio pronunciara frases altaneras y descorteses tenía por nombre Flora y por apodo *la Burlada* [...].

Benito Pérez Galdós, *Misericordia.* Cátedra.

3.4. Emilia Pardo Bazán

Sus obras se relacionan fundamentalmente con la **estética naturalista.** La difusión de este movimiento en España se debe, en gran parte, a una serie de artículos de esta autora recogidos bajo el título *La cuestión palpitante,* en los que se aboga por una adaptación del naturalismo francés.

Uno de sus temas preferidos consiste en mostrar el **contraste entre el ámbito rural y el urbano;** así, presenta a personajes aristocráticos junto a campesinos, y destaca la influencia que ambos ambientes ejercen sobre sus protagonistas.

Algunas de sus obras más importantes son *La tribuna, La madre naturaleza* o *Los Pazos de Ulloa.* Esta última se considera la obra más próxima a la estética naturalista en España. En ella, la escritora describe con dureza la decadencia de la aristocracia y del mundo rural gallego a partir de los habitantes de una pequeña población.

Emilia Pardo Bazán (1851-1921)

Nació en A Coruña y murió en Madrid. A lo largo de su vida, viajó por España y por Europa, hecho que le permitió entrar en contacto con los movimientos literarios en boga. En 1880, conoció, en el balneario de Vichy, al escritor francés Victor Hugo, con el que mantuvo una relación literaria.

Es una parroquia de montaña, más montaña que los Pazos, al pie de una sierra fragosa, en el corazón de Galicia. No hay en toda ella, ni en cuatro leguas a la redonda, una sola casa señorial; en otro tiempo, en épocas feudales, se alzó, fundado en peñasco vivo, un castillo roquero, hoy ruina comida por la hiedra y habitada por murciélagos y lagartos. Los feligreses de Julián son pobres pastores: en vísperas de fiesta y tiempo de oblata le obsequian con leche de cabra, queso de oveja, manteca en orzas de barro. Hablan dialecto cerradísimo, arduo de comprender; visten de somonte y usan greñas largas, cortadas sobre la frente a la manera de los antiguos siervos. En invierno cae la nieve y aúllan los lobos en las inmediaciones de la rectoral.

Emilia Pardo Bazán, *Los Pazos de Ulloa.* Fontana.

Era el mejor de los tiempos, era el peor de los tiempos, la edad de la sabiduría, y también de la locura; la época de las creencias y de la incredulidad; la era de la luz y de las tinieblas; la primavera de la esperanza y el invierno de la desesperación. Todo lo poseíamos, pero no teníamos nada; caminábamos en derechura al cielo y nos extraviábamos por el camino opuesto. En una palabra, aquella época era tan parecida a la actual, que nuestras más notables autoridades insisten en que, tanto en lo que se refiere al bien como al mal, solo es aceptable la comparación en grado superlativo.

Charles Dickens, *Historia de dos ciudades.* Debolsillo.

3.5. El realismo y el naturalismo en Europa

El auge del realismo y del naturalismo está ligado a la **nueva sociedad industrial,** que conllevó un **progreso en el estilo de vida,** pero también nuevos problemas sociales, como la **explotación laboral.**

El origen de estos movimientos se sitúa en los países de Europa donde se inició y desarrolló la Revolución Industrial, a saber: Reino Unido, Francia y, en menor medida, Rusia. Así, el realismo y el naturalismo en España bebieron de escritores europeos que fueron pioneros de estas corrientes.

- **Reino Unido.** El escritor más relevante es **Charles Dickens** (1812-1870). Con su estilo crítico, retrató en sus obras la **penuria** en la que vivían y trabajaban los obreros, mostrando una honda preocupación por la pobreza de las clases más bajas. Entre sus obras más destacadas figuran *Oliver Twist* (1839) e *Historia de dos ciudades* (1859).
- **Francia. Honoré de Balzac** (1799-1850), **Gustave Flaubert** (1821-1880) y **Émile Zola** (1840-1902) son los autores más celebrados. Balzac **describe la sociedad** de su época en los libros que componen *La comedia humana* (1830). Flaubert realiza un excepcional retrato de la **psicología de los personajes** en su obra maestra, *Madame Bovary* (1857). Zola, por su parte, establece, en el último tercio del siglo XIX, las **bases del naturalismo** con obras como *Nana* (1880).

Berta fue a caer al pie de la cómoda contra la percha de cobre; se hizo un corte en la mejilla, y empezó a sangrar. [...]

—Mira, querido —le dijo Emma con voz tranquila—: ahí tienes a la niña que, jugando, acaba de lastimarse en el suelo.

Carlos la tranquilizó, la cosa no era grave, y fue a buscar diaquilón.

Madame Bovary no bajó al comedor; quiso quedarse sola cuidando a su hija. [...]

Unos lagrimones quedaban en los bordes de sus párpados entreabiertos, que dejaban ver entre las pestañas dos pupilas pálidas, hundidas; el esparadrapo, pegado en su mejilla, estiraba oblicuamente su piel tensa.

«¡Es una cosa extraña!», pensaba Emma, «¡qué fea es esta niña!».

Gustave Flaubert, *Madame Bovary.* Cátedra.

- **Rusia.** Los escritores rusos combinan la emoción argumental con la profundidad psicológica con la que retratan a sus personajes. Destacan **León Tolstói** (1828-1910), autor de *Anna Karenina;* **Antón Chéjov** (1860-1904), famoso por relatos como *El beso* o *La dama del perrito,* y **Fiódor Dostoyevski** (1821-1881), cuyas obras más destacadas son *Crimen y castigo* y *Los hermanos Karamázov*.

«En algún sitio he leído», pensó Raskólnikov siguiendo su camino, «en algún sitio he leído que, una hora antes de su ejecución, un condenado a muerte decía o pensaba que si hubiera tenido que vivir en lo alto de un risco, en un espacio tan reducido que solo le permitiera permanecer de pie, rodeado de precipicios, de tormentas, de un océano, de la eterna oscuridad, y la soledad eterna, y quedarse así, de pie sobre un palmo de roca, toda la vida, mil años, una eternidad, habría preferido vivir así que morir en aquel momento. ¡Cualquier cosa con tal de vivir, de vivir, de vivir! ¡Vivir como sea, pero vivir!».

Fiódor Dostoyevski, *Crimen y castigo.* Debolsillo.

Este fragmento resulta especialmente llamativo teniendo en cuenta que su autor fue condenado a muerte cuando tenía tan solo 28 años y que fue indultado justo antes de la ejecución.

12. En este texto se narra el parecer de uno de los personajes de *Fortunata y Jacinta* sobre la lectura. Léelo y responde a las preguntas siguientes:

> Juanito acabó por declararse a sí mismo que más sabe el que vive sin querer saber que el que quiere saber sin vivir, o sea aprendiendo en los libros y en las aulas. Vivir es relacionarse, gozar y padecer, desear, aborrecer y amar. La lectura es vida artificial y prestada, el usufructo, mediante una función cerebral, de las ideas y sensaciones ajenas, la adquisición de los tesoros de la verdad humana por compra o por estafa, no por el trabajo. No paraban aquí las filosofías de Juanito, y hacía una comparación que no carece de exactitud. Decía que entre estas dos maneras de vivir, observaba él la diferencia que hay entre comerse una chuleta y que le vengan a contar a uno cómo y cuándo se la ha comido otro, haciendo el cuento muy a lo vivo, se entiende, y describiendo la cara que ponía, el gusto que le daba la masticación, la gana con que tragaba y el reposo con que digería.
>
> Benito Pérez Galdós, *Fortunata y Jacinta*. Alianza Editorial.

— ¿Qué dos «saberes» contrapone Juanito? ¿Te parece que son excluyentes?

— Escribe qué significa que *la lectura es vida artificial y prestada.*

13. Lee el siguiente texto y justifica si las afirmaciones son verdaderas o falsas:

> Hace tres días tuvimos el convite, del que hablé a usted, en casa de Pepita Jiménez. [...]
>
> Como es posible que sea mi madrastra, la he mirado con detención y me parece una mujer singular, cuyas condiciones morales no atino a determinar con certidumbre. Hay en ella un sosiego, una paz exterior, que puede provenir de frialdad de espíritu y de corazón, de estar muy sobre sí y de calcularlo todo, sintiendo poco o nada, y pudiera provenir también de otras prendas que hubiera en su alma; de la tranquilidad de su conciencia, de la pureza de sus aspiraciones y del pensamiento de cumplir en esta vida con los deberes que la sociedad impone, fijando la mente, como término, en esperanzas más altas.
>
> Juan Valera, *Pepita Jiménez*. edebé.

— El narrador es omnisciente.

— El narrador tiene una relación familiar con Pepita Jiménez.

— Pepita transmite, según el narrador, un nerviosismo fruto de su personalidad excéntrica.

— El narrador realiza una descripción objetiva de Pepita basándose en un conocimiento profundo de su persona.

14. Lee este fragmento:

> «Solo los tontos echan las culpas a los demás —se dijo—: una piedra cae por su propio peso. ¿Seré siempre un niño? ¿Cuándo adquiriré la buena costumbre de no dar a esta gente más que aquella parte de mi alma que corresponde al dinero que me pagan? Si quiero lograr su estimación y la mía, tengo que demostrarles que mi pobreza puede comerciar con su riqueza, pero que mi corazón está a cien leguas de su insolencia y en una esfera demasiado alta para que puedan alcanzarle sus mezquinas muestras de favor o de desprecio».
>
> Henri Beyle, «Stendhal», *Rojo y negro*. Sarpe.

— Basándote en este fragmento, ¿consideras que *Rojo y negro* es una obra realista? Justifica tu respuesta.

15. + Lee este texto de Emilia Pardo Bazán y responde a las preguntas:

> Allá por Inglaterra y Francia la novela tiene un ayer; acá en España, solo un anteayer, si es lícito expresarse así. Allá los noveladores actuales se llaman hijos de Thackeray, Scott y Dickens, Sand, Hugo y Balzac, mientras acá apenas sabemos de nuestros padres, recordando solo a ciertos abuelos de sangre muy hidalga, del linaje de los Cervantes, Hurtados, Espineles y otros apellidos no menos claros. Es tanto como decir que no hubo en España más novela que la del siglo de oro y la hoy floreciente.
>
> Emilia Pardo Bazán, *La cuestión palpitante*. Biblioteca Nueva.

— ¿Crees que la autora tiene un gran conocimiento de lo que sucede en la novela europea? Justifica tu respuesta.

— ¿Qué defecto critica de la novela española?

PBL

La ciudad de Vetusta

Vetusta, la ciudad donde transcurre *La Regenta*, es un topónimo que utilizó Clarín tras el que se esconde Oviedo. Imaginad que Ana Ozores, protagonista de *La Regenta*, a quien le repugna Vetusta por su provincianismo e hipocresía, viaja al presente.

— Averiguad cómo ha evolucionado Oviedo desde el siglo XIX hasta la actualidad. ¿Qué podría gustarle a Ana Ozores de la Vetusta actual?

— Elaborad un mapa interactivo de esta ciudad y señalad sus principales lugares de interés (en este enlace puedes observar un ejemplo de mapa interactivo: **http://links.edebe.com/yfzy**).

— Elegid uno de estos lugares y escribid un nuevo inicio para *La Regenta.*

La Regenta, de Leopoldo Alas, «Clarín»

Todo Vetusta se aburría aquella tarde, o tal se imaginaba Ana por lo menos; parecía que el mundo se iba a acabar aquel día, no por agua ni fuego, sino por hastío, por la gran culpa de la estupidez humana, cuando Mesía, apareciendo a caballo en la plaza, vistoso, alegre, venía a interrumpir tanta tristeza fría y cenicienta con una nota de color vivo, de gracia y fuerza. Era una especie de resurrección del ánimo, de la imaginación y del sentimiento la aparición de aquella arrogante figura de caballo y caballero en una pieza, inquietos, ruidosos, llenando la plaza de repente. Era un rayo de sol en una cerrazón de la niebla, era la viva reivindicación de sus derechos, una protesta alegre y estrepitosa contra la apatía convencional, contra el silencio de muerte de las calles y contra el ruido necio de los campanarios.

Ello era, que sin saber por qué, Ana, nerviosa, vio aparecer a don Álvaro como un náufrago puede ver el buque salvador que viene a sacarle de un peñón aislado en el océano. Ideas y sentimientos que ella tenía aprisionados como peligrosos enemigos rompieron las ligaduras; y fue un motín general del alma, que hubiera asustado al Magistral de haberlo visto, lo que la Regenta sintió con deleite dentro de sí.

Don Álvaro no recordaba siquiera que la Iglesia celebraba aquel día la fiesta de Todos los Santos; había salido a paseo porque le gustaba el campo de Vetusta en otoño y porque sentía opresiones, ansiedades que se le quitaban a caballo, corriendo mucho, bañándose en el aire que le iba cortando el aliento en la carrera...

«¡Perfectamente! Mesía con aquella despreocupación, pensando en su placer, en la naturaleza, en el aire libre, era la realidad racional, la vida que se complace en sí misma; los otros, los que tocaban las campanas y *conmemoraban* maquinalmente a los muertos que tenían olvidados, eran las bestias de reata, la eterna Vetusta que había aplastado su existencia entera (la de Anita) con el peso de preocupaciones absurdas; la Vetusta que la había hecho infeliz... ¡Oh, pero estaba aún a tiempo! Se sublevaba, se sublevaba; que lo supieran sus tías, difuntas; que lo supiera su marido; que lo supiera la hipócrita aristocracia del pueblo, los Vegallana, los Corujedos..., toda la clase..., se sublevaba...». Así era el cuarto de hora de Anita, y no como se lo figuraba don Álvaro, que mientras hablaba sin propasarse, estaba pensando en dónde podría dejar un momento el caballo.

Leopoldo Alas, «Clarín», *La Regenta*. Sarpe.

1.ª fase: estudio del texto

Comprensión

1. ¿Cuál es el significado de los términos *cenicienta, apatía, resurrección, motín, deleite, maquinalmente, reata, sublevar* y *propasar*?

2. ¿Cómo se siente Ana Ozores? ¿Qué opinión le merece la ciudad de Vetusta? ¿Qué sentimientos genera en ella la llegada de Álvaro Mesía?

Contextualización

3. ¿En qué año se publicó *La Regenta*? ¿Qué caracteriza la ciudad de Vetusta? ¿Es una gran ciudad, abierta al exterior, o más bien una ciudad cerrada y provinciana? Explica, con la ayuda del texto, cómo es Vetusta desde la mirada de Ana Ozores.

4. ¿A qué género literario pertenece el texto? ¿Está en prosa o en verso? ¿A qué corriente literaria pertenece la obra? Justifícalo utilizando fragmentos del texto.

Tema y estructura

5. Tema: ¿cómo se siente Ana Ozores en Vetusta? ¿Qué actitud toma en relación con sus sentimientos?

6. Ideas (principal y secundarias): ¿qué representa Álvaro Mesía para la protagonista? ¿Qué semejanzas y diferencias existen entre los sentimientos de ella y los de don Álvaro?

7. ¿En qué partes se estructura la narración?

8. Sitúa el fragmento en la temática general de *La Regenta.*

Estilo

9. ¿Qué tiempos verbales se utilizan?

10. ¿Qué figuras literarias se emplean?

11. En la novela se hace referencia en varias ocasiones a la religión católica o a aspectos relacionados con la misma. Señala los que haya en el fragmento.

12. ¿Qué aspecto predomina en el texto, lo descriptivo o lo narrativo?

13. ¿Cómo cambian los pensamientos de Ana Ozores en presencia o en ausencia de Álvaro Mesía?

Opinión crítica

14. ¿Qué expresa el autor con este texto? ¿Te parece que lo logra?

15. ¿Alguna vez te has sentido como Ana Ozores? ¿Te parece que la crítica del provincianismo de las pequeñas ciudades se mantiene vigente hoy en día? Justifica tu respuesta aportando ejemplos.

16. *La Regenta* es una de las obras más importantes de la segunda mitad del siglo XIX y de la literatura española en general.

— Tras haber leído este fragmento, ¿entiendes por qué es una obra tan celebrada?

2.ª fase: redacción del comentario

Con la información obtenida en la fase anterior, vamos a redactar el comentario de texto. Debes explicar **qué ha querido decir el autor y cómo lo ha expresado,** es decir, qué recursos ha empleado para ello.

Para guiarte en la **redacción del comentario,** puedes seguir estas indicaciones:

1) INTRODUCCIÓN. Comienza el comentario exponiendo, de forma clara y sencilla, cuál es la intención del autor. Para ello, puedes utilizar la información de la actividad 14.

Con la exposición de los sentimientos de Ana Ozores, el autor pretende...

2) DESARROLLO. Se trata de explicar en profundidad el punto anterior. Para ello, debemos indicar **qué ideas contiene el texto y cómo están ordenadas** (tema y estructura), y **qué recursos** emplea el autor (expresión) para lograr su propósito.

—Indica cuál es el tema y la estructura.

- Expón el **tema** y las ideas que se desarrollan en el fragmento narrativo (actividades 5 y 6). A continuación, explica las partes de que consta la narración (actividad 7).
- Relaciónalos con el momento histórico en que fue escrita la obra y las circunstancias que dieron lugar a escribir un texto de este tipo (actividades 3 y 4).

En la segunda mitad del siglo XIX se produjo una serie de cambios sociales y económicos que influyeron en la aparición de la novela realista y naturalista...

—Explica cómo son los personajes que intervienen en la escena y cómo se muestran.

La Regenta es una novela en la que se narran las vivencias y los sentimientos de Ana Ozores; por lo que las reflexiones de esta y las descripciones de los personajes son claves para reflejar la sociedad de la época (actividades 12 y 13). Señala los adjetivos y las expresiones con las que la protagonista se refiere a su situación en Vetusta y a la propia ciudad.

Ana Ozores es el personaje mediante el cual Clarín denuncia los defectos de la sociedad del momento y, en concreto, del provincianismo de las pequeñas ciudades. Este personaje se caracteriza por..., y Álvaro Mesía, por...

—Explica cómo logra el autor transmitir su mensaje.

- Empieza por el lenguaje (actividades 9 y 10); deberás tener en cuenta de qué modo lo utiliza el autor para representar la clase social de los personajes.
- Continúa con la figura del narrador: subraya qué recursos utiliza prioritariamente en la narración (actividad 12).
- Comenta el léxico y la función que cumple para transmitir los sentimientos de Ana (actividades 10 y 11).

3) CONCLUSIÓN. Termina el comentario con tus opiniones sobre el texto (actividades 14, 15 y 16). Ten en cuenta la importancia de la obra en el momento en el que fue escrita y su papel en el contexto de la literatura española de la segunda mitad del siglo XIX.

Pon a prueba tus competencias

Observa y lee el siguiente cartel, y realiza las actividades que se plantean a continuación:

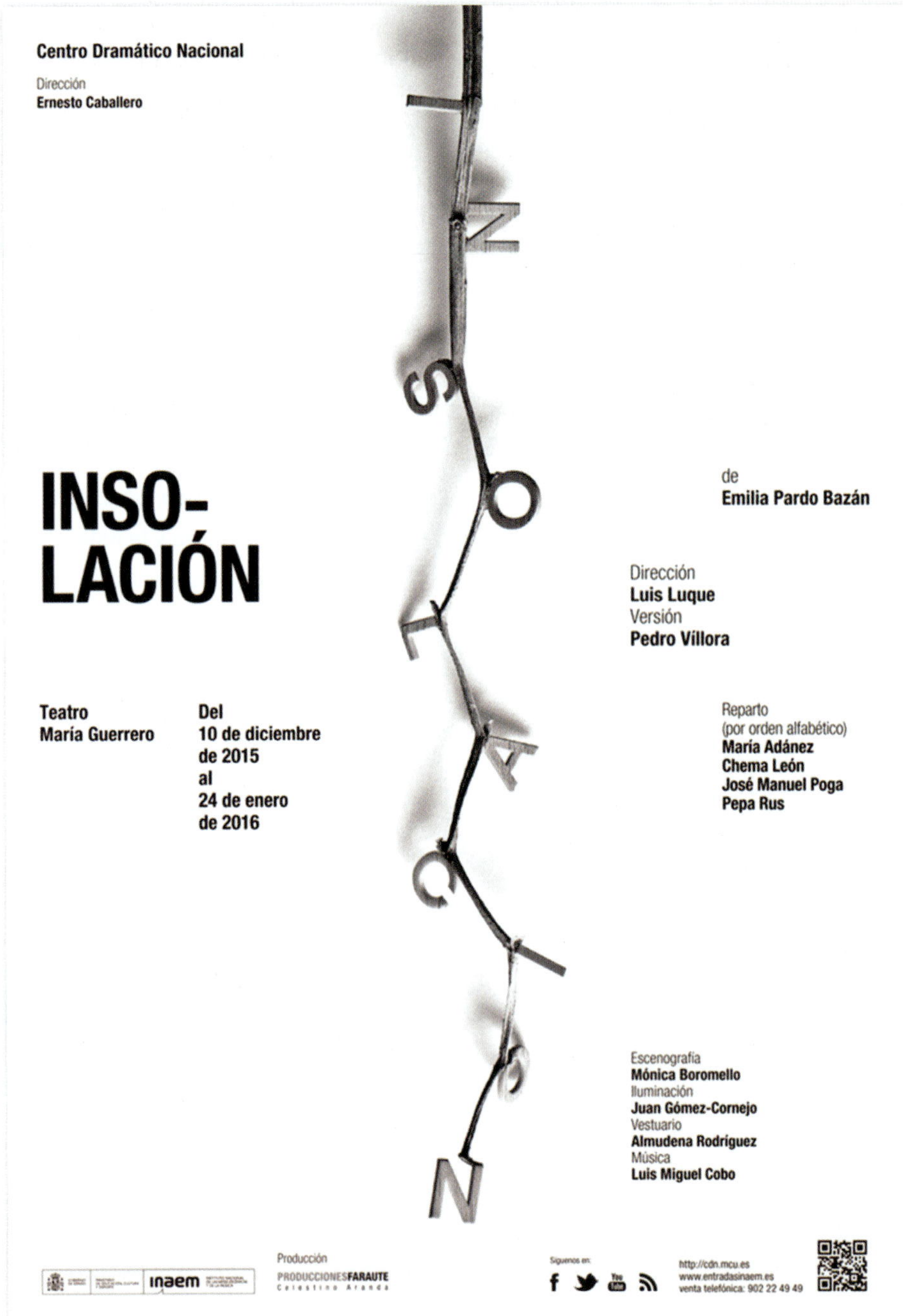

1. ¿Cuál es la función del cartel? Indica cuál es la respuesta correcta y justifícala.

a) Promocionar una película.

b) Anunciar una función de teatro.

c) Informar sobre la publicación de un libro.

d) Promocionar una nueva joyería.

2. Indica cuáles de estas afirmaciones son falsas y corrígelas:

– El director de la función es Ernesto Caballero.

– Las funciones se representarán en Producciones Faraute.

– La autora de la obra *Insolación* es Emilia Pardo Bazán.

3. Lee este fragmento y completa la actividad:

> **Así que todo estuvo arreglado, metiose en el cuchitril, donde consagró a su aliño personal seis minutos y medio, repartidos como sigue: un minuto para calzarse los zapatos de becerro, pues todavía estaba descalza; dos para echarse un refajo de bayeta y un vestido de tartán; un minuto para pasarse la punta de un paño húmedo por los ojos y la boca [...]; dos minutos para escardar con un peine desdentado la revuelta y rizosa crencha; y medio para tocarse al cuello un pañolito de indiana. Hecho lo cual, se presentó más oronda que una princesa a la persona encamada a quien había llevado el desayuno. Era esta una mujer de edad madura, agujereada como una espumadera por las viruelas, chata de frente, de ojos chicos. Viendo a la chiquilla vestida se escandalizó: ¿adónde iría ahora semejante vagabunda?**
>
> **—A misa, señora, que es domingo...**
>
> **Emilia Pardo Bazán, *La Tribuna*. Alianza Editorial.**

— ¿A qué clase social te parece que pertenece el personaje protagonista?

— ¿Qué relación crees que tiene la mujer que va a misa con la persona encamada a quien había llevado el desayuno?

— Localiza una comparación en el texto y explica en qué consiste.

— Busca en el diccionario el significado de *tartán, escardar, crencha* y *oronda.*

4. Localiza en el fragmento anterior alguno de los rasgos distintivos del realismo o del naturalismo.

5. Busca información acerca de *La Tribuna* e indica si se trata de una obra naturalista.

— Aporta argumentos que justifiquen tu respuesta.

SÍNTESIS

Completa en tu cuaderno el siguiente esquema sobre la literatura de la segunda mitad del siglo XIX:

Contextualización histórica

- El realismo y el naturalismo se desarrollan en la ..... mitad del siglo ...... Comienza con el reinado de ..... y finaliza con la derrota de España en la guerra ...... Se produce un proceso de industrialización denominado ......

Sociedad

- Se divide en tres clases sociales: ....., ... y ......

Cultura

- El optimismo y la confianza en la ciencia fomentan la aparición del ......
- El ..... de Darwin y el ..... de Laplace son las teorías científicas dominantes.
- En el terreno filosófico, destaca la obra de ....., que denunció la situación de la clase obrera.

Literatura en la segunda mitad del siglo XIX

Realismo

- El arte debe reproducir la ...... El escritor reproduce la ..... de la época.
- Se describe el ..... y la ..... de los personajes.
- Se denuncian los ..... de la sociedad.
- Destaca el estilo ....., en el que abundan los ......

Naturalismo

- Considera que la vida y la conducta de los individuos está condicionada por la herencia ..... y el ..... social.
- Es una ..... del realismo en la que se aprecia una visión más ..... de la realidad.
- Los autores se ..... en los aspectos más desagradables de la sociedad para acentuar su ..... social.

Reflexiona

Diario de aprendizaje

— ¿Qué sabías sobre el realismo y el naturalismo antes de estudiar esta unidad?

— ¿Qué contenidos de los que has estudiado te han resultado más complejos? ¿Por qué? ¿Qué has hecho para superar estas dificultades?

— ¿Has aplicado en el comentario lo que aprendiste en unidades anteriores?

Creamos una instalación

¿Una instalación? ¿Eso qué es? Pues nada menos que una manifestación artística que se basa en la disposición de ciertos elementos en el espacio.

¿Te lo imaginas ya o prefieres buscarlo en Internet? Antes de dirigir tus dedos a las teclas, haz un pequeño esfuerzo y figúrate cómo podría ser una obra artística de este tipo.

Es más, ¿te atreves a crear una instalación en la que reflejes un problema social de la actualidad, de forma similar a como lo hacían los escritores del realismo y el naturalismo españoles? ¡Manos a la obra!

1 ¿Pero qué es exactamente una instalación artística?

Las instalaciones artísticas empezaron a tomar fuerza en el arte occidental a partir de la década de 1960 y, desde entonces, numerosas galerías y museos de todo el mundo han expuesto instalaciones de artistas como Juan Muñoz, Olafur Eliasson y Cristina Iglesias.

En el siguiente enlace puedes encontrar algunos ejemplos de instalaciones de la artista Mona Hatoum:

http://links.edebe.com/8q5pm5

2 Problemas que hay que denunciar

Como sabes, los autores del realismo y del naturalismo denunciaron, por medio de sus obras, los problemas de la sociedad del momento: la pobreza de la clase obrera, las condiciones de trabajo en las fábricas, la hipocresía de las pequeñas ciudades, el analfabetismo de una gran parte de la población...

Haz como ellos y anota varias situaciones que se den en nuestro país en la actualidad que te parezcan denunciables y de las cuales quieras concienciar al espectador.

Te proponemos algunas:

Cre@ctividad

Como sabes, los escritores realistas y naturalistas reflejaron en sus obras la situación social que vivían las clases más desfavorecidas.

Partiendo de la lectura inicial de la unidad (el cuento de Clarín, *En el tren*), crea un relato breve en el que reflejes un aspecto de la sociedad que te rodea.

Una vez que lo hayas terminado, accede a la web **www.storybird.com** (para ello, tu profesor o profesora tendrá que haberse registrado previamente y haberte dado acceso a la misma) y maqueta tu cuento editando el texto y añadiéndole ilustraciones.

3 En busca de referencias

Ya sabes qué es una instalación, has visto algunos ejemplos de este tipo de obras, has seleccionado varios temas..., pero todavía puedes documentarte un poco más.

Antes de escoger definitivamente el tema que vas a tratar en tu instalación, inspírate observando las obras de pintores del realismo y el naturalismo, como Gustave Courbet, Jean-François Millet, Honoré Daumier y Edgar Degas.

Para encontrar sus obras, puedes hacer una búsqueda en Internet.

El Ángelus (1857-1859), de Jean-François Millet.

4 Diseñar sobre el espacio

¿Has seleccionado ya tu tema? ¿Todavía no? ¿A qué esperas? Ha llegado el momento de que pongas en práctica todo lo que has aprendido para empezar a diseñar tu instalación.

Coge lápiz y papel para elaborar bocetos en los que reflejes cómo será tu instalación una vez que la hayas montado: elabora el plano del espacio en el que la instalarás y dibuja los elementos que la compondrán.

A partir de los dibujos y bocetos que has realizado, redacta una lista de los materiales que necesitas para montar la instalación.

Intenta utilizar, en la medida de lo posible, materiales reciclables u otro tipo de elementos que tenías pensado tirar a la basura. De ese modo contribuirás, con tu obra, a otra buena causa: el reciclaje.

5 ¿Exponemos la instalación o instalamos la exposición?

Con los materiales y los planos y dibujos, empieza a montar la instalación. Ten en cuenta todos los medios que puedes utilizar para trasladar tu mensaje: iluminación, colores, sonido, materiales...

Una vez que hayas expuesto la instalación, invita a tus amigos, familiares y profesores a que descubran tu obra. ¡Les encantará!

Actividades

1. Elabora un informe de las dos mejores instalaciones que has encontrado mientras te documentabas para diseñar la tuya.
   — A continuación, aplica la **destreza** *compara y contrasta* y analiza las semejanzas y diferencias de esas dos obras.

COMPARA Y CONTRASTA

Instalación 1 → Instalación 2

Se parecen

Se diferencian

Conclusión

9
Unidad

» CONTENIDOS

Rutina de pensamiento
COLORES, FORMAS Y LÍNEAS

La fotografía de esta página corresponde al interior de la Sagrada Familia, obra de Antoni Gaudí, uno de los mayores representantes del modernismo arquitectónico.

1. Obsérvala durante un minuto y fíjate en todos los detalles. Describe los colores, las formas y las líneas.
2. Escoge un color, una forma y una línea.
   - ¿Crees que el **sentimiento** y el **estado de ánimo** que sugiere esta arquitectura guardan relación con el color, la forma y la línea que has elegido? ¿De qué modo?
3. Compara tu análisis con el de tus compañeros y, en grupos de cuatro, comentad las conclusiones a las que habéis llegado.

Comparad vuestras descripciones con la información del siguiente enlace:

http://links.edebe.com/kk3

César Mallorquí

Nació en Barcelona en 1953. Al año siguiente, su familia se trasladó a Madrid, ciudad en la que reside. Su padre, José Mallorquí, fue el creador del famoso cómic *El Coyote*. Desde muy pequeño, César disfrutaba escribiendo y pronto publicó su primer relato en una revista. Afirma que su ocupación en la actualidad es esta: «Escribo, escribo mucho, y hasta gano algunos premios».

Este fragmento

Pertenece a la novela *La cruz de El Dorado,* publicada por edebé.

En esta novela se narra, coincidiendo con la crisis de finales del siglo XIX en España, el viaje del protagonista, que se embarca, junto con su padre, rumbo a América. Allí vivirá grandes aventuras en busca del fabuloso tesoro de Íñigo de Saavedra: la cruz de El Dorado.

Un largo viaje

Me llamo Jaime Mercader y nací el 21 de junio de 1887 en Aranjuez, un pueblo de la provincia de Madrid del que no guardo el menor recuerdo, puesto que salí de él durante mi más tierna infancia. Nunca conocí a mi madre, Dolores Espina, por la sencilla razón de que abandonó a mi padre cuando yo solo contaba 11 meses de edad. [...] Llegué a sentir cierto *resquemor*[1] (también a mí me había abandonado, ¿no es cierto?), pero un día mi padre me sentó frente a él y dijo: «Tu madre tuvo la lucidez de alejarse de mí como gato escaldado del agua caliente. Y eso, hijo mío, no es muestra de maldad, sino de inteligencia. No lo olvides».

El caso es que, a partir de entonces, fue mi padre el que se ocupó de mi cuidado y educación. Durante un año me confió a un ama de cría y, después, alegando que había más futuro en Madrid, hizo las maletas, me cargó en sus brazos y juntos nos embarcamos en el tren que conducía a la capital del reino.

Supongo que ha llegado el momento de hablar de mi padre. Se llamaba Fernando Mercader y había nacido en Seseña, un pueblo próximo a Aranjuez. Él era... ¿Cómo explicarlo sin que resulte demasiado áspero?... En fin, sonará mal lo cuente como lo cuente, de modo que me dejaré de *circunloquios*[2]. Mi padre era un jugador de ventaja, un estafador, un farsante, un pícaro, un charlatán y un mentiroso, entre otras muchas cosas de similar *catadura*[3]. Y no lo digo con malicia, sino por respeto a la verdad: se ganaba la vida con los naipes, o timando al prójimo, o dedicándose al contrabando, o con cualquier otra tarea situada unos pasos más allá de la frontera que trazan las leyes. [...]

Hasta que un día, corría el mes de diciembre, mi padre se presentó a media mañana en el pequeño piso de alquiler que ocupábamos en el barrio de Chamberí y se puso a hacer las maletas con evidente *premura*[4]. Le pregunté qué ocurría y él me contestó:

—Nos vamos, Jaime; haz tu equipaje. Y no te entretengas, que andamos con prisas. [...]

Esa misma mañana cogimos un tren con destino al sur. [...]

Tiempo después, supe que mi padre, aburrido de los pequeños timos, había decidido embarcarse en una empresa de mayor entidad, para lo cual escogió a un aristócrata de origen francés, el marqués de Bretanville, a quien quiso estafar vendiéndole unas propiedades que no solo no eran suyas, sino que ni tan siquiera existían. El marqués descubrió el engaño y montó en cólera. Así que mi padre se vio forzado a escapar urgentemente, tanto de la justicia como de los matones que el vengativo aristócrata había contratado para matarle.

Esa fue la causa de aquel repentino viaje a Cádiz, y el motivo que nos llevó a embarcarnos en el primer vapor transatlántico que encontramos. [...] Nuestro barco se llamaba *Covadonga* y tenía por destino América, el Nuevo Mundo.

Yo contaba entonces 13 años y medio de edad, y el paso del siglo XIX al siglo XX me alcanzó en alta mar. [...]

Partimos del puerto de Cádiz durante la mañana del 15 de diciembre de 1900, en medio de un *flamear*[5] de pañuelos y prolongados toques de sirena. Un *penacho*[6] de humo blanco brotaba de la única chimenea del barco, como la melena de un anciano ondeando al viento. El 17 de diciembre llegamos a las islas Canarias. El 19 *recalamos*[7] en Santa Cruz de Tenerife y, finalmente, el 21 dejamos atrás el último puerto español de la travesía y pusimos rumbo a San Juan de Puerto Rico, nuestra primera escala en el continente americano. Aunque solo llevábamos seis días de *singladura*[8], estaba claro que las condiciones en que viajábamos distaban mucho de ser las que uno elegiría para un crucero de placer. [...] De modo que mi padre se propuso aliviar en lo posible las condiciones de nuestro viaje. Al atardecer del día 21, mientras las Canarias quedaban atrás y el barco ponía rumbo al oeste, fue a buscarme con una pequeña maleta en la mano y me dijo:

—Voy a conseguir algo de dinero, Jaime. [...]

Para pasar el rato mientras mi padre trabajaba, me tumbé en la litera y me puse a leer la *Odisea,* del viejo Homero, pero apenas pude dedicar una hora a la lectura porque, en cuanto cayó la noche, los pasajeros de cuarta clase regresaron a sus dormitorios. [...]

Hacía una noche magnífica. El cielo estaba cuajado de estrellas y una enorme luna en cuarto creciente flotaba a ras del horizonte como una anaranjada rodaja de sandía. Desde los salones de primera me llegaba el sonido de una sonata para piano de Chopin.

Entonces me di cuenta de que no estaba solo en la cubierta. Por entre los botes salvavidas situados a popa del buque, distinguí a un pasajero en el que ya me había fijado con anterioridad. Viajaba con los emigrantes, pero no era uno de ellos. Se trataba de un hombre de unos 30 años de edad, alto (por encima del metro ochenta) y fornido. Su rostro era anguloso e inexpresivo y, bajo la aguileña nariz, ostentaba un frondoso bigote negro. Siempre llevaba un guardapolvo oscuro y, en la cabeza, un amplio pañuelo blanco ceñido por un cordón negro. [...]

Un tipo extraño el pasajero árabe, y ahora estaba allí, de noche, deambulando por la cubierta como un fantasma. De modo que me puse a seguirle. Soy bueno siguiendo a la gente. No hago ruido, sé ocultarme entre las sombras y me muevo con sigilo. Así que me llevé una sorpresa cuando, después de ir unos minutos detrás del árabe, al doblar un *recodo*[9], me encontré con que había desaparecido. Miré a un lado y a otro, busqué aquí y allá, pero finalmente tuve que reconocer que aquel tipo me había *dado esquinazo*[10]. Acepté con deportividad la derrota y me di la vuelta, dispuesto a regresar sobre mis pasos.

Y ahí estaba Mustafá, detrás de mí, mirándome fijamente al tiempo que sostenía un puñal de hoja curva en la mano derecha.

—¿Por qué me sigues? —preguntó con voz grave y un suave acento oriental.

Tragué saliva hasta que no me quedó saliva que tragar.

Vocabulario

[1]**resquemor:** sentimiento causado por una situación dolorosa. / [2]**circunloquio:** discurso que podría expresarse más resumidamente. / [3]**catadura:** clase. / [4]**premura:** prisa. / [5]**flamear:** ondear al viento. / [6]**penacho:** masa de aire expulsada por una chimenea. / [7]**recalar:** llegar, una embarcación, a la costa para finalizar el recorrido o continuarlo más adelante. / [8]**singladura:** distancia recorrida en 24 horas. / [9]**recodo:** esquina. / [10]**dar esquinazo a alguien:** rehuir a alguien.

Para leer

Si te atraen las novelas de aventuras protagonizadas por personajes que van en busca de reliquias y tesoros, no puedes perderte estas lecturas:

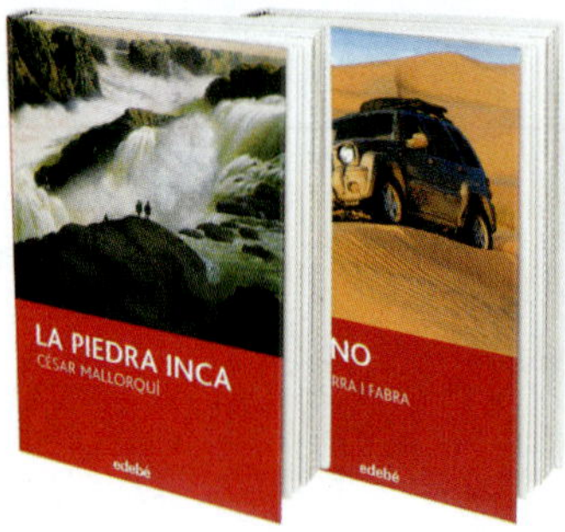

En *La piedra inca,* Jaime Mercader recorrerá selvas, desiertos y ríos hasta descubrir un asombroso secreto.

En *Magno,* Rebeca pondrá rumbo a Egipto junto con un famoso arqueólogo que va en busca de la tumba de Alejandro Magno.

- César Mallorquí, *La piedra inca.* Col. Periscopio. edebé.
- Jordi Sierra i Fabra, *Magno.* Col. Periscopio. edebé.

Ágora

El carácter problemático de Fernando Mercader tiene consecuencias en su vida que le conducen a perder a algunos de sus seres queridos, como, por ejemplo, su esposa.

— Piensa en otros personajes de ficción (ya sea de la literatura o de otras artes, como el cine) que, por su carácter o sus acciones, hayan acabado perdiendo a sus familiares y amigos.

Obtención de información

Lee el fragmento «Un largo viaje» y resuelve las siguientes actividades:

1. Responde a estas preguntas:

- ¿Dónde y cuándo nació el protagonista? ¿Qué recuerdo tiene de su lugar de nacimiento? ¿Con quién se ha criado?
- ¿Cómo se llama su padre? ¿Cómo es?
- ¿Por qué se marchan, de pronto, de su pequeño piso del barrio de Chamberí? ¿Hacia dónde se dirigen? ¿Es ese su destino definitivo?
- ¿En qué pasajero del barco se fija el protagonista? ¿Por qué decide seguirlo? ¿Logra hacerlo sin ser descubierto?

2. Elabora un eje cronológico del periplo que cuenta Jaime Mercader en esta historia. Incluye las fechas y los lugares que menciona.

3. Indica las líneas de la lectura en las que aparece la prosopografía de un personaje. ¿De quién se trata?

Interpretación

4. Clasifica los siguientes adjetivos en función de si podrían aplicarse al personaje de Fernando Mercader o a su hijo Jaime:

- Franco
- Curioso
- Embaucador
- Sensible
- Embustero
- Maleante

Fernando Mercader	Jaime Mercader

5. En el texto aparecen dos comparaciones. Localiza cada una y anótalas en tu cuaderno.

6. Vuelve a leer las líneas 20 a 25 del texto y responde a estas preguntas:

- ¿Cómo logra el autor transmitir el hecho de que al protagonista le resulta difícil hablar de su padre? ¿Por qué crees que le cuesta?

Reflexión

7. La lectura presenta dos personalidades opuestas: la del protagonista y la de su padre. ¿Es posible que un hijo tenga una personalidad muy distinta a la de sus progenitores? ¿Observas características propias de ti mismo que no compartes con tus padres? ¿Cuáles?

Expresión

8. En la lectura, el autor narra la agitada infancia de Jaime Mercader. ¿En qué medida crees que las circunstancias personales pueden influir en el carácter de una persona?

- Redacta un texto en el que reflexiones sobre la importancia de la infancia en el desarrollo de la personalidad.

Escucha

Escucha con atención la información de este enlace sobre la crisis del 98:

http://links.edebe.com/a37qx8 (min 0:40 a 3:07)

1. Responde a estas preguntas sobre la información del reportaje que acabas de escuchar:
   - ¿Por qué se afirma que «en 1898 el fin del imperio colonial español está cerca»?
   - En esa fecha, ¿qué países luchaban por su independencia? ¿Qué otro país los apoyaba? ¿Por qué razón?
   - ¿Qué sucedió el 15 de febrero de 1898? ¿Qué hizo el Gobierno de Washington después de este hecho? ¿Y el Gobierno de España?
   - ¿Qué país perdió la guerra, Estados Unidos o España? ¿Cuánto tiempo tardó en ser derrotado?

2. En el reportaje que has escuchado, se afirma que «el desastre de 1898 fue, probablemente, la primera guerra mediática de la historia».
   - ¿Qué papel tuvo la prensa en el conflicto? ¿Qué es la «prensa amarilla»? ¿Dónde se originó? ¿Qué dos mensajes transmitió la prensa de ambos países en relación con la guerra?

Habla

3. En la lectura, Jaime Mercader realiza una semblanza de sí mismo, esto es, cuenta al lector algunos de los acontecimientos más importantes de su vida, los cuales han resultado cruciales para el desarrollo de su personalidad.
   - Formad parejas y elaborad una semblanza de vuestro compañero o vuestra compañera. Para ello, seguid estos pasos:
     - Pedid a vuestra pareja que os cuente, de forma resumida, un poco más acerca de su infancia: dónde y cuándo nació; quiénes y cómo son sus padres o cuidadores; qué hechos recuerda con mayor intensidad y por qué; cuáles son sus mayores miedos e ilusiones...
     - Anotad la información biográfica de vuestro compañero o vuestra compañera e id asignando adjetivos, metáforas, hipérboles... con los que podáis componer su semblanza.

     - Finalmente, leed a vuestra pareja la semblanza que habéis redactado y averiguad si habéis logrado describirla de forma fiel.

Visión 360º

La prensa ejerce un papel crucial en la percepción de los acontecimientos sociales por parte de la opinión pública. Además de en la guerra hispano-estadounidense (o Desastre del 98), la prensa ha tenido un papel muy importante en otros sucesos históricos, como el escándalo Watergate, en Estados Unidos.

- Escucha este audio en el que se resume brevemente el caso Watergate y se expone el papel que tuvo la prensa en la transformación del Gobierno estadounidense:

  http://links.edebe.com/rv6

Consejos para realizar una semblanza

- Presenta brevemente a la persona cuya vida vas a relatar.
- Destaca los aspectos biográficos notables y evita los detalles morbosos.
- Sigue el orden cronológico en la narración de los acontecimientos más importantes de su vida. Estas expresiones pueden resultarte útiles:
  - *Durante su infancia...*
  - *Años más tarde...*
  - *En aquel momento...*

1895

Los partidos dinásticos impidieron las reformas administrativas en las colonias americanas (Cuba, Puerto Rico y Filipinas).

Cuba recibió el apoyo de Estados Unidos y se inició, en 1895, la **guerra hispano-estadounidense.**

1896

En Filipinas la guerra estalló por causas similares.

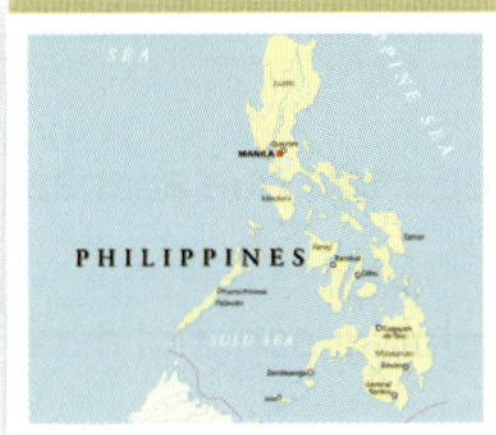

1897

La **política interna** estaba sometida a enormes tensiones. Los movimientos anarquistas y sindicalistas promovieron huelgas contra la política del Gobierno.

El 8 de agosto, un anarquista italiano asesinó al presidente conservador Cánovas del Castillo, artífice de la Restauración.

1898

España perdió la guerra hispano-estadounidense y las últimas colonias de su imperio.

El **Tratado de París** puso fin a una guerra que dejó al régimen ante una situación de crisis.

La crisis de finales del siglo XIX

Los últimos años del siglo XIX supusieron una etapa de **grandes dificultades** para la **economía** y la **política** españolas. El **atraso con respecto a Europa** era cada vez más evidente en la industria y en la agricultura, y se vio agravado por la **pérdida de las últimas colonias.** Este hecho sumió al país en una **profunda depresión,** que tuvo un fiel reflejo en la literatura.

Sociedad

Las distancias entre España y Europa cada vez eran mayores en el **terreno económico.** La **industrialización** del país se limitaba a unas pocas regiones, y la **agricultura** resultaba cada vez menos competitiva por la falta de reformas agrarias.

El gasto para sufragar las **guerras** y la pérdida posterior de las **colonias** alteraron las finanzas del país y provocaron una crisis que afectó de lleno a las clases más desfavorecidas.

La **crisis generalizada** acrecentó las **desigualdades** sociales entre los **campesinos y obreros,** que vivían en condiciones miserables, y la **clase burguesa,** que disfrutaba de una mejor calidad de vida.

En este contexto surgieron el **movimiento obrero** y las **ideas políticas socialistas** y **anarquistas.**

Las **huelgas** se convirtieron en una herramienta para la **lucha de clases** y la mejora de las **condiciones laborales** de los obreros.

Cultura

España sufría un **gran atraso.** Para paliar el **analfabetismo,** las instituciones educativas lucharon por mejorar la enseñanza. Podían ser de orientación religiosa (las escuelas profesionales salesianas, las del padre Manjón o las del padre Poveda) o bien laicas (como la Institución Libre de Enseñanza, fundada por Giner de los Ríos).

La pérdida de las últimas **colonias americanas,** en el llamado **Desastre del 98,** sumió a la nación en una profunda crisis económica y existencial. Los intelectuales veían al país sin pulso y miraron el futuro de España con una enorme preocupación. La **Restauración** fracasó a la hora de corregir las desigualdades del país y los intelectuales pidieron **reformas.**

Como reacción ante esta crisis, surgieron en España dos movimientos artísticos coetáneos y **opuestos al realismo:** el **modernismo** y la **generación del 98.**

1. La literatura ante la crisis finisecular

La pérdida de las colonias llevó a una **etapa de crisis** e incertidumbres. La guerra supuso un duro varapalo para la sociedad española, no solo desde el punto de vista económico, sino también desde el anímico. El **imperio español,** poderoso siglos atrás, **se hundía,** y los españoles, heridos en su orgullo, miraban hacia el futuro con enorme **desconfianza y pesimismo.**

Los escritores e intelectuales de la época no vivían de espaldas a la realidad: eran plenamente conscientes de todo cuanto ocurría. La grave situación que atravesaba el país provocó una **corriente crítica** de pensadores que demandaron soluciones y reformas para corregir la **deriva social y política.**

Desde el punto de vista de la literatura, encontramos en este período dos modos distintos de enfrentarse a la crisis: el **modernismo** y la **generación del 98.** Ambos movimientos artísticos compartían el **espíritu de protesta** y el **afán de renovación estética,** pero cada uno plasmó estos ideales de distinta forma, a saber:

- El **modernismo** es un **movimiento hispanoamericano** que concibe la **poesía** como una **búsqueda del ideal de belleza.** Su carácter es cosmopolita, por lo que conecta con otras corrientes europeas, como el **simbolismo** y el **parnasianismo,** y tiene un **sentido esteticista de la literatura,** entendida esta como el refinamiento de los sentidos.
- La **generación del 98** se inclina por el **compromiso con la realidad** antes que por el afán estético. Los escritores que conforman este grupo manifiestan una profunda preocupación por España y persiguen la **regeneración política y cultural** del país.

Observa con más detalle, en la siguiente tabla comparativa, las semejanzas y las diferencias entre el modernismo y la generación del 98:

<table>
<tr><th>Modernismo</th><th>Generación del 98</th></tr>
<tr><td colspan="2">• Ambos mantienen una actitud rebelde e inconformista con la realidad.
• Ambos defienden la renovación estética, en contraposición con el realismo.</td></tr>
<tr><td>• Proviene de Hispanoamérica y tiene un espíritu universal.
• El arte se preocupa por la búsqueda de la belleza, la espiritualidad y los sentimientos.
• La realidad, para el modernista, es vulgar; por ello, se evade a mundos ideales o exóticos.
• Defiende un estilo refinado y musical en el que el lenguaje despierte los sentidos.
• El género al que mayoritariamente recurren los modernistas es la lírica.</td><td>• Son un grupo de escritores marcados por el Desastre del 98.
• El arte se preocupa por la situación de España y expresa su pesimismo por el rumbo del país.
• El artista busca, en la literatura del pasado y en el paisaje castellano, la esencia de España.
• Promulga un estilo sencillo y sobrio con un gran poder de significación.
• Sus autores cultivan todos los géneros: la lírica, la narrativa, el teatro, el ensayo, el artículo periodístico...</td></tr>
</table>

Pabellón de la Secesión de Viena, una de las muestras más espectaculares de la arquitectura modernista.

Modernismo en Europa

El término *modernismo* recibe distintas denominaciones en función del país: por ejemplo, en Francia y Bélgica se denomina *art nouveau;* en Alemania y los países nórdicos, *Jugendstil;* y en Austria, *Sezession.*

Los modernistas hispanoamericanos recibieron una gran influencia de la poesía europea, concretamente, del simbolismo francés, que concibe la poesía como un medio para conocer la realidad que se esconde bajo los sentidos. Entre los poetas más destacados de este movimiento figuran Paul Verlaine, Stéphane Mallarmé y Arthur Rimbaud.

Rubén Darío (1867-1916)

Nació en Nicaragua. Su trabajo como diplomático le llevó a viajar por América y Europa durante toda su vida.

Estuvo en contacto con las últimas tendencias poéticas europeas, por las que mostró un gran interés. Visitó España en 1892 y conoció a los escritores más importantes del momento, que lo reconocieron como maestro del modernismo.

2. El modernismo

El **modernismo** llegó a España procedente de **Hispanoamérica.** Tradicionalmente, **su inicio se marca en 1888,** año de la publicación del poemario *Azul,* del nicaragüense **Rubén Darío,** máximo exponente de esta corriente literaria. Este movimiento se define como «la expresión de la crisis de final de siglo», aunque es un movimiento complejo que toma elementos de otras corrientes, tanto coetáneas (simbolismo) como precedentes (Romanticismo). Los modernistas se caracterizan por su **rechazo frontal al realismo;** piensan que la estética realista es vulgar, poco espiritual, y que es la responsable de haber acabado con la belleza artística. Por ello, proponen **renovar el lenguaje poético** y **recuperar la belleza en el arte.**

El modernismo supone un **regreso a los ideales románticos** (inconformismo, evasión, subjetividad...) pero pasados por el filtro de una **belleza sensual, elitista y refinada.** El género que mejor encaja en estas pretensiones es la **lírica.**

2.1. La lírica

La **belleza** se convierte en el principal objetivo del modernismo, de ahí que la lírica sea el **género literario más utilizado.** La poesía modernista experimenta una gran **renovación en la métrica, el estilo y los temas.**

Métrica

La poesía modernista se caracteriza por la **musicalidad** y el **ritmo.** Los modernistas quieren evocar una **realidad sensual y delicada**; por ello, emplean una **métrica muy cuidada y melódica.**

- **Versos.** Por el influjo francés, se utilizan nuevas estrofas de versos decasílabos y dodecasílabos. También se recuperan versos de la tradición clásica, como el **alejandrino,** como puede observarse en «Sonatina», de Rubén Darío.
- **Rima.** Se emplea la rima consonante *(oro / sonoro)* y, con frecuencia, la rima aguda *(color / flor),* pues se busca un **efecto musical pomposo y sonoro.**
- **Ritmo.** La musicalidad se consigue con la distribución armónica de los acentos en el verso (pies métricos). Observa: *Los-sus-pi-ros-se-es-ca-pan-de-su-boca-de-fre-sa.*

Sensualidad
Figuras literarias
Ritmo
Léxico refinado
Cultismos

La princesa está triste... ¿Qué tendrá la princesa?
Los suspiros se escapan de su boca de fresa,
que ha perdido la risa, que ha perdido el color.
La princesa está pálida en su silla de oro,
está mudo el teclado de su clave sonoro,
y en un vaso olvidada se desmaya una flor.
[...]
¡Pobrecita princesa de los ojos azules!
Está presa en sus oros, está presa en sus **tules,**
en la jaula de mármol del palacio **real;**
el palacio **soberbio** que vigilan los guardias
que custodian cien negros con sus cien **alabardas,**
un **lebrel** que no duerme y un dragón **colosal.**
[...]

Rubén Darío, «Sonatina», en *Prosas profanas y otros poemas.* Alianza.

Estilo

La búsqueda de la belleza produce en los modernistas una **obsesión por las formas:** buscan la palabra exacta, la sonoridad del verso, el refinamiento de la expresión..., por lo que pulen incansablemente sus producciones líricas.

- **Léxico.** Es **elevado** y **refinado.** Los poemas están repletos de cultismos *(lebrel)* y palabras delicadas que pretenden evocar sensaciones *(suspiros, fresa, alabardas...).* La **adjetivación** es abundante *(pálida, mudo...)* y también persigue la sonoridad del verso y la sensualidad.
- **Recursos.** Se emplean numerosas figuras retóricas: **anáforas, aliteraciones** e **hipérbatos** *(está mudo el teclado de su clave sonoro),* **metáforas** *(boca de fresa),* **sinestesias, símbolos, personificaciones** *(se desmaya una flor)...*

Temática

Los modernistas recuperan algunos temas del **Romanticismo,** como el **exotismo** o el **intimismo,** aunque su **preocupación formal** provoca que, en ocasiones, estos sean una mera excusa para **recrear sensaciones estéticas.** En general, los temas se caracterizan por un **desprecio del mundo burgués y realista,** y por la **búsqueda de una belleza sensorial, refinada y aristocrática.** Los temas más comunes son los siguientes:

- **Sensualidad.** Mediante la naturaleza, la mujer, los perfumes y la música, se exaltan el amor sensual, el hedonismo y el placer de los sentidos (A).
- **Exotismo.** El poeta necesita evadirse de la realidad y ambienta sus poemas en escenarios lejanos y exóticos, como Oriente (B) o la India, o pasados, como la Antigüedad clásica, la Edad Media...
- **Universalismo.** El poeta huye del provincianismo y muestra preferencia por un lenguaje cosmopolita, aristocrático y exquisito. Se alude a otros países y culturas como signo de distinción (C).
- **Intimismo y melancolía.** El autor proyecta sus estados de ánimo y sentimientos íntimos en paisajes, pequeños objetos o elementos de la naturaleza... La melancolía lo envuelve todo como una atmósfera poética.

A

Todo amor nuevo que aparece
nos ilumina la existencia,
nos la perfuma y enflorece.

Amado Nervo, «El amor nuevo», en *Obras completas de Amado Nervo.* Biblioteca Nueva.

B

Antonio, en los acentos de Cleopatra
[encantado,
la copa de oro olvida que está de néctar
[llena.
Y, creyente en los sueños que evoca la
[sirena,
toda en los ojos tiene su alma de soldado.

Manuel Machado, «Oriente», en *Antología poética.* Edaf.

C

Entre un deshojamiento de románticas
[rosas
de luz, juntos surcamos Venecias
[fabulosas,
en un olvido eterno de todo... Tu laúd
desgranaba en la noche su inmortal
[serenata...

Francisco Villaespesa, «Nocturno de plata», en *Los mejores poemas de amor: antología de la poesía amorosa.* Mosaico.

D

Estoy completo de naturaleza
en plena tarde de áurea madurez,
alto viento en lo verde traspasado.
Rico fruto recóndito, contengo
lo grande elemental en mí (la tierra,
el fuego, el agua, el aire), el infinito.

Juan Ramón Jiménez, «El otoñado», en *La estación total.* Visor.

2.2. Autores

El modernismo tiene en España un menor eco que en Hispanoamérica y se manifiesta en una versión más moderada. En esta corriente destacan **Juan Ramón Jiménez, Manuel Machado** y **Francisco Villaespesa. Machado** y **Villaespesa** siguen el magisterio de Rubén Darío y escriben los mejores poemas modernistas en España, aunque Machado también cultiva, con especial fortuna, la poesía popular.

Juan Ramón Jiménez

Es uno de los poetas españoles que mejor asimila el modernismo, sobre todo en su primera época, si bien su obra es muy personal y supera cualquier clasificación. Su obra más célebre es *Platero y yo* (1916), una recopilación de prosas poéticas en las que el autor narra su experiencia con un pequeño asno.

En su faceta poética destacan *La estación total* (1946) y *Dios deseado y deseante* (1949). Evoluciona desde el modernismo hasta una **«poesía pura»,** caracterizada por la **búsqueda de la perfección formal y de la belleza.** La propia poesía se convierte en el tema principal de su obra, en la que el poeta es un dios que crea y busca la belleza (D).

Juan Ramón Jiménez (1881-1958)

Nació en Moguer (Huelva). Conoció, en Madrid, a Rubén Darío, cuya poesía le influyó. En 1917 se casó con Zenobia Camprubí, en Nueva York. Tras la Guerra Civil, se exilió en el extranjero. En 1956 recibió el Premio Nobel de Literatura.

1. Indica cuáles de las siguientes afirmaciones son falsas y corrígelas para que sean verdaderas:

— Para paliar el analfabetismo de los ciudadanos españoles de finales del siglo XIX, las instituciones educativas lucharon por mejorar la enseñanza.

— La guerra hispano-estadounidense supuso un duro golpe para la sociedad española a nivel económico, pero, anímicamente, los españoles eran optimistas.

— Los escritores de la era de la crisis finisecular vivían de espaldas a los problemas sociales.

— El modernismo y el *art nouveau* son los dos movimientos artísticos más relevantes de finales del siglo XIX.

2. El siguiente poema de Rubén Darío trata sobre el modernismo. Léelo y responde a las preguntas.

El dueño fui de mi jardín de sueño,
lleno de rosas y de cisnes vagos;
el dueño de las tórtolas, el dueño
de góndolas y liras en los lagos;
y muy siglo dieciocho y muy antiguo
y muy moderno; audaz, cosmopolita;
con Hugo fuerte y con Verlaine ambiguo,
y una sed de ilusiones infinita.

Rubén Darío, «Yo soy aquel que ayer no más decía», en *Cantos de vida y esperanza*. Cátedra.

— Analiza el léxico del poema *(cisnes, tórtolas, góndolas...)* y explica cómo es.

— ¿A qué se refiere el poeta con la metáfora «jardín de sueño»? ¿Qué idea tiene de la poesía?

— Señala en qué versos muestra el poeta el gusto por el pasado y, a la vez, por lo moderno. ¿Es este un rasgo modernista?

— ¿De qué trata el poema? ¿Crees que resume el ideario del modernismo? Justifica tu respuesta.

3. Lee el siguiente fragmento del poema que Manuel Machado dedicó a Francisco Villaespesa y resuelve la actividad:

¡Jardín, jardín! ¿Qué tienes?
¡Tu soledad es tanta,
que no deja poesía a tu tristeza!
¡Llegando a ti, se muere la mirada!
Cementerio sin tumbas...
Ni una voz, ni recuerdos, ni esperanza.
¡Jardín sin jardinero!
¡Viejo jardín,
viejo jardín sin alma!

Manuel Machado, «El jardín gris», en *Antología poética*. Edaf.

— Analiza la métrica del poema: versos, rima y ritmo.

— Estudia su estilo: ¿qué léxico se utiliza?, ¿qué recursos literarios se emplean?

— Clasifica la temática: ¿a cuál de los cuatro temas del modernismo pertenece este poema? Justifícalo.

— Busca un poemario de Manuel Machado y selecciona otro poema cuya temática sea distinta de la de «El jardín gris».

4. Lee estos fragmentos de poemas e indica qué tema propio del modernismo se trata en cada uno de ellos:

A

Asómate al balcón; cesa en tus bromas,
y la tristeza de la tarde siente.
El sol, al expirar en Occidente,
de rojo tiñe las vecinas lomas.

Francisco Villaespesa, «Ocaso», en *Poesías completas*. Editorial Aguilar.

B

El ciego sol, la sed y la fatiga.
Por la terrible estepa castellana,
al destierro, con doce de los suyos,
—polvo, sudor y hierro— el Cid cabalga.

Manuel Machado, «Castilla», en *Antología poética*. Edaf.

5. Emplea la **destreza de pensamiento** *inferencia* para obtener conclusiones acerca de lo que has aprendido sobre el modernismo y lo que lo diferencia del realismo y el naturalismo. Para ello, completa este organizador gráfico:

Cuadro anticipatorio	
Lo que sé (premisas)	Preguntas que me surgen (inferencias)
– Datos que poseo – Evidencias de que dispongo – Información disponible – Afirmaciones	– Consecuencias que se deducen – Dudas razonables que surgen

6. Gaudí fue el gran arquitecto del modernismo en nuestro país.

— Busca información en Internet sobre su vida y su obra.

— Recopila fotografías de algunas de sus obras y elabora, con ellas, una presentación en PowerPoint o Prezi. Para amenizar la presentación, añade alguna pieza musical de la época.

3. La generación del 98

El modernismo tuvo en España una expresión más sobria que en Hispanoamérica. En parte se debe a la **generación del 98,** un grupo de escritores de finales del siglo XIX que secundó el **afán de renovación estética** impulsado por los modernistas, pero sin descuidar el compromiso con la crisis aguda que atravesaba el país. Se considera que estos autores constituyen una **generación** porque tenían edades y una formación parecidas, se relacionaron personalmente y fueron marcados por un acontecimiento histórico aglutinante: el **Desastre del 98.** Sintieron la crisis de 1898 como una señal de alarma y propusieron soluciones para sacar al país de la decadencia. Sus principales componentes son **Valle-Inclán, Baroja, Azorín, Maeztu, Antonio Machado** y **Unamuno,** al que todos consideran el maestro.

Temas

El **tema central** de la generación del 98 es la **situación de España.** Esta inquietud se refleja en varios aspectos:

- **Aprecio** por la **literatura del pasado.** Se revaloriza a escritores de otras épocas: Berceo, Góngora, Cervantes...
- **Estudio** de la **historia** para buscar la esencia del país y recuperar sus valores.
- **Contemplación** y **descripción** del **paisaje castellano,** en el que los autores proyectan su estado de ánimo, su visión crítica de España y, también, su amor.
- **Existencialismo.** Los escritores se preguntan sobre el sentido de la vida, la muerte..., y sufren al no hallar respuestas. Está relacionado con la situación de España.

El problema de España

Con la expresión «problema de España» se alude a la sensación de depresión generalizada que azotaba a los españoles tras el Desastre del 98.

Antonio Machado reflejó esta cuestión en el poema «LIII», publicado en su obra *Proverbios y cantares.* Puedes leerlo en el siguiente enlace:

http://links.edebe.com/y36

Estilo

Destaca por el uso de un **vocabulario sencillo,** con un gran poder de significación. A diferencia de los poetas modernistas, los escritores de la generación del 98 defienden un **estilo antirretórico,** caracterizado por la **escasez de recursos** y la **sobriedad.**

Los géneros más destacados son la **narrativa** y el **ensayo,** aunque los componentes de este movimiento, muy diferentes entre sí, los cultivan casi todos: la lírica (Antonio Machado), el teatro (Valle-Inclán), el ensayo (Ganivet) y la narrativa (Baroja).

Actividades

7. Lee este texto, en el que Azorín describe las motivaciones de la generación del 98, y responde a la pregunta:

> Nos sentíamos atraídos por el misterio. La vaga melancolía de que estaba impregnada esta generación confluía con la tristeza que emanaba de los sepulcros. Sentíamos el destino infortunado de España, derrotada y maltrecha, más allá de los mares, y nos prometíamos exaltarla a nueva vida. De la consideración de la muerte sacábamos fuerzas para la venidera vida. Todo se enlazaba lógicamente en nosotros: el arte, la muerte, la vida y el amor a la tierra patria.
>
> Azorín, *Madrid.* Biblioteca Nueva.

— ¿A qué temas característicos de las obras de la generación del 98 se alude en el texto? Justifícalo.

8. @ Como sabes, los géneros más cultivados por los autores de la generación del 98 son la narrativa y el ensayo, pero los miembros de este movimiento los cultivaron prácticamente todos.

— Busca en Internet obras de diferentes autores de esta generación y completa la siguiente tabla:

Lírica	
Teatro	
Ensayo	
Narrativa	

«Decíamos ayer...»

La famosa frase «Decíamos ayer...» la pronunció Miguel de Unamuno en 1930 a su regreso a la Universidad de Salamanca, tal como había hecho cuatro siglos antes fray Luis de León. Unamuno regresaba del exilio al que fue condenado en 1923 como consecuencia de la publicación de unos artículos en los que criticaba el nuevo régimen.

3.1. La lírica noventayochista

Mientras que en la poesía modernista la belleza formal era lo más importante, en la poesía noventayochista el **contenido** era lo **primordial.** Observa sus rasgos:

¡Oh, tierra, triste y noble,
la de los altos llanos y yermos y roquedas,
de campos sin arados, regatos ni arboledas;
decrépitas ciudades, caminos sin mesones,
y atónitos palurdos sin danzas ni canciones
que aún van, abandonando el mortecino hogar,
como tus largos ríos, Castilla, hacia la mar!

Antonio Machado, «A orillas del Duero», en *Campos de Castilla*. Cátedra.

— **Forma.** El **lenguaje** es **sobrio** y **sencillo,** tanto en el léxico como en la sintaxis. Los autores utilizan palabras del **mundo rural** que transmiten un aire de autenticidad y reflejan la pobreza del país.

— **Contenido.** Los temas están relacionados con la **crisis del país.** Este hecho da un **cariz existencial** y **pesimista** a la poesía.

3.2. La narrativa noventayochista

Los autores de la generación del 98 se valen de la **narrativa** y del **ensayo** para reaccionar con un **espíritu crítico** ante la dura realidad española. Esta actitud conecta la generación del 98 con algunos de los escritores que la preceden (Galdós, Clarín...), si bien los nuevos narradores no se sienten identificados con el estilo retórico y detallista del realismo.

La narrativa de la generación del 98 se caracteriza por:

— **Estilo sobrio.** Se emplea un **lenguaje sencillo,** limpio de artificios formales. Como en la poesía, hay un gusto por las **palabras tradicionales.**

— **Temas.** La preocupación por la situación de España se expresa en dos vertientes:

- La evocación **idealizada** del **pasado,** que se toma como modelo de valores perdidos. Los novelistas hablan del pasado con **nostalgia,** como un tiempo mejor.
- La descripción del **paisaje** y la **meseta castellana,** en la que el escritor proyecta su **amor a la tierra** y también su crítica más dura. Los escritores dan importancia a los detalles de la **vida cotidiana y anónima** antes que a los grandes acontecimientos históricos y políticos. En este período destacan tres escritores: **Miguel de Unamuno, Pío Baroja** y José Martínez Ruiz, **«Azorín».**

Nada es eterno; todo es mudable. Surgen a cada momento en el espacio mundos nuevos y acábanse los que cumplieron ya su hora. La materia sigue sin cesar su evolución al infinito, cambiando, transformándose, muriendo para renacer en formas nuevas. El hombre no es una excepción del aniquilamiento universal. Se acabaron las faunas de otros tiempos, se acabará también el hombre y no quedarán huellas de su genio, de sus movimientos, de sus monumentos, de sus civilizaciones. [...]

Y entonces desierta la Tierra, rodando desolada y estéril, entre profundas tinieblas, por el espacio inmenso, ¿para qué habrán servido nuestros afanes, nuestras luchas, nuestros entusiasmos, nuestros odios?

Azorín, «La sociología criminal», en *Obras completas de Azorín*. M. Aguilar.

Cre@ctividad

Ya has aprendido muchas cosas acerca de la lírica de los modernistas y de los miembros de la generación del 98, y has leído algunos de sus poemas.

Ahora te proponemos que busques en Internet más poemas de uno de los autores que has estudiado hasta el momento, que selecciones el que más te guste y que sigas estos pasos para darle un aspecto muy visual:

- Pide a tu profesor o profesora que te dé acceso a esta web: **www.canva.com**.
- Selecciona una de las plantillas de diseño, escoge la imagen de fondo que más te guste y, finalmente, escribe el poema que has escogido.
- Cuando lo tengas, guárdalo en formato PDF o imagen y... ¡compártelo con tus compañeros!

3.3. El teatro del esperpento

La gran aportación del 98 al teatro llegó de la mano de **Ramón María del Valle-Inclán** con la trilogía *Martes de Carnaval* y, sobre todo, con *Luces de bohemia* (1920). Esta obra cuenta la última noche de Max Estrella, un poeta ciego y acabado que personifica el fracaso de la sociedad española.

Con estas obras, Valle-Inclán inaugura el **esperpento,** un estilo literario caracterizado por una **visión deformada** y **grotesca** de la realidad, relacionada con la decadencia española. La intención de Valle-Inclán es mostrar la realidad social y humana mediante una **visión crítica,** a veces **cruel** y **destructiva.** El objetivo es que el público tome conciencia de cómo es la sociedad en su esencia.

Max. —Como te has convertido en buey, no podía reconocerte. Échame el aliento, ilustre buey del pesebre belenita. ¡Muge, Latino! Tú eres el cabestro, y si muges vendrá el Buey Apis. Le torearemos.
Don Latino. —Me estás asustando. Debías dejar esa broma.
Max. —Los ultraístas son unos farsantes. El esperpentismo lo ha inventado Goya. Los héroes clásicos han ido a pasearse en el callejón del Gato.
Don Latino. —¡Estás completamente curda!
Max. —Los héroes clásicos reflejados en los espejos cóncavos dan el Esperpento. El sentido trágico de la vida española solo puede darse con una estética sistemáticamente deformada.
Don Latino. —¡Miau! ¡Te estás contagiando!
Max. —España es una deformación grotesca de la civilización europea.
Don Latino. —¡Pudiera! Yo me inhibo.
Max. —Las imágenes más bellas en un espejo cóncavo son absurdas.
Don Latino. —Conforme. Pero a mí me divierte mirarme en los espejos de la calle del Gato.
Max. —Y a mí. La deformación deja de serlo cuando está sujeta a una matemática perfecta. Mi estética actual es transformar con matemática de espejo cóncavo las normas clásicas.

Ramón María del Valle-Inclán, *Luces de bohemia.* Espasa-Calpe.

Ramón María del Valle-Inclán (1866-1936)

Nació en Vilanova de Arousa (Pontevedra). De joven, residió en México y, posteriormente, en Madrid, donde se dio a conocer en las tertulias literarias.
Tenía una estética inconfundible, con su larga barba, y un carácter agrio y mordaz, lo que le procuró muchos enemigos. Llevó una vida rebelde y bohemia, tal como se refleja en sus obras.
Murió en Santiago de Compostela sin que se le reconociera su talento literario.

Actividades

9. Lee el texto y responde a las preguntas.

Sale de la tiniebla el bulto del hombre morador del calabozo. Bajo la luz se le ve esposado, con la cara llena de sangre. [...]
El preso. —Usted no es proletario.
Max. —Yo soy el dolor de un mal sueño.
El preso. —Parece usted hombre de luces. Su hablar es como de otros tiempos.
Max. —Yo soy un poeta ciego.
El preso. —¡No es pequeña desgracia!... En España el trabajo y la inteligencia siempre se han visto menospreciados. Aquí todo lo manda el dinero.

Valle-Inclán, *Luces de bohemia.* Espasa-Calpe.

— ¿Cómo se define Max Estrella? ¿Qué critica el preso?
— ¿Cómo es la situación que se describe en esta escena?¿Qué relación guarda con la España de su época?
— Justifica que la obra es un esperpento.

PBL

La crisis española actual

Un grupo de estudiantes extranjeros está de visita en vuestro instituto y desconoce la situación española actual. La dirección del centro os ha pedido que preparéis una charla sobre el tema dirigida a estos estudiantes.

Como sabéis, la situación social, cultural y económica de la España posterior al Desastre del 98 fomentó algunas de las obras más críticas por parte de algunos de los miembros de la generación literaria más célebre de esta época. Podéis tomar la crisis del 98 como referencia para preparar vuestra charla. Estas preguntas os pueden ayudar:

— ¿Creéis que la crisis que ha atravesado España en estos últimos años es comparable con la que vivió la generación del 98?
— ¿En qué se parecen ambas crisis? ¿En qué se diferencian?

3.4. Autores

Antonio Machado (1875-1939)

Nació en Sevilla y se formó en la Institución Libre de Enseñanza. Obtuvo la cátedra de francés en un instituto de Soria. Allí conoció a Leonor, que sería su esposa, y que murió poco después. Esto le provocó la profunda melancolía que impregna su obra. Poco antes de finalizar la guerra civil española, se exilió en Colliure (Francia), donde falleció.

Antonio Machado

Es el **máximo exponente de la lírica** de esta generación. Su producción es fundamentalmente poética, aunque también escribió algunos libros en prosa. Se caracteriza por desarrollar un **estilo de apariencia sencilla,** lo que no le impide expresar un **pensamiento profundo, filosófico** y **existencial.**

Su poesía gira, principalmente, en torno a tres temas:

- La **preocupación existencial:** la muerte, Dios, el paso del tiempo...
- La expresión de los **sentimiento** y las **sensaciones:** sueños, recuerdos, infancia...
- El **paisaje castellano** y sus **gentes** como reflejo de su preocupación por la situación de España.

De su obra, destacan *Soledades, Galerías y otros poemas,* en la que trata, en un tono melancólico, el amor, los sueños y sus recuerdos; *Campos de Castilla,* en la que expresa la preocupación por España; *Nuevas canciones,* donde plasma su añoranza por la infancia y, en algunas composiciones, por Leonor, su esposa fallecida; y *Juan de Mairena,* una obra en prosa en la que un profesor imaginario analiza multitud de temas junto con sus alumnos.

Miguel de Unamuno (1864-1936)

Nació en Bilbao. Estudió en Madrid y fue rector de la Universidad de Salamanca. Estuvo desterrado en Fuerteventura por su oposición a la dictadura de Primo de Rivera. Su vida estuvo marcada por la lucidez y la evolución intelectual, a veces con resultados contradictorios. Murió en Salamanca tras el estallido de la guerra civil española.

Miguel de Unamuno

Se prodiga en todos los géneros, aunque sobresale en la **narrativa** y el **ensayo.** Su profundidad intelectual provocó que se convirtiera en el maestro de esta generación. Los dos temas recurrentes de este escritor vasco son **el problema de España** y **el sentido de la vida.**

En sus escritos defiende la necesidad de **modernizar España** a imagen de Europa y, a la vez, de **conservar su identidad,** como se observa en su ensayo *En torno al casticismo*. Su otra gran obsesión es la angustia del ser humano ante la inmortalidad, Dios, la religión... Sobre estos temas versan sus novelas *San Manuel Bueno, mártir* y *Niebla.*

> Y ya en la cama siguió diciéndose: «Pues el caso es que he estado aburriéndome sin saberlo, y dos mortales años... desde que murió mi santa madre... Sí, sí, hay un aburrimiento inconsciente. Casi todos los hombres nos aburrimos inconscientemente. El aburrimiento es el fondo de la vida, y el aburrimiento es el que ha inventado los juegos, las distracciones, las novelas y el amor. La niebla de la vida rezuma un dulce aburrimiento, licor agridulce. Todos estos sucesos cotidianos, insignificantes; todas estas dulces conversaciones con que matamos el tiempo y alargamos la vida, ¿qué son sino dulcísimo aburrirse? ¡Oh, Eugenia, mi Eugenia, flor de mi aburrimiento vital e inconsciente, asísteme en mis sueños, sueña en mí y conmigo!».
>
> Miguel de Unamuno, *Niebla*. Cátedra.

Pío Baroja (1872-1956)

Nació en San Sebastián. Estudió Medicina, pero el ejercicio de la profesión le decepcionó y acabó dedicándose exclusivamente a la literatura. Fue un autor prolífico que publicó más de 60 novelas, además de artículos de prensa y ensayos. Su labor literaria le fue reconocida con el ingreso en la Real Academia Española.

Pío Baroja

Cultiva principalmente el **género narrativo:** la **novela** y el **cuento.** Su prosa utiliza muchos **elementos biográficos** y está marcada por una **visión pesimista** de la existencia humana y de la realidad del país. Baroja critica el retraso cultural y científico que padece España. Su estilo se basa en la **sencillez formal,** el uso de **oraciones cortas** y el **dinamismo en la acción.** Entre sus novelas más célebres figuran *El árbol de la ciencia, Aurora roja* y *La busca.*

10. Indica cuáles de las siguientes características pertenecen al modernismo y cuáles son particulares de la literatura de la generación del 98:

	Modernismo	Generación del 98
Máximo representante: Rubén Darío		
Tema central: situación de España		
Búsqueda de un efecto musical pomposo		
Lenguaje sobrio y sencillo		

11. Lee el siguiente fragmento del poema «Castilla», de Miguel de Unamuno, y responde a las preguntas:

> Tú me levantas, tierra de Castilla,
> en la rugosa palma de tu mano,
> al cielo que te enciende y te refresca,
> al cielo, tu amo,
>
> Tierra nervuda, enjuta, despejada,
> madre de corazones y de brazos,
> toma el presente en ti viejos colores
> del noble antaño.
>
> Miguel de Unamuno, «Castilla», en *Comentario de textos poéticos del siglo XX: metodología y análisis resuelto de siete poemas.* PPU.

— ¿Es un poema narrativo o descriptivo? Justifica tu respuesta.

— ¿De qué tema propio de la generación del 98 trata? ¿Qué otro escritor de esta generación dedicó una serie de poemas a Castilla?

— Analiza la forma y el contenido del poema teniendo en cuenta lo que has aprendido sobre la lírica propia de esta generación de escritores.

12. Repasa junto con tus compañeros todo lo que habéis estudiado acerca del modernismo y la generación del 98 por medio de la **técnica de trabajo cooperativo** *el juego de las palabras*. Para ello, seguid estos pasos:

— Vuestro profesor o profesora escribe en la pizarra varias palabras sobre estas dos corrientes literarias.

— En grupos de tres alumnos, cada uno debe construir una oración con una de las palabras escritas por el profesor.

— Una vez creadas las oraciones, mostradlas a los compañeros de otros grupos con el objetivo de corregirlas, ampliarlas, matizarlas...

13. Lee este texto que Ramiro de Maeztu dirige al filósofo José Ortega y Gasset y en el que habla de la contribución de su generación a la cultura española de la época:

> ¿Mi generación? [...] ¿Qué podíamos hacer más que protestar rabiando contra todo un tinglado de falsos valores? ¿No era obra necesaria y buena? ¿No hacía falta buena cantidad de valor moral para realizarla? ¿No ha hecho bien Valle obligando a la gente a escribir algo mejor? ¿Y Unamuno, echando a andar, aunque a tropezones de niño, el pensamiento español? Fíjese, además, en que nuestra obra ha sido más moral que intelectual. [...] En resumen: hemos destruido, hemos sido iconoclastas, hemos limpiado el país de mentiras. [...] Ustedes, los más jóvenes, se han encontrado el papel en blanco, y se preguntan por boca de usted. ¿Pero qué han hecho los de hace diez años? Pues eso, raspar, borrar garabatos, dejarles a ustedes el papel en blanco para que puedan estampar sus firmas, ¡y no ya sobre arena! Pero esa labor nuestra, aun dado el caso de que no hiciéramos ya otra, ¿no es tras sus apariencias negativas profundamente positiva y digna de reconocimiento?
>
> Ramiro de Maeztu, «Dos cartas de Ramiro de Maeztu a Ortega (1908)», en *Revista de Occidente,* n.º 65 (1986).

— ¿Qué opinión te merecen las palabras de Maeztu? ¿Tú también crees que su labor es digna de reconocimiento? ¿Por qué?

14. Señala qué temática propia de la generación del 98 aparece en este fragmento.

> Subió Andrés, y la tartana cruzó varias calles de Valencia, y tomó por una carretera. [...]
>
> En una media hora la tartana embocaba la primera calle del pueblo, que aparecía con su torre y su cúpula brillante. A Andrés le pareció la disposición de la aldea buena para lo que él deseaba: el campo de los alrededores no era de huerta, sino de tierras de secano muy montañosas.
>
> A la entrada del pueblo, a mano izquierda, se veía un castillejo y varios grupos de enormes girasoles.
>
> Pío Baroja, *El árbol de la ciencia.* Cátedra.

— ¿Qué descripción hace el autor del pueblo?

— ¿Qué expresa Baroja en este fragmento?

15. Los pintores Ramón Casas y Joaquín Sorolla retrataron a muchos de los escritores de la generación del 98; entre otros: Pío Baroja, Antonio Machado, Azorín, Ramiro de Maeztu y Valle-Inclán.

— Busca en Internet los retratos de estos escritores elaborados por ambos artistas.

La busca, de Pío Baroja

Acababan de dar las doce, de una manera pausada, acompasada y respetable, en el reloj del pasillo. Era costumbre de aquel viejo reloj, alto y de caja estrecha, adelantar y retrasar a su gusto y antojo la uniforme y monótona serie de las horas que va rodeando nuestra vida, hasta envolverla y dejarla, como a un niño en la cuna, en el oscuro seno del tiempo.

Poco después de esta indicación amigable del viejo reloj, hecha con la voz grave y reposada, propia de un anciano, sonaron las once, de modo agudo y grotesco, con impertinencia juvenil, en un relojillo petulante de la vecindad, y minutos más tarde, para mayor confusión y desbarajuste cronométrico, el reloj de una iglesia próxima dio larga y sonora campanada, que vibró durante algunos segundos en el aire silencioso.

¿Cuál de los tres relojes estaba en lo fijo? ¿Cuál de aquellas tres máquinas para medir el tiempo tenía más exactitud en sus indicaciones? El autor no puede decirlo, y lo siente. Lo siente, porque el tiempo es, según algunos graves filósofos, el cañamazo en donde bordamos las tonterías de nuestra vida; y es verdaderamente poco científico el no poder precisar con seguridad en qué momento empieza el cañamazo de este libro. Pero el autor lo desconoce: solo sabe que en aquel minuto, en aquel segundo, hacía ya largo rato que los caballos de la noche galopaban por el cielo. Era, pues, la hora del misterio; la hora de la gente maleante; la hora en que el poeta piensa en la inmortalidad, rimando *hijos* con *prolijos* y *amor* con *dolor;* [...] la hora de las aventuras que se buscan y nunca se encuentran; la hora, en fin, de los sueños de la casta doncella y de los reumatismos del venerable anciano. Y mientras se deslizaba esta hora romántica, cesaban en la calle los gritos, las canciones, las riñas; en los balcones se apagaban las luces, y los tenderos y las porteras retiraban sus sillas del arroyo para entregarse en brazos del sueño.

En la morada casta y pura de doña Casiana, la pupilera, reinaba hacía algún tiempo apacible silencio: solo entraban por el balcón, abierto de par en par, el rumor lejano de los coches y el canto de un grillo de la vecindad, que rascaba en la chirriante cuerda de su instrumento con persistencia desagradable.

Pío Baroja, *La busca.* Alianza Editorial.

1.ª fase: estudio del texto

Comprensión

1. ¿Cuál es el significado de los términos *acompasada, seno, grotesco, petulante, cañamazo, maleante, casta, reumatismos, morada* y *pupilera*?
2. ¿En qué momento sucede la acción? ¿Qué caracteriza al reloj del pasillo? ¿Cómo definen el tiempo los filósofos?

Contextualización

3. ¿En qué año se publicó *La busca*? ¿Qué caracteriza la hora en que sucede la acción, según el autor? ¿Qué la diferencia de los hechos transcurridos durante el día? ¿Qué sucede en casa de doña Casiana?
4. ¿A qué género literario pertenece el texto? ¿Está en prosa o en verso? ¿A qué corriente literaria pertenece la obra? Justifica tus respuestas proporcionando fragmentos del texto.

Tema y estructura

5. Idea principal: ¿dónde y cuándo se sitúa la acción del texto? ¿Qué personaje de la novela se introduce? ¿A qué se dedica?
6. Idea secundaria: ¿en qué consiste el tiempo que marcan los relojes? ¿Qué dice el autor al respecto?
7. ¿A qué parte de la narración parece corresponder el fragmento que has leído: a la introducción, al nudo o al desenlace?
8. Busca información sobre *La busca* y sitúa el fragmento en la temática general de la novela.

Estilo

9. ¿Qué papel les da el autor a los relojes y al tiempo para situar la acción de la narración?
10. ¿Qué tiempos verbales utiliza?
11. ¿Qué figuras literarias se emplean?
12. En un momento del fragmento, el autor se identifica explícitamente como el narrador de la historia. Señálalo y analízalo.
13. Identifica las expresiones, palabras e ideas que confirman al autor como uno de los integrantes de la generación del 98.

Opinión crítica

14. El fragmento que has leído se corresponde con los primeros párrafos de *La busca.* ¿Te parece que Baroja inicia la narración de una manera peculiar? ¿Por qué?
15. ¿Has reflexionado alguna vez sobre la naturaleza del tiempo? ¿Alguna vez has sentido que el tiempo pasaba muy deprisa, porque te estabas divirtiendo, o muy lento, porque estabas realizando una tarea tediosa? ¿Consideras que estos primeros párrafos de Baroja invitan a reflexionar acerca de estas cuestiones?
16. Baroja es uno de los escritores más importantes de la literatura española, sobre todo por sus aportaciones al género novelístico.
    — Después de haber leído este fragmento de *La busca,* ¿entiendes por qué Baroja es un autor tan celebrado?

2.ª fase: redacción del comentario

Con la información obtenida en la fase anterior, vamos a redactar el comentario de texto. Debes explicar **qué ha querido decir el autor y cómo lo ha expresado,** es decir, qué recursos ha empleado para ello.

Para guiarte en la **redacción del comentario,** puedes seguir estas indicaciones:

1) INTRODUCCIÓN. Comienza el comentario exponiendo, de forma clara y sencilla, cuál es la intención del autor. Para ello, puedes utilizar la información de la actividad 14.

Con este fragmento, el autor introduce la historia de forma original, partiendo de un elemento que le permite situar el tiempo narrativo de modo que...

2) DESARROLLO. Se trata de explicar en profundidad el punto anterior. Para ello, debemos indicar **qué ideas contiene el texto y cómo están ordenadas** (tema y estructura), y **qué recursos** emplea el autor (expresión) para lograr su propósito.

—Indica cuál es el tema y la estructura.

- Expón el **tema** y los **subtemas** que se desarrollan en el fragmento narrativo (actividades 5 y 6). A continuación, explica las partes de que consta la narración (actividades 7 y 8).
- Relaciona los temas con el momento histórico en que fue escrita la obra y las circunstancias que dieron lugar a escribir un texto de este tipo (actividades 3 y 4).

En la era de la crisis finisecular, España estaba sumida en una profunda depresión e inestabilidad. Este contexto social y cultural no pasó inadvertido a los escritores de la época, que...

—Explica cómo se introduce el espacio y el tiempo narrativos, así como algunos de los personajes de la novela.

La busca es una novela en la que se narran las vivencias de Manuel Alcázar, un joven que viaja a Madrid para reunirse con su madre, que trabaja de criada en la casa de huéspedes de la que es dueña doña Casiana (actividades 5 y 8). Señala las expresiones, los términos y las ideas que caracterizan el estilo barojiano.

El autor introduce el tiempo y el espacio en el que sucederán los hechos por medio de un objeto concreto, un reloj desacompasado. Con este recurso, Baroja...

—Explica cómo logra el autor transmitir su mensaje.

- Empieza por el lenguaje (actividades 9, 10 y 11); deberás tener en cuenta de qué modo lo utiliza el autor para situar la acción de la historia.
- Continúa con la figura del narrador: subraya qué recursos utiliza prioritariamente en la narración (actividad 12).
- Comenta el léxico y la función que cumple en el estilo del autor (actividad 13).

3) CONCLUSIÓN. Termina el comentario con tus opiniones sobre el texto (actividades 14, 15 y 16).

Ten en cuenta la importancia de la novela en el contexto de la obra barojiana y aporta tu opinión sobre la calidad del texto: ¿te ha gustado?, ¿por qué?

Pon a prueba tus competencias

Observa con atención la siguiente imagen y realiza las actividades que se plantean a continuación:

© Google Maps

1. ¿A qué tipo de documento corresponde la imagen que has observado?
   a) A un mapa del modernismo barcelonés.
   b) A un cartel de promoción de la ciudad de Melilla.
   c) Al plano de una ruta turística en torno a los edificios del modernismo melillense.
   d) A un folleto informativo sobre los hoteles de Melilla en los que se puede reservar habitación.

2. Completa las siguientes afirmaciones:
   — La Casa de los Cristales se encuentra en...
   — Hay tres edificios modernistas situados en o muy cerca de una gran rotonda: ...
   — En la calle Miguel de Cervantes es posible observar el...
   — El edificio que antiguamente correspondía a un diario es el...
   — Cerca de la cafetería Los Arcos se sitúa...

3. Sugiere en qué punto iniciarías la ruta y en qué punto la terminarías para visitar todos los edificios modernistas del modo más eficiente posible.

4. Escoge otra ciudad, ya sea española o de otro país, que destaque por sus edificios modernistas.
   — Elabora una ruta turística y compártela con tus compañeros o familiares. Para ello accede al apartado «Mis sitios» de este enlace: **http://maps.google.es**

5. @ Melilla es una de las ciudades españolas con más muestras de la arquitectura modernista. Esto es así porque Enrique Nieto y Nieto, un arquitecto barcelonés discípulo de Gaudí, se trasladó a Melilla para materializar la mayor parte de sus ideas.
   — Busca información en Internet sobre la vida y la obra de este arquitecto y realiza, con un procesador de textos, un breve trabajo en el que recojas la información recopilada. ¡No olvides añadir fotografías de sus edificios!

6. Gaudí, el maestro de Enrique Nieto y Nieto, afirmó que «todo sale del gran libro de la Naturaleza; las obras de los hombres son un libro ya impreso».

— Identifica cuáles de los edificios que componen la ruta turística melillense son obra de Nieto y Nieto, y valora en qué medida puede aplicárseles la afirmación de Gaudí.

7. Lee este poema sobre Melilla y responde:

> **¡Oh esa ciudad menor,**
> **parada en un recodo del espacio,**
> **mujer muerta, dormida, o ya casi viviente,**
> **balcón del mar, nostalgia**
> **de unirse al ancho muslo de la tierra!**
>
> **Juan Guerrero Zamora, «Ciudad menor», en *Alma desnuda*. Imprenta Soler Hermanos.**

— ¿A qué se refiere el poeta con la expresión «nostalgia de unirse al ancho muslo de la tierra»?

8. Busca en Internet el poema «Yo persigo una forma», de Rubén Darío, y compáralo con *La pedrera*, de Gaudí. Para ello, utiliza la **destreza** *compara y contrasta:*

COMPARA Y CONTRASTA

Poema de Rubén Darío | Edificio de Gaudí

Se parecen

Se diferencian

Conclusión

SÍNTESIS

Completa en tu cuaderno el siguiente esquema sobre la literatura ante la crisis finisecular:

Contextualización histórica

- El modernismo y la generación del 98 se desarrollan a ..... del siglo ..... Este período se inicia con la guerra ....., en el año ..... En 1896 estalla la guerra en ..... y en 1897 el presidente ..... es asesinado. En el año ....., el ..... pone fin a la guerra colonial, que pierde .....

Sociedad

- Se vive una ..... generalizada que acrecienta las ..... sociales.
- Surge el movimiento ..... y las ideas políticas ..... y anarquistas.

Cultura

- España sufre un gran ..... y las instituciones ..... deben luchar para combatir el ..... generalizado.
- La ..... fracasa al intentar corregir las desigualdades, por lo que los intelectuales piden .....

Literatura ante la crisis finisecular

Modernismo

- Llega a España procedente de ..... Su inicio se marca con *Azul*, poemario de .....
- El género más cultivado es la .....
- La ..... se convierte en su principal objetivo.
- ..... y ..... son los autores más destacados.

Generación del 98

- Los escritores tienen un afán de renovación ....., sin descuidar el ..... con la .....
- El tema central de estos autores es la .....
- El estilo destaca por el uso de un ....., y los géneros más destacados son la ..... y el .....
- ....., ... y ..... son algunos de los autores más representativos.

Reflexiona

Diario de aprendizaje

— ¿Qué sabías sobre el modernismo y la generación del 98 antes de estudiar esta unidad?

— ¿Qué contenidos de los que has estudiado te han resultado más complejos? ¿Por qué? ¿Cómo has superado esta dificultad?

— ¿Has aplicado en el comentario lo que aprendiste en unidades anteriores?

Hacemos una performance

¿Música? ¿Teatro? ¿Improvisación? Una *performance* es todo esto y mucho más. ¿Quieres protagonizar una?

Las *performances* son acciones artísticas que requieren un espacio para escenificarse, un público en el que generar asombro y un motivo de provocación. ¿Podrás reunir todos estos factores? ¡Creemos una *performance*!

1 Pero... ¿para qué sirve una performance?

La *performance* surgió a principios del siglo XX en el ámbito de los movimientos vanguardistas. El objetivo de este tipo de arte conceptual, en el que la improvisación juega un papel muy importante, es provocar una reacción en el espectador.

La *performance* es muy diferente a otras disciplinas artísticas, como la pintura o la escultura: en este caso, no es el objeto, sino el sujeto, el elemento principal de la creación artística.

Además, las *performances* se caracterizan por su condición de efímeras: la obra se realiza y, al terminar, no se vuelve a representar.

2 El esperpento como base de nuestra performance

Como has estudiado en esta unidad, el esperpento es un estilo literario que se caracteriza por mostrar una visión grotesca y deformada del mundo y de la realidad que nos rodea, utilizando un tono crítico y satírico.

Su máximo exponente fue Valle-Inclán, autor perteneciente a la generación del 98.

> «Las imágenes más bellas, en un espejo cóncavo son absurdas. Deformemos la expresión en el mismo espejo que nos deforma las caras y toda la vida miserable de España».

Recogiendo esta cita del mismo autor, perteneciente a la mítica obra *Luces de bohemia,* te proponemos crear una *performance* esperpéntica.

3 En busca de referencias

Ahora que ya sabes qué es una *performance,* anímate a buscar referencias del esperpento español para pensar detenidamente en su estructura.

Puedes basarte, por ejemplo, en las obras *El retablo de la avaricia, la lujuria y la muerte* o en *Los cuernos de don Friolera,* ambas de Ramón María del Valle-Inclán.

Además, en el siguiente enlace encontrarás un análisis exhaustivo e interesante de *Luces de bohemia:*

http://links.edebe.com/kusv9g

4 Idea tu *performance*

Pon en práctica todo lo que has aprendido hasta ahora. Elige un tema relacionado con el esperpento y crea tu *performance.*

Para ello, define el espacio ideal y el tono que tendrá, considerando el público al que va dirigido. ¿Lo tienes claro? Elabora un guion y anota todos los pasos que consideres relevantes.

Piensa también en los elementos que necesitarás para llevarla a cabo: objetos, música...

Para inspirarte y dar con la idea definitiva, puedes utilizar distintos trozos de papel y escribir en ellos las ideas que se te vayan ocurriendo; por ejemplo:

Llenar la clase de espejos

Hacer trucos de magia

Disfrazarme de Valle-Inclán

5 Ha llegado el momento: representa tu *performance*

Cuando tengas todo organizado y estructurado, prepara y ensaya la *performance.* ¿Estás listo? Pues adelante... ¡Acción!

Después de haber realizado tu *performance,* pide a tus compañeros que puntúen tu actuación del 1 al 10 y que te digan cuáles son los aspectos que más les han gustado de tu actuación y por qué.

Esto te servirá para ensayar tu *performance* de nuevo y poder interpretarla, por segunda vez, mucho mejor. En cualquier caso, no temas las críticas; siempre que sean constructivas, te ayudarán a mejorar.

Actividades

1. Analiza las *performances* de tus compañeros teniendo en cuenta las siguientes cuestiones.

— ¿Crees que son verdaderas *performances*?

— ¿Han conseguido generar una reacción de asombro en el público?

— ¿Crees que se adaptan al concepto de esperpento de Valle-Inclán?

— ¿Cómo podrían mejorarse?

10 Unidad

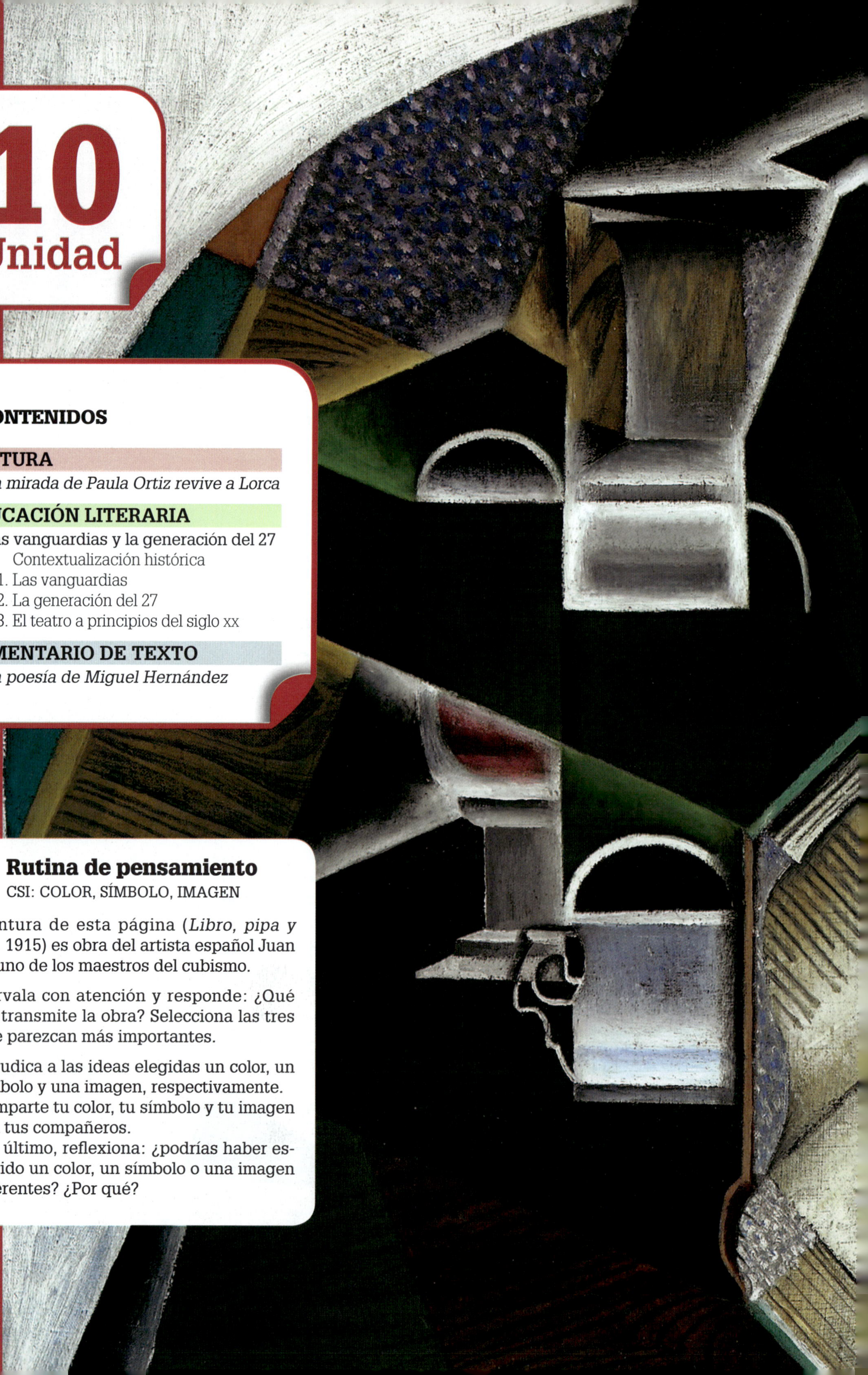

» **CONTENIDOS**

LECTURA

La mirada de Paula Ortiz revive a Lorca

EDUCACIÓN LITERARIA

Las vanguardias y la generación del 27

Contextualización histórica

1. Las vanguardias
2. La generación del 27
3. El teatro a principios del siglo XX

COMENTARIO DE TEXTO

La poesía de Miguel Hernández

Rutina de pensamiento

CSI: COLOR, SÍMBOLO, IMAGEN

La pintura de esta página (*Libro, pipa y gafas,* 1915) es obra del artista español Juan Gris, uno de los maestros del cubismo.

Obsérvala con atención y responde: ¿Qué ideas transmite la obra? Selecciona las tres que te parezcan más importantes.

1. Adjudica a las ideas elegidas un color, un símbolo y una imagen, respectivamente.
2. Comparte tu color, tu símbolo y tu imagen con tus compañeros.
3. Por último, reflexiona: ¿podrías haber escogido un color, un símbolo o una imagen diferentes? ¿Por qué?

Belén Remacha

Esta periodista zaragozana afincada en Madrid se define a sí misma como «una periodista en pleno aprendizaje».

Interesada en el cine, los libros, la música, la política..., actualmente colabora en la sección de cultura del periódico digital *eldiario.es* y escribe en la revista digital *Zero Grados.*

Este fragmento

Se trata de un artículo publicado en *eldiario.es,* en el que la periodista cuenta las razones que han llevado a la directora de cine Paula Ortiz a realizar la adaptación cinematográfica de *Bodas de sangre,* una de las obras más emblemáticas de Federico García Lorca, escritor representativo de la generación del 27.

La mirada de Paula Ortiz revive a Lorca

Belén Remacha. Se estrena *La novia,* adaptación de la obra de Federico García Lorca *Bodas de sangre.* Dirigida por Paula Ortiz, llega precedida por su éxito en las nominaciones de los Premios Feroz y su gran acogida en la sección Zabaltegi de San Sebastián.

Paula Ortiz se ha lanzado ahora a abordar a Lorca por dos razones. La primera es personal, íntima y primitiva: se remonta a su infancia, cuando descubrió el universo del poeta. Comenzó a imaginar sus elementos y su paisaje, a comprender el mapa del alma que dibuja el granadino en su obra. La segunda es *coyuntural*[1]. «Sigue siendo necesario *reivindicar*[2] su palabra y aquellas historias clásicas que constituyen nuestros textos *fundacionales*[3]», argumenta la directora. En una época en la que se entremezclan tradición y modernidad constantemente, el ansia de ruptura, de búsqueda de libertad y de nuevos caminos perenne en la poesía y el teatro de Lorca se vuelve más actual que nunca. Ortiz pensó que era el momento.

Tanto ella como los actores repiten que con *La novia,* adaptación de *Bodas de sangre,* han llevado al cine el *Romeo y Julieta* español. Pero lo cierto es que *Bodas de sangre,* además de una gran historia de amor desdichada, es la crónica más negra de España: la tragedia del mundo rural, las brechas abiertas de la represión, de la violencia, de la venganza y del dolor, transmitidas de generación en generación. Dice la realizadora zaragozana que en la obra de Lorca «se cuestionan las grandes preguntas de la humanidad, por eso cuando redescubrimos *Bodas de sangre*, *Yerma* o *La casa de Bernarda Alba*, nos vemos reflejados».

La fábula lorquiana

Trasladar una obra de teatro de la década de 1930 al lenguaje cinematográfico del siglo XXI implica una reestructuración, la creación de un «puzle nuevo» que no traicione la palabra ni el mundo del creador. Tiene sus ventajas: «Los paisajes, la tierra, los caballos, que en teatro te tienes que imaginar, aquí puedes verlos», argumenta la también autora, junto con Javier García Arredondo, de un guion en el que se alternan verso y prosa. Es precisamente en los elementos estéticos donde ha puesto extremo cuidado. El acercamiento al texto de una manera sensorial, reconstruido no solo en las palabras sino en las texturas, la fotografía, los escenarios, los símbolos y la propia atmósfera del filme destacan sobre todo lo demás en esta versión. «A veces Lorca se ha leído de una manera excesivamente realista, nosotros hemos querido ir también a la fábula», explica Ortiz.

Al espectador español se le puede venir a la memoria otra versión de un clásico del teatro en verso realizada por otra directora, Pilar Miró, en 1996: *El perro del hortelano.* Es una referencia, pero no la única. Ortiz ha revisado para su propia adaptación de *Bodas de sangre* la de otro aragonés, Carlos Saura, que convirtió en 1981 las palabras del poeta asesinado durante la guerra civil en ballet, movimiento e imagen. También ha cogido algo de la manera de llevar un clásico al cine del *Jane Eyre* de Cary Fukunaga, y de Andrea Arnold y su *Cumbres borrascosas.*

El otro aspecto que destaca de esta versión es que, más allá de un triángulo amoroso, la película innova respecto al texto en que lo que cuenta es la historia del personaje de la novia. Ortiz argumenta que Lorca explora el alma a través de sus personajes femeninos, por tanto, en ella ha querido la cineasta que recaiga el foco de la acción: la novia es el centro del conflicto y el motor que genera la pasión y la destrucción que finalmente se desencadena. La elección de Inma Cuesta para darle vida la tenía clara la realizadora desde el primer momento: «Cuando tienes que elegir a un actor o actriz para un personaje que forma parte de la tradición cultural, todos tenemos miedo de decepcionar. Pero creo que Inma Cuesta es la novia que todos habíamos imaginado, que el propio Federico habría imaginado».

La novia, el novio y Leonardo

Para Cuesta, meterse en la piel de la protagonista ha sido un proceso *catártico*[4]. El papel le llegó en un momento en el que era capaz de entenderlo, aunque eso supuso meterse en «laberintos personales y emocionales bastante complejos», admite la actriz. Aunque nunca había interpretado a la novia, Lorca también había formado parte de su *imaginario*[5] íntimo desde la adolescencia, cuando soñaba con ser actriz y memorizaba versos de *Bodas de sangre.* Así que cuando Paula la llamó, «algo latió de una manera especial». Reconoce que, siendo andaluza, sentía además la cultura y el *folclore*[6] de Lorca como algo muy cercano: «Meterme en su universo fue como estar en casa, es un lenguaje que entiendo muy bien».

Las otras puntas del triángulo, el novio (Asier Etxeandia) y Leonardo (Álex García) también insisten en la trascendencia de la obra en el trabajo de cualquier actor. Aunque en el original lorquiano el novio está presentado como un secundario ajeno a la gran historia de amor, la versión de Ortiz dignifica al novio y vuelve más terrenal a Leonardo. «En el texto no hay buenos y malos, el único antagonista es la pasión de la que todos son víctimas. Por eso, al verla, los entiendes a todos», explica Etxeandia, quien sintió que «la vida rimaba» cuando recibió la llamada para *encarnar*[7] a este mito literario. Por su parte, García asegura que lo que más difícil le resultó fue transmitir el verso del granadino sin que se percibiese la emoción en la garganta. Para él, entender a su personaje fue sencillo: «Lo bueno que tiene Lorca es que está tan bien escrito que hace que lo comprendas, que conecta. La suya es una historia universal».

Los otros vértices

Bodas de sangre, y por *ende*[8] *La novia,* no es realmente solo un triángulo, pues la historia tiene muchos más vértices. Además de la pasión y de la violencia, uno de los más importantes es la madre del novio, interpretada por Luisa Gavasa. Ella dibuja el *contrapunto*[9] a la novia, las dos fuerzas que tiran del núcleo que conforman el amor y el dolor.

Otro es la muerte, que tanto en el original como en la versión cinematográfica toma aspecto de mendiga; en la película tiene el rostro de María Alfonsa Rosso. [...]

Otro aspecto significativo fue el clima: el rodaje, en pleno verano, entre la Capadocia turca y el desierto *monegrino*[10], fue extremadamente duro, lo cual ayudó a construir los personajes y es un matiz imprescindible en la creación de la atmósfera.

En los Goya nadie quiere pensar todavía. Ortiz ha hecho la película que quería hacer y que quiere pensar que le habría gustado al propio Lorca: «Creo que habría disfrutado del proceso creativo. Habría estado de acuerdo con arriesgar, con los retos, con las experimentaciones y con la actitud de libertad, de búsqueda de compromiso y de pasión del equipo». De momento, esta boda roja mediterránea y atemporal ya ha comenzado a volar.

Vocabulario

[1]**coyuntural:** que depende de las circunstancias del momento. / [2]**reivindicar:** dar argumentos a favor de algo. / [3]**fundacional:** perteneciente o relativo al acto de fundar. / [4]**catártico:** perteneciente o relativo a la catarsis (liberación causada por una experiencia intensa). / [5]**imaginario:** conjunto de pensamientos o ideas. / [6]**folclore:** conjunto de costumbres, creencias, tradiciones..., de un pueblo. / [7]**encarnar:** personificar, representar. / [8]**por ende:** por tanto. / [9]**contrapunto:** contraste, contraposición. / [10]**monegrino:** correspondiente al desierto de los Monegros.

Para leer

Si te ha gustado el argumento de *Bodas de sangre,* en el que está basada *La novia,* te proponemos estos otros clásicos de la literatura:

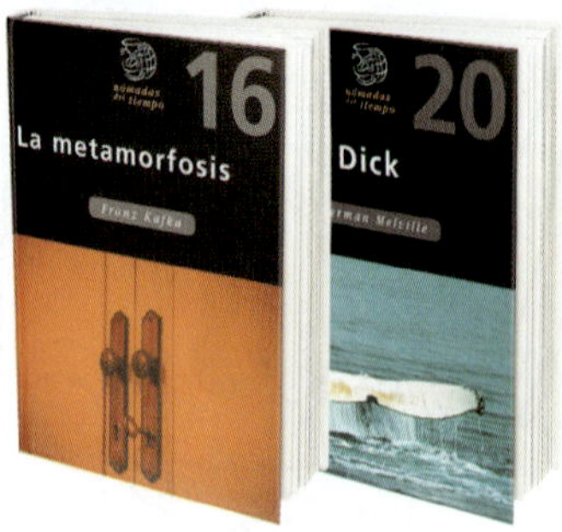

En *La metamorfosis,* una de las novelas más importantes de la historia de la literatura, Kafka narra la historia de Gregor Samsa, un comerciante que un día se levanta convertido en un enorme insecto. Por su parte, Melville cuenta, en *Moby Dick,* las aventuras de los tripulantes del *Pequod,* un barco ballenero.

- Franz Kafka, *La metamorfosis.* Col. Nómadas del Tiempo. edebé.
- Herman Melville, *Moby Dick.* Col. Nómadas del Tiempo. edebé.

Ágora

Para la actriz Inma Cuesta, representar a la novia fue un proceso catártico en el cual pudo expresar sus emociones.

— ¿Cree que es positivo manifestar nuestras emociones o es mejor reservarlas para uno mismo?

— Los actores, escritores, poetas, etc. expresan sus emociones a través de su arte. ¿Cómo lo haces tú: escribes, cantas, compones, hablas con tus amigos...?

Obtención de información

Lee el artículo «La mirada de Paula Ortiz revive a Lorca» y resuelve las siguientes actividades:

1. Responde a estas preguntas:
   - ¿Por qué dos razones se ha embarcado Paula Ortiz en la adaptación cinematográfica de *Bodas de sangre*?
   - Según Ortiz, ¿qué se cuestiona en la obra de Lorca? ¿Qué pasa cuándo redescubrimos obras como *Bodas de sangre, Yerma* o *La casa de Bernarda Alba*?
   - ¿Qué ventajas tiene, según la directora, trasladar una obra de teatro al lenguaje cinematográfico?
   - ¿En qué otras adaptaciones se ha inspirado para *La novia*?
   - Para Álex García, ¿qué fue lo más difícil? ¿Por qué le resultó sencillo entender a su personaje?
   - ¿Qué otros personajes, además del triángulo amoroso, desempeñan un papel importante en la historia? ¿Qué actrices los interpretan?

2. Indica si las siguientes afirmaciones sobre *Bodas de sangre* son verdaderas (V) o falsas (F) teniendo en cuenta la información que proporciona el artículo:

En la época en que se escribió la obra, se entremezclaban tradición y modernidad.	
El ansia de ruptura, de búsqueda de libertad y de nuevos caminos caracteriza la poesía y el teatro de Lorca.	
Bodas de sangre combina la narración de una gran historia de amor desdichada con una crónica positiva de España.	
El triángulo amoroso de *Bodas de sangre* está formado por la novia, el novio y la mendiga.	

Interpretación

3. ¿Por qué para Inma Cuesta meterse en la piel de la protagonista «ha sido un proceso catártico»? ¿Por qué afirma que el papel le llegó en un momento en que era capaz de entenderlo? ¿Qué le supuso este hecho?

4. El texto que has leído tiene una estructura propia de los artículos periodísticos.
   - Localiza el titular, la entradilla, los subtítulos y los distintos párrafos que lo componen.

Reflexión

5. En el artículo se afirma que, tanto en la versión original como en la adaptación, la muerte es representada por una mendiga.
   - ¿Por qué crees que Lorca escogería a una mendiga para simbolizar la muerte?

Expresión

6. Teniendo en cuenta lo que has leído sobre el rodaje de *La novia* y el tráiler de la película que puedes encontrar en Internet **http://links.edebe.com/pxs**, escribe un breve texto en el que expongas, si no has visto la película, qué aspectos te invitan a verla y por qué. Si la has visto, escribe una breve crítica.

Escucha

Escucha atentamente la interpretación musical que hace Silvia Pérez Cruz de «Pequeño vals vienés», poema de Federico García Lorca:

http://links.edebe.com/ux7dh

1. Contesta a estas preguntas sobre la canción que acabas de escuchar:
   - ¿Dónde transcurre la acción?
   - ¿Qué elementos de la naturaleza aparecen en el poema?
   - Señala dos personificaciones y una metáfora.

2. Lorca tuvo siempre una relación muy estrecha con la música. Cuentan que, cuando era muy joven, el poeta se presentó en la casa del compositor Manuel de Falla para conocerlo y que este lo aceptó como alumno.
   — Busca en Internet algunas composiciones poéticas de Lorca y escribe un breve texto en el que valores en qué medida la música pudo influir en su obra.

Habla

3. Pese a haber fallecido trágicamente muy joven, Lorca escribió un gran número de obras de teatro y de poemas.
   — Busca en Internet o en la biblioteca un poema de Lorca que te guste especialmente, ya sea por el tema, por el estilo, por la métrica, por las figuras literarias... Una vez seleccionado, formad parejas. Por turnos, cada miembro de la pareja tendrá que persuadir al compañero o compañera de la calidad de ese poema. Para ello, deberéis seguir estos pasos:
   - Analiza por qué el poema que has seleccionado es digno de admiración; por ejemplo, plantéate preguntas como esta: ¿describe esta obra una sensación o una experiencia que has vivido alguna vez pero no has sabido expresar así?
   - A continuación, elabora un pequeño guion con las razones aducidas.
   - Siéntate frente a tu compañero o compañera y expón, de manera argumentada, por qué el poema que has escogido es tan interesante. Intenta trasladar a tu interlocutor el entusiasmo que sientes por esta obra.

Margarita Xirgu fue una actriz conocida en todo el mundo por haber interpretado magistralmente un gran número de obras de Federico García Lorca.

Fue la primera novia de *Bodas de sangre* y, además, la protagonista de *Mariana Pineda,* también obra de Lorca y que incluía decorados de Salvador Dalí.

Consejos para persuadir

- Propón argumentos convincentes; la persuasión no se logra sin aportar razones de peso.
- No olvides que persuadir no es lo mismo que manipular. Para convencer a tu interlocutor, debes evitar recurrir al engaño.

1902-1909

Ascendió al trono, con 16 años, **Alfonso XIII.** El país siguió inmerso en una **profunda crisis** y se sucedieron las **huelgas laborales.** La situación se agravó con la **guerra de Marruecos,** en 1909.

1914-1918

Estalló la **Primera Guerra Mundial.** España no intervino, pero, al igual que el resto de Europa, también se vio afectada.

1923

Con el consentimiento del rey, Miguel Primo de Rivera dio un **golpe de Estado militar** y subió al poder. Se impuso así una **dictadura** en el país.

1931-1939

Alfonso XIII abdicó, se suprimió la dictadura y se proclamó la **Segunda República. En 1936** se produjo un nuevo alzamiento militar que desembocó en una guerra civil.

Los inicios del siglo XX

Estuvieron marcados por los avances tecnológicos y los enfrentamientos entre las potencias europeas. Las **ideas comunistas y fascistas** se expandieron por Europa, y las tensiones políticas entre los países generaron **dos guerras mundiales.** La economía mundial, que vivió un momento de expansión con la creciente industrialización, sufrió un colapso financiero en 1929.

Sociedad

España, en este período, seguía sumida en una **profunda crisis.** La **pérdida** de las **últimas colonias,** en 1898, había mermado sus ingresos y, sobre todo, el ánimo de los españoles. La economía mundial vivió un momento de esplendor (los felices años veinte), pero se interrumpió abruptamente con el **desastre de la bolsa de Nueva York** en 1929, que dio inicio a una etapa de gran **recesión económica.**

En el ámbito social español, la **clase obrera** fue la que más sufrió las consecuencias de la crisis. En este período, se organizaron los **movimientos obreros** y los **sindicatos.** Fue una etapa de conflictos laborales y de agitación social, con **huelgas generales** y **lucha obrera.**

En 1923, Miguel Primo de Rivera impuso una dictadura, que se suprimió tras la abdicación del rey en 1931. Las candidaturas republicanas triunfaron y se proclamó la **Segunda República.** Empezó un período de democratización y modernización que terminó en 1936, cuando se produjo otro alzamiento que desembocó en la **Guerra Civil** (1936-1939).

Cultura

En este difícil contexto, el arte experimentó una **etapa muy intensa y prolífica.** Fue un período de **frenética experimentación** y de búsqueda de **nuevas formas expresivas** que afectó a todas las artes y a los artistas de todo el mundo. Estos movimientos son conocidos como **las vanguardias.**

Los **intelectuales** alcanzaron un protagonismo especial durante la **Segunda República.** Muchos de los dirigentes republicanos y socialistas, como **Manuel Azaña, Fernando de los Ríos** y **Julián Besteiro,** pertenecieron al mundo de la cultura.

Surgieron **compañías teatrales** integradas por actores profesionales o por estudiantes, que recorrían los pueblos representando las obras de teatro más importantes de la época. La más conocida fue **La Barraca,** proyecto personal del poeta y dramaturgo **Federico García Lorca.**

En el **ámbito musical,** España gozaba de un momento de gran creatividad, en el que destacaron las obras de compositores como **Manuel de Falla, Joaquín Turina** y **Joaquín Rodrigo.**

En el campo de la **filosofía,** sobresalían pensadores como **Martin Heidegger, Jean-Paul Sartre, Theodor Adorno** y **Michel Foucault.** En España, **María Zambrano** fue una de las filósofas e intelectuales más relevantes.

1. Las vanguardias

El primer tercio del siglo XX constituye uno de los momentos más creativos de la historia del arte. En un ambiente de crisis social, surgieron las **vanguardias,** movimientos artísticos que buscan **transformar el arte** radicalmente.

Las vanguardias están integradas por diferentes grupos o movimientos, conocidos como *ismos:* **cubismo, surrealismo, futurismo...** Los *ismos* son muy divergentes entre sí, y cada uno presenta su propia idea de arte. No obstante, todos ellos comparten una serie de rasgos:

— **Fascinación por la técnica.** Los **avances tecnológicos** (máquinas, inventos...) se incorporan decididamente al arte.

— **Experimentación y deseo de novedad.** Se investigan sin límites las **posibilidades expresivas del arte.** Se propugna la libertad total y se rompe con la belleza tradicional.

— **Ideologización.** Destaca un **espíritu antiburgués.** Muchos movimientos se muestran próximos al **comunismo,** al **fascismo...**

— **Vocación universal.** Los artistas aspiran a realizar **obras entendibles** por todas las culturas. Se persigue un **arte global** y todas las disciplinas se influyen entre sí.

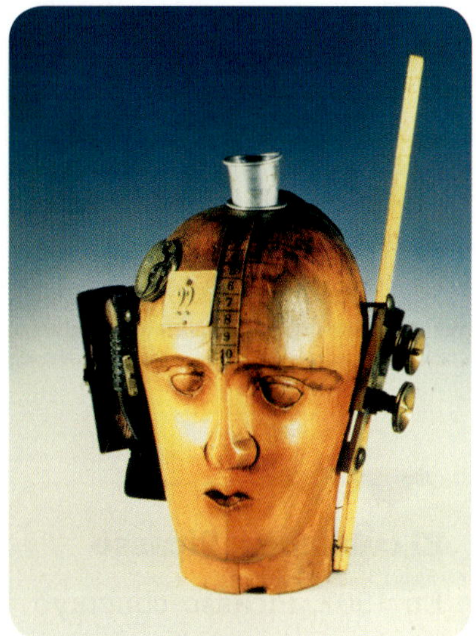

Cabeza mecánica (1920), de Raoul Hausmann, artista austríaco del dadaísmo.

Este profundo **espíritu de cambio** afecta a la literatura, a la pintura, a la música y al teatro, y también al cine, que se convierte en el nuevo arte del siglo XX. Estos movimientos apenas duran dos décadas, hasta los años veinte, aunque su influencia perdura incluso en el arte actual.

En **literatura,** los *ismos* más significativos son los siguientes:

— **Surrealismo.** Intenta superar la racionalidad por medio del **inconsciente** y la **imaginación.** Los sueños son el material artístico para desentrañar el alma humana. Esta corriente ejerció una gran influencia en los poetas españoles de la generación del 27.

— **Futurismo.** Ensalza una belleza basada en la **velocidad** y en los **inventos tecnológicos.**

— **Creacionismo y ultraísmo.** Defienden la **renovación** radical del lenguaje poético.

— **Dadaísmo.** Aboga por un **arte absurdo** y producto del **azar.**

Así, las vanguardias suponen un cambio radical respecto al modernismo:

Modernismo

- Los modernistas se preocupan por la búsqueda de una **belleza** exquisita y sensual.
- La **realidad** es fea y vulgar; por ello, los poetas se evaden al **pasado** o a **mundos exóticos.**
- Defienden una poesía de **estilo refinado, musical** y **sensual,** muy cuidada formalmente.
- La poesía expresa un **sentimiento refinado.**
- El poeta solo se preocupa por la **expresión** de la **elegancia** y el **buen gusto.**

Vanguardias

- Quieren **cambiar** la **belleza tradicional** por una **estética actual, rompedora** y **provocativa.**
- Interpretan la **realidad** con nuevos ojos, por eso buscan **temas** para el **ser humano moderno.**
- Apuestan por la **libertad total** en las **formas** y en la **versificación,** así como por un **arte universal.**
- El arte renuncia a la **anécdota** y al **sentimiento.**
- El artista **experimenta** todas las **formas de expresión** y todas **las artes se influyen** entre sí.

Cre@ctividad

Los artistas del dadaísmo crearon, además de obras visuales, un gran número de producciones textuales que destacan, fundamentalmente, por su originalidad desbordante.

Además de escribir diversas obras, dadaístas como Tristan Tzara sugirieron técnicas de escritura. Una de ellas es la de recortes, que consiste en elaborar un texto o un poema a partir de recortes de palabras o fragmentos de una obra acabada.

Para elaborar un poema dadaísta mediante esta técnica, selecciona un texto acabado (un cuento o un poema que te guste) y recórtalo en fragmentos que recojan una o más palabras, de forma aleatoria.

Coge los distintos pedazos al azar y colócalos uno tras otro. Finalmente, una vez terminado el poema, entra en **https://slate.adobe.com,** añádele imágenes y compártelo con tus compañeros.

Ejemplos de greguerías

- *El agua se suelta el pelo en las cascadas.*
- *Trueno: caída de un baúl por las escaleras del cielo.*
- *El cometa es una estrella a la que se le ha deshecho el moño.*

Ramón Gómez de la Serna, *Greguerías.* Castalia.

El cubismo y Picasso

En 1907, Picasso concluyó su obra *Las señoritas de Aviñón,* considerada el punto de partida del cubismo. En las obras cubistas destacan las formas geométricas, como cilindros, cubos, esferas...

Una de las obras más famosas de Picasso es *Guernica,* un mural en el que se representa el bombardeo (durante la guerra civil española, en 1937) de la ciudad vasca de Guernica.

1.1. Los *ismos* españoles

Los escritores españoles se dejaron impregnar por el espíritu de profunda **renovación estética** de las vanguardias europeas e hispanoamericanas, pero, en líneas generales, lo hicieron de un modo peculiar: sin renunciar a la **tradición literaria,** como veremos en la **generación del 27.**

Las vanguardias en España tuvieron seguidores en escritores como **Gerardo Diego, Juan Larrea** y **Ramón Gómez de la Serna,** autor que creó un *ismo* propio (el **ramonismo**) y destacó por sus **greguerías,** una mezcla de metáfora y humor.

Los *ismos* más significativos en España son el **ultraísmo** y el **creacionismo:**

— **Ultraísmo.** Aparece en Madrid en 1918, promovido, entre otros, por **Guillermo de Torre, Juan Larrea, Rafael Cansinos** y **Gerardo Diego.** Fundaron la revista *Ultra,* en la que defendían la **eliminación de la rima,** el uso de **tecnicismos** y la búsqueda de **imágenes y metáforas impactantes.**

— **Creacionismo.** Lo fundan los poetas españoles **Juan Larrea y Gerardo Diego,** y el chileno **Vicente Huidobro.** Este último afirmaba que la poesía es autónoma e independiente del mundo, y que el poeta no debe imitar la naturaleza, sino **crear una realidad (poética) nueva.** El creacionismo concibe un **arte puro,** independiente de la realidad material.

1.2. Las vanguardias en Europa

Las vanguardias son probablemente la primera corriente artística de **carácter global,** aunque determinados *ismos* se dieron con más intensidad en los países donde surgieron. Es el caso del **futurismo** en Italia, auspiciado por el poeta **Filippo Tommaso Marinetti,** y el **expresionismo** en Alemania, con **Rainer Maria Rilke.**

En Francia se gestaron a su vez varios *ismos:* el **dadaísmo,** impulsado por el poeta **Tristan Tzara;** el **cubismo,** por **Guillaume Apollinaire;** y el **surrealismo,** por **André Bretón.**

Las vanguardias europeas destacaron especialmente en el **plano pictórico,** con artistas como **Gustav Klimt, Pablo Ruiz Picasso, Henri Matisse, Paul Cézanne...**

Actividades

1. Indica a qué *ismos* corresponden estas características:

— Apuesta por un arte absurdo.
— Aboga, frente a la racionalidad, por el inconsciente.
— Defiende la renovación radical del arte poético.
— Ensalza la belleza de la velocidad y la tecnología.

2. Lee el siguiente fragmento de un poema de Gerardo Diego y responde a las preguntas:

Ha cruzado divina y desnuda.
Es la Forma, es la Forma, es la Forma.
El artista, sujeto en la Norma,
la llama en su ayuda.
Cuando pasa sonríe y promete
y saluda cordial y exquisita,
más que breve es su breve visita,
su azar de cohete.

Gerardo Diego, «Nocturno XIV», en *Nocturnos de Chopin.* Bullón.

— ¿Qué *ismo* promovió Gerardo Diego, junto con Juan Larrea y Vicente Huidobro?
— ¿Qué son «la Forma» y «la Norma»? ¿Qué dos realidades representan? ¿Qué relación guardan con el poeta?
— En el último verso aparece la palabra *azar.* ¿Para qué *ismo* tiene el azar un papel muy importante?

3. Filippo Tommaso Marinetti, artista del futurismo, afirmó que «un automóvil rugiente que parece que corre sobre la metralla es más bello que la Victoria de Samotracia».

— Escribe un breve texto en el que reflexiones acerca de la afirmación que has leído. Aporta tu opinión acerca de esta afirmación del artista italiano.

2. La generación del 27

Es el **grupo literario** español más importante desde el **Siglo de Oro.** Está integrado por poetas nacidos en el cambio del siglo XIX al XX, que inician su actividad en torno al año 1927. Por la cantidad y la calidad de sus obras, se ha llamado también a esta época la **Edad de Plata** de la literatura española.

No hay un acuerdo sobre el número de integrantes. Tradicionalmente, se incluye en el grupo a **Federico García Lorca, Rafael Alberti, Luis Cernuda, Vicente Aleixandre, Gerardo Diego, Jorge Guillén, Emilio Prados, Pedro Salinas, Dámaso Alonso** y **Manuel Altolaguirre.** Al grupo se vinculan otros escritores, como **Max Aub, León Felipe, Fernando Villalón** y **Miguel Hernández.**

Estos poetas se mantuvieron en estrecho contacto, sobre todo de 1920 a 1936, en buena parte gracias a la **Residencia de Estudiantes de Madrid** y al **Centro de Estudios de Menéndez Pidal.**

Somos los hombres intranquilos
en sociedad.
Ganamos, gozamos, volamos.
¡Qué malestar!

El mañana asoma entre nubes
de un cielo turbio
con alas de arcángeles-átomos
como un anuncio.

Jorge Guillén, «Los intranquilos»,
en *Clamor. Maremagnum.*
Sudamericana.

2.1. Tradición y modernidad

A pesar de las importantes **diferencias de estilo** entre los miembros del 27, todos ellos comparten dos rasgos comunes, aparentemente contradictorios, que los definen como generación. Por un lado, sienten una poderosa **atracción por las vanguardias** y, por otro, aprecian la **tradición literaria,** tanto la **culta** como la **popular.**

Esta combinación entre **modernidad y tradición** convierte a esta generación en un fenómeno distinto de las vanguardias, si bien recibió su influencia. Mientras que las vanguardias lucharon contra la tradición, la generación del 27 se inspiró en ella y la renovó. Podemos destacar otros rasgos de este grupo de poetas, que se observan en el poema «Ciudad sin sueño. Nocturno de Brooklyn Bridge», de Federico García Lorca:

— Existe un **deseo de originalidad, innovación y renovación poética,** como en las vanguardias. Se incorpora la **tecnología** a la poesía.

— Se busca la **pureza del arte** y la **perfección formal,** sobre todo en los primeros años.

— Los poetas desean **sorprender con las metáforas,** las cuales tienen un papel preponderante en relación con los otros recursos.

— Los **elementos surrealistas y oníricos** están muy presentes en las metáforas.

No duerme nadie por el cielo. Nadie, nadie.
No duerme nadie.
Las criaturas de la luna huelen y rondan sus cabañas.
Vendrán las iguanas vivas a morder a los hombres que no sueñan
y el que huye con el corazón roto encontrará por las esquinas
al increíble cocodrilo quieto bajo la tierna protesta de los astros. [...]
No duerme nadie por el mundo. Nadie, nadie.
Ya lo he dicho.
No duerme nadie.
Pero si alguien tiene por la noche exceso de musgo en las sienes,
abrid los escotillones para que vea bajo la luna
las copas falsas, el veneno y la calavera de los teatros.

Federico García Lorca, «Ciudad sin sueño. Nocturno de Brooklyn Bridge»,
en *Poeta en Nueva York.* Austral.

Visión 360º

Poeta en Nueva York es uno de los poemarios más importantes de Lorca.

- Visita este enlace para ver un reportaje sobre este poemario y para saber más sobre la figura de Federico García Lorca: **http://links.edebe.com/ujyj**
- Anímate y elabora un caligrama inspirado en una ciudad que hayas visitado o que te gustaría visitar.

Un homenaje a Góngora

En diciembre de 1927 se reunieron en el Ateneo de Sevilla varios poetas para homenajear a Luis de Góngora, poeta del Siglo de Oro: Rafael Alberti, Dámaso Alonso, Gerardo Diego, Federico García Lorca, Jorge Guillén y Pedro Salinas. De ahí tomaron su nombre: generación del 27.

Los miembros de esta generación abogaron por el estudio y la reivindicación de la poesía gongorina.

2.2. Temas

«Los grandes asuntos del ser humano (amor, universo, destino, muerte) llenan las obras líricas y dramáticas de esta generación». Con estas palabras describe el poeta Jorge Guillén la **gran variedad de temas** que abarcan los autores de la generación del 27.

Veámoslos con más detenimiento:

- **La muerte.** Es un tema muy presente en la producción de la generación del 27. En algunas composiciones, se acepta con actitud valiente, como un hecho natural. En otras, como en el poema «Insomnio», de Dámaso Alonso, se expresa un dolor inconsolable.
- **El amor.** Se aprecian dos líneas: una influida por la poesía tradicional, ya sea culta (Góngora, Bécquer, Juan Ramón Jiménez...) o popular; la otra, por las innovaciones vanguardistas.
- **El paisaje.** Los poetas de la generación del 27, al igual que los del 98, cantan al paisaje español. Aunque, en este caso, a menudo se recrean en las tierras de Andalucía, más que en las castellanas.
- **Las inquietudes sociales.** Estos poetas fueron testigos de dos guerras mundiales y sufrieron la guerra civil española, que condenó a muchos de ellos al exilio. De ahí que en sus poemas aparezcan la denuncia política, el horror por la guerra, el deseo de libertad o la patria perdida.

2.3. Estilo

Resulta difícil hablar de un estilo común a toda la generación del 27, dada la **heterogeneidad del grupo.** No obstante, la **evolución poética** de sus miembros es parecida. Casi todos empiezan con una **poesía pura** (preocupada por la belleza formal), que, con el paso del tiempo, pierde la obsesión por las formas y acrecienta su interés por los **problemas humanos y sociales.**

De modo muy general, puede decirse que el estilo de la generación del 27 destaca por su sencillez formal, y se caracteriza por:

- El uso de la **métrica popular** y de **estrofas tradicionales,** como el romance (A), la seguidilla, la redondilla...
- Evolución hacia **temáticas sociales** y métricas innovadoras, como, por ejemplo, el **verso libre** (B).

A

Río Duero, río Duero,
nadie a acompañarte baja,
nadie se detiene a oír
tu eterna estrofa de agua. [...]

Tú, viejo Duero, sonríes
entre tus barbas de plata,
moliendo con tus romances
las cosechas mal logradas.

Gerardo Diego, «Romance del Duero», en *Gerardo Diego para niños.* Ediciones de la Torre.

B

Se equivocó la paloma,
se equivocaba.
Por ir la norte fue al sur
creyó que el trigo era agua.

Rafael Alberti, «La paloma», en *Entre el clavel y la espada.* Alianza Editorial.

- La influencia del **Siglo de Oro** (uso del endecasílabo, el soneto, la silva), y la reivindicación de autores como Garcilaso de la Vega, Quevedo, Lope de Vega...
- La creación de un lenguaje poético en el que predominan las **metáforas** y las **imágenes.**

4. Lee los siguientes fragmentos de poemas de autores de la generación del 27 y completa la actividad:

¡Oh, este dolor,
este dolor de no tener ya lágrimas;
este dolor
de no tener ya llanto
para regar el polvo!
¡Oh, este llanto de España,
que ya no es más que arruga y sequedad...
mueca,
enjuta congoja de la tierra,
bajo un cielo sin lluvias,
hipo de cigüeñal
sobre un pozo vacío,
mecanismo, sin lágrimas, del llanto!

León Felipe, «El hacha», en *Español del éxodo y del llanto: doctrina, elegías y canciones.* La Casa de España en México.

Pueblo de Madrid valiente,
pueblo de paz y trabajo,
defiéndete contra aquellas
fieras que te están cercando;
ellas tienen por oficio
la destrucción y el estrago,
ellos hacen de la guerra
un arte para tu daño.

Manuel Altolaguirre, «Alerta a los madrileños», en *Romancero de la Guerra Civil.* Ediciones de la Torre.

— ¿Cuál es el tema de ambos poemas? ¿En qué aspecto de dicho tema se centra cada uno de ellos?

— Analiza el estilo de cada poema.

5. Lee este fragmento y responde a las preguntas:

@

¡Ay, qué trabajo me cuesta
quererte como te quiero!
Por tu amor me duele el aire,
el corazón
y el sombrero.

Federico García Lorca, «Es verdad», en *Canciones (1921-1924).* Alianza Editorial.

— Analiza la rima y el léxico e indica en qué elementos se observa la influencia de la lírica popular.

— Accede al enlace, lee el poema completo y responde a las preguntas: **http://links.edebe.com/gtg3df**

- ¿Cuál es el estribillo del poema?
- ¿De qué lírica es típico este recurso?

— Di de qué tipo son las siguientes figuras retóricas: «por tu amor me duele el aire» y «esta tristeza de hilo blanco».

6. Aplicad la **técnica de trabajo cooperativo** *TGT* para repasar los temas y las características de la generación del 27. Podéis leer algunos poemas en: **www.poesia-inter.net**

@

7. Lee este fragmento de un poema de Miguel Hernández:

Umbrío por la pena, casi bruno,
porque la pena tizna cuando estalla,
donde yo no me hallo no se halla
hombre más apenado que ninguno.

Sobre la pena duermo solo y uno,
pena es mi paz y pena mi batalla,
perro que ni me deja ni se calla,
siempre a su dueño fiel, pero importuno.

Miguel Hernández, «Umbrío por la pena, casi bruno...», en *Poemas de amor. Antología.* Alianza Editorial.

— ¿Cuál es el tema del poema? ¿Y su métrica?

— ¿Con qué compara la pena el poeta? ¿Qué características comparte este animal con la pena?

— Emplea la **destreza de pensamiento** *analogías y metáforas* para establecer conexiones entre elementos que tienen un rasgo en común, al igual que hace Miguel Hernández. Para ello, sírvete del siguiente organizador gráfico:

Mapa de similitudes

Este objeto/ concepto...	Es como..., porque tiene...
Conclusiones, imagen simbólica	

8. Lee el siguiente texto, en el que Rafael Alberti habla de sí mismo y de las influencias recibidas:

@

No tengo ninguna profesión. Es decir: solo soy poeta [...]. He intentado muchos caminos, aprovechándome, a veces, de aquellas tendencias estéticas con las que simpatizaba. Los poetas que me han ayudado, a los que sigo guardando una profunda admiración, han sido Gil Vicente, los anónimos del Cancionero y Romancero españoles, Garcilaso, Góngora, Lope, Bécquer, Baudelaire, Juan Ramón Jiménez y Antonio Machado.

Ricardo Senabre, *La poesía de Rafael Alberti.* Ediciones Universidad Salamanca.

— ¿A qué característica del estilo de la generación del 27 hace referencia el poeta?

— Busca en Internet un poema breve de Alberti y memorízalo. Después, recítalo en clase, ante tus compañeros.

2.4. Autores

Federico García Lorca (1898-1936)

Nació en Fuente Vaqueros (Granada). Estudió Filosofía y Letras y se licenció en Derecho. Fue fusilado durante la guerra civil.

La generación del 27 está integrada por un **amplio número de escritores.** Aunque cada uno de ellos merecería un estudio en profundidad, nos limitaremos a ofrecer los rasgos generales de los autores más destacados del 27.

Federico García Lorca

Su poesía y su teatro se consideran la cima de la literatura del siglo XX. Sus versos combinan las **metáforas surrealistas** y la **poesía tradicional** con un **profundo sentido lírico.** Sus poemarios más célebres son *Romancero gitano*, *Poema del cante jondo*, *Llanto por Ignacio Sánchez Mejías* y *Poeta en Nueva York*.

Esta luz, este fuego que devora.
Este paisaje gris que me rodea.
Este dolor por una sola idea.
Esta angustia de cielo, mundo y hora.

Federico García Lorca, «Llagas de amor», en *Sonetos del amor oscuro. Diván del Tamarit.* Lumen.

Rafael Alberti (1902-1999)

Nació en El Puerto de Santa María (Cádiz). Se exilió tras la guerra y regresó con la democracia. Murió, a la edad de 96 años, en la ciudad que le vio llegar al mundo.

Rafael Alberti

Junto con Lorca, representa la **línea neotradicional del 27.** Su poesía se inspira en el *Romancero* y la lírica cancioneril. Es una poesía comprometida de **cariz político.** De su obra, destacan *Marinero en tierra*, *El poeta en la calle* y *Entre el clavel y la espada*.

Y luego amor, y luego, ver que la vida
[avanza
plena de abiertos años y plena de colores
sin final, no cerrada al sol por ningún
[muro.

Rafael Alberti, «Sabes tanto de mí, que yo mismo quisiera...», en *90 poemas.* Ediciones de la Torre.

Vicente Aleixandre (1898-1984)

Su poesía se caracteriza por el **verso libre** y la **profundidad filosófica y humana** de sus temas. Su obra va desde el **surrealismo** hasta el **intimismo.** Entre sus libros cabe señalar *Espadas como labios* y *La destrucción o el amor*. En 1977 recibió el Premio Nobel de Literatura.

Duele el día, la noche,
duele el viento gemido,
duele la ira o espada seca,
aquello que se besa cuando es de noche.

Vicente Aleixandre, «Humana voz», en *Espadas como labios. La destrucción o el amor.* Clásicos Castalia.

Pedro Salinas (1891-1951)

Nació en Madrid y murió en Boston. Fue catedrático de Lengua y Literatura Española en las universidades de Sevilla y Murcia y destacó como crítico literario.

Pedro Salinas

Es el gran poeta del amor de esta generación. En su obra, se observa una evolución de la **poesía pura con rasgos vanguardistas** a una **poesía más íntima.** Sus poemas se caracterizan por los versos blancos o el verso libre. Destacan *La voz a ti debida* y *Razón de amor*.

Para vivir no quiero
islas, palacios, torres.
¡Qué alegría más alta:
vivir en los pronombres!

Pedro Salinas, «Para vivir no quiero...», en *Antología de la poesía amorosa española e hispanoamericana.* Edaf.

Gerardo Diego (1896-1987)

Impulsor de las vanguardias en España, su poesía se caracteriza por la **experimentación,** aunque compagina esta línea con una **poesía tradicional.** Entre sus obras, destacan *Imagen* y *Romances*.

Enhiesto surtidor de sombra y sueño
que acongojas el cielo con tu lanza.
Chorro que a las estrellas casi alcanza
devanado a sí mismo en loco empeño.

Gerardo Diego, «El ciprés de Silos», en *Manual de espumas. Versos humanos.* Cátedra.

Luis Cernuda

Su poesía es una muestra de **elegancia e intimismo,** y está marcada por la soledad y el exilio. Evoluciona desde el **surrealismo** hasta una **poesía antirretórica y conceptual.** Por influencia de Bécquer, concibe la poesía como un medio para desentrañar el **misterio de la vida.** Destacan *Donde habite el olvido* y *Las nubes*.

Antes que la sombra caiga,
aprende cómo es la dicha
ante los espinos blancos
y rojos en flor. Ve. Mira.

Luis Cernuda, «Los espinos», en *Luis Cernuda en su sombra*. Verbum.

Luis Cernuda (1902-1963)

Nació en Sevilla y murió en México. Fue discípulo de Salinas. Vivió gran parte de su vida en el exilio, donde trabajó como profesor.

Jorge Guillén (1893-1984)

Como muchos autores del 27, recibió una sólida formación académica. Su poesía evoluciona desde la **«poesía pura»** (*Cántico*, 1928) hasta una **lírica elaborada,** con una **visión optimista** de la existencia, lo que lo enemista con los poetas sociales de la posguerra. En *Clamor*, corrige esa línea.

¡Cima de la delicia!
Todo en el aire es pájaro.
Se cierne lo inmediato
resuelto en lejanía.

Jorge Guillén, «Cima de la delicia», en *Cántico*. Biblioteca Nueva.

Dámaso Alonso (1898-1990)

Se le considera el **gran estudioso del 27,** aunque como poeta no brilló al mismo nivel que sus compañeros. Su estilo evoluciona desde la «**poesía pura**» hasta el **verso libre** y los **temas existenciales.** Destacan sus libros *Hijos de la ira* y *Hombre y Dios*.

Junco en el agua o sorda piedra herida,
solo sé que la tarde es ancha y bella,
solo sé que soy hombre y que te amo.

Dámaso Alonso, «Ciencia de amor», en *Los cien mejores poemas de amor de la lengua española*. Verbum.

Miguel Hernández (1910-1942)

Nació en Orihuela (Alicante). Asistió poco tiempo al colegio y trabajó como pastor junto con su padre.
Frecuentó la amistad de Ramón Sijé, gran lector, que le prestó libros y le contagió la pasión por la lectura. Falleció en prisión, a los 32 años de edad, en Alicante.

Miguel Hernández

Gerardo Diego lo definió como un «genial epígono de la generación del 27». Aunque, por su edad, pertenece a la **generación del 36,** mantuvo una mayor proximidad con la generación del 27 y desarrolló una poesía en la que la **naturaleza,** el **amor,** la **denuncia social** y la **amistad** son sus temas principales.

Mis ojos, sin tus ojos, no son ojos,
que son dos hormigueros solitarios,
y son mis manos sin las tuyas varios
intratables espinos a manojos.

Miguel Hernández, «Mis ojos, sin tus ojos, no son ojos», en *Temas constantes en la literatura española*. Akal.

Actividades

9. Escucha el poema «Prendimiento de Antoñito el Camborio camino de Sevilla» (**http://links.edebe.com/fik36**), de Federico García Lorca, recitado por la actriz Margarita Xirgu. Después, responde a estas preguntas:

- ¿Cuántas sílabas tiene cada verso? ¿Cómo se llaman estos versos?
- ¿Qué versos riman? ¿La rima es consonante o es asonante?
- ¿De qué tipo de lírica crees que recibe influencia este poema?
- ¿Por qué se enmarca este poema dentro de la generación del 27?

10. Aparte de los escritores que has conocido, también hubo importantes mujeres escritoras e intelectuales pertenecientes a la generación del 27; entre otras: María Zambrano, María Teresa León, Josefina de la Torre y Rosa Chacel.

- Escoge a una de estas autoras de la generación del 27 y busca información sobre su vida y su obra en Internet.
- Puedes profundizar sobre este tema por medio de los siguientes enlaces:

http://links.edebe.com/cpq2

http://links.edebe.com/53nh4e

Silvia *(Al público).* —Y en ella visteis, como en las farsas de la vida, que a estos muñecos, como a los humanos, muévenlos cordelillos groseros, que son los intereses, las pasioncillas, los engaños y todas las miserias de su condición: tiran unos de sus pies y los llevan a tristes andanzas; tiran otros de sus manos, que trabajan con pena, luchan con rabia, hurtan con astucia, matan con violencia.

Jacinto Benavente, *Los intereses creados.* Linkgua.

3. El teatro a principios del siglo XX

En el teatro español del primer tercio del siglo XX existen **dos tendencias** claramente diferenciadas. Por un lado, un **teatro tradicional y comercial,** de **carácter burgués;** por otro, un **teatro innovador,** con **influencias vanguardistas,** que lucha por **atraer y sorprender** al espectador.

3.1. El teatro tradicional

En las primeras décadas del siglo XX, el teatro era una de las principales fuentes de ocio. En las grandes ciudades, se representaban muchas obras de teatro que eran consumidas por el gran público y suponían un lucrativo negocio. Este **teatro comercial,** de **carácter burgués y de estilo tradicional,** se caracteriza por:

– Sus temas son **cómicos o dramáticos,** apegados a la realidad cotidiana.

– Su intención es **entretener al público.** No se plantea una finalidad crítica ni moral. Sus reflexiones no cuestionan el sistema de valores imperante.

Dentro de este tipo de teatro existen dos claras tendencias:

– **La comedia burguesa.** Sus obras son leves **sátiras sociales.** El máximo exponente es **Jacinto Benavente,** con *Los intereses creados.*

– **El teatro costumbrista.** En él se da una visión pintoresca y cómica de una región y su clase popular. Destacan en este subgénero los sainetes de **Carlos Arniches** y los de los **hermanos Álvarez Quintero.**

3.2. El teatro innovador

Frente al teatro comercial, otros autores apostaron por un **estilo más original y creativo.** Como vimos en la unidad anterior, **Valle-Inclán** inició esa renovación del drama español contemporáneo. Este teatro presenta un carácter antiburgués (cuestiona las convenciones sociales) y una tendencia a la **ensoñación poética** y al **lirismo.**

El principal exponente es **Federico García Lorca.** A partir de la década de 1930, intensificó su labor teatral como autor y director dramático, carrera exitosa que quedó truncada por su temprana muerte, en 1936. Sus dramas más notables son *Bodas de sangre* (1933), *Yerma* (1934) y *La casa de Bernarda Alba* (1936). Entre sus farsas de tono cómico, destaca *La zapatera prodigiosa* (1930).

Veamos los rasgos del teatro innovador, ejemplificados en la obra de Lorca:

– **Temas.** Se centran en los grandes asuntos del **ser humano:** el deseo insatisfecho (la maternidad, en el caso de *Yerma;* el amor, en *Bodas de sangre*); la lucha contra la tiranía (en *La casa de Bernarda Alba);* el destino fatal...

– **Personajes.** Tienen siempre un **componente dramático,** conmovedor. En sus obras, los protagonistas suelen ser mujeres frustradas por la imposibilidad de conseguir sus deseos.

– **Estilo poético.** Es un teatro con un gran **sentido poético,** desde los diálogos hasta la puesta en escena. Está marcado por la **sencillez formal,** el **lenguaje lírico** y el uso de un **vocabulario** propio del mundo rural.

El autor usa **metáforas** y **símbolos** para reflejar de forma poética los conflictos humanos (el agua es símbolo de vida; el caballo, de una pasión irrefrenable; la luna, de la muerte...). Este **tratamiento poético** aleja las obras del costumbrismo y las convierte en **dramas universales.**

Yerma. —Yo soy como un campo seco donde caben arando mil pares de bueyes, y lo que tú me das es un pequeño vaso de agua de pozo. Lo mío es dolor que ya no está en las carnes.

Vieja *(Fuerte).* —Pues sigue así. Por tu gusto es. Como los cardos del secano. Pinchosa, marchita.

Yerma *(Fuerte).* —Marchita sí, ¡ya lo sé! ¡Marchita! No es preciso que me lo refriegues por la boca. No vengas a solazarte como los niños pequeños en la agonía de un animalito. Desde que me casé estoy dándole vueltas a esta palabra, pero es la primera vez que la oigo, la primera vez que me la dicen en la cara. La primera vez que veo que es verdad.

Federico García Lorca, *Yerma.* Colihue.

11. Lee este fragmento teatral:

Don Marcelino. —Bueno, y cualquiera que me vea a mí con este periódico en la mano cree que yo sé alemán; pues no, señor. Es que me entretengo en contar las «pes», las «cus» y las «kas» que hay en cada columna. ¡Un diluvio! ¡Qué ganas de complicar! ¡Para qué tanta consonante, señor! Es como añadirle espinas a un pescado.

(Entra Pablito Picavea, mozo vano y elegante, con una elegancia un poco provinciana. Entra anheloso, impaciente. Es sujeto rápido de expresión y de movimientos.)

[...]

Picavea *(Rebuscando entre los periódicos).* —¿Está *El Baluarte*?

Don Marcelino. —Sí; aquí lo tienes. *(Se lo da, cada vez más asombrado.)* ¡Pero tú leyendo un periódico! ¡No salgo de mi asombro!

Picavea. —Que no tengo más remedio. Quiero enterarme de una cosa.

Don Marcelino. —¿Ciencias, política, literatura?

Picavea. —¡Ca, hombre! Que quiero enterarme de una cosa que va a pasar en la casa de enfrente, y para ello cojo el periódico, ¿entiende usted? Le hago un agujero como la muestra *(Se lo hace.)* y por él, sentado estratégicamente, averiguo cuándo se asoma Solita, la doncella de los Trevélez. *(Hace cuanto dice, colocándose frente a la ventana de la derecha y mirando a ella por el roto del periódico.)*

Carlos Arniches, *La señorita de Trevélez*. Salvat.

— Busca en el diccionario los siguientes términos: *vano*, *provinciano* y *anheloso*.

— ¿A qué tipo de teatro de principios del siglo XX pertenece esta obra? Y, dentro de ese tipo, ¿en qué tendencia podemos incluirla?

— ¿El tema es cómico o dramático? Justifica tu respuesta con fragmentos extraídos del texto.

12. Lee este fragmento de *La casa de Bernarda Alba:*

La Poncia *(A voces).* —¡Ya viene! *(A la criada.)* Limpia bien todo. Si Bernarda no ve relucientes las cosas, me arrancará los pocos pelos que me quedan.

Criada. —¡Qué mujer!

La Poncia. —Tirana de todos los que la rodean. Es capaz de sentarse encima de tu corazón y ver cómo te mueres durante un año sin que se le cierre esa sonrisa fría que lleva en su maldita cara. ¡Limpia, limpia ese vidriado!

Criada. —Sangre en las manos tengo de fregarlo todo.

Federico García Lorca, *La casa de Bernarda Alba*. Edaf.

— ¿Qué rasgos comparte con el realismo y el naturalismo que estudiaste en la unidad 8?

13. Lee ahora otro fragmento de la misma obra:

Bernarda. —Niña, dame un abanico.
Amelia. —Tome usted. *(Le da un abanico redondo con flores rojas y verdes.)*
Bernarda *(Arrojando el abanico al suelo).* —¿Es este el abanico que se da a una viuda? Dame uno negro y aprende a respetar el luto de tu padre.
Martirio. —Tome usted el mío.
Bernarda. —¿Y tú?
Martirio. —Yo no tengo calor.
Bernarda. —Pues busca otro, que te hará falta. En ocho años que dure el luto no ha de entrar en esta casa el viento de la calle. Haceros cuenta que hemos tapiado con ladrillos puertas y ventanas. Así pasó en casa de mi padre y en casa de mi abuelo. Mientras, podéis empezar a bordar el ajuar. En el arca tengo veinte piezas de hilo con el que podréis cortar sábanas y embozos. Magdalena puede bordarlas.
Magdalena. —Lo mismo me da.
Adela *(Agria).* —Si no queréis bordarlas irán sin bordados. Así las tuyas lucirán más.
Magdalena. —Ni las mías ni las vuestras. Sé que yo no me voy a casar. Prefiero llevar sacos al molino. Todo menos estar sentada días y días dentro de esta sala oscura. [...]
Bernarda. —Aquí se hace lo que yo mando. Ya no puedes ir con el cuento a tu padre.

Federico García Lorca, *La casa de Bernarda Alba*. Edaf.

— ¿Cuál es el tema del fragmento? ¿Qué relación guarda con la obra de Lorca?

— ¿Cómo son los personajes? ¿Qué rasgo caracteriza a Bernarda, la madre?

PBL

***Bodas de sangre* para todos**

La Fundación CNSE para la Supresión de las Barreras de Comunicación es una organización sin ánimo de lucro que trabaja para mejorar la accesibilidad de las personas sordas en todos los ámbitos y para promover el desarrollo de distintos proyectos que mejoren la calidad de vida de estas personas. Uno de esos proyectos consiste en acercar obras de la literatura a las personas sordas, como, por ejemplo, *Bodas de sangre* **(http://www.fundacioncnse.org/bodasdesangre).** Esta fundación ha acudido a tu centro porque necesita que adaptéis otra obra de Federico García Lorca:

— Formad grupos y elegid una obra de Lorca.
— Redactad su argumento y describid qué sucede en cada acto. Para indicar quiénes son los personajes, podéis elaborar un mapa mental.
— Cuando tengáis toda la información redactada, enviadla a la fundación.

La poesía de Miguel Hernández

Hace ya cien años, en 1910, el 30 de octubre, un día que parecía ser como todos los demás, iba a ser una fecha muy importante para Orihuela, porque en esta bella ciudad de Alicante nació un niño que iba a escribir unos poemas muy hermosos: Miguel Hernández. [...] En Orihuela tuvo dos grandes amigos: Carlos Fenoll, panadero y poeta, y José Marín, que estudiaba Derecho en la universidad. Su amigo José también escribía y decidió mezclar las letras de su nombre para firmar sus obras con uno inventado, un seudónimo: Ramón Sijé. A él le dedicó Miguel uno de sus primeros poemas, «Insomnio». La dedicatoria dice así: «A Ramón Sijé. Por tener juventud y ser levantino y soñador como yo».

Su amigo fue su guía literario: le dejaba libros, le aconsejaba en sus lecturas. Para aprender la música de los versos, Miguel copiaba y copiaba en su libreta poemas de los grandes poetas españoles y franceses. Él sabía que, leyendo y aprendiendo de memoria los más bellos poemas, le iba quedando dentro su música y así luego él supo ponerla en sus versos. [...]

Para poder vivir, Miguel se puso a trabajar en una notaría de Orihuela. Pero se dio cuenta de que, si seguía allí, nadie iba a leer sus poemas ni iba a conseguir triunfar. Y en marzo de 1934 volvió otra vez a Madrid, porque sabía que, si quería aprender más y que su poesía fuese conocida, solo podría lograrlo en la capital. Allí conoció a los grandes poetas. El sevillano Vicente Aleixandre y el chileno Pablo Neruda iban a ser buenos amigos suyos. A Federico García Lorca ya lo había visto en Murcia, en la imprenta donde se editó su *Perito en lunas.* Miguel le mandó este libro, y el poeta granadino, al leerlo, le había dicho: «Escribe, lee, estudia, ¡lucha!». Así lo iba a hacer Miguel. [...]

Miguel Hernández siguió escribiendo poemas, porque la poesía era su gran pasión. Durante dos años —1934 y 1935— creó intensos poemas amorosos para su amada Josefina y los reunió en el libro *El rayo que no cesa,* que salió publicado en enero de 1936. Se los dedica a ella: «A ti sola». [...]

El libro se cierra con un poema distinto, que añadió en el último momento al enterarse de que su gran amigo Ramón Sijé se había muerto de repente. Es una bellísima elegía, un poema de dolor:

Yo quiero ser llorando el hortelano
de la tierra que ocupas y estercolas,
compañero del alma, tan temprano.

—Lee la *Elegía a Ramón Sijé* en este enlace y realiza el comentario de texto: **http://links.edebe.com/qrtq8**

Rosa Navarro Durán, *La vida y poesía de Miguel Hernández.* edebé.

1.ª fase: estudio del texto

Comprensión

1. ¿Cuál es el significado de los términos *estercolar, desventura, rastrojos, estridente, minar, pajarear, colmenera* y *arrullo*?
2. ¿Cómo se siente el poeta? ¿Qué sentimientos ha generado en él el fallecimiento de su amigo?

Contextualización

3. ¿En qué año se publicó *El rayo que no cesa*? ¿Qué sucedió ese año? ¿Dónde está Orihuela? ¿Qué relación guarda este pueblo con Miguel Hernández? Explica, con la ayuda del texto, qué hecho traumático le ha sucedido al autor y cómo lo expresa en el poema.
4. ¿A qué género literario pertenece el texto? ¿Está en prosa o en verso? ¿A qué corriente literaria pertenece la obra? Justifica tu respuesta.

Tema y estructura

5. Tema: ¿qué ha sucedido en Orihuela?
6. Idea principal: ¿por qué es importante este hecho para el poeta?
7. ¿En qué partes se estructura el poema? ¿Qué métrica emplea? ¿Cuál es su rima?
8. Sitúa el poema en el poemario *El rayo que no cesa,* donde se publicó originalmente.

Estilo

9. ¿El estilo es recargado o sencillo? ¿Ejemplifica alguna de las características estilísticas de la poesía de los miembros de la generación del 27?
10. ¿Qué figuras literarias se emplean? ¿En qué consiste cada una?
11. ¿Qué papel tiene la repetición en el poema?
12. En la elegía se utilizan varias hipérboles. Señálalas e indica cuál es su función.
13. El poema se divide en dos partes bien diferenciadas: una, en la que el poeta se muestra desesperado por la muerte de su amigo; otra, en que sobresale una visión soñadora y nostálgica. Compara ambas partes.

Opinión crítica

14. ¿Qué expresa el autor con este poema? ¿Crees que logra transmitirlo?
15. ¿Has perdido alguna vez a un ser querido? En ese caso, ¿crees que este poema logra describir el duelo por la muerte de un allegado? ¿Por qué?
16. Hernández es uno de los poetas más importantes de España. Pese a haber fallecido muy joven, dejó una extensa obra que ha sido objeto de numerosos estudios.
    — Tras haber leído este poema, ¿entiendes por qué Miguel Hernández es un poeta tan importante?

2.ª fase: redacción del comentario

Con la información obtenida en la fase anterior, vamos a redactar el comentario de texto. Debes explicar **qué ha querido decir el autor y cómo lo ha expresado,** es decir, qué recursos ha empleado para ello.

Para guiarte en la **redacción del comentario,** puedes seguir estas indicaciones:

1) INTRODUCCIÓN. Comienza el comentario exponiendo, de forma clara y sencilla, cuál es la intención del autor. Para ello, puedes utilizar la información de la actividad 14.

Con la exposición de sus sentimientos, el poeta pretende transmitir al lector…

2) DESARROLLO. Se trata de explicar en profundidad el punto anterior. Para ello, debemos indicar el **tema** y las **ideas** que **contiene el texto y cómo están ordenadas** (tema y estructura), y **qué recursos** emplea el autor (expresión) para lograr su propósito.

—Indica cuál es el tema y la estructura.

- Expón el **tema** y las **ideas** que se desarrollan en el poema (actividades 5 y 6). A continuación, explica las partes de las que consta, su métrica y su rima (actividad 7).
- Relaciona los temas con el momento histórico en que fue escrita la obra y las circunstancias que dieron lugar a la escritura de esta elegía (actividades 3 y 4).

A principios del siglo XX, se produce una serie de cambios sociales y económicos que influyen en la aparición de las vanguardias y la generación del 27...

—Explica qué papel tiene la voz del poeta en el poema y cómo se muestra.

«Elegía a Ramón Sijé» es un poema en el que se narran los sentimientos de Miguel Hernández, provocados por el fallecimiento de su amigo Ramón; así, el poema transmite, por medio de distintas figuras literarias, la tristeza y la desesperación a los que se ve abocado el poeta al conocer el aciago deceso (actividades 10, 11, 12 y 13). Señala las figuras literarias con las que el poeta describe la situación y los sentimientos que le provoca.

Miguel Hernández narra la muerte de su amigo a través de los sentimientos que esta le genera. Para ello, se sirve de distintas figuras literarias, como la hipérbole y la aliteración, con las que transmite su...

—Explica cómo logra el poeta transmitir su mensaje.

- Empieza por el estilo (actividad 9); deberás tener en cuenta de qué modo utiliza el lenguaje el autor para transmitir sus sentimientos.
- Continúa con los recursos utilizados prioritariamente en el poema (actividades 10, 11 y 12).
- Comenta la estructura del poema y cómo influye esta en su interpretación (actividad 13).

3) CONCLUSIÓN. Termina el comentario con tu opinión sobre el poema (actividades 14, 15 y 16). Ten en cuenta la importancia de la obra en el momento en el que fue escrita y su papel en el contexto de la literatura española de principios del siglo XX.

Pon a prueba tus competencias

Observa y lee el siguiente folleto, y realiza las actividades que se plantean a continuación:

La Rama Viva

Biblioteca y Archivo Francisco Giner de los Ríos

Nerja fue el lugar de residencia elegido por el madrileño Francisco Giner de los Ríos Morales (1917-1995), escritor, editor e intelectual, cuando regresó a España tras el largo exilio. En la paz de aquel luminoso retiro mediterráneo, fue ordenando y clasificando su biblioteca y su archivo. La Diputación de Málaga colaboró en esta tarea, y finalmente adquirió la totalidad de los fondos bibliográficos y documentales. Desde entonces, constituye el fondo personalizado más importante de la Biblioteca del Centro Cultural Generación del 27.

La biblioteca de Francisco Giner de los Ríos está integrada por más de 8.000 volúmenes, entre los que sobresalen numerosas primeras ediciones de todos los autores de la Generación del 27, así como de aquellos pertenecientes a la Generación del 36 que se exiliaron en México, con expresivas dedicatorias autógrafas a Giner y a su esposa María Luisa Díez-Canedo. Otro fondo importante es el de las revistas, pues contiene 53 títulos, algunos de ellos completos y muy difíciles de encontrar.

En cuanto al archivo, consta de varios centenares de cartas, figurando entre sus corresponsales más de 400 escritores e intelectuales. El mayor volumen se refiere a temas relacionados con la edición de libros y aspectos literarios en general, siendo especialmente significativas las que se cruzó con Manuel Altolaguirre, Max Aub, Francisco Ayala, José Bergamín, Emilio Prados, Pedro Salinas y María Zambrano.

Por su interés documental y su singularidad, sobresale la colección denominada por él mismo «Misceláneas», en la cual Francisco Giner recopiló una abrumadora información impresa sobre los autores que eran de su interés. Este material lo ordenó y encuadernó en 293 volúmenes personalizados, a los que hay que agregar los recortes de periódicos y revistas más actuales que el Centro Cultural clasificó y catalogó, relativos a 1.400 autores. Es, por sus características, un material de investigación único.

centro cultural generación del 27

1. ¿Cuál es la función de este folleto? Señala la respuesta correcta y justifica tu respuesta.

a) Inventariar el material de Giner de los Ríos.

b) Anunciar el catálogo de una librería.

c) Informar al visitante de la Biblioteca del Centro Cultural Generación del 27 de las características de la Biblioteca y Archivo Francisco Giner de los Ríos.

d) Promocionar una exposición dedicada a Giner de los Ríos.

2. Completa las siguientes oraciones en tu cuaderno a partir de la información del folleto:

– Tras regresar a España después de su largo exilio, Giner de los Ríos...

– La Biblioteca está integrada por...

– El Archivo consta de...

– Por su interés documental y su singularidad, destaca la colección...

3. ¿Qué función tienen las imágenes que aparecen en el folleto? Selecciona la respuesta correcta.

a) Adornar el folleto para hacerlo más atractivo.

b) No cumplen ninguna función.

c) Mostrar algunos de los documentos que conforman la colección de Giner de los Ríos con el fin de ilustrar la información del texto.

4. @ La Biblioteca y Archivo Francisco Giner de los Ríos está dedicada al fundador de la Institución Libre de Enseñanza (ILE). ¿Qué relación tenía con los miembros de la generación del 27?

– Busca en Internet información diversa sobre la Institución Libre de Enseñanza y sobre su fundador, Giner de los Ríos.

– Elabora un folleto de dos páginas similar al que has leído, con la ayuda de un procesador de textos, en el que recojas lo que has aprendido sobre este centro de enseñanza.

5. Lee el siguiente texto:

> **¡Si se quisiera condensar, en sus líneas generales, este movimiento social progresivo [...], probablemente se podría decir que todo él arranca del relieve extraordinario que alcanza, dondequiera, la primera enseñanza, y que llega aun hasta nosotros! En todas las naciones modernas presienten ya su carácter universal. «Educad a vuestros amos», es el grito que se oye en todas partes. Y así sus problemas no son, como antes, asunto peculiar de los maestros primarios, sino de todas las clases sociales, aun las menos cultas, que comienzan a darse cuenta de su situación y piden se les auxilie para mejorarla.**
>
> **Francisco Giner de los Ríos, *Escritos sobre la universidad española*. Austral.**

— ¿A qué crees que se refiere el autor con la «primera enseñanza»? ¿Por qué es para él tan importante? ¿Estás de acuerdo con lo que afirma?

6. Lee el siguiente fragmento de un poema de Antonio Machado dedicado a Giner de los Ríos:

> **Como se fue el maestro,**
> **la luz de esta mañana**
> **me dijo: Van tres días**
> **que mi hermano Francisco no trabaja.**
> **¿Murió?... Solo sabemos**
> **que se nos fue por una senda clara,**
> **diciéndonos: Hacedme**
> **un duelo de labores y esperanzas.**
>
> **Antonio Machado, «A don Francisco Giner de los Ríos», en *Antonio Machado, poesía y prosa*. Colihue.**

— ¿Cuándo se enteró el poeta de la muerte de Giner de los Ríos? ¿Por qué escribe «¿murió?», de forma interrogativa?

— Machado no perteneció a la generación del 27. ¿Por qué crees que le dedicó un poema a Giner de los Ríos? ¿Por qué le llama «maestro»?

SÍNTESIS

Completa en tu cuaderno el siguiente esquema sobre la literatura de los inicios del siglo XX:

Contextualización histórica

- Las vanguardias y la generación del 27 se desarrollan en los ..... del siglo ...... El siglo comienza con el reinado de ..... y finaliza con la derrota de los ..... en la guerra ......

Sociedad

- La clase ..... es la que más sufre las consecuencias de la ...... Se organizan los movimientos ..... y los ......

Cultura

- El arte experimenta una etapa intensa y ......
- Surgen las compañías ....., entre las que destaca *La* ....., de Lorca.
- En el ámbito musical, destacan las obras de compositores como Manuel ..... , y en el terreno filosófico español, ...

Literatura en los inicios del siglo XX

Vanguardias

- Son movimientos artísticos que buscan ..... el arte ......
- Están integradas por diferentes grupos, conocidos como ......
- Entre sus rasgos más comunes, destaca la fascinación por la ....., la experimentación, la ..... y la vocación ......

Generación del 27

- Es un grupo literario compuesto por poetas nacidos en el cambio del siglo ..... al ......
- Sus miembros comparten dos rasgos: una poderosa atracción por las ..... y un aprecio por la ..... literaria.
- Entre sus rasgos más característicos, destacan el deseo de ..... y la búsqueda de la perfección ......

Reflexiona

Diario de aprendizaje

— ¿Qué sabías sobre las vanguardias y la generación del 27 antes de estudiar esta unidad?

— ¿Qué contenidos de los que has estudiado te han resultado más complejos? ¿Por qué? ¿Qué has hecho para superar estos obstáculos?

— ¿Has aplicado en el comentario lo que aprendiste en unidades anteriores?

TALLER CREATIVO

Ismos en red

Surrealismo, ultraísmo, creacionismo, cubismo, dadaísmo... Pero ¡¿cuántos *ismos* hay?! Quizás te sorprenda saber que estos constituyen solo una pequeñísima parte de todos los existentes.

En 1949, Juan Eduardo Cirlot publicó el *Diccionario de ismos,* una obra en la que se recogían todos los *ismos* existentes hasta aquel entonces y que ya contenía unas... ¡500 voces!

¿Te gustaría indagar un poco más en este mundo? ¿Quieres saber más sobre los *ismos* de las vanguardias europeas de principios del siglo XX? En esta unidad has estudiado algunos, como el surrealismo y el dadaísmo, pero hay muchos más.

En este taller creativo te proponemos crear, junto con tus compañeros, un blog en el que recojáis algunos de los *ismos* que más os hayan llamado la atención, ya sea por su relevancia en la historia del arte y la literatura, por su originalidad... ¡Adelante, es hora de difundir los *ismos* en la red!

1 Una lista de ismos

Como sabes, hasta ahora has estudiado solo una pequeña parte de los *ismos* existentes, los cuales no se reducen a las vanguardias de principios del siglo XX.

Para vuestro blog de Blogger o WordPress (al que vuestro profesor o profesora deberá daros acceso facilitándoos un nombre de usuario y una contraseña), deberéis seleccionar solo algunos de ellos, a los que dedicaréis una carpeta, etiqueta o menú de vuestro blog. Así, dentro de un mismo blog, trataréis los *ismos* seleccionados en distintos artículos, en los que recogeréis textos de sus artistas o escritores más representativos, fotografías, opiniones, comentarios de texto... ¡Todo lo que os apetezca!

Para seleccionarlos, podéis escoger tanto aquellos que ya habéis estudiado (como el cubismo o el ultraísmo), para profundizar en ellos, como otros nuevos que hayáis descubierto, ya sea en Internet o en un libro de la biblioteca.

A continuación, presentamos un posible compendio de *ismos:*

2 Nos organizamos

Ahora que ya tenéis vuestra lista de *ismos,* podéis empezar a estructurar los contenidos de vuestro blog. Para ello, antes de comenzar, debéis tener claras las respuestas a las siguientes preguntas:

— ¿De qué herramientas disponemos para estructurar la información relativa a cada *ismo* (etiquetas o *tags,* menús, carpetas, categorías...)?

— ¿Cuánta información queremos publicar, aproximadamente, para cada *ismo?*

— La información correspondiente a cada uno ¿se publicará en artículos independientes o en un mismo artículo?

— ¿Permitiremos que, una vez publicados los contenidos, los usuarios puedan escribir comentarios sobre los mismos?

— ¿Agregaremos botones para que los usuarios puedan compartir los contenidos en las redes sociales?

Una vez que hayáis resuelto estas cuestiones, organizaos en grupos de cuatro alumnos, de modo que cada grupo se ocupe de un *ismo.*

3 ¡Manos al ismo!

Ahora que ya os habéis organizado y que tenéis claro qué debéis hacer cada uno, es el momento de empezar a redactar.

Para ello, es importante que tengáis claro que vuestro blog deberá resultaros útil tanto a vosotros, que aprenderéis más cosas sobre los *ismos,* como a otras personas, que podrán acceder al mismo mediante Internet. Por esta razón, debéis exponer claramente la información y añadir todos aquellos contenidos multimedia que, en vuestra opinión, ayuden a los lectores a entender la información y los movimientos artístico-literarios que estáis tratando.

4 ¡Que lo sepa todo el mundo!

Una vez terminado el blog, es la hora de difundirlo entre los compañeros de otras aulas, entre vuestros amigos, vuestros familiares...

Para ello, idead una estrategia de promoción: ¿A cuánta gente queremos llegar? ¿Qué medios utilizaremos para difundir nuestro blog? ¿Cómo podemos hacer que nuestro blog sea más atractivo para el usuario y que, por ello, acceda a menudo?

¡No seáis tímidos! ¡Ha llegado el momento de que los *ismos* conquisten la red!

Actividades

1. Uno de los *ismos* más importantes, tanto por la influencia en movimientos artísticos posteriores como por la calidad de las obras representativas del mismo, fue el cubismo.

   — Busca la biografía de Picasso y analiza qué papel jugó el cubismo en su pintura. Recuerda la información que viste en la página 248.

   — Elabora junto con tus compañeros una presentación digital en la que resumas la trayectoria de Picasso dentro del cubismo. Añade citas de este artista, imágenes de sus obras, música para amenizar la presentación...

11 Unidad

» CONTENIDOS

Rutina de pensamiento

3-2-1 PUENTE

Durante la posguerra española abundó la censura, auspiciada por el régimen. Busca información acerca de la censura en la posguerra y sigue estos pasos:

1. Escribe tres pensamientos o ideas que te sugiera la palabra *censura*.
2. A continuación, formula dos preguntas.
3. Por último, escribe una comparación: *La censura es como...*

Comparte tus respuestas con las de tus compañeros.

Cuando finalices esta unidad, repite la rutina y compara las respuestas iniciales con las de ahora.

— ¿En qué han cambiado tus respuestas con respecto a las anteriores? ¿A qué crees que se debe?

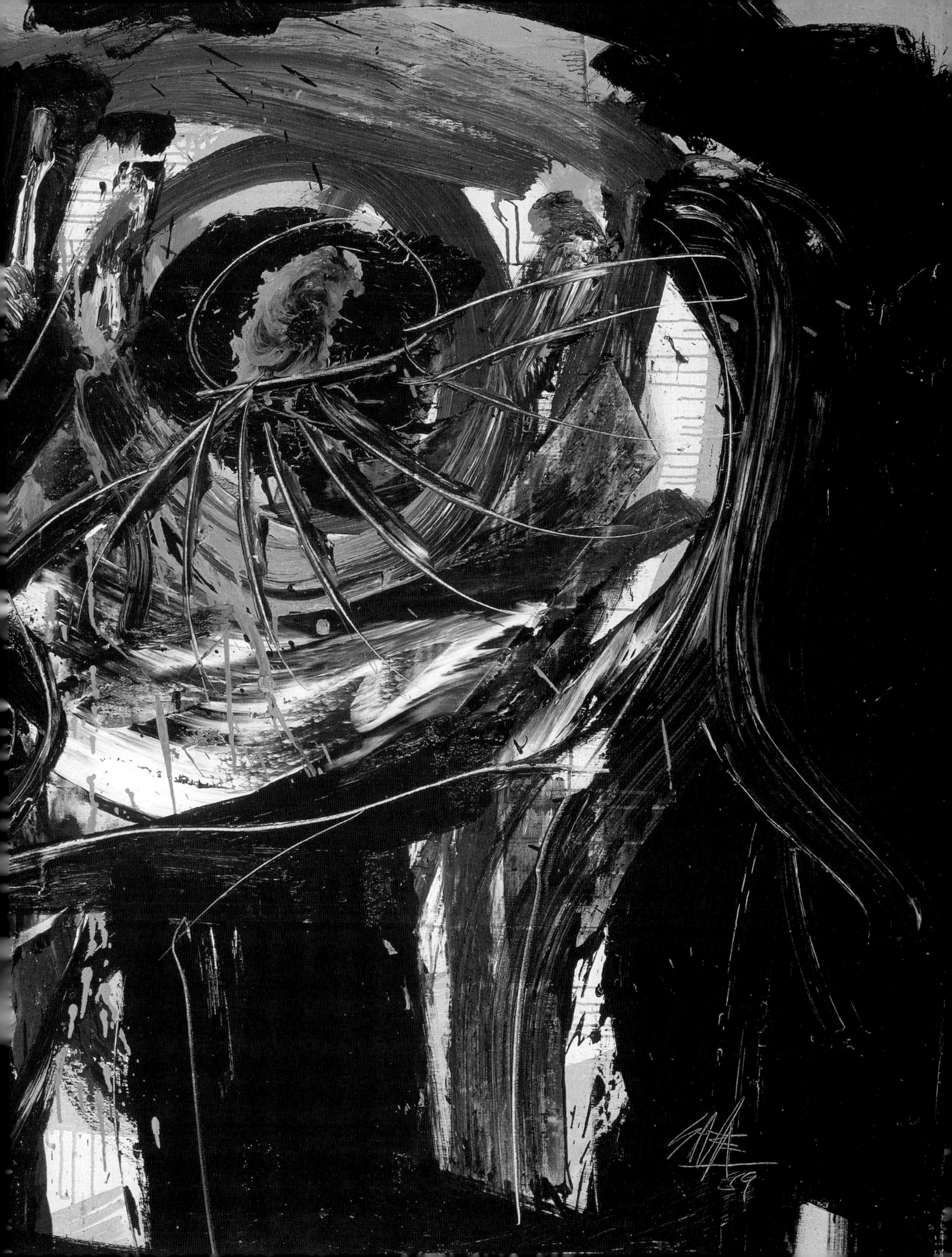

Roberto Santiago y Santiago García-Clairac

Roberto Santiago es escritor, guionista y director de cine. Ganó el Premio Edebé de Literatura Infantil con su obra *Jon y la máquina del miedo*. Ha publicado una decena de novelas dirigidas al público infantil y juvenil.

Santiago García-Clairac es escritor de exitosas novelas infantiles y juveniles, además de un importante creativo publicitario e ilustrador. De hecho, su gran afición es el dibujo, como demuestra al ilustrar algunas de sus propias historias.

Este fragmento

Pertenece a la novela *Bajo el fuego de las balas pensaré en ti*, publicada por edebé.

En esta novela, se relata la lucha del joven Rodrigo Sandiego y de su padre en bandos separados durante la batalla del Ebro, que tuvo lugar en el año 1938, durante la guerra civil española.

Al mismo tiempo, Rodrigo y su enamorada, Sofía, son separados por el destino. Aun así, bajo el fuego de las balas, ambos lucharán por recuperar su amor.

Mi querida Sofía

Aquel sábado, 17 de julio de 1936, hacía mucho calor en la Gran Vía de Madrid. El ambiente era sofocante y la *crispación*[1] generada por la situación política se traducía en una tensión que se masticaba en la calle.

Cuando Rodrigo entró en la Casa del Libro, sudaba copiosamente y maldijo a Francisco Cambero por haber elegido precisamente ese día para presentar aquel dichoso libro en el que al parecer nombraba a su padre.

De mala gana, buscó a alguien que pudiera informarle. Al fondo había un hombre mayor que parecía muy ocupado atendiendo a un grupo de clientes; a la derecha, subida a una pequeña escalera, descubrió a una dependienta joven que le llamó la atención. Era menuda, y ordenaba los libros con meticulosidad.

—Perdone, ¿dónde es la presentación del libro *Héroes de la República*? —le preguntó a la chica.

—Es ahí, en el salón del fondo —respondió ella, sin prestarle atención—. No hay mucho público, será por el calor.

—¿Puedo comprar un ejemplar?

—En el mostrador le atenderán, gracias.

Sin moverse de allí, Rodrigo echó un vistazo al mostrador, que estaba vacío. Unos metros más allá, junto al escaparate, volvió a ver al hombre mayor que atendía a un grupo de señoras. Ni rastro de otros dependientes. De nuevo miró hacia la dependienta subida a la escalera. Entonces la chica se volvió y sus miradas se cruzaron. Rodrigo sintió una punzada en el estómago. La dependienta tenía unos enormes ojos verdes, que a él le parecieron los más grandes y hermosos que había visto nunca en su vida. Ella también se quedó paralizada por un instante. Como si una descarga eléctrica le cruzara el cuerpo de arriba abajo. Los dos jóvenes se quedaron inmóviles.

—Eres preciosa —dijo él.

—¿Perdona? —preguntó ella, riendo.

Rodrigo se puso completamente rojo. ¿Había dicho en voz alta lo que estaba pensando?

—Disculpa..., es que... el autor del libro es amigo de mi padre —dijo Rodrigo titubeando, intentando arreglar la situación, sin poder apartar la mirada—. Quiero que me lo firme... Y el otro dependiente está muy... Si no te importa..., le importa... [...]

—Sígueme... —le dijo.

Rodrigo la siguió avergonzado. Llegaron a un expositor donde había una pila de ejemplares. Ella tomó uno y se lo mostró.

—Aquí lo tienes... *Héroes de la República*. Espero que te guste... [...] Son cinco *pesetas*[2] —dijo ella. [...]

Rodrigo vio cómo la chica se alejaba.

Y se dirigió hacia la zona habilitada para las presentaciones. Apenas una docena de personas ocupaba algunas sillas; a pesar de que había sitio de sobra, prefirió quedarse de pie, detrás, sin llamar la atención.

Francisco Cambero, el autor, delante de un atril, hablaba y agitaba su libro. Rodrigo miró a aquel hombre; no era como se lo esperaba. Parecía un *labriego*[3], o un tipo *curtido*[4] en el campo, no un escritor o un intelectual. Cambero hablaba de la democracia y la libertad y la República, y de muchas otras cosas; hablaba de grandes conceptos y grandes ideales, pero Rodrigo no prestaba atención a sus palabras. Aprovechó para hojear el libro. Enseguida encontró lo que buscaba. Su padre, Florencio Sandiego, aparecía como uno de los defensores de la Segunda República. Como uno de los muchos héroes que con sus sacrificios y sus esfuerzos había ayudado a construir esta nueva República. Sintió una punzada en el corazón cuando vio el retrato familiar que ilustraba las páginas que había dedicado a su padre: «Florencio Sandiego, su esposa Olivia, y sus hijos Elena y Rodrigo», rezaba el pie de foto.

Cuando Cambero dio por terminado su discurso y se ofreció para firmar ejemplares, Rodrigo volvió a la realidad. Después de una breve espera, llegó su turno.

—Señor Cambero, ¿conoce usted personalmente a Florencio Sandiego? —le preguntó.

—El *camarada*[5] Sandiego ha entregado su vida entera por la República, algún día todos estos héroes que no aparecen en los titulares de los periódicos serán reconocidos. ¿A quién se lo dedico?

—A Rodrigo...

—¿Eres republicano? —le preguntó Cambero.

—No —dijo Rodrigo secamente—. Voy a ser *falangista*[6]. *Repudio*[7] vuestras ideas y todo lo que esto significa. […]

—¿Has venido con tus amigos a armar *camorra*[8]?

—He venido solo —respondió Rodrigo.

Varios individuos estaban discutiendo con la dependienta que le había atendido.

—¡Aquí no se viene a montar bronca! —gritaba ella, impidiéndoles el paso—. ¡Esto es una librería! […]

Rodrigo pensó que la situación se estaba complicando y que ella sola no podía contenerlos. Así que no le quedó más remedio que intervenir.

—¡Atrás! —exclamó, bajando y acercándose—. El acto ha terminado y no se puede pasar.

—¿Quién eres tú para decirnos lo que tenemos que hacer? —replicó el del sombrero. […]

El del sombrero dio un empujón a la joven e intentó pasar. Ella se rebeló y se interpuso con más determinación, pero otro le dio un golpe en el hombro y la tiró al suelo.

A Rodrigo se le calentó la sangre al ver a la chica tirada en el suelo, y sin pensarlo se lanzó contra el tipo que la acababa de empujar.

A partir de ahí se sucedieron los gritos, empujones y golpes. Hasta que sonó un disparo.

Todos se volvieron hacia las escaleras. Allí estaba Francisco Cambero. Con una pistola en la mano.

De nuevo Rodrigo pensó que, para ser un escritor, este Cambero era un tipo muy particular.

—Todo el que no haya venido a comprar un libro, ya puede irse —dijo sin pestañear.

[…] El tipo del sombrero y sus amigos salieron atropelladamente de allí. Se escuchó la sirena de la policía que se acercaba. Rodrigo ayudó a Sofía a levantarse.

—Gracias —dijo ella.

—¿Cómo te llamas? —preguntó él.

—Sofía —dijo la chica, sin apartar la vista.

—Rodrigo —respondió él.

Cambero llamó entonces su atención.

—¡Tú! ¡El falangista! ¡Largo también!

Rodrigo lo miró.

Luego volvió a mirar a Sofía.

Y salió de allí. Abriéndose paso entre el gentío que se había amontonado a las puertas de la Casa del Libro. En esos momentos, Rodrigo no sabía que en pocas horas se iba a producir un *levantamiento*[9] militar contra el Gobierno que daría paso a una guerra civil.

Ni que Cambero iba a ser uno de los comisarios políticos más importantes de esa *contienda*[10].

Tampoco sabía que en esa guerra iba a ser condecorado.

Lo único que sabía Rodrigo aquella tarde mientras avanzaba por la Gran Vía, dejando atrás la plaza de Callao, era que nunca olvidaría ese nombre: Sofía.

Vocabulario

[1]**crispación:** acción o efecto de crisparse, de irritarse. / [2]**pesetas:** unidad monetaria que circuló en España hasta el 2002. / [3]**labriego:** labrador. / [4]**curtido:** con experiencia. / [5]**camarada:** compañero de un partido o de una tendencia política. / [6]**falangista:** perteneciente al partido de la Falange. / [7]**repudiar:** rechazar. / [8]**camorra:** pelea, bronca. / [9]**levantamiento:** alzamiento colectivo y violento contra la autoridad. / [10]**contienda:** batalla.

Para leer

Si te interesan las historias ambientadas en una época de guerra, te recomendamos las siguientes:

La joven de la medianoche relata el viaje de Sira a Berlín en busca de Gertrud Grass, una de las catadoras de comida del *führer* durante la Segunda Guerra Mundial.

En *Jesper,* conocerás las aventuras de un joven que no duda en unirse a la resistencia y desafiar a los nazis.

- Gisela Pou, *La joven de la medianoche.* Col. Periscopio. edebé.
- Carol Matas, *Jesper.* Col. Periscopio. edebé.

Ágora

La **intolerancia** se define como la carencia de respeto por las ideas y las creencias de los demás cuando son distintas a las de uno mismo.

— ¿En qué se diferencia la intolerancia de la disparidad de opiniones? ¿Se puede discrepar de las ideas de alguien sin mostrarse intolerante?

— ¿Consideras que en alguna ocasión te has mostrado intolerante con las ideas o con las prácticas de otra persona?

Obtención de información

Lee el fragmento «Mi querida Sofía» y resuelve las siguientes actividades:

1. Responde a estas preguntas:
   - ¿Cuándo y dónde suceden los hechos de la narración? ¿Cuál era la situación política del país en ese momento?
   - ¿Por qué asiste Rodrigo a la Casa del Libro? ¿Le apetece? ¿Quién es Francisco Cambero? ¿Y Florencio Sandiego?
   - ¿Qué le sucede al protagonista cuando se fija en la dependienta de la librería? ¿Qué le llama la atención de ella?
   - ¿Qué opinión le merecen a Rodrigo las ideas de los republicanos?
   - ¿Qué sucede con el tipo del sombrero y sus amigos?
   - ¿Qué hecho se iba a producir a las pocas horas de salir Rodrigo de la librería?
2. Ordena cronológicamente los siguientes hechos de la lectura:
   - Francisco Cambero firma a Rodrigo un ejemplar de *Héroes de la República*.
   - Se produce una pelea que termina con un disparo de Francisco Cambero.
   - Rodrigo ayuda a Sofía y se presentan mutuamente.
   - El protagonista acude a la Casa del Libro y tiene un flechazo con la librera.

Interpretación

3. En el fragmento que has leído aparece una comparación. Di cuál es.
4. Indica qué quiere decir Cambero con la siguiente afirmación: «El camarada Sandiego ha entregado su vida entera por la República, algún día todos estos héroes que no aparecen en los titulares de los periódicos serán reconocidos».
5. ¿Qué siente Rodrigo al ver la fotografía familiar en el libro de Cambero? ¿Por qué crees que se siente así?

Reflexión

6. Después de leer este fragmento y teniendo en cuenta las opuestas ideologías de Rodrigo y de su padre, Florencio Sandiego, ¿cómo te imaginas la relación y la convivencia entre ellos: fácil o complicada? Justifica tu respuesta.

Expresión

7. Desde el inicio de la historia, y también en el título, se presenta una relación especial entre Rodrigo y Sofía; ¿cómo crees que evolucionará?
   - Continúa la trama prestando especial atención al vínculo que une a estos dos personajes, sin olvidar el contexto histórico en el que se enmarca la obra.
8. Imagina cómo debieron de ser los primeros días de la guerra civil española y escribe un relato, que no supere las dos caras de una hoja, en el que trates este tema a través de una historia de ficción.

Escucha

Escucha atentamente este reportaje sobre la censura cinematográfica durante el régimen de Franco:

http://links.edebe.com/v4hwf (minutos 7:00 a 9:10)

1. Contesta las siguientes preguntas sobre el reportaje que has escuchado:

   - Según el director Jaime Camino, ¿cuál era el primer paso para poder rodar una película?
   - ¿Era posible rodar una película sin autorización? ¿Qué era el cartón de rodaje?
   - ¿A qué se dedicaba Pascual Cebollada? ¿Cómo se autorizaba la proyección de una película?
   - ¿Qué anécdota sobre el censor Morlán Michelena explica Alberto Reig?

   — Busca en Internet algunas películas censuradas por el régimen. Analiza su argumento y pregúntate por qué razones los censores de la posguerra consideraron pertinente censurarlas.

Habla

2. Seguramente, algunos de tus familiares, como tus abuelos, no llegaron a vivir la Guerra Civil, pero podrán contarte muchas cosas acerca de la posguerra en España.

   — Prepara una entrevista a un familiar acerca de la vida durante la posguerra y grábala para reproducirla en clase, ante tus compañeros. Para ello, sigue estos pasos:

   - Busca información sobre la situación social y cultural de España durante la posguerra.
   - Realiza anotaciones sobre las cuestiones que han llamado tu atención al documentarte sobre este período histórico.
   - Elabora, a partir de las anotaciones, una lista de las posibles preguntas que plantearás a tu familiar en relación con este tema.
   - Reúnete con tu familiar y entrevístalo. ¡No olvides grabarlo todo para poder compartir la entrevista con tus compañeros!

Visión 360º

La música también sufrió la censura. En los años sesenta, la música fue el vehículo ideal para difundir la poesía social. Los recitales y los conciertos se convirtieron en uno de los pocos contextos en que los españoles podían mostrar su rechazo al régimen y su deseo de cambio.

Los poemas de Celaya, Blas de Otero, Goytisolo, Machado, Miguel Hernández, etc., se convirtieron en las letras de las canciones de Paco Ibáñez, Hilario Camacho, Elisa Serna... Nunca antes, como en esta época, la poesía había llegado masivamente al público gracias a los cantautores.

- Si quieres escuchar algunos ejemplos, entra en el siguiente enlace y busca el disco de Serrat dedicado a Miguel Hernández.

http://links.edebe.com/czhazb

Consejos para realizar una entrevista

- Refleja en el guion solo aquellas preguntas verdaderamente relevantes que deseas trasladar a tu familiar y que no querrías que se te olvidaran durante la entrevista.
- No te conviertas en un esclavo de tu guion: si tu entrevistado o entrevistada inicia un tema interesante, no descartes tratarlo solo porque no lo tenías contemplado.

1936-1939

En 1936, se produjo un **alzamiento militar** que desembocó en la **guerra civil española** entre los bandos nacional y republicano. Vencieron las tropas del general Francisco Franco, quien impuso una **dictadura** que duró 40 años.

1939-1945

La **Segunda Guerra Mundial** dejó alrededor de 60 millones de víctimas. En España, la **dictadura** impuso una **política de aislamiento.**

1958

Se aprobó la Ley de Convenios Colectivos. El régimen inició una **moderada apertura** que se reflejará en un despegue económico.

1968

Las **Cortes franquistas** nombraron a **Juan Carlos de Borbón** como **sucesor de Franco.**

La **posguerra** *española*

La **victoria de Franco en 1939** al frente del bando nacional originó una **dictadura militar** que dejó al **país dividido.** El régimen atravesó diferentes etapas durante los 40 años de su duración: desde la **autarquía y el aislamiento** de los años cuarenta hasta el **despegue económico** y la progresiva apertura al exterior en las décadas de los cincuenta y sesenta. Tras la muerte de Franco, en 1975, se inició un proceso político, la **Transición,** que devolvió al país la **democracia** y las **libertades políticas.**

Sociedad

La **Guerra Civil** sumió a España en una **profunda crisis,** durante la cual se sufrieron problemas de abastecimiento. El régimen impuso una autarquía, o **economía de autoabastecimiento,** sobre todo en la década de los cuarenta, mientras la población vivía en la **miseria** y acosada por el **hambre.**

La guerra dejó una sociedad dividida. Miles de españoles del **bando republicano se exiliaron** en el extranjero. La dictadura ejerció un **férreo control** sobre la sociedad en todos sus ámbitos, sobre todo en el político, carente de libertades.

Con la apertura al exterior, la **economía** se modernizó y el país vivió una etapa de **desarrollo económico** en la que mejoraron sustancialmente las condiciones de vida.

El despegue económico propició el desarrollo de una amplia **clase media** a partir de la década de los sesenta. En esta época, se produjeron en España importantes **movimientos migratorios:** del campo a la ciudad o hacia países extranjeros. Al mismo tiempo, se desarrolló la **industria turística.**

La **apertura** provocó un creciente rechazo hacia la dictadura. Desde la **clandestinidad,** se organizaron partidos políticos que demandaban libertades.

Cultura

El **aislamiento político y económico** de España con respecto a Europa provocó un severo **empobrecimiento de la cultura.**

Una gran parte de los escritores e intelectuales se vieron obligados a **emigrar** tras la guerra. Algunos se exiliaron debido a la persecución por sus ideas políticas, incompatibles con el régimen; otros, para evitar la **censura.**

Así, los **medios de comunicación** y los **intelectuales** sufrieron la censura en muchas ocasiones. La revista *La codorniz* (fundada por **Miguel Mihura**) sufrió numerosas multas y su publicación se suspendió en dos ocasiones: en 1973 y 1975.

En *La codorniz,* colaboraron guionistas como **Rafael Azcona** y humoristas gráficos como **Miguel Gila, Antonio Mingote** y **Chumy Chúmez.**

El **cine,** por su popularidad, estuvo muy vigilado por los censores. Muchas películas se prohibieron, se manipuló el guion en los doblajes y determinadas escenas fueron censuradas.

1. La cultura durante la dictadura

La dictadura supone un **retroceso para la cultura** en España. En la década de 1920, la literatura española vive un momento de esplendor, con las **vanguardias** y la **generación del 27,** que se ve truncado por la guerra. La contienda civil provoca la **muerte** o el **exilio** de muchos escritores y científicos, circunstancia que empobrece notablemente la actividad intelectual y artística. La dictadura se caracteriza por la falta de libertades. El régimen pone en marcha la **censura,** un sistema de control que impide la **publicación de obras críticas** con el sistema.

Literatura de los años veinte y treinta	Literatura de posguerra
▪ La actividad cultural está presente en la vida social. Es un período de **eclosión literaria.** ▪ La **libertad creativa** y la búsqueda de nuevas **formas de expresión** enriquecen la literatura. ▪ Los autores de este período tratan los **grandes temas del ser humano** desde la serenidad vital. ▪ Los escritores tienden a la **experimentación** y a la búsqueda de su **expresión personal.** Hay una síntesis entre **tradición y modernidad.**	▪ El arte queda reducido a un **plano secundario** de la vida. La producción literaria baja. ▪ La **falta de libertad y la censura** empobrecen la literatura y el arte en todas sus facetas. ▪ La literatura tiene, en general, un tono **intimista, existencial y pesimista** que refleja la miseria que vive España. • Los autores muestran dos tendencias: una de tono **intimista,** preocupada por las **formas,** y otra, más **social,** centrada en el **contenido.**

Un poema sobre el exilio

En el poema «Un español habla de su tierra», Luis Cernuda, poeta de la generación del 27 exiliado en México, trata el tema del exilio:

Ellos, los vencedores
Caínes sempiternos,
de todo me arrancaron.
Me dejan el destierro.

Una mano divina
tu tierra alzó en mi cuerpo
y allí la voz dispuso
que hablase tu silencio.

[...]

Amargos son los días
de la vida, viviendo
solo una larga espera
a fuerza de recuerdos.

El exilio

Muchos escritores tienen que **abandonar España** al finalizar la Guerra Civil ante el temor de las represalias. Es un grupo numeroso, dispar y heterogéneo, representante de la llamada **«literatura del exilio».** Este grupo, a pesar de la inevitable dispersión, se caracteriza por el tratamiento de algunos temas comunes, como la **crítica a la situación política española** y la **nostalgia de la tierra.** En cuanto al **estilo,** cada escritor sigue su propio camino, con pocos nexos e influencias comunes.

De la amplia nómina de **escritores exiliados,** se puede resaltar a muchos de los **poetas** de la **generación del 27: Pedro Salinas, Luis Cernuda, Emilio Prados, Rafael Alberti...** Entre los **novelistas** y **dramaturgos,** se encuentran autores destacados, como **Ramón J. Sender, Max Aub, Rosa Chacel** y **Francisco Ayala.** El exilio afecta por igual a artistas, científicos e intelectuales, como **Pablo Picasso, Severo Ochoa, Manuel Azaña...**

A partir de la **década de 1960,** el régimen **suaviza la censura** y permite el retorno de algunos escritores exiliados, como **Ramón Gómez de la Serna** o **Manuel Altolaguirre,** aunque la mayoría no pudo regresar a España. Estos autores, desde sus distintos ámbitos de influencia, se convierten en la **oposición al régimen** y en una pieza importante para la **restitución de las libertades democráticas.**

Exiliarse no es desaparecer, sino empequeñecerse, ir reduciéndose lentamente o de manera vertiginosa hasta alcanzar la altura verdadera, la altura real del ser. Swift, maestro de exilios, lo sabía. Para él, *exilio* era el nombre secreto de *viaje.* Muchos exiliados, cargados más de dolor que de razones, rechazarían esta afirmación.

Toda literatura lleva en sí el exilio, lo mismo da que el escritor haya tenido que largarse a los 20 años o que nunca se haya movido de su casa.

Probablemente, los primeros exiliados de los que se tiene noticia fueron Adán y Eva. Eso es incontrovertible y nos planteamos algunas preguntas: ¿no seremos todos exiliados?, ¿no estaremos todos vagando por tierras extrañas?

Roberto Bolaño, «Exilios», en *Entre paréntesis.* Anagrama.

A

—Y todo no es más que política. Política chica, se entiende. [...] Los unos por una cosa, otros por otra. Y en una barbería se habla mucho; más de lo que hace falta. Y como tienes que aguantar que anden diciendo esto y lo otro y lo de más allá; [...]. Así que con bañarlos y pasarles la navaja, nada más que por eso, pues ya te ves metido en algún lío. Te pillan de todas todas —gesticulaba hablando; miraba de vez en cuando hacia la puerta, sin sosiego; detenía, agolpaba sus palabras—. Conque me viene esta mañana el Abelardo, ya saben —los otros asintieron—; bueno, pues ese, y me viene y me dice que hablaban tres o cuatro si me van a formar el boicot, para que ya nunca nadie venga jamás a arreglarse a mi casa.

Rafael Sánchez Ferlosio, *El Jarama*. Debolsillo.

1.1. La literatura en este período

La **literatura de posguerra** supuso, en general, un **retroceso** con respecto al período anterior. El tono general está marcado por el **pesimismo existencial.** Los autores que permanecen en España están condicionados por la dictadura y vacilan entre dos tendencias:

— **Esteticista.** Caracterizada por la **evasión** y la **preocupación formal.** La falta de libertades provoca una **literatura intimista, filosófica** y **existencial.**

— **Comprometida.** Aunque el régimen impide la **crítica,** los autores buscan medios para eludirla y canalizan su malestar mediante la **denuncia social.**

Durante este período, la literatura experimenta una evolución paralela a los cambios políticos y sociales que se producen en España. Podemos diferenciar tres etapas, que abarcan, a grandes rasgos, tres décadas:

— **Literatura existencial (1940-1949).** Tiene un tono **realista** y **existencial,** que refleja el **vacío vital** de una sociedad deprimida tras la guerra.

— **Literatura social (1950-1959).** Los escritores acentúan la **crítica social** y la **denuncia.** Las **preocupaciones sociales** se convierten en el tema principal de este período (A). La poesía se considera el cauce idóneo para expresar la **queja.**

— **Literatura experimental (1960-1975).** El desarrollo económico y la apertura al exterior dejan en un segundo plano los temas sociales. Es una etapa de **preocupación formal** y de **experimentación** (B) en la novela y el teatro.

B

1 ...es cómodo ser derrotado a los veinticinco años aún sin una sola cana en la cabeza sin una sola caries en la dentadura sin una sola nube en la conciencia con solo dos o tres lagunas en la memoria y mirar el mundo desde el cielo desde el purgatorio desde el infierno desde más acá de los montes pirineos y la cordillera de los andes con frialdad con indiferencia con estupor.

Camilo José Cela, *Oficio de tinieblas 5*. Seix Barral.

Actividades

1. Lee el siguiente poema de Luis Cernuda y completa la actividad:

¿Volver? Vuelva el que tenga,
tras largos años, tras un largo viaje,
cansancio del camino y la codicia
de su tierra, su casa, sus amigos,
del amor que al regreso fiel le espere.
Mas ¿tú? ¿volver? Regresar no piensas,
sino seguir libre adelante, [...]

Luis Cernuda, «Peregrino», en *Antología de la generación del 27*. Biblioteca didáctica Anaya.

— ¿Qué relación guarda este poema con el exilio, uno de los temas de la literatura de posguerra española?

— Analiza la métrica y la rima del poema.

— Emplea la **destreza de pensamiento** *explicación causal* para analizar las causas que pudieron llevar a Cernuda a escribir un poema como este. Para ello, emplea el siguiente diagrama:

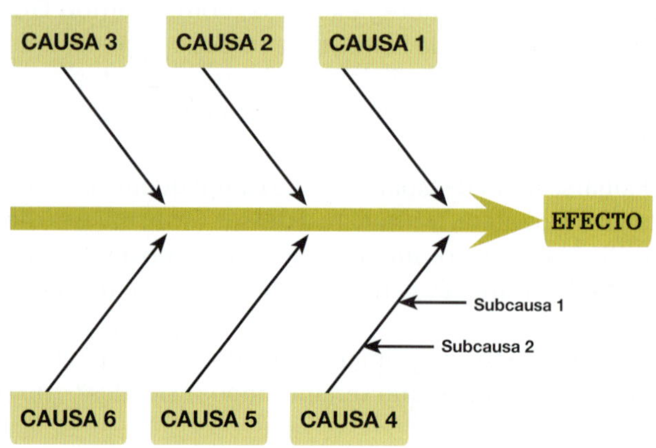

2. La lírica

La **lírica de posguerra** pasa por **tres etapas** o momentos: el **existencialismo,** la **preocupación social** y, finalmente, el **intimismo.**

2.1. La poesía existencial

La poesía de los **años cuarenta** está influida por la **guerra** y sus secuelas: desolación, muerte... El tono de esta lírica es existencial, aunque toma dos direcciones:

- **Poesía arraigada.** El poeta se abstrae de la realidad y busca la **serenidad** en el amor, el paisaje... Se confía en el ser humano y en Dios para superar las dificultades. Es una poesía intimista, de **estilo elaborado,** aunque aparentemente sencillo. Los poetas muestran una **preocupación formal** e intentan volver a la **poesía clásica** y a la **métrica tradicional:** sonetos, silvas... Destacan Leopoldo Panero, Luis Rosales y Blas de Otero.

> Desde mi vieja orilla, desde la fe que siento,
> hacia la luz primera que torna el alma pura,
> voy contigo, hijo mío, por el camino lento
> de este amor que me crece como mansa locura.
>
> Voy contigo, hijo mío, frenesí soñoliento
> de mi carne, palabra de mi callada hondura,
> música que alguien pulsa no sé dónde, en el viento,
> no sé dónde, hijo mío, desde mi orilla oscura.
>
> Leopoldo Panero, «Hijo mío», en *Después de tantos desencantos. Vida y obra poéticas de los Panero.* Festival Internacional de Cine.

- **Poesía desarraigada.** El poeta no se evade, se enfrenta a una **realidad humana** de miseria, soledad, hambre, censura... Importa más el **contenido** que la forma, de ahí que se opte por la **libertad métrica** y el **ritmo interno** del poema. El **léxico** es **sencillo,** con un predominio de imágenes y metáforas impactantes para transmitir la emoción con toda intensidad. De esta etapa, destacan **Dámaso Alonso,** con su libro *Hijos de la ira,* y **Vicente Aleixandre,** con *Sombra del paraíso.*

> Tú. Siempre tú.
> Ahí estás,
> moscardón verde,
> hocicándome testarudo,
> batiendo con zumbido
> [interminable
> tus obstinadas alas, tus
> [poderosas alas velludas,
> arrinconando esta conciencia,
> [este trozo de conciencia
> [empavorecida,
> izándola a empellones tenaces
> sobre las crestas últimas, ávidas
> [ya de abismo.
>
> Dámaso Alonso, «La obsesión», en *Hijos de la ira.* Espasa-Calpe.

2.2. La poesía social

Los poetas aprovechan la **apertura de España** en los **años cincuenta** para manifestar su **descontento** con la situación del país. Piensan que la poesía debe ponerse al servicio de la sociedad, **denunciar** las injusticias y defender a los oprimidos. Los autores más relevantes son **Gabriel Celaya** y **Blas de Otero,** que también fue un referente de la poesía existencial.

Para esta poesía, lo importante es el **contenido,** por lo que la forma pasa a un segundo plano. Como se observa en este ejemplo, el estilo huye del adorno y la perfección. Se emplea el verso libre y un léxico sencillo con la intención de llegar a la «inmensa mayoría».

> Porque vivimos a golpes, porque apenas
> [si nos dejan
> decir que somos quien somos,
> nuestros cantares no pueden ser sin
> [pecado un adorno.
> Estamos tocando el fondo.
> Maldigo la poesía concebida como un
> [lujo
> cultural por los neutrales
> que, lavándose las manos, se
> [desentienden y evaden.
> Maldigo la poesía de quien no toma
> [partido hasta mancharse.
>
> Gabriel Celaya, «La poesía es un arma cargada de futuro», en *Cantos íberos.* Verbo.

Gabriel Celaya (1911-1991)

Nació en Hernani (Guipúzcoa). Fue ingeniero. En los años veinte, vivió en la Residencia de Estudiantes de Madrid, donde conoció, entre otros, a Federico García Lorca. Fundó la revista *Norte,* que intentó hacer de puente entre la poesía de la generación del 27, la del exilio y la poesía europea.
En 1986 recibió el Premio Nacional de las Letras por su trayectoria poética.

Jaime Gil de Biedma (1929-1990)

Nació y murió en Barcelona. Aunque su vocación siempre fue la literatura, cursó estudios de Derecho en la Universidad de Barcelona. Allí conoció a algunos compañeros de la generación del 50. Acumuló una copiosa correspondencia en la que nos acerca a su visión del mundo.

2.3. La poesía intimista

A partir de los **años sesenta,** la poesía deja de ser un instrumento de comunicación y compromiso social para convertirse en un modo de **conocimiento del ser humano.**

El poeta abandona los temas sociales y se centra en su **propio universo.** Dentro de esta tendencia, cabe destacar a Jaime Gil de Biedma, perteneciente a la **generación del 50**, cuyas características estudiarás con más detenimiento en la unidad siguiente.

Los poetas buscan un nuevo enfoque en los temas y el estilo. La atención se centra en el lenguaje y en la **depuración de las formas,** con un regreso a la **métrica clásica:** silvas, sonetos, etc.

Se utiliza un **estilo cuidado y preciso,** con técnicas rescatadas de las vanguardias, sobre todo del **surrealismo:** imágenes sugerentes, metáforas...

[...] como todos los jóvenes, yo vine
a llevarme la vida por delante. [...]
Pero ha pasado el tiempo
y la verdad desagradable asoma:
envejecer, morir,
es el único argumento de la obra.

J. Gil de Biedma, «No volveré a ser joven», en *Poemas póstumos.* Seix Barral.

Actividades

2. Aplicando la **técnica cooperativa** *el número,* anotad las características de las tres etapas de la lírica de posguerra.

3. Lee el siguiente fragmento de un poema de Blas de Otero y completa la actividad:

Grima me da vivir, pasar el rato,
tanto valdría hacerme prisionero
de un sueño. Sí es que vivo porque muero,
¿a qué viene ser hombre o garabato?

Escucha cómo estoy, Dios de las ruinas.
Hecho un cristo, gritando en el vacío,
arrancando, con rabia, las espinas.

Blas de Otero, «Ecce Homo», en *Ancia.* Visor.

— ¿Cuál es el tema del poema? ¿Qué tipo de verso hay?

— ¿A qué corriente poética crees que pertenece? ¿Qué otros autores son representativos de esta corriente?

— Explica qué actitud mantiene el poeta con Dios.

4. Lee este otro fragmento de un poema y di qué valor tiene la poesía en la España de los años cuarenta. Justifica por qué es un poema de tendencia existencial.

Y no le ha contestado nadie,
porque estaba sola,
porque estaba sola.
Y ha seguido días y días,
loca, frenética,
en el enorme tren vacío [...]

Dámaso Alonso, «Mujer con alcuza», en *Hijos de la ira.* Espasa Calpe.

5. Lee el siguiente fragmento de una carta que Jaime Gil de Biedma dirigió a su amigo y crítico literario Joan Ferraté:

Y estas frustraciones son, quizá, tolerables cuando se vive en un país en el que existe un cierto grado de libertad intelectual, social y política y unas ciertas posibilidades de actuación en algunos de esos órdenes. Excusado es el decirte que nada de eso existe aquí. [...] Uno se pregunta quiénes vamos a quedar aquí. Si esto dura diez años más, a los cuarenta voy a ser un asco de persona.

VV. AA., *Jaime Gil de Biedma. El argumento de la obra.* Lumen.

— ¿De qué se queja el poeta en este fragmento? ¿Cuál es la idea principal del texto? ¿Y la secundaria?

— ¿Crees que alguien podría afirmar lo mismo de esta época? ¿Por qué? Coméntalo con tus compañeros.

6. Maruja Mallo fue una artista española que, aunque estuvo muy ligada a la generación del 27, siguió trabajando activamente hasta finales del siglo XX.

— Busca información sobre la obra de esta artista. Después, selecciona algunos de sus trabajos y emplea la **destreza de pensamiento** *compara y contrasta* para analizar las semejanzas y diferencias de estos con algunos poemas de tendencia social de la posguerra.

— Para desarrollar la actividad, puedes visualizar el reportaje dedicado a ella que encontrarás en este enlace: **http://links.edebe.com/4pr**

3. La narrativa

En la novela que se escribe durante la dictadura, se diferencian, como en los otros géneros, al menos **tres etapas: novela existencial, novela social** y **novela experimental.**

3.1. La novela existencial

Tras la Guerra Civil, la novela tarda un tiempo en adaptarse a la nueva realidad. Se escribe una **«narrativa estetizante»** y **propagandística** de poco valor literario. Dos novelas rompen con esta tendencia: *La familia de Pascual Duarte* (1942), de Camilo José Cela, y *Nada* (1944), de Carmen Laforet.

La novela de Cela inaugura el **tremendismo,** un estilo literario que refleja, con un lenguaje descarnado, la violencia, el crimen y la brutalidad de los seres humanos que luchan por sobrevivir. Así, *La familia de Pascual Duarte* muestra el **desgarro moral** de la España en que se fraguó la guerra. De igual modo, la novela de Laforet, *Nada,* describe las consecuencias de la guerra civil española por medio de personajes cotidianos que sufren los estragos del hambre y la necesidad.

Angustias, examinando mis zapatos, cuyo cuero arrugado como una cara expresiva delataba su vejez, señaló las suelas rotas que rezumaban humedad y dijo que yo había cogido un enfriamiento por llevar los pies mojados.
—Además, hija mía, cuando se es pobre y se tiene que vivir a costa de la caridad de los parientes, es necesario cuidar más las prendas personales. Tienes que andar menos y pisar con más cuidado...

Carmen Laforet, *Nada*. booket.

Camilo José Cela (1916-2002)

Nació en Iria Flavia (A Coruña). Cursó estudios de Derecho y Medicina, pero, desde joven, se dedicó exclusivamente a la literatura. Su genio literario destacó pronto, en la década de los cuarenta. Renovó la narrativa de posguerra tanto en los temas como en el tratamiento. Fue miembro de la Real Academia Española desde 1957.
En 1989, fue galardonado con el Premio Nobel de Literatura.

3.2. La novela social

Hacia 1950 surge en España un **espíritu de protesta** que pronto se verá plasmado también en la novela. Los escritores quieren denunciar las injusticias sociales y despertar la conciencia de los individuos. La temática se centra en la realidad española, representada en **ambientes rurales** (campesinos oprimidos) o **urbanos** (empleados, obreros...) que viven, todos ellos, en **condiciones hostiles** frente a una **clase burguesa acomodada.** En cuanto al estilo, se da mayor **énfasis al contenido** que a la forma. Los narradores prefieren **técnicas sencillas,** como la narración lineal o el diálogo. Para reforzar el mensaje, se describen los **aspectos desagradables de la realidad.**

Entre los autores y obras más relevantes de la novela social destacan Rafael Sánchez Ferlosio, *El Jarama* (1956); Carmen Martín Gaite, *Entre visillos* (1957); Ignacio Aldecoa, *El fulgor y la sangre* (1954); y Juan Goytisolo, *Campos de Níjar* (1956). Pero, sin duda, la novela más brillante de esta época es *La colmena* (1951), de Cela. Se trata de una obra con **cientos de personajes** donde la verdadera protagonista es la **necesidad.** En ella, el autor retrata con ironía, desde un café madrileño, la sórdida y triste sociedad de la posguerra.

Hay tardes en que la conversación muere de mesa en mesa, una conversación sobre gatas paridas, o sobre el suministro, o sobre aquel niño muerto que alguien no recuerda, sobre aquel niño muerto que, ¿no se acuerda usted?, tenía el pelito rubio, era muy mono y más bien delgadito, llevaba siempre un jersey de punto color beige y debía andar por los cinco años. En estas tardes, el corazón del Café late como el de un enfermo, sin compás, y el aire se hace como más espeso, más gris, aunque de cuando en cuando lo cruce, como un relámpago, un aliento más tibio que no se sabe de dónde viene, un aliento lleno de esperanza que abre, por unos segundos, un agujerito en cada espíritu.

Camilo José Cela, *La colmena*. Cátedra.

Miguel Delibes (1920-2010)

Nació en Valladolid. Es uno de los escritores y periodistas más destacados de nuestro tiempo. Recibió varios premios, como el Nadal (1947), el Premio Nacional de Literatura (1991) y el Cervantes (1993). Fue miembro de la Real Academia Española desde 1975 hasta su muerte.

3.3. La novela experimental

Hacia 1960, los novelistas buscan **nuevas técnicas narrativas** para renovar el género. Por influencia de los **escritores hispanoamericanos,** aparece una novela caracterizada por una **mayor complejidad** en los temas y las formas. Se caracteriza por los siguientes rasgos:

— **Complejidad formal.** Las novelas están más elaboradas y existe una mayor **preocupación por la forma y el estilo.** Se introducen técnicas como el **monólogo interior,** la **combinación de narradores,** la **puntuación subjetiva...**

— **Temática variada.** El escritor ya no siente la obligación de transformar el mundo y aborda todo tipo de temas desde el **subjetivismo.**

De esta etapa destacan tres escritores: **Miguel Delibes,** que refleja el ambiente rural con toda su crudeza, desde un profundo amor y conocimiento; **Luis Martín-Santos,** que revoluciona las técnicas narrativas en su novela *Tiempo de silencio*; y **Gonzalo Torrente Ballester,** quien, con *La saga/fuga de J. B.*, establece un punto y aparte en la narrativa española de la época por su desbordante originalidad.

—No, macho. Yo parto de un hecho: el pueblo está alienado después de cuarenta años sin abrir el pico, de acuerdo. Entonces, si queremos mentalizarlo, lo que hay que darle no son latiguillos sino argumentos, así de fácil.
—Me estás dando la razón, macho. Si el pueblo ni sabe de qué va y sale el divo de turno y le dice: «Yo voy a votar esto», el personal detrás, a ver, lógico, ni se preguntan por qué.
Carmelo levantó sus manos regordetas en actitud apaciguadora, un tanto clerical. Después, cogió a Víctor por un brazo y le enfocó sus ojos miopes, implorantes:
—Oye, ya está bien, Dani te está esperando.
Rafa guiñó un ojo:
—[...] tú, no seas clasista. ¿Es que no vas a dejar al Diputado que tome un cafetito con la base? A ver, ¿quién se apunta?

Miguel Delibes, *El disputado voto del señor Cayo.* Austral.

Actividades

7. Lee este fragmento correspondiente al inicio de *La familia de Pascual Duarte:*

> Yo, señor, no soy malo, aunque no me faltarían motivos para serlo. Los mismos cueros tenemos todos los mortales al nacer y sin embargo, cuando vamos creciendo, el destino se complace en variarnos como si fuésemos de cera y en destinarnos por sendas diferentes al mismo fin: la muerte. Hay hombres a quienes se les ordena marchar por el camino de las flores, y hombres a quienes se les manda tirar por el camino de los cardos y de las chumberas. Aquellos gozan de un mirar sereno y al aroma de su felicidad sonríen con la cara del inocente; estos otros sufren del sol violento de la llanura y arrugan el ceño como las alimañas por defenderse. Hay mucha diferencia entre adornarse las carnes con arrebol y colonia, y hacerlo con tatuajes que después nadie ha de borrar ya.
>
> Camilo José Cela, *La familia de Pascual Duarte.* Seix Barral.

— ¿Quién es el protagonista de la novela? ¿Coincide con el narrador?

— Busca en el diccionario el significado de *chumberas, alimañas* y *arrebol.*

8. Lee este fragmento y responde a las preguntas:

> Por la vereda viene un hombre joven, con barba de dos o tres días y la camisa llena de remiendos. [...]
> —Buenos días, don Ambrosio, precisamente quería verle por lo de la casica que compró usté al Pascua. En la nuestra no cabemos, don Ambrosio. Somos cinco y no hay más que una habitación. Y entonces mi madre ha pensao que usté podría prestárnosla por dos meses mientras mi cuñao arregla la suya...
> —Si solo fuera por dos meses, como tú dices, ahora mismo te la daba. Pero sabes que no es verdad. Os instaláis, y luego no hay quien os mueva.
> Juan lo oye con la frente gacha y don Ambrosio se sacude el polvo del pantalón.
>
> Juan Goytisolo, *Campos de Níjar.* Seix Barral.

— ¿A qué estrato social pertenecen los personajes? ¿Qué relación guardan entre ellos?

— ¿Qué tipo de narrador se emplea?

— ¿Cuál es el tema del texto? ¿En qué etapa de la narrativa de posguerra incluirías la novela a la cual pertenece? ¿Qué intención tiene el autor?

4. El teatro

La posguerra afectó al teatro mucho más que a los otros géneros literarios. La **crisis económica** redujo las producciones teatrales y la **censura** limitó la libertad de los autores y prohibió la exhibición de determinadas obras. La **muerte** o el **exilio** de los **grandes maestros,** como García Lorca, Valle-Inclán o Casona, afectó notablemente al teatro español de posguerra. Distinguimos en él **tres grandes tendencias:** el **teatro burgués,** el **teatro social** y el **teatro experimental.**

4.1. El teatro burgués

Es un teatro de **carácter comercial,** de tono amable, destinado a un **público burgués** que demanda **comedias** de **entretenimiento.** Realiza una **crítica muy moderada** de la sociedad. Está protagonizado por clases acomodadas y las tramas versan sobre el amor, los celos, el matrimonio... En este tipo de producciones destaca **Jacinto Benavente.**

También encontramos un teatro de humor absurdo, conectado con las vanguardias, que se caracteriza por las situaciones ridículas y un enorme ingenio. Sobresalen **Miguel Mihura** y **Enrique Jardiel Poncela.**

Fernando. —[...] Por otra parte, el romanticismo, el idealismo excesivo, es como una dolencia que conduce a la soledad. ¿No lo sientes tú así?
Mariana. —Completamente. Porque se cree y se espera tanto del amor que, a fuerza de creer en él y de esperar de él, falta decisión para personificarlo en nadie...
Fernando. —¡Justo!
Mariana. —...por miedo a que la persona elegida esté demasiado por debajo de la soñada.

Enrique Jardiel Poncela, *Eloísa está debajo de un almendro,* en *Obras completas.* AHR.

4.2. El teatro social

La **apertura económica** de los **cincuenta,** al igual que en los otros géneros, abre las puertas a un teatro de **denuncia social** cuya intención es hacer que el espectador **reflexione** sobre la sociedad.

A diferencia del teatro burgués, que trata asuntos frívolos, los **temas** de este teatro giran en torno a las **injusticias sociales,** la miseria, la emigración... Sus personajes pertenecen a las **clases desfavorecidas** y las obras suelen ambientarse en **barrios pobres.** Es un **teatro realista.** Por ello, utiliza un **lenguaje directo,** que reproduce los **giros y hablas marginales** de sus personajes. Destacan en esta tendencia los dramaturgos **Lauro Olmo** y **Antonio Buero Vallejo.**

4.3. El teatro experimental

A partir de los **sesenta,** los dramaturgos mantienen la **crítica social,** pero buscan **nuevos modos de expresión.** Bajo la influencia de autores europeos como **Brecht, Ionesco, Pirandello...,** se inicia un **teatro experimental,** basado en el **humor absurdo** y **esperpéntico,** y en la presencia de lo **onírico.**

Las obras mantienen el **carácter crítico,** pero la denuncia pasa del plano real al **simbólico.** Por ello, el estilo de este teatro es más sofisticado, y su lenguaje está lleno de **metáforas y símbolos.** Se introducen, además, **innovaciones técnicas,** como el **mimo,** los **efectos de luces,** etc. Los personajes, a diferencia del teatro anterior, no representan clases sociales, sino **actitudes humanas.** En esta corriente destacan **Fernando Arrabal** y **Francisco Nieva.**

Enrique Jardiel Poncela (1901-1952)

Nació y murió en Madrid. Escribió multitud de obras, entre las que hay que contar novelas, ensayos y obras teatrales. Pese a que no obtuvo un gran reconocimiento en vida, su fama se ha ido acrecentando con el paso de los años.

Ignacio. —[...] ¿Quieres decirme, en cambio, qué derecho te asiste para recomendar constantemente la alegría, el optimismo y todas esas zarandajas?
Carlos. —Ignacio, sabes que son cosas muy distintas. Mis palabras pueden servir para que nuestros compañeros consigan una vida relativamente feliz. Las tuyas no lograrán más que destruir; llevarlos a la desesperación, hacerles abandonar sus estudios.

Antonio Buero Vallejo, *En la ardiente oscuridad.* Losada.

Zapo. —Perdonadme. Os tenéis que marchar. Está prohibido venir a la guerra si no se es soldado.
Sr. Tepán. —A mí me importa un pito. Nosotros no venimos al frente para hacer la guerra. Solo queremos pasar un día de campo contigo, aprovechando que es domingo.
[...]
Zapo. —Bueno, lo que queráis, pero si viene el capitán, yo diré que no sabía nada. Menudo se va a poner. Con lo que le molesta a él eso de que haya visitas en la guerra. Él nos repite siempre: «En la guerra, disciplina y bombas, pero nada de visitas».

Fernando Arrabal, *Picnic,* en *Teatro completo.* Espasa-Calpe.

5. La literatura de posguerra en el mundo

La **Segunda Guerra Mundial** tiene unas consecuencias devastadoras en Europa y en los Estados Unidos. Así, la literatura de esta época está marcada por el **pesimismo** y el **existencialismo:** los escritores se preguntan sobre el **sentido de la vida** y la **conducta humana.** En esta corriente, destacan los franceses **Albert Camus** y **Jean-Paul Sartre,** el portugués **Fernando Pessoa,** el irlandés **Samuel Beckett,** el británico **George Orwell** y el norteamericano **J. D. Salinger.**

Albert Camus (1913-1960)

Nace en Argelia y fallece en Villeblevin (Francia). Destaca como novelista, ensayista, dramaturgo, filósofo y periodista. Muy activo políticamente durante la Segunda Guerra Mundial, forma parte de la Resistencia francesa. En 1957, recibe el Premio Nobel de Literatura. Sus obras más célebres son *El extranjero, La peste, La caída* y *El primer hombre.*

Fernando Pessoa (1888-1935)

Nace y fallece en Lisboa. Deja una enorme obra, entre la que destaca *Libro del desasosiego.* Está considerado como uno de los escritores en lengua portuguesa más brillantes.

> Si hay algo que esta vida tenga para nosotros, y que, salvo la propia vida, tengamos que agradecer a los Dioses, es el don de desconocernos: de desconocernos a nosotros mismos y de desconocernos los unos a los otros. El alma humana es un abismo oscuro y viscoso, un pozo que nadie usa en la superficie del mundo. [...] Nadie conoce a otro, y es una suerte que así sea, pues, de conocerlo, conocería en él, además de madre, mujer o hijo, a su íntimo metafísico enemigo.
>
> Fernando Pessoa, *Libro del desasosiego.* Acantilado.

Samuel Beckett (1906-1989)

Nace en Dublín y fallece en París. Es uno de los escritores más destacados en lengua inglesa y una figura clave del teatro del absurdo con obras como *Esperando a Godot.* Sus novelas *Molloy* y *El innombrable* ejercieron una enorme influencia en sus contemporáneos y en la literatura posterior. En 1969 recibe el Premio Nobel de Literatura.

> ¿Dónde ahora? ¿Cuándo ahora? ¿Quién ahora? Sin preguntármelo. Decir yo. Sin pensarlo. Llamar a esto preguntas, hipótesis. Ir adelante, llamar a esto ir, llamar a esto adelante. Puede que un día, venga el primer paso, simplemente haya permanecido, donde, en vez de salir, según una vieja costumbre, pasar días y noches lo más lejos posible de casa, lo que no era lejos. Esto pudo empezar así. No me haré más preguntas.
>
> Samuel Beckett, *El innombrable.* Alianza/Lumen.

J. D. Salinger (1910-2010)

Nace en Nueva York y fallece en Cornish (Nuevo Hampshire, Estados Unidos). Su novela *El guardián entre el centeno,* publicada en 1951, lo convirtió en un referente de la literatura norteamericana. Su prosa influyó enormemente en autores posteriores.

La generación *beat* norteamericana

William S. Burroughs, Jack Kerouac y Allen Ginsberg pertenecieron a un grupo de escritores estadounidenses, conocidos como la *generación beat,* que, durante los años cincuenta, produjeron obras tan importantes como *El almuerzo desnudo, En el camino* y *Aullido,* respectivamente.

Cre@ctividad

Los cafés y la literatura han estado siempre muy relacionados. Escritores de la generación del 98 ya se reunían a menudo en cafés del Madrid de la época, pero es a partir de la Segunda Guerra Mundial cuando se convierten en punto de encuentro para un nutrido grupo de escritores de la posguerra.

- Busca información sobre el Café de Flore de París, donde se reunían a menudo escritores como Boris Vian, Ernest Hemingway, Truman Capote y Marguerite Duras.
- Busca información sobre otros cafés literarios (ya sean de España o del extranjero) y elabora un recorrido temático por la ciudad escogida empleando Google Maps: **https://maps.google.es.**

9. Lee este fragmento escrito por Enrique Jardiel Poncela:

> —El amor es una goma elástica que los humanos, a fuerza de tirar, consiguen que se alargue. Pero, al cabo, uno de los que tiraban se cansa y suelta su extremo y la goma le da un porrazo en las narices al que todavía seguía tirando. ¿No crees?
>
> —Entonces no hay que dejar de tirar.
>
> Enrique Jardiel Poncela, *La tournée de Dios*. Blackie Books.

— Pese a que el texto que has leído corresponde a una novela, ¿identificas algunas de las características propias del teatro burgués en este fragmento? Justifica tu respuesta.

10. Lee el siguiente fragmento teatral:

> **Urbano.** —[...] Desde la última huelga de metalúrgicos la gente se sindica a toda prisa. A ver cuándo nos imitáis los dependientes.
> **Fernando.** —No me interesan esas cosas.
> **Urbano.** —Porque eres tonto. No sé de qué te sirve tanta lectura.
> **Fernando.** —¿Me quieres decir lo que sacáis en limpio de esos líos?
> **Urbano.** —Fernando, eres un desgraciado. Y lo peor es que no lo sabes. Los pobres diablos como nosotros nunca lograremos mejorar de vida sin la ayuda mutua. Y eso es el sindicato. ¡Solidaridad! Esa es nuestra palabra. Y sería la tuya si te dieses cuenta de que no eres más que un triste hortera. ¡Pero como te crees un marqués!
> **Fernando.** —No me creo nada. Solo quiero subir. ¿Comprendes? ¡Subir! Y dejar toda esta sordidez en que vivimos.
> **Urbano.** —Y a los demás que los parta un rayo.
> **Fernando.** —¿Qué tengo yo que ver con los demás? Nadie hace nada por nadie. Y vosotros os metéis en el sindicato porque no tenéis arranque para subir solos. Pero ese no es camino para mí. Yo sé que puedo subir y subiré solo.
> **Urbano.** —¿Se puede uno reír?
> **Fernando.** —Haz lo que te dé la gana.
>
> Antonio Buero Vallejo, *Historia de una escalera*. Recursos Educativos.

— ¿A qué clase social pertenecen los personajes?

— ¿Qué problemas se abordan en este texto?

— ¿En qué medida esta obra es representativa del teatro social? Justifica tu respuesta con fragmentos extraídos del texto.

— Emplea, junto con tus compañeros, la **rutina de pensamiento** *veo, pienso, me pregunto* para analizar detalladamente el fragmento de esta obra teatral.

11. Lee este fragmento teatral:

> **Rómulo.** —Estoy harto de tantos potingues. Ganas me dan de emprenderla a golpes con todos estos malditos cacharros. Anteo, amigo mío, decidme si no llevo razón...
> **Anteo.** —¡Iros al cuerno, maestro Rómulo! Me habéis llamado vuestro amigo. De amigos no tenemos nada. Nos ha reunido desde hace tiempo –que ya es inmemorial– el deseo y la ambición de encontrar la piedra filosofal.
> **Rómulo.** — ¡Pues estáis listo! No vais a encontrar nada, nada. Seguimos un falso camino. Estamos perdiendo el tiempo miserablemente, os lo aseguro. Tengo el presentimiento de que de este laboratorio no va a salir más que polvo, inmundicias y vuestros propios cabellos, que en el transcurso del tiempo han ido quedando depositados por ahí. ¿De modo que desdeñáis mi amistad? ¿Os habéis mirado al espejo alguna vez? ¿Habéis visto jamás qué espantoso vejestorio estoy condenado a ver constantemente a mi lado?
> **Anteo.** —¿Un espejo? ¿Y dónde hay un espejo? Nunca he visto ese objeto por aquí.
> **Rómulo.** —¿Cómo? ¿Que no lo habéis visto? ¿Pues qué son esos trozos de plata bruñida que andan sueltos por el laboratorio? Se hace un espejo de lo que se quiere, cuando se quiere un espejo.
>
> Francisco Nieva, *Es bueno no tener cabeza*. Espasa.

— Identifica en este fragmento algunas de las características del teatro experimental del que Francisco Nieva es uno de sus mayores representantes.

PBL

Cartas literarias

Durante la posguerra española, varios autores enviaron cartas dirigidas a escritores coetáneos en las que expresaban su modo de ver y vivir ese tiempo convulso. Años después, algunas editoriales han elaborado una minuciosa recopilación de esta correspondencia y la han publicado como libros independientes. Por ejemplo, *Correspondencia con el exilio* recoge un total de casi mil cartas que intercambió Camilo José Cela con 13 escritores españoles que vivían en el exilio.

— Averiguad de qué otros autores de la posguerra se ha publicado su correspondencia.

— Elaborad una recopilación de cartas (todos deberéis escribir, al menos, una), en las que describáis la situación de la España actual.

— Elegid un centro educativo de un país hispanoamericano y enviadle vuestra correspondencia. Añadid un prólogo para explicar quiénes sois, cuál es el objetivo de vuestra obra, etc. Además, podéis ofrecerles, en el mismo prólogo, la oportunidad de responder a vuestras cartas para intercambiar opiniones.

Tiempo de silencio, de Luis Martín-Santos

Hay ciudades tan descabaladas, tan faltas de sustancia histórica, tan traídas y llevadas por gobernantes arbitrarios, tan caprichosamente edificadas en desiertos, tan parcamente pobladas por una continuidad aprehensible de familias, tan lejanas de un mar o de un río, tan ostentosas en el reparto de su menguada pobreza, tan favorecidas por un cielo espléndido que hace olvidar casi todos sus defectos, tan ingenuamente contentas de sí mismas al modo de las mozas quinceñas, tan globalmente adquiridas para el prestigio de una dinastía, tan dotadas de tesoros —por otra parte— que puedan ser olvidados los no realizados a su tiempo, tan proyectadas sin pasión pero con concupiscencia hacia el futuro, tan desasidas de una auténtica nobleza, tan pobladas de un pueblo achulapado, tan heroicas en ocasiones sin que se sepa a ciencia cierta por qué sino de un modo elemental y físico como el del campesino joven que de un salto cruza el río, tan embriagadas de sí mismas aunque en verdad el licor de que están ahítas no tenga nada de embriagador, tan insospechadamente en otro tiempo prepotentes sobre capitales extranjeras dotadas de dos catedrales y de varias colegiatas mayores y de varios palacios encantados —un palacio encantado al menos para cada siglo—, tan incapaces para hablar su idioma con la recta entonación llana que le dan los pueblos situados hacia el norte a doscientos kilómetros de ella, tan sorprendidas por la llegada de un oro que puede convertirse en piedra pero que tal vez se convierta en carrozas y troncos de caballos con gualdrapas doradas sobre fondo negro, tan carentes de una auténtica judería, tan llenas de hombres serios cuando son importantes y simpáticos cuando no son importantes, tan vueltas de espalda a toda naturaleza —por lo menos hasta que en otro sitio se inventaron el tren eléctrico y la telesilla—, tan agitadas por tribunales eclesiásticos con relajación al brazo secular, tan poco visitadas por individuos auténticos de la raza nórdica, tan abundantes de torpes teólogos y faltas de excelentes místicos, tan llenas de tonadilleras y de autores de comedias de costumbres, de comedias de enredo, de comedias de capa y espada, de comedias de café, de comedias de punto de honor, de comedias de linda tapada, de comedias de bajo coturno, de comedias de salón francés, de comedias del café no de *comedia dell'arte,* tan abufaradas de autobuses de dos pisos que echan humo cuanto más negro mejor sobre aceras donde va la gente con gabardina los días de sol frío, que no tienen catedral.

Luis Martín-Santos, *Tiempo de silencio.* Austral.

1.ª fase: estudio del texto

Comprensión

1. ¿Cuál es el significado de los términos *descabaladas, parcamente, concupiscencia, desasidas, achulapado, ahítas, colegiatas, gualdrapas, tonadilleras, coturno y abufaradas?*
2. ¿Qué describe el narrador en el texto?

Contextualización

3. ¿En qué año se publicó *Tiempo de silencio*? ¿Qué caracteriza esa década en el contexto de la posguerra española?
4. ¿A qué género literario pertenece el texto? ¿Está en prosa o en verso? ¿A qué corriente literaria pertenece la obra? Justifícalo.

Tema y estructura

5. Tema principal: ¿qué se describe en el texto?
6. Subtemas: ¿qué subtemas se derivan de la descripción de las ciudades?
7. ¿En qué partes se estructura la descripción? ¿Se describe una sola ciudad o muchas de ellas? ¿Se trata de una descripción al uso?
8. Sitúa el fragmento en el argumento de *Tiempo de silencio* y en el conjunto de la obra de Luis Martín-Santos.

Estilo

9. ¿Qué caracteriza el estilo del texto? ¿Sirve de ejemplo de algunas de las características de la narrativa de posguerra? ¿A qué etapa pertenece (narrativa existencial, narrativa social o novela existencial)?
10. ¿Qué papel desempeña la repetición en el texto?
11. Analiza los elementos que otorgan una cierta complejidad formal al texto, como, por ejemplo, la ausencia de puntos a lo largo de toda la enumeración.
12. Establece nexos comparativos entre este fragmento y otros textos de autores que han jugado con la complejidad formal de sus producciones.

Opinión crítica

13. ¿Qué expresa el autor con este texto? ¿Crees que logra transmitirlo?
14. ¿Te parece que el autor está describiendo una ciudad en concreto? ¿Crees que con este fragmento Luis Martín-Santos está describiendo una realidad de un modo más detallado que si empleara una descripción tradicional? ¿Por qué?
15. Con la publicación de *Tiempo de silencio* en 1962, Luis Martín-Santos abrió un camino hacia la experimentación formal en la literatura española del momento. Pese a que el autor falleció tempranamente, su legado ha influido notablemente en autores contemporáneos suyos y en escritores actuales.
    - Tras haber leído este fragmento, ¿comprendes a qué se debe la importancia de esta novela?

2.ª fase: redacción del comentario

Con la información obtenida en la fase anterior, vamos a redactar el comentario de texto. Debes explicar **qué ha querido decir el autor y cómo lo ha expresado,** es decir, qué recursos ha empleado para ello.

Para guiarte en la **redacción del comentario,** puedes seguir estas indicaciones:

1) INTRODUCCIÓN. Comienza el comentario exponiendo, de forma clara y sencilla, cuál es la intención del autor. Para ello, puedes utilizar la información de la actividad 13.

En este fragmento, el autor desarrolla una extraña descripción que destaca por...

2) DESARROLLO. Se trata de explicar en profundidad el punto anterior. Para ello, debemos indicar **qué ideas contiene el texto y cómo están ordenadas** (tema y estructura), y **qué recursos** emplea el autor (expresión) para lograr su propósito.

—Indica cuál es el tema y la estructura.

- Expón el **tema** y los **subtemas** que se desarrollan en el texto (actividades 5 y 6). A continuación, explica las partes de las que consta (actividad 7).
- Relaciona los temas con el momento histórico en que fue escrita la obra y las circunstancias que dieron lugar a escribir un texto de este tipo (actividades 8 y 9).

En la década de los 60, hacia el final de la posguerra española, la narrativa española se caracteriza por... debido a...

—Explica cómo se desarrolla este fragmento descriptivo y en qué medida es representativo de *Tiempo de silencio.*

Tiempo de silencio es una novela que narra la vida de Pedro, un médico que fracasa en sus intentos de ser investigador científico en la década de los años 40. Señala el estilo que caracteriza este fragmento de la novela y los recursos que se emplean (actividades 9, 10, 11 y 12).

Luis Martín-Santos narra la historia de Pedro, un médico que pretende trabajar como investigador científico. Este fragmento de la novela se corresponde con una descripción en la que el autor...

—Explica cómo logra el autor transmitir su mensaje.

- Empieza por el estilo del texto (actividad 9).
- Continúa con los recursos utilizados prioritariamente en el fragmento descriptivo y compara el texto con otros similares (actividades 10, 11 y 12).
- Comenta la estructura del fragmento y qué papel tiene en la interpretación del texto (actividades 7 y 10).

3) CONCLUSIÓN. Termina el comentario aportando tus opiniones sobre el fragmento (actividades 13, 14 y 15). Ten en cuenta la importancia de la obra en el momento en el que fue publicada, su papel como representante de las características de la renovación novelística de los sesenta y su influencia en la literatura posterior en lengua española.

Pon a prueba tus competencias

Observa y lee el siguiente texto, y realiza las actividades que se plantean a continuación:

LIBRERÍA
MOBY DICK

novedades abril

«Con todas nuestras fuerzas hemos luchado para que no llegase el invierno. Nos hemos agarrado a todas las horas tibias, y a cada puesta de sol hemos procurado sujetar el sol en el cielo todavía un poco, pero todo ha sido inútil. Ayer por la tarde el sol se ha puesto irrevocablemente en un enredo de niebla sucia, de chimeneas y de cables, y esta mañana es invierno».

Primo Levi, Si esto es un hombre.

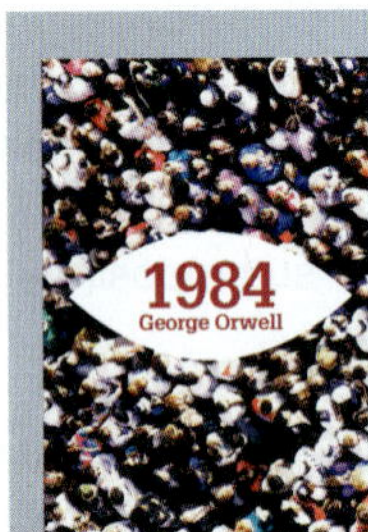

George Orwell
1984
Editorial Mito
14,90 €

Camilo José Cela
La colmena
Editorial Versales
20,00 €

Carmen Martín Gaite
Entre visillos
Editorial Bund
17,50 €

Primo Levi
Si esto es un hombre *(e-book)*
Editorial Versales
9,99 €

14

1. ¿A qué corresponde esta página? Señala la respuesta correcta y justifícala.

a) Al catálogo de una librería.

b) A un libro de texto.

c) A la sección de recomendaciones de una revista literaria.

2. Indica cuáles de las siguientes afirmaciones son falsas y transfórmalas para que sean verdaderas:

— Todos los libros fueron publicados tras la Segunda Guerra Mundial.

— Todos los libros se venden en soporte papel.

— Tres de los cuatro libros que aparecen son obra de autores españoles.

3. Ordena los libros del más caro al más económico.

4. Lee con atención el fragmento de *Si esto es un hombre,* de Primo Levi, que aparece al inicio.

— Busca información sobre este autor y sobre esta obra en concreto.

— Teniendo en cuenta el argumento de esta obra y las vivencias personales de Primo Levi que se narran en ella, reflexiona y responde: ¿por qué desearían con tantas fuerzas que no llegara el invierno?

5. Busca información en Internet sobre Carmen Martín Gaite, una destacada novelista de tendencia social, e indica algunas de sus novelas más destacadas.

6. Lee el siguiente fragmento de *1984*, de George Orwell:

En un mundo en que todos trabajaran pocas horas, tuvieran bastante que comer, vivieran en casas cómodas e higiénicas, con cuarto de baño, calefacción y refrigeración, y poseyera cada uno un auto o quizás un aeroplano, habría desaparecido la forma más obvia e hiriente de desigualdad. Si la riqueza llegaba a generalizarse, no serviría para distinguir a nadie. Sin duda, era posible imaginarse una sociedad en que la riqueza, en el sentido de posesiones y lujos personales, fuera equitativamente distribuida mientras que el poder siguiera en manos de una minoría, de una pequeña casta privilegiada. Pero, en la práctica, semejante sociedad no podría conservarse estable, porque si todos disfrutasen por igual del lujo y del ocio, la gran masa de seres humanos, a quienes la pobreza suele imbecilizar, aprenderían muchas cosas y empezarían a pensar por sí mismos; y si empezaran a reflexionar, se darían cuenta más pronto o más tarde de que la minoría privilegiada no tenía derecho alguno a imponerse a los demás y acabarían barriéndoles. A la larga, una sociedad jerárquica solo sería posible basándose en la pobreza y en la ignorancia.

George Orwell, *1984*. Destino.

— ¿Por qué afirma Orwell que si la riqueza llegara a generalizarse en una sociedad, esta no podría conservarse estable?

— ¿Estás de acuerdo con las reflexiones del autor en este texto? Coméntalo con tus compañeros.

7. *1984* es una novela de ficción distópica.

— Busca información sobre este género narrativo y propón algunos ejemplos de obras de ficción (ya sean películas o novelas) de este tipo.

SÍNTESIS

Completa en tu cuaderno el siguiente esquema sobre la literatura de posguerra:

Contextualización histórica

- Tras la guerra civil española, que tiene lugar entre los años 1936 y ....., España padece una ..... militar que provoca una profunda ...... La dictadura tiene una duración de ..... y finaliza en ..... con la muerte de ......

Sociedad

- El régimen impone, durante los primeros años, una economía de ...... La población vive en la ..... y acosada por el ...... Con la apertura hacia el exterior, en los años ....., la economía se ...... Hacia los años sesenta, se desarrolla una amplia clase ..... y se organizan partidos políticos que demandan ......

Cultura

- El aislamiento del régimen provoca un ..... de la cultura.
- Un gran número de intelectuales se ven obligados a ..... tras la guerra y los medios de comunicación sufren los estragos de la ......

Literatura de la posguerra

- Muchos escritores se ven obligados a ..... de España, por lo que el tema del ..... es recurrente en sus escritos.
- La lírica de posguerra pasa por tres etapas: la poesía existencial, la ..... social y la ......
- En el ámbito de la narrativa, destacan tres etapas: la novela ....., la novela social y la novela ......
- El teatro es el género más ..... durante la posguerra, entre otras cosas, por la muerte o el exilio de maestros como García Lorca, ... o Casona.
- En el género teatral, destacan tres tendencias: el teatro ....., el teatro social y el teatro ......
- En Europa, destaca la obra de autores como Albert ..... o Fernando ......

Reflexiona

Diario de aprendizaje

— ¿Qué sabías sobre la literatura de posguerra antes de estudiar esta unidad?

— ¿Qué contenidos de los que has estudiado te han resultado más complejos? ¿Por qué? ¿Qué has hecho para superar estos obstáculos?

— ¿Has aplicado en el comentario lo que aprendiste en unidades anteriores?

TALLER CREATIVO

¿Y qué hay del arte de posguerra?

Peine del viento (1977), obra del escultor vasco Eduardo Chillida.

Seguro que en esta unidad has descubierto muchas cosas acerca de la literatura de posguerra: has estudiado el contexto histórico en el que se enmarca, has leído textos de algunos de sus autores más representativos, has conocido a algunos escritores extranjeros, como Beckett o Salinger..., pero ¿qué pasa con el arte?, ¿es que no hubo grandes artistas durante la posguerra en España? Pues sí, los hubo y muy importantes. Nombres como Antoni Tàpies, Lucio Muñoz, Eduardo Chillida, Martín Chirino, Antonio Saura, Juana Francés o Luis Feito quizá te resulten familiares, ya que son algunos de los artistas de la posguerra más importantes.

En este taller vas a descubrir la obra de estos y otros artistas, y vas a elaborar, junto con tus compañeros, una **escultura** basada en una obra lírica o un **mural** inspirado en una obra narrativa, ambas de algún autor de la posguerra española. ¡Vamos, ha llegado el momento de convertir el aula en un taller artístico!

1 El informalismo, un movimiento destacado

Algunos de los artistas más destacados de la España de la posguerra pertenecieron a un movimiento artístico concreto: el **informalismo,** que se desarrolló en Europa después de la Segunda Guerra Mundial. Las obras de esta corriente se caracterizan por la abstracción y el uso de materiales distintos a los tradicionales (arena, vidrio, chatarra, tela, etc.) en la realización de las obras. Puedes obtener más información en este enlace: **http://links.edebe.com/8w5**

Antoni Tàpies fue uno de los más notables representantes de ese movimiento artístico en nuestro país. Empleaba técnicas en las que mezclaba los pigmentos tradicionales del arte con materiales como tela, arena, paja, papel, etc. Observa esta obra suya:

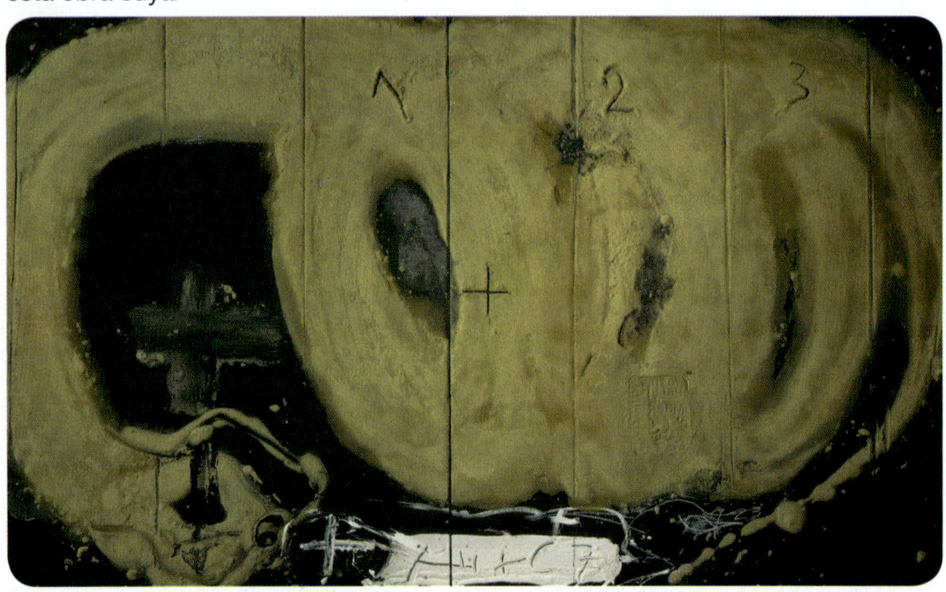

Analiza la obra con tus compañeros y anotad en un folio aquellos aspectos que os resulten particularmente interesantes. Después, buscad entre todos más información sobre el informalismo y recoged algunas obras de otros autores cuya obra os haya llamado la atención.

2 Formamos equipos

Una vez que hayáis investigado detenidamente las obras del movimiento informalista, estaréis preparados para formar dos equipos: el de los escultores y el de los pintores.

Los escultores os encargaréis de elaborar una obra escultórica basada en una obra del género lírico escrita por un autor de la posguerra española. No es necesario que el poema sea de una tendencia lírica concreta; podéis escoger el que más os guste. Los pintores, por vuestra parte, tendréis que seleccionar una obra del género narrativo que pertenezca a una de las tendencias que habéis estudiado: la novela existencial, la novela social y la novela experimental.

Elogio del horizonte (1990), obra del escultor vasco Eduardo Chillida.

3 Votamos y subrayamos

Ahora que ya os habéis distribuido en dos grupos, seleccionad los poemas y los textos narrativos en los que os queréis inspirar para elaborar las obras. Como es posible que no todos elijáis la misma obra, lo mejor es que, entre las que habéis reunido, votéis para elegir aquella en la que os basaréis finalmente.

¡Bien! Llegados a este punto, los escultores ya tenéis vuestro poema, y los pintores, vuestro texto narrativo. Ahora debéis destacar aquellas partes que más os hayan gustado y que pensáis que os pueden servir para elaborar una obra artística informalista. Para ello, fotocopiad los textos seleccionados y subrayad las palabras, los versos, los párrafos, etc., que más os inspiren.

4 Diseñamos nuestra obra

Tenéis los conocimientos, tenéis los equipos, tenéis los textos, tenéis la inspiración..., ¡ya lo tenéis todo! Es hora de sentaros en grupo y de empezar a diseñar vuestra obra. Para hacerlo, no olvidéis cuáles son las dos características más destacables del informalismo: la abstracción y el uso de materiales no tradicionales, que deberéis recopilar una vez que hayáis pensado cómo será vuestra creación artística.

5 ¡Manos a la obra (informalista)!

Por fin ha llegado el momento de elaborar vuestra obra con base en vuestros diseños. Emplead los materiales que hayáis recopilado y dejaos llevar por vuestra imaginación. ¡El resultado será sorprendente!

1. En una entrevista realizada por el programa *Para todos la 2* (**http://links.edebe.com/3ffj**) el crítico de arte José Jiménez afirmaba: «La crítica es una tarea de mediación, reflexión, interpretación... sobre el hecho artístico, y, lamentablemente, cada vez hay menos espacio para desarrollar esta actividad».

— Visualiza la entrevista completa y reflexiona, con tus compañeros, sobre su contenido. ¿Sabías qué era la crítica de arte antes de ver esta entrevista?

— ¿Te gustaría ser crítico en el futuro? En tal caso, ¿qué disciplina preferirías abarcar: el arte, la literatura, el cine...?

— Elabora una crítica de arte, siempre constructiva, sobre las obras que han presentado tus compañeros.

12
Unidad

» CONTENIDOS

LECTURA

El lagarto

EDUCACIÓN LITERARIA

La literatura contemporánea

Contextualización histórica

1. La cultura actual: últimas tendencias
2. La narrativa
3. El periodismo
4. La lírica
5. El teatro

COMENTARIO DE TEXTO

Mortal y rosa

Rutina de pensamiento

PIENSO, ME INTERESA, INVESTIGO

Ya has llegado a la última unidad del libro, en la que conocerás más aspectos de la literatura; en este caso, de la literatura contemporánea.

Ahora bien, es posible que ya tengas algunos conocimientos sobre este tema. Para valorarlo, reflexiona durante unos minutos acerca de lo que sabes sobre literatura contemporánea y responde a estas preguntas:

1. Pienso: ¿qué sabes sobre este asunto?
2. Me interesa: ¿qué preguntas o qué aspecto de este tema despierta tu interés?
3. Investigo: ¿qué te gustaría estudiar sobre este tema? ¿Cómo podrías hacerlo?

Al finalizar la unidad, recupera tus respuestas y valora si lo que has aprendido te ha resultado satisfactorio.

Bernardo Atxaga
(Asteasu, Guipúzcoa, 1951)
Su verdadero nombre es José Irazu Garmendia. Autor de *Obabakoak* (1989), *El hombre solo* (1994), *Esos cielos* (1997), *El hijo del acordeonista* (2004), *Siete casas en Francia* (2009) y *Días de Nevada* (2014). Su obra está traducida a 32 lenguas. Es miembro de Euskaltzaindia, la Academia de la Lengua Vasca.

Este fragmento
Pertenece a la obra *Obabakoak* (en castellano, «los de Obaba»), publicada por Alfaguara. Reúne 26 historias en las que se invita al lector a la reflexión literaria. Tomando como excusa el viaje de dos amigos hacia el pueblo de uno de ellos, el autor va enlazando relatos entre sí. En el que vas a leer a continuación, conversan sobre literatura con el tío de uno de ellos.

El lagarto

—Nunca os quedéis dormidos sobre la hierba —nos decían nuestros padres—. Si lo hacéis, vendrá un lagarto y se os meterá en la cabeza.

—¿Por dónde?

—Por el oído.

—¿Para qué? —volvíamos a preguntar.

—Pues para comeros el cerebro. No hay nada que a un lagarto le guste más que nuestro cerebro. [...]

—Por lo que veo, la historia del lagarto os ha tenido bastante entretenidos —nos dijo mi tío. [...]

—Así es, en efecto. Entretenidos y haciendo bastante el ridículo —admitimos.

—No podía ser de otra manera, muchachos —dijo mi tío suspirando exageradamente.

—No te entendemos, tío.

—Lo que quiero decir es que, dada la debilidad de vuestras teorías literarias, no podía ser de otra manera. Porque lo que os ha pasado nada tiene que ver con vuestro pretendido afán de llegar al fondo de los hechos, y tampoco, mucho menos aún, con la gran imaginación que creéis tener. Con lo único que tiene que ver es con vuestra errónea interpretación de la historia de los lagartos. [...]

—Explícate mejor, tío —insistimos.

—¡Está claro! Vosotros consideráis que la literatura es un juego, y que no tiene ninguna utilidad. Y opinando como opináis, no habéis sido capaces de *desentrañar*[1] la clave que encerraba esa historia que os contaban vuestros padres. Porque, si nos fijamos bien, ¿cuál es la moraleja que transmite la historia? ¿Qué les dice a los niños? A los niños, a ver si os enteráis... pues viene a decirles que dormir sobre la hierba puede representar un grave peligro, y que deben tener mucho cuidado con ello. *Si te quedas dormido, vendrá el lagarto y se te meterá por el oído,* le dice la madre a su niño. ¿Pero qué es lo que le preocupa a la madre? ¿El lagarto? ¡En absoluto! ¡De ninguna manera!

—¿Cuál puede ser, entonces? ¿La serpiente? —se le ocurrió a mi amigo.

—La serpiente es una posibilidad. Pero no solo la serpiente. Puede ser la humedad del *hierbal*[2], o un perro rabioso, o un maníaco, cualquier cosa. Los peligros pueden ser muchos; tantos que la labor de enumerárselos a un niño resultaría absurda. Esa es, precisamente, la razón de ser de la fábula del lagarto, pues resume, a modo de metáfora, todos los peligros posibles. Tened en cuenta, además, que el lagarto viene a ser un dragón pequeño, y que son precisamente los dragones los animales que en los cuentos tradicionales simbolizan el mal. Luego todo cuadra en la fábula, tiene mucha lógica.

—Lo que no tiene tanta lógica, tío, es lo que has dicho antes, eso de que para nosotros la literatura es un juego. Pero será mejor que dejemos esa discusión para otro momento. Y volviendo al tema, tío, dime... ¿por qué el lagarto y no la serpiente? A mí me parece que la serpiente sería un protagonista más adecuado.

—¿Qué queréis? ¿Que os dé una lección de literatura? —nos preguntó mi tío con la más maliciosa de sus sonrisas.

—Ya estamos acostumbrados, tío. No te preocupes por nosotros —le respondí. Era habitual que las sesiones literarias de aquella casa acabaran con una *vehemente*[3] alocución suya.

—Estaréis acostumbrados, pero no me hacéis ningún caso. Y tú menos que nadie, sobrino. Como para ti solo soy una antigualla del siglo diecinueve...

—Menos cuento, tío. Ya nos hemos fijado en lo contento que te has puesto con lo de nuestra *errónea* interpretación de la historia. Pero haz el favor de continuar, que se nos va a hacer tarde. [...]

—Ah, sí. Pues yo pienso que las madres de aquel tiempo eran muy sensatas, y que se andaban con mucho cuidado a la hora de asustar a los niños. Convenía asustarlos, sí, pero solo un poco, no fuera que, angustiados por la historia, se volvieran *apáticos*[4] y cobardes ante la vida. Y desde ese punto de vista, el lagarto resultaba mucho más adecuado. Porque el niño, cualquiera sabe gracias a qué instinto, comprende que el peligro no es serio. Seguirá, eso sí, el consejo de su madre, pero lo hará por si acaso, sin darle mayor importancia al asunto. [...] De todos modos, y volviendo al tema de la errónea interpretación de la historia, habéis andado muy a ciegas. Mucho más a ciegas de lo que cabía esperar de unos buenos aficionados a la literatura. [...]

—Continúe, vuesa merced, señor tío, que está hablando como el mismísimo Salomón.

—Puedes reírte cuanto quieras, sobrino. Pero a ver qué me dices de esta canción de cuna: *Pequeño niño mío, no te duermas en el bosque; un cazador podría llevarte, confundiéndote con una liebre.*

—No hay duda de que se trata del mismo tema. Lo cual viene a demostrar que la preocupación de las madres por perder a sus niños debía de estar muy difundida —dijo mi amigo.

—Y aún hay más. ¿Qué me decís, por ejemplo, del personaje del Sacamantecas? ¿O ya no os acordáis de lo que nos decían a todos de pequeños? *No andes nunca solo cuando oscurezca, porque aparecerá el Sacamantecas y te llevará con él.*

—Ya lo creo que me acuerdo. Aparecía en todas mis pesadillas —asintió mi amigo.

Mi tío tenía los ojos brillantes.

—¡Pues ahora sí que os voy a dar una sorpresa! ¡Todas esas historias, a ver qué me decís ahora, fueron ideadas en el siglo diecinueve!

—Por ahí no paso, tío —le respondí—. Estoy de acuerdo en lo de la universalidad del tema, y acepto también que la historia del lagarto no sea sino una variación de ese tema; pero lo de que todo surgió en el siglo diecinueve, eso no me lo creo. Con todos mis respetos, me parece una exageración.

—De acuerdo, está bien, seguramente he ido demasiado lejos. Es muy posible que no hayan surgido en el diecinueve, porque, claro está, madres ha habido siempre. Pero lo que yo quería decir es que fue en el siglo diecinueve, en el diecinueve precisamente, cuando esas historias tuvieron gran auge, que fue entonces cuando se desarrollaron y se hicieron populares. Y eso, querido sobrino, es verdad.

—¿Y cuál fue la razón? ¿Qué sucedió para que las madres se asustaran más de lo que se suelen asustar habitualmente? ¡Cuéntelo rápidamente, tío, que si no voy a perder el tren!

—¡El tren! ¡Tú mismo lo has dicho!

Vocabulario

[1]**desentrañar:** averiguar, penetrar lo más dificultoso y recóndito de una materia. / [2]**hierbal:** terreno cubierto de hierba. / [3]**vehemente:** que está cargado de fuerza o manifiesta pasión. / [4]**apáticos:** impasibles, desganados.

Para leer

Si a ti también te gustan las historias de misterio y fantasía, te recomendamos estas lecturas:

En *Hombre Lobo. El furtivo*, Eduardo, su protagonista, tiene un par de angustiosos encuentros con hombres lobo. En *Erik Vogler y los crímenes del rey blanco* se narra la historia de Erik, un personaje maniático y obsesivo que se ve envuelto en una serie de asesinatos.

- Pedro Riera, *Hombre Lobo. El furtivo*. Col. Hombre Lobo. edebé.
- Beatriz Osés, *Erik Vogler y los crímenes del rey blanco*. Col. Erik Vogler. edebé.

Ágora

La **obstinación** se define como la terquedad de una persona a la hora de mantener una opinión o una idea sobre algún tema en concreto.

— ¿Consideras que los dos amigos protagonistas del relato son obstinados? ¿Y el tío de uno de ellos?

— ¿Qué crees que diferencia la obstinación de la intolerancia? ¿Se puede ser obstinado pero acabar siendo convencido por los argumentos de otro?

Obtención de información

Lee el fragmento titulado «El lagarto» y resuelve las siguientes actividades:

1. Responde a estas preguntas:
   - ¿Qué fábula contaban los padres a los dos amigos? ¿Qué opinión les merece a ambos?
   - ¿Qué consecuencias tiene para los dos protagonistas, según el tío, que consideren que «la literatura es un juego»?
   - ¿Cómo llega uno de ellos a la conclusión de que la preocupación de las madres por no perder a sus hijos debía de estar muy difundida?
   - Según el tío, ¿cuál fue el motivo por el cual esas historias de miedo tuvieron un gran auge en el siglo XIX?
2. Indica cuáles de las siguientes afirmaciones sobre la lectura son falsas y transfórmalas para que sean verdaderas.
   - Según el tío, lo que más preocupa a las madres que cuentan la historia del lagarto es que este pueda introducirse en los oídos de sus hijos para comerles el cerebro.
   - El lagarto es, en realidad, una metáfora de los peligros que pueden acechar a los niños.
   - Los dos chicos protagonistas no habían oído hablar jamás del personaje del Sacamantecas.

Interpretación

3. ¿Por qué afirman los muchachos que la historia del lagarto los ha mantenido «entretenidos y haciendo bastante el ridículo»?
4. ¿Qué tienen en común la canción de cuna que recita el tío y el personaje del Sacamantecas?
5. En los cuentos, los dragones son el símbolo del mal. ¿Qué otros personajes de cuentos también lo simbolizan?

Reflexión

6. En un momento del relato, el tío explica a los chicos que las madres contaban ese tipo de historias a sus hijos porque «convenía asustarlos, sí, pero solo un poco, no fuera que, angustiados por la historia, se volvieran apáticos y cobardes ante la vida».
   - ¿Por qué crees que afirma esto? ¿Estás de acuerdo con él?

Expresión

7. El tío afirma que el tren fue la causa por la que el tipo de historias de las que hablan tuvieran un gran auge en el siglo XIX.
   - Indica qué relación crees tú que puede haber entre el tren y esas historias. Justifica tu respuesta con argumentos.
8. Redacta un texto predictivo en el que plantees cómo podría afectar a la sociedad del futuro la llegada de nuevos medios de transporte más rápidos y eficaces. Añade montajes fotográficos para ilustrar tu texto.
   - Lee tu texto en voz alta y compara tus ideas con las de tus compañeros.

Escucha

Escucha atentamente esta información sobre el Krampus, una criatura fantástica propia del folclore de los países alpinos:

http://links.edebe.com/x8b8 (minutos 31:00 a 32:50)

1. Contesta las siguientes preguntas sobre el reportaje que acabas de escuchar:
   - ¿En qué zona de Europa se cree que pasea el Krampus? ¿En qué otros lugares se dice que se han visto sus huellas?
   - ¿Qué institución hizo desaparecer al Krampus durante algún tiempo? ¿Por qué lo hizo?
   - ¿Qué ponen los niños en las ventanas para ahuyentarlo?
   - ¿Qué hay que hacer cuando se escucha una campanilla en las noches de invierno? ¿Por qué?
2. Completa la siguiente tabla añadiendo información sobre otras criaturas fantásticas famosas:

	Aspecto	País en el que es tradición	Leyendas
El kraken			
El hipogrifo			
Los gnomos			
El ave fénix			

Habla

3. Como has podido comprobar en el apartado anterior, el mundo de los seres fantásticos es amplísimo.
   — Organizaos en parejas y obtened, por medio de los distintos recursos que tenéis a vuestro alcance (biblioteca, Internet, amigos o conocidos expertos en el tema, etc.), más información sobre la literatura fantástica, puesto que el objetivo de esta actividad es que consigáis un trabajo de redactor en una web especializada en este tema. Para ello, seguid estos pasos:
   - Seleccionad algunas de las obras más representativas de la literatura fantástica y describid los seres que las protagonizan.
   - Repartíos los papeles: un miembro de la pareja representará al editor jefe de la página web sobre literatura fantástica, y el otro, al redactor que quiere formar parte del equipo.
   - Preparaos, cada uno, vuestro papel en la entrevista laboral: ¿qué preguntas haré?, ¿qué rasgos positivos destacaré?, etc.
   - Realizad, finalmente, la entrevista y, una vez terminada, autoevaluaos: ¿crees que has formulado las preguntas oportunas?, ¿consideras que has respondido adecuadamente?

Krampus es solo una de las numerosas criaturas que los seres humanos han inventado a lo largo de la historia. El escritor argentino Jorge Luis Borges, apasionado de las historias fantásticas, publicó en 1957 *El libro de los seres imaginarios,* una pequeña enciclopedia que recopila más de cincuenta seres imaginarios. En la imagen se representa un cancerbero, una de las criaturas fantásticas que Borges describe en su libro.

Recomendaciones para preparar una entrevista laboral

- Piensa en, al menos, tres cualidades y tres defectos que te definan; es muy probable que te pregunten al respecto.
- Destaca aquellas características que posees y que crees que te sitúan como un buen candidato o una buena candidata para el puesto.
- Muéstrate tranquilo y sonriente. ¡La impresión que transmitas es siempre muy importante!

1975-1978

La dictadura llegó a su fin con la muerte de Franco. Antes, había nombrado a **Juan Carlos de Borbón** como sucesor. Este período es conocido como la **Transición** y abrió el camino hacia la **democracia.** Se convocaron las primeras elecciones desde la Guerra Civil, en las que la coalición **UCD** (Unión de Centro Democrático) resultó la más votada; **Adolfo Suárez** se convirtió en **presidente** del Gobierno. En 1978, los españoles aprobaron la **Constitución** y España pasó a ser una monarquía parlamentaria.

1981

Suárez dimitió y se nombró a **Leopoldo Calvo-Sotelo** candidato a la presidencia. Durante la segunda votación de investidura (23 de febrero), el **teniente coronel Tejero** irrumpió en el hemiciclo del Congreso e intentó dar un **golpe de Estado,** que fracasó. La democracia salió fortalecida.

1982

El socialista **Felipe González** ganó las elecciones. Se inició una alternancia en el poder entre **izquierda y derecha** que se mantuvo durante varias décadas.

1986

España ingresó en la CEE (hoy UE). El país se modernizó y se integró en Europa.

La época contemporánea

La **muerte de Franco** marcó el fin de la dictadura y el inicio de la **democracia,** uno de los períodos más fructíferos de la historia de España. La llegada de la democracia en 1978 transformó por completo el país, que vivió en estos años una etapa de **profundos cambios.** En estas tres últimas décadas, España se **integra plenamente en Europa** y alcanza grandes cotas de **desarrollo.**

Sociedad

En los años finales del franquismo, la sociedad española reclamaba un **cambio social** y **político.** Esta demanda social, manifestada mediante **huelgas y protestas,** propició y preparó el escenario social para el **cambio de régimen.**

Se inició un proceso de **modernización y apertura.** La mejora en la economía y el ingreso en la actual UE consolidaron el **desarrollo de una amplia clase media,** que se convirtió en la base social del país.

En la época contemporánea de España, se distinguen **dos etapas:**

— La **Transición democrática** (1975-1978), caracterizada por:

- La **recuperación de las libertades** políticas y sociales, y la **legalización** de los **partidos políticos** y los **sindicatos.** En 1978, se aprueba la Constitución en referéndum.
- El **consenso** entre los agentes sociales y políticos, ya que todos ellos ceden para alcanzar **acuerdos de convivencia política.**
- El reconocimiento de las **autonomías** y de las **lenguas oficiales** de España, oprimidas durante la dictadura.

— La **alternancia política** entre el partido mayoritario de derechas (PP) y el partido mayoritario de izquierdas (PSOE).

Cultura

La vuelta a la democracia tras 40 años de dictadura significó un notorio **relanzamiento de la cultura,** que se convirtió en un símbolo de la **lucha** por las **libertades.**

En los primeros años de la **Transición** surgió en Madrid un movimiento cultural, **la movida,** que se prolongó hasta mediados de los ochenta y se convirtió en el símbolo de la nueva cultura.

Así, la actividad cultural se dejó notar en todas las artes: la música, el cine, la literatura…

En el **ámbito musical,** destacaron en España grupos madrileños como Alaska y los Pegamoides, Radio Futura, Nacha Pop o Los Secretos, y otros provenientes de diversas comunidades, como la Orquesta Mondragón, Siniestro Total, Golpes Bajos y Loquillo y los Trogloditas.

En el **ámbito cinematográfico,** destacaron los directores Pedro Almódovar, Fernando Trueba y Fernando Colomo.

En **televisión,** se emitieron numerosos programas que fueron un reflejo de la movida: *La bola de cristal, Si yo fuera presidente* y *Caja de ritmos.*

1. La cultura actual: últimas tendencias

Durante la **Transición,** la **educación** y la **cultura** se convierten en herramientas para **transformar la sociedad**, así como en un **símbolo del progreso** al que se aspira.

Con la integración en Europa, España adopta los rasgos de la cultura actual: la generalización, la influencia del mercado, la convivencia de diferentes tendencias estéticas y la irrupción de las nuevas tecnologías. Es lo que se denomina **posmodernismo** o **últimas tendencias.**

La cultura actual se caracteriza por los siguientes **rasgos:**

- **Sociedad de mercado.** La cultura depende de una industria que se rige por las leyes del mercado, que estimula y a la vez condiciona la labor creativa.
- **Cultura de masas.** La cultura se concibe como un producto de consumo dirigido a una masa de consumidores lo más amplia posible.
- **Nuevas tecnologías.** La aparición de los ordenadores, Internet y las TIC cambia la forma de consumir y producir arte en un mundo globalizado.
- **Ausencia de una estética dominante.** La época actual se caracteriza por la ausencia de tendencias predominantes. Conviven artistas de todos los estilos, y cada autor defiende un estilo personal, así como su propia idea del arte.

1.1. La literatura española actual

La literatura española actual está directamente influida por la **sociedad de consumo.** En las últimas décadas, no todos los géneros literarios se han adaptado con la misma fortuna a las exigencias del mercado:

- **Narrativa.** La novela es el género que mejor se adapta a la sociedad de consumo. Aumentan la publicación de novelas y el número de premios literarios. El consumo condiciona la producción literaria.
- **Poesía.** Se convierte en un género cada vez más selecto y minoritario, ajeno al gran público y a las demandas del mercado.
- **Teatro.** Sufre la dura competencia de los medios audiovisuales (cine, televisión, Internet). Proliferan las compañías independientes.
- **Periodismo.** Estrecha sus vínculos con la literatura mediante las columnas de opinión y la colaboración de escritores en los periódicos. La libertad de expresión se refleja en la literatura, sobre todo, en el género periodístico.

Los únicos que se pegan son los refinados y exquisitos intelectuales. [...] Dijo Sartre que el artista es el parásito del príncipe y que, cuando desaparecieron los príncipes, el intelectual, el artista, el poeta, se erigió en príncipe de sí mismo. Eso es lo que les pasa. Que están histéricos de haber perdido todo poder sobre la Historia y la sociedad. Y por eso se pegan. La violencia es el atributo de los más débiles. [...] La filosofía, hoy, reflexiona sobre la imposibilidad de filosofar. La novela ha sido sustituida por el cine, el cine por la televisión, la televisión por el vídeo y el vídeo por el videoclip. Lenguajes visuales, primitivos y lacónicos. Qué lejos queda la palabra. En los congresos literarios no se habla de literatura, sino solo de política. El intelectual sigue agarrándose a la casaca del príncipe, que hoy es el político. Cada uno se pega por su príncipe. [...] Los intelectuales, como no creen en sus propias palabras, siempre se pegan.

Francisco Umbral, «Intelectuales», en *El País,* 28-6-1987.

La literatura europea contemporánea

Está marcada por la presencia de la sociedad de consumo. Ya no existen tendencias preponderantes, sino un cúmulo de escritores y de estilos personales que se afanan por triunfar entre el gran público.

En literatura, predomina la **novela** sobre los otros géneros y el estilo realista sobre la experimentación.

Como autores europeos más relevantes, cabe señalar a Thomas Bernhard, W. G. Sebald, Pierre Michon, Julian Barnes, Colm Tóibín y John Banville, y a varios premios Nobel de Literatura, como José Saramago, Günter Grass, Dario Fo, Herta Müller y Svetlana Aleksiévich.

Visión 360º

La primera cadena de televisión en España comenzó sus emisiones en el año 1956. Desde entonces, la televisión ha ido adquiriendo cada vez una mayor importancia en la sociedad y, en ocasiones, incluso, ha permitido conocer en mayor profundidad a escritores de la época.

- ¿A qué autor del pasado te hubiera gustado ver en televisión?
- Elige una de las entrevistas del programa *A fondo* y anota algunas de las respuestas que te hayan parecido más interesantes: **http://links.edebe.com/y9vt4k.**

Características

La literatura española contemporánea se caracteriza por los siguientes **rasgos:**

— **Supremacía de la novela.** La narrativa, como hemos visto, es el género que mejor se adapta a los cambios culturales, mientras que la **poesía** y el **teatro** quedan relegados a un **público minoritario.**

— Confluencia de **varias generaciones** de autores. En la década de 1980, coinciden **escritores consagrados de la posguerra** (como Cela, Delibes o Torrente Ballester) con **autores de la generación de los años ochenta,** que encarnan la nueva era de libertades.

— **Mercado editorial.** El auge de la industria editorial redunda en beneficio de la cultura y se traduce en un **aumento de la publicación** de libros. El sector vive un momento de expansión. En este contexto, proliferan los premios literarios, como el Premio Cervantes, el Premio Nacional de Literatura, el Premio Planeta y el Premio Herralde de Novela, que promocionan a nuevos escritores y se incorporan al engranaje publicitario de la propia industria editorial.

— **Influencia hispanoamericana.** El éxito de escritores hispanoamericanos, como Jorge Luis Borges, Julio Cortázar o Gabriel García Márquez, influye en los nuevos escritores españoles, que los toman como modelo.

La literatura española en otras lenguas

Algunos autores contemporáneos escriben tanto en castellano como en la lengua de su lugar de origen. Por ejemplo, en el caso de Atxaga, el eusquera; en el de Rivas, el gallego; en el de Moix, el catalán, y en el de Conte, el aragonés (fabla).

1.2. Narradores actuales

El **desarrollo de la cultura** durante la democracia, la demanda del mercado editorial, las ferias del libro y los premios literarios son algunos de los factores que ayudan a la **proliferación de escritores** en la narrativa española contemporánea.

Entre los **narradores contemporáneos** más relevantes destacan: Bernardo Atxaga, Jesús Carrasco, Rafael Chirbes, Ánchel Conte, Almudena Grandes, Elvira Lindo, Julio Llamazares, Javier Marías, Luis Mateo Díez, Eduardo Mendoza, Juan José Millás, Terenci Moix, Rosa Montero, Antonio Muñoz Molina, Ramiro Pinilla, Soledad Puértolas, Alexis Ravelo, Rosa Regàs, Rafael Reig, Carme Riera, Manuel Rivas, José Luis Sampedro, Francisco Umbral, Manuel Vázquez Montalbán y Pedro Zarraluki.

Actividades

1. Lee el siguiente fragmento del discurso de dimisión de Adolfo Suárez:

> «He sufrido un importante desgaste durante mis casi cinco años de presidente. Ninguna otra persona, a lo largo de los últimos ciento cincuenta años, ha permanecido tanto tiempo gobernando democráticamente en España. Mi desgaste personal ha servido para articular un sistema de libertades, un nuevo modelo de convivencia social y un nuevo modelo de Estado. Creo, por tanto, que ha merecido la pena. Pero, como frecuentemente ocurre en la historia, la continuidad de una obra exige un cambio de personas, y yo no quiero que el sistema democrático de convivencia sea una vez más un paréntesis en la historia de España».

— ¿Qué papel tuvo Suárez en la Transición española? ¿Quién lo sucedió? ¿Durante cuánto tiempo?

— Busca información sobre la Transición y escribe un breve texto en el que resumas esta etapa.

2. Lee el siguiente texto y responde a las preguntas:

> Ahora, en los balcones cuelgan carteles disuasorios. Alguien que solicita trabajo se ha convertido en animal molesto. TENEMOS CUBIERTA LA PLANTILLA DE JARDINERÍA Y MANTENIMIENTO. NO SE NECESITA PERSONAL. ABSTENERSE, dice el cartel expuesto en los apartamentos que se levantan junto al restaurante. Por todas partes las letras rojas o negras de los carteles: SE ALQUILA SE VENDE DISPONIBLE SE ALQUILA CON OPCIÓN A COMPRA EN VENTA OPORTUNIDAD DESCUENTO DEL CUARENTA POR CIENTO, y un número de teléfono debajo. La radio habla cada mañana del estallido de la burbuja inmobiliaria, la desbocada deuda pública, la prima de riesgo, la quiebra de las cajas de ahorros y la necesidad de establecer recortes sociales y llevar a cabo una reforma laboral. Es la crisis.
>
> Rafael Chirbes, *En la orilla*. Anagrama.

— ¿Qué describe el autor? ¿A qué crisis se refiere?

2. La narrativa

Desde la Transición, se produce un retorno a una **narrativa** de corte **realista** y **estilo clásico,** lejos de la experimentación de los años sesenta y setenta. En parte, ello se debe a los **condicionamientos del mercado editorial** y **al gusto del público.** Los autores adoptan distintos **estilos** y **técnicas** narrativas, según sus preferencias personales, aunque se tiende a las historias bien contadas, sin un afán de novedad.

En esta etapa, se cultivan **todos los tipos de novela,** sin que ninguno prevalezca sobre los otros. Veamos a continuación los más relevantes:

- **Novela histórica.** A partir de **los ochenta,** se pone de moda un tipo de relato que recrea **hechos ficticios en épocas históricas.** Los escritores utilizan el pasado para reflexionar sobre problemas actuales.

  Destacan, en este grupo, Juan Eslava Galán, *En busca del unicornio* (1987); Eduardo Mendoza, *La ciudad de los prodigios* (1986), y Arturo Pérez-Reverte, con su saga *El capitán Alatriste* (1996).

- **Novela policíaca.** En los **años setenta,** se populariza la novela de intriga policíaca, con **personajes atormentados** que bucean en los submundos de la sociedad. Este tipo de narración está directamente influida por la novela y el **cine negro** norteamericanos. En este subgénero, sobresale Manuel Vázquez Montalbán con las novelas protagonizadas por el detective Pepe Carvalho: *La soledad del mánager* (1978), *Los mares del sur* (1979), *El hombre de mi vida* (2000)...

- **Novela realista.** El experimentalismo de los sesenta se modera y muchos novelistas regresan al estilo realista. Entre las novelas más destacadas están *Los santos inocentes* (1981), de Miguel Delibes, y *La fuente de la edad* (1986), de Luis Mateo Díez. En este grupo pueden incluirse también las **novelas testimoniales,** que intentan reflejar, de manera crítica, los **conflictos sociales de la época** y los **desengaños de la Transición.** Por ejemplo, *Un día volveré* (1982), de Juan Marsé; *Luz de la memoria* (1986), de Lourdes Ortiz, y *La quincena soviética* (1988), de Vicente Molina Foix.

- **Novela intimista.** Abordan una amplia gama de **problemas existenciales:** la identidad, el sentido de la vida... Destacan José Luis Sampedro, *La sonrisa etrusca* (1985); Javier Marías, *Corazón tan blanco* (2000); Rosa Montero, *La loca de la casa* (2003)... Dentro de este grupo, puede diferenciarse la **prosa lírica,** que acerca la narrativa a la poesía. En ella, la **subjetividad** predomina sobre lo narrativo y referencial. Destacan Francisco Umbral, con *Mortal y rosa* (1975); *La isla de los jacintos cortados* (1980), de Torrente Ballester, y *La lluvia amarilla* (1988), de Julio Llamazares.

> —¡Este niño! —grita la mujer, colérica ya y desesperada—. ¿Por qué llora, qué quiere? ¡Si no le pasa nada! ¿Es que no comprende?
>
> Habla Renato con su mujer en voz baja y al fin él acude a la alcobita, donde trata de acallar al niño.
>
> Como no sale, el viejo vuelve a la cama, pero no se duerme. Está exasperado.
>
> «No comprende, no comprende... ¡Vosotros sí que sois cerrados y no comprendéis! ¿Es que no habéis sido niños? ¿No tuvisteis miedo de noche? ¿Es que nunca os hizo falta un cuerpo pegado al vuestro?».
>
> José Luis Sampedro, *La sonrisa etrusca.* RBA.

La literatura juvenil

En la actualidad, la literatura para jóvenes es un género en auge. Como afirma el escritor Fernando J. López, la literatura juvenil «no es una literatura simplificada, sino un intento de hallar un lenguaje propio que conecte con los lectores con edades y competencias lectoras muy diferentes».

En literatura juvenil, destacan autores como Maite Carranza, Laura Gallego, César Mallorquí, Care Santos y Jordi Sierra i Fabra. En sus novelas puedes encontrar temas policíacos, históricos, fantásticos, realistas, etc.

José Luis Sampedro (1917-2013)

Nació en Barcelona y falleció en Madrid. Además de ser un escritor relevante, destacó por sus ideas como economista, con las que propugnaba la igualdad y la solidaridad entre los pueblos. En el año 2011, se le concedió el Premio Nacional de las Letras Españolas.

3. Señala en tu cuaderno las características que corresponden a los cuatro tipos de novelas más cultivadas desde la Transición.

4. Lee el siguiente texto y responde a las preguntas.

> La novela actual, como toda expresión artística, está insertada en una red de fenómenos materiales y comerciales. Es decir, las condiciones de publicación y venta influyen en la labor creativa de la novela, aun cuando ella esté reñida con el sistema social en que se vende. En esta línea, la novela es una expresión relativamente elitista en el contexto de la diversión masiva, dominada cada vez más por la televisión, el cine, el vídeo, etcétera.
>
> Vance R. Holloway, *El posmodernismo y otras tendencias de la novela española*. Espiral Hispanoamericana.

— Explica qué quiere decir el autor cuando afirma que la novela actual está «insertada en una red de fenómenos materiales». ¿De qué movimiento es característico este rasgo?

— ¿Cómo crees que influye el mercado editorial en el trabajo y la carrera de los escritores? ¿Qué opinión te merece este tema?

5. Dentro del género narrativo, otros autores actuales, como Eloy Tizón, cultivan formatos más breves, como el relato. Lee un fragmento:

> Muchos dijeron que cuando pasamos al tercer curso terminó la diversión. Cumplimos dieciséis, diecisiete años y todo adquirió una velocidad inquietante. Ciencias o letras fue la primera aduana, el paso fronterizo que separaba a los amigos como viajeros cambiando de tren con sus bultos entre la nieve y los celadores. [...]
>
> Oh sí, arrastrábamos a Platón de clase en clase y una cosa llamada hilemorfismo de alguna corriente olvidable. La revolución rusa se extendía por nuestros cuadernos y en la página sesenta y tantos el zar era fusilado entre tachones. Las causas económicas de la guerra eran complejas, no es lo que parece, si bien el impresionismo aportó a la pintura un fresco colorido y una nueva visión de la naturaleza.
>
> Eloy Tizón, *Velocidad de los jardines*. Anagrama.

— ¿De qué trata este fragmento? ¿Te sientes identificado con lo que se narra en él? ¿Por qué razón?

6. Lee el siguiente fragmento de la novela *Los santos inocentes* y completa la actividad:

> Y, en estas, se presentó en el Cortijo el Azarías, y la Régula le dio los días y le tendió el saco de paja junto a la cocina como era habitual, pero el Azarías ni la miraba, se implaba y rutaba y hacía como si masticara algo sin nada en la boca y su hermana,
> ¿te pasa algo, Azarías, no estarás enfermo?
> [...] y tras mucho porfiar, el Azarías,
> el señorito me ha despedido,
> y la Régula,
> ¿el señorito?
> y el Azarías,
> dice que ya estoy viejo,
> y la Régula,
> ae, eso no puede decírtelo tu señorito, si te pusiste viejo, a su lado ha sido,
> y el Azarías,
> yo tengo un año más que el señorito, y rutaba y mascaba la nada, sentado en el taburete, acodado en los muslos, la cabeza entre las manos, la mirada huera, fija en el hogar, pero, inopinadamente, se oyó el alarido de la Niña Chica y los ojos del Azarías se iluminaron, y sus labios se distendieron en una sonrisa babeante, y le dijo a su hermana,
> arrímame a la Niña Chica, anda,
> y la Régula,
> ae, estará sucia
> y el Azarías,
> alcánzame a la Niña Chica,
> y, ante su insistencia, la Régula se incorporó y regresó con la Charito cuyo cuerpo no abultaba lo que una liebre y cuyas piernecitas se doblaban como las de una muñeca de trapo, como si estuvieran deshuesadas, pero el Azarías la tomó con dedos trémulos, la acomodó en el regazo, sujetó delicadamente su cabecita desarticulada contra su brazo fornido, bajo el sobaco, y comenzó a rascarle suavemente en el entrecejo mientras musitaba,
> milana bonita, milana bonita...
>
> Miguel Delibes, *Los santos inocentes*. Planeta DeAgostini.

— ¿Qué aspectos del fragmento te parecen propios de un estilo realista? Responde a la pregunta aportando información sobre los personajes (cómo viven, cómo es su situación, etc.).

— ¿Cómo se introducen las intervenciones de los personajes?

— ¿Crees que el autor logra escribir diálogos de forma realista? Justifica tu respuesta con fragmentos extraídos del texto.

— ¿Qué significa *milana*? ¿Qué papel desempeña la repetición de *milana bonita* en el texto? ¿Qué información aporta este recurso sobre el personaje?

3. El periodismo

La prensa, durante la dictadura, está controlada por la **censura,** pero, aun así, algunos periódicos y revistas, sobre todo en los últimos años, se convierten en **medios reivindicativos** que canalizan el descontento social y la demanda de libertades. Con la llegada de la **democracia** en 1978, la prensa protagoniza un papel muy relevante en la vida política y cultural de España. Los periódicos y las revistas *(El País, Diario 16, La Vanguardia, ABC...)* se convierten en una herramienta imprescindible para defender las **libertades democráticas,** criticar los aspectos negativos de la sociedad y controlar el poder político. La **libertad de expresión,** encarnada por la prensa, se convierte en un elemento crucial para la vida democrática.

El **auge del periodismo** en las últimas décadas del siglo XX tiene importantes repercusiones en la literatura. Veamos algunas de ellas:

- **Cauce de la crítica.** La prensa se convierte en el principal medio para expresar el **descontento social** y **denunciar injusticias.** Los otros géneros (narrativa, lírica...) se liberan, en parte, de la «responsabilidad crítica» asumida por los medios de comunicación de masas y optan por otros temas, como el intimismo, la historia, la cotidianidad...
- **Medio de vida de escritores.** Los periódicos incorporan a su nómina de colaboradores a los más destacados escritores del momento, que encuentran en el periodismo un **modo de vida.** En las páginas de los principales periódicos, encontramos artículos de escritores como **Raúl del Pozo, Antonio Gala, Luis García Montero, Juan José Millás, Rosa Regàs, Lorenzo Silva,** etc.
- **Auge del artículo de opinión.** La incorporación generalizada de escritores a los periódicos provoca el auge del género literario más cercano al periodismo: el **artículo de opinión.** De igual modo, la competencia cada vez mayor de los medios audiovisuales (radio, televisión...) hace que la prensa apueste por los **artículos de fondo,** con valor analítico y literario. El **artículo** es un **género híbrido** entre el texto periodístico y el literario. En este tipo de texto el autor ofrece su punto de vista sobre un tema, pero es tan importante el contenido como la forma en la que se expresa, de ahí su valor literario. Se caracteriza por tratar, generalmente, **temas de actualidad** y emplear un **lenguaje cuidado.** El autor recurre a un **estilo personal** y suele usar todo tipo de **figuras retóricas** que embellezcan el texto y aumenten su expresividad. Obsérvalo en este artículo de Rosa Montero:

Esto es una advertencia: ayer mismo me acosté teniendo 16 años y hoy me he despertado con más de sesenta. Quiero decir que la vida vuela. Ah, si de joven yo hubiera sabido que iba a envejecer y que me iba a morir, creo que hubiera vivido de otra manera. [...] Y entonces te dices: ah, cuánto tiempo perdido. Y no porque mi existencia me desagrade, al contrario, creo que ha sido y es muy intensa y que he hecho todo cuanto he querido hacer. Pero con qué nervios, de qué forma tan atormentada o tan aturullada, cuántas veces he vivido con el cuerpo aquí y la cabeza en otra parte. Por no hablar de la cantidad de tiempo y de energía perdidos en tonterías, como, por ejemplo, en creerme fea a los 18 años (cuando estaba más guapa que nunca), o en reconcomerme de angustia temiendo no estar a la altura en algún trabajo. Por eso, repito: si yo hubiera sabido que iba a envejecer y que me iba a morir, hubiera vivido de otra manera.

Todo esto viene al hilo, claro está, del cambio de año. Esto del calendario no es más que una convención, pero cómo remueve y cómo escuece. En estas fechas es imposible no dedicar siquiera un minuto a sentir el viento del tiempo contra la cara, a revisar someramente el pasado, a preguntarte sobre tu futuro.

Rosa Montero, «Aviso a navegantes», en *El País,* 3-1-2016.

Metáforas

Estilo personal y subjetividad

Tema actual: el cambio de año

Lenguaje cuidado

Periodistas literatos

Un gran número de escritores españoles cursaron la carrera de Periodismo. Es el caso de Raúl del Pozo, Elvira Lindo, Rosa Montero y del fallecido Francisco Umbral, que escribió numerosos artículos para el diario *El País.*

Rosa Montero (1951)

Nace en Madrid. Estudia Periodismo y Psicología, y trabaja, desde 1977, para el diario *El País.* Sus novelas han sido traducidas a más de veinte idiomas. Es Premio Nacional de Periodismo (1980).

7. Indica cuáles de las siguientes afirmaciones son falsas:

- La prensa, tras la Transición, desempeñó un papel irrelevante en la defensa de las libertades democráticas.
- Numerosos autores escriben para periódicos, actividad que constituye su medio de vida.
- El ensayo se convierte en el género literario más cercano al periodismo.
- Los escritores emplean los medios para trasladar críticas (sociales, culturales, etc.) a la opinión pública.

8. Lee el siguiente fragmento de un artículo de Rosa Regàs:

> Ya sé que no se puede criticar ni la justicia ni a los jueces. [...] Creo haber leído que no es constitucional hacer juicios de valor sobre sus actuaciones. Por lo tanto poco voy a decir y menos citando nombres y apellidos, no sea que me gane un disgusto, y además porque estoy convencida de que el espectáculo desolador que algunos ofrecen —presuntas promesas a presuntos delincuentes, irrupciones en celdas para requisar documentos, amistades más que peligrosas, consanguinidades más que curiosas, difusión de sumarios secretos, desconocimiento de los Códigos, incomprensibles exculpaciones, tratos de favor a criminales o sentencias en favor de violadores cuando no cohechos y prevaricaciones que ni merecen la condena de los colegas— no es lo que parece. Somos nosotros los confundidos y, en contra de lo obvio y lo palmario, no prevalecen en su proceder aspiraciones personales ni defensa a ultranza de la corporación ni mucho menos afán de protagonismo, por no citar sino los móviles más inocentes.
>
> Rosa Regàs, «Jueces», en *El País,* 13-8-1996.

- En este artículo, ¿qué denuncia Regàs?
- ¿Qué es la ironía? ¿Qué papel juega en el artículo?

9. Lee este fragmento de un artículo de opinión.

> No se comprende una democracia de papel sin papel. Los periódicos no es que vendan democracia, sino que son la democracia impresa de cada mañana, un plebiscito diario. Por sus periódicos los conoceréis. Incluso el *Marca,* al que el pueblo sano y futbolero llama la Marca, distingue entre los bernabéus y los calderonianos, cada uno en una orilla del río, o sea las dos Españas, como siempre.
>
> Una democracia sin periódicos sería una democracia muda, muerta, gesticulante, como lo fue la democracia orgánica de aquel señor a caballo, Franco. Y, a la inversa, una prensa sin democracia no es democracia ni prensa. Bien mirado, la democracia está viva porque la despertamos todos los días con el calambrazo de nuestro periódico.
>
> Francisco Umbral, «Prensa y democracia», en *El Mundo,* 13-12- 2004.

- Di cuál es el tema del texto de Umbral.
- Señala al menos dos figuras literarias utilizadas en el artículo.
- Explica por qué este artículo de opinión tiene valores estéticos y literarios.
- Indica, con la ayuda del texto, qué papel desempeña el periodismo en la democracia.

10. Lee este texto y explica qué relación existe entre el periodismo y la literatura.

> La historia del periodismo y la literatura nos demuestra que entre ambos ha existido y existe una mutua influencia. El hecho de que muchos escritores han devenido en periodistas; periodistas, en escritores; o en periodistas y escritores a la vez, constituye un buen ejemplo. Para no pocos literatos, el periodismo ha sido un taller que los preparó en la disciplina, la rapidez y el manejo del lenguaje, y ha sido también una inagotable fuente de historias. Y en el caso de los hombres de prensa, ha ocurrido algo similar. La literatura siempre los ha salvado a la hora de contar hechos, inclusive cuando estos eran periodísticamente intrascendentes (recuerde esas crónicas cuyo único valor se encuentra en la forma como están contadas). En muchos casos, la frontera entre periodismo y literatura se ha presentado confusa, oscura, ininteligible. Se pueden leer novelas que cuentan hechos periodísticos con un lenguaje sencillo, tanto como reportajes y crónicas bien escritas, verdaderas joyas literarias.
>
> Mario Castillo Hilario, www.saladeprensa.org

11. David Foster Wallace, escritor norteamericano y profesor universitario de literatura, publicó artículos periodísticos en diversos medios. Lee el siguiente fragmento de uno de ellos:

> Solamente hay que pasar un trimestre intentando enseñar literatura en la universidad para darse cuenta de que la forma más rápida de matar la vitalidad de un autor de cara a sus lectores potenciales es presentar a ese autor de antemano como «genial» o «clásico». Porque entonces el autor se convierte para los alumnos en algo como la medicina o las verduras, algo que las autoridades han declarado que «les conviene» y que les tiene que gustar, momento en que las membranas nictitantes de los alumnos se cierran y todo el mundo asume las tareas automáticas de la crítica y de escribir ejercicios sin sentir absolutamente nada real ni relevante.
>
> David Foster Wallace, «El Dostoievski de Joseph Frank», en *Hablemos de langostas.* Debolsillo.

- Debate con tus compañeros qué mejoraríais de la enseñanza de la literatura en el instituto y si estáis de acuerdo con lo que el autor afirma en este texto.

4. La lírica

La **poesía** actual se caracteriza por dar cabida a **múltiples estilos,** que despiertan el interés de un **público minoritario.** En las últimas décadas, no obstante, podemos distinguir **tres movimientos poéticos** importantes: la **generación del 50** (en los años cincuenta), los **novísimos y posnovísimos** (en los años setenta) y la **poesía de la experiencia** (en los años ochenta):

— **La generación del 50.** Es una generación de poetas marcada por la Guerra Civil, ya que la vivieron en su infancia. Destacan M.ª Victoria Atencia, Francisco Brines, José Manuel Caballero Bonald, Antonio Gamoneda, Jaime Gil de Biedma, Ángel González, José Agustín Goytisolo, José Hierro, Claudio Rodríguez y José Ángel Valente.

Estos poetas emplean un **discurso antirretórico** y elaborado y recurren al **sarcasmo** y la **ironía** para distanciarse de la realidad. Utilizan el **verso libre,** el endecasílabo, el heptasílabo y el pentasílabo. Tratan temas como el paso del tiempo y la **brevedad de la vida,** la **amistad,** el **amor,** la **infancia** y la adolescencia; y también critican la **situación española** del momento.

— **Novísimos y posnovísimos.** Estos escritores piensan que el poeta no tiene capacidad de influir en la sociedad, y su compromiso debe ser solo con la poesía, de ahí la gran preocupación formal. Cabe señalar a: Blanca Andreu, Guillermo Carnero, Pere Gimferrer, Ana M.ª Moix, Leopoldo María Panero, Ana Rosetti y Luis Antonio de Villena.

La poesía de este grupo se caracteriza por la **libertad creativa** y la **exquisitez** con la que está escrita; por ello, tiende al **verso libre,** al **léxico culto** y al **estilo refinado.** Los **temas** son de tono **existencial,** incluyen referencias a su actualidad e incorporan elementos del cine, del cómic, de la música...

— **Poesía de la experiencia.** Como reacción a los novísimos, surge en los años ochenta la poesía de la experiencia, que reivindica la **cotidianidad** y la **verosimilitud.** El poeta ya no es un ser romántico, sino un individuo normal que cuenta sus vivencias. Por ello, la poesía busca un cierto **realismo** y un **estilo coloquial, directo y comprensible.**

Así, los temas se centran en los **problemas cotidianos** y en la propia experiencia vital del poeta. Los autores más destacados son Felipe Benítez Reyes, Vicente Gallego, Luis García Montero, Juan Lamillar y Carlos Marzal.

Y cuando el tiempo estalle, cuando sea
la vida una cascada incontenible
cayendo de las sierras, los volcanes,
los arrecifes rotos de la lucha,
volveremos aquí, donde besarnos
la piel, el corazón, las cicatrices,
para olvidar contigo, amor, con todos,
bajo este sol en paz y esta bandera,
las heridas de guerra y el combate.

Luis García Montero,
«En pie de paz», en *En pie de paz.*
Comité de Solidaridad con Centroamérica.

La lírica y la música

Muchos poemas de la lírica actual han sido musicalizados por cantautores españoles.

Escucha los poemas «Palabras para Julia», de José Agustín Goytisolo, cantado por Paco Ibáñez, y «Mientras tú existas», de Ángel González, cantado por Pedro Guerra, en estos enlaces:

http://links.edebe.com/q5m

http://links.edebe.com/2knbu

Cre@ctividad

¿Te ha gustado el poema de Luis García Montero? ¿Te gustaría conocer y leer poemas de los otros autores contemporáneos que se mencionan en esta página?

- Busca en Internet algunos de sus poemas y selecciona uno que te guste o que te llame la atención.
- Después, accede a la siguiente página web y crea una nube de palabras sobre el poema:

  http://www.wordle.net

- Intercambia tu nube de palabras con un compañero o una compañera.
- Cada uno de vosotros debe recomponer el poema del otro.

12. Completa las siguientes afirmaciones sobre la lírica española después de la Transición:

— La poesía actual da cabida a múltiples ....., que despiertan el interés de un .....

— Se pueden distinguir tres movimientos: la ....., los ..... y la .....

— La poesía de los novísimos se caracteriza por la ..... creativa y los temas de tono .....

— La poesía de la experiencia busca un cierto ..... y un estilo .....

13. Lee el siguiente fragmento de un poema de Concha García y responde a las preguntas:

> Me da sorpresa bajar
> por la ventura de mis emociones
> porque para qué haber estado alta
> si la fiebre la produce el recorrido.
> Tengo un beso junto a la boca
> y un tiempo para que dure
> la sensación del beso que recibo
> y la inscripción de la sinceridad.
>
> Concha García, «Sensación en el labio», en *Ayer y calles.* Visor.

— Analiza el estilo del poema: métrica, rima (si la hay), figuras retóricas, etc.

— ¿En qué movimiento poético crees que encaja este poema?

14. Lee este fragmento de un poema de Francisco Brines y completa la actividad:

> Perdura la experiencia, como un cuarto cerrado de la
> [infancia;
> no queda ya el recuerdo de días sucesivos
> en esta sucesión mediocre de los años.
> Hoy vivo esta carencia,
> y apuro del engaño algún rescate
> que me permita aún mirar el mundo
> con amor necesario;
> y así saberme digno del sueño de la vida.
>
> Francisco Brines, «Aquel verano de mi juventud» en *Insistencias en Luzbel.* Ediciones Aitana.

— Busca en el diccionario el significado de los términos *sucesivos, mediocre* y *carencia.*

— En el poema aparece una comparación. Localízala y explica en qué consiste.

— ¿A qué movimiento pertenece Brines? Localiza en el poema algunas de las características propias de la lírica de ese movimiento.

15. Lee este fragmento de un poema de Leopoldo María Panero:

> Dos atletas saltan de un lado a otro de mi alma
> lanzando gritos y bromeando acerca de la vida:
> y no sé sus nombres. Y en mi alma vacía escucho siempre
> cómo se balancean los trapecios. Dos
> atletas saltan de un lado a otro de mi alma
> contentos de que esté tan vacía.
> Y oigo
> oigo en el espacio sonidos
> una y otra vez el chirriar de los trapecios
> una y otra vez.
>
> Leopoldo María Panero, «El circo», en *Narciso en el acorde último de las flautas.* Huerga & Fierro.

— Localiza las figuras retóricas del poema.

— ¿Este poema te parece característico de la poesía de los novísimos? ¿Por qué?

16. Busca información en Internet sobre los novísimos y responde a estas preguntas:

@

— ¿Cómo se forma el grupo? ¿Se conocían entre ellos?

— ¿Cuáles son los rasgos comunes de estos poetas?

— Puedes acceder a esta página web para obtener más información:

http://links.edebe.com/hwn3av

PBL

¡Seudónimos a concurso!

En tu centro se ha convocado un concurso de poemas. Los profesores de Literatura del instituto serán el jurado, pero, para no verse condicionados por la identidad de los alumnos, quieren que los poemas se firmen con seudónimos. Como has visto a lo largo de estas unidades, muchos autores escriben bajo seudónimos (Clarín, Azorín, Stendhal...), nombres inventados con el fin de ocultar su identidad real o de crear una identidad artística.

Además, en la mayoría de certámenes literarios, a la hora de enviar las obras con las que se desea participar, es necesario firmarlas con un seudónimo.

— Escoge un seudónimo que te represente como escritor o escritora.

— Escribe tu poema y preséntalo al concurso de tu centro.

— Si te animas, puedes escoger un concurso fuera de tu centro para enviar tu poema, como el de esta página web:

http://www.poesiafjs.com

5. El teatro

Durante la década de 1980, perviven las dos tendencias teatrales de los últimos años de la dictadura: el **teatro experimental,** de cariz alternativo y tono crítico, y el **teatro comercial,** dirigido a un público mayoritario.

La **democracia** provoca un **relanzamiento del género,** con la renovación de los **teatros nacionales** y la irrupción de **compañías independientes.** Estos cambios, como veremos a continuación, afectan tanto a los **temas** como a la **puesta en escena:**

— **Teatro oficial.** Con la democracia se renuevan los teatros nacionales, que son dirigidos por actores (Adolfo Marsillach, Miguel Narros, Núria Espert...). Se reponen las obras de los **autores clásicos** prohibidos por la censura, como Valle-Inclán y García Lorca.

— **Grupos independientes.** Prolifera un buen número de grupos independientes (Els Joglars, La Cuadra, Els Comediants, La Fura dels Baus...) con novedosas propuestas que conectan con un **público más diverso** y heterodoxo.

— **Nuevos temas.** Existe una enorme **variedad temática** en el teatro contemporáneo, aunque destacan dos temas sobre el resto: la **vida cotidiana** (*La estanquera de Vallecas,* de José Luis Alonso de Santos), y la **Guerra Civil** y la **dictadura,** que se abordan, por vez primera, con plena libertad (*Las bicicletas son para el verano,* de Fernando Fernán Gómez).

— **Puesta en escena.** El teatro independiente busca nuevos espectadores en **escenarios alternativos,** como la **calle.** Además, el teatro incorpora a su lenguaje las nuevas tecnologías: proyecciones de imágenes, vídeo, etc.

Mujer. —Muertos.
Mujer. —Que contestan a preguntas que jamás haré. Que repiten: ¿Te acuerdas de? Yo voy a contarte cómo fue en realidad. Cógeme, me dicen. Agárrate fuerte a la idea. La idea de las cosas que amaste. Que utilizaste y te utilizaron. Cosas que acabaron en decepción. Una cadena interminable, desengaño tras desengaño.
Mujer. —Muertos.
Mujer. —Cógete de nuevo. Fuerte. Para volver a ser. A nosotros los muertos, solo a nosotros, te debes.
Mujer. —Veinte de agosto de mil novecientos ochenta y cinco.
Mujer. —Hoy no me has escrito ni una sola línea. No te pido el tiempo. Pon tu olor en el sobre, con eso me basta. Terminaré encerrándome en mi buzón. Y tragándome la llave. Todas las voces, todos los gestos, todos los nombres, comienzan a borrarse a partir de la señal.

Rodrigo García, *Matando horas.* CNNTE.

24 horas en el teatro

El dramaturgo belga Jan Fabre es el responsable de crear *Mount Olympus,* una obra teatral de 24 horas de duración basada en una treintena de tragedias griegas interpretadas por numerosos actores y bailarines.

Actividades

17. Lee este fragmento de una obra teatral de Fernando Fernán Gómez:

Pablo. —Nosotros, es que no podemos irnos a ningún lado...

Luis. —Claro, ni nosotros.

Pablo. —Pero el Gobierno ha dado orden de evacuar Madrid...

Luis. —Sí, y todos los días repiten por la radio que el que pueda que se marche. Mis padres lo han pensado. [...]

Pablo. —Pero tu padre es republicano.

Luis. —Sí, pero no comunista. Jerónimo es partidario de que no haya propiedad, que todo sea del Estado, y que los hijos no hereden de los padres...

Fernando Fernán Gómez,
Las bicicletas son para el verano. Espasa.

— ¿De qué es partidario Jerónimo? ¿En qué consisten las ideas que defiende?

— ¿En qué contexto histórico se desarrollan los hechos que componen la obra? ¿Puedes deducirlo sin necesidad de buscar información al respecto?

Mortal y rosa, de Francisco Umbral

Solo encontré una verdad en la vida, hijo, y eras tú. Solo encontré una verdad en la vida y la he perdido. Vivo de llorarte en la noche con lágrimas que queman la oscuridad. Soldadito rubio que mandaba en el mundo, te perdí para siempre. Tus ojos cuajaban el azul del cielo. Tu pelo doraba la calidad del día. Lo que queda después de ti, hijo, es un universo fluctuante, sin consistencia, como dicen que es Júpiter, una vaguedad nauseabunda de veranos e inviernos, [...] de tiempo y muerte, a través de lo cual vago solamente porque desconozco el gesto que hay que hacer para morirse. Si no, haría ese gesto y nada más.

Qué estúpida la plenitud del día. ¿A quién engaña este cielo azul, este mediodía con risas? ¿Para quién se ha urdido esta inmensa mentira de meses soleados y campos verdes? ¿Por qué este vano rodeo de la muerte por las costas de la primavera? El sol es sórdido y el día resplandece de puro inútil, alumbra de puro vacío, y en el cabeceo del mundo bajo un viento banal solo veo la obcecación vegetal de la vida, su torpeza de planta ciega. El universo se rige siempre por la persistencia, nunca por la inteligencia. No tiene otra ley que la persistencia. Solo el tedio mueve las nubes en el cielo y las olas en el mar. [...]

Aquí, tu madre y yo, hijo, entre biombos, entre cocinas apagadas, entre anuncios, letra menuda y medicinas, qué solos, qué sin juntura, y el universo, hijo, el universo, que organizaba sus mayúsculas en torno de ti, y ahora es como el resto disperso de un naufragio. La vida, asesinándote, se ha dado muerte a sí misma, ha perdido su sentido y paga su crimen en tardes de sol en las que nadie cree y anocheceres de niebla donde nadie es feliz.

Escribo, hijo, de manera maquinal, y miro hacia el Este lo que no quiero ver, una ceniza sagrada que el sol ignora cada mañana, y pienso en la calidad de tu pelo, la textura de tus ojos, el borde fresco de tu corazón pequeño, que eran el resultado de milenios de generaciones, la consecuencia feliz y lograda de la especie, el crédito del material humano, que fracasa nuevamente y revela la condición irreversible y caediza de la sangre. Por las noches, hijo, toso, escupo, lloro, tiemblo, organizo despierto las pesadillas que el sueño me desorganiza luego y cuento contigo para el amanecer.

Francisco Umbral, *Mortal y rosa*. Cátedra.

1.ª fase: estudio del texto

Comprensión

1. ¿Cuál es el significado de los términos *cuajaban, fluctuante, nauseabunda, urdir, sórdido, cabeceo, obcecación, juntura* y *caediza*?
2. ¿Cómo se siente el narrador? ¿Qué le ha ocurrido? ¿Qué sentimientos genera en él este trágico suceso?

Contextualización

3. ¿En qué año se publicó *Mortal y rosa*? ¿Qué caracteriza esta obra? ¿Qué motivó su escritura? ¿De qué modo se reflejan los aspectos característicos de *Mortal y rosa* en este fragmento?
4. ¿A qué género literario pertenece el texto? ¿Está en prosa o en verso? ¿A qué corriente literaria pertenece la obra? Explica, con la ayuda del texto, en qué consiste la llamada prosa poética y justifícalo con fragmentos del texto.

Tema y estructura

5. Tema: ¿qué le ha sucedido al autor? ¿Cómo le hace sentir este hecho?
6. Subtemas: ¿qué actitud toma el escritor en relación con sus sentimientos?
7. ¿De qué modo se estructuran las ideas del texto?
8. Sitúa el fragmento en la temática general de *Mortal y rosa.*

Estilo

9. ¿Qué tiempo verbal se utiliza?
10. ¿Qué figuras literarias se emplean?
11. ¿El estilo es propio de un texto en prosa o, por el contrario, es más característico del género lírico? ¿Por qué? Justifícalo con extractos del texto.
12. ¿Qué aspecto predomina en el texto: el descriptivo o el narrativo? ¿Qué se describe principalmente? ¿En qué medida estas descripciones ayudan a transmitir al lector la situación que está viviendo el autor?

Opinión crítica

13. ¿Qué expresa Umbral con este texto? ¿Consideras que sabe transmitirlo? ¿Por qué? ¿Crees que con otro estilo podría haber reflejado igual sus ideas y sentimientos?
14. ¿Te has sentido alguna vez como el escritor como consecuencia de haber vivido una situación trágica? ¿Crees que el texto logra transmitir los sentimientos del autor?
15. *Mortal y rosa* es una de las obras más importantes de la literatura española.
    - Tras haber leído este fragmento, ¿entiendes por qué se trata de una obra tan bien considerada?

2.ª fase: redacción del comentario

Con la información obtenida en la fase anterior, vamos a redactar el comentario de texto. Debes explicar **qué ha querido decir el autor y cómo lo ha expresado,** es decir, qué recursos ha empleado para ello.

Para guiarte en la **redacción del comentario,** puedes seguir estas indicaciones:

1) INTRODUCCIÓN. Comienza el comentario exponiendo, de forma clara y sencilla, cuál es la intención del autor. Para ello, puedes utilizar la información de la actividad 13.

Con la exposición de sus sentimientos, el autor pretende trasladar al lector...

2) DESARROLLO. Se trata de explicar en profundidad el punto anterior. Para ello, debemos indicar **qué ideas contiene el texto y cómo están ordenadas** (tema y estructura), y **qué recursos** emplea el autor (expresión) para lograr su propósito.

—**Indica cuál es el tema y la estructura.**

- Expón el **tema** y los **subtemas** que se desarrollan en el fragmento (actividades 5 y 6). A continuación, explica cómo se estructura el texto (actividad 7).
- Relaciona los temas con el momento en que se escribió la obra y las circunstancias que dieron lugar a escribir un texto de este tipo (actividades 3 y 4).

Tras la muerte de Franco, se producen una serie de cambios sociales que promueven el desarrollo de...

—**Explica cómo son los personajes que intervienen en la escena y cómo se muestran.**

Mortal y rosa es una novela en la que se narran los sentimientos y pensamientos del autor, la mayoría de ellos vinculados a la pérdida de su único hijo, fallecido a los seis años, por lo que la expresión de los sentimientos del autor son clave para reflejar el duelo del escritor (actividades 12 y 13). Señala las figuras literarias con las que el autor transmite sus sentimientos y reflexiones.

Umbral, el narrador de la historia, expresa el dolor que le produce la muerte de su hijo. Para ello, emplea determinadas figuras retóricas y...

—**Explica cómo logra el autor transmitir su mensaje.**

- Empieza por el lenguaje (actividades 9 y 10); deberás tener en cuenta de qué modo lo utiliza el autor para representar la situación que está viviendo.
- Continúa con la figura del narrador: subraya qué recursos utiliza prioritariamente en la narración (actividad 12).
- Comenta el léxico y la función que cumple para transmitir los sentimientos del escritor (actividades 11 y 12).

3) CONCLUSIÓN. Termina el comentario con tus opiniones sobre el texto (actividades 13, 14 y 15). Ten en cuenta la importancia de la obra en el momento en el que se escribió y su papel en el contexto de la literatura española contemporánea.

Pon a prueba tus competencias

Observa y lee el siguiente punto de libro, y realiza las actividades que se plantean a continuación:

Las palabras son gemas de la tribu,
reliquias muy locuaces que nos
[cuentan la vida.
Las palabras componen un idioma,
son la camisa azul de la serpiente
en que ondula un idioma y dice
[cosas.

Francisco Umbral, «Las palabras».

XII FERIA DE LIBROS AUTOPUBLICADOS

Córdoba, del miércoles 6 al viernes 8 de abril del 2016

1. Indica cuáles de las siguientes afirmaciones son falsas y corrígelas para que sean verdaderas:

a) El punto de libro corresponde a una feria literaria celebrada en Córdoba.

b) El fragmento del poema «Las palabras», de Francisco Umbral, indica que el autor es un escritor autopublicado.

c) La feria anunciada en el punto de libro se celebró por primera vez en la primavera del año 2016.

2. Numerosos escritores, desde noveles hasta experimentados, optan por la autopublicación.

— ¿Crees que Internet ha supuesto para estos autores una herramienta útil para la difusión de sus textos? ¿Por qué?

— Busca información en Internet sobre la autopublicación y la autoedición, y elabora una lista, con la ayuda de un procesador de textos, con algunas páginas web interesantes sobre estos temas.

3. Lee este texto de Mario Vargas Llosa en el que recordaba la figura de Carmen Balcells:

> **Carmen Balcells revolucionó la vida cultural española al cambiar drásticamente las relaciones entre los editores y los autores de nuestra lengua. Gracias a ella los escritores de lengua española comenzamos a firmar contratos dignos y a ver nuestros derechos respetados. De otra parte, ella indujo y hasta obligó a los editores de España y de América Latina a volverse modernos y ambiciosos, a operar en el amplio marco de toda la lengua y a sacudirse la visión pequeña y provinciana que tenían.**
>
> **Mario Vargas Llosa, «Carmen queridísima, hasta pronto», en *El País,* 23-9-2015.**

— ¿Quién es Mario Vargas Llosa? ¿Qué relación mantuvo con Carmen Balcells?

— ¿En qué momento se publicó este texto? ¿Por qué motivo fue publicado?

— ¿Qué tipo de texto es? Justifícalo.

— Muchos escritores, a la hora de publicar, recurren a la ayuda de los agentes literarios, quienes colaboran con ellos para mejorar sus textos. Busca en Internet más información sobre el trabajo de los agentes literarios: ¿en qué consiste?, ¿por qué es importante?, etc.

4. Vuelve a leer el fragmento del poema de Francisco Umbral que aparece en el punto de libro.

— Busca en el diccionario el significado de los términos *gemas, reliquias* y *locuaces.*

— Emplea, junto con tus compañeros, la **técnica de trabajo cooperativo** *el juego de las palabras* para escribir, entre todos, un poema sobre nuestra lengua.

SÍNTESIS

Completa en tu cuaderno el siguiente esquema sobre la literatura en la época contemporánea:

Contextualización histórica

- La literatura en la época contemporánea se desarrolla, en España, después de la muerte de ....., en ...... En esta época, se distinguen dos etapas: la ..... democrática, en la que se recuperan ....., y la alternancia ......

Sociedad

- Se inicia un proceso de modernización y ..... que consolida el desarrollo de una amplia clase ......

Cultura

- Se produce un ..... de la cultura y, en los primeros años de la Transición, surge la ....., un movimiento cultural que se convierte en el símbolo de la nueva cultura.

Literatura contemporánea

- Está muy influida por la sociedad de ..... y destacan los siguientes géneros: la narrativa, la ....., el teatro y el ......
- Se caracteriza por la supremacía de la ....., la confluencia de varias generaciones de ....., el auge de la industria ..... y la influencia de la literatura ......
- En la narrativa, destacan la novela histórica, la novela ....., la novela ..... y la novela intimista.
- El periodismo se convierte en el medio de ..... de muchos escritores y se produce un auge del artículo de ......
- En la lírica, se distinguen tres movimientos poéticos principales: la Generación del 50, los ..... y la poesía de la ......
- Las dos tendencias teatrales más importantes son el teatro ..... y el teatro ......

Reflexiona

Diario de aprendizaje

— ¿Qué sabías sobre la literatura contemporánea antes de estudiar esta unidad?

— ¿Qué contenidos de los que has estudiado te han resultado más difíciles? ¿Por qué? ¿Qué has hecho para superar estos obstáculos?

— Recupera tus respuestas de la rutina de pensamiento. ¿Te ha resultado satisfactorio lo que has aprendido?

TALLER CREATIVO

Creamos un fanzine literario

Literatura neoclásica, romántica, realista, naturalista, modernista... ¡Cuánto sabes ya de literatura!

A lo largo de estas unidades, has aprendido mucho acerca de literatura española europea y universal (en algunos casos) desde, aproximadamente, el siglo XVIII hasta la actualidad. ¿No has pensado que sería una pena olvidarlo o que los demás desconozcan la poesía de Federico García Lorca o la narrativa española de posguerra?

Gracias a este taller creativo, elaborarás junto con tus compañeros un fanzine literario, esto es, una pequeña revista que difundiréis en vuestro centro y en vuestro entorno familiar con el propósito de dar a conocer lo que habéis aprendido en este curso sobre la literatura española desde el Neoclasicismo. ¡Adelante!

1 Eh, un momento, ¿qué es exactamente un fanzine?

El Diccionario de la Real Academia Española define *fanzine* como una «revista de escasa tirada y distribución, hecha con pocos medios por aficionados a temas como el cómic, la ciencia ficción, el cine, la música pop, etc.».

Así, para que vuestra publicación sea un verdadero fanzine, deberá cumplir las siguientes características:

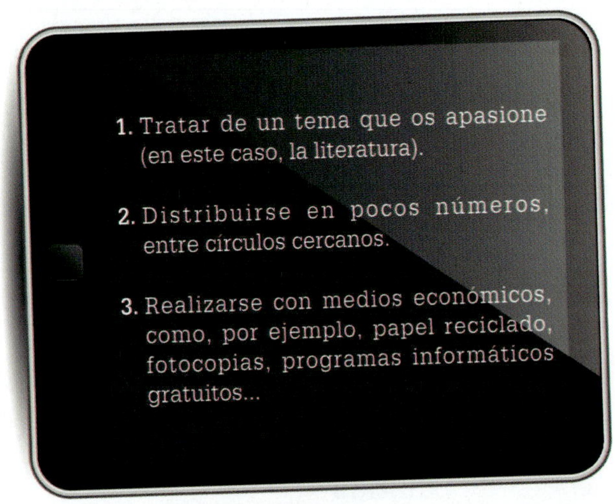

2 Disipamos dudas

Ahora que ya sabéis, en líneas generales, en qué consiste un fanzine, es el momento de pensar exactamente qué temas queréis tratar en vuestro primer número. Para ello, tendréis que dar respuesta a las siguientes preguntas:

- ¿Cuál será la estructura de vuestro fanzine?
- ¿Trataréis diversas corrientes literarias en un solo número? ¿Cada número estará dedicado a una corriente (por ejemplo, el número 1 al Romanticismo, el número 2 al realismo, etc.)?
- ¿Añadiréis imágenes? En tal caso, ¿prevalecerán las ilustraciones sobre las fotografías? Si es así, ¿de qué estilo serán?
- ¿Cómo será el diseño del fanzine? ¿A qué público estará orientado?

3 ¿Qué se nos da mejor?

Bien, ya sabéis qué es un fanzine y, lo que es más importante, cuáles van a ser las características del vuestro.

Ahora, ha llegado el momento de repartir los roles en función de lo que se os da mejor hacer a cada uno de vosotros. Así, quien tenga madera de artista será el candidato o la candidata perfecto para trabajar en el diseño del fanzine; a quien se le dé mejor escribir, podrá dedicarse a la redacción de algunas secciones; quien tenga madera de periodista, podrá realizar una entrevista, por ejemplo, al profesor o la profesora de Literatura, etc. ¡Seguro que todos tenéis algo que aportar!

Una vez distribuidos los roles, aseguraos de que, con esta organización, todas las tareas necesarias para publicar vuestro fanzine están cubiertas. Una vez confirmado, solo falta un detalle: ¡empezar a trabajar!

4 ¡Un fanzine hecho realidad!

Ya habéis llegado hasta aquí, lo que significa que vuestro fanzine ya es una realidad, ¡enhorabuena!

Ahora bien, ¿cómo lo vais a distribuir? Una vez fotocopiado, es el momento de distribuirlo por vuestro centro y entre vuestros familiares y amigos.

También podéis crear carteles para promocionar vuestro fanzine y dirigir a vuestra clase a todos aquellos que estén interesados en conseguir un número; podéis realizar más copias en caso de que sea necesario. ¡Será todo un éxito!

5 Esto no ha hecho más que empezar...

La gente os felicita, las copias se agotan a la velocidad de la luz, vuestros amigos os preguntan porque quieren saber más... ¡Todo indica que tenéis que trabajar en el número 2!

Si vuestro fanzine tiene éxito, seguid trabajando en más números e invitad a compañeros de otras clases a colaborar.

Actividades

1. Puede que te hayas fijado en que la mayoría de libros y revistas tienen un pequeño código (en el caso de los libros, el ISBN, y en el de las revistas, el ISSN). Este número es algo así como una matrícula en el caso de los automóviles: sirve para identificar el libro o la revista.

   — Podéis registrar vuestra revista en la Biblioteca Nacional de España (BNE) y obtener un número de ISSN. Para ello, deberéis acceder al siguiente enlace de la web de la BNE y rellenar un formulario administrativo:

   http://links.edebe.com/en8tp

   — Si estás interesado o interesada en conocer más cosas acerca del mundo del fanzine o en obtener más ideas para mejorar a la hora de realizar el tuyo, puedes acceder a los siguientes enlaces para aprender más sobre este formato tan característico:

   http://links.edebe.com/42d3q

   http://links.edebe.com/p7g95

Evaluación de competencias

Comprensión lectora

Lee el siguiente texto y resuelve en tu cuaderno las actividades que se plantean a continuación:

CONTRATO DE TERMINALES DE TELEFONÍA MÓVIL PARA PARTICULARES

Por el presente contrato, la persona cuyos datos se recogen en el reverso de esta página, denominada en lo sucesivo **«EL CLIENTE»,** suscribe con PHONESTAR, denominada en adelante **«EL SUMINISTRADOR»,** un contrato de telefonía sujeto a las siguientes

ESTIPULACIONES

1. EL CLIENTE se compromete a aportar a EL SUMINISTRADOR cuanta documentación sea necesaria para proceder al alta del servicio solicitada por este.
2. EL SUMINISTRADOR se obliga a entregar un *pack* Phone Star Plus 6, según las condiciones de la promoción PHONESTAR recogidas en el folleto y la disponibilidad de *stock,* así como a tramitar el alta de solicitud de EL CLIENTE.
3. EL CLIENTE se obliga a mantener la línea contratada por un plazo de doce meses a partir de la fecha de la firma de este acuerdo, si bien puede solicitar la baja en el servicio cuando estime oportuno, en cuyo caso deberá abonar a EL SUMINISTRADOR el importe real del terminal entregado según la promoción de alta de PHONESTAR.
4. EL CLIENTE se compromete a mantener un consumo mensual de al menos 20 euros durante el plazo citado y a abonar las facturas del operador en tiempo y forma.
5. En caso de incumplimiento del vigente contrato o de cancelación anticipada del servicio, EL CLIENTE queda obligado a compensar económicamente a EL SUMINISTRADOR por los gastos ocasionados por dicha resolución.
6. EL CLIENTE podrá dar por concluido este contrato mediante notificación por escrito o mediante fax, asumiendo, en todo caso, el abono de los costes estipulados para dicho caso.

El abajo firmante declara que suscribe el contrato voluntariamente y en su nombre propio, que todos y cada uno de los datos referidos en él son correctos y que ha leído y conoce las condiciones establecidas en el mismo.

En Badajoz, a 21 de marzo del 2017.

EL CLIENTE EL SUMINISTRADOR

1. El cliente, al firmar este documento, se compromete a:

- ❑ Mantener el alta en la compañía durante doce meses.
- ❑ Consumir veinte euros mensuales durante un año.
- ❑ Nada, ya que puede rescindir el contrato cuando quiera.

2. Según el documento, el cliente tiene derecho a:

- ❑ Recibir un terminal de móvil Phone Star Plus 6.
- ❑ Usar el móvil por un importe fijo de veinte euros al mes.
- ❑ Cancelar el contrato en el momento que desee sin penalización alguna.

3. Si el cliente quiere darse de baja, deberá abonar:
- ❑ Veinte euros al mes durante doce meses.
- ❑ Nada, si solicita la baja por escrito o mediante fax.
- ❑ El coste de la baja, que no se especifica en el contrato, sino en el folleto de promoción de PHONESTAR.

4. El objetivo de este texto es:
- ❑ Fijar las condiciones de contratación de un servicio de telefonía.
- ❑ Obtener los datos del cliente para poder tramitar su alta en el servicio.
- ❑ Informar al cliente de las condiciones del servicio de telefonía que va a recibir de PHONESTAR.

5. Observa atentamente el contenido y las características del texto, y responde a las siguientes preguntas:
- — ¿Quién crees que ha redactado el contrato? ¿Cómo lo has sabido? Justifica tu respuesta.
- — ¿Se trata de un contrato estándar, de aplicación general, o de un contrato específico, acordado expresamente entre las dos partes firmantes?
- — ¿Crees que el cliente tiene la capacidad de modificar alguna de las cláusulas del contrato?
- — ¿Te parecen abusivas algunas cláusulas del contrato? Explica por qué.

Comprensión oral

6. Javier es un usuario de una compañía telefónica que llama para emitir una queja. Escúchalo atentamente en **http://links.edebe.com/2wg7mx** (minutos 0:22 a 4:57) y responde a las siguientes preguntas:
- — Javier quiere grabar la conversación con la agente comercial, ¿puede hacerlo?
- — ¿Es posible darse de baja de la compañía telefónica en 48 horas? ¿En qué casos?
- — Javier se queja de que le han ocultado información en llamadas anteriores a la compañía. ¿Crees que tiene razón? ¿Por qué?
- — ¿Qué día obtendrá Javier la baja de su línea?

Expresión escrita

7. Escribe una carta al director, de unas 150 palabras, en la que expreses las quejas por las dificultades que, como usuario o usuaria, has encontrado para darte de baja de una compañía de telefonía móvil.

8. Escribe oraciones correctas a partir de los siguientes wasaps. Presta especial atención a las tildes, al uso de las mayúsculas y a la utilización de los signos de puntuación.
- kdams est finde xa tomar un kafe stoi aburrid@
- kari yo no voi xque m duele la kbz t kero
- ma dixo juan k abra muxa gnt n l fsta t apunts sta noxe
- ablams otro dia tngo d+sia2 dbres de mate

Expresión oral

9. Realiza una exposición oral en clase sobre los riesgos del uso abusivo del móvil. Sigue estos pasos:
- — Prepara un borrador esquemático donde enumeres de forma breve los argumentos que vas a utilizar en tu exposición.
- — Expón el tema a tus compañeros hablando de forma clara y pausada. Evita las frases estereotipadas y el estilo coloquial.
- — Finaliza tu exposición con una conclusión personal en la que expreses tu opinión sobre el tema.

Elaboración de un trabajo monográfico

En estas páginas, recordaremos cuáles son los pasos que debes seguir para **planificar, redactar y revisar** un trabajo monográfico. Presta atención:

1 Elección y delimitación del tema

El primer paso consiste en **elegir y delimitar el tema** sobre el que tratará el trabajo que vas a elaborar. Aunque, en algunas ocasiones, no es necesario (porque se trata de un tema propuesto por el profesor o profesora), otras veces, es preciso elegirlo. En tal caso, debes tener en cuenta:

– Los **conocimientos** que posees sobre el tema.

– Tus **preferencias o gustos;** sin embargo, no debes olvidar que el asunto que vas a tratar también debe interesarle al destinatario.

2 Búsqueda de información

Ha llegado el momento de **buscar la información** que necesitas para realizar tu trabajo. Ya sabes que puedes hacerlo por medio de **diversas fuentes: bibliográficas** (libros, revistas, periódicos...), **electrónicas** (páginas web, enciclopedias virtuales...) y **audiovisuales** (vídeos, CD-ROM, DVD...).

Para obtener la información sobre **qué materiales puedes usar,** puedes visitar la **biblioteca** o la **hemeroteca** y, también, buscar en **Internet.**

Después de localizar los datos que necesitas, organiza la información y prevé la manera de disponer el material que has ido recogiendo.

3 Producción de ideas

Lo siguiente es decidir **qué ideas vas a desarrollar.** Para ello, dispones de varias técnicas. Las que proponemos a continuación pueden resultar muy útiles:

– **Lluvia de ideas.** Consiste en anotar aquellas ideas, conceptos, propuestas..., que se nos ocurren espontáneamente, sin relacionarlas ni ordenarlas.

– **Asociación de ideas.** Es una técnica más elaborada que la anterior, aunque la complementa. A partir del tema previamente pensado y elegido, se escriben ideas que se asocian de forma gráfica; de este modo, se establecen relaciones que, a su vez, ayudan a la aparición y la creación de nuevas ideas. Observa el ejemplo que te presentamos sobre el *Lazarillo.*

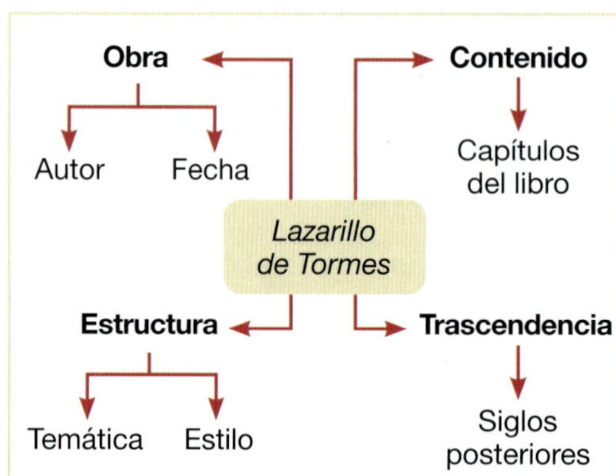

4 Planificación del trabajo

Elaborar un **guion previo** te ayudará a organizar, de forma lógica, las ideas que quieres plasmar en tu trabajo. Para ello, debes tener en cuenta diversas cuestiones:

– Ten presente a la persona o personas a quienes va dirigido el texto (**destinatario** o **receptor**) y qué ideas crees que es necesario destacar **(contenido del mensaje).**

– Selecciona el **tipo de texto** que vas a desarrollar (expositivo, argumentativo...).

– Elabora un **esquema** para organizar las ideas en apartados y subapartados:

- Los **apartados** contienen las ideas principales: ¿qué voy a exponer sobre el tema?
- Los **subapartados** contienen las ideas que aclaran y completan las ideas principales.

5 Redacción del texto

Tras escoger el tema y elaborar un plan de trabajo, solo queda **redactar el texto definitivo.** Es necesario que desarrolles los apartados y los subapartados del guion a partir de la información que has recopilado. Además, debes añadir una introducción y una conclusión.

Introducción

Explica cuál es la finalidad del trabajo, presenta las ideas esenciales que vas a tratar y comenta las razones que te han llevado a elegir ese tema.

Cuerpo o desarrollo

Expón, de manera lógica y coherente, las ideas que has planificado anteriormente. Organízalas en apartados y subapartados.

Conclusión

Recoge las principales ideas que has ido exponiendo y las conclusiones personales a las que has llegado sobre el tema elegido.

Una vez elaborado el borrador de tu trabajo, debes tratar esa información y darle una forma y una presentación adecuadas. Como ya sabes, estas tareas puedes llevarlas a cabo con la ayuda de un **procesador de textos.** Son varias las aplicaciones informáticas entre las que podrás escoger: Microsoft Word, LibreOffice Writer... Te permiten **redactar y almacenar la información,** dándole la forma y el aspecto que desees (puedes resaltar palabras o expresiones, aplicar formatos a los párrafos...). Además, ofrecen otras opciones, como cortar, copiar, pegar, borrar...

El resultado final es un documento sobre el que podrás (y deberás) efectuar, también, una **corrección ortográfica** automática, como veremos más adelante.

6 Organización y presentación de la información

El orden en el que aparece la información y la presentación formal del trabajo son cuestiones importantes. A continuación, te sugerimos un modelo de **presentación** y unas **normas** que pueden servirte como pauta:

1. Portada

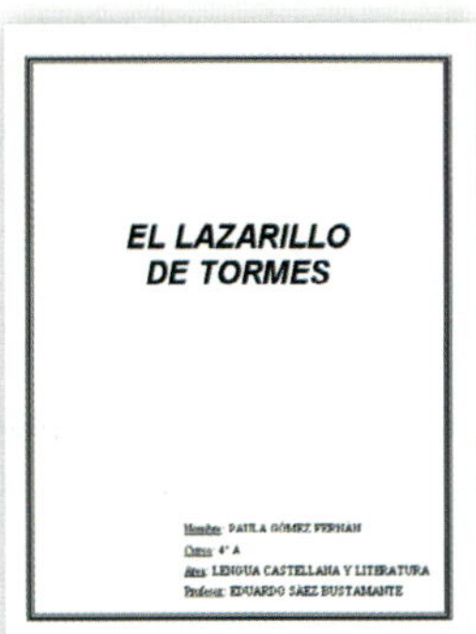

Inserta y destaca el título del trabajo (tema). Además, en el margen inferior derecho, debe constar tu **nombre** y **apellidos,** el **área** y el **curso,** el nombre del **profesor** y la **fecha** de entrega.

2. Índice

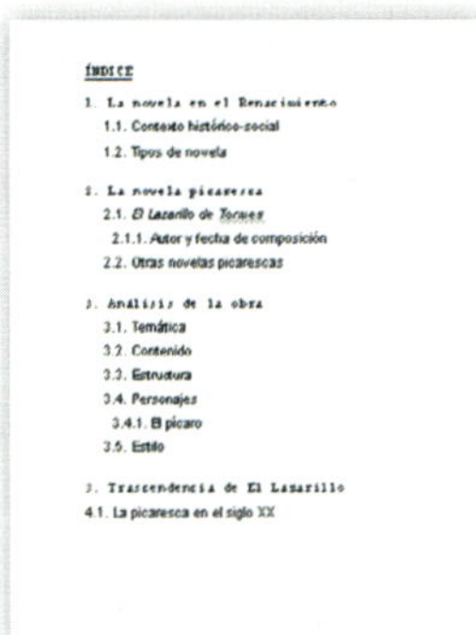

Presenta las distintas partes que configuran el trabajo **(apartados y subapartados) e** indica la **página** en la que comienza cada una de las partes.

3. Cuerpo

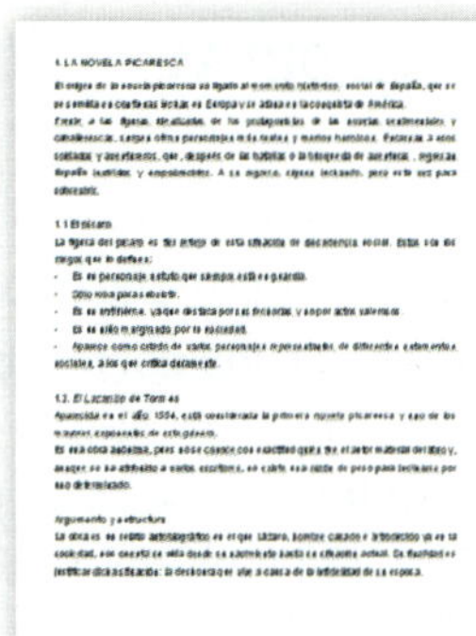

Desarrolla la información que has redactado. Las hojas deben estar escritas por una sola cara, a doble espacio y con un **cuerpo de letra** bien **legible** (de 11 a 12 puntos).

4. Bibliografía

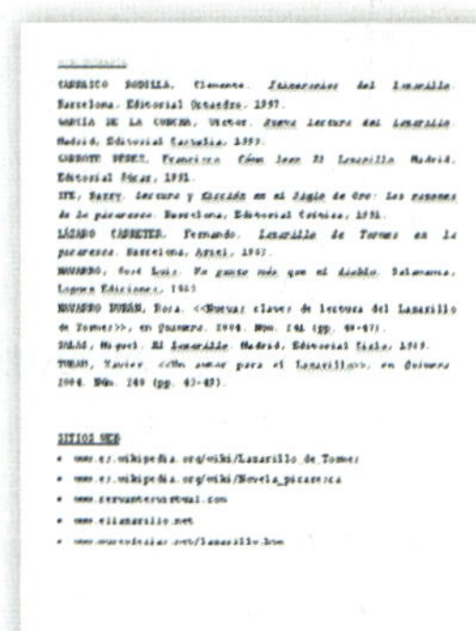

Cita, siguiendo un orden alfabético, los **libros consultados,** así como otro tipo de **recursos** que hayas empleado al elaborar tu trabajo (páginas web, material audiovisual...).

7 Empleo del corrector ortográfico

Como sabes, el corrector ortográfico es una **herramienta muy útil** que puedes utilizar al hacer la **revisión final** de tu trabajo.

Permite corregir automáticamente aquellas **erratas** que se cometen al teclear y señala posibles **errores gramaticales:**

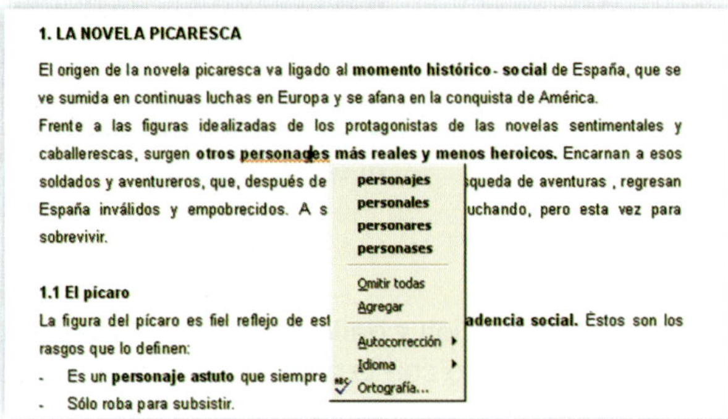

La revisión se realiza gracias a un **diccionario interno** y a partir del **glosario personalizado** que el usuario puede ir creando.

Limitaciones de esta herramienta

Aunque el corrector ortográfico permite detectar algunos errores, nunca debe servir como sustituto de una corrección personal, pues tiene algunas limitaciones:

- **Solo reconoce las palabras que están recogidas en su diccionario interno** y, por tanto, señala como erróneos términos que pueden ser correctos: tecnicismos, extranjerismos, topónimos, sustantivos propios, diminutivos...
- **No marca las palabras que reconoce, aunque estén empleadas de manera incorrecta.** Esto ocurre cuando aparecen tildes diacríticas, palabras homófonas o parónimas, vocablos que tienen distinto significado según se escriban juntos o separados...

8 Revisión del texto

Ya solo queda un último paso: **revisar tu trabajo.** Para ello, debes tener en cuenta los siguientes aspectos: la presentación, las partes del trabajo, la puntuación y la ortografía.

Presentación

En este bloque, debes prestar atención a la **disposición formal** del texto:

- Comprueba que el papel es **DIN A4.**
- **Justifica** el texto.
- Revisa que los **márgenes** son correctos.
- Establece un espacio prudente entre **párrafos.**
- Emplea la **tipografía y los estilos correctos** (negrita, cursiva...).
- Usa un mismo **cuerpo de letra** para todo el documento (excepto en notas a pie de página, en títulos y subtítulos...).

Partes del trabajo

- Asegúrate de que la **introducción,** el **cuerpo** y la **conclusión** están perfectamente delimitados y relacionados con su contenido.
- Comprueba que las **citas** y las **notas a pie de página** son claras y están bien formuladas.
- Dispón la **bibliografía** con un orden preciso y claro.
- Revisa que el **índice** y la **tabla de contenidos** se corresponden con las páginas del documento.

Puntuación y ortografía

- Haz una revisión y comprueba que el texto está **bien puntuado,** según las normas de puntuación que has estudiado.
- Revisa, también, la **ortografía.** Recuerda que cuentas con la ayuda del corrector ortográfico del procesador de textos.

9 Presentación del texto

Una vez elaborado y revisado el texto, puedes preparar una **presentación en PowerPoint** de tu trabajo. Este programa permite exponer la información de manera esquemática y visual.

¡Ahora te toca a ti!

1. Para practicar lo que has aprendido, te proponemos que elabores un trabajo monográfico sobre uno de estos temas:

a) El hábito de lectura en los jóvenes.

b) La literatura como reflejo de la realidad de cada época histórica.

c) La trascendencia de *La Regenta* en la literatura española.

Sigue los pasos que se indican a continuación:

Elección del tema

- Escoge el tema que más te atraiga o llame tu atención.

Búsqueda de la información

- Dirígete a una biblioteca y realiza una búsqueda por materia. A continuación, localiza los títulos que te interesen en la sección correspondiente.
- Si entre los resultados aparece algún artículo perteneciente a una publicación periódica (revista, diario...), puedes consultarlo en la hemeroteca.
- Consigue más información en Internet utilizando un buscador. Escribe una o varias palabras clave y analiza el contenido de las páginas web que te interesen siguiendo estos pasos:
  - Selecciona las páginas web que mejor se ajusten al tema.
  - Analízalas: ¿qué predomina: la información textual, las imágenes...?
- Sigue navegando por Internet y entra en alguna enciclopedia virtual que conozcas (por ejemplo, *Wikipedia*). Realiza, de nuevo, una consulta por materia.

Producción de ideas

- Analiza la información recabada y selecciona el material que consideres crucial para tu trabajo.
- Anota todas aquellas ideas relacionadas con el tema que se te ocurran o te parezcan interesantes. Para ello, puedes emplear técnicas como la lluvia o la asociación de ideas.

Organización y planificación

- Elabora un guion que te ayude a estructurar las ideas que vas a exponer: decide qué aspectos vas a tratar y en qué orden.
- Reflexiona sobre estas cuestiones antes de redactar el trabajo:
  - ¿A quién va dirigido el texto? Debes pensar estrategias para convencer y llamar la atención del receptor.
  - ¿Qué vas a plasmar en tu trabajo? Decide qué ideas quieres destacar.
  - ¿Cómo es el texto que vas a escribir? Elige el estilo de redacción que vas a emplear, atendiendo al destinatario y al mensaje.

Redacción

- Tras seleccionar y comprobar la información, redacta un borrador y revísalo tantas veces como sea necesario.
- Escribe la versión definitiva de tu trabajo con la ayuda de un procesador de textos. No olvides cuidar los aspectos formales, como el tipo y el tamaño de la letra, el interlineado...
- Piensa un título que refleje, de manera clara, el contenido de tu trabajo. Recuerda que debe resultar atractivo para el destinatario.

Revisión

- Una vez redactado el texto, utiliza el corrector ortográfico para detectar posibles erratas. Comprueba si ha señalado alguna que no lo es.
- Después, revisa el texto prestando atención a las cuestiones formales (formato, puntuación...).
- Realiza una lectura final para asegurarte de que todo es correcto.

Presentación

- Recuerda que una presentación formal cuidada facilitará la lectura y la comprensión de tu trabajo monográfico.
- Por último, te proponemos que elabores una presentación en PowerPoint. Selecciona, de tu trabajo, las ideas que quieras destacar e inserta todas las imágenes que consideres necesarias, distribuyéndolas en un orden lógico.

La literatura hispanoamericana

1 Antes y después de la independencia

La **literatura hispanoamericana** debe entenderse desde la **unidad** y **la diversidad.** Bajo este nombre, se engloban las producciones literarias de los países americanos que comparten lazos históricos y que tienen el castellano como lengua común.

No obstante, para comprender su alcance, no hay que olvidar que las obras de cada país presentan sus propias peculiaridades.

Por otro lado, también conviene indicar que el inicio de la literatura hispanoamericana es una cuestión muy discutida por los críticos. Tradicionalmente, se establecen **dos grandes etapas literarias,** antes y después de la independencia.

ETAPAS	DESCRIPCIÓN
Etapa colonial 	La **etapa colonial** abarca desde la conquista de los españoles, en el siglo XV, hasta la rebelión de las colonias, en la segunda mitad del siglo XIX. Esta amplia etapa está caracterizada por la **dependencia** política y cultural con respecto a la metrópoli. La literatura hispanoamericana de este período se considera un apéndice de la española, y sus autores siguen las tendencias, las modas y los movimientos que prevalecen en España y en el resto de Europa. A lo largo de estos cuatro siglos, destacan multitud de **escritores,** como **sor Juana Inés de la Cruz, Carlos de Sigüenza y Góngora, Inca Garcilaso de la Vega, Bernal Díaz del Castillo...** Estos autores incorporan a su obra las **peculiaridades** de su región o país, aunque, como decimos, influidos por la **tradición literaria española.**
Etapa de la independencia 	Para muchos críticos, la **independencia colonial** es el **verdadero** inicio de la literatura hispanoamericana. Con la **emancipación política,** comienza a desarrollarse una literatura propia que busca la esencia de la **identidad americana,** sustanciada, en cada país, de un modo peculiar. El **modernismo,** a finales del siglo XIX, se considera el primer movimiento netamente hispanoamericano, alejado de la tutela europea. Las siguientes son, a grandes rasgos, las **características** de la literatura hispanoamericana: – La **búsqueda de la identidad nacional,** impulsada por el proceso de **independencia política** y el desarrollo de una **cultura autóctona.** – La **gran diversidad creativa,** favorecida por el **mestizaje de culturas** que conforma la realidad americana (precolombina, africana, española...).

2 La poesía

La literatura hispanoamericana alcanza su **madurez** a finales del siglo XIX, gracias al prestigio de poetas como **Rubén Darío.** La **poesía** es, pues, el género que inaugura la **literatura autóctona** y la sitúa en un plano de igualdad con la española. El **modernismo** y las **vanguardias** son los movimientos responsables de iniciar este camino de madurez. A continuación, vamos a esbozar las **principales tendencias** de la lírica hispanoamericana en el siglo XX, así como sus más destacadas figuras.

MOVIMIENTOS	DESCRIPCIÓN Y AUTORES	EJEMPLOS
Modernismo Finales del siglo XIX y principios del siglo XX  José Martí.	A finales del siglo XIX, los modernistas reaccionan contra la vulgaridad del arte realista y buscan un arte basado en la **belleza.** Por ello, persiguen una **poesía refinada,** exquisitamente elaborada, y con un gran sentido de la **musicalidad** y el **ritmo.** Sus temas son el amor sensual, la belleza, la soledad y la exaltación de la patria. El **modernismo** es el movimiento lírico más genuino de Hispanoamérica, que marca, por primera vez, tendencia en España. El autor más destacado es el nicaragüense **Rubén Darío,** quien ejerció una notable influencia en los poetas de la generación del 98. Otros poetas modernistas son el cubano **José Martí,** el peruano **José Santos Chocano** y los mexicanos **Salvador Díaz Mirón** y **Manuel Gutiérrez Nájera.**	¿Qué cosa más blanca que cándido lirio? ¿Qué cosa más pura que místico cirio? ¿Qué cosa más casta que tierno azahar? ¿Qué cosa más virgen que leve neblina? ¿Qué cosa más santa que el ara divina de gótico altar? De blancas palomas el aire se puebla; con túnica blanca, tejida de niebla, se envuelve a lo lejos feudal torreón; erguida en el huerto la trémula acacia al soplo del viento sacude con gracia su níveo pompón. Manuel Gutiérrez Nájera, «De blanco», en *Nuevas canciones*. Editorial Porrúa.
Vanguardias Década de los años veinte del siglo XX  Vicente Huidobro.	En la década de los años veinte, los poetas hispanoamericanos se incorporan con entusiasmo a las **vanguardias** europeas. El objetivo de estas tendencias artísticas es la subversión del lenguaje, la ruptura y la experimentación. El autor que abandera esta corriente es el chileno **Vicente Huidobro,** padre del **creacionismo,** movimiento que ensalza la figura del poeta como creador y que busca una poesía pura, libre de ataduras estéticas. Otro movimiento significativo es el **ultraísmo** argentino, en el que resaltan los poetas **Oliveiro Girondo, Ricardo Molinari** y **Jorge Luis Borges.**	Viene gondoleando la golondrina Al horitaña de la montazonte La violondrina y el goloncelo Descolgada esta mañana de la lunala Se acerca a todo galope Ya viene viene la golondrina Ya viene viene la golonfina Ya viene la golontrina Ya viene la goloncima Vicente Huidobro, «Canto IV», en *Altazor*. Cátedra.
Otras tendencias A partir de los años treinta del siglo XX  Alfonsina Storni.	Desde los años treinta, la proliferación de tendencias poéticas es muy notable: — **Poesía pura.** Sus autores siguen la poesía formalista de Juan Ramón Jiménez. Destacan los mexicanos **José Gorostiza** y **Carlos Pellicer.** — **Poesía intimista.** Varias poetas defienden una lírica sencilla, como la argentina **Alfonsina Storni,** la uruguaya **Juana de Ibarbourou** y la chilena **Gabriela Mistral.** — **Poesía negra.** Surge en el Caribe, en los años treinta. Es una poesía sonora, que mezcla lo indígena y lo africano, y que defiende a los más desfavorecidos. Destaca el cubano **Nicolás Guillén.** — **Poesía social.** A partir de los años cincuenta, se prodigan los autores de poesía comprometida, como el nicaragüense **Ernesto Cardenal.**	¡Yambambó, yambambé! Repica el congo solongo, repica el negro bien negro; congo solongo del Songo baila yambó sobre un pie. Mamatomba, serembe cuserembá. Nicolás Guillén, «Canto negro», en *Poemas mulatos*. Letras Cubanas.
Poetas difícilmente clasificables  Pablo Neruda.	Durante el siglo XX, destacan importantes poetas hispanoamericanos que no se adscriben a ninguna tendencia y cuya obra ha sido muy influyente: **Pablo Neruda,** referente poético y premio Nobel de Literatura en 1971; **José Lezama Lima; Mario Benedetti,** cuya mirada redescubre la vida cotidiana; **Octavio Paz,** poeta de gran lirismo y premio Nobel de Literatura en 1990, y **César Vallejo.**	si te quiero es porque sos mi amor mi cómplice y todo y en la calle codo a codo somos mucho más que dos Mario Benedetti, «Te quiero», en *El amor, las mujeres y la vida*. Punto de lectura.

3 La novela

La narrativa hispanoamericana experimenta un **auge extraordinario** en el siglo XX. La **novela** se convierte en un medio para la búsqueda y la expresión de la **identidad americana.**

Con anterioridad a esta época, llama la atención la ausencia casi total de novelas americanas. Existen varias **excepciones** a este vacío de tres siglos, como *El Periquillo Sarniento,* de **José Joaquín Fernández de Lizardi,** o algunas novelas románticas, como *María,* de **Jorge Isaacs;** *Amalia,* de **José Mármol;** *Soledad,* de **Bartolomé Mitre;** o *Esther,* de **Miguel Cané.**

En la eclosión de la novela hispanoamericana, se pueden distinguir dos etapas sucesivas: la **novela realista,** a principios del siglo XX, y la posterior **renovación narrativa.**

3.1. La novela realista

En las **primeras décadas del siglo XX,** la novela hispanoamericana imita los modelos de las novelas realista y naturalista del siglo XIX español, aunque con notables diferencias. Según la **temática,** podemos clasificarlas en tres grupos: la **novela de la tierra,** la **novela social o indigenista** y la **novela de la Revolución mexicana.**

MOVIMIENTOS	DESCRIPCIÓN Y AUTORES	EJEMPLOS
Novela de la tierra 	El descubrimiento de una **naturaleza salvaje** e indómita fascina a estos autores, que intentan reflejar la grandiosidad de las selvas, los ríos, etc. El ser humano se siente impotente para controlar esta **naturaleza hiperbólica y exótica.** Este rasgo, que diferencia el realismo hispanoamericano del europeo, genera uno de sus temas más propios: el **conflicto entre la civilización y la barbarie.** Destacan tres autores: **José Eustasio Rivera** *(La vorágine),* **Ricardo Güiraldes** *(Don Segundo Sombra)* y **Rómulo Gallegos** *(Doña Bárbara).*	Preso, no te duelas de tu prisión: ignoráis la tortura de vagar sueltos en una cárcel como la selva, cuyas bóvedas verdes tienen por fosos ríos inmensos. ¡No sabéis el suplicio de las penumbras, viendo al sol que ilumina la playa opuesta, a donde nunca lograremos ir! La cadena que muerde vuestros tobillos es más piadosa que las sanguijuelas de estos pantanos; el carcelero que os atormenta no es tan adusto como estos árboles que nos vigilan sin hablar. José Eustasio Rivera, *La vorágine.* Cátedra.
Novela social o indigenista 	Los novelistas americanos también muestran interés por las condiciones de vida de las **clases oprimidas:** los **indios** y los **mestizos.** Estas obras denuncian la **injusticia social** y la **explotación** que sufren los indígenas, así como los **problemas raciales** de la sociedad americana. El indio se suele presentar como un ser noble, de cuya inocencia se aprovechan los poderosos. El máximo exponente de esta novelística es el peruano **Ciro Alegría** *(El mundo es ancho y ajeno).* También destaca **Jorge Icaza** *(Huasipungo).*	Defendamos nuestra tierra, nuestro sitio en el mundo, que así defenderemos nuestra *libertá* y nuestra vida. La suerte de los pobres es una, y pediremos a todos los pobres que nos acompañen. Así ganaremos... Muchos, muchos, desde hace años, siglos, se rebelaron y perdieron. Que nadie se acobarde pensando en la derrota, porque es peor ser esclavo sin pelear. Quién sabe si los gobernantes comiencen a comprender que a la nación no le conviene la injusticia. Ciro Alegría, *El mundo es ancho y ajeno.* Espasa Calpe.
Novela de la Revolución mexicana 	La **revolución del pueblo mexicano,** que se subleva contra el poder de los terratenientes, genera un tipo de novela, con un fuerte componente político, en la que se reflexiona, entre otros temas, sobre la **condición humana** y la **violencia.** La obra más destacada de este grupo es *Los de abajo,* de **Mariano Azuela.** En esta novela, se cuenta el destino fatal de Demetrio Macías, un imaginario líder revolucionario inspirado en Pancho Villa. La violencia, el odio, la ignorancia... son los temas que aparecen en esta obra, que representa el **desengaño** causado por la fallida Revolución mexicana.	—Pero usted, solo con unos cuantos hombres por acá, no dejará de pasar por un cabecilla sin importancia. La revolución gana indefectiblemente; luego que se acabe le dicen [...]: «Amigos, muchas gracias: ahora vuélvanse a sus casas... [...] Ustedes, que me levantaron hasta la presidencia de la República, arriesgando su vida, con peligro inminente de dejar viuda y huérfanos en la miseria, ahora que he conseguido mi objetivo, váyanse a coger el azadón y la pala, a medio vivir, siempre con hambre y sin vestir, como estaban antes, que nosotros, los de arriba, hacemos unos cuantos millones de pesos». Mariano Azuela, *Los de abajo.* Cátedra.

3.2. La renovación narrativa: el *boom*

Durante el primer tercio del siglo xx, se desarrolla en Hispanoamérica una **novela artística,** de gran cuidado formal, que se aleja de la novela realista y entronca con la **prosa modernista.** Esta novela, a partir de los años cuarenta, evoluciona hacia la experimentación e inicia un camino de **renovación narrativa** que se ve favorecido por la inmigración de los intelectuales españoles y europeos tras las guerras mundiales.

En los **años sesenta,** la narrativa hispanoamericana alcanza su esplendor. Varias generaciones de escritores, en plena madurez creativa, obtienen un **éxito comercial** sin precedentes, además del **reconocimiento internacional.** Las obras de este heterogéneo grupo de autores se agrupan bajo el nombre de **«narrativa del *boom*».** Más que un movimiento literario, la narrativa del *boom* es la denominación que la industria editorial acuñó para este fenómeno comercial. Entre sus escritores, hay una gran diversidad de estilos, aunque todos ellos comparten la **calidad literaria,** la **originalidad creativa** y una voluntad de **renovar la novela,** que se caracteriza por:

— Las **nuevas técnicas narrativas.** Se emplean nuevos narradores y puntos de vista. Destaca la preocupación formal, los saltos temporales...

— La **innovación temática.** Los **temas** derivan hacia lo urbano y, también, hacia lo mítico y lo fantástico **(realismo mágico).**

Un gran grupo de escritores

De la amplia lista de autores de la renovación narrativa, destacan, entre otros, Mario Vargas Llosa, Julio Cortázar, Jorge Luis Borges, Carlos Fuentes, Ángeles Mastretta, Gabriel García Márquez y Manuel Mujica Láinez.

El realismo mágico

Es la **corriente narrativa** más genuina de Hispanoamérica. Sus novelistas, que se integran en el *boom,* defienden una forma distinta de percibir el mundo sensible. Para ellos, la realidad no puede comprenderse solo mediante la **razón,** ya que también posee una dimensión **mágica.** Lo maravilloso, lo sobrenatural, forma parte de la realidad y sirve para explicar el mundo. Esta **visión mítica** es propia de la cultura hispanoamericana, en la que las leyendas, la religiosidad y las creencias ancestrales tienen presencia en la vida cotidiana y la mentalidad de sus gentes.

El **realismo mágico,** en líneas generales, se caracteriza por los siguientes rasgos:

RASGOS	DESCRIPCIÓN	EJEMPLO
Cotidianidad de lo maravilloso	Los **episodios fantásticos** (un galeón en medio de la selva, vegetación que crece a la vista...) se relatan como sucesos normales.	Los hombres de la expedición se sintieron abrumados por sus recuerdos más antiguos en aquel paraíso de humedad y silencio, anterior al pecado original. Durante una semana, casi sin hablar, avanzaron como sonámbulos por un universo de pesadumbre, alumbrados apenas por una tenue reverberación de insectos luminosos y con los pulmones agobiados por un sofocante olor de sangre. No podían regresar, porque la trocha que iban abriendo a su paso se volvía a cerrar en poco tiempo, con una vegetación nueva que casi veían crecer ante sus ojos. «No importa», decía José Arcadio Buendía. Siempre pendiente de la brújula, siguió guiando a sus hombres hacia el Norte invisible, hasta que lograron salir de la región encantada. [...] Cuando despertaron, ya con el sol alto, se quedaron pasmados de fascinación. Frente a ellos, rodeado de helechos y palmeras, blanco y polvoriento en la silenciosa luz de la mañana, estaba un enorme galeón español. Gabriel García Márquez, *Cien años de soledad.* Editorial Sudamericana.
Presencia del mito	La narración se concibe como un **universo mítico** que da una **explicación simbólica del mundo.** Se alude a mitos clásicos, leyendas indígenas, historias fabulosas (los exploradores españoles).	
Mezcla de razón y superstición	La **razón** se complementa con la **superstición;** lo onírico y lo sensorial se mezclan para analizar la realidad. En el ejemplo, el personaje, José Arcadio, se guía por la razón (la brújula) en un ambiente mágico lleno de **sensaciones irracionales y simbólicas** (olor de sangre...).	
Tiempo circular	Se concibe el **tiempo** como un bucle circular, un **eterno retorno.** En el ejemplo, se habla de un tiempo mítico anterior a la Historia.	
Visión poética y experimentación	El autor **experimenta** con el lenguaje (adjetivación, narradores múltiples...) para lograr un **estilo depurado,** de gran cuidado formal, que refleje una **visión poética** de la realidad.	
Obras y autores destacados	Destacan *Cien años de soledad,* de **Gabriel García Márquez;** *El reino de este mundo,* de **Alejo Carpentier;** *Pedro Páramo,* de **Juan Rulfo,** y *Hombres de maíz,* de **Miguel Ángel Asturias,** entre otros.	

4 El cuento

El **cuento literario** es un subgénero que se revaloriza en Hispanoamérica durante el **siglo xx.** Los más importantes narradores de este período escriben relatos y elevan el subgénero a sus más altas cotas literarias.

La **evolución del cuento,** como la de la novela y la de la poesía, corre pareja a los movimientos estéticos del siglo xx. Sin embargo, nos centraremos en la segunda mitad del siglo, en pleno *boom.* Es en este momento cuando aparecen los mejores narradores y cuando el cuento alcanza su madurez.

La lista de cuentistas es numerosa, y se confunde con la de novelistas, aunque hay notables excepciones, como la del premio Nobel **Jorge Luis Borges,** que ha pasado a la historia de la literatura sin haber escrito una sola novela. Este ejemplo ilustra el valor literario que alcanza el cuento, hasta entonces tenido por un género menor.

Debemos mencionar a **Carlos Fuentes, Horacio Quiroga, Gabriel García Márquez, Juan Rulfo, Mario Benedetti, Augusto Monterroso, Octavio Paz...** Entre todos ellos, hay que señalar a dos autores argentinos: **Julio Cortázar,** por sus cuentos fantásticos de enorme imaginación e ironía; y **Borges,** maestro de toda esta generación, que destaca por sus relatos fantásticos y filosóficos.

Resulta difícil establecer **rasgos generales** en el cuento hispanoamericano del siglo xx, dada la gran variedad de autores y estilos. Veamos, en «El Aleph» de Borges, algunos rasgos comunes, no siempre aplicables a todos los casos:

El escritor argentino Jorge Luis Borges.

Narrador subjetivo

Juego literario: Borges es el protagonista de su propio relato

Lenguaje cuidado y léxico culto

Reflexión filosófica

Elemento fantástico

Figuras retóricas (anáforas, metáforas...)

—Está en el sótano del comedor —explicó, aligerada su dicción por la angustia—. Es mío, es mío; yo lo descubrí en la niñez, antes de la edad escolar. La escalera del sótano es empinada, mis tíos me tenían prohibido el descenso, pero alguien dijo que había un mundo en el sótano.[...] Bajé secretamente, rodé por la escalera vedada, caí. Al abrir los ojos, vi el Aleph.

—¿El Aleph? —repetí.

—Sí, el lugar donde están, sin confundirse, todos los **lugares del orbe,** vistos desde todos los ángulos. [...].

Traté de razonar.

—Pero ¿no es muy oscuro el sótano?

—La verdad no penetra en un entendimiento rebelde. Si todos los lugares de la tierra están en el **Aleph,** ahí estarán **todas** las luminarias, **todas** las lámparas, **todos** los veneros de luz.

—Iré a verlo inmediatamente.

Jorge Luis Borges, «El Aleph»,
en *El Aleph.* Círculo de lectores (adaptación).

RASGOS	DESCRIPCIÓN
Cuidado formal	Los autores muestran una gran **preocupación formal,** que se aprecia en el uso abundante de **figuras retóricas** (ironía, anáfora, metáfora...).
Estilo personal	Los escritores experimentan con el lenguaje en la búsqueda de un **estilo propio, original, elaborado** y **culto** *(orbe, luminaria, veneros...).*
Narrador subjetivo	Preferencia por los **narradores subjetivos.** El relato se narra desde el punto de vista de un personaje (en primera persona).
Juego literario	El cuento se concibe como un **juego literario** en el que se mezcla la realidad con la ficción, se alude a otras obras... En este caso, Borges (el escritor) se presenta como el personaje del relato.
Reflexión filosófica	El relato se convierte en una herramienta de **reflexión filosófica** sobre la realidad, la sociedad y el ser humano.
Elemento fantástico	El Aleph, punto que contiene todos los puntos del universo.

Actividades

¡Ahora te toca a ti!

1. Justifica a qué tendencias líricas hispanoamericanas pertenecen los siguientes fragmentos poéticos:

A

¡Ay negra
si tú supiera!
Anoche te bi pasá
y no quise que me biera.
A é tú le hará como a mí,
que cuando no tube plata
te corrite de bachata,
sin acoddadte de mí.
Sóngoro cosongo,
songo bé; [...]

Nicolás Guillén, «Si tú supiera...», en *Motivos de son*. Letras Cubanas.

B

Creyeron que te
mataban con una orden
de ¡fuego!

Creyeron que te
enterraban

Y lo que hacían
era enterrar una semilla.

Ernesto Cardenal, «Epitafio para la tumba de Adolfo Báez Bone», en *Epigramas*. Tusquets.

C

Soy un alma desnuda en estos versos,
alma desnuda que angustiada y sola
va dejando sus pétalos dispersos.

Alma que puede ser una amapola,
que puede ser un lirio, una violeta,
un peñasco, una selva y una ola.

Alfonsina Storni, «Alma desnuda», en *Irremediablemente*. Editores Mexicanos Unidos.

2. Lee algún poema de la obra más conocida de Neruda, *Veinte poemas de amor y una canción desesperada*, y comenta brevemente su relevancia poética y su estilo. Puedes seleccionarlo en: **http://links.edebe.com/kia**

— Explica cuál es el estado de ánimo con el que escribe el poeta. ¿Compartes su visión del amor?

3. Lee este fragmento de «Instrucciones para dar cuerda al reloj», de Julio Cortázar:

Allá al fondo está la muerte, pero no tenga miedo. Sujete el reloj con una mano, tome con dos dedos la llave de la cuerda, remóntela suavemente. Ahora se abre otro plazo, los árboles despliegan sus hojas, las barcas corren regatas, el tiempo como un abanico se va llenando de sí mismo y de él brotan el aire, las brisas de la tierra, la sombra de una mujer, el perfume del pan.

Julio Cortázar, «Instrucciones para dar cuerda al reloj», en *Cuentos*. Círculo de Lectores.

— ¿Qué tipo de texto es?

— ¿Te parece una manera original de enfocar este tipo de textos? ¿Por qué?

— Localiza una comparación en este cuento y anótala en tu cuaderno.

4. Lee estos tres fragmentos y responde a las preguntas que se plantean a continuación:

A

—Como decía —prosiguió Luis Cervantes—, se acaba la revolución y se acabó todo. ¡Lástima de tanta vida segada, de tantas viudas y huérfanos, de tanta sangre vertida! Todo ¿para qué? Para que unos cuantos bribones se enriquezcan y todo quede igual o peor que antes. Usted es desprendido y dice: «Yo no ambiciono más que volver a mi tierra». Pero ¿es de justicia privar a sus hijos de la fortuna que la Divina Providencia le pone ahora en sus manos?

Mariano Azuela, *Los de abajo*. Cátedra.

B

Aquello era inquietante. Muy inquietante, pero el indio se tranquilizó porque le parecía imposible que lleguen hasta la cima llena de quebradas y de barrancos donde él y su difunta Cunshi plantaron el tugurio que ahora... Mas, a media mañana, el hijo, quien había ido por agua al río, llegó en una sola carrera, y, entre pausas de fatiga y susto, le anunció:
— Tumbandu están la choza del vecinu Cachitambu, taiticu.
—¿Qué?
— Aquicitu, nu más, pes. Amu patrún policía diju que han de venir a tumbar esta también.

Jorge Icaza, *Huasipungo*. Cátedra.

C

Un caballo pasó al galope donde se cruza la calle real con el camino de Contla. Nadie lo vio. Sin embargo, una mujer que esperaba en las afueras del pueblo contó que había visto el caballo corriendo con las piernas dobladas como si se fuera a ir de bruces. Reconoció el alazán de Miguel Páramo. Y hasta pensó: «Ese animal se va a romper la cabeza». Luego, vio cuando enderezaba el cuerpo y, sin aflojar la carrera, caminaba con el pescuezo echado hacia atrás como si viniera asustado por algo que había dejado allá atrás. Esos chismes llegaron a la Media Luna la noche del entierro. [...]
—Dicen que por allá anda el ánima.

Juan Rulfo, *Pedro Páramo*. Anagrama.

— Indica de qué se lamenta el personaje del texto A. ¿Qué actitud muestra ante la realidad?

— ¿Qué amenazas sufren los personajes del texto B? ¿Por qué el autor reproduce el habla de los indios en los diálogos?

— Indica qué elementos fantásticos aparecen en la narración C. ¿Crees que se presentan como hechos normales?

— ¿Qué sensaciones evoca la visión del caballo desbocado en medio de la noche? ¿Crees que es una visión racional? ¿Tiene el texto un tratamiento poético de la realidad?

Guía de lectura: *Leyendas*

¿Te han contado alguna vez un relato de terror? ¿Te gustó? ¿Qué sabes de las *Leyendas* de Gustavo Adolfo Bécquer? ¿Qué tienen de cierto estos relatos? ¿En qué época y en qué lugares se ambientan sus historias? ¿Has leído alguna de las leyendas de este célebre autor del Romanticismo?

Antes de iniciar cualquier lectura, conviene documentarse, por ejemplo, acerca del autor o autora y sobre el contexto histórico en el que fue creada la obra. En esta guía de lectura, te facilitaremos esta tarea con el fin de que puedas comprender y disfrutar plenamente de este apasionante libro de relatos.

LEYENDAS, DE GUSTAVO ADOLFO BÉCQUER

Contextualización

Gustavo Adolfo Bécquer nació en Sevilla en 1836. Considerado el mejor escritor del **Romanticismo español,** su obra influyó decisivamente en sus contemporáneos y en numerosos autores de las generaciones posteriores.

Como buen romántico, su vida estuvo plagada de vicisitudes, pasiones y contratiempos. Trabajó para **periódicos y revistas** de la época y, en algunos momentos, sufrió apuros económicos. Su vida sentimental estuvo marcada por el fracaso de su matrimonio. Falleció en Madrid, en 1870, pobre y enfermo.

— ¿En qué época de su vida escribió Bécquer las *Leyendas*? ¿Dónde aparecieron publicadas? ¿Qué aspectos de su vida pudieron haber influido en su obra?

— ¿Cómo era la España de la primera mitad del siglo XIX? ¿Qué rasgos del Romanticismo se aprecian claramente en su obra?

Argumento

El libro está compuesto por una decena de **relatos de misterio** basados en leyendas populares españolas. Dichas leyendas están **ambientadas** en **lugares reales,** en un **pasado lejano** (la Edad Media).

Las narraciones tienen un denominador común: la aparición de **fenómenos sobrenaturales** y **hechos fantásticos,** los cuales sirven de **lección moral** para castigar los pecados de los personajes.

— ¿Por qué el autor sitúa la acción en el Medievo? ¿Por qué ambienta las historias en lugares conocidos? ¿Qué escarmiento reciben los protagonistas de los relatos?

— Bécquer se sirve de la tradición oral para crear esta obra, pero ¿qué hay de ficción y qué hay de realidad en sus leyendas?

Estructura

La mayoría de las leyendas sigue una misma estructura. Obsérvala:

- El autor comienza con un **prólogo** en el que el narrador, que suele confundirse con el propio autor (lo que hace que parezca una **autobiografía**), explica cómo ha conocido la leyenda.
- El relato continúa en la voz de otro narrador (quien cuenta la leyenda), que le da perspectiva y verosimilitud al relato. Esta parte consta de **introducción, nudo** y **desenlace.**
- La leyenda finaliza con un **epílogo** en el que el narrador-autor retoma la narración para confirmar los hechos sobrenaturales.

— Identifica esta estructura en alguna de las leyendas de Bécquer.

LEYENDAS, DE GUSTAVO ADOLFO BÉCQUER

Personajes

En las diez leyendas, aparecen algunos **prototipos** de personajes que se repiten con ligeras variantes:

- Las **figuras femeninas** responden a dos modelos opuestos: o son **devotas y fieles al amor** o bien son **perversas aliadas del mal.**
- Los **personajes masculinos** también están polarizados: o actúan por **fuerzas malignas** o representan un modelo de **virtud y de valentía** (héroe romántico).
- Igualmente aparecen dos tipos de personajes opuestos entre sí: las **figuras fantasmales** y los **lugareños y aldeanos.** Ambos grupos representan dos visiones enfrentadas: lo **sobrenatural** y el **realismo.**

— Lee algunas de las leyendas, analiza los personajes que intervienen en ellas e indica en cuál de los anteriores prototipos pueden encajar.

Temas

Los temas de las leyendas son variados, aunque tienen un denominador común: la recreación literaria de **historias populares** de **carácter sobrenatural.**

Lo **maravilloso** es el tema principal y común de los relatos, que, como en los cuentos populares, tiene una **intención moralizante: condenar** aquellas **conductas** que se apartan del bien.

También se tratan otros temas, como la **naturaleza** (desapacible, oscura...) y el **amor,** presente en muchos relatos. En las *Leyendas,* este amor es típicamente **romántico:** turbulento, apasionado y fatal.

— Elige un par de relatos y di qué intención refleja Bécquer en ellos. ¿Qué critica? ¿Qué comportamiento pretende corregir? ¿Qué castigo se impone a quienes actúan mal?

Técnica y estilo

- **Estilo.** Bécquer intenta dar a su prosa un tono lírico que ayuda a crear un ambiente mágico en los relatos. Así, el **vocabulario** de las leyendas está muy **cuidado y pulido.** El autor selecciona las palabras por su **musicalidad** y **significado.**

— Encuentra un ejemplo de vocabulario pulido.

- **Descripciones.** Bécquer es un maestro a la hora de crear **escenarios misteriosos.** Para describir estos ambientes, emplea multitud de **recursos:** enumeraciones, repeticiones, concatenaciones de palabras, simetrías sintácticas...

— Analiza alguna de las descripciones de la obra.

CONCLUSIÓN Y VALORACIÓN

El autor y la época

— Explica por qué Bécquer siente predilección por los relatos de terror.

— ¿Consideras que esta fascinación por los misterios y las leyendas es propia del Romanticismo? Si lo crees así, justifica por qué.

El argumento y la estructura

— Elige una de las diez leyendas y resume su argumento.

— Localiza sus partes (prólogo, narración, epílogo...) e indica cuántas páginas comprende cada una.

Los personajes

— Busca en los relatos algún personaje que responda a estos prototipos:

- Joven héroe romántico
- Mujer y hombre diabólicos
- Alma atormentada
- Lugareño testigo de la historia

Técnicas

— Analiza el lenguaje de Bécquer en alguna leyenda (modo de adjetivar, uso de los verbos, construcciones sintácticas más comunes...) y explica por qué su estilo puede denominarse «prosa poética».

Temas

— Explica qué intención tienen los relatos y por qué el autor los ambienta en la Edad Media. ¿Cómo es el moralismo de Bécquer? ¿Crees que responde a una creencia religiosa o se trata más bien de un requisito estético?

Anexo

EDUCACIÓN LITERARIA

FIGURAS LITERARIAS

TIPOS DE ESTROFA

GÉNEROS LITERARIOS

Figuras literarias

Las **figuras literarias** son **recursos** que se utilizan para crear un **lenguaje hermoso** y con **nuevos significados.** Estas son algunas:

FIGURA LITERARIA	EN QUÉ CONSISTE	EJEMPLO
Epíteto	Adjetivo que destaca una cualidad que ya está implícita en el sustantivo.	*Pálidos limones amarillos.* Antonio Machado
Anáfora	Repetición de una o varias palabras al inicio de distintos versos.	*Aquí tengo una voz enardecida,* *aquí tengo una vida combatida y airada.* Miguel Hernández
Hipérbaton	Alteración del orden lógico de los elementos de la oración.	*Pidió las llaves a la sobrina del aposento.* Miguel de Cervantes
Aliteración	Repetición de un sonido con la intención de provocar un efecto sensorial.	*Con el ala aleve del leve abanico.* Rubén Darío
Hipérbole	Exageración de las cualidades de algo o de alguien.	*No hay extensión más grande que mi herida.* Miguel Hernández
Personificación	Atribución de cualidades o acciones humanas a seres irracionales o cosas.	*En el aire conmovido* *mueve la luna sus brazos.* Federico García Lorca
Comparación	Relación que se establece entre dos elementos que tienen algún parecido.	[...] *cuyas gotas mirábamos temblar* *y caer como lágrimas del día…* Gustavo Adolfo Bécquer
Metáfora	Identificación de dos elementos por la semejanza que existe entre ellos.	*La guitarra es un pozo* *con viento en vez de agua.* Gerardo Diego
Antítesis	Relación entre dos palabras que poseen significados opuestos.	*Abra la luz la niebla a tus engaños,* *antes qu'el lazo rompa el tiempo, i muerto* *sea el fuego del tardo ielo mio.* Fernando de Herrera
Sinestesia	Aplicación a un sentido de la sensación propia de otro.	[...] *alamedas del río, verde sueño* *del suelo gris y de la parda tierra,* *agria melancolía* [...] Antonio Machado
Metonimia	Designación de algo con otro nombre basándose en una relación de proximidad.	*Se bebió tres vasos* (continente por contenido).
Elipsis	Omisión de elementos en la oración fáciles de interpretar por el contexto.	*Lo bueno, si breve, dos veces bueno.* Baltasar Gracián
Paralelismo	Repetición del orden sintáctico de los elementos en dos o más versos.	*Yo y mi sombra, ángulo recto.* *Yo y mi sombra, libro abierto.* Manuel Altolaguirre
Onomatopeya	Palabra que imita el sonido de la persona, el animal o la cosa nombrados.	*Mal pollito colipavo,* *sin plumas, digo, sin pelo.* *¡Pío-pic!, pica, y al vuelo* *todos le pican a él.* Rafael Alberti
Asíndeton	Supresión intencionada de los enlaces que unen las palabras u oraciones.	*Acude, acorre, vuela* *traspasa la alta sierra, ocupa el llano.* Fray Luis de León
Polisíndeton	Repetición constante e innecesaria de enlaces.	*¿Y ríe y llora y aborrece y ama* *y guarda un rastro del dolor y el gozo,* [...] Gustavo Adolfo Bécquer

Tipos de estrofa

Estrofas con un número fijo de versos

TIPO DE ESTROFA	EN QUÉ CONSISTE	EJEMPLO
Pareado	Tiene dos versos de arte menor o mayor, o se alternan. La rima es consonante o asonante. **Esquema:** aa, AA, Aa, aA.	*La primavera ha ve**nido**.* 8a *Nadie sabe cómo ha **sido**.* 8a Antonio Machado
Terceto	Está formado por tres versos de arte mayor. Rima el primero con el tercero; el segundo queda libre. **Esquema:** A–A.	*Quien ve su perdición cierta, abo**rrece**,* 11A *más que su perdición, la causa della;* 11– *y esta, no aquella, es más quien le enfu**rece**.* 11A Francisco de Quevedo
Terceto encadenado	Consta de tres versos de arte mayor. El primero rima con el tercero, y el segundo, con el primero y el tercero de la siguiente estrofa. La rima es consonante. **Esquema:** ABA BCB CDC...	*Fabio, las esperanzas cortes**anas*** 11A *prisiones son do el ambicioso mu**ere*** 11B *y donde al más activo nacen c**anas**.* 11A *El que no las limare o las rompi**ere**,* 11B *ni el nombre de varón ha merec**ido**,* 11C *ni subir al honor que pretendi**ere**.* 11B *El ánimo plebeyo y abat**ido*** 11C *procura, en sus intentos temer**oso**,* 11D *antes estar suspenso que ca**ído**;* [...] 11C Andrés Fernández de Andrada
Cuarteto	Tiene cuatro versos de arte mayor. El primero rima con el cuarto, y el segundo, con el tercero. **Esquema:** ABBA.	*En breve cárcel traigo aprision**ado**,* 11A *con toda su familia de oro ardi**ente**,* 11B *el cerco de la luz resplandeci**ente**,* 11B *y grande imperio del amor cerr**ado**.* 11A Francisco de Quevedo
Redondilla	Está formada por cuatro versos de arte menor. El primero rima con el cuarto, y el segundo, con el tercero. La rima es consonante. **Esquema:** abba.	*Son de abril las aguas m**il**.* 8a *Sopla el viento achubasc**ado**,* 8b *y entre nublado y nubl**ado*** 8b *hay trozos de cielo añ**il**.* 8a Antonio Machado
Cuaderna vía	Consta de cuatro versos alejandrinos (de catorce sílabas). La rima es consonante y es la misma en todos los versos (versos monorrimos). **Esquema:** AAAA.	*Cuantos son en el mundo, justos y pecad**ores**,* 14A *coronados y legos, reyes y emperad**ores**,* 14A *allí corremos todos, vasallos y señ**ores**,* 14A *y todos a su sombra vamos a coger fl**ores**.* 14A Gonzalo de Berceo
Seguidilla	Tiene cuatro versos; el primero y el tercero son heptasílabos, mientras que el segundo y el cuarto son pentasílabos. El segundo verso rima con el cuarto, y el primero y el tercero suelen quedar libres. La rima es asonante. **Esquema:** 7– 5a 7– 5a.	*Hortelano es mi amante,* 7– *tiene su h**uerto**,* 5a *en la tierra de Soria,* 7– *cerca del D**uero**.* 5a Antonio Machado
Quinteto	Está formado por cinco versos de arte mayor. La rima es consonante y la combinación es libre siempre que no rimen más de dos versos seguidos, los dos últimos no formen pareado y no quede ninguno suelto. **Esquema:** variable.	*Hundía el sol su disco refulg**ente*** 11A *tras la llanura azul del mar tranqu**ilo**,* 11B *dando sitio en la noche, que imprud**ente*** 11A *presta con sus tinieblas igualm**ente*** 11A *al crimen manto y al dolor as**ilo**.* 11B José Zorrilla

Tipos de estrofa

Estrofas con un número fijo de versos

TIPO DE ESTROFA	EN QUÉ CONSISTE	EJEMPLO
Lira	Tiene cinco versos, tres heptasílabos y dos endecasílabos. El primero rima con el tercero, y el segundo, con el cuarto y el quinto. La rima es consonante. **Esquema:** 7a 11B 7a 7b 11B.	*Descubre tu presenc**ia**,* 7a *y máteme tu vista y hermos**ura**;* 11B *mira que la dolenc**ia*** 7a *de amor, que no se **cura*** 7b *sino con la presencia y la fig**ura**.* 11B San Juan de la Cruz
Sexteto	Consta de seis versos de arte mayor (habitualmente, endecasílabos). La rima es consonante. **Esquema:** variable (el más común es ABABCC).	*Yace en el mar, si no continu**ada*** 11A *isla, mal de la tierra divid**ida**,* 11B *cuya forma tortuga es perez**osa**:* 11C *díganlo cuantos siglos ha que n**ada*** 11A *sin besar de la playa espacï**osa*** 11C *la arena, de las ondas repet**ida**.* 11B Luis de Góngora
Octava real	Tiene ocho versos de arte mayor. El primero rima con el tercero y el quinto; el segundo, con el cuarto y el sexto; y el séptimo, con el octavo. La rima es consonante. **Esquema:** ABABABCC.	*En la hermosa tela se ve**ían**,* 11A *entretejidas, las silvestres di**osas*** 11B *salir de la espesura, y que ven**ían*** 11A *todas a la ribera presur**osas**,* 11B *en el semblante tristes, y tra**ían*** 11A *cestillos blancos de purpúreas **rosas**,* 11B *las cuales esparciendo derram**aban*** 11C *sobre una ninfa muerta que llor**aban**.* 11C Garcilaso de la Vega
Décima	Está formada por diez versos octosílabos. La rima es consonante; sigue la misma rima que dos redondillas unidas por dos versos de enlace (el quinto y el sexto). **Esquema:** abba ac cddc.	*Nace el arroyo, cul**ebra*** 8a *que entre flores se des**ata**,* 8b *y apenas, sierpe de pl**ata**,* 8b *entre las flores se qui**ebra**,* 8a *cuando músico cel**ebra*** 8a *de las flores la pied**ad*** 8c *que le da la majest**ad*** 8c *del campo abierto a su hu**ida**:* 8d *y teniendo yo más v**ida**,* 8d *¿tengo menos libert**ad**?* 8c Calderón de la Barca
Soneto	Consta de catorce versos endecasílabos y está formado, normalmente, por dos cuartetos y dos tercetos. La rima es consonante. **Esquema:** ABBA ABBA CDC CDC (los tercetos pueden presentar otras combinaciones).	*Miré los muros de la patria m**ía**,* 11A *si un tiempo fuertes, ya desmoron**ados**,* 11B *de la carrera de la edad cans**ados**,* 11B *por quien caduca ya su valent**ía**.* 11A *Salime al campo, vi que el sol beb**ía*** 11A *los arroyos del hielo desat**ados**;* 11B *y del monte quejosos los gan**ados**,* 11B *que con sombras hurtó la luz al d**ía**.* 11A *Entré en mi casa: vi que amancill**ada*** 11C *de anciana habitación era desp**ojos**;* 11D *mi báculo más corvo, y menos **fuerte**.* 11E *Vencida de la edad sentí mi esp**ada**,* 11C *y no hallé cosa en qué poner los **ojos*** 11D *que no fuese recuerdo de la m**uerte**.* 11E Francisco de Quevedo

Tipos de estrofa

Estrofas con un número variable de versos

TIPO DE ESTROFA	EN QUÉ CONSISTE	EJEMPLO
Romance	Está formado por versos generalmente octosílabos. Los pares tienen rima asonante y los impares quedan libres. **Esquema:** –a–a–a…	*Las piquetas de los gallos* 8– *cavan buscando la aur**o**r**a**,* 8a *cuando por el monte oscuro* 8– *baja Soledad Mont**o**y**a**.* 8a *Cobre amarillo, su carne,* 8– *huele a caballo y a s**o**mbr**a**.* 8a Federico García Lorca
Silva	Está formada por una serie indefinida de heptasílabos y endecasílabos. La rima es variable; puede quedar algún verso suelto. **Esquema:** variable.	*¿Y ha de morir contigo el mundo m**ago*** 11A *donde guarda el recu**erdo*** 7b *los hálitos más puros de la vida,* 11– *la blanca sombra del amor prim**ero**,* 11B *la voz que fue a tu corazón, la m**ano*** 11A *que tú querías retener en sueñ**os**,* 11B *y todos los amores* 7– *que llegaron al alma, al hondo ci**elo**?* 11B Antonio Machado
Zéjel	Es una composición formada por un estribillo y una mudanza de tres versos monorrimos, a los que se les suma el verso de vuelta, que rima con el estribillo. **Esquema:** variable.	*Eres niño y has am**or**:* / *¿qué farás cuando may**or**?* — Estribillo *Será tan vivo su fu**ego**,* / *que con importuno ru**ego**,* / *por salvar al mundo ci**ego**,* — Mudanza *te dará mortal dol**or**.* — Verso de vuelta *Eres niño y has am**or**:* / *¿qué farás cuando may**or**?* — Estribillo Fray Íñigo de Mendoza
Villancico	Está formado por versos hexasílabos y octosílabos. Se compone de un estribillo de dos, tres o cuatro versos; una mudanza, constituida por una redondilla o una cuarteta; y entre dos y cuatro versos de vuelta, el primero de los cuales rima con la mudanza y el resto (o, como mínimo, el último), con el estribillo. **Esquema:** variable.	*Verde verder**ol**,* / *endulza la puesta de s**ol**.* — Estribillo *Palacio de enc**anto*** / *el pinar tard**ío*** / *arrulla con ll**anto*** / *la huida del r**ío**.* — Mudanza *Allí el nido umbr**ío*** / *tiene el verder**ol**.* — Versos de vuelta Juan Ramón Jiménez

Géneros literarios

Lírica

La **lírica** es un género literario que se caracteriza por la **expresión de sentimientos y pensamientos íntimos** a través de un lenguaje muy **expresivo,** abundante en **figuras retóricas** y que busca **musicalidad y armonía.**

SUBGÉNEROS LÍRICOS

Lírica tradicional	
Se caracteriza por su sencillez. Incluye poemas anónimos, creados por una colectividad y difundidos oralmente de generación en generación.	
Romance lírico	Es un poema de temática generalmente amorosa, pastoril o mitológica, con un tono intimista.
Villancico	En su origen, era una canción popular en la que se trataban temas profanos. A partir del siglo XVI, comenzó a adoptar un carácter fundamentalmente religioso.

Lírica culta	
Se caracteriza por su complejidad formal. Está escrita por un autor conocido y suele tratar asuntos serios.	
Elegía	Expresa la tristeza y el dolor por la muerte de una persona querida.
Sátira	Critica vicios o costumbres con una intención moralizadora. Emplea el humor para ridiculizar los defectos sociales o individuales.
Oda	Se utiliza para alabar a personas, así como acontecimientos históricos, lugares…
Égloga	Recoge en un diálogo el lamento amoroso de unos pastores, situados en un entorno natural idealizado.

TEMAS RECURRENTES EN LA LÍRICA

El amor	La vida y la muerte	La naturaleza	La religión	La sociedad y la política

Narrativa

La **narrativa** se caracteriza por la presencia de un **narrador,** que cuenta unos hechos protagonizados por uno o varios **personajes** en un **tiempo** y un **espacio** determinados.

TIPOS DE NARRADOR

Persona gramatical	
Narrador en **primera** persona	La persona desde la que está contada la historia es la primera *(yo)*.
Narrador en **segunda** persona	La persona desde la que está contada la historia es la segunda *(tú)*.
Narrador en **tercera** persona	La persona desde la que está contada la historia es la tercera *(él/ella)*.

Cantidad de información	
Narrador **omnisciente**	Su conocimiento de los hechos y de los personajes es absoluto.
Narrador **testigo**	Solo cuenta aquello que observa.

Punto de vista	
Narrador **interno**	Participa en el desarrollo de la historia.
Narrador **externo**	Se sitúa fuera de la historia y no participa en ningún acontecimiento.

TIEMPO

Externo	Interno
Es el momento histórico en que se sitúa la narración.	Tiempo que duran los hechos narrados.

ORIGEN

Narración lineal	Narración discontinua
Los hechos siguen un orden cronológico.	Se interrumpe la narración para presentar sucesos anteriores o posteriores.

ESPACIO

Real	Ficticio
Es un lugar auténtico e identificable.	No tiene ninguna relación con espacios reales.

Géneros literarios

Subgéneros narrativos

ÉPICA	Es el punto de partida de la narrativa. Relata las proezas (reales o ficticias) de héroes.
MITO	Nace para explicar el origen y el destino de la humanidad, así como fenómenos sin explicación racional.
LEYENDA	Combina hechos y personajes reales con acontecimientos fantásticos.
CUENTO	Se caracteriza por su brevedad y por presentar un tiempo y un espacio indeterminados.
NOVELA	Se caracteriza por su complejidad en aspectos como el argumento, los personajes y las técnicas narrativas.

PERSONAJES		
GRADO DE PARTICIPACIÓN	**Principales**	Son imprescindibles para el desarrollo de la historia.
	Secundarios	Influyen en el desarrollo de la historia, pero no de un modo decisivo.
EVOLUCIÓN	**Planos**	Suelen ser estáticos, no evolucionan a lo largo de la historia.
	Redondos	Evolucionan a lo largo de la historia y poseen una gran complejidad psicológica.

MODALIDAD DISCURSIVA	
Narración	Relata cómo suceden los acontecimientos.
Descripción	Caracteriza a los personajes o los ambientes.
Diálogo	**Estilo directo.** Reproduce literalmente las palabras de los personajes. **Estilo indirecto.** El narrador reproduce el discurso de los personajes con sus propias palabras. **Estilo indirecto libre.** Reproduce el pensamiento de un personaje en la voz del narrador.

Dramática

El **teatro** es un género literario que engloba aquellos textos escritos para ser **representados** por **actores** y **actrices** ante un **público.**

FORMAS DISCURSIVAS	
Diálogo	Reproduce las conversaciones entre los personajes. Aparece en estilo directo.
Monólogo	Es el discurso de un personaje que aparece solo en el escenario.
Aparte	Son las palabras que un personaje dirige al público sin que los demás personajes lo escuchen.
Acotaciones	Son las indicaciones del autor enfocadas a la puesta en escena o a la lectura. Se escriben entre paréntesis y en cursiva.

ESPACIO	
Ámbito escénico	**Espacio escénico**
Está formado por el escenario, el lugar de la representación y la sala.	Es el lugar en el que se sitúan los personajes y en el que transcurre la acción.

TIEMPO	
Tiempo escénico	**Tiempo dramático**
Duración de la representación.	Duración de la acción representada.

	SUBGÉNEROS DRAMÁTICOS		
	COMEDIA	**TRAGEDIA**	**DRAMA**
Tema	Temas **sencillos** y relacionados con la **vida cotidiana.**	Temas **trascendentales.**	Conflictos relacionados con la **sociedad del momento.**
Personajes	Personas **corrientes** que son **ridiculizadas.**	**Arquetipos** que simbolizan valores.	Vinculados a dicha **sociedad.**
Final	Suele ser **feliz.**	Siempre es **desgraciado.**	Suele ser **triste,** aunque puede contener **situaciones cómicas.**
Intención	**Divertir** al espectador.	**Conmover** al espectador y redimirlo de sus pasiones.	**Provocar** la reflexión en el espectador con el objetivo de orientar su conducta.

Vamos a emprender

¿Eres una persona con empuje y con ganas de desarrollar un proyecto que te guste? ¿Te consideras creativo o creativa? ¿Te gusta hacer cosas divertidas con las que, además, puedas aprender? ¿Tienes imaginación e iniciativa? ¿Te gusta asumir retos? ¿Te gusta participar en concursos y ponerte a prueba? Si has contestado afirmativamente a alguna de las preguntas anteriores, ¡tienes madera de EMPRENDEDOR!

¿Qué es un emprendedor? ¿Puedo ser yo una persona emprendedora?

Un emprendedor es una persona capaz de organizarse para convertir un sueño, una idea, en un proyecto real.

Hay muchas características que definen a una persona emprendedora: es valiente, pues no tiene miedo al fracaso; es persistente y se adapta a los cambios; es creativa, responsable y optimista, y tiene capacidad para tomar decisiones. ¡Ah, y también tiene sentido del humor! Seguro que tú tienes alguna de esas aptitudes, ¿verdad?

Emprender es una filosofía de vida. Podemos ser emprendedores al crear nuestra propia empresa o al trabajar para otros. Ser emprendedor depende de nosotros mismos. Pero ¿cómo lo conseguimos? Con ilusión, confianza, actitud positiva, originalidad y preparación previa.

Emprender implica un compromiso con uno mismo y con el mundo que nos rodea. En ocasiones, el emprendimiento se asocia a empresarios conocidos y famosos que han logrado crear grandes empresas, como Steve Jobs (Apple), Jeff Bezos (Amazon), Mark Zuckerberg (Facebook) y Amancio Ortega (Inditex), pero también existen emprendedores anónimos con los que nos cruzamos en nuestro día a día: el dueño del restaurante de la esquina, la propietaria de la tienda de videojuegos del centro comercial...

La aventura que te proponemos en este proyecto consiste en convertirte en un emprendedor o una emprendedora del ámbito del audiovisual: queremos que diseñes un programa de televisión con un formato de concurso que incluya pruebas, actividades y preguntas relacionadas con los contenidos de la asignatura de Lengua y Literatura.

Si te gusta la dinámica de una competición, eres creativo o creativa realizando pruebas, tienes imaginación para ponerla en práctica y te consideras una persona «lanzada», ¡pon en marcha tu «fábrica de ideas»! ¿Comenzamos?

Proyecto: ¿Qué nos jugamos?

Introducción

Formad equipos de siete alumnos cada uno. Cada equipo representará una productora de contenidos audiovisuales para cadenas de televisión. Vuestro primer encargo por parte de una cadena autonómica consiste en diseñar un concurso que compita con los otros canales que emiten en la franja horaria de tarde.

Cada productora debe crear un concurso cultural que contenga pruebas relacionadas con la lengua y la literatura castellanas. La cadena televisiva elegirá al equipo que presente el proyecto más atractivo. Se trata, pues, de un concurso dentro de otro concurso.

Los más interesantes, creativos y divertidos podrán representarse en algún festival del centro educativo (fiesta de fin de curso, festival de Navidad, semana cultural...).

Fases

El proyecto constará de las siguientes fases:

A. **¿Por dónde empezamos? Concretemos la dinámica del concurso.**

B. **¿Cómo nos organizamos? Asumamos nuestros roles como creativos.**

C. **¿Lo ponemos en práctica? Tomemos decisiones para la puesta en escena.**

A ¿Por dónde empezamos? Concretemos la dinámica del concurso

Actividad 1: Diseño de la mecánica del concurso

La primera actividad consiste en crear las distintas productoras de contenidos (siete personas por productora). Para ello, deberéis dar un nombre a cada una y, si queréis, crear su logotipo.

Es importante que os documentéis sobre los concursos más exitosos de la historia de la televisión. Investigad cómo eran, por qué resultaban atractivos, qué tipo de pruebas había que superar... Y en el caso de los programas que menos éxito han tenido, reflexionad acerca de por qué creéis que fallaron y pensad en cómo los habríais diseñado vosotros.

Nombre de la productora:	Logotipo de la productora (opcional):
Miembros de la productora:	
Trabajo de documentación	
Documentación sobre el vocabulario	Alumno encargado:
Documentación sobre el léxico	Alumno encargado:
Documentación sobre la gramática	Alumno encargado:
Documentación sobre los tipos de texto	Alumno encargado:
Documentación sobre los autores de los siglos XVIII y XIX	Alumno encargado:
Documentación sobre los autores del siglo XX	Alumno encargado:
Documentación sobre ....:	Alumno encargado:

Tal vez alguno de vosotros tenga que documentarse sobre varios temas. Hacedlo siempre pensando qué tipo de preguntas pueden «enganchar» al público.

Las preguntas o pruebas pueden tener que ver con el léxico, la ortografía, la gramática, los tipos de textos, los autores de una época determinada (desde el Neoclasicismo hasta la literatura contemporánea)...

Uno de los grandes retos de un concurso es lograr que la audiencia se sienta identificada y que tenga ganas de resolver las preguntas planteadas; también es imprescindible conseguir que se divierta y se implique en lo que está viendo (que le llamen la atención las pruebas, los concursantes, la puesta en escena...).

B ¿Cómo nos organizamos? Asumamos nuestros roles como creativos

Actividad 2: Elaboración de la dinámica, las preguntas y las pruebas del concurso

El humor juega un papel muy importante en los concursos. Podéis incluir chistes, *sketches* o anécdotas relacionados con la asignatura, de modo que, a la vez que amenizan el programa, puedan serviros para «dividir» las partes o rondas eliminatorias. Es una buena forma de combinar diversión con rigor.

A la hora de elaborar las pruebas, hay que pensar en la audiencia. Debéis procurar que las actividades sean interesantes para los espectadores y las preguntas puedan ser acertadas por el público; por tanto, el nivel de dificultad de las mismas debe ser equivalente al de los conocimientos requeridos en 4.º de la ESO.

Nombre de la productora:				
Checklist				
Prueba 1:				
¿Se entiende?	¿Está bien formulada?	Grado de dificultad	Tipo de prueba	Rondas eliminatorias
Sí ☐ No ☐	Sí ☐ No ☐	☐ Alto ☐ Medio ☐ Bajo	☐ Individual ☐ Por parejas ☐ Por equipos	Sí ☐ No ☐
Preguntas de sí/no	Preguntas de varias alternativas	Preguntas de respuesta libre	¿Incluirá algún ejercicio interpretable o escenificable?	¿Habrá pruebas de improvisación?
Sí ☐ No ☐	Sí ☐ No ☐ Alternativas:	Sí ☐ No ☐	Sí ☐ No ☐	Sí ☐ No ☐
Checklist				
Prueba X:				

Recordad que las actividades deben estar relacionadas con los contenidos de la asignatura que se han mencionado anteriormente.

Actividad 3: Articulación de la puesta en escena

Pensad ahora en cómo vais a poner en práctica todo lo realizado en las actividades anteriores. También es importante conocer el material necesario para la puesta en marcha de cada concurso.

Además, es el momento de elegir consensuadamente entre todos los alumnos de los diferentes equipos el nombre de cada concurso. Todos ellos deben ser originales y estar relacionados con algún aspecto de las pruebas que se deben superar.

Nombre de la productora:	
Nombre del concurso:	
Logotipo del concurso:	
***Checklist.* Elementos necesarios**	
¿Premios?	Sí ☐ No ☐ En caso afirmativo: ....
¿Decorados?	Sí ☐ No ☐ En caso afirmativo: ....
¿Mecanismos de puntuación?	Sí ☐ No ☐ En caso afirmativo: ....
¿Vídeos o fotografías para proyectar?	Sí ☐ No ☐ En caso afirmativo: ....
¿Mesas o atriles?	Sí ☐ No ☐ En caso afirmativo: ....
¿...............?	Sí ☐ No ☐ En caso afirmativo: ....

Cuando las dinámicas estén totalmente definidas y hayáis realizado los ajustes necesarios, deberéis llevar a cabo varios ensayos y analizar cada programa en su conjunto para comprobar que todo funciona perfectamente o si, por el contrario, es necesario modificar algún aspecto.

También puede resultar interesante pedir a familiares, amigos o compañeros, que os den ideas sobre las que no hayáis pensado.

Recordad que las instrucciones deben quedar muy claras: cómo se juega, qué se gana, qué pruebas hay que superar y de qué manera, y qué se espera de cada concurso.

Actividad 4: Emisión del programa piloto y el mejor proyecto

Es el momento de «emitir» el programa piloto de cada concurso, en el que vosotros mismos actuaréis como concursantes.

Este programa será útil para familiarizaros con el formato, con las preguntas y con las actividades que vais a realizar. También os servirá como ensayo de cara a su puesta en práctica con concursantes reales y voluntarios en algún evento organizado por vuestro centro educativo.

Mediante una votación, los alumnos elegiréis el mejor concurso de entre todos los presentados. También podréis representarlo en otras clases y que sean vuestros compañeros quienes ejerzan como jueces.

C ¿Lo ponemos en práctica? Tomemos decisiones para la puesta en escena

Actividad 5: Difusión del concurso

Sería interesante que el concurso seleccionado formara parte, por ejemplo, del programa de actividades de final de curso de vuestro centro educativo, o de algún festival o acto del mismo, con el fin de que podáis dar a conocer vuestra creatividad al resto de los alumnos y los profesores.

Para ello, puede resultar conveniente realizar una pequeña campaña publicitaria sobre la iniciativa. La finalidad última de esta debe ser conseguir el máximo de audiencia posible, por lo que debéis pensar bien cómo anunciar el concurso y de qué manera despertar el interés entre otros colectivos del centro educativo a través de sus distintos canales de difusión: correos electrónicos a los padres, dípticos o folletos para entregar por las aulas del colegio, carteles o pósteres, blog del colegio...

¡No olvidéis preparar unos premios simbólicos para los ganadores!

Actividad 6: Valoración de los resultados de nuestro concurso

En función de los resultados obtenidos, podéis seguir elaborando nuevas preguntas o actividades para cada concurso y compartirlas con otras clases del centro educativo, con el fin de que otros compañeros puedan concursar y aprender, así, los contenidos de la asignatura.

Conclusiones y reflexiones finales

- ¿Cuál ha sido el resultado obtenido?
- ¿Qué has aprendido?
- ¿Qué es lo que más te ha gustado de la experiencia?
- ¿Qué harías de una manera distinta si volvieras a participar en el proyecto?
- ¿Cuáles son las tres cosas que más te han sorprendido de tu experiencia?
- ¿Pensabas que lo que has estudiado en Lengua y Literatura podría aplicarse en una actividad tan divertida?

Recuerda que...

- Con un poco de esfuerzo y creatividad, podemos hacer divertidas las materias de estudio.
- Es posible aprender y emprender, a la vez, con un proyecto que nos motive y nos resulte divertido.
- Planificando y organizando los recursos y materiales a nuestro alcance, podremos realizar proyectos que tengan un resultado visible.
- «Aprender haciendo» es una metodología de estudio que nos permite colaborar entre nosotros, desarrollar actividades y experimentar en la práctica aquello sobre lo que tenemos que trabajar.
- Cuando emprendemos y ponemos en práctica nuestras ideas, podemos alcanzar casi cualquier meta que nos fijemos.

4
ESO

edebé

Lengua y Literatura

Bloque I: Lengua

El proyecto de **Lengua y Literatura 4 ESO**

COMENZAMOS...

Una unidad inicial para facilitar la incorporación del alumno al curso y para activar los **conocimientos previos**.

LAS UNIDADES

Imagen inicial relacionada con la **lectura**, acompañada de los **contenidos** de la unidad.

LECTURA Y COMUNICACIÓN ORAL

Estas primeras páginas están dedicadas a desarrollar las competencias en **comprensión** y **expresión** a partir de textos motivadores, **orales y escritos.**

ANEXOS

Páginas para complementar y consultar los **contenidos** sobre **gramática,** el **léxico** y los **textos**.

MONOGRÁFICOS

Reflexión sobre la **variedad lingüística** en España y en el mundo. Estudio de las técnicas de **búsqueda de la información**.

EVALUACIÓN DE LAS COMPETENCIAS

Actividades que permiten valorar el progreso en la adquisición de las **competencias**.

edebé On

proyecto global interactivo

Libro digital interactivo

Incorpora los **recursos digitales** necesarios (vídeos, presentaciones, actividades interactivas, audios, enlaces...) a fin de que el profesorado gestione de manera eficaz el aprendizaje en el **aula digital**.

LOS TEXTOS

Se profundiza en las **características** de los distintos **tipos de textos** para saber utilizarlos en situaciones prácticas del **entorno cotidiano**, orales o escritas.

LÉXICO

Se analizan los recursos para la **formación de nuevas palabras** y se estudia la **organización del léxico** atendiendo al significante y al significado.

GRAMÁTICA Y ORTOGRAFÍA

Estudio de las **categorías gramaticales, estructura de la oración** y análisis morfosintáctico de la **oración simple** y **compuesta**.

Estudio de las **normas ortográficas** imprescindibles para leer, hablar y escribir correctamente.

PON A PRUEBA TUS COMPETENCIAS

Actividades integradas a partir de un **texto del entorno cotidiano** para valorar los contenidos y el progreso en la **adquisición de las competencias**.

ACTIVIDADES FINALES

Actividades variadas que permiten **repasar** los contenidos de la unidad.

RUTINA DE PENSAMIENTO
Para aprender a pensar.

ÁGORA
Un espacio abierto al diálogo y a la reflexión.

PBL
Aprendizaje basado en problemas.

VISIÓN 360º
Experiencias para aprender fuera del aula.

CRE@CTIVIDAD
Herramientas TIC para buscar soluciones creativas.

DESTREZAS DE PENSAMIENTO
Para un pensamiento crítico y creativo.

TÉCNICAS COOPERATIVAS
Para mejorar la responsabilidad individual y las relaciones sociales.

INTELIGENCIAS MÚLTIPLES
Porque hay diferentes maneras de aprender y ser inteligente.

Disponible en «Tu espacio personal»: **www.edebe.com** Multidispositivo

Cuaderno digital interactivo

Organizado en **secuencias temáticas** para promover el **aprendizaje autónomo** por parte del alumnado (bajo la planificación y el control del docente) en un **formato digital amigable** e intuitivo.

Biblioteca de recursos digitales

Un **espacio** fácilmente **accesible** donde encontraréis recursos para consultar, descubrir y explorar el conocimiento.

Índice

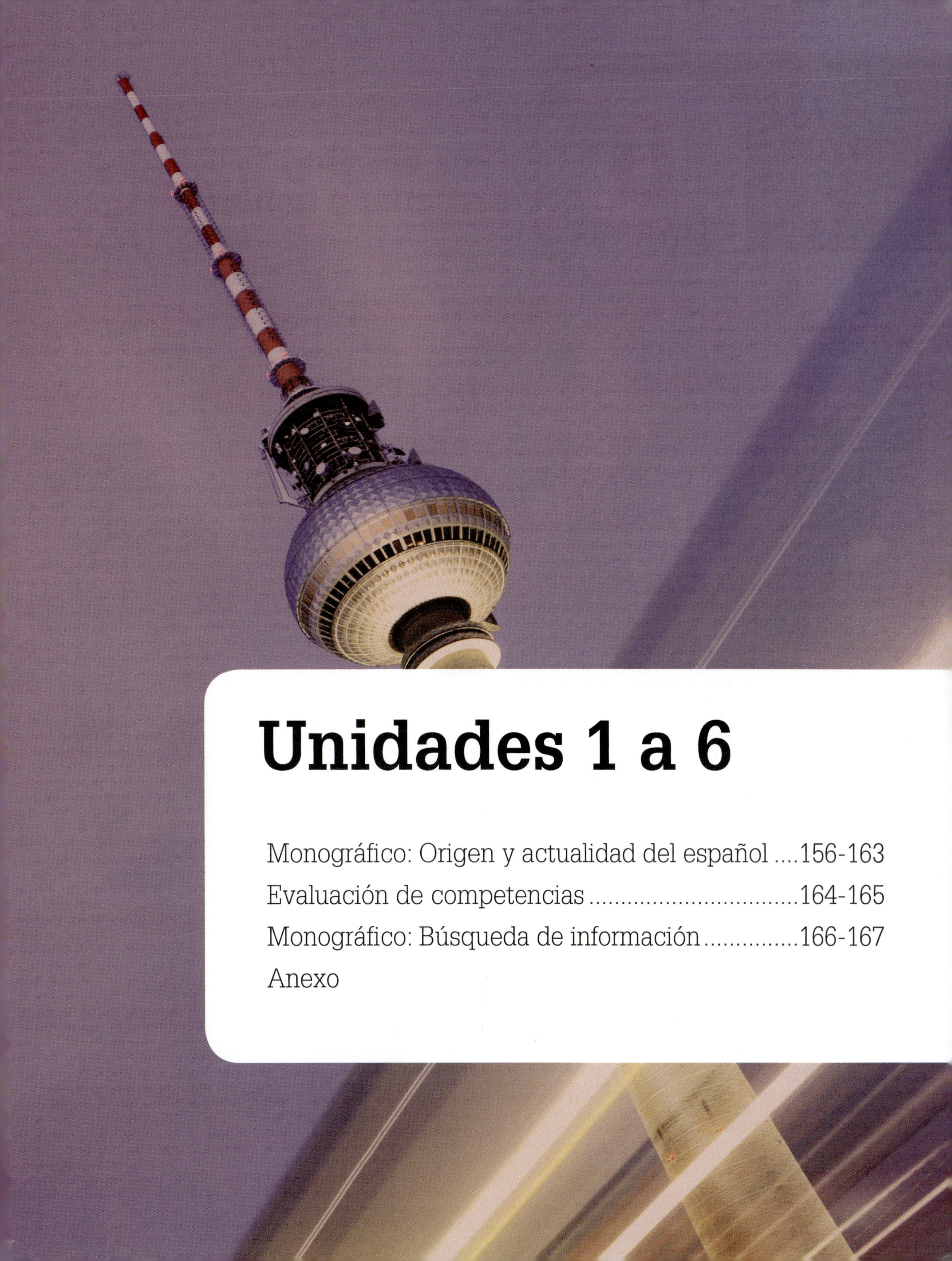

Unidades 1 a 6

0 Unidad

Leer, escribir, escuchar y hablar

Lee el siguiente texto sobre el uso de las TIC y resuelve las actividades que tienes a continuación:

LA NUEVA BRECHA DIGITAL NO ESTÁ ENTRE PADRES E HIJOS

Hasta ahora la brecha digital se producía especialmente entre padres e hijos, entre adolescentes y adultos, entre lo que denominamos *nativos digitales* y los *inmigrantes digitales.* No obstante, esta circunstancia está cambiando rápidamente. Ahora son muchos los adultos, padres y madres que manejan las TIC. La mayoría utilizan a diario el correo electrónico, tienen grupos de WhatsApp con sus amigos, se descargan aplicaciones en sus *smartphones* y tabletas, suben fotos a Pinterest o Instagram, etc.

Por otro lado, estamos observando que muchos jóvenes y menores de edad no están dando el paso necesario para convertirse en usuarios 2.0, y aprovechar realmente las posibilidades que ofrecen las TIC. Es decir, muchos adolescentes, y también universitarios, están usando las TIC como meros consumidores. Dedican horas a conversar por WhatsApp, mandan correos y consultan información para hacer trabajos, suben fotos a su red social... y esto último cada vez con menos asiduidad. Es decir, finalmente no están haciendo un uso muy diferente, ni tienen muchos más conocimientos, que las generaciones de padres y madres de 30 a 40 años de edad. No están creando, no son en su mayor parte generadores de contenidos que estén aportando valor a la red. Son muy pocos los que utilizan blogs, los que vuelcan trabajos o estudios, desarrollan espacios web, crean grupos de discusión en foros o en redes sociales, etc. [...]

La verdadera brecha digital, la que se impondrá cada vez de forma más evidente, la que no cesa de crecer, es la que separa a los consumidores digitales, de los productores digitales. Independientemente de la edad, o de las posibilidades económicas dentro de un mismo país, encontramos cada día a personas que manejan Internet de forma productiva y creativa, generando contenidos, generando opinión, transmitiendo ideas, creando nuevas propuestas y espacios, etc. Y vemos al mismo tiempo cómo crece la enorme masa de personas que solo consumen Internet. Chatean, leen el periódico, miran sus movimientos bancarios, hacen compras y suben las fotos de sus vacaciones, tienen correo electrónico y utilizan WhatsApp a diario, y algunos comentan lo que hacen cada día en Twitter. Y que esto se esté consiguiendo puede considerarse un gran avance. El problema es que para muchas personas, y para muchos estamentos sociales y gubernamentales, esta parece ser la meta, el objetivo buscado. No debe ser así. Es necesario dar un paso más, y aprovechar realmente las posibilidades de la Web 2.0.

La conectividad móvil, la bajada drástica en la edad de inicio, las tabletas y los *smartphone* conforman el entorno que necesitábamos para formar y educar a una generación de niños que pueden darle un vuelco real a la red.

Niños y niñas que pueden ser educados en la actividad, en la creatividad, en la generación de contenidos, ideas y movimientos que pueden llegar a transformar la educación y la sociedad en la que se desenvuelven. [...] El aprendizaje personalizado, el trabajo colaborativo, la investigación, la implicación del alumno en la generación de los contenidos pueden ser algo mucho más cercano hoy gracias a las TIC. Pero depende de nosotros. [...]

http://kidsandteensonline.com/2014/02/10/la-nueva-brecha-digital-no-esta-entre-padres-e-hijos/

1. Responde a las siguientes preguntas a partir de la información proporcionada por el texto:

- ¿Entre quiénes se ha producido tradicionalmente la brecha digital?
- ¿Qué diferencia existe entre «consumidores digitales» y «productores digitales»? Según el texto, ¿cuál de los dos grupos aprovecha mejor Internet?
- ¿Qué tipo de usuario de Internet predomina?
- Escribe dos ejemplos de actividades que supongan un uso creativo y productivo de Internet.

2. Indica si las siguientes afirmaciones son verdaderas o falsas. Transforma estas últimas en verdaderas.

- Utilizar WhatsApp y subir fotos a Instagram nos convierte en productores digitales.
- Los adolescentes y universitarios hacen un uso de Internet mucho más creativo que sus padres.
- El uso productivo de Internet está directamente relacionado con la situación económica de sus usuarios.

3. Según el autor del texto, el uso de las nuevas tecnologías en la educación ¿es positivo o negativo? Justifica tu respuesta.

4. ¿Qué tipo de texto es el que acabas de leer en la página anterior?

- instructivo
- argumentativo
- expositivo

— Justifica tu respuesta con ejemplos del texto y señala las características de esta tipología.

5. Basándote en el texto anterior, y en el uso que haces tú de Internet: ¿tu perfil corresponde al de «consumidor digital» o al de «productor digital»?

— A continuación escribe un texto argumentativo defendiendo la opción elegida.

— Desarrolla tus argumentos, aportando ejemplos concretos.

6. Vuelve a leer el siguiente fragmento del texto:

> Hasta ahora la brecha digital se producía especialmente entre padres e hijos, entre adolescentes y adultos, entre lo que denominamos *nativos digitales* y los *inmigrantes digitales.* No obstante, esta circunstancia está cambiando rápidamente. Ahora son muchos los adultos, padres y madres que manejan las TIC.

— Explica a tus compañeros la experiencia de algún adulto de tu entorno (familiar, amigo, profesor...) que use las TIC de manera habitual, y con el que no sientas ninguna «brecha digital».

Los textos

7. Observa y escucha atentamente el siguiente vídeo y responde a las preguntas:
@ **http://links.edebe.com/8ds5f**

— La finalidad del texto es:

- Dar a conocer una nueva marca de móviles.
- Presentar el tráiler de una película de terror.
- Alertar sobre el peligro del uso excesivo de los móviles.

— ¿El vídeo contiene un mensaje publicitario o propagandístico? Justifica tu respuesta.

— Fíjate en el título del vídeo. ¿Qué te sugiere? ¿Te parece adecuado para el propósito que persigue? Justifica tu respuesta.

8. Ahora piensa cómo debía de ser la vida antes de la aparición de Internet y el uso de teléfonos móviles. Escribe un texto expositivo sobre este tema.

— Pregunta a tus mayores sobre aspectos como los siguientes: uso del teléfono fijo y de cabinas, búsqueda de información, socialización, entretenimiento...

— A continuación, convierte tu texto expositivo en un artículo de opinión en el que expongas qué ventajas y qué inconvenientes encuentras en la vida sin Internet respecto a la actual.

Los textos **propagandísticos** pretenden **convencer y aconsejar al receptor** para que actúe de una forma determinada. Los **publicitarios** tienen como finalidad **persuadir** a los receptores del mensaje para que **compren un producto o hagan uso de un servicio.**

Los textos **expositivos** tienen como finalidad **transmitir información** de manera **objetiva, clara y precisa.**

Los textos **periodísticos** pueden ser **informativos** o de **opinión.**

Gramática

El **mapa mental** permite organizar con facilidad los pensamientos y representarlos de forma muy intuitiva y clara.
Para **elaborar** un mapa mental hay que seguir las siguientes pautas:

1. El **concepto** que se quiere **trabajar** se sitúa en el **centro** y representa la idea más importante.
2. De esta idea irradia una serie de **ramas** que representan los pensamientos principales, y de estas, a su vez, irradian otras ramas, que expresan los pensamientos secundarios.

El uso de colores, símbolos, imágenes, palabras... ayuda a destacar la **relación** entre las ideas.

9. Siguiendo las pautas anteriores, completa y amplía con ejemplos el siguiente mapa mental. El concepto que vas a trabajar son los *tipos de oraciones*.

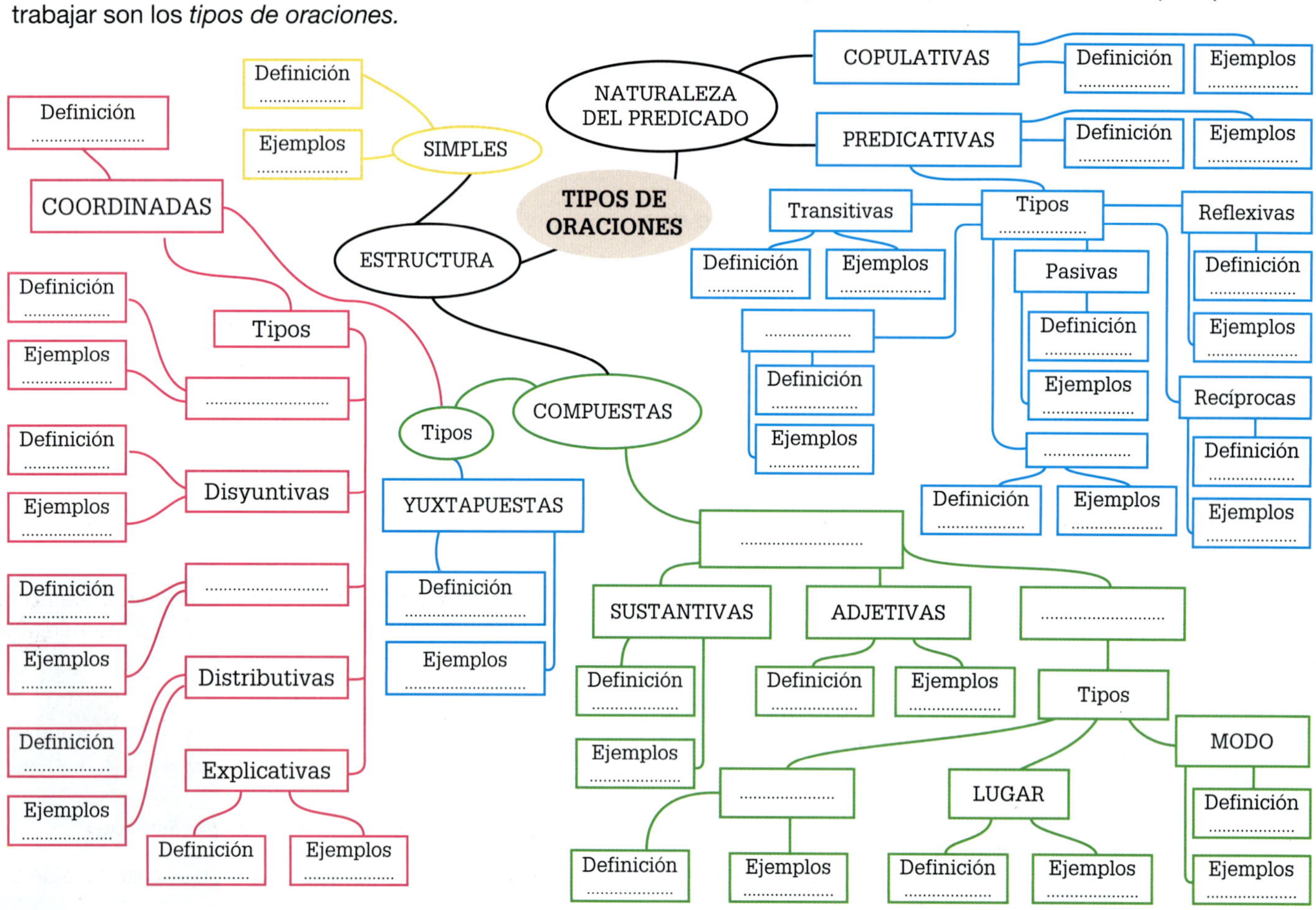

10. Analiza las siguientes formas verbales en una tabla como la que tienes a continuación: *producía, denominamos, fueron creados, había generado, impondrá, miran, necesitábamos, desenvuelven, crecer, habremos leído.*

persona	número	tiempo	modo	aspecto	voz
....	....	....	....	....	....

11. Indica qué complementos verbales aparecen en estas oraciones:

- Adolescentes y universitarios utilizan las TIC como meros consumidores.
- Muchos jóvenes todavía no se han convertido en usuarios 2.0.
- Para muchos estamentos sociales esta es la meta.
- Suben fotos a sus redes sociales cada vez con menos asiduidad.

— A continuación, analiza morfosintácticamente las dos últimas oraciones.

12. Identifica si las siguientes oraciones son simples o compuestas:

- La mayoría utiliza el correo electrónico a diario.
- Ahora son muchos los adultos que manejan las TIC.
- La implicación del alumno en la generación de contenidos depende de nosotros.
- Son consumidores digitales, pero no aportan valor a la Red.
- El problema es que para muchas personas esta es la meta.
- Chatean, leen el periódico, miran sus movimientos bancarios, hacen compras.
- Encontramos cada día a más personas productivas.

— A continuación, sustituye los complementos subrayados por proposiciones subordinadas.

Ortografía

13. Completa el texto con las grafías *b/v* que faltan, e identifica dos palabras con hiato y dos con diptongo.

> La edad de la primera conexión a la red se ha reducido significativamente y los jóvenes cada vez aprenden antes a na...egar por Internet. Este martes, con moti...o del Día de Internet Segura 2016, expertos y asociaciones ofrecen algunos consejos para promo...er el uso responsa...le y seguro de Internet y las nue...as tecnologías, especialmente entre los niños y los adolescentes. El lema de este año, *«Play your part for a better Internet»* ('pon de tu parte para mejorar Internet'), quiere recordar a padres y tutores que ellos tam...ién tienen la responsa...ilidad de proteger la pri...acidad de los menores.
>
> *El País* [en línea], 10-2-2016.

14. Justifica el uso o la ausencia de tilde en las siguientes palabras: *rápidamente, confiéis, finalmente, cómo, preveíamos, país, más, gracias, período, leáis, océano.*

Léxico

15. Clasifica las siguientes palabras en una tabla como esta en tu cuaderno y completa la lista con nuevos ejemplos: *consumidores, aprendizaje, pyme, entorno, mundo, TIC, quinceañero, interactuar, pasatiempo, ESO, norteamericano*.

SIMPLES	DERIVADAS	COMPUESTAS	PARASINTÉTICAS	SIGLAS/ ACRÓNIMOS
....	....	....	....	....

16. Justifica si las siguientes palabras son préstamos o extranjerismos: *chatear, web, tableta,* smartphone, *blog.*

— Sustituye los extranjerismos por la palabra o expresión en castellano equivalente. Explica por qué este tipo de términos son innecesarios en nuestra lengua.

17. Busca en el texto cohipónimos que correspondan al hiperónimo «redes sociales». A continuación, escribe con tus propias palabras la definición de hiperonimia e hiponimia.

18. Vuelve a leer el siguiente fragmento del texto:

> La conectividad móvil, la bajada drástica en la edad de inicio, las tabletas y los *smartphones,* conforman el entorno que necesitábamos para formar y educar a una generación de niños que pueden darle un vuelco real a la Red.
>
> [...] El aprendizaje personalizado, el trabajo colaborativo, la investigación, la implicación del alumno en la generación de los contenidos, pueden ser algo mucho más cercano hoy gracias a las TIC. Pero depende de nosotros.

— Fíjate en la palabra «generación». Sustitúyela por un sinónimo en cada caso.

— Justifica si la palabra «red» ha experimentado un cambio semántico.

19. Explica por qué se puede afirmar que el texto inicial es coherente y adecuado, y está cohesionado. Aporta ejemplos del texto referidos a cada una de estas propiedades.

1 Unidad

» CONTENIDOS

Rutina de pensamiento

CSI: COLOR, SÍMBOLO, IMAGEN

— Lee con atención el texto que tienes a continuación. Durante la lectura, selecciona aquellas ideas que te parezcan importantes y anótalas en tu cuaderno con tus propias palabras.

— A continuación, selecciona las tres ideas más relevantes.

- Para la primera idea, selecciona un color, el que creas que simboliza esa idea.
- Para la segunda, elige un símbolo que consideres que encarna su esencia.
- Para la tercera idea, visualiza y crea una imagen que la represente.

— Formad grupos y compartid con vuestros compañeros el color, el símbolo y la imagen que habéis elegido. ¿Vuestras respuestas son parecidas?

© Russell Gordon

R. J. Palacio

Diseñadora americana que inauguró su actividad como escritora con *Wonder: la lección de August,* publicado por la editorial Nube de Tinta; un libro que, tras su enorme éxito, se ha convertido en lectura obligatoria en todos los colegios de Estados Unidos.

Este fragmento

August es un niño físicamente diferente. Ha decidido empezar las clases en el instituto, a pesar del miedo de sus padres a que su adaptación sea difícil. En esta nueva etapa conocerá a personas interesantes, como el profesor de Lengua, el señor Browne.

El libro de preceptos del señor Browne

Cuando sonó el timbre todo el mundo se levantó para salir. Miré mi horario y comprobé que la siguiente clase era Lengua, en el aula 321. No me paré a ver si alguien más iba al mismo sitio que yo; salí pitando del aula, eché a correr por el pasillo y me senté tan lejos de la primera fila como pude. El profesor, un hombre muy alto de barba rubia, estaba escribiendo algo en la pizarra.

Entraron varios grupos de chicos, pero no levanté la vista. Volvió a pasar lo mismo que había pasado en el aula de tutoría: nadie se sentó a mi lado aparte de Jack, que estaba bromeando con unos chicos que no eran de nuestra aula. Se notaba que Jack era de esos chicos que caen bien. Tenía muchos amigos y hacía reír a la gente.

Cuando sonó el segundo timbre, se calló todo el mundo y el profesor se volvió para mirarnos. Se presentó como el señor Browne y se puso a hablar de lo que íbamos a hacer durante el *semestre*[1]. En un momento dado, entre *Harry Potter y la piedra filosofal* y *El hobbit,* se fijó en mí, pero siguió hablando como si nada.

Yo me dedicaba a garabatear en mi cuaderno mientras él hablaba, pero de vez en cuando miraba *furtivamente*[2] a los demás alumnos. Charlotte estaba en aquella clase. Julian y Henry, también. Miles, no.

El señor Browne había escrito en mayúsculas en la pizarra:

P-R-E-C-E-P-T-O

Nadie levantó la mano.

El señor Browne sonrió, asintió con la cabeza y se giró para escribir algo más en la pizarra:

Preceptos = Reglas sobre cosas que son realmente importantes.

—¿Como un *lema*[3]? —preguntó alguien.

—¡Como un lema! —contestó el señor Browne, confirmándolo con un gesto mientras seguía escribiendo en la pizarra—. Como una cita famosa. Como una frase de una galleta de la suerte. Cualquier dicho o principio que pueda motivaros. Básicamente, un precepto es cualquier cosa que nos guía cuando tomamos una decisión sobre algo importante.

Lo escribió todo en la pizarra y luego se giró para mirarnos.

—A ver, ¿qué cosas son *realmente importantes?* —preguntó.

Unos cuantos levantaron la mano. El señor Browne los fue señalando y ellos contestaron mientras él escribía en la pizarra con muy mala letra:

Normas de trabajo en clase. Deberes.

—¿Qué más? —preguntó mientras escribía, sin girarse en ningún momento—. ¡Id diciéndomelo! —Y se puso a escribir todo lo que le decían.

Familia. Padres. Animales.

—¡El medio ambiente! —gritó una chica.

El medio ambiente.

Escribió en la pizarra, y añadió:

¡Nuestro planeta! [...]

—¡Los amigos!

—Muy bien —dijo el señor Browne, y escribió todas esas cosas. Luego se dio media vuelta para mirarnos de nuevo—. Pero nadie ha dicho la cosa más importante de todas.

Todos nos quedamos mirándolo. Se nos habían acabado las ideas.

—¿Dios? —preguntó un chico.

Aunque el señor Browne escribió «Dios», se notaba que no era la respuesta que esperaba. Sin decir nada más, escribió:

¡Quiénes somos!

—Quiénes somos —dijo, subrayando cada palabra—. Quiénes somos. Nosotros. ¿Lo entendéis? ¿Qué clase de personas somos? ¿Qué clase de persona sois? ¿Acaso eso no es lo más importante de todo? ¿No es esa la pregunta que deberíamos hacernos a todas horas? ¿Qué clase de persona soy? ¿Alguien se ha fijado en la placa que hay junto a la puerta del colegio? ¿Alguien ha leído lo que pone? ¿Nadie?

Miró a su alrededor, pero nadie sabía la respuesta.

—Pone: «Conócete» —dijo. Sonrió y asintió—. Y estáis aquí para aprender a conoceros.

—Pensaba que estábamos aquí para aprender lengua —soltó Jack, y todo el mundo se echó a reír.

—¡Bueno, sí, para eso también! —contestó el señor Browne, en un gesto de lo más guay. Se volvió y se puso a escribir algo [...] que ocupaba toda la pizarra:

**El precepto de septiembre del señor Browne:
Cuando puedas elegir entre tener razón
o ser amable, elige ser amable.**

—Bien, escuchad todos —dijo, mirándonos de nuevo—. Quiero que empecéis una sección nueva en vuestro cuaderno y la llaméis «Los preceptos del señor Browne». [...] A partir de hoy, a comienzos de cada mes, voy a escribir un nuevo precepto del señor Browne en la pizarra y vosotros vais a escribirlo en vuestros cuadernos. Luego hablaremos de ese precepto y de lo que significa. Y a finales de mes escribiréis una redacción sobre él y sobre lo que significa para vosotros. Así, a final de curso tendréis vuestra propia lista de preceptos. A todos mis alumnos les pido que durante el verano piensen en un precepto, lo escriban en una postal y me la envíen desde donde estén de vacaciones.

Mientras escribía el precepto para septiembre del señor Browne, de pronto me di cuenta de que el colegio iba a gustarme. Pasara lo que pasase.

El precepto del mes de octubre del señor Browne era:

Tus actos son tus monumentos.

Nos dijo que estaba escrito en la tumba de no sé qué egipcio que había muerto hacía miles de años. Como estábamos a punto de estudiar el antiguo Egipto en Historia, el señor Browne pensó que aquel precepto era una buena elección.

Nos pidió que escribiéramos una redacción corta sobre lo que pensábamos que significaba aquel precepto o sobre lo que nos inspiraba.

Esto es lo que escribí yo:

Este precepto significa que se nos debería recordar por las cosas que hacemos. Las cosas que hacemos son las cosas más importantes de todas. Son más importantes que lo que decimos o nuestro aspecto. Las cosas que hacemos duran más que nuestras vidas. Las cosas que hacemos son como los monumentos que la gente construye para *honrar*[4] a los héroes cuando ya han muerto. Son como las pirámides que construyeron los egipcios para honrar a los faraones. Pero en lugar de estar hechas de piedra, las cosas que hacemos están hechas de los recuerdos que la gente tiene de ti. Por eso tus actos son como tus monumentos. Están construidos con recuerdos y no con piedra.

Vocabulario

[1]**semestre:** período de seis meses. / [2]**furtivamente:** de manera oculta, sin ser visto. / [3]**lema**: norma que regula o parece regular la conducta de alguien. / [4]**honrar:** enaltecer o premiar el mérito de alguien.

Ortografía

él: localiza esta palabra en la lectura y señala la categoría gramatical a la que pertenece; ¿por qué lleva tilde? Busca otro ejemplo similar en la lectura.

Para leer

Si te interesan las relaciones humanas y las historias personales, te recomendamos estas lecturas:

El diccionario de Carola relata la visión de las relaciones familiares y sociales de la joven Nila. *Camino entre la niebla* cuenta la historia de Jana, una nadadora de 18 años que se enfrenta a nuevos sentimientos y a situaciones que deberá superar para realizar sus sueños.

- Carmen Gómez Ojea, *El diccionario de Carola*. Col. Periscopio. edebé.
- Care Santos, *Camino entre la niebla*. Col. Periscopio. edebé.

Ágora

El protagonista de la historia que has leído, August, es un chico físicamente distinto a los demás. Por ese motivo, tiene dificultades para relacionarse con algunos compañeros.

- ¿Qué valoras en las personas a la hora de elegir tus amistades?
- ¿Crees que se puede juzgar a alguien solo por su aspecto físico?
- ¿Qué opinas de la frase «la belleza está en el interior»?

Obtención de información

Lee el texto *Los preceptos del señor Browne* y resuelve las actividades que se plantean a continuación:

1. Responde a estas preguntas sobre la lectura:
   - ¿Qué asignatura imparte el señor Browne?
   - ¿Qué es lo primero que les pregunta el profesor a sus alumnos? ¿Obtiene alguna respuesta?
   - ¿Qué conceptos nombran los alumnos cuando el señor Browne les pregunta qué cosas son realmente importantes?
   - ¿Cuál es para el profesor la cosa más importante de todas? ¿Por qué?
   - ¿En qué consiste el ejercicio de los preceptos del señor Browne? ¿Qué tendrán que hacer en verano?
   - ¿Cuál es el precepto de octubre y por qué lo escogió el señor Browne? ¿Qué significa para el protagonista este precepto?

Interpretación

2. Define brevemente, y con tus palabras, qué es un precepto.
3. Divide el texto en distintas partes según lo que se relata. Indica qué líneas comprende cada parte y pon un título creativo y apropiado para cada una de ellas.
4. ¿Aproximadamente cuánto tiempo transcurre en el relato desde el inicio hasta las líneas 91-95?
5. Indica en tu cuaderno qué persona gramatical está narrando el texto y determina qué tipo de narrador es. Justifica tu respuesta con ejemplos de la lectura.
   - ☐ Narrador en **primera persona:** coincide con uno de los personajes; por lo tanto, participa en la historia.
   - ☐ Narrador en **tercera persona:** no participa en la historia del relato, sino que la narra desde la distancia, sin formar parte de los acontecimientos.

Reflexión

6. Lee con atención el precepto del mes de septiembre del señor Browne.
7. ¿Qué crees que intenta conseguir el señor Browne con el ejercicio de los preceptos? ¿Crees que logra motivar a sus alumnos?

Expresión

8. En la lectura, el señor Browne les pide a sus alumnos que en verano le envíen una postal con un precepto que hayan escrito ellos mismos. Te proponemos que realices su ejercicio, siguiendo las siguientes indicaciones:
   - Escribe un precepto en el que reflejes lo que significa para ti la amistad.
   - ¿Qué significa para ti este precepto? ¿En qué situación crees que podrías aplicarlo?
   - Diseña la postal. En la cara principal, dibuja algo que tenga relación con tu precepto, una imagen que simbolice tus palabras. En el reverso, escribe tu precepto, una explicación de lo que significa para ti y una lista de comportamientos o acciones que puedes llevar a cabo para aplicarlo en tu día a día.

Escucha

Observa y escucha atentamente el siguiente vídeo titulado *Camino a la escuela:*

http://links.edebe.com/6a45

1. Rellena la tabla con la información sobre cada uno de los protagonistas de esta historia:

Jackson	Zahira	Carlitos	Samuel
....	....	....	....

- Se prepara para ser médico.
- Vive en la Patagonia argentina.
- Camina 15 kilómetros cada día.
- Va a la escuela con su hermana Salomé.
- De mayor quiere ser veterinario.
- Sus hermanos le llevan a la escuela.
- Hace el camino los domingos.
- Padece una discapacidad.

2. ¿Qué tipo de documento es el vídeo que acabas de ver: un documental, una noticia o un anuncio? Razona tu respuesta nombrando dos o más elementos que te hayan ayudado a deducirlo.

3. ¿Qué dice Pascal Plisson sobre los niños que protagonizan *Camino a la escuela?*

4. Según lo que has visto, ¿cuál dirías que es el tema del *vídeo?* ¿Qué han tratado de reflejar en él?

Habla

5. Organizad un **coloquio** en clase para hablar y reflexionar sobre el tema del vídeo. Para ello, seguid las siguientes pautas:

   — Formad dos o tres grupos y elegid un moderador para cada uno. Os proponemos algunas preguntas para empezar a reflexionar, pero los moderadores pueden plantear todas aquellas que les parezcan interesantes y ayuden a profundizar en los distintos aspectos que ofrece este tema.

   - ¿Qué representa para los niños del documental ir a la escuela? ¿Por qué crees que arriesgan su vida para ello?
   - ¿Qué significa para ti ir a la escuela? ¿Estarías dispuesto a hacer lo que ellos hacen para acudir a clase?
   - ¿A qué edad empezaste a ir solo al colegio? ¿Alguna vez has pensado que el camino a la escuela podría ser peligroso?
   - ¿Qué es lo que más te ha impactado del vídeo? ¿Por qué?

   — Cada grupo realizará el coloquio frente a los demás compañeros, que conformarán el público.

   — Una vez cerrado el coloquio, el moderador deberá sintetizar las opiniones que se han presentado y exponer las conclusiones del grupo.

   — Cuando todos los grupos hayan realizado la actividad, transformad las principales conclusiones de toda la clase en preceptos.

¿Qué es un coloquio?

Un coloquio es una conversación mantenida por diversas personas que intercambian opiniones e ideas. A diferencia del debate, las ideas que se defienden no son necesariamente opuestas.

Para organizar un coloquio, tened en cuenta estas indicaciones:

- Escuchad con atención las intervenciones de vuestros compañeros; sed respetuosos con sus opiniones y no les interrumpáis durante su intervención.
- Emplead un punto de vista subjetivo. Podéis utilizar expresiones como: *en mi opinión, a mi modo de ver, desde mi punto de vista...*
- Mantened un tono adecuado y respetuoso: no gritéis y hablad pausadamente.
- Sentaos de modo que podáis miraros de frente cuando habléis.

El texto y sus características

En el ámbito académico, y también en el social, estás acostumbrado a leer y producir distintos tipos de textos: noticias, novelas, manuales académicos, poemas... Todos ellos comparten las siguientes características: son **manifestaciones lingüísticas,** orales o escritas, que poseen **intención comunicativa** y un **sentido completo.**

Para que un conjunto de oraciones tenga unidad y sentido debe reunir estos rasgos: **adecuación, coherencia y cohesión.**

Adecuación

Forma

- Disposición en párrafos
- Empleo de recursos gráficos **(negrita)**

Registro

- Formal
- Vocabulario especializado (psicología, neurólogos...)

Coherencia

Núcleo informativo

- Tema (cómo nos transforma la música)
- Avence de la información

Cohesión

Recursos léxicos

- Repetición léxica (música, estimula)
- Sinonimia (sensaciones / emociones)
- Relación semántica (música, melodías, partituras, instrumentos, canciones...)
- Hiperonimia e hiponimia (música / sonidos, ritmos, notas...)

Recursos gramaticales

- Pronominalización (la **música** no es.../ **su** poder...).
- Conectores (sin embargo, además, de hecho, de ese modo, pero...).

Párrafos

Cómo nos transforma la música

Bien mirada, la música no es más que una secuencia de sonidos ordenados, una especie de encarnación del paso del tiempo a base de ruidos, silencios y ritmos. Sin embargo, su poder para provocar reacciones emocionales en los humanos [...] es tal que se ha convertido en piedra de toque de nuestro comportamiento como especie. Además del lenguaje, la capacidad para disfrutar de la música es una de las pocas habilidades que nos diferencian del resto de los animales. Y al igual que nos ocurre con el habla, se hace difícil pensar en un día en el que no escuchemos ni una sola nota. [...]

Los últimos hallazgos en neurología, psicología y biología parecen demostrar que [...] escuchar melodías agradables no solo modifica nuestro estado de ánimo sino que puede tener una influencia muy positiva en el desarrollo cognitivo humano, en el estímulo de nuestra inteligencia e incluso en la salud. [...] De hecho, es posible que la música remede lejanamente la organización de ritmos internos de nuestro cuerpo, como el latido del corazón, el tempo de la respiración o la sonoridad vocal de las palabras. De ese modo, podría explicarse por qué todas las manifestaciones musicales del mundo cuentan con una base emocional común. [...] Un japonés, aunque no sepa una sola palabra de flamenco, es capaz de detectar que una bulería transmite sensaciones alegres y una taranta produce emociones más tristes. [...]

Parece que el poder evocador de las melodías es prácticamente total: estimula la imaginación visual, el entorno lingüístico, la memoria... [...] **¿Escuchar mucha música tiene algún efecto funcional en nuestro cuerpo?** Multitud de estudios recientes confirman que sí. Al igual que el ejercicio físico hace que aumente la masa muscular, el ejercicio musical podría estimular el entrenamiento mental. Neurólogos del centro médico Beth Deacones de Israel han demostrado que los músicos profesionales tienen más desarrolladas las áreas de proceso auditivo y de control psicomotriz que el resto de los mortales. [...]

Otro fértil terreno de investigaciones es el que estudia las relaciones entre la música y el desarrollo infantil. [...] Casi nadie discute hoy que el estudio de partituras, la educación musical y el contacto con instrumentos son piezas básicas en la educación infantil. [...] Algunos datos indican que, tras escuchar piezas concretas, grupos de voluntarios obtienen mejores resultados en tests de cociente intelectual, sobre todo en los que tienen que ver con la memoria espacial y las secuencias. Pero no es posible demostrar, de momento, que el efecto pueda ser permanente. [...]

Lo que sí sabemos es que los pequeños se muestran familiarizados con canciones que han escuchado dentro del vientre materno y que su memoria de estos acontecimientos puede durar hasta un año. Y también que los bebés de apenas unos meses de edad son capaces de reconocer las melodías de una nana que les canta habitualmente su madre aunque se le cambie la clave y el tono. Nadie puede negarlo. El ser humano es un animal musical y ese prodigioso lenguaje de notas y ritmos que ha ideado la especie forma parte de nuestra **naturaleza.**

Jorge Alcalde, *Muy Interesante* [en línea].

Adecuación

Un texto **adecuado** debe cumplir una serie de requisitos en relación con los siguientes aspectos:

Forma	Todo texto escrito debe respetar ciertos aspectos formales: • Disponer adecuadamente la **información** del texto en **párrafos** y respetar los **márgenes.** • Emplear **recursos gráficos** (negrita, cursiva, subrayado...) **para destacar la información.** • **Respetar la normativa** ortográfica, léxica, morfosintáctica...
Registro	El modo de expresarse que adopta el emisor de un texto viene determinado por: • El **tema,** que puede ser más o menos especializado. • El **receptor** al que está dirigido el texto, su nivel cultural y su proximidad con el autor. • El **canal** utilizado para la difusión del texto, ya sea escrito u oral. De este modo, el registro puede ser: • **Formal.** Se emplea en textos orales y escritos. Destaca por el uso de un vocabulario **especializado** y un **lenguaje riguroso.** Se utiliza cuando hay una **relación de distancia** entre emisor y receptor. • **Informal.** Es propio de la **lengua oral.** Se caracteriza su uso del lenguaje, que es correcto a la par que **expresivo** y **espontáneo.** Se emplea cuando hay una **relación cercana** entre emisor y receptor.
Propósito	Se refiere a la **intención comunicativa** del autor (expresar una opinión, narrar una historia, informar de algún hecho...). La intención determina la **función del lenguaje** y su **tipología textual** (texto expositivo, argumentativo, narrativo...).

Coherencia

Un texto es **coherente** cuando se establece una **relación lógica entre sus partes.** Para ello se deben considerar los siguientes factores:

Núcleo informativo	Todo texto debe guardar una **unidad de sentido.** Para ello, las ideas que se desarrollan deben hacer referencia a un **mismo tema** o núcleo informativo.
Avance progresivo de la información	La **información** debe **avanzar** de forma lógica y progresiva, de manera que se va **añadiendo datos nuevos** a los ya conocidos. Las ideas se organizan de modo que **forman una estructura,** que puede ser: • **Externa.** Se trata de que, de manera visible, el texto refleje un orden: título, división en párrafos y disposición de las oraciones. • **Interna.** El desarrollo de las ideas que quieren transmitirse debe seguir un orden lógico en función de la tipología textual de que se trate; por ejemplo, en un texto expositivo, como el anterior, las ideas se organizan en introducción, desarrollo y conclusión.

Cohesión

La cohesión de un texto consiste en la unión o **articulación de las ideas** que lo componen. Para lograr esta conexión, se emplean los siguientes **recursos de cohesión textual:**

Recursos léxicos

Son aquellos recursos que se basan en las **relaciones semánticas** que se establecen entre las palabras de un texto. Son los siguientes:

- **Repetición léxica.** Consiste en la repetición de una o varias palabras que suelen coincidir con las ideas fundamentales que expresa el texto *(música, estimula...).*
- **Sustitución sinonímica.** Permite expresar una misma idea sin repetir el término para evitar el empobrecimiento estilístico que produce la reiteración de palabras *(sensaciones > emociones).*
- **Relación semántica.** Se trata del empleo de palabras o expresiones que forman parte de un mismo campo semántico *(música, melodías, partituras, instrumentos, canciones...).*
- **Hiperónimos e hipónimos.** Los hiperónimos son términos con un significado genérico *(música)* que comprenden palabras más específicas, conocidas como hipónimos *(sonidos, ritmos, nota...).*

Recursos gramaticales

Son aquellos recursos que afectan a las **relaciones sintácticas** que se establecen entre las distintas partes del texto. Son los siguientes:

- **Pronominalización**. Se trata de la sustitución de determinados elementos oracionales por pronombres para evitar la repetición de palabras *(la música > su).*
- **Conectores.** Consiste en la utilización de términos que permiten **enlazar** palabras o expresiones del texto, y que muestran las **relaciones lógicas** que existen entre ellas. Según el tipo de relación que establecen entre las oraciones y las partes del texto, los conectores pueden ser:
  - **De adición:** *además, también, incluso, asimismo, por otra parte...*
  - **De oposición o contraste:** *pero, sin embargo, no obstante, aunque...*
  - **De causa y consecuencia:** *por ello, en consecuencia, pues, de ahí que...*
  - **De explicación:** *es decir, en otras palabras, o sea, de otra manera...*
  - **De resumen:** *en conclusión, en resumen, en definitiva, así pues, en suma...*
  - **De ejemplificación:** *por ejemplo, concretamente, pongamos por caso...*
  - **De ordenación:** *en primer lugar, para comenzar, por último, por un lado...*

PBL

La Casa de Cultura de tu municipio quiere organizar un concurso de periodismo de investigación llamado «Periodistas del futuro», invitando a jóvenes de entre 12 y 16 años a escribir crónicas y artículos de opinión. Han pedido a tu clase que forme parte del jurado, por lo que deberéis formar grupos y elaborar las siguientes tareas:

- Realizar un informe en el que determinéis qué aspectos se valorarán en los textos presentados. Estas son algunas ideas: adecuación del lenguaje en relación al tema, al receptor y a la tipología textual; coherencia en las ideas expuestas y cohesión de los elementos del texto; originalidad, rigurosidad o interés general del tema tratado...
- Elaborar las bases del concurso. Deben quedar claras las normas y requisitos que deben cumplir los textos presentados, así como todos los aspectos relacionados con el concurso. Por ejemplo: requisitos formales del texto, fecha de la convocatoria, integrantes del jurado... Puedes consultar las bases de algunos concursos reconocidos a nivel nacional:

  http://links.edebe.com/xu33

  http://links.edebe.com/59yfw
- Determinar en qué medio y de qué manera vais a difundir la convocatoria del concurso.

Actividades

1. Divide el siguiente texto en párrafos y señala la idea principal de cada uno de ellos:

> Una noche que dormía junto al río [...], Siddharta tuvo un sueño: Govinda, de pie ante él, envuelto en el hábito amarillo de los ascetas, le preguntaba en un tono de voz no menos triste que su rostro: «¿Por qué me has abandonado?». Cuando Siddharta despertó, las aguas del río proyectaban pálidos destellos por la puerta de la cabaña, y en el bosque resonó, grave y distinto, el sombrío graznido de un búho. Al despuntar el día le rogó Siddharta a su anfitrión, el barquero, que lo llevara hasta la orilla opuesta. El barquero lo trasladó en su balsa de bambú. Las aguas del ancho río despedían un brillo rojizo en la claridad matinal.
>
> Hermann Hesse, *Siddharta.* Debolsillo.

2. Lee atentamente este texto y analiza sus características:

> El Reino Unido lanza una *app* que mide el azúcar en los alimentos y las bebidas.
>
> Las autoridades sanitarias del Reino Unido han presentado este lunes una aplicación para móvil que revela la cantidad de azúcar que contienen alimentos y bebidas envasados para intentar atajar la crisis de obesidad en el Reino Unido. La *app* escanea los códigos de barras y revela la cantidad total de azúcares en terrones o gramos. [...]
>
> La idea de los impulsores de la *app* es concienciar sobre la elevada cantidad de azúcar que contienen los alimentos que se consumen a diario y avisar de los riesgos relacionados con el azúcar, como la diabetes o la obesidad, y anima a las familias a escoger alternativas más saludables.
>
> La aplicación, llamada Sugar Smart y que funciona para Android y iPhone, reconoce más de 75.000 productos y ofrece una guía rápida para ayudar a los padres a evaluar, a la hora de la compra, qué alimentos perjudican la salud de sus hijos.
>
> *El País* [en línea], 4-1-2016.

— ¿Por qué es adecuado? Analiza los aspectos formales, el registro empleado y la intención comunicativa.

— Determina el tema e indica en cuántos párrafos se estructura el texto y qué idea transmite cada uno de ellos.

— Fíjate en los recursos léxicos y gramaticales que se emplean y escribe un ejemplo de los siguientes: repetición de palabras, sinónimos y pronominalización.

3. Accede al siguiente enlace y lee el artículo «¿Sueñan los humanos con mascotas eléctricas?»:

http://links.edebe.com/56cqj

— Suprime todos los conectores. ¿Cómo afecta a la cohesión del texto y, por lo tanto, a su comprensión?

4. Reescribe el siguiente texto empleando los recursos léxicos y gramaticales necesarios para que no se produzcan repeticiones:

> Era el primer día de clase. El primer día de clase siempre le resultaba muy emocionante. El chico se dirigió al aula 302, donde conocería al nuevo profesor de lengua del chico. El nuevo profesor de lengua estaba sentado encima de la mesa, y tenía en la mano la lista de alumnos. Repasaba la lista de alumnos con mucha atención, y parecía que al profesor de lengua le daba lo mismo que los alumnos estuvieran hablando.

— Indica qué recursos has utilizado y explica en qué consisten.

5. Completa el texto con los conectores adecuados. Indica de qué tipo son en cada caso.

> El ejercicio de los preceptos me parece muy interesante: ....., era una buena forma de reflexionar sobre aspectos importantes de la vida, ... para nosotros, que somos adolescentes. ....., es un ejercicio distinto y creativo. ....., es una buena forma de practicar la expresión, ... comentamos el significado de los preceptos en clase y, en casa, redactamos un texto indicando nuestra opinión personal.
>
> ....., no todos los alumnos opinan igual que yo, ..., Laura y Rob creen que es una tontería. ....., dicen que no sirve para nada; ..... yo sé que se equivocan. ..... sé que, ..., me darán la razón.

6. Formad grupos de cuatro personas y aplicad la **destreza de pensamiento** *las partes y el todo* para analizar las propiedades del texto.

— Utilizando un organizador gráfico como el siguiente, haced primero un listado de todos los conceptos o partes relacionadas con las propiedades del texto.

— Después, explicad las características y la función de cada parte.

— Finalmente, preguntaos qué sucedería en un texto si faltara alguna de estas partes. ¿Sería igual? ¿Resultaría difícil de interpretar?

Las partes y el todo. Analizamos: Las propiedades del texto

Partes de que consta	¿Para qué sirve?	¿Qué pasaría si faltase...?

Prefijos cultos

De origen latino:

ad- ('unión'): *adjunto*

co- ('proximidad'): *cooperar*

pos- ('después'): *posguerra*

pre- ('antes'): *predicción*

sub- ('bajo'): *submarino*

un(i)- ('uno'): *unicelular*

De origen griego:

anfi- ('alrededor de'): *anfiteatro*

auto- ('uno mismo'): *autodidacta*

meta- ('más allá'): *metafísica*

pan- ('todo'): *panamericano*

para- ('contra'): *paranormal*

Sufijos cultos

De origen latino

-forme ('forma'): *deforme*

-fugo ('huir'): *ignífugo*

-paro ('engendrar'): *vivíparo*

De origen griego

-ciclo ('circular'): *hemiciclo*

-fobia ('miedo'): *aracnofobia*

-grafía ('escribir'): *caligrafía*

-sofía ('saber'): *filosofía*

-tipo ('impresión'): *prototipo*

Parasíntesis

Actualmente se consideran también parasintéticas aquellas palabras que se han formado uniendo simultáneamente un prefijo y un sufijo a un lexema. Esto ocurre especialmente en la formación de verbos *(alunizar, ennegrecer...)* y en la de algunos adjetivos *(anaranjado, desnatado...)*.

La formación de palabras

Nuestra lengua se enriquece con la creación y el uso de **nuevas palabras;** para ello cuenta con diferentes **recursos lingüísticos** que has ido estudiando en cursos anteriores: composición, derivación, siglas... Vamos a recordarlos y a ampliar el estudio de alguno de ellos.

Derivación

Las **palabras derivadas** son aquellas formadas por **un lexema** y uno o varios **morfemas derivativos.**

Los **prefijos** son morfemas derivativos que **se anteponen al lexema. Cambian** sustancialmente **el significado de la palabra original,** pero no alteran su categoría gramatical.

plegable (A) → **des**plegable (A) / campeón (N) → **sub**campeón (N)

Existen diversos tipos de prefijos; la mayoría proviene del latín y el griego: son los **prefijos cultos.** Puedes ver algunos ejemplos en el cuadro al margen.

Los **sufijos** se colocan **detrás del lexema,** pueden variar el significado de la palabra primitiva y, además, pueden **cambiar su categoría gramatical.**

surf (N) → surf**ista** (A) / grande (A) → grand**eza** (N)

Observa, en el cuadro de la izquierda, algunos **sufijos cultos.**

Composición

Las **palabras compuestas** son aquellas formadas mediante la unión de **dos o más lexemas,** no necesariamente de la misma categoría gramatical:

balón (lexema, N) + cesto (lexema, N) / rompe (lexema, V) + olas (lexema, N)

También consideramos palabras compuestas:

- **Los grupos de palabras** que constituyen una unidad de sentido y que se escriben unidas por un guion, una preposición o un espacio en blanco *(físico-químico, hombre lobo...)*.
- **Los adverbios** formados por un adjetivo y la terminación *-mente (rápidamente, estupendamente...)*.

Parasíntesis

Las **palabras parasintéticas** son aquellas **compuestas** y **derivadas al mismo tiempo,** es decir, están formadas por dos lexemas y uno o varios morfemas derivativos, como *automovilista* o *picapedrero:*

pica (lexema) + pedr (lexema) + ero (sufijo)
pica + pedr: composición
pica + pedr + ero: derivación

Siglas y acrónimos

— Existen otros mecanismos para la formación de palabras:

— Las **siglas** se forman con las letras **iniciales** de cada una de las palabras de la expresión que abrevian. Se escriben con **mayúscula** y son **invariables.**

> **FMI:** Fondo Monetario Internacional.
> **VIH:** Virus de la Inmunodeficiencia Humana.

— Los **acrónimos** son siglas que se pronuncian como palabras y pueden llegar a lexicalizarse, es decir, a formar parte del léxico común. Suelen escribirse con **minúscula,** pueden **acentuarse** *(láser)* y admiten **morfemas flexivos** *(ovni/ovnis).*

> **láser:** *light amplification by stimulated emission of radiation* ('amplificación de luz mediante emisión inducida de radiación').
> **ovni:** objeto volador no identificado.

Préstamos

Otro mecanismo para ampliar el léxico es **adoptar palabras de otras lenguas:** son los **préstamos.** Fíjate en estos ejemplos:

- **Galicismos.** Provienen del francés: *bricolaje, chef, neceser...*
- **Anglicismos.** Provienen del inglés: *fútbol, bacón, turista...*
- **Italianismos.** Provienen del italiano: *acuarela, novela, villa...*

Actividades

1. Localiza los sufijos cultos que forman estos vocablos y explica su significado con tus propias palabras:

- Pedro me dijo que sufría agorafobia.
- A Miguel le apasiona la astrología.
- El panda es un animal omnívoro.
- En su huerto cultivan sin pesticidas.

2. Escribe palabras que contengan los siguientes sufijos o prefijos y explica su significado con tus palabras:

- sub-
- -logía
- -patía
- un-
- inter-
- -voro
- extra-
- -fobia
- auto-

— Escribe una oración con cada una de las palabras que has escrito.

3. Forma palabras compuestas a partir de la unión de un vocablo de cada cuadro:

> video - moto - abre
> sordo - foto - paso
> aparca - busca

> grafía - vidas - juego
> coches - cartas
> sierra - mudo - doble

4. Indica a qué palabra hacen referencia las siguientes definiciones. Todas ellas son palabras parasintéticas.

- Que está de mal humor.
- Persona que conduce un automóvil.
- Criatura que nace a los siete meses de haber sido engendrada.
- Aparatos eléctricos utilizados en el hogar.

— Forma una oración con cada palabra.

5. Indica si las siguientes palabras son siglas o acrónimos. ¿Cuál es su significado?

> FMI - GPS - HTML - Renfe - ONU - talgo
> Unicef - IVA - AMPA - FIFA - INEM - TIC - led

6. Indica qué mecanismo de formación de palabras se ha empleado en cada caso.

> desalmado - sordomudez - ITV - rompeolas
> quitamiedos - internauta - postoperatorio
> impensable - tirachinas - AVE - interiorista
> quinceañero - OTAN - traspiés - OCDE

— Añade tres palabras más que se formen a partir de cada uno de estos mecanismos lingüísticos.

7. @ Accede al diccionario en línea de la RAE **(www.rae.es)** y, a partir de la información etimológica que se ofrece, indica el origen de estos préstamos:

> capicúa - espía - pijama - democracia - servilleta

8. + Clasifica los sufijos destacados en estas palabras según indiquen un oficio, un gentilicio o una cualidad:

> menorqu**ín** - carpint**era** - pian**ista** - labrad**or**
> malague**ña** - ama**ble** - corred**ora** - jien**ense**

— Añade tres palabras más que se formen a partir de cada uno de estos mecanismos lingüísticos.

LAS CATEGORÍAS GRAMATICALES

CATEGORÍAS VARIABLES

Sustantivo (N)
Determinante (Det)
Adjetivo (A)
Pronombre (Pron)
Verbo (V)

CATEGORÍAS INVARIABLES

Adverbio (Av)
Preposición y conjunción (Prep / Conj)
Interjección (Interj)

CAMBIOS DE CATEGORÍA

Mecanismos morfológicos
Recategorización
Sustantivación de un adjetivo
Sustantivación de un verbo
Adjetivación de un sustantivo

Las categorías gramaticales

Para expresarse con corrección y articular buenos discursos, es importante conocer la función que desempeñan las distintas palabras dentro de una oración.

En esta unidad, repasaremos las características y las funciones de todas las categorías gramaticales; como sabes, pueden clasificarse en **variables** *(sustantivo, determinante, adjetivo, pronombre* y *verbo)* e **invariables** *(adverbio, preposición, conjunción* e *interjección).*

1. Categorías variables

Las categorías variables son aquellas que **poseen morfemas flexivos** de género, número, persona, tiempo... Son el sustantivo, el determinante, el adjetivo, el pronombre y el verbo.

El sustantivo

El sustantivo (N) puede designar **distintas realidades,** ya sean **físicas** (profesor) o **abstractas** (precepto). Es una categoría variable porque posee morfemas de género *(profesor, -a)* y de número *(precepto, -os).*

– Se clasifican en:

- **Propios:** señalan elementos particulares entre los restantes de su clase. Pueden ser antropónimos (Jack, August...) y topónimos (Argentina, Orense...).
- **Comunes:** señalan elementos que presentan **características comunes.** Pueden ser **abstractos** *(amistad, amor...),* **concretos** *(aula, amigo...),* **contables** *(persona, palabra...),* **no contables** *(deberes, gente...),* **individuales** *(pizarra, libro...)* y **colectivos** *(manada, enjambre...).*

– Sintácticamente, el sustantivo es el núcleo del sintagma nominal (SN). Por tanto, su función principal es ser el **núcleo del sujeto** de la oración, aunque también puede encarnar el **complemento del verbo** (CD, CI, CC...) o hacer de **complemento de otro sustantivo.**

> Los alumnos contemplaban a su profesor.
> alumnos: N / Sujeto — profesor: N / CD

El determinante

El determinante (Det) **precisa el significado** del sustantivo al que acompaña y concuerda con él en **género y número.**

> Las cosas que hacemos duran más que nuestras vidas.
> nuestras: indica posesión

Los **artículos** son determinantes que introducen el sustantivo en la oración, y aparecen siempre antepuestos a él. Existen dos clases de artículos:

– **Artículos definidos.** También llamados determinados, se refieren a una **entidad concreta** ya conocida por el interlocutor.

– **Artículos indefinidos.** También llamados indeterminados, se refieren a una **entidad desconocida** y vaga.

> El precepto del mes de octubre suscitó un debate en clase.
> El: Art (definido) — un: Art (indefinido)

Tipos de determinantes

Artículos

- **Definidos:** *el, la, los, las...*
- **Indefinidos:** *un, una, unos, unas...*

Demostrativos: *este, esta, estos, esas, esos, aquel, aquellos, aquellas...*

Posesivos: *mi, su, nuestro, vuestro, vuestros...*

Numerales: *uno, primero, siete, octavo, media, quinceavo, triple...*

Indefinidos: *ciertos, poco, ningún, muchas, cualquier...*

Interrogativos: *¿quién?, ¿cuándo?, ¿cuál?, ¿qué?...*

Exclamativos: *¡qué!, ¡quién!, ¡cuánto!, ¡cuál!...*

El adjetivo

El adjetivo (A) señala una **cualidad** o **característica** del sustantivo al que acompaña. Además, **concuerda** con él en género y número.

— Sintácticamente, puede funcionar como **complemento del nombre (CN),** como **atributo (Atr)** o como complemento **predicativo (Pvo)** de un verbo.

El señor Browne estaba tranquilo. (Atr) / Julian y Henry se miraron nerviosos. (Pvo)

— Únicamente puede ser **modificado** por palabras que funcionen como **determinantes,** en cuyo caso el adjetivo se sustantiva, o mediante **adverbios.**

Todos los meses reflexionábamos sobre preceptos muy (Av) interesantes. (A)

— Los adjetivos pueden expresar la intensidad o **grado** en que un sustantivo posee una cualidad:

Positivo	La cualidad expresada por el adjetivo no tiene gradación: *fuerte, pequeño, bueno...*	
Comparativo	Se compara la misma realidad de dos elementos. Pueden establecerse distintas relaciones.	De superioridad: *más original que...*
		De inferioridad: *menos ágil que...*
		De igualdad: *igual de sabio que...*
Superlativo	Expresa una cualidad en su grado extremo.	Relativo: *el más hábil de la clase...*
		Absoluto: *muy fuerte, fortísimo...*

El pronombre

El pronombre (Pron) señala o remite a una persona, cosa o hecho sin nombrarlo explícitamente. En una oración, desempeña las **mismas funciones** que el **sustantivo** al que sustituye.

El profesor escuchaba nuestras reflexiones. Él las anotaba en la pizarra. (Pron. personal)

Como has estudiado en esta unidad, el pronombre es un elemento que permite cohesionar el texto. La pronominalización consiste en la **sustitución de elementos oracionales** por pronombres. Las relaciones de pronominalización pueden ser **anafóricas** o **catafóricas**, dependiendo de si el término sustituido aparece **antes o después** del nombre al que sustituye.

— **Anáfora:** elemento del texto que retoma otro que ha aparecido con anterioridad.

Pensé en el precepto que había escrito el profesor. (relación anaforica)

— **Catáfora:** elemento que hace referencia a otro que se va a mencionar posteriormente.

Le pregunté al profesor cuál era el precepto del mes. (relación cataforica)

Tipos de pronombres

Personales

- **Tónicos.** Funcionan como sujeto o atributo: *yo, tú, él, ella...*; o como complemento con preposición: *mí, conmigo, ti, usted, contigo...*
- **Átonos.** Funcionan como CD y CI: *me, te, se, os...*

Demostrativos: *este, esta, esto, estos, esas, esos, aquel, aquellos, aquellas...*

Posesivos: *mío, tuyo, suyo, vuestro, nuestros, vuestras...*

Numerales: *uno, cinco, séptimo, diecisiete, quinceavo...*

Indefinidos: *bastante, bastantes, varios, poco, pocos, algún, algunos, mucho...*

Interrogativos: *¿quién?, ¿cuándo?, ¿cuál?, ¿qué?...*

Exclamativos: *¡qué!, ¡quién!, ¡cuánto!, ¡cuál!...*

Clases transversales

Existen palabras que pueden funcionar como **determinantes** o como **pronombres** según el contexto en el que se encuentren. Son las llamadas **clases transversales:** demostrativos *(este, esa, aquellos...)*, posesivos *(nuestro, vuestra...)*, indefinidos *(pocos, muchas...)*, etc.

Esa chica tiene muchas pecas.
Esa: Det demostrativo — muchas: Det indefinido

Esa tiene muchas.
Esa: Pron demostrativo (chica) — muchas: Pron indefinido (pecas)

Formas no personales

Los verbos en forma no personal no presentan morfemas flexivos de persona, y no expresan tiempo, modo y número. Son el **infinitivo** *(educar)*, el **gerundio** *(educando)* y el **participio** *(educado)*.

El análisis morfológico

Determina la categoría a la que pertenecen las palabras de una oración. Debes utilizar la siguiente nomenclatura:

Nombre	**N**
Adjetivo	**A**
Determinante	**Det**
Pronombre	**Pron**
Verbo	**V**
Adverbio	**Av**
Preposición	**Prep**
Conjunción	**Conj**

El verbo

El verbo (V) **expresa acciones, procesos o estados,** y funciona como **núcleo del SV Predicado.**

Está formado por un **lexema y morfemas flexivos** que aportan información de tiempo, modo, aspecto, persona y número.

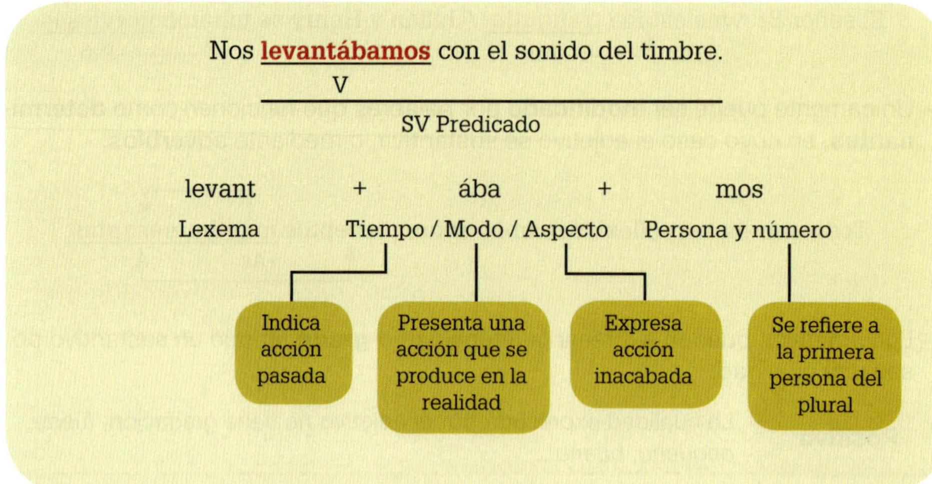

El verbo tiene un **valor expresivo** muy significativo. El uso de diferentes formas verbales permite modelar la intención comunicativa en los distintos tipos de textos. La siguiente tabla muestra la relación entre diversas tipologías textuales y las formas verbales que suelen emplearse.

Textos narrativos	• Verbos de acción que aportan dinamismo. • Uso de la tercera persona (narrador externo) o de la primera persona (narrador interno). • Para hechos del pasado se utiliza el pretérito perfecto simple de indicativo.	«Cuando **quedaban** treinta segundos para acabar el partido, Marta se **hizo** con el balón, **corrió** por la pista, **dio** un brinco, **encestó** y **ganamos** la copa. **Fue** una experiencia inolvidable».
Textos descriptivos	• Abundan los verbos de estado *(ser, estar, permanecer)*, que dan un sentido más estático al discurso.	«Su habitación **es** la más grande. **Está** ordenada, **es** de color verde lima y **tiene** las ventanas blancas».
Textos instructivos	• Verbos en imperativo, infinitivo o formas impersonales.	«**Debes cascar** los huevos, **mezclarlos** con la patata y **dejar** que la tortilla se **haga** lentamente».
Textos expositivos	• Verbos en tercera persona, formas no personales y uso atemporal del presente, que aporta objetividad.	«Un precepto **es** una instrucción o regla que **se establece** para **conocer** o **manejar** un arte o facultad».
Textos argumentativos	• Verbos en primera persona del singular o del plural, que aporta subjetividad y busca la implicación del lector. • Verbos en segunda persona para hacer apelaciones directas al lector. • Verbos de acción intelectiva, es decir, de opinión o pensamiento *(opinar, creer, pensar...)*.	«**Pensamos** que las actividades en grupo **fomentan** el aprendizaje cooperativo. **Creemos** que es muy importante aprender a trabajar en equipo».

2. Categorías invariables

Las categorías invariables son aquellas que **no admiten morfemas flexivos.** Son los adverbios, las preposiciones, las conjunciones y las interjecciones.

El adverbio

El adverbio (Av) es una palabra invariable que **modifica el significado de un verbo (CC),** de un **adjetivo (CA)** o de otro **adverbio (CAv).** Existen varios tipos, que aportan distintos significados: de lugar, de tiempo, de afirmación...

Falta **mucho** para el próximo verano.
Av (cantidad)
CC

La preposición y la conjunción

Las preposiciones (Prep) y conjunciones (Conj) son palabras invariables cuya función es **relacionar elementos** en la oración.

La siguiente tabla muestra las principales características de estas palabras:

Preposiciones	Conjunciones
Relacionan **palabras o sintagmas** dentro de una oración. Su valor viene determinado por el **contexto,** y puede ser de tiempo, lugar, movimiento, modo...	Relacionan **palabras o sintagmas** dentro de cualquier tipo de oración, pero también pueden funcionar como **enlace** dentro de una **oración compuesta.**
a, ante, bajo, cabe, con, contra, de, desde, durante, en, entre, hacia, hasta, mediante, para, por, según, sin, so, sobre, tras, versus, vía.	*y, e, ni, o, u, pues, como, pero...*
En *vacaciones mandaré una postal* ***a*** *mi profesor* ***con*** *un precepto.*	*Jack siempre se ríe* ***o*** *hace tonterías,* ***pero*** *ayer parecía triste* ***y*** *decaído.*

La interjección

Las interjecciones (Interj) son palabras que se utilizan para **expresar emociones** (sorpresa, dolor, alegría...), **llamar la atención** del interlocutor, **saludar** y **despedirse** o **imitar ruidos** de la realidad.

Siempre se utilizan con una **entonación exclamativa**, generalmente se escriben entre **signos de exclamación** y suelen separarse del resto de la oración mediante **comas.**

¡Eh!, no olvides enviarme una postal con un precepto.
Interj

¡Uf!, pensaba que llegaba tarde a clase.
Interj

Las locuciones

Son **grupos de palabras** con la misma función que los adverbios, las preposiciones o las conjunciones. Por ello las denominamos:

- **Locuciones adverbiales:** *tal vez, desde lejos, de cerca...*

  Tal vez *vaya a la fiesta.*
  ↓
  quizá

- **Locuciones prepositivas:** *encima de, junto a, a favor de...*

  Ponlo ***encima de*** *la mesa.*
  ↓
  sobre

- **Locuciones conjuntivas:** *sin embargo, por consiguiente, puesto que...*

  No fui, ***sin embargo,*** *le vi.*
  ↓
  pero

Adverbios y determinantes

Los indefinidos *mucho, bastante, poco* y *tanto* pueden funcionar como adverbios o como determinantes. Para diferenciar sus distintos usos, ten en cuenta que:

- Los adverbios son invariables y solo pueden modificar a un verbo, a un adjetivo o a otro adverbio.

  Jack me hace reír **mucho.**
  Av

- Los determinantes, en cambio, varían de género y número, y acompañan únicamente al sustantivo.

Ella trajo **muchos** cuadern**os**.
Det

Ella trajo **muchas** libret**as**.
Det

Actividades

1. Lee atentamente este texto extraído de la lectura inicial:

> Nos dijo que estaba escrito en la tumba de no sé qué egipcio que había muerto hacía miles de años. Como estábamos a punto de estudiar el antiguo Egipto en Historia, el señor Browne pensó que aquel precepto era una buena elección.
>
> Nos pidió que escribiéramos una redacción corta sobre lo que pensábamos que significaba aquel precepto o sobre lo que nos inspiraba.

— Señala un ejemplo de cada una de las categorías que has estudiado.

— ¿Hay alguna categoría que no aparezca? ¿Cuál?

2. Elabora un mapa mental en el que aparezcan todas las categorías gramaticales variables e invariables. Utiliza aquellos recursos visuales que te ayuden a organizar la información. Añade una oración con ejemplos para cada categoría.

3. Clasifica los siguientes sustantivos según lo que designan: *solidaridad, árbol, grupo, Madrid, casa, ciencia, Jorge, paz, adolescencia, ordenador, población, Andalucía, magia, ejercicio, pandilla.*

4. Copia las siguientes oraciones. Subraya las palabras que tienen categoría de pronombre y rodea con un círculo las que tienen categoría de determinante.

- Estos zapatos son míos. Los tuyos son aquellos.
- Nosotros aún no hemos pagado. Su dinero es para ti.
- ¿Qué sitio prefieres? Yo prefiero aquel.
- Aquel día sabía que nos encontraríamos con él.

— De las palabras anteriores, justifica si alguna puede considerarse clase transversal.

5. Localiza los pronombres de las siguientes oraciones e indica de qué tipo son:

- Estaba detrás de mí.
- Me regalaron este libro pero yo quería ese.
- Desde el paseo las olas nos salpican.
- Yo no lo encuentro. ¿Alguien lo ha visto?
- Devuélveselo esta tarde.

6. Completa el texto con los adjetivos que creas más apropiados.

> Recuerdo aquel .... día porque estaba muy .... Mi amigo, mucho más .... que yo, me saludó y empezamos a caminar hacia un parque. El sol era ...., y las flores .... de los almendros me parecieron .... Era un ambiente .... y .... de primavera.

— Escribe todas las formas del comparativo y el superlativo de los adjetivos que has empleado.

7. Redacta un texto instructivo a partir de lo que te sugiera la siguiente imagen:

— Fíjate en los verbos que has empleado. ¿Qué formas verbales son?

— Comparte tu texto con el resto de la clase.

8. Localiza los adverbios y las locuciones adverbiales e indica a qué palabra complementan o modifican (verbo, adjetivo u otro adverbio).

- Nos visita de vez en cuando.
- Creo que no has actuado correctamente.
- La biblioteca está muy lejos.
- Esa habitación es la más grande de la casa.

9. Señala las locuciones prepositivas y sustitúyelas por una preposición equivalente. Fíjate en el ejemplo:

Lo logró a fuerza de práctica. → *Lo logró con práctica.*

- Ponte el abrigo por encima de los hombros.
- August se sentó junto a sus compañeros.
- Enfermó a causa del sobreesfuerzo.
- Siempre actúa conforme a sus principios.

10. Copia y completa el texto siguiendo las indicaciones entre paréntesis.

> En la escuela ..... (Prep) August, ... (Det) profesor Browne tiene ideas ..... (Av) originales. Cada mes ..... (V) un precepto ..... (Conj) los ..... (N) reflexionan acerca de ..... (Det) significado. ..... (Pron) ha pedido que ..... (Prep) el verano le manden ..... (N) con preceptos que ..... (V) ellos mismos. ..... (Interj), ¡es una idea ..... (A)!

11. Aplicad la **técnica cooperativa** del *TGT.*

— Por grupos, redactad ocho oraciones en fichas independientes que contengan todas las categorías que habéis estudiado. Entregad las fichas a vuestro profesor o profesora.

— Formad nuevos equipos con un miembro de cada grupo. El profesor entregará a cada equipo ocho fichas.

— Identificad todas las categorías gramaticales que aparecen en las oraciones. Hasta que no resolváis correctamente cada ficha no podéis pasar a la siguiente. El equipo vencedor será el que antes termine todas las fichas sin errores.

3. Cambios de categoría

A veces nos resulta complicado identificar la categoría gramatical de algunas palabras. Esto es debido a que **un mismo lexema puede dar lugar a palabras de diferentes categorías,** mediante mecanismos morfológicos como la **derivación:**

Jack tenía mucha gracia. / Jack era muy gracioso.
N A

También puede suceder que una palabra cumpla funciones sintácticas propias de una categoría gramatical que no es la suya. En este caso, hablamos de **recategorización.**

El profesor Browne era joven. / El joven quiso ser profesor.
A N

3.1 Mecanismos morfológicos

Como ves, el proceso morfológico que se utiliza para cambiar la categoría gramatical de una palabra es la **derivación;** en concreto, la **sufijación.**

Según la **base** de la que se obtiene el cambio, podemos clasificar los sufijos en tres grupos: *deverbales* (si el sufijo se aplica a un verbo), *denominales* (si se aplica a un sustantivo) y *deadjetivales* (si la base es un adjetivo).

Sin embargo, si se tiene en cuenta la **categoría resultante,** los sufijos pueden ser *nominales, adjetivales* y *verbales.* Esta tabla muestra algunos sufijos comunes:

Cambios	Deverbales	Deadjetivales	Denominales
Nominales	**-ción** *(nominar → nominación),* **-(a)je** *(rodar → rodaje),* **-torio** *(interrogar → interrogatorio),* **-dor/a** *y* **-dero/dera** *(pan → panadero),* **-m(i)ento** *(descubir → descubrimiento)...*	**-ez(a)** *(robusto → robustez),* **-idad** *(solemne → solemnidad),* **-ada** *(bobo → bobada),* **-icia** *(justo → justicia)...*	**-ero** *(fruta → frutero),* **-ado** *(profesor → profesorado),* **-azo** *(codo → codazo),* **-ía** *(ciudadano → ciudadanía),* **-ería** *(albañil → albañilería)...*
Adjetivales	**-nte** *(navegar → navegante),* **-ivo/a** *(decorar → decorativo),* **-dor/a** *(volar → volador),* **-ble** *(amar → amable),* **-dizo/a** *(pegar → pegadizo)...*	**-ísimo/a** *(bueno → buenísimo),* **-érrimo/a** *(célebre → celebérrimo)...*	**-(i)ento/a** *(hambre → hambriento),* **-udo/a** *(barba → barbudo),* **-ar/-al** *(pera → peral),* **-ístico/a** *(arte → artístico),* los sufijos de gentilicios: **-ano/a, -eño/a, -és/a** *(Brasil → brasileño)...*
Verbales	**-(rr)ear** *(cantar → canturrear)...*	**-ecer** *(pálido → palidecer),* **-izar** *(móvil → movilizar)...*	**-ificar** *(momia → momificar)...*

3.2 Recategorización

La mayoría de las palabras pueden sustantivarse si las **introducimos mediante un artículo.** Esto quiere decir, por lo tanto, que el artículo es el signo de la sustantivación. Fíjate en este ejemplo:

Esto es lo mejor para Henry.
adjetivo sustantivado

Los procesos de recategorización más frecuentes son la *sustantivación de un adjetivo,* la *sustantivación de un verbo* y la *adjetivación de un sustantivo.*

Otros sufijos

Hay sufijos que pueden aplicarse a **diferentes bases,** como por ejemplo:

- El adjetival *-oso;* podemos unirlo a sustantivos *(aceite → aceitoso),* a verbos *(borrar → borroso),* y a adjetivos *(grande → grandioso).*
- El verbal *-(e)ar;* podemos unirlo a sustantivos *(agujero → agujerear),* a adjetivos *(blanco → blanquear),* o bien, como hemos visto, a verbos *(bailar → bail(ot)ear).*

Sustantivación de un adjetivo

El adjetivo señala una cualidad del sustantivo al que acompaña. Cuando se **elide** el sustantivo, pero es **recuperable** en el contexto, decimos que el adjetivo se **sustantiva,** aunque de forma superficial, ya que mantiene sus características propias:

> Durante este curso estudiaremos las oraciones simples y las [oraciones] compuestas.
> (compuestas: adjetivo sustantivado)

Sin embargo, a veces, la sustantivación es **más profunda.** Fíjate en estos casos:

> Lo importante y lo necesario fue lo que apuntaron en mayúsculas.
> Los graciosos y los curiosos se fueron antes.

En el primer caso, están introducidos por el artículo determinado *lo,* y han perdido su género y su número, adoptando una flexión neutra. Por tanto, dejan de poder concordar con sustantivos concretos. En la segunda oración, los adjetivos, como resultado de un **proceso léxico,** han adquirido propiedades del sustantivo: por ejemplo, han dejado de requerir un contexto previo y pueden aparecer modificados por adjetivos *(graciosos holgazanes, curiosos temerarios...).* En estos casos, se altera completamente la categoría gramatical de los adjetivos, de forma que pasan a ser propiamente sustantivos.

Sustantivación de un verbo

Observa las siguientes oraciones:

> Henry quería hablar de los preceptos.
> (de los preceptos: CR)
> El caminar seguro del señor Browne me tranquilizaba.
> (El caminar seguro del señor Browne: sujeto)

En los dos casos se utilizan infinitivos verbales que cumplen la **función de un sustantivo.** Sin embargo, su estructura es diferente. En la primera oración, el infinitivo *hablar* está acompañado por un CR *(de los preceptos),* propio del sintagma verbal. En la segunda, el infinitivo tiene **complementos propios del sintagma nominal:** un adjetivo *(seguro)* y un complemento preposicional *(del señor Browne).*

Debido a la naturaleza de estos complementos, podemos afirmar que el primer infinitivo es un **verbo,** aunque cumpla la función de un **sustantivo.** En cambio, en la segunda oración, el infinitivo muestra un grado mayor de sustantivación, así que decimos que tiene **carácter nominal.**

Hay infinitivos que han experimentado una sustantivación tan intensa que aparecen como sustantivos en el diccionario, como *amanecer, atardecer, anochecer...*

Adjetivación de un sustantivo

La adjetivación de un sustantivo suele darse en el **registro coloquial,** por ejemplo:

> Les tocó un árbitro patata que anuló un gol fantástico.

A veces, el sustantivo adjetivado se **modifica con un adverbio.** Esto sucede cuando se pretende **intensificar** las cualidades o propiedades que se atribuyen a ese sustantivo. Observa el siguiente ejemplo:

> Algunos creían que Jack era muy hombre; actuaba de una manera viril.

Cre@ctividad

Crear presentaciones

Muchas de las tareas que deberás realizar a lo largo del curso incluyen la presentación de tus aprendizajes a tus compañeros y profesores.

La creación de materiales visuales es una herramienta muy útil para organizar tus ideas y hacer más atractivas tus exposiciones.

Existen muchas aplicaciones que permiten crear presentaciones visuales. Te proponemos que te familiarices con la siguiente:

https://prezi.com/

Utilízala para crear una presentación en la que resumas de forma visual los conceptos que has trabajado en la gramática de esta unidad.

12. Analiza morfológicamente estas oraciones siguiendo el modelo propuesto en la tabla siguiente:

- Javier saldrá esta noche con su amiga Julia.
- Entre aquellas camisetas estaba la nuestra.
- No me gustaría mancharme de chocolate la camisa.
- Esa vez esperé más todavía, pero no vino nadie.
- Me gusta el verde profundo del mar por la mañana.

Palabra	Javier	saldrá	esta
Categoría	N	V	…
Género	—	—	…
Número	Sing.	Sing.	…
Tiempo, modo y persona	—	Futuro de indicativo, 3.ª pers.	…

13. Forma sustantivos y adjetivos a partir de estos verbos: *abundar, insistir, variar, estabilizar, redondear, vigilar, publicar, conmover.*

14. Observa el ejemplo y transforma en adjetivos las expresiones destacadas.

- marco **de metal**
- palomitas **con azúcar**
- tiempo **de verano**
- sala **con iluminación**
- pan **con especias**
- ojos **con brillo**

— Ahora, toma como base los sustantivos destacados y forma verbos añadiendo sufijos. ¿De qué tipo son los sufijos que has utilizado?

15. Redacta dos oraciones a partir de cada uno de los siguientes adjetivos. En una de ellas, deben funcionar como adjetivos, y en la otra, como sustantivos.

- negro
- largo
- viejo
- viajera
- moderno
- pelirroja

16. Indica si las palabras subrayadas en estas oraciones funcionan como adjetivos o como sustantivos. Justifica tu respuesta.

- Juan es <u>joven</u>, pero ya escribe <u>brillantes</u> novelas.
- Me cayó un <u>ácido</u> y me quemó la camiseta <u>azul</u>.
- Los <u>italianos</u> no acudieron a la reunión.
- Hoy vienen a casa mis amigos <u>franceses</u>.
- El <u>ciego</u> nos vendió un boleto.
- Ella se comportó como una gran <u>señora</u>, pero no había pasado lo <u>peor</u>.

— Explica si los adjetivos sustantivados lo son en un grado superficial, intermedio o profundo.

17. Sustituye los sintagmas subrayados por construcciones con adjetivos sustantivados. Realiza los cambios verbales que sean necesarios.

- <u>La chica de pelo rubio</u> es la más alta de todas.
- <u>La cosa más espeluznante</u> era el porqué de su comportamiento.
- En la lista apunto <u>todas las cosas necesarias</u> para no perdernos.

18. Lee atentamente este texto:

> Agitose el muchacho y sonrió <u>en</u> <u>sueños</u>, cual <u>si</u> aquellas <u>muestras</u> de piedad y <u>de</u> compasión hubiesen hecho nacer en <u>él</u> la <u>agradable</u> ilusión de un amor y un afecto <u>nunca</u> <u>sentidos</u>. De igual modo el sonar de una dulce <u>melodía</u>, el murmullo del agua en un <u>lugar</u> <u>silencioso</u>, el aroma de <u>una</u> flor y <u>hasta</u> el sonido de una palabra <u>conocida</u> traen, <u>a</u> veces, vagos <u>recuerdos</u> de escenas que no existieron <u>jamás</u> en esta vida, que se desvanecen <u>como</u> un <u>soplo</u>, acaso despiertos <u>por</u> el breve <u>rememorar</u> de una existencia <u>más</u> <u>feliz</u>, desaparecida <u>hace</u> tiempo, y <u>que</u> <u>no</u> lograría hacer volver <u>ningún</u> voluntario <u>esfuerzo</u> de <u>la</u> <u>imaginación</u>.
>
> Charles Dickens, *Oliver Twist*. Alianza Editorial.

— Indica cuál es el tema y de qué tipo de texto se trata. Justifica tu respuesta.

— Modifica la palabra *sonar* con cinco adjetivos. ¿Cuál es la categoría gramatical de esta palabra en el texto? Justifica tu respuesta.

— Indica cuál es la categoría gramatical de las palabras subrayadas.

— En la oración «Lo <u>feliz</u> de la existencia es la ilusión», ¿qué cambio de categoría gramatical se produce en la palabra subrayada? Justifica tu respuesta.

— Forma un verbo y un adjetivo tomando como base el sustantivo *afecto*. Explica qué sufijos has utilizado e indica de qué tipo son.

19. Aplicad la **técnica cooperativa** del *folio giratorio.*

— Vuestro profesor o profesora formará equipos y repartirá una lista de verbos.

— Un miembro del equipo escribirá un sustantivo y un adjetivo formados a partir del primer verbo y pasará el folio a otro compañero, y así sucesivamente hasta terminar con toda la lista propuesta.

— El primer grupo que complete la lista correctamente se proclamará ganador.

Norma

De la lengua latina hemos heredado algunas locuciones que todavía se emplean en castellano, especialmente en el nivel culto de la lengua.

1. Busca los significado de las siguientes **locuciones latinas** y escribe una oración con cada una de ellas:
   - vox pópuli
   - in extremis
   - in fraganti
   - in situ
   - a priori
   - ipso facto

2. Las locuciones en cursiva de las siguientes oraciones no están bien escritas. Consulta el *Diccionario panhispánico de dudas* de la RAE **(www.rae.es)** y corrígelas.
   - Me quedé *en albis* cuando vi el examen.
   - Ha leído *a grosso modo* doscientos libros.
   - Se ofreció *motu propio* a trabajar en el proyecto.
   - Compró *ex proceso* un vestido nuevo para la fiesta.

Ortografía

Diptongo

- Unión de **dos vocales** en una **misma sílaba.**
- Si el diptongo cae en sílaba tónica y está formado por una **vocal fuerte *(a, e, o)*** y una vocal débil ***(i, u)***, se acentúa la vocal fuerte según las normas de acentuación:

  lo - co - mo - ción / béis - bol

  Cuando la fuerza de voz recae sobre la vocal débil, se produce **hiato.** En estos casos, la vocal débil debe llevar tilde:

  pa - ís   re -ú - ne
- Si está formado por dos **vocales débiles *(i, u)***, la tilde, de ser necesaria, recaería sobre la segunda vocal:

  cuí - da - lo / des - truí

Triptongo

- Unión de **tres vocales** en una **misma sílaba.**
- Si se trata de la sílaba tónica, la tilde se coloca siempre sobre la **vocal fuerte:**

  a-pa-ci-güéis / lim-piáis

Hiato

- **Dos vocales** pronunciadas en **distintas sílabas.**
- Si una de las vocales forma parte de la sílaba tónica, se escribe la tilde aplicando las **reglas generales de acentuación:**

  cre - ó   a - é - re - o

3. Separa las sílabas de las siguientes palabras, indica si contienen un diptongo, un triptongo o un hiato y justifica por qué llevan o no tilde: *viéramos, infusión, cráneo, jalea, laúd, ensuciáis, biombo, limpiéis, neopreno, cansancio, higiénico, férreo, paracaídas...*

4. Clasifica las palabras de la actividad anterior en una tabla según sean agudas, llanas o esdrújulas.

5. Acentúa los siguientes triptongos: *aprecieis, santigüeis, guieis, criais, rociais.*

6. Lee atentamente el texto y subraya los diptongos y los hiatos. Acentúa correctamente todas las palabras que lo precisen.

> Durante cierto trecho no era posible ver de la casa mas que aquella torre asomando sobre los arboles del jardin, envuelta en viña virgen. Luego, el camino doblaba en angulo recto por el rastrojo y entonces aparecia el edificio entero. Quedaba a media colina, destacandose por encima de las dependencias, de los establos, cobertizos dorados y calientes al sol del mediodia. Era una construccion ochocentista, mezcla de masia y villa de recreo. Desde alli ofrecia el aspecto de siempre. Solo que ahora la chimenea no humeaba ni se oian voces ni ladridos y no habia ropa blanca secandose al viento en los alambres tendidos sobre el pretil de la era.
>
> Luis Goytisolo, *Las afueras.* Seix Barral.

7. Acentúa estas palabras cuando sea necesario:

   albahaca - vergüenza - desahucio - alcohol
   nihilista - cigüeña - vehiculo - averigüeis - buho

8. En estas oraciones aparecen varias palabras que contienen diptongos y hiatos. Escribe tilde cuando sea necesario y explica la regla que aplicas en cada caso.
   - ¿Habeis ido ya al salon nautico? ¿Quereis ir?
   - El rehen rehizo su vida con la viuda del huerfano.

Precisión léxica

La **riqueza léxica** se manifiesta en el uso de las palabras precisas y los términos o expresiones más apropiados en cada caso, evitando emplear palabras comodín.

9. Identifica la opción correcta y completa las oraciones en tu cuaderno.
   - ..... (realizó / hizo / compuso) un poema en dos horas.
   - Aún ..... (tiene / conserva / usa) el anillo que le regalé.
   - Vamos a ..... (hacer / elaborar / cocinar) una tarta de cumpleaños.
   - ... (deposita / pon / coloca) tu dinero en el banco.
   - El abogado ..... (tergiversó / cambió / intercambió) el argumento del acusado.
   - ..... (tuvo / logró/ produjo) el éxito gracias a ti.

10. Prepara el dictado a partir del texto de la actividad 6.

Actividades finales

Las categorías gramaticales

1. Lee atentamente el texto y resuelve las actividades que se plantean a continuación:

> En <u>tres</u> o cuatro días, la nieve se deshizo <u>por</u> completo. El agua del deshielo <u>destruyó</u> en las cunetas los últimos taludes y las calles quedaron inundadas por el barro. Al mismo tiempo, las casas comenzaron a enseñar sus muñones mutilados y sus huesos. Bajo el manto <u>uniforme</u> de la nieve, Ainielle <u>había recobrado</u> la imagen homogénea de otro tiempo, <u>pero</u>, ahora, <u>junto a</u> las grietas y las ruinas más antiguas, el sol <u>desenterraba</u> los fieros desgarrones que <u>aquel</u> último invierno había <u>producido</u> en <u>muchas</u> casas. Unas <u>aparecían</u> <u>mordidas</u> por el viento, con los tejados reventados y las paredes cuarteadas por <u>crueles</u> hendiduras. <u>Otras</u>, <u>más</u> viejas y más tiempo abandonadas, como la de Juan, habían sucumbido definitiva y <u>finalmente</u> a su derrota y <u>ahora</u> yacían en el suelo convertidas en un montón de piedras y maderas corrompidas por la <u>nieve</u>. <u>Yo</u> vagaba <u>entre</u> ellas <u>recordando</u> <u>a</u> <u>sus</u> dueños, entraba en los portales y recorría las habitaciones arrasadas como un general loco que <u>regresara</u> en solitario a las trincheras.
>
> Julio Llamazares, *La lluvia amarilla*. Seix Barral.

—Identifica la categoría gramatical de las palabras subrayadas.

—En el texto, la palabra «cruel» funciona como adjetivo; transfórmala en sustantivo empleando el recurso de la derivación.

—Fíjate en que las siguientes palabras del texto son adjetivos: *loco, solitario.* Escribe una oración con cada una de ellas en la que funcionen como adjetivos sustantivados.

Formación de palabras

2. Vuelve a leer el texto y localiza dos palabras derivadas por prefijación, y otras dos, por sufijación.

—Indica el significado que aporta cada uno de los prefijos y sufijos anteriores. ¿Tiene alguno origen griego o latino?

3. Forma palabras compuestas en las que uno de los términos aparezca en la siguiente lista: *calles, barro, huesos, nieve, suelo.*

4. Forma palabras nuevas añadiendo prefijos o sufijos cultos a estas palabras: *juntar, filosofar, operar, normal, curar, parto, ordinario.*

5. Averigua el origen de los siguientes préstamos: *brújula, jersey, tiburón, coraje, champú, blanco, fragata, buzo.*

6. Relaciona las siguientes siglas y acrónimos con su significado:

- OMS
- radar
- OCDE
- Imserso
- BOE
- TNT

- Trinitrotolueno
- Radio Detecting and Ranging
- Organización para la Cooperación y el Desarrollo Económico.
- Organización Mundial de la Salud
- Instituto de Mayores y Servicios Sociales
- Boletín Oficial del Estado

Tilde en diptongos, triptongos y hiatos

7. Acentúa estas palabras cuando sea necesario: *limpiais, averigüeis, huida, caotico, ciudad, caustico, actue, prohibo, decision.*

—Clasifica en tu cuaderno las palabras anteriores según contengan un diptongo, un triptongo o un hiato.

8. Localiza los diptongos que aparecen en el texto y justifica por qué se acentúan o no en cada caso.

9. Aplica la **destreza de pensamiento** *compara y contrasta* para analizar las características de diptongos, triptongos y hiatos. Utiliza el siguiente organizador gráfico:

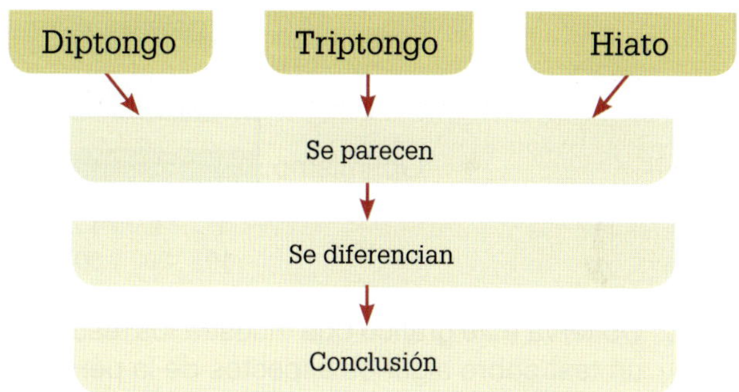

Precisión léxica

10. Sustituye en cada caso el verbo *decir* por uno más preciso según cada contexto.

- *Decir* un poema
- *Decir* un secreto
- *Decir* un discurso
- *Decir* la verdad
- *Decir* un insulto
- *Decir* una historia

El texto y sus características

11. ¿Por qué es necesario respetar las propiedades del texto?

12. ¿Qué son los recursos léxicos de cohesión? Busca ejemplos en el texto que te ayuden a justificar tu respuesta.

13. Localiza en el texto algún ejemplo de empleo de conectores y de pronominalización.

Pon a prueba tus competencias

Observa atentamente este documento y contesta a las preguntas que se proponen a continuación:

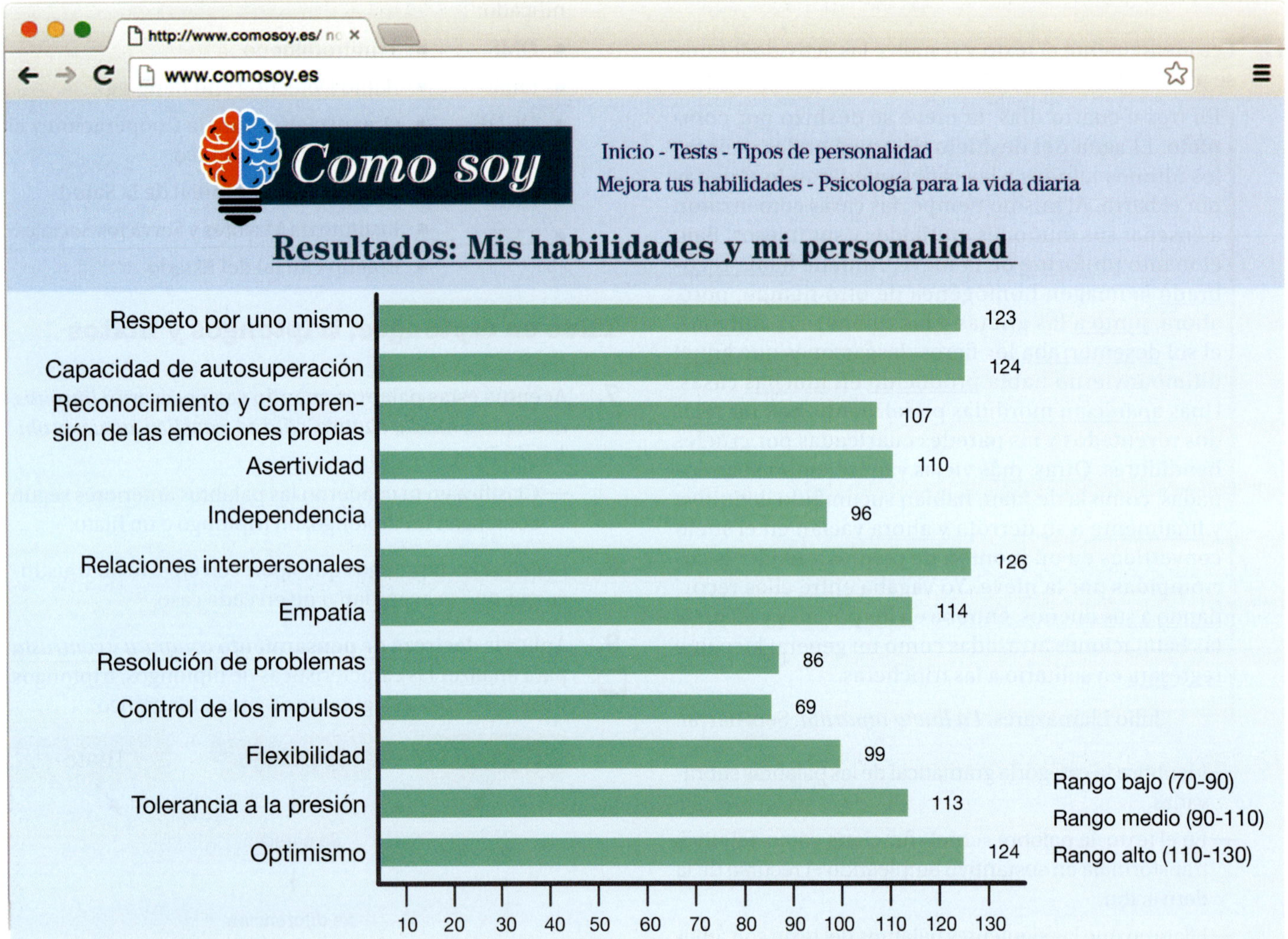

1. Observa este gráfico que muestra los resultados de un test sobre algunos aspectos de la personalidad y responde:

- ¿De qué tipo de gráfico se trata: de sectores, de barras o de líneas?
- ¿Qué indican las puntuaciones?
- Describe con tus palabras qué significan los aspectos estudiados. Busca información si necesitas aclarar alguno de ellos.
- ¿En qué cualidades destaca la persona objeto de este estudio?
- ¿En qué aspectos tiene más dificultades?

2. El valor obtenido en el control de los impulsos es especialmente bajo. Describe una situación en la que esta persona puede tener dificultades. Explica cómo podría aprender a controlar la situación.

3. Elabora un gráfico con los siguientes resultados:

- Respeto por uno mismo: 110
- Capacidad de autosuperación: 104
- Reconocimiento y comprensión de las propias emociones: 100
- Asertividad: 120
- Independencia: 123
- Relaciones interpersonales: 115
- Empatía: 92
- Resolución de problemas: 117
- Control de los impulsos: 123
- Flexibilidad: 80
- Tolerancia a la presión: 87
- Optimismo: 92

– Compara los resultados obtenidos con los del gráfico inicial. ¿En qué se parecen y en qué se diferencian?

4. ¿Qué utilidad tienen estos estudios para las personas analizadas y para las de su entorno?

5. ¿Crees que es importante que estos análisis estén sometidos a normas de confidencialidad? ¿Por qué?

6. Lee atentamente el siguiente texto y responde a las preguntas que se plantean a continuación:

> La **educación** de las emociones no es **un** lujo. Es una necesidad imperiosa que tenemos que afrontar **desde** las **primeras** etapas del sistema **educativo**. Si hacemos **ahora** esa apuesta **en** nuestro país, **habrá más** posibilidades de que **los** ciudadanos sean **personas sanas y equilibradas,** menos **agresivas** y **más solidarias, con** iniciativa, **creatividad** y liderazgo. En definitiva, necesitamos **una escuela** más abierta que **potencie** la inteligencia emocional, social y creativa. [...]
> Para ser más creativos, para entendernos mejor unos **a** otros, **para** generar confianza y para atrevernos a buscar **nuevas** formas de **hacer** las cosas.
>
> Pablo Fernández-Berrocal, *El País*. 26-11-2013.

—Resume en dos líneas el tema del texto. ¿Qué relación tiene con el gráfico anterior?

7. Visita la página web de la revista *Muy Interesante* **(www.muyinteresante.es),** accede a la pestaña «Curiosidades» y elige algún artículo que atraiga tu atención.

—Explica de qué forma aparecen reflejadas las propiedades de los textos en el artículo.

—Dibuja en tu cuaderno un esquema sobre las características del texto. Añade en él ejemplos que localices en el texto.

8. Indica a qué categoría gramatical pertenecen las palabras destacadas en el texto. Cambia los adjetivos de categoría mediante el recurso de la derivación. Observa el ejemplo:

solidarias ⟶ *solidaridad*

9. Escribe cuatro palabras con prefijo y otras cuatro con sufijo relacionadas con el mundo de las emociones. Por ejemplo: *psicología, filosofía, desenamorarse, antibelicista...*

10. Identifica los diptongos y los hiatos en las siguientes oraciones y acentúalos si es necesario:

- Estais abstraidos y actuais como si la vida fuera un teatro.
- Cuentame cosas sobre la psicologia.

SÍNTESIS

Completa en tu cuaderno el siguiente esquema del contenido que has estudiado en la unidad 1:

Léxico

- Las **palabras derivadas** están formadas por un ..... y uno o varios ...., que pueden ser ..... o sufijos.
- Las **palabras** ..... están formadas mediante la unión de dos o más ......
- Las **palabras** ..... son ..... y ..... al mismo tiempo: poseen dos lexemas y uno o varios morfemas derivativos.

Los textos

Las características que debe presentar un texto son: ..... , ... y **cohesión.**

- La **adecuación** comprende la ..... (párrafos, márgenes y recursos gráficos), el ..... (formal o informal) y la ..... comunicativa, que determina la función del lenguaje y la ......
- La **coherencia** es la relación lógica entre las ..... de un texto. Distinguimos el núcleo informativo (.....) y el avance progresivo de la información.
- La ..... consiste en la correcta progresión de las ....., y se consigue mediante .... y recursos ......

Gramática

- Las **categorías** ..... poseen morfemas flexivos. Son el ....., el determinante, el ....., el ..... y el verbo.
- Las categorías invariables no admiten .... Son el ....., la preposición, la conjunción y la ......
- Se pueden producir cambios de categoría por ..... y ...... Los procesos de **recategorización** más importantes son la ..... de un adjetivo, la ..... de un verbo y la ......

Reflexiona

Diario de aprendizaje

—¿Cuál ha sido tu actividad favorita en esta unidad? Explica por qué.

—¿En cuál de todas las actividades crees que has hecho el mejor trabajo?

—Piensa en algo que hayas aprendido en esta unidad y que puedas aplicar en otros contextos: otras asignaturas, en tu vida diaria...

2
Unidad

» CONTENIDOS

LECTURA
Amor y Psique

LOS TEXTOS
El texto expositivo y el texto argumentativo

LÉXICO
El significado de las palabras

GRAMÁTICA
La oración y su análisis
1. Los sintagmas
2. La oración
3. Análisis de la oración

ORTOGRAFÍA
Acentuación de palabras compuestas
Precisión léxica

Rutina de pensamiento
DIEZ VECES DOS

Observa esta imagen en silencio durante 30 segundos. Deja que tus ojos viajen por la fotografía; después, cierra el libro.

- Escribe una lista con 10 elementos que hayan llamado tu atención.
- Vuelve a observar la imagen otros 30 segundos y anota 10 palabras más en la lista.
  — ¿Qué nuevos elementos has visto esta segunda vez?
  — ¿Qué te ha llamado más la atención?
- Comparte la lista con tus compañeros y anota nuevos elementos que no has visto.
- Volved a mirar la imagen y reflexionad entre todos sobre la impresión general que os ha causado.

Patrick Süskind

Nacido en Alemania en 1949, Patrick Süskind ha cultivado una gran variedad de géneros, desde la novela hasta el monólogo teatral y el guion televisivo. Alcanzó el éxito como escritor con su novela *El perfume* (1985), traducida a más de veinte idiomas; como muchas de sus obras, trata el tema del aislamiento del individuo en la sociedad moderna.

Este fragmento

Pertenece a su obra más emblemática, *El perfume*, publicada por Seix Barral. Su protagonista, Jean-Baptiste Grenouille, es un joven nacido en el París del siglo XIX con un don especial: es capaz de percibir por el olfato lo que nadie más puede. Su obsesión es aprender técnicas para preservar los olores que le fascinan. Por eso acude al taller del señor Baldini.

Amor y Psique

El hombrecillo Grenouille empezó quitando el tapón de corcho de la bombona que contenía el alcohol. Le costó mucho levantar el pesado recipiente casi hasta la altura de su cabeza, porque así de alto estaba el *matraz*[1] con el embudo de vidrio en el cual, sin ayuda de una probeta graduada, vertió el alcohol directamente de la bombona. Baldini se estremeció ante semejante torpeza: el sujeto no solo invertía el sistema tradicional de la perfumería, empezando con el disolvente y no con el concentrado, ¡sino que era apenas físicamente capaz para este trabajo! Temblaba por el esfuerzo y Baldini temía que en cualquier momento dejase caer la pesada bombona, destrozando todo lo que había sobre la mesa. [...] Y ya se disponía a intervenir y arrebatar la bombona a aquel demente, cuando Grenuoille la bajó sin ayuda, la dejó en el suelo intacta y la tapó con el corcho. El líquido claro y ligero se balanceó en el matraz... No se había derramado ni una gota. Grenouille tomó aliento unos instantes, expresando en el rostro una gran satisfacción, como si ya hubiera realizado la parte más difícil de su tarea. Y de hecho, lo que siguió se desarrolló a una velocidad tal, que Baldini pudo acompañarlo apenas con la vista, y todavía menos reconocer una fase reglamentada del proceso.

Grenouille eligió como al azar entre los frascos de esencias, les quitó el tapón de vidrio, se los pasó un segundo bajo la nariz, echó en el embudo unas gotas de uno, luego de otro y un chorrito de un tercero y no tocó ni una sola vez la pipeta, los tubos de ensayo, la probeta graduada, la cucharilla, el batidor, ninguno de los utensilios imprescindibles para el perfumista durante el complicado proceso de la mezcla. Parecía estar jugando, disfrutando como un niño que cuece un horrible caldo con agua, hierba y fango y luego afirma que es una sopa. [...] ¡Pero este prepotente muchacho recibiría su lección! Al final de la ridícula presentación le daría un buen rapapolvo para que se marchara tal como había venido, como un insignificante don nadie. [...]

Tan ocupado estaba Baldini con su cólera interna y su aversión del tiempo en que vivía, que no comprendió del todo el significado de que Grenouille tapara de repente todos los frascos, sacara el embudo del matraz, agarrara este del cuello con una mano y lo apretara contra su pecho para taparlo con fuerza y agitarlo enérgicamente con la mano izquierda. Hasta que el matraz no hubo dado varias vueltas en el aire, precipitando su valioso contenido, como si fuera limonada, del fondo al cuello y viceversa, no *prorrumpió*[2] Baldini en un grito de rabia y de espanto.

—¡Alto! —chilló—. ¡Ya basta! ¡Para inmediatamente! ¡Se acabó! Deja ahora mismo el matraz sobre la mesa y no toques nada más, ¿me oyes?, ¡nada más! He debido de estar loco para escuchar por un solo momento tus disparatadas explicaciones. Tu modo de hacer, tu forma de manejar las cosas, tu tosquedad, tu ignorancia primitiva me demuestran que eres un chapucero, un burdo chapucero y un mocoso pícaro y descarado por añadidura. [...] ¡No te atrevas nunca más a poner los pies en el umbral de un perfumista!

Así habló Baldini y, mientras hablaba, la habitación se fue impregnando de Amor y Psique. Hay en el perfume una fuerza de persuasión más fuerte que las palabras, el destello de las miradas, los sentimientos y la voluntad. La fuerza de persuasión del perfume no se puede contrarrestar, nos invade como el aire invade nuestros pulmones, nos llena, nos satura, no existe ningún remedio contra ella.

Grenouille había dejado el matraz sobre la mesa y había secado su mano impregnada de perfume con el borde de la *levita*[3]. Uno o dos pasos hacia atrás [...] bastaron para dispersar por el aire oleadas de perfume recién creado. No hizo falta nada más. Ciertamente, Baldini todavía gritaba, clamaba y escarnecía, pero con cada aspiración disminuía en su interior la ira, [...] y su discurso terminó en un silencio patético. Y cuando hacía ya largo rato que se había callado, no necesitó la observación de Grenouille: «Ya está listo». Lo sabía antes de oírlo. [...]

Era Amor y Psique sin lugar a dudas, el Amor y Psique odioso y genial copiado con tanta precisión que ni siquiera el propio Pélissier habría podido distinguirlo de su producto. [...]

—No es un buen perfume —dijo—, es una mezcla muy mala. —Baldini continuó farfullando «Hm, hm, hm» y Grenouille continuó—: Si me lo permitís, maestro, lo perfeccionaré. ¡Dadme un minuto y os lo convertiré en un perfume decente! [...]

Y siguió musitando «Hm, hm, hm, hm» y asintiendo, sin dar muestras de comprender nada cuando Grenouille se dispuso a elaborar una mezcla por segunda vez y por segunda vez vertió alcohol de la bombona en el matraz, ahora sobre el perfume recién mezclado, y echó en el embudo el contenido de los frascos por un orden y en cantidades al parecer casuales. Hasta casi el final del proceso (esta vez Grenouille no agitó el matraz, sino que lo inclinó despacio como si fuera una copa de coñac, quizá en atención a la sensibilidad de Baldini o porque esta vez el contenido le parecía más valioso), o sea hasta que el líquido se balanceó, ya listo, en el recipiente, no se despertó Baldini de su estado letárgico y se levantó, con el pañuelo todavía apretado contra la nariz, como si quisiera defenderse de un nuevo ataque personal.

—Ya está listo, *maître*[4] —anunció Grenouille—. Ahora sí que es un perfume bueno.

—Sí, sí, está bien —respondió Baldini, agitando la mano libre.

—¿No queréis tomar una muestra? —urgió Grenouille—. ¿No lo deseáis, *maître?* ¿Ninguna prueba?

—Después, ahora no estoy dispuesto para otra prueba... Tengo otras cosas en la cabeza. Ahora vete. ¡Sígueme!

Y tomando un candelero, cruzó el umbral en dirección a la tienda. Grenouille le siguió. Llegaron al estrecho pasillo que conducía a la puerta de servicio. El anciano arrastró los pies hasta el umbral, descorrió el cerrojo y abrió. Entonces se hizo a un lado para dejar pasar al muchacho.

—¿Puedo trabajar ahora con vos, *maître?* ¿Puedo? —preguntó Grenouille en el umbral, otra vez encorvado y con mirada vigilante.

—No lo sé —contestó Baldini—. Meditaré sobre el asunto. ¡Vete!

Y Grenouille desapareció de improviso tragado por la oscuridad. Baldini se quedó allí, mirando la noche como embobado [...] y volvió al taller a través de la tienda.

La fragancia era tan maravillosamente buena que a Baldini se le anegaron de repente los ojos en lágrimas. No necesitaba hacer ninguna prueba, solo colocarse delante del matraz y respirar. El perfume era magnífico. En comparación con Amor y Psique era una sinfonía semejante al rasgueo solitario de un violín. Y mucho más. Baldini cerró los ojos y evocó los recuerdos más sublimes. Se vio a sí mismo de joven paseando por jardines napolitanos al atardecer [...], acariciado por el viento nocturno; oyó cantar a una bandada de pájaros y la música lejana de una taberna de puerto; oyó un susurro muy cerca de su oído, oyó un «te amo» y sintió que los pelos se le erizaban de placer, ahora, ahora, ¡en este instante! Abrió los ojos y gimió de gozo. Este perfume no se parecía a ningún perfume conocido. No era una fragancia que emanaba buen olor. [...] Se trataba de algo totalmente nuevo, capaz de crear todo un mundo, un mundo rico y mágico que hacía olvidar de golpe todas las cosas repugnantes del propio entorno y comunicaba un sentimiento de riqueza, de bienestar, de libertad... [...]

Vertió el perfume restante en dos frascos que proveyó de sendas etiquetas en las que escribió el nombre: **Nuit Napolitaine**. Entonces apagó la vela y salió.

No habló a su mujer arriba, durante la cena. Sobre todo, no le dijo nada de la *sacrosanta*[5] decisión que había adoptado aquella tarde. Tampoco su mujer dijo nada, porque observó que estaba alegre y esto la puso muy contenta. No subió tampoco a Notre-Dame para agradecer a Dios su fuerza de voluntad. Aquella noche se olvidó incluso, y por primera vez, de rezar a la hora de acostarse.

Vocabulario

[1]**matraz:** vaso de cristal estrecho que se emplea en los laboratorios. / [2]**prorrumpió:** estalló, profirió. / [3]**levita**: prenda masculina de etiqueta, más larga y amplia que el frac. / [4]***maître:*** jefe. / [5]**sacrosanta:** que reúne las cualidades de sagrado y santo.

Ortografía

Localiza en el texto cinco palabras que contengan tilde diacrítica. Indica en cada caso de qué vocablo permite distinguirlas la tilde y cuál es la categoría gramatical de cada palabra.

Para leer

La novela *El perfume*, a la cual pertenece el texto que has leído, se ha convertido en un clásico del siglo XX. Si quieres conocer otras grandes obras de la literatura, te recomendamos estos libros:

En *La isla del tesoro*, el joven Jim Hawkins se verá envuelto en una trepidante aventura en la que se enfrentará al temible pirata John Silver. *La metamorfosis* cuenta la escalofriante historia de Gregor Samsa, quien despierta una mañana convertido en un insecto.

- Robert L. Stevenson, *La isla del tesoro*. Col. Nómadas del tiempo. edebé.
- Franz Kafka, *La metamorfosis*. Col. Nómadas del tiempo. edebé.

Obtención de información

Lee el texto «Amor y Psique» y resuelve las actividades que se plantean a continuación:

1. Señala en tu cuaderno si las siguientes afirmaciones son falsas o verdaderas y corrige las primeras para que sean ciertas:
   - Grenouille midió con detenimiento las cantidades de los productos que utilizó para la mezcla.
   - Baldini confiaba en que Grenouille conseguiría plagiar el perfume Amor y Psique.
   - En cuanto Baldini olió el perfume que creó Grenouille, estuvo convencido de que no era más que un ignorante chapucero.
   - Después de oler el perfume, Baldini le dijo a Grenouille que necesitaba meditar sobre si podría trabajar con él.
   - Baldini bautizó la nueva fragancia como Nuit Napolitaine, por todo lo que le había evocado.
2. Enumera los pasos que sigue Grenouille para elaborar la primera versión de Amor y Psique. ¿Qué diferencias hay entre el proceso de elaboración de la primera y la segunda versión?

Interpretación

3. Localiza en el texto una oración que pueda servir de título alternativo para el fragmento.
4. Explica con tus propias palabras el significado de las siguientes oraciones:
   - Ajeno a todo cuanto le rodeaba, [...] a fin de mezclar su descabellado caldo.
   - ¡No te atrevas nunca más a poner los pies en el umbral de un perfumista!
   - Con cada aspiración disminuía en su interior la ira.
5. Sustituye las palabras subrayadas por un sinónimo e indica si se trata de un sinónimo parcial o total.
   - ¡Pero este <u>prepotente</u> <u>muchacho</u> recibirá su <u>lección</u>!
   - He debido de estar loco para <u>escuchar</u> [...] tus <u>disparatadas</u> explicaciones.
   - Baldini cerró los ojos y <u>evocó</u> los <u>recuerdos</u> más <u>sublimes</u>.

Reflexión

6. ¿Por qué crees que Baldini reacciona de forma tan brusca cuando Grenouille empieza a manejar sus utensilios y fragancias?
7. Grenouille demuestra tener una habilidad innata para la elaboración de perfumes. ¿Hay algo que se te dé muy bien? ¿Crees que las personas que te rodean te apoyan en tus aficiones?

Expresión

8. ¿Cómo te imaginas que termina esta historia? Escribe un final para el fragmento que has leído. Para ello:
   - Respeta el tiempo verbal y el tipo de narrador del texto original.
   - Conserva el estilo narrativo y emplea un vocabulario similar.

Escucha

Observa y escucha con atención este fragmento televisivo:

http://links.edebe.com/6t5t7 (min 16:05 a 17:52)

1. Responde a las siguientes preguntas sobre el vídeo:
   - ¿Qué tipo de productos llevan perfumes o esencias?
   - ¿Cómo influye el olor de los productos en nuestro comportamiento?
   - ¿A qué se dedica Bettina Piersson?, ¿qué cargo ocupa dentro de la empresa Eurofragance?

2. Relaciona los siguientes recuadros que explican el proceso de elaboración de un perfume:

Escoger las materias primas adecuadas para mezclarlas y conseguir el resultado deseado.	Es la parte creativa.
Aclarar lo que el perfumista quiere contar, la historia que quiere transmitir con ese olor.	Es el punto de inspiración inicial.
Imaginar un olor que nunca se ha olido.	Es un proceso que puede durar días, meses o incluso años.

3. ¿Crees que es necesario añadir perfumes a los productos de limpieza y cosmética? ¿Y a la comida?

4. ¿Alguna vez has elegido un producto por su aroma? ¿Qué tipo de producto era? ¿Crees que le habían añadido algún perfume o esencia sintética?

Habla

5. En la lectura «Amor y Psique», Grenouille elabora el perfume como si se tratase de una receta de cocina; de hecho, el proceso de elaboración es muy similar. Una receta no es más que un conjunto de instrucciones en las que se especifican aquellos elementos, cantidades y procesos que hay que seguir para conseguir algo.

   Te proponemos que elabores una **receta de la amistad.** Deberás indicar cuáles son los ingredientes de una buena amistad, en qué cantidad debe darse cada uno, cómo hay que utilizarlos y en qué momentos. Te ofrecemos algunas claves para desarrollar tu receta:

   - Realiza una **lluvia de ideas** con todos aquellos ingredientes que se te ocurran, por ejemplo: *tolerancia, diversión, lealtad...* Después, **ordénalos** y adjudícales una **cantidad:** *tolerancia - 200 g, diversión - 150 g...*
   - Redacta tu receta de forma esquemática utilizando verbos en **imperativo** *(preparad, coced, saltead...)* o en **infinitivo** *(preparar, cocer, saltear...).*
   - Explica tu receta al resto de la clase. Para exponer de manera ordenada y clara todos los pasos, emplea **conectores de ordenación** *(en primer lugar, después, a continuación...).*

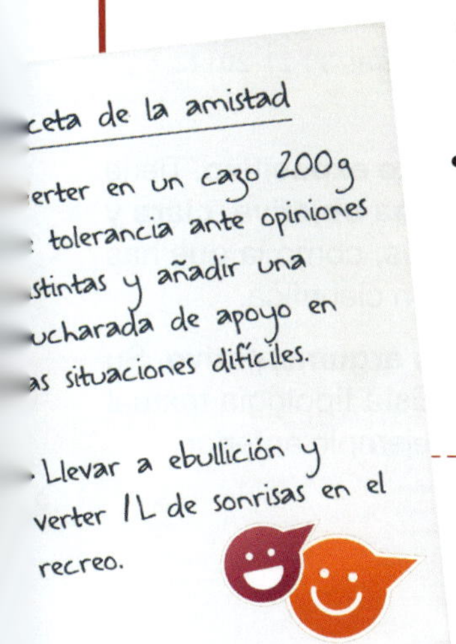

Ágora

Las estrategias de venta son habituales para promover el consumo. Se trata de tácticas utilizadas por los establecimientos con el objetivo de motivar a los compradores para que consuman más.

- ¿Piensas que el aroma puede incidir sobre las ventas de un comercio? ¿Cómo?
- ¿Crees que debemos intentar evitar la influencia de estas estrategias de venta y comprar de forma objetiva?
- ¿Cómo podemos hacerlo?

Dar instrucciones

Dar instrucciones es explicar de forma clara y detallada los pasos necesarios para llevar a cabo una tarea. Ten en cuenta las recomendaciones que mostramos a continuación:

- Cuando des instrucciones, sigue la siguiente estructura:
  - Presentar el objetivo final o el propósito que se quiere alcanzar.
  - Detallar las etapas del proceso.
- He aquí otros consejos que pueden servirte de ayuda:
  - Utiliza oraciones cortas y sencillas, y en forma impersonal.
  - Emplea verbos en modo imperativo o infinitivo.
  - Utiliza tecnicismos.
  - Emplea recursos visuales para que las instrucciones sean más sencillas de comprender.

El texto expositivo y el texto argumentativo

Los textos, ya sean orales o escritos, son una unidad básica de comunicación y, como tal, ocupan una parte importante de nuestras vidas. Los distintos textos se pueden clasificar en lo que llamamos **tipologías textuales,** dependiendo de las características que presentan.

En esta unidad, estudiarás los rasgos que diferencian los textos expositivos de los textos argumentativos.

Lee los siguientes textos y reflexiona acerca de sus similitudes y diferencias:

El olor para atraer clientes

1 Los aromas que se perciben cuando se entra en un establecimiento también son una manera de atraer y fidelizar a la clientela.

[...] Por ello [...], cada vez hay más empresas que deciden crear un perfume que las identifique.

2 Los *odotipos,* que es como se llaman los diferentes tipos de olores que se pueden crear para una marca, se clasifican en tres categorías. Por un lado, los identificadores, que son aquellos aromas que se crean desde cero y que convierten los valores de una compañía en perfume. Puede ser un aroma de madera, que representa, por ejemplo, los valores de la tradición y el confort.

También hay empresas que deciden simplemente reproducir un olor que ya tienen, como el caso de una pastelería que perfuma el establecimiento con olor a chocolate [4].

Y también, hay un odotipo que trata de asociar un olor con una empresa, como por ejemplo un equipo de fútbol que ha encargado un perfume corporativo que recuerda el olor a césped recién cortado. La del olor corporativo es una estrategia de *marketing* que ya empiezan a utilizar los negocios de Barcelona.

3 En **Gaudí Experiencia** se han interesado y han encargado un perfume que se base en el olor de Barcelona. Es una mezcla de olor a mar, naturaleza, especias y juventud, conseguida gracias a la mezcla de esencias cítricas, entre otros ingredientes.

El Periódico, 26-5-2015.

Reacciones que sanan

Obtener un mal resultado en algo que nos habíamos propuesto, no conseguir lo que queríamos en cualquier ámbito de la vida... El fracaso nos afecta y puede pasar una seria factura a nuestro interior. Ante él, las personas tenemos dos alternativas: superarlo y reaccionar positivamente o no superarlo y caer en la más profunda negatividad. [...] 5

Hay que razonar el fracaso con objetividad, preguntarse si uno ha puesto todos los medios posibles para conseguir el objetivo y analizar en qué medida han intervenido factores externos que no estaba a nuestro alcance controlar. La sensación de fracaso será más aguda cuanto más altas e irreales sean las expectativas de éxito creadas.

Preocuparse por cómo ha quedado nuestra imagen o qué pensarán y dirán de nosotros es lo más patológico. Las terapias basadas en ayudar desinteresadamente a los demás, el fomento del esfuerzo personal para actuar mejor a partir de ahora y dar un sentido más profundo a las metas que nos propongamos, ayudan. Y si efectivamente toda o parte de la culpa del fracaso es de otros, hay que saber perdonarles. 6

Pero, sobre todo, ante el fracaso hay que desdramatizar, porque casi nunca es cierto aquello que decimos de que «esto es lo peor que podía haberme ocurrido». Así que ríase de usted mismo y mejore en humildad. Porque la humildad proporciona alegría y aporta mayor realismo para enfrentarse a nuevos retos. 7

Joan de Dou, *La Vanguardia,* 30-11-2014.

El texto de la izquierda, «El olor para atraer clientes», es *un* **texto expositivo.** Tiene la finalidad de **transmitir una información concreta de forma objetiva, clara y precisa.** Los textos expositivos son habituales en las noticias, como la que has leído, y también en el ámbito administrativo y en la divulgación científica.

El texto de la derecha**,** «Reacciones que sanan», es *un* **texto argumentativo.** Su finalidad es **defender una opinión, una idea o una tesis.** Esta tipología textual suele emplearse en ensayos y artículos de opinión, como el ejemplo anterior.

Las principales características de los textos expositivos y argumentativos son:

Texto expositivo	Texto argumentativo
• **Función.** Transmiten **información objetiva**, clara y precisa, sin incluir valoraciones u opiniones subjetivas. • **Estructura.** Presentan tres partes: **introducción** [1], **desarrollo** [2] y **conclusión** [3]. • **Información**. Prima la **claridad:** — Se emplea la **función referencial del lenguaje** y predominan los verbos en **tercera persona** y en **modo indicativo** *(perciben, deciden, crean).* — Se aportan **datos concretos y ejemplos** [4] para facilitar la comprensión. La información puede completarse con **recursos gráficos** como esquemas. Se emplea un **léxico preciso y riguroso,** habitualmente técnico y especializado, y las ideas se estructuran en **distintos párrafos** cohesionados mediante **conectores** *(por un lado, también).* • **Clasificación.** Según el **grado de profundización,** los textos expositivos pueden ser: — **Especializados:** emplean un **léxico técnico,** pues están destinados a expertos en una materia. — **Divulgativos:** tratan temas de interés general y suelen presentar un **vocabulario más sencillo,** ya que pretenden llegar a un público más amplio.	• **Función.** Defienden con **razones** y **argumentos** una **tesis,** es decir, una idea que se quiere demostrar. • **Estructura.** Presentan tres partes: — **Tesis:** es la **idea que se defiende** y en torno a la que se reflexiona. Debe ser clara y breve. [5] — **Argumentos:** son las **razones** que apoyan la tesis expuesta. [6] — **Conclusión:** suele **resumir** los argumentos expuestos y confirma la tesis inicial. [7] • **Información.** Los argumentos deben presentarse de forma **coherente y ordenada.** Para ello, se emplea un **lenguaje claro y directo.** — Predomina el uso de verbos en **presente** *(afecta, proporciona)* y en **futuro de indicativo** *(será).* — Destaca el empleo de **adjetivos valorativos y específicos** *(seria factura, altas expectativas).* — Las oraciones y párrafos aparecen enlazados mediante **conectores** *(sobre todo, así que, pero).* — Se emplea un léxico preciso con **cultismos** o **tecnicismos** propios del tema tratado *(capacidades, terapias).*

Actividades

1. Lee atentamente el texto y contesta a las preguntas:

> Esta dependencia tecnológica que evita el esfuerzo de memorizar los datos más comunes nos lleva a lo que comúnmente se ha venido a llamar *amnesia digital*, esto es, la experiencia de olvidar la información inmediatamente al confiarla a un dispositivo digital para que este la recuerde por nosotros. [...]
>
> Un reciente estudio [...] reveló que más de la mitad de los usuarios de dispositivos móviles en Estados Unidos y Europa eran incapaces de recordar los números de teléfono de sus amigos y vecinos; un 44 % ni siquiera podía recordar los números de sus familiares.
>
> [...] «Tenemos que entender las consecuencias que provoca a largo plazo y adaptar la forma en la que recordamos y protegemos esos recuerdos», explica Alfonso Ramírez, director general de Kaspersky Lab Iberia.
>
> Sarah Romero, «*¿Qué es la amnesia digital?*». www.muyinteresante.es

— Determina si el texto anterior es expositivo o argumentativo. Justifica tu respuesta aportando ejemplos sobre los siguientes aspectos: su función, su estructura y el uso de la lengua.

2. Lee los siguientes artículos con atención:

@ **http://links.edebe.com/qcm2x3**
http://links.edebe.com/m75

— Elige uno y elabora un texto argumentativo en el que muestres tu opinión sobre el tema que se trata. Tu texto deberá:

- Tener un título original y desarrollar una tesis concreta.
- Respetar las características que has estudiado.
- Exponer, como mínimo, cuatro argumentos que apoyen la tesis.

3. Como has podido comprobar, es importante saber argumentar. Lee con atención los siguientes enunciados y piensa en un argumento a favor y otro en contra de cada una de estas ideas:

- El uso de las redes sociales.
- La corrección gramatical en los mensajes de texto.
- Los videojuegos como pasatiempo.

— Dividid la clase en grupos, exponed vuestras opiniones y argumentos y comparadlos con los de vuestros compañeros.

— Elaborad unas conclusiones entre todos.

El significado de las palabras

El significado de las palabras es una cuestión compleja en el estudio de la lengua, pues no se trata de un aspecto exclusivamente lingüístico, sino que depende del contexto extralingüístico, de nuestros conocimientos y de nuestra percepción de la realidad.

Las palabras son **signos lingüísticos** que se componen de un **significante** (plano de la expresión) y de un **significado** (plano del contenido).

Observa el siguiente ejemplo:

SIGNIFICANTE:

Conjunto de grafías/fonemas que, ordenados de un determinado modo, están asociados a una idea o concepto.

/p/-/e/-/r/-/f/-/u/-/m/-/e/ → Fonemas: sonidos articulados en la lengua oral.

p-e-r-f-u-m-e → Sucesión de grafías en la lengua escrita.

SIGNIFICADO:

Idea o concepto que transmite un signo lingüístico.

Acepción 1: 'Sustancia, generalmente líquida, que se utiliza para dar buen olor'.

Acepción 2: 'Olor bueno o muy agradable'.

La **relación entre significante y significado** no siempre es unívoca. En ocasiones, un significante puede presentar más de un significado, como en el ejemplo anterior *(perfume).* Y también hay significados que se corresponden con más de un significante.

En las próximas unidades estudiaremos estos y otros fenómenos con más detenimiento:

- **Polisemia:** se da cuando a **un mismo significante** le corresponden varios significados que se relacionan entre sí. *(El pájaro tiene herida su **ala.** / Están reparando el **ala** del avión).*
- **Sinonimia:** ocurre cuando a **un significado** le corresponden **diversos significantes** *(Esa era la parte más difícil de su **tarea.** / Se trata de una **labor** fácil).*
- **Cambio semántico:** se da cuando **el significado** de una palabra **experimenta cambios** por diversas causas *(Parece que hay un **ratón** en la buhardilla. / Conecta el **ratón** a tu ordenador).*

Semántica, léxico y vocabulario

La **Semántica** es la parte de la Gramática que se encarga del estudio del significado de las palabras.

La totalidad de las palabras que posee una lengua se denomina **léxico.**

El **vocabulario** es el conjunto de términos que una persona conoce o utiliza.

Situación y contexto

El significado de una palabra se concreta en su uso, es decir, en el mismo acto de la comunicación. Por ello, a la hora de interpretar el significado de un término, debemos tener en cuenta:

- El **contexto lingüístico,** que es el conjunto de palabras que acompañan a un término y que ayudan a aclarar su significado.

  *Se dispersaron por el aire **oleadas** de perfume recién creado.*

  *El mar embestía el espigón con **oleadas** violentas.*

- La **situación extralingüística,** que es la serie de circunstancias ajenas al lenguaje que rodean el acto comunicativo y ayudan en la interpretación de su significado (el lugar, el tono, los interlocutores...).

Denotación y connotación

También hay que tener en cuenta los **distintos matices significativos** que puede presentar una palabra en una situación determinada. Distinguimos dos tipos de información: el *significado denotativo* y el *significado connotativo.*

Denotación	Connotación
Significado **real y objetivo** de un término. Es común a todos los hablantes y aparece registrado en el diccionario. **Calor:** 'Sensación que se experimenta ante una elevada temperatura'. *Tenía tanto **calor** que solo podía pensar en zambullirse en la piscina.*	Conjunto de **valores semánticos** que se asocian al significado original según el contexto y la situación en la que se emplea la palabra. **Calor:** 'Buena acogida, cariño'. *No hay nada como sentir el **calor** y el afecto de aquellos que te aprecian.*

Actividades

1. Localiza en la lectura que introduce esta unidad las palabras que corresponden a estas definiciones:

- 'Tubo de cristal, con pie o sin él, cerrado por un extremo y destinado a contener líquidos o gases'.
- 'Que abusa de su poder o hace alarde de él'.
- 'Excelso, eminente, de elevación extraordinaria'.

2. Las siguientes palabras tienen, como mínimo, dos significados distintos. Te damos uno; escribe tú otro, consultando el diccionario si lo precisas.

- Mando: 'Militar con autoridad'.
- Alianza: 'Pacto'.
- Ala: 'Cada una de las extremidades que las aves emplean para volar'.
- Cresta: 'Cumbre de una ola'.

3. Lee atentamente estos significados de la palabra *escudo.* A continuación, escribe el número que corresponde a cada significado según el contexto:

> **escudo: 1.** Arma defensiva, que se lleva embrazada, para cubrirse y resguardarse de agresiones. / **2.** Unidad monetaria en distintos países y épocas. / **3.** Amparo, defensa, protección. / **4.** Superficie o espacio en que se representan los blasones de un Estado, población, familia, corporación...

- ( ). El blusón le costó cinco escudos.
- ( ). El escudo de sus antepasados representa la serenidad y el liderazgo.
- ( ). Aunque el combate parecía perdido, cogió el escudo y la espada de nuevo.
- ( ). En esos años, sus amigos le sirvieron de escudo.

— Generalmente, los significados de las palabras polisémicas guardan algún tipo de relación. Comentad entre todos si existe alguna relación entre los distintos significados de la palabra *escudo.*

4. Escribe dos oraciones con cada una de estas palabras en las que quede claro su significado denotativo y su significado connotativo. Sigue el ejemplo.

Sol:
1) *El eclipse de sol fue muy emocionante.*
2) *Marcelo es muy buena persona, ¡es un sol!*

> hoja - otoño - oscuridad - cerebro - cuerpo
> bandera - mano - estrella - sueño - corazón
> buitre - payaso - oro - azotea - león

5. Lee con atención estas oraciones:

- Le exhortó a retirarse con prudentes palabras.
- Se apoyó en el alféizar de la ventana y dejó caer la pelota.
- Estaba tan contento de volver a verle, que sus sentimientos le resultaban inefables.
- Disentía tanto de su manera de actuar, que discutían a todas horas.
- No pude pagar con tarjeta porque solo aceptaban pagos pecuniarios.

— Define los términos subrayados deduciendo su significado por el contexto en el que se encuentran. Utiliza tus propias palabras.

— Busca en el diccionario en línea de la RAE **(www.rae.es)** el significado de las palabras que has definido y comprueba si tus razonamientos han sido acertados.

La oración y su análisis

La sintaxis tiene una importancia fundamental en el estudio de la lengua, pues de ella depende en parte la correcta comprensión del mensaje y, por lo tanto, la interpretación de este. Por otro lado, sirve para hablar con propiedad y corrección, así como para conocer profundamente un idioma, lo cual es imprescindible para aprender otros nuevos y así ampliar nuestros conocimientos y cultura.

1. Los sintagmas

Antes de iniciar el estudio de la oración, recuerda que las palabras que la forman se agrupan en **sintagmas.**

Fíjate en los que forman la siguiente oración:

El hombrecillo quitó el tapón de corcho.

- el tapón: Sintag. 1
- corcho: Sintag. 2
- de corcho: Sintag. 3
- el tapón de corcho: Sintag. 4
- El hombrecillo: Sintag. 5
- quitó el tapón de corcho: Sintag. 6

Los **sintagmas** son **grupos de palabras** que presentan estas características:

- Desempeñan una **función sintáctica** dentro de la oración.
- Están compuestos por, al menos, una palabra. Esta recibe el nombre de **núcleo.**

Según la **naturaleza del núcleo,** distinguimos diversos tipos de **sintagmas:**

Tipos de sintagmas

Tipo	Núcleo	Ejemplo
Sintagma nominal (SN)	El núcleo es un **sustantivo,** generalmente acompañado de un determinante.	El tapón es de corcho. (El tapón: SN)
Sintagma adjetival (SA)	El núcleo es un **adjetivo.**	Vertió el líquido claro. (claro: SA)
Sintagma verbal (SV)	El núcleo es un **verbo.**	Grenouille eligió un frasco. (eligió un frasco: SV)
Sintagma adverbial (SAv)	El núcleo es un **adverbio.**	Tapó el frasco rápidamente. (rápidamente: SAv)
Sintagma preposicional (SPrep)	El núcleo es un SN precedido por **una preposición** o locución prepositiva.	La dejó en el suelo. (el suelo: SN; en el suelo: SPrep)

Debes tener en cuenta que los sintagmas **pueden formar parte de un sintagma de grado superior,** de manera que el primero queda contenido dentro del segundo. Observa este ejemplo:

Hoy compraré un perfume nuevo en la tienda de la esquina.

- Hoy: SAv
- nuevo: SA
- un perfume nuevo: SN
- la tienda: SN
- en la tienda: SPrep
- la esquina: SN
- de la esquina: SPrep
- Hoy compraré un perfume nuevo en la tienda de la esquina: SV

Un **sintagma** es una secuencia constituida por una o más palabras que se estructuran alrededor de un núcleo y que cumple una **función sintáctica** en la oración. Distinguimos **varios tipos de sintagmas:** nominal, adjetival, adverbial, verbal y preposicional.

1. Localiza el núcleo de los sintagmas subrayados en el siguiente diálogo e indica de qué tipo son:

—Sofía, acuérdate de que el sábado tenemos el partido.

—Ya lo sé. Jugamos delante de mi casa.

—¿Ah, sí? Entonces, ¿puedo dormir en tu casa la noche del viernes? Así ya estaré ahí por la mañana.

—¡Claro! Pero no llegues aquí demasiado tarde. Así podremos ver el Blu-Ray de la última película de «*Star Wars*». Los efectos especiales son una pasada.

—¡Genial! Tengo muchas ganas.

—Oye, no te olvides el uniforme para el partido, ¿eh?

—Tranquila, no volverá a ocurrirme. Lo meto ahora mismo en la mochila, y así ya lo tengo preparado.

2. Completa las oraciones con un sintagma del tipo que se indica en cada caso.

- .... (SN) me dijo que volveríamos mañana.
- Removió el cocido con una cuchara ...... (SPrep).
- Sé que lejos ...... (SPrep) hay una fábrica .... (SA).
- El viento .... (SV) .... (SAv) los tejados de las casas del pueblo.
- La ...... (SN) busca ...... (SAdv) a los ..... (SA) ladrones ...... (SPrep).

3. Fíjate en estas expresiones de la lectura inicial y responde a las cuestiones que se plantean:

- La probeta graduada
- Tomó aliento
- El líquido claro y ligero
- Tu forma de manejar las cosas
- Imprescindibles
- Todas las cosas repugnantes del propio entorno
- Con el embudo de vidrio

— Subraya el núcleo de cada secuencia e indica a qué categoría gramatical pertenece.

— Indica de qué tipo de sintagma se trata en cada caso.

4. Añade un sintagma a las expresiones del ejercicio anterior. Debes utilizar, como mínimo, uno de cada tipo.

5. Lee estas oraciones con atención:

- Mi hermana escribe en un cuaderno rayado.
- Llegarás tarde al restaurante.
- El horno está muy caliente.
- La música excesivamente alta es molesta.
- Los colores claros resultan muy relajantes.
- El chico de la clase vecina me lo contó.

— Localiza todos los sintagmas y clasifícalos en una tabla como la siguiente:

SN	SA	SV	SAv	SPrep
....	....	....	....	....

— Subraya el núcleo de cada sintagma.

— Señala aquellos sintagmas que forman parte de otro de grado superior.

6. Analiza los sintagmas según el modelo propuesto.

Una vieja levita azul.
Det — A (SA) — N — A (SA)
SN

- Muy cerca
- Desde tu ventana
- El diamante tremendamente brillante
- Una conferencia con su jefe
- La posibilidad de un viaje de fin de curso

7. Construye oraciones que contengan estos sintagmas:

a) SN + SA
b) SN + SV + SN + SPrep
c) SN + SPrep + SV + SA
d) SAv + SV + SN + SPrep
e) SAv + SV + SAv + SPrep + SPrep

8. Por parejas, completad los espacios en blanco del siguiente artículo con los sintagmas que se proponen:

Numerosos estudios han demostrado que la mayoría de los durmientes tienen sueños ...... (SA), es decir, que en sus sueños ..... (SV) olores perfectamente identificables. Ahora bien, la mayoría de los testimonios carecen de precisión cuando describen ..... (SN) olorosas del sueño. A esto hay que añadir el hecho de que los neurólogos conocen ..... (SAv) acerca de la biología de los sueños fragantes. ..... (SN) saben que las células que guardan los recuerdos olfativos se hallan en el sistema límbico (región profunda del cerebro), pero desconocen cómo un olor almacenado en la memoria se manifiesta ..... (SPrep). La cosa se complica durante ..... (SN) paradójico o REM, fase en la que la memoria ..... (SV) libre de asociar sus recuerdos. Así, un campo de lavanda puede oler a cebolleta durante el sueño REM.

«¿Es posible percibir olores en el sueño?»,
http://www.muyinteresante.es

— Acceded al artículo original y comprobad si habéis completado correctamente el texto.

http://links.edebe.com/jf95h

Frase y oración

La oración y la frase son dos tipos de enunciados diferentes.

Las **frases** poseen unidad de sentido e independencia sintáctica, pero presentan una estructura característica, distinta a la de las oraciones. Fíjate en las siguientes:

¡Por la libertad!

Riesgo de incendio.

- Carecen de verbo en forma personal.
- No presentan sujeto ni predicado.
- Están formadas por una palabra o grupo de palabras que tienen como núcleo un sustantivo *(Descuentos en perfumes)*, un adjetivo o un verbo en forma no personal *(¡A trabajar!)*.

2. La oración

Como ya sabes, la comunicación no se produce mediante palabras aisladas, sino que estas se combinan para formar **enunciados**, es decir, expresiones con **significado completo**.

Ahora estudiarás un tipo de enunciado: la **oración**, sus características y su clasificación. Para empezar, observa cómo se combinan estos sintagmas para formar una oración:

Grenouille + había dejado + el matraz + sobre la mesa.

- Grenouille: SN
- el matraz: SN
- la mesa: SN; sobre la mesa: SPrep
- Grenouille: SN
- había dejado el matraz sobre la mesa: SV
- Grenouille había dejado el matraz sobre la mesa: Oración

Consideramos que este enunciado es una oración porque presenta las siguientes características:

- Posee un **verbo** en forma personal: *había dejado.*
- Posee **unidad de sentido,** es decir, significado completo e **independencia sintáctica,** ya que no forma parte de una unidad superior.
- Se estructura en torno a dos **sintagmas:** un sintagma **nominal,** que desempeña la función de **sujeto,** y un sintagma **verbal,** que funciona como **predicado.**

Grenouille había dejado el matraz sobre la mesa.

- Grenouille: N (núcleo) — SN/Sujeto
- había dejado: V (núcleo)
- había dejado el matraz sobre la mesa: SV/Predicado

Oraciones impersonales

Algunas oraciones **no presentan** la **estructura bimembre** que acabas de ver (SN/Sujeto + SV/Predicado), pues **carecen** de uno de los constituyentes: el **sujeto**. En estos casos hablamos de **oraciones impersonales.**

Existen **diversos tipos:**

- Oraciones que se construyen con verbos que hacen referencia a **fenómenos meteorológicos** *(llover, nevar, tronar...).* Aparecen siempre en tercera persona del singular.

  Aquel día llovió durante horas.

- Oraciones construidas con los verbos *haber, hacer* o *ser,* siempre en tercera persona del singular.

  Hay cuatro probetas encima de la mesa.

- Oraciones que se construyen con la partícula **se** (como marca de impersonalidad) antepuesta a un verbo en singular.

  Se trabaja mejor en equipo.

- Oraciones en las que se emplean **verbos que indican comunicación** *(decir, llamar, comentar...)* en tercera persona, cuando no se conoce el sujeto de la acción.

  Dicen que ese perfume tiene un aroma especial.

2.1. Clasificación de la oración

Las oraciones se clasifican según tres criterios: la *estructura,* la *intención comunicativa del hablante* y la *naturaleza del predicado.*

Según su estructura

Las oraciones pueden ser *simples* o *compuestas:*

Simples

Poseen un único predicado, cuyo núcleo es un verbo en forma personal.

Grenouille vertió el contenido de la bombona.

Compuestas

Poseen más de un predicado, es decir, más de un verbo en forma personal. Pueden estar compuestas por coordinación, subordinación o yuxtaposición.

Grenouille vertió el contenido de la bombona, y llenó el recipiente.

Según la intención comunicativa

Podemos clasificar las oraciones según la intención del hablante al emitirlas:

Enunciativas

Expresan un pensamiento o hecho objetivo. Pueden ser afirmativas o negativas.

Baldini estaba muy ocupado.

Interrogativas

Formulan una pregunta. Pueden ser directas e indirectas (totales o parciales).

Preguntó: «¿No quieres tomar una muestra?». → interrogativa directa

Le preguntó si quería tomar una muestra. → interrogativa indirecta total

Le preguntó qué muestra prefería. → interrogativa indirecta parcial

Exclamativas

Se emplean para expresar emociones.

¡Ese perfume huele muy bien!

Exhortativas

Indican un mandato, exhortación o prohibición.

¡No te atrevas nunca más a poner los pies en el umbral de un perfumista!

Dubitativas o de posibilidad

Manifiestan un deseo.

Tal vez Baldini pensaba en el nuevo perfume.

Desiderativas

Manifiestan un deseo.

¡Ojalá este perfume no se parezca a ningún otro!

Cre@ctividad

Crear mapas mentales

Los **mapa mentales** son una herramienta muy útil para organizar los pensamientos de forma clara, estructurada y sencilla.

Crea un mapa mental sobre **la oración** en el que reflejes lo que has aprendido en esta unidad. Para ello, utiliza la siguiente herramienta:

https://bubbl.us/mindmap

- Accede al enlace y clica sobre «Start Brainstorming».
- En **«Start here»** escribe *Oración.* Esta será la idea principal de tu mapa. A partir de ella, construye tu mapa mental con los conceptos que has estudiado.

PBL

Tu instituto quiere participar en un proyecto en el que los alumnos de distintos centros elaboran materiales de estudio digitales para compartir. A tu clase se le ha adjudicado trabajar *la oración*.

Dividid la clase en grupos. Cada uno creará un tipo de material distinto, por ejemplo: un diccionario de conceptos básicos, mapas mentales, una batería de ejercicios, un apartado con enlaces a páginas web para ampliar conocimientos, otro donde se resuelvan las dudas más frecuentes de los alumnos...

- Organizad los equipos y repartid las tareas. Pensad en formas originales de trabajar estos contenidos y preparad los materiales teniendo en cuenta todo lo que sabéis sobre la oración.
- Cread una página web con todo el contenido utilizando la siguiente herramienta:

  http://es.wix.com/

Según la naturaleza del predicado

Las oraciones pueden ser:

Copulativas

Se construyen con un **verbo copulativo** *(ser, estar, parecer...)*, acompañado por un **atributo.**

*Grenouille **es** perfumista.*

*Los frascos **están** cerrados.*

Predicativas

Se construyen con **verbos no copulativos,** que pueden ir acompañados, o no, por **complementos verbales.**

*Ese prepotente muchacho **recibiría** su lección.* (CD)

*La **dejó** en el suelo.* (CCL)

A su vez, las oraciones predicativas pueden ser:

Activas	Pasivas
El sujeto coincide con el agente que realiza la acción del verbo y se construyen con un verbo en **voz activa.** Además, distinguimos entre: • **Transitivas:** el verbo necesita un CD. *Grenouille vertió un líquido.* • **Intransitivas:** el verbo no precisa un CD. *Baldini duerme.*	El sujeto no realiza la acción del verbo, sino que la recibe. Estas oraciones se construyen con un verbo en **voz pasiva** y suele estar acompañado por un complemento agente (Ag). *El perfumista **fue visto** por Baldini.* (Ag)

El verbo puede ir acompañado por sintagmas que desempeñan diversas funciones; son los **complementos del verbo.** Observa el siguiente cuadro:

Complementos del verbo

- **Complemento directo (CD):** se reconoce porque al transformar la oración en pasiva se convierte en el sujeto; y puede sustituirse por los pronombres *lo, la, los* y *las. Grenouille olió el perfume.* → *Grenouille **lo** olió.*
- **Complemento indirecto (CI):** indica quién recibe, indirectamente, la acción del verbo. Suele ser un SPrep y puede sustituirse por los pronombres *le, les. Baldini mandó una carta a Grenouille.* → *Baldini **le** mandó una carta.*
- **Atributo (Atr):** acompaña a los verbos copulativos, dotándolos de significado. Concuerda con el sujeto y puede sustituirse por el pronombre *lo. Baldini está triste.* → *Baldini **lo** está.*
- **Predicativo (Pvo):** completa el significado del sujeto o del CD de una oración, y concuerda en género y número con ellos. *El perfumista llegó agotado.*
- **Complemento Agente (Ag):** indica quién realiza la acción en las oraciones pasivas. Está introducido por la preposición *por. Grenouille fue reprimido por Baldini.*
- **Complemento de régimen verbal (CR):** viene exigido por algunos verbos que lo necesitan para completar su significado. Siempre es un SPrep. *Grenouille se desentendió del asunto.*
- **Complemento circunstancial (CC):** expresa una determinada circunstancia (tiempo, lugar, modo...) con respecto al verbo. *Dejó la mezcla encima de la mesa.*

9. Indica si estos enunciados son frases u oraciones. Subraya el verbo en forma personal en las oraciones.

- No sé.
- ¡Vamos allá!
- Peligro de incendio.
- Quizá.
- Ten cuidado.
- Necesito ayuda.

10. El sujeto y el núcleo del predicado de una oración siempre concuerdan en número y persona.

La mujer leyó el libro. → *Las mujeres leyeron el libro.*

— Localiza el sujeto de estas oraciones. Para ello, escribe el verbo en plural: la parte que deba cambiar será el sujeto.

- El espectador quiso saber la respuesta.
- Aquel marinero solo trabaja los fines de semana.
- Mis amigos me llamaron el viernes.
- Entonces sentí sus manos en mi cara.

11. Indica si estas oraciones son impersonales:

- Se venden parcelas en buen estado.
- Aquel día había una calma total.
- Hay tráfico intenso por la autopista.
- Me basta con un euro más.
- Le llovieron grandes elogios.
- Llovió toda la tarde.

— Escribe cuatro oraciones más, una de cada tipo de las que has estudiado.

12. Separa las oraciones que forman este texto. Después, indica cuáles de ellas son simples y cuáles, compuestas.

— Transforma las oraciones simples en compuestas.

> Alfredo había nacido en Madrid un 4 de abril. Solía pasear por las tardes por El Retiro, daba de comer a las palomas y leía en uno de los bancos cercanos al lago. Cuando atardecía, tocaba la guitarra. Arañaba las cuerdas con dulzura, pues sentía un amor por la música enternecedor. Nunca se había enamorado, aunque todas sus canciones hablaban de un amor perdido.
>
> También le cantaba a la lluvia, a los charcos del asfalto pisados por despistados transeúntes. Incluso le cantaba a sus dudas. A lo desconocido. Quizá por eso sentía tan vacías sus manos sin su guitarra. Una tarde decidió tomar un tren con destino a Barcelona. Recorrió las calles a pie y llegó a la playa. Pisó con decisión la arena. Después, se sentó cerca de la orilla.

— Inventa un final para la historia utilizando, como mínimo, tres oraciones simples y cuatro oraciones compuestas.

13. Hay diferentes tipos de oraciones según cuál sea la actitud del hablante al emitirlas. Completa el siguiente cuadro con dos ejemplos de cada una y responde a las preguntas:

Enunciativas	*Hoy vienes conmigo.* *Me esperas en la calle.*
Interrogativas	
Exclamativas	
Exhortativas	
Dubitativas o de posibilidad	
Desiderativas	

— ¿Qué indican las oraciones exhortativas?; ¿y las desiderativas?

14. Transforma las siguientes oraciones activas en pasivas, y a la inversa:

- El caballo fue ensillado por el jinete.
- El concejal inauguró la biblioteca.
- El monumento era fotografiado por un turista.
- La ciudad fue visitada por extraños turistas espaciales.
- El cuadro fue donado al museo por el artista.

15. Las siguientes oraciones están incompletas. Terminalas haciendo que cada oración tenga un mínimo de ocho palabras. Después, contesta a las preguntas.

- Carlos dijo...
- Escribí...
- Observamos...
- Manuel es...
- Esto parece...
- Recogen...

— Clasifica las oraciones que has creado según la naturaleza de su predicado.

— Sustituye el CD de cada oración por un pronombre.

16. Clasifica estas oraciones según la naturaleza del predicado:

- Los niños van alegres.
- El coche derrapó en la curva.
- Aquel chico es muy inteligente.
- El ladrón fue detenido por la policía.
- Carlos escribe un libro.
- Sandra habla de política.
- Matías lloró desconsolado.

Actividades

17. Subraya en estas oraciones el atributo y rodea con un círculo el complemento predicativo, si existe:

- Pablo es enfermero.
- El agua está muy fría.
- ¿Te parecen educados los hijos de mi vecina?
- La niña miraba absorta el globo.
- Abrió cauteloso la puerta.
- Hallaron a Juan muy nervioso.
- Mis amigos son de Madrid.

18. Completa estas oraciones con los complementos que se indican:

- Esa película parece ...... (Atr).
- El estudiante habló .... (CR) después de la graduación.
- El libro es ...... (Atr), pero no es mi preferido.
- Necesito .... (CD) para volver a casa esta noche.
- Enrique mandó un mensaje .... (CI) después de mucho tiempo.
- Olvidé mi mochila ..... (CCLugar) después del recreo.
- La decisión ha sido apoyada .... (Ag).

19. Indica la función sintáctica realizada por las palabras subrayadas.

- El veredicto fue leído <u>por el juez</u>.
- Marcos está <u>cansado</u> de entrenar.
- Ese ordenador es <u>de Marta</u>.
- Abrió la puerta <u>a los vecinos</u>.
- El chico miraba <u>interesado</u> <u>el nuevo ordenador</u>.
- <u>Aquella mañana</u> dejó el libro <u>en la mesa</u>.
- Marcos confía <u>ciegamente</u> <u>en su amigo</u>.

— Comprueba tus respuestas sustituyendo los sintagmas por un pronombre en los casos de CD, CI y atributo.

20. Sustituye las palabras subrayadas por un pronombre.

- Entrega <u>esta carta</u> a Lucas.
- Otra vez nos sirvieron <u>la sopa</u> fría.
- Recoge <u>aquellos nuevos juguetes</u> antes de salir.
- Sigo sin entender <u>la magnitud de su respuesta</u>.

— ¿Qué función desempeñan los elementos subrayados?

21. El predicativo (Pvo), además de completar el significado del verbo, completa también el significado del sujeto o del CD de una oración, con los que concuerda en género y número. Observa el ejemplo.

Han nombrado **alcalde a Pedro.**

	alcalde	a Pedro
	masc. sing.	masc. sing.
	Pvo	CD

Localiza los predicativos en estas oraciones e indica si complementan al verbo, o al verbo y al CD a la vez:

- Me trajeron el bocadillo muy frío.
- Ana llegó agotada a la meta.
- Después del grave incidente, se marchó angustiado.
- Vendemos caros los relojes.
- Encontramos tristes a los alumnos.

22. Aplicad la **técnica cooperativa** del *rompecabezas.*

— Formad grupos de cinco personas. Cada miembro del grupo deberá estudiar un tema tratado en esta unidad:

- Tipos de sintagmas.
- Clasificación de la oración según su estructura.
- Clasificación de la oración según la intención comunicativa.
- Clasificación de la oración según la naturaleza del predicado.
- Complementos del verbo.

— Una vez repartidos los temas, estudiad en profundidad el que os ha tocado.

— Después, formad «grupos de expertos» con los miembros de los otros grupos que han trabajado el mismo contenido que vosotros. Intercambiad información y profundizad elaborando esquemas y poniendo ejemplos entre todos.

— Regresad al grupo inicial y explicad a vuestros compañeros el contenido que habéis preparado.

3. Análisis de la oración

En el análisis de oraciones se pueden aplicar dos procesos distintos: el **análisis morfológico** y el **análisis sintáctico.** En esta unidad aprenderás a analizar oraciones simples, y más adelante practicarás el análisis de oraciones compuestas.

Análisis morfológico

El objetivo del análisis morfológico es determinar la **categoría gramatical** de cada una de las palabras que forman la oración. Para realizar este tipo de análisis se emplea la nomenclatura que aprendiste en la unidad anterior, cuando estudiaste las categorías gramaticales.

Los perfumistas vertieron tranquilos el alcohol de la bombona.
Det N V A Det N Prep Det N

Análisis sintáctico

Consiste en determinar la función sintáctica que desempeña cada uno de los sintagmas que forman la oración. En un cuadro al margen aparece la nomenclatura que tienes que utilizar y su significado.

Para efectuar un análisis sintáctico correctamente, debes seguir estos pasos:

1) Identificar el **sujeto** y el **predicado** de la oración.

Los **perfumistas** **vertieron** tranquilos el alcohol de la bombona.
núcleo núcleo
Sujeto Predicado

2) Determinar los **sintagmas** que componen la oración.

Los perfumistas vertieron **tranquilos** el alcohol **de la bombona.**
SA SPrep
SN SV

3) Indicar qué **función** desempeña cada uno de los sintagmas. Debes señalar el sujeto y el predicado, y concluir indicando que forman una oración.

Los perfumistas vertieron tranquilos el alcohol **de la bombona.**
SPrep/CN
SA/Pvo SN/CD
SN/Sujeto SV/Predicado
Oración

Análisis morfosintáctico

Al aplicar al mismo tiempo el **análisis morfológico** y el **análisis sintáctico**, se obtiene el análisis **morfosintáctico,** que es el que emplearás a partir de ahora al analizar una oración.

Los perfumistas vertieron tranquilos el alcohol de la bombona.
Det N V A Det N Prep Det N
SPrep/CN
Núcleo SA/Pvo SN/CD
SN/Sujeto SV/Predicado
Oración

Nomenclatura para el análisis de oraciones

Análisis morfológico

Sustantivo: **N**

Adjetivo: **A**

Determinante: **Det**

Pronombre: **Pron**

Verbo: **V**

Adverbio: **Av**

Preposición: **Prep**

Conjunción: **Conj**

Análisis sintáctico

Sujeto: **S**

Predicado: **P**

C. del nombre: **CN**

C. del adjetivo: **CA**

C. del adverbio: **CAv**

C. directo: **CD**

C. indirecto: **CI**

C. circunstancial: **CC**

Atributo: **Atr**

C. de régimen: **CR**

Predicativo: **Pvo**

C. agente: **Ag**

Determinante: **D**

Modificador: **Mod**

Como puedes ver, se ha empleado el mismo término *(determinante)* para referirse a la categoría gramatical (Det) y a la función sintáctica (D). Sin embargo, son dos conceptos distintos, y están en diferentes niveles:

— **nivel morfológico:**

La probeta graduada.
Det N A

— **nivel sintáctico:**

La probeta graduada.
Det N A
D núcleo complemento
SN

23. Lee atentamente el siguiente texto y fíjate en los sintagmas que aparecen subrayados:

> A mitad de una colina, al sol, Ott se paró, se apoyó <u>sobre la sombrilla,</u> miró <u>vagamente</u> <u>el paisaje</u> y comenzó un discurso <u>sobre el amor</u>. «¿No es triste que nadie se enamore de verdad <u>en nuestros días</u>? Es <u>excepcional</u>... Quiero decir que nadie idealiza a nadie. Nadie siente que cada palabra es maravillosa solo porque la ha producido el otro». En este punto, sobre todo para que volviéramos a casa, dije que el amor puede ser muchas cosas diferentes; y que era absurdo reducirlo al amor <u>romántico</u>.
>
> Virginia Woolf, *Diario íntimo*. Mondadori.

— Indica a continuación a qué análisis morfosintáctico corresponde cada uno de los sintagmas anteriores:

• sobre la sombrilla	• Det + N → SN (CD)
• vagamente	• A → SA (CN)
• el paisaje	• Prep+Det+N → SPrep (CCL)
• romántico	• Adv → SAdv (CCM)
• en nuestros días	• A → SA (Atr)
• excepcional	• Prep+Det-N → SPrep (CCT)

24. Analiza morfológicamente estas oraciones:

- El equipo de mi barrio obtuvo la victoria.
- Los niños soltaron cinco globos en el parque.
- He comprado muchos regalos para todos.
- Esos zapatos no son los míos.
- Marcos celebró la graduación junto a su padre.
- Aquella perfumería cerró hace años.
- El peregrino llevaba un bastón grande.

25. + Forma oraciones que se ajusten a cada una de estas estructuras:

- Determinante + sustantivo + verbo + determinante artículo + adjetivo + sustantivo
- Determinante artículo + sustantivo + adjetivo + verbo + preposición + determinante artículo + sustantivo
- Verbo + adverbio + adjetivo + preposición + determinante
- Sustantivo + verbo + determinante artículo + sustantivo + preposición + determinante artículo + sustantivo
- Determinante artículo + sustantivo + verbo + determinante artículo + sustantivo + preposición + determinante artículo + sustantivo + adverbio + adjetivo

26. + Observa detenidamente los siguientes análisis morfosintácticos. Inventa oraciones que se ajusten a ellos.

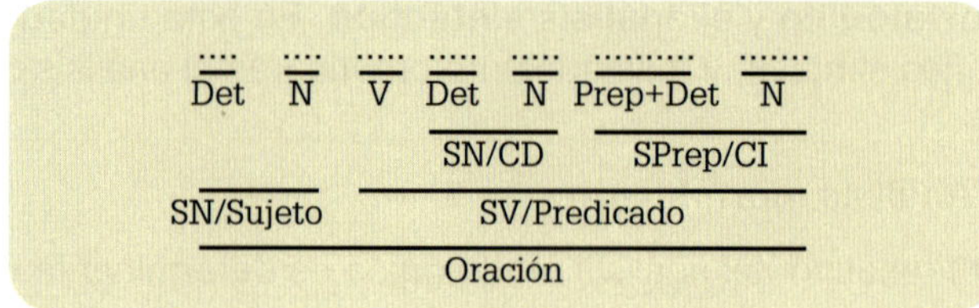

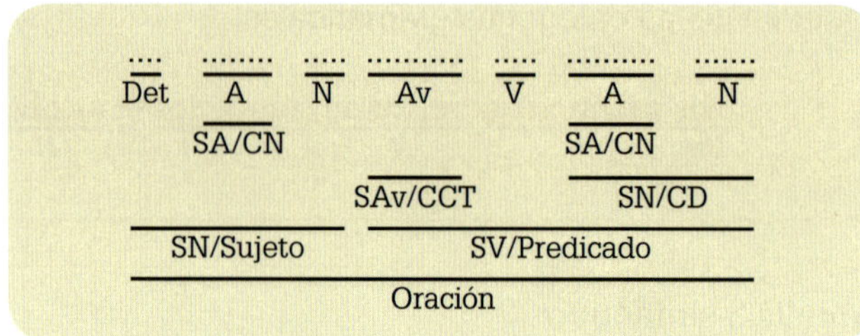

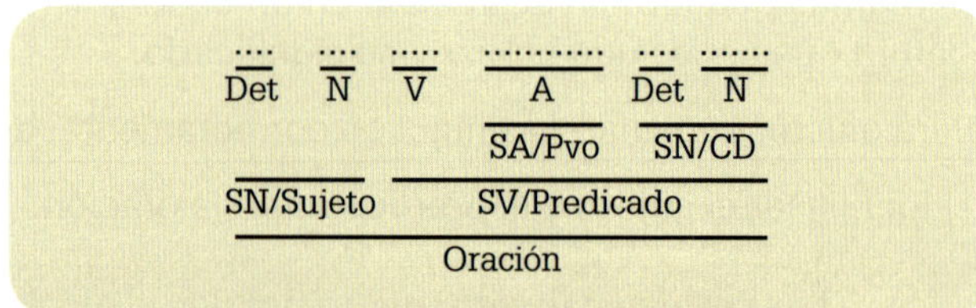

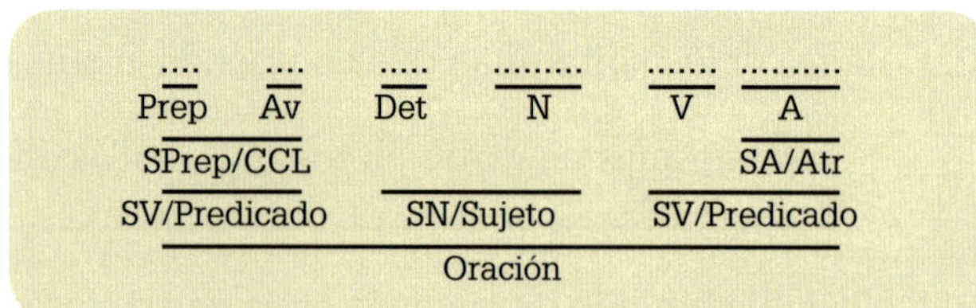

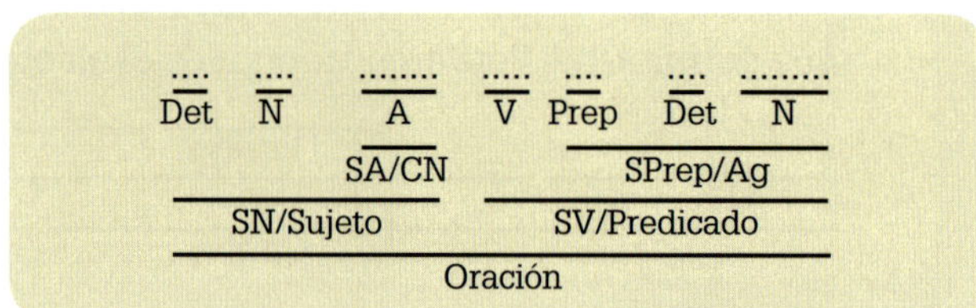

27. + Inventa tres análisis morfosintácticos como los del ejercicio anterior.

— Intercambia tus propuestas con un compañero o compañera y resuelve las suyas.

— Cuando acabéis, corregid entre los dos vuestras respuestas y reflexionad:

- ¿Qué es lo que os resulta más complejo en el análisis de oraciones?
- ¿Podríais ayudaros mutuamente de alguna forma? ¿Cómo?

A continuación te mostramos diferentes tipos de análisis de una oración, y te proponemos que analices otras siguiendo el modelo:

Análisis morfológico

Los	perfumistas	franceses	explicaron	orgullosos	la	receta	de	la	mezcla.
Det	N	A	V	A	Det	N	Prep	Det	N

1. Analiza estas oraciones siguiendo el modelo anterior:
   - Mi prima Cristina es técnica de sonido.
   - El piloto conduce y el copiloto estudia el mapa.
   - El primo de Marta vive cerca de San Sebastián.
   - La alumna expuso el trabajo muy tranquila.

Análisis sintáctico

Los perfumistas franceses explicaron orgullosos la receta de la mezcla.

- de la mezcla: SPrep/CN
- franceses: SA/CN
- orgullosos: SA/Pvo
- la receta de la mezcla: SN/CD
- Los perfumistas franceses: SN/Sujeto
- explicaron orgullosos la receta de la mezcla: SV/Predicado

2. Analiza estas oraciones siguiendo el modelo anterior:
   - El libro fue leído por el chico en el parque.
   - Había muchos cuadernos en aquella aula.
   - El incidente sucedió la mañana del día anterior.
   - Los científicos hallaron la cura de la enfermedad.

Análisis morfosintáctico

Los	perfumistas	franceses	explicaron	orgullosos	la	receta	de	la	mezcla.
Det	N	A	V	A	Det	N	Prep	Det	N
							I	D	Núcleo
					D	Núcleo	SPrep/CN		
	Núcleo	SA/CN	Núcleo	SA/Pvo	SN/CD				
SN/Sujeto			SV/Predicado						
Oración									

3. Analiza estas oraciones siguiendo el modelo anterior:
   - Bécquer influyó decisivamente en los poetas de la época del Romanticismo.
   - Mañana visitaré el casco antiguo de Madrid.
   - Las bonitas flores del jardín ofrecen una vista preciosa.
   - Los excursionistas huyeron de la montaña.
   - Ana compró el nuevo móvil en aquella tienda.
   - El presidente ha convocado elecciones para el mes de marzo.
   - Los ordenadores serán renovados por el responsable de la empresa de mantenimiento.
   - En las perfumerías antiguas los clientes disfrutaban de los aromas primaverales.
   - Las casas parisinas son muy antiguas.

Actividades

Norma

1. Corrige los errores de concordancia que detectes en estas oraciones:
   - ¿Te molesta los vecinos ruidosos?
   - La gente así caminan durante toda la tarde.
   - El colegio y la biblioteca fue inaugurado por el alcalde.
   - La colmena de abejas cayeron al suelo.
   - Mucha gente se preguntaban qué hacían allí.
   - A la fiesta irán Marta, tú y yo.
   - Cerca de tu casa habían varias gasolineras.
   - La mayoría de los entrevistados no contestaron.

2. Escribe la forma verbal correcta en cada caso.
   - Una hilera de hormigas .... (seguir) el camino.
   - Pascual, tú y yo .... (formar) un gran equipo.
   - El sofá, la estantería y la mesa .... (mostrar) el desorden de la habitación.
   - El resto de los alumnos .... (estudiar) para el examen.
   - La gente .... (correr) hacia la salida con rapidez.
   - Alberto, María y José .... (necesitar) estudiar más.

Ortografía

3. En las siguientes oraciones aparecen palabras compuestas. Acentúalas cuando sea necesario.
   - Con ese agradable vaiven solo pensaba en dormir.
   - Tomamos un tentempie en el bar de la esquina.
   - Si estudias, seguro que apruebas el examen teorico-practico facilmente.
   - El decimoseptimo caballo del tiovivo era muy colorido.
   - Carlos ha pensado momentaneamente que el espantapajaros era de carne y hueso.
   - Ultimamente solo habla de su maqueta del hidroavion.
   - Ten cuidado, si das un traspies puedes caerte.

4. En los términos adoptados de otras lenguas se aplican, normalmente, las reglas generales de acentuación. Coloca tilde cuando corresponda.
   - El hamster se había escondido entre los ovillos de lana del sueter que estaba tejiendo.
   - Se le da fatal el futbol, pero es un hacha en beisbol.
   - Ha interpretado un montón de papeles, desde un guerrero samurai hasta un ganster americano.
   - El chale donde vive Alicia está al lado de la pizzeria.

Precisión léxica

5. En el siguiente texto se ha eliminado el verbo *tener*. Sustitúyelo por uno más preciso: *fijarse, obtener, conseguir, establecer* y *desempeñar.*

   > Julia trabaja en la Asociación en Defensa de los Animales, y .... el cargo de subdirectora. Todos los días .... muchos contactos con gente muy diferente. La asociación ..... una meta fundamental desde hace varios años: ...... un refugio donde los animales puedan vivir libremente y estar seguros. Hasta ahora, ... buenos resultados.

6. Busca sinónimos para las palabras subrayadas.
   - El equipo venció a sus <u>contrincantes</u> con gran ventaja.
   - Andrés mostró un gran <u>desdén</u> hacia el asunto.
   - Adrián <u>lee</u> su libro favorito.
   - Se trata de un novelista de gran <u>perspicacia</u>.
   - Nuestra confianza le servirá de <u>incentivo</u>.
   - Consiguió lo que quería mediante <u>engaños</u>.

7. Existen verbos que presentan **doble participio,** es decir, una forma regular, que suele usarse en los tiempos compuestos, y otra irregular, utilizada como adjetivo. Elige el participio correcto en cada una de estas oraciones:
   - Ya hemos (imprimido / impreso) todas las copias.
   - He (freído / frito) las patatas para la comida.
   - Han (elegido / electo) a Juan como presidente del Consejo de Estudiantes.
   - El chico quedó (recluido / recluso) durante dos horas.
   - Los pantalones han quedado (sujetos / sujetados) gracias al cinturón.

8. Relaciona los siguientes términos con su definición: *minucioso, parco, fluido, preciso, divagatorio, silogístico, declamatorio, retórico, minucioso, ampuloso.*
   - 'Estilo que utiliza muy pocas palabras'.
   - 'Estilo que es muy hinchado y escaso de contenido'.
   - 'Estilo que dice exactamente lo que quiere'.
   - 'Estilo que corre sin dificultades aparentes'.
   - 'Estilo que manifiesta ansias de lucimiento por su falta de simplicidad'.
   - 'Estilo con afán de decirlo todo, como si se desconfiara de la capacidad de comprensión del lector'.
   - 'Estilo que se pierde en cosas ajenas al tema'.
   - 'Estilo que se expresa con dulzura afectada y cursi'.
   - 'Estilo que parece más apto para la recitación'.
   - 'Estilo que razona con sutileza y complicación'.

9. Prepara el dictado de las actividades 1, 3 y 7.

Actividades finales

El texto expositivo y el texto argumentativo

1. Lee el siguiente texto con atención:

> Al igual que uno no puede pegarse el *atracón* del último día justo antes de un examen, tampoco parece que tener una buena salud cerebral sea algo que podamos cultivar solamente al final de la vida. Al menos esa es una de las conclusiones que encontramos en un reciente artículo publicado en la revista científica *Ageing Research Reviews* (2015).
>
> Mark P. Mattson, del National Institute on Aging Intramural Research Program de Baltimore, en Estados Unidos, ha realizado una revisión de diversos trabajos sobre esta cuestión de interés general: el secreto sobre cómo mantener el cerebro joven y saludable cuando llegamos a la vejez. [...]
>
> De los diferentes estudios revisados para la elaboración del artículo de revisión, deducen los autores que hay tres factores importantes que toman relieve: el ejercicio físico, el ayuno o la restricción en la comida, y la participación en actividades cognitivas y sociales. [...]
>
> Como aporte final, Mattson nos obliga a no olvidar el riesgo de no cuidarse. El envejecimiento es un factor de riesgo para el desarrollo de enfermedades que afectan al funcionamiento cerebral, como lo es el alzhéimer, y no practicar ejercicio, no mantener una dieta adecuada o no estimular las funciones mentales a lo largo de la vida podría aumentar el riesgo de sufrir alguna de esas patologías que, finalmente, limitan nuestra vida cotidiana. No lo dejes y cuida tu cerebro toda la vida.
>
> Marisa Fernández, «La salud cerebral es el producto de toda una vida». *Muy Interesante,* octubre de 2015.

—En ocasiones, un mismo texto puede reunir características de distintas tipologías textuales. El texto que has leído tiene una parte expositiva y otra argumentativa. Localízalas y responde:

- ¿Qué elementos te han permitido identificar la parte expositiva? ¿Y la argumentativa?
- Piensa en otro ejemplo en el que se puedan combinar distintas tipologías textuales.

—Explica brevemente la idea principal sobre la cual versa el texto.

—¿Qué tipo de lenguaje emplea la autora?, ¿por qué?

—¿Cuál es la intención comunicativa del hablante? Según esta intención, ¿qué tipo de oraciones predominan en el texto?

El significado de las palabras

2. Localiza en el texto de la actividad 1:

- Tres palabras polisémicas.
- Dos palabras sinónimas.

—Explica la relación que existe entre las palabras polisémicas que has encontrado.

—Inventa dos oraciones en las que la palabra *cerebro* tenga un significado distinto según el contexto lingüístico en el que se encuentra.

3. Aplicad la **destreza de pensamiento** *analogías y metáforas* para resolver esta actividad:

—Por parejas, analizad lo que representa esta metáfora visual completando este organizador gráfico:

Mapa de similitudes	
Esta imagen...	Es como..., porque...
Conclusiones: esta imagen representa...	

—Cread vuestras propias metáforas visuales siguiendo el mismo mapa de similitudes. Escribid oraciones que expresen su significado en las que aparezcan palabras con sentido connotativo; por ejemplo: *El cerebro es el motor de nuestro cuerpo.*

La oración y su análisis

4. Identifica el sujeto y el predicado de estas oraciones:

- Mattson ha realizado una revisión de diversos trabajos científicos.
- La salud del cerebro es muy importante.
- Cuida tu cerebro toda la vida.

—Realiza el análisis morfosintáctico de las oraciones.

5. Elabora un **mapa mental** en el que reflejes los conceptos clave que has trabajado sobre la oración, su clasificación y su análisis.

Pon a prueba tus competencias

Observa atentamente este documento y contesta a las preguntas que se proponen a continuación:

http://nuevayork.net

1. ¿Qué finalidad tiene esta página?

2. ¿Qué actividades se recomiendan?

3. La página incluye valoraciones de los viajeros.

- ¿Cuántas personas han puntuado cada una de las actividades?
- Ordénalas de mayor a menor valoración.

4. Observa los precios de cada actividad.

- ¿Cuál es la más económica?; ¿qué actividades tienen descuento?

5. Los viajeros también pueden incluir comentarios. Lee el último que se ha publicado.

- ¿Quién es el autor del último comentario? ¿Qué actividad comenta? ¿Quién era el guía?
- ¿La valoración del viajero es positiva o negativa?
- ¿Crees que estos comentarios pueden servir a futuros viajeros? ¿De qué forma? ¿Los leerías antes de contratar un servicio?
- ¿De qué manera influyen los comentarios de los clientes en el buen o mal funcionamiento del negocio?

6. @ Entra en la página web: **http://www.nuevayork.net/** y accede a «Excursiones y visitas guiadas». Elige una de las actividades que se ofrecen, clica en ella y realiza las siguientes actividades:

- Resume el itinerario y las visitas propuestas.
- ¿Qué información debes proporcionar para hacer la reserva?
- ¿Cuál es el precio de la actividad y cómo se realiza el pago? ¿Qué pasa si se cancela la actividad?

7. Accede a la pestaña "Guía turística" y lee el texto *¿Por qué viajar a Nueva York?*

— ¿Se trata de un texto expositivo o argumentativo? Localiza en él ejemplos que justifiquen tu respuesta.

— Escribe un texto similar en el que recomiendes viajar a tu población.

8. Identifica en las siguientes oraciones las palabras que pueden tener más de un significado. Después, crea oraciones con todos los significados que se te ocurran.

- Nos encontraremos en la boca del metro.
- El edificio de la bolsa se encuentra en Wall Street.
- Washington D. C. es la capital de Estados Unidos.
- El destino de esta línea de autobús es Queens.

9. Lee el siguiente texto:

> Los chicos organizaron un viaje a Madrid. La capital de España ofrecía muchas posibilidades, y cada uno de ellos tenía intereses distintos: Juan quería visitar el Museo de Cera, Marta quería probar los mejores platos y Miguel esperaba ir a bailar a la discoteca más famosa de la ciudad. El tren salió muy temprano, y el viaje fue rápido y cómodo. Cuando llegaron, Marta convenció a Juan para buscar una cafetería y desayunar tranquilamente.

— Indica la función sintáctica de los sintagmas subrayados.

— Transforma la primera oración de la voz activa a la pasiva. ¿Qué cambios observas?

— Analiza morfosintácticamente:

- Los chicos organizaron un viaje a Madrid.
- La capital de España ofrecía muchas posibilidades.

SÍNTESIS

Completa en tu cuaderno el siguiente esquema del contenido que has estudiado en la unidad 2:

Léxico

- Las palabras se componen de un ..... (los sonidos o letras asociados a un concepto) y de un ..... (el concepto que transmiten).
- La relación entre ..... y ..... puede dar lugar a diversos fenómenos, como la ....., la ..... y los ..... .
- La ..... es el significado real y objetivo de un término.
- La connotación es el conjunto de .... que se asocian al significado original según el ..... en el que se emplea una palabra.

Los textos

- El **texto expositivo** tiene la finalidad de transmitir una información ..... . Según el grado de profundización puede ser ..... o ..... .
- El **texto** ..... tiene como objetivo la defensa de una ..... o idea mediante ..... .

Gramática

- Las **oraciones** pueden clasificarse según su ..... (simples o .....), según la intención ..... (enunciativas, ... exclamativas, ... , dubitativas o de posibilidad y .....) y según la ..... (copulativas o predicativas, activas o pasivas, y transitivas o .....).

Reflexiona

Diario de aprendizaje

— Completa las siguientes afirmaciones:

- Cuando trabajo con mis compañeros...
- Lo que más me ayuda a concentrarme en mi trabajo es...

— ¿Qué estrategias puedes utilizar para distinguir los textos expositivos de los argumentativos?

— ¿Por qué es importante respetar la concordancia verbal al expresarnos?

3 Unidad

» **CONTENIDOS**

Rutina de pensamiento

PIENSO - ME INTERESA - INVESTIGO

El emprendimiento siempre ha estado presente a lo largo de la historia de la humanidad, y en los últimos años, además de ser una cualidad, se ha convertido en un modelo de vida. Reflexiona y responde:

Pienso

- ¿Qué crees que sabes sobre este tema?

Me interesa

- ¿Qué preguntas o inquietudes tienes sobre este tema?

Investigo

- ¿Qué te gustaría investigar? ¿Cómo podrías hacerlo?

— Comparte las reflexiones con tus compañeros.

Global Shapers

Global Shapers es una comunidad integrada por jóvenes de entre 20 y 30 años que tienen como objetivo construir un mundo mejor. Se organiza como una red de centros *(hubs)* ubicados en las principales ciudades del mundo, donde estos jóvenes de espíritu emprendedor trabajan para mejorar sus comunidades.

Este fragmento

¿Qué significa ser emprendedor? ¿Por qué es tan importante encontrar nuestra pasión y exprimirla? Estas son algunas de las cuestiones que los jóvenes de Global Shapers intentan responder en este texto, extraído del libro *Diferéncia(te)* de la editorial edebé, que puede motivarnos a sacar lo mejor de nosotros mismos para conseguir nuestros objetivos.

Emprendedores

La mejor definición que Álvaro ha escuchado en su vida de un emprendedor se la dio un amigo, y es la que los describe como «personas que roban material de oficina en casa para llevárselo al trabajo».

Cuando uno escucha la palabra *emprendimiento,* lo primero que le viene a la cabeza es la idea de una empresa, grande o pequeña, pero de una empresa.

Sin embargo, el emprendimiento es algo más: una manera de ser, una actitud. Ahora mismo, tengas la edad que tengas, estés donde estés, puedes comportarte y ser un emprendedor.

¿QUÉ SIGNIFICA SER EMPRENDEDOR?

La Universidad de Oxford acuñó hace poco el término inglés *knowmad*. *Know,* de 'saber' o 'conocer', y *mad,* de 'nómada'. Esta palabra describe muy bien el perfil de un emprendedor como una persona creativa, innovadora, colaboradora, que se automotiva, que no tiene miedo al fracaso, que genera unos conocimientos, que crea redes y que conecta a otras personas, ideas, organizaciones...

Puede que tú seas emprendedor y nunca te lo hayas planteado. Por eso, queremos empezar este capítulo definiendo las características comunes para ver cuántas de ellas compartes.

- ✓ Siempre son personas productivas, curiosas e inquietas, interesadas por lo que les rodea.
- ✓ Sienten interés en resolver un problema. Muchas ideas de emprendedores nacen como soluciones a dificultades que les han afectado a ellos en algún momento de la vida.
- ✓ No pueden evitar llevarse el trabajo a casa y llevarse la casa al trabajo. O lo que es lo mismo, se implican más allá de lo que es un trabajo.
- ✓ Tienen carácter fuerte, normalmente, y capacidad de liderazgo, independientemente del proyecto, para sacarlo adelante.
- ✓ Son personas más *proactivas*[1] que *reactivas*[2]. Nunca esperan a que les digan qué hacer, se ponen manos a la obra a planificar cómo sacar adelante una idea.
- ✓ Son personas que ven una oportunidad donde otros no la ven y consiguen captarla y aprovecharla con recursos que no tienen todavía y que son capaces de movilizar más tarde.
- ✓ Son personas que tienen una percepción diferente del miedo y del riesgo. Y no dejan que este les paralice, sino que lo aprovechan para seguir adelante. Saben que existe un riesgo, pero no se fijan en ello, aunque lo ven, sino en la oportunidad que hay detrás.
- ✓ Tienen un punto de locura, de atreverse a lanzarse a la piscina. Si fueran demasiado racionales, la mayoría de las ideas se quedaría en eso: en ideas.

- Son capaces de seducir a personas con diferentes perfiles para que se unan al proyecto. Es gente que enamora.
- No están contaminadas por el sistema y creen que todo es posible. Aunque son conscientes de que el sistema está ahí, saben aprovecharlo para hacer las cosas a su manera porque, en general, les gusta vivir fuera de las normas comunes.
- A un verdadero emprendedor le satisface el impacto positivo de su trabajo en los que le rodean. Busca mejorar el mundo.

La actitud emprendedora no es una cuestión de crear cosas constantemente, sino de tomarse la vida de una manera en la que tu día a día y tu trabajo no tienen sentido si no están juntos. [...]

ENCUENTRA TU PASIÓN

«Las pasiones humanas son un misterio, y a los niños les pasa lo mismo que a los mayores. Los que se dejan llevar por ellas no pueden explicárselas, y los que no las han vivido no pueden comprenderlas». Así comienza una de las novelas más famosas de Michael Ende: *La historia interminable.*

En tan solo una frase, Ende logró explicar perfectamente el *dilema*[3] al que todos, tarde o temprano, nos enfrentamos. Hay quienes tienen la suerte de saber qué es lo que les mueve desde que son muy jóvenes. Otros envejecen sin saberlo. En cualquier caso, uno nunca debe dejar de plantearse esa pregunta:

¿Cuál es mi pasión?

Digamos que la pasión podría parecerse a las sensaciones que tienes cuando te gusta alguien y no sabes por qué. A veces, esa persona es completamente opuesta a los gustos que, en principio, creías tener, y sin embargo tú la consideras perfecta.

Por el contrario, también puede pasar que te cruces con alguien que sea exactamente como tú has definido siempre tu tipo: el color de ojos perfecto, la altura ideal, las medidas idóneas..., y sin embargo no haya química. Y esto se puede deber a que, a pesar de lo que tenías en mente, al probarlo, al dejar de imaginarlo e ir a por ello y hacerlo real, descubras que no es como esperabas. Por eso, tanto si ya has encontrado tu pasión como si aún la estás buscando, asegúrate de que sea algo que a ti te guste y no algo que eliges por agradar a los demás.

Vocabulario

[1]**proactivas:** que toman activamente el control, anticipándose a los acontecimientos. / [2]**reactivas:** que tienden a tener poco control sobre sus pensamientos y suelen depender de las personas que les rodean. / [3]**dilema:** situación en la que es necesario elegir entre dos opciones igualmente buenas o malas.

Ortografía

Comillas: localiza en el texto palabras y fragmentos entrecomillados y explica la función de estos signos de puntuación en cada caso. Explica otras funciones que no estén ejemplificadas en el texto.

Para leer

Para que no pierdas las ganas de aprender, te proponemos estas dos lecturas:

Con *Emprendedor, persigue tus sueños*, te invitamos a seguir reflexionando sobre las capacidades emprendedoras a partir de las experiencias vividas durante la trayectoria profesional de su autor. El joven Pipe, protagonista de *Se ofrece chico*, está decidido a encontrar trabajo como canguro. Junto con su amiga Pili, organizará una auténtica campaña para que los padres lo contraten para cuidar de sus hijos, pero deberá enfrentarse a los prejuicios de la sociedad, puesto que este es un trabajo considerado poco habitual en un chico.

- Gabriel Masfurroll, *Emprendedor, persigue tus sueños*. Col. Nuevos Entornos. edebé.
- Marisa López Soria, *Se ofrece chico*. Col. Periscopio. edebé.

Obtención de información

Lee el texto «Emprendedores» y resuelve las actividades que se plantean a continuación:

1. Localiza en las 20 primeras líneas del texto dos definiciones distintas del término *emprendedor.*

2. Lee las siguientes características que presentan las personas emprendedoras e indica si son verdaderas o falsas, según lo que se explica en el texto. Corrige las falsas.
   - Son personas interesadas en triunfar y ganar dinero.
   - Sienten gusto por resolver los problemas y esto es, a veces, una fuente de ideas para ellos.
   - Tienden al liderazgo y por eso les cuesta trabajar en equipo.
   - Tienen una noción distinta del riesgo y el miedo: en vez de problemas, ven oportunidades.
   - Buscan mejorar el mundo; les satisface ver el impacto de su trabajo en aquellos que les rodean.

3. ¿Qué comparación emplea el autor para explicar qué es la pasión?

   ❑ Texto narrativo ❑ Texto persuasivo ❑ Texto expositivo

Interpretación

4. Atendiendo al objetivo del texto, justifica la tipología a la que pertenece.

5. Define con tus propias palabras el término *knowmad.*

6. Elabora una lista con todas las palabras que aparecen en el texto que se relacionan con el concepto *emprendimiento.*

Reflexión

7. ¿De qué manera crees que los emprendedores enriquecen nuestra sociedad?

8. En el texto se habla de la importancia de saber identificar aquello que nos apasiona. ¿Cuál es tu pasión? ¿Qué podrías hacer para dedicarte profesionalmente a ello en un futuro?

Expresión

9. Para seguir el modelo de Global Shapers, os proponemos que organicéis un acto benéfico y donéis el dinero recaudado a una ONG de vuestra elección.
   - Formad grupos y distribuid las tareas teniendo en cuenta las preferencias y habilidades de los integrantes: planificación de actividades, contacto con la ONG, difusión del evento y diseño de cartelería.
   - Elaborad un informe explicando cómo será vuestro acto benéfico:
     - Cuál es vuestro objetivo.
     - Cómo será la difusión para que acuda la mayor cantidad de personas posible.
     - Qué actividades se harán y dónde tendrán lugar.
     - Adjuntad el material visual que habéis diseñado.

Escucha

Observa y escucha atentamente el siguiente fragmento del programa *Aquí hay trabajo:*

http://links.edebe.com/3w2s (min 0:28 a 2:38)

1. Responde a las siguientes preguntas sobre el vídeo:
   - ¿Qué es el *coworking*? ¿Qué beneficios tiene para las personas que lo practican?
   - ¿Qué significa que «es un espacio de impacto local y de efecto global»?
   - ¿Cuántos espacios de *coworking* existen en España?
   - ¿De qué ámbito son las personas que trabajan en los espacios de *coworking*?
   - ¿Por qué crees que este fenómeno ha crecido tanto en los últimos años?

2. En este espacio de *coworking* se imparte el primer Grado de Emprendimiento Social.
   — ¿Qué diferencias presenta respecto a un grado universitario convencional?
   — ¿Qué ventajas tiene para las personas que lo cursan?

3. ¿Cuál es el significado del término *freelance*?

Habla

4. Una de las ventajas que suponen los espacios de *coworking* es que fomentan el trabajo colaborativo. Os proponemos que reflexionéis entre todos y **expongáis vuestra opinión** acerca de las ventajas y los inconvenientes del trabajo colaborativo y el trabajo individual.
   — En primer lugar, pensad y anotad, de forma individual, las características de estas dos formas de trabajo. El siguiente cuadro puede ayudaros a preparar vuestros argumentos:

Trabajo individual	Trabajo colaborativo
• Se desarrollan los talentos y habilidades propios. • Cada uno se propone sus propias metas y objetivos. • El tiempo para la realización del trabajo y el nivel de dedicación es definido por uno mismo. • La responsabilidad y los méritos son propios.	• Se fomentan las relaciones entre profesionales de diferentes sectores. • Se aprende de la experiencia de los demás y se suman las habilidades de todos. • Las metas son conjuntas, por lo que la responsabilidad y los méritos son compartidos.

   — Redactad algunas preguntas que os parezcan interesantes y que animen el debate en clase, como por ejemplo: *¿Qué otras técnicas de trabajo existen?, ¿cómo deben ser las relaciones entre las personas que desarrollan su trabajo de forma colaborativa?...*
   — Mientras habláis, anotad en la pizarra aquellas ideas que os parezcan más interesantes.
   — A partir de las ideas que han surgido, elaborad entre todos unas conclusiones sobre qué modelo de trabajo creéis que ofrece más ventajas.

Ágora

La cooperación y el trabajo en equipo pueden constituir un eficaz entrenamiento para la vida y para desarrollar otros valores, como la solidaridad y el respeto.

— ¿Te gusta trabajar en equipo? ¿Por qué?

— Elabora una lista de condiciones que deben darse para que trabajar en equipo sea agradable y productivo.

— Comenta con tus compañeros de qué manera se relacionan los conceptos de **igualdad y cooperación**.

Expresar opiniones

Es importante saber defender tus ideas, puesto que la opinión propia es la base de un **pensamiento crítico**.

Los siguientes consejos pueden ayudarte a la hora de expresar tus ideas y opiniones en público:

- Presenta tus ideas de forma **clara** y **precisa,** evitando las repeticiones y las digresiones que se alejen del tema.
- Intenta **ser objetivo** y apoyar tus afirmaciones con razones coherentes.
- **Respeta las opiniones** de tus compañeros, aunque no las compartas.

Tipos de currículum

- **Cronológico:** recoge la experiencia y la formación en orden cronológico.
- **Por funciones:** describe las funciones desarrolladas en la vida laboral.
- **Por proyectos:** informa sobre los proyectos en los que se ha participado.
- **Creativo:** muestra las habilidades de personas que se dedican a actividades creativas o de diseño.
- **Europeo:** presenta la información siguiendo una estructura consensuada apta para todos los países de la Unión Europea.

El currículum vítae

Es fundamental que conozcas los tipos de **textos formales** que existen, pues son parte de la vida cotidiana.

Existen diversos tipos de textos formales, según el **propósito** que persiguen. En esta unidad estudiarás las características del **currículum vítae.** Saber cómo elaborar un buen currículum vítae te ayudará en tu futuro profesional, a la hora de buscar un buen trabajo.

Observa el siguiente ejemplo:

CURRÍCULUM VÍTAE

DATOS PERSONALES

INFORMACIÓN PERSONAL

Nombre y apellidos: Andrea Martínez Pelayo

Fecha y lugar de nacimiento: 29-10-1989, Murcia

DNI: 47778928-P

Dirección actual: c/ Velázquez, n.° 37, 4.° B, Madrid

Teléfono: 673 555 222

Correo electrónico: andreamp@email.com

DATOS ACADÉMICOS

FORMACIÓN ACADÉMICA

2007-2011. Licenciatura en Psicología por la Universidad Complutense de Madrid con calificación media de notable.

2012. Curso «Bases de la Arteterapia» (Universidad Europea de Madrid).

2013. Certificado de Ciclo Superior de Inglés por la Escuela Oficial de Idiomas de Madrid.

2014-2015. Máster «Trastornos del comportamiento alimentario» (Universidad Europea de Madrid).

Idiomas: inglés, francés e italiano, hablados y escritos.

Programas informáticos: editores de texto, Excel, Photoshop e Illustrator.

EXPERIENCIA LABORAL

EXPERIENCIA PROFESIONAL

— Colaboración en un proyecto de integración social en Zaragoza en 2013.

— Arteterapeuta en «Gestalt Madrid» en los años 2014-2015.

OTROS DATOS DE INTERÉS

OTROS DATOS DE INTERÉS

— Premio al mejor ensayo de psicología de la revista *Conócete* en 2015.

— Disponibilidad para viajar.

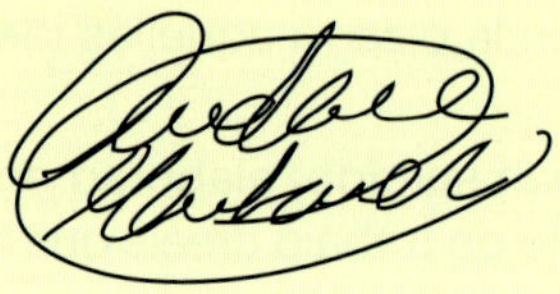

Andrea Martínez

Un currículum bien estructurado debe incluir los siguientes apartados:

Datos personales	Nombre y apellidos, fecha y lugar de nacimiento, número del DNI, domicilio, teléfono y correo electrónico.
Datos académicos	Nivel de estudios cursado y títulos académicos obtenidos, indicando el lugar y la fecha de su expedición, así como cursos o seminarios a los que se haya asistido, especialmente los relacionados con el empleo que se solicita. Idiomas y programas informáticos que se dominan.
Experiencia laboral	Ocupaciones, cargos y puestos desempeñados, detallados en orden cronológico.
Otros datos de interés	Publicaciones o investigaciones realizadas, premios recibidos, permiso de conducir, aficiones, disposición para viajar...

Generalmente, el currículum vítae se acompaña de una **carta de presentación** en la que se especifican las razones que han motivado a su autor a ponerse en contacto con la empresa y el porqué de su envío (contestación a una oferta de trabajo publicada en el periódico, en una revista...). En ella se comunica también que en una hoja aparte se adjunta el currículum del solicitante.

Además, en el currículum vítae se puede añadir información sobre el carácter y las habilidades de la persona que opta al puesto de trabajo: si tiene facilidad para trabajar en equipo, si es una persona emprendedora, si se siente cómodo hablando en público...

PBL

El Ayuntamiento ofrece unas jornadas de *coaching* con el objetivo de fomentar: el desarrollo del **liderazgo,** las **habilidades comunicativas** y **sociales** y la capacidad de **emprendimiento.**

- Investiga qué es el *coaching:* qué métodos se utilizan, a qué ámbitos de la vida es aplicable...
- Explica en qué consisten las capacidades que se trabajarán en el curso.

Solicita una plaza. Para ello, debes enviar un correo electrónico con la siguiente información:

- Una carta de presentación en la que expliques qué razones te han motivado a solicitar una plaza.
- Tu currículum vítae.
- Una autoevaluación describiéndote según las capacidades que se trabajarán en las jornadas.

Actividades

1. Imagina que puedes solicitar el trabajo de tus sueños. ¿Cuál sería? Elabora tu currículum vítae, suponiendo que tienes experiencia en esa tarea.

— Utiliza como modelo la estructura del currículum de la página anterior.

— Incorpora en tu currículum vítae un apartado en el que expliques cuáles son tus habilidades y destrezas personales, teniendo en cuenta el puesto al que estás optando.

2. Observa y escucha con atención el siguiente vídeo:

@ **http://links.edebe.com/4c23g**

— Elabora una lista con todos los consejos que se ofrecen para redactar una carta de presentación.

— Siguiendo la lista que has elaborado, redacta una carta de presentación para adjuntar al currículum vítae de la actividad anterior.

— Leed vuestras cartas de presentación ante los compañeros. Entre todos, decidid a quién daríais el trabajo y explicad los motivos de vuestra elección.

Cre@ctividad

Tu videocurrículum

Un videocurrículum es una grabación en vídeo en la que el aspirante presenta los mismos datos que aportaría en un currículum por escrito.

Elabora tu propio videocurrículum. Solo necesitas una **cámara de vídeo** y un **ordenador** con conexión a Internet.

- Inventa o imagina las características de una **oferta de trabajo** a la que te gustaría acceder.
- Prepara un **texto** con todos los **datos** que deberás presentar (personales, académicos...). Incluye un párrafo inicial que sirva como **carta de presentación**, y un párrafo final que funcione como **agradecimiento.** Añade una **despedida** cordial.
- **Graba** tu currículum. Procura hablar despacio, vocalizar y mostrarte seguro de ti y de tus capacidades.

CONOCIMIENTO DE LA LENGUA: **LÉXICO**

La sinonimia y la antonimia

La riqueza léxica es fundamental en los textos. El dominio de un amplio y variado vocabulario nos permite crear textos evitando las repeticiones innecesarias y la sobrecarga de determinadas expresiones. En esta unidad recordarás la importancia de la sinonimia y la antonimia en la elaboración de textos armónicos.

La sinonimia

Como sabes, la gran riqueza léxica de nuestra lengua nos permite emplear distintas palabras para referirnos a una misma realidad. Hablamos, entonces, de palabras **sinónimas.** Observa el siguiente ejemplo:

No hay ninguna **regla** / **norma** / **pauta** para ser emprendedor.

Según el **grado de identificación** entre ellos, clasificamos dos sinónimos como *parciales* o *totales.*

Sinónimos totales

Son intercambiables en cualquier contexto.

Los emprendedores son **audaces / intrépidos.**

Sinónimos parciales

Poseen **matices semánticos** que las diferencian; por lo tanto, no son intercambiables en cualquier contexto.

El emprendedor debe **imaginar / trazar** proyectos constantemente.

Imaginar y *trazar* son intercambiables, ya que se emplea un significado compartido por ambos términos: 'inventar o crear algo'.

El pintor ~~**imaginó**~~ / **trazó** las primeras pinceladas sobre el lienzo.

No son intercambiables. En esta ocasión, solo es apropiado el término *trazó,* ya que el significado empleado es 'dibujar'.

La antonimia

Dos palabras son antónimas cuando tienen **significados opuestos:** *dentro - fuera, frío - caliente...* Según el tipo de oposición que mantienen, pueden ser:

Graduales	Complementarios	Recíprocos
Existe una **gradación** entre los significados.	El significado de un término **excluye** el significado del otro.	El significado de un término **implica la existencia** de otro.
grande	*encendido - apagado*	*pagar - cobrar*
(mediano)	*presente - ausente*	*enseñar - aprender*
pequeño	*vivo - muerto*	*hijo - madre*

Visión 360º

El léxico de un idioma constituye su mayor riqueza, puesto que una lengua con un vocabulario extenso ofrece muchísimas posibilidades expresivas.

De hecho, hay palabras en ciertos idiomas que designan conceptos tan específicos que no tienen traducción en ningún otro idioma. Por ejemplo:

- *Jayus* (indoneso): «Un chiste tan mal contado y con tan poca gracia que uno no puede hacer otra cosa que reírse».
- *Tartle* (escocés): «Ese momento incómodo cuando debes presentar a alguien y has olvidado su nombre».
- *Gaman* (japonés): «Determinación para afrontar los reveses y desafíos de la vida, con paciencia y optimismo».

— Investiga y escribe cinco palabras con estas características, y anota su significado.

— Inventa cinco palabras que representen conceptos abstractos. Por ejemplo:

Enneverismo: «Esa sensación extraña cuando uno se levanta, va a la cocina, abre la nevera y no recuerda qué quería hacer».

1. Localiza, en la lectura que introduce la unidad, sinónimos de las siguientes palabras: *negocio, disposición, rasgos, planear, dificultad, persuadir, triunfo, inventor, fortalecer, práctica.*

2. Observa estas parejas de sinónimos. Accede al diccionario en línea de la RAE **(http://dle.rae.es/)** y busca cuál es el significado que comparten y los matices que las diferencian. Fíjate en el ejemplo.

ver - ojear

Significado que comparten: 'percibir mediante la vista'.

Matices que las diferencian: «Ojear» tiene otro significado, que no comparte con «ver»: 'Mirar superficialmente un texto'.

- sospecha - conjetura
- abrir - estrenar
- libro - obra
- discutir - disputar
- atareado - ocupado
- experiencia - práctica
- ideas - proyectos
- remedio - solución

3. Agrupa las palabras que aparecen a continuación en parejas de sinónimos, e indica, también, en qué nivel (estándar o culto) suelen emplearse:

urgente - poseer - raudo - falso - extraviar
quimera - apremiante - primicia - infausto
ficción - rápido - grafía - infeliz - fraudulento
novedad - tener - perder - letra

4. Reescribe estas oraciones sustituyendo las palabras subrayadas por un antónimo:

- El emprendedor debe enfrentarse a las dificultades.
- Se mostró pusilánime ante el jurado.
- Sacó a pasear al manso caballo.
- Le denegaron el paso a la transitada calle.
- El denodado aspirante pronunció un sorprendente discurso.
- Escondió el libro en el armario de su hermano.
- El gobernante palideció ante la sumisión de los presentes en la sala.
- Al iniciar un proyecto, es necesario definir una meta y ser objetivo.
- La constante apatía del chico le produjo bienestar.

5. Escribe un antónimo para cada uno de estos adjetivos: *vehemente, relajado, obvio, humilde, facineroso, dañino, aciago, refinado, altruista.*

— Forma oraciones con cada uno de los antónimos.

6. Escribe un antónimo de cada una de estas palabras: *dar, ingenuo, calentar, fino, luminoso, fuerte, recto, comprar, entrega, par, ignorar, agradable.* Después, especifica de qué tipo de antonimia se trata en cada caso.

7. Busca en Internet el soneto de Lope de Vega que comienza así: *Desmayarse, atreverse, estar furioso...* Después, cópialo en tu cuaderno y localiza en este poema cinco parejas de antónimos.

8. Lee el siguiente texto con atención:

> El jardín, descuidado, aparecía **brillante y oscurecido** por la lluvia. Zazu sintió mojársele los cabellos, el vestido. La lluvia, como un llanto desolado y silencioso, resbaló a lo largo de su frente y sus mejillas. [...] Se apartó los **húmedos** mechones que le caían sobre la frente, y cruzó las manos sobre el pecho, que temblaba por un frío extraño. Un frío que nada tenía que ver con la lluvia ni con el viento. Muy cerca de su rostro, unas hojas temblaban. Con brillantes gotas, como ojos diminutos y **burlones**. [...] En aquel momento sintió el mismo deseo que de niña: **huir**, huir al último rincón del sótano, hundir la cabeza en algo **blando** y **mullido**, que apagara los ruidos.
>
> Ana María Matute, *Pequeño teatro.* Austral.

— Busca un sinónimo para cada una de las palabras subrayadas. Indica si se trata de un sinónimo total o parcial. Justifica tu respuesta con ejemplos.

— Busca un antónimo para cada una de las palabras destacadas en negrita. Indica el tipo de oposición que mantienen.

9. Forma parejas de sinónimos con las palabras del primer cuadro y relaciónalas con su respectivo antónimo del segundo cuadro.

déficit - brillante - aquiescencia - aceptación
nefasto - fulgente - deuda - fortuito
lastimoso - desgarrador - casual - funesto

intolerancia - opaco - beneficio - gozoso
previsto - dichoso - rechazo

10. Formad equipos y aplicad la **técnica cooperativa** del *folio giratorio.*

— Vuestro profesor o profesora repartirá una lista de cinco adjetivos, cinco verbos y cinco nombres.

— Un miembro del equipo escribirá un sinónimo y un antónimo de la primera palabra y pasará el folio a otro miembro para que continúe con la siguiente, y así sucesivamente hasta acabar con toda la lista.

— Después, el folio volverá a girar, esta vez para formar oraciones con los sinónimos y antónimos que hayáis escrito.

ORACIONES COMPUESTAS

Proposiciones coordinadas
- Copulativas
- Disyuntivas
- Adversativas
- Explicativas
- Distributivas

Proposiciones yuxtapuestas

Proposiciones subordinadas
- Sustantivas
- Adjetivas
- Adverbiales

La oración compuesta

Ahora que ya conoces el funcionamiento de la oración, fíjate atentamente en el ejemplo que te proponemos a continuación:

Álvaro necesitó mucho esfuerzo, pero consiguió su propósito. (Álvaro)

Álvaro	necesitó (V) mucho esfuerzo,	pero	consiguió (V) su propósito.	(Álvaro)
Sujeto	Predicado		Predicado	Sujeto
Proposición 1		E	Proposición 2	
Oración				

Como puedes ver, para poder expresar todo lo que queremos comunicar, a menudo empleamos **oraciones** en las que aparecen relacionados **varios verbos.**

La oración del ejemplo consta de dos verbos en forma personal e, igualmente, **dos predicados**: se trata de una oración **compuesta**. Si se analiza con detenimiento, pueden distinguirse los siguientes elementos:

- Dos **proposiciones**, es decir, dos estructuras oracionales que constan de sujeto y predicado.
- Un **enlace** (E) que une las dos proposiciones; en este caso, la conjunción adversativa *pero.*

1. Clasificación de la oración compuesta

Las proposiciones que forman una oración compuesta mantienen una **relación** sintáctica que puede ser de **igualdad** o de **dependencia.** En función de la relación que mantengan, se clasifican en *coordinadas, subordinadas* o *yuxtapuestas.*

Proposiciones coordinadas (relación de igualdad)

Trabaja en un nuevo proyecto	y	colabora con una entidad sin ánimo de lucro.
Proposición 1	E	Proposición 2

- Mantienen una relación de **igualdad;** es decir, ninguna depende sintácticamente de la otra.
- Si las separáramos, podrían funcionar como oraciones independientes, es decir, tendrían **autonomía sintáctica:**

  Trabaja en un nuevo proyecto. *Colabora con una entidad sin ánimo de lucro.*
- Están unidas por un **enlace coordinante (E).** Este nexo no forma parte de ninguna de las proposiciones y únicamente cumple la función de enlace *(y).*

Proposiciones subordinadas (relación de dependencia)

El candidato nos pidió	← que	creyéramos en él.
Proposición principal	R	Proposición subordinada

- Mantienen una relación de dependencia: la proposición **subordinada** depende sintácticamente de la **principal.**
- Las proposiciones no pueden actuar como oraciones **independientes.**
- Se unen mediante un **nexo subordinante (R);** en el ejemplo anterior: *que.*
- Se clasifican en: *sustantivas, adjetivas* y *adverbiales.*

Proposición y oración

Como has visto, empleamos el término **proposición** para referirnos a cada una de las estructuras oracionales, con sujeto y predicado, que conforma la oración compuesta. Sin embargo, debes tener en cuenta que la Nueva Gramática de la Lengua Española emplea el término **oración** para referirse a esta misma estructura oracional.

Proposiciones yuxtapuestas (relación de igualdad o de dependencia)

Los emprendedores son personas proactivas **,** saben cómo tomar decisiones.

↓ (es decir)

Se caracterizan por la **ausencia de nexo** explícito. En este tipo de oraciones, las proposiciones pueden mantener relaciones de igualdad (como en el ejemplo) o de dependencia, como veremos en esta unidad.

En esta unidad estudiarás en profundidad las proposiciones coordinadas y yuxtapuestas. En las siguientes trabajarás los distintos tipos de subordinadas.

Actividades

1. Subraya los verbos de las siguientes oraciones e indica si estas son simples o compuestas:

- Nunca volveré a aquella exótica playa.
- Si sigues así me iré antes.
- ¿Sabes cuándo volverán tus primos del viaje?
- Aunque sonríe, no le hace gracia.

2. Clasifica las oraciones de este fragmento en simples y compuestas:

> En el Renacimiento se conserva la sociedad estamental y se establece la monarquía absolutista.
>
> La nobleza goza de privilegios y prestigio social. Empieza a interesarse por la cultura y algunos nobles se convierten en benefactores y protectores de artistas.
>
> La burguesía se enriquece y favorece el aumento demográfico de las ciudades.
>
> El pueblo se empobrece a causa de las guerras y los impuestos elevados. En las ciudades se concentra una superpoblación de inmigrantes que suele acarrear problemas.

3. Completa estos enunciados de manera que se conviertan en oraciones compuestas:

- Álvaro adora ......
- Los emprendedores son ......
- En ocasiones hablamos ......
- Sandra estudiará ......

4. Clasifica estas oraciones según contengan proposiciones coordinadas, subordinadas o yuxtapuestas:

- Propuso salir de viaje; no tenían tiempo suficiente.
- Sugirió que volvieran hacia el atardecer.
- Estudió toda la noche, pero al día siguiente enfermó.
- Blanca lee el periódico por la mañana y ve el noticiario por la noche.
- Extendió la toalla sobre la arena, se tumbó a tomar el sol.

5. Subraya los enlaces que encuentres en estas oraciones:

- Hizo las maletas pero no pudo irse de viaje.
- Dijo que lo haría; sin embargo, no lo hizo.
- El actor pronunciaba su discurso y el público aplaudía.
- La profesora sugirió que trabajásemos en equipo.
- No fue un accidente, sino algo deliberado.

6. Convierte las siguientes oraciones compuestas por coordinación o subordinación en oraciones compuestas por yuxtaposición:

- David llegó tarde pero entramos a tiempo.
- Tu padre está muy orgulloso porque nos han seleccionado para la final.
- Hay muchos inmigrantes en el grupo, por tanto propondremos una actividad intercultural.
- Rubén tiene mesas y sillas, y Raquel nos deja su patio.

7. Copia y completa las siguientes oraciones compuestas con el nexo más adecuado: *o, e, mas, pero, sino, sino que, es decir, ni, o bien, sin embargo.*

- ..... dices la verdad ..... te arrepentirás.
- Admitieron haber estado, ... no sirvió de nada.
- Volvió a la tienda ..... hizo varias compras.
- Es muy ordenado, ..., ha olvidado recoger el salón.
- El socorrista no está en la piscina, ... en los vestuarios.
- No hay quien lo aguante: ..... vive ..... deja vivir.
- No solo nos mintió, ... también traicionó para siempre nuestra confianza.
- Es un buen músico, ... tiene pánico escénico.
- Nos lo pasamos muy bien en el viaje, ..., tuvimos problemas con el equipaje.
- Es muy comedido, ..., es prudente y moderado.

2. Las oraciones coordinadas

Como hemos visto, las proposiciones que forman una oración compuesta pueden mantener entre sí una relación de igualdad o de dependencia.

Observa los siguientes ejemplos:

Carla tiene una percepción diferente del riesgo, y es emprendedora.
Proposición 1 — E — Proposición 2

¿Siente interés por el problema o busca directamente la solución?
Proposición 1 — E — Proposición 2

Parece una persona débil; sin embargo, afronta la vida con mucha fuerza.
Proposición 1 — E — Proposición 2

En estas oraciones, las proposiciones mantienen entre sí una relación de igualdad: ninguna de las dos es más importante que la otra. Y cada una de ellas tiene sentido independientemente de la otra *(Parece una persona débil. / Afronta la vida con mucha fuerza.)*.

Antes de analizar los distintos tipos de proposiciones coordinadas, observa qué características tienen en común sus enlaces.

2.1. Enlaces coordinantes

Se pueden clasificar según diferentes criterios:

— Por la **forma.** Siempre son conjunciones o locuciones conjuntivas.

- **Conjunciones:** son palabras simples e invariables *(y, e, pero...)*.
- **Locuciones conjuntivas:** son secuencias constituidas por dos o más palabras indivisibles sintácticamente que desempeñan la función de una conjunción: *no obstante, es decir*...

— Por el tipo de **relación semántica** que se establece entre las partes unidas. Los enlaces pueden ser *copulativos, disyuntivos, adversativos, distributivos* o *explicativos.*

Todos los enlaces coordinantes, además de proposiciones, pueden **unir palabras o sintagmas** que desempeñan la misma función sintáctica.

¿Viajaremos a Oviedo o a Gijón?
CCL — nexo — CCL
CCL

La cultura japonesa me parece compleja pero apasionante.
Atr — nexo — Atr
Atr

Polisíndeton y asíndeton

El uso reiterado de conjunciones que no son estrictamente necesarias constituye una figura retórica que se denomina **polisíndeton.**

El tiempo lame **y** roe **y**
pule **y** mancha **y** muerde;
[...]

Antonio Machado,
«A Narciso Alonso Cortés,
poeta de Castilla.»

El efecto contrario, es decir, la omisión de todas las conjunciones donde esperaríamos encontrarlas, se denomina **asíndeton.**

Desmayarse, atreverse, estar furioso,]
áspero, tierno, liberal, esquivo,]
alentado, mortal, difunto, vivo,]
leal, traidor, cobarde y animoso;] [...]

Lope de Vega,
«Soneto 126.»

Alternancias en las conjunciones *y, o*

El enlace copulativo *y*, cuando va delante de una palabra que empieza por *i-* o *hi-*, se convierte en *e.*

Juan **e** *Irene son amigos.*

El enlace disyuntivo *o*, cuando va delante de una palabra que empieza por *o-* o por *ho-*, se convierte en *u.*

No sé si leer este libro **u** *otro.*

2.2. Tipos de proposiciones coordinadas

Según el enlace coordinante que las une, las proposiciones coordinadas se clasifican en: *copulativas, disyuntivas, adversativas, explicativas* y *distributivas.*

Copulativas

Son proposiciones que **suman** sus significados.

Marcos es creativo **y** Paula es resolutiva. → **afirmativa**

Paula no le teme al fracaso **ni** teme al cambio. → **negativa**

Enlaces → El enlace afirmativo es la conjunción **y.** El enlace negativo es la conjunción **ni.**

Disyuntivas

Las proposiciones se unen expresando **acciones alternativas** que no pueden darse al mismo tiempo, ya que son **excluyentes;** lo que significa que solo puede cumplirse una cada vez.

¿Te consideras una persona reactiva **o** eres proactiva?

Enlaces → **o, u, o bien**

Adversativas

Una de las proposiciones indica **oposición** o **dificultad** para el cumplimiento de lo expresado por la otra. Según sea esta oposición, se distinguen dos tipos:

- **Parciales:** una proposición **limita** el significado de la otra, sin ser incompatibles.

  Sabía que existían riesgos; **sin embargo**, se atrevió a lanzarse a la piscina.

  Enlaces → **pero, mas, no obstante, sin embargo, en cambio...**

- **Totales:** una proposición **excluye** el significado de lo expresado por la otra. La primera proposición es negativa, y la segunda, afirmativa.

  No esperó a que le dijeran qué hacer, **sino que** planificó la posible solución.

  Enlaces → **antes bien, sino (que)**

Explicativas

La segunda proposición **clarifica** el significado de la primera.

María tiene capacidad de liderazgo, **es decir**, sabe movilizar a la gente.

Enlaces → **es decir, esto es, o sea**

Enlaces de las proposiciones coordinadas

- Copulativas
  - y, e, ni
- Disyuntivas
  - o, u, o bien
- Adversativas
  - **Parciales:** pero, mas, no obstante, sin embargo, en cambio...
  - **Totales:** antes bien, sino (que)
- Explicativas
  - es decir, esto es, o sea
- Distributivas
  - ya... ya, bien... bien, ora... ora

Distributivas

Presentan los elementos coordinados como alternativas que se suceden, mediante **enlaces correlativos** que aparecen al inicio de cada proposición.

A estas alturas, **bien** finalizamos el proyecto, **bien** empezamos uno nuevo.

Enlaces → **ya... ya; bien... bien; ora... ora**

Esta relación también puede ser expresada por palabras pertenecientes a distintas categorías, que además de actuar como enlaces, desempeñan una función sintáctica dentro de su proposición: *este... aquel, uno... otro, aquí... allí, cerca... lejos, etcétera.*

Estos (Sujeto/E) trabajan la creatividad, **aquellos** (Sujeto/E) esperan pacientemente resultados.

3. Las oraciones yuxtapuestas

Están formadas por dos o más proposiciones que carecen de nexo explícito. Van separadas por pausas en la lengua oral y por **signos de puntuación** en la lengua escrita.

La idea nació como solución a un problema cotidiano; fue todo muy inesperado.

Desde el punto de vista del significado, en este tipo de oración compuesta se pueden establecer relaciones de coordinación o de subordinación. Esta relación se hace evidente si se explicita el enlace o el nexo que se ha omitido.

Intentamos llamar (Proposición) , la línea estaba cortada (Proposición).
↓ (pero)
coordinación

Tenemos una gran oportunidad (Proposición) ; no podemos desaprovecharla (Proposición).
↓ (por tanto)
subordinación

En el primer caso, la coma equivaldría a un enlace adversativo, como por ejemplo *pero,* que convertiría la oración en una coordinada adversativa.

Sin embargo, en el segundo caso, el punto y coma oculta la relación de subordinación que existe entre ambas proposiciones, ya que equivale a *por tanto.*

Los signos de puntuación que separan las proposiciones que forman las oraciones yuxtapuestas son la **coma,** el **punto y coma** y los **dos puntos.**

8. Señala cuáles de las siguientes oraciones compuestas son coordinadas y cuáles son yuxtapuestas:
   - ¿Quieres saber por qué vine o prefieres que me calle?
   - Entró, miró a su izquierda, miró hacia su derecha.
   - Quiso entregar la carta con diligencia, pero la perdió por el camino.
   - No quiero caminar, estoy cansado; necesito sentarme.
   - La miró con cautela y le hizo señas desde la distancia.

9. Indica si las conjunciones o locuciones conjuntivas subrayadas unen palabras o proposiciones.
   - Padres e hijos esperan a la salida del colegio.
   - Él toca el piano y ella, la guitarra.
   - Me gustaría escribir un libro, pero no tengo tiempo.
   - Julián lee el periódico e Isabel estudia en el salón.
   - Manuel es un chico extrovertido, simpático y gracioso.
   - Ha hecho un buen trabajo; sin embargo, no podrá venir con nosotros.

10. Completa estas oraciones compuestas con un enlace coordinante. A continuación, especifica de qué tipo de enlace se trata.
   - Es muy aprensivo, ..., todo le da miedo.
   - Necesito el lápiz, ... no lo encuentro.
   - Debes decidirte, ... compras la camiseta, ... compras los pantalones.
   - Dijo que no podía venir, ... al final ha aparecido.
   - Saludó con elegancia ..... hizo una reverencia.

11. Subraya el enlace de las siguientes oraciones compuestas y sustitúyelo por otro sin que varíe su sentido:
   - Iría contigo, pero tengo un compromiso.
   - Es un actor joven, es decir, no tiene experiencia.
   - Hace buen día; sin embargo, me quedaré en casa.
   - Tan pronto lloraba como reía.

   — A continuación, especifica de qué tipo de oración coordinada se trata en cada caso.

12. Lee con atención las siguientes oraciones compuestas:
   - ¿Lo tienes o lo has perdido?
   - El soldado saludó e izó la bandera.
   - Quiero escucharte, pero hay demasiado ruido.
   - Ora coge las riendas del caballo, ora las suelta.
   - He acabado los deberes, esto es, tengo el fin de semana libre.

   — Ahora, indica en cada caso:

   a) Las proposiciones que las forman.
   b) El sujeto de cada proposición.
   c) Los núcleos de los predicados.
   d) El enlace que une las proposiciones.

13. Transforma cada una de estas parejas de oraciones simples en una oración compuesta coordinada:
   - Quiero entrar en esa compañía de baile. No sé si me aceptarán.
   - ¿Entras? ¿Sales?
   - Baja el volumen de la música. Ve a dormir.
   - Me gusta jugar al tenis. Hoy no me encuentro bien.
   - Valentín es apicultor. Se dedica a la cría de abejas.

14. A partir de estas proposiciones, forma oraciones compuestas por coordinación del tipo que se indica:
   - Copulativa: *Ana estudia matemáticas...*
   - Disyuntiva: *¿Vamos...?*
   - Adversativa: *Lloverá...*
   - Explicativa: *Juan es aprendiz...*
   - Distributiva: *Uno explica...*

15. Redacta un texto en el que aparezcan:
   - Dos oraciones compuestas por coordinación copulativa.
   - Dos oraciones compuestas por coordinación disyuntiva.
   - Una oración compuesta por coordinación adversativa.
   - Una oración compuesta por coordinación distributiva.
   - Dos oraciones compuestas por coordinación explicativa.
   - Tres oraciones compuestas por yuxtaposición.

16. Identifica y clasifica las oraciones compuestas por coordinación que aparecen en este texto:

> En la infancia yo ejercí con fervor la adoración del tigre: no el tigre overo de los camalotes del Paraná y de la confusión amazónica, sino el tigre rayado, asiático, real [...]. Yo solía demorarme sin fin ante una de las jaulas en el zoológico; yo apreciaba las vastas enciclopedias y los libros de historia natural, por el esplendor de sus tigres. (Todavía me acuerdo de esas figuras: yo no puedo recordar sin error la frente o la sonrisa de una mujer.) Pasó la infancia, caducaron los tigres y su pasión, pero todavía están en mis sueños.
>
> Jorge Luis Borges, *El hacedor*. Alianza.

Actividades

17. Completa con la conjunción *(y, e, o, u)* que convenga.

- ..... nos damos prisa ..... ellos ganarán.
- Maribel ..... Iván deben escoger uno ..... otro destino.
- Para cenar tenemos lentejas ..... ensalada.
- Fue al mercado a comprar cebollas ..... higos.
- No sé si me gusta más su lado serio ..... el humorístico.
- ¿No te parece que Ana ..... Irene se parecen mucho?

18. Indica en qué casos hay asíndeton, y en cuáles, polisíndeton. Justifica por qué.

- Ni me gusta, ni me convence, ni lo compro.
- El niño llora, palidece, cae al suelo.
- Hay un verde prado y un puente y un potro trotando.
- Llegué, vi, me fui.
- El paisaje era triste, devastador, apocalíptico.

19. Observa la imagen e inventa oraciones siguiendo estas indicaciones:

- Una oración compuesta por coordinación copulativa formada por dos proposiciones.
- Una oración compuesta por coordinación adversativa formada por dos proposiciones unidas por una locución conjuntiva.
- Una oración compuesta por yuxtaposición formada por cuatro proposiciones.
- Una oración compuesta por coordinación disyuntiva formada por dos proposiciones.

20. Ya sabes que, en las oraciones compuestas por coordinación distributiva, la relación entre las proposiciones puede expresarse con palabras que, además de actuar como nexos, desempeñan una función sintáctica dentro de la proposición.

Subraya los nexos de estas oraciones e indica cuál es su categoría gramatical y su función sintáctica:

- Bien te vas, bien regresas.
- Unos estudian, otros escuchan música.
- Ahora cocinaremos, después descansaremos.
- Aquí se aburre, allí se divierte.
- Tan pronto se enfada como ríe a carcajadas.

21. La conjunción *aunque* es coordinante adversativa solo cuando puede sustituirse por *pero*. En el resto de las ocasiones, funciona como subordinante concesiva y equivale a *a pesar de que.*

— Lee con atención las siguientes oraciones y determina el valor de la conjunción *aunque* en cada caso:

- Te respeto *aunque* tengamos opiniones distintas.
- Lo mejor es ser constante *aunque* a veces nos dé pereza.
- Tengo esperanza, *aunque* todo esté en contra.
- Solo ha dado un discurso en su vida, *aunque* no lo parezca.
- Durmió sin la manta *aunque* hacía mucho frío.
- *Aunque* fallemos, debemos seguir intentándolo.

22. Aplicad en esta actividad la **técnica cooperativa** del *rompecabezas:*

— Dividid la clase en grupos de cinco personas. Cada miembro del grupo deberá estudiar y preparar a fondo un tipo de proposición coordinada: *copulativa, disyuntiva, adversativa, distributiva* y *explicativa.*

— Formad nuevos grupos con los compañeros que han trabajado el mismo material que vosotros.

— Estos «grupos de expertos» deberán compartir, contrastar y poner en común sus conocimientos. Además, elaborarán un mapa mental en el que reflejen toda la información que han trabajado.

— Finalmente, regresad cada uno a vuestro equipo inicial y explicad al resto el tipo de proposición que habéis preparado.

— Una vez hayáis expuesto lo que habéis aprendido, los demás miembros del grupo podrán hacer preguntas, que deberéis contestar hasta aseguraros de que todos los compañeros conocen en profundidad todos los tipos de proposiciones coordinadas.

Análisis de oración compuesta por coordinación adversativa

Manuel	y	sus	compañeros	fueron	a	la	oficina,	pero	estaba	cerrada	por	vacaciones.	(la oficina)
N	Conj	Det	N	V	Prep	Det	N	Conj	V	A	Prep	N	
					r	D	Núcleo				r	Núcleo	
Núcleo	E	D	Núcleo	Núcleo	SPrep/CCLugar				Núcleo	SA/Atr	SPrep/CCCausa		
SN/Sujeto				SV/Predicado					SV/Predicado				Sujeto (elíptico)
Proposición 1								E	Proposición 2				
Oración compuesta por coordinación adversativa													

Análisis de oración compuesta por coordinación distributiva

Unos	visitaron	la	empresa	ayer,	otros	fueron	a	la	sucursal	de	Bruselas.
Pron	V	Det	N	Av	Pron	V	Prep	Det	N	Prep	N
										r	Núcleo
		D	Núcleo	Núcleo			r	D	Núcleo	SPrep/CN	
Núcleo	Núcleo	SN/CD		SAv/ CCT	Núcleo	Núcleo	SPrep/CCL				
SN/S	SV/Predicado				SN/S	SV/Predicado					
E	Proposición 1				E	Proposición 2					
Oración compuesta por coordinación distributiva											

Análisis de oración compuesta por yuxtaposición

Los	trabajadores	están disfrutando	de	las	vacaciones;	yo	escribo	un	discurso.
Det	N	V (perífrasis verbal)	Prep	Det	N	Pron	V	Det	N
			r	D	Núcleo			D	Núcleo
D	Núcleo	Núcleo	SPrep/CR			Núcleo	Núcleo	SN/CD	
SN/Sujeto		SV/Predicado				SN/S	SV/Predicado		
Proposición 1						Proposición 2			
Oración compuesta por yuxtaposición									

1. Analiza morfosintácticamenre las oraciones siguientes:

- ¿Jugamos con mi nuevo videojuego o tienes prisa?
- Estos estudian literatura eslava, aquellos leen un libro de lengua.
- Abrí la puerta de un golpe, me senté en el sofá y esperé impaciente su llamada.
- Esta vez no quiero la camiseta verde; quiero la azul.
- Ana está en el salón; Julia ha salido al jardín.
- Este gato es muy listo; siempre huye del peligro.
- No quiero un bombón de chocolate, sino un poco de agua.
- Quiero comprar el regalo, pero no tengo dinero.
- El equipo propuso varios proyectos, pero el jurado no les concedió el premio.
- Por una parte, me gustaría tener mi propia empresa; por otra, temo tener tanta responsabilidad.
- Ya hemos acabado el examen; las notas saldrán el jueves por la tarde.
- Se reía, pero se le notaba muy triste.

Actividades

Norma

1. Seguro que habitualmente lees y escribes abreviaturas, siglas, acrónimos y símbolos, pero ¿sabes en qué se diferencian?

   Completa las siguientes definiciones:

   - La .... es la representación reducida de una palabra mediante una o varias de sus letras.
   - La .... es un término formado por la inicial de varias palabras. Suele escribirse en mayúsculas, sin puntos, y se lee deletreando, letra por letra.
   - El .... es una sigla formada por las letras o sílabas iniciales de otras palabras. Se pronuncia como una palabra.
   - Los símbolos son .... de carácter científico que se escriben mediante letras.

2. Abrevia las palabras y expresiones subrayadas.
   - Carlos terminó la Educación Secundaria Obligatoria cuando tenía 16 años.
   - La Asociación de Madres y Padres de Alumnos ha convocado una reunión esta tarde.
   - El agua está compuesta principalmente de hidrógeno y oxígeno.
   - Excelentísimo señor, le agradecería que me hiciera saber su número de identificación fiscal y su número de teléfono.
   - Me dijo que vivía en la calle San Marcos, número 2, ático, lejos de la avenida Nuestra Señora del Carmen.

Ortografía

3. Localiza las siglas y acrónimos que encuentres en estas oraciones, indica su significado y corrige aquellos que no sean correctos:
   - He consultado todos los BOES y no encuentro la ley de la que hablas.
   - La R.E.N.F.E. es una empresa ferroviaria.
   - No pasó la ITV del coche, por eso no puede conducirlo.
   - Se registró en el SEPE dos semanas después.
   - Solo tuvo que pasar una noche en la uci del hospital.
   - Si no me prestas los CD de tu grupo favorito, nunca sabré qué tipo de música te gusta.
   - El chico asegura que avistó un ovni.
   - La onu ha confirmado la finalización de la cumbre.
   - Las TIC avanzan en el terreno de las nuevas estrategias de aprendizaje.
   - La asociación unicef ayuda cada día a mucha gente.

   — Justifica tus correcciones.

Precisión léxica

4. Sustituye el verbo *echar* en las siguientes oraciones por otro más preciso de los que se proponen a continuación:

   desterrar - lanzar - despedir - repeler
   ahuyentar - verter - expulsar

   - Lo *echaron* de la sala por interrumpir al abogado durante el juicio.
   - Después de la fiesta *echaron* globos al aire.
   - *Echó* demasiado aceite en la sartén.
   - El perro *echó* a los ladrones con sus ladridos.
   - La jefa *echó* a los trabajadores.
   - Este tipo de material *echa* el agua.
   - *Echaron* de la región al delincuente.

5. Localiza las «palabras comodín» que aparecen en estas oraciones y sustitúyelas por otras más precisas:
   - El director de la empresa dijo unas palabras.
   - Carmen hizo mi plato preferido aquella noche.
   - El mes que viene haremos la fiesta de cumpleaños de Javier y Alfredo.
   - Decía que eso no era cierto.
   - La botella tiene demasiada agua.
   - En la montaña hay muchos tipos de plantas.
   - Neruda hizo muchos poemas.
   - El policía cogió al ladrón rápidamente.
   - Está haciendo un trabajo de historia muy interesante.

6. Sustituye la palabra *cosa* por una palabra más precisa según cada contexto.
   - En su discurso habló de varias *cosas.*
   - Nos dijo que estas *cosas* no eran competencia suya.
   - Después de la caída me duelen varias *cosas.*
   - Le daba *cosa* hablarle del motivo por el cual se habían peleado.
   - Se pusieron varias *cosas,* unas encima de otras, para no sentir frío y salieron a la calle.
   - Después de que ocurrieran tantas *cosas* creo que soy muy afortunada con mi vida.
   - La habitación está llena de *cosas* que impiden la entrada.
   - En mi nuevo blog quiero contar las *cosas* más importantes de mi día a día.

Actividades finales

La oración compuesta

1. Lee el siguiente texto y contesta, en una hoja aparte, a las cuestiones que se plantean a continuación:

> En 1958, un técnico del Laboratorio Nacional de Brookhaven (Nueva York) creó el juego Tennis for Two (Tenis para Dos) y en 1962 tres investigadores del famoso Massachussets Institute of Technology realizaron el juego Spacewar! (¡Guerra en el Espacio!) como forma de probar un ordenador y una pantalla que habían sido **donados** a la institución. El concepto de este juego, primer antepasado de los marcianitos, comenzó a extenderse por las universidades norteamericanas y uno de los **seducidos** por él fue un joven estudiante de Ingeniería Eléctrica, Nolan Bushnell, quien al acabar su carrera se marchó al Silicon Valley y lo adaptó a una máquina activada por monedas bajo el nombre de Computer Space (1971). Fue un **fracaso** (comercial, no técnico), que aun así no desanimó al **avispado** Bushnell.
>
> Un año después, él mismo fundó Atari y pidió a su primer diseñador, Allan Alcorn, que pensara un juego basado en el ping-pong. Así nació Pong, en el que dos contrincantes (o un contrincante contra la máquina) juegan de una manera muy simple a enviarse una pelota (virtual) de un lado al otro de la pantalla intentando superarse y que el otro no pueda devolverla. El creador de Atari lo instaló en una máquina de monedas de un bar local y alcanzó un éxito inmediato, que convirtió a la compañía en la avanzadilla de los videojuegos, tanto en máquinas de bar como muy pronto en videoconsolas caseras conectadas al televisor. Después llegaría el Pacman (Comecocos) y la oleada de los videojuegos ya no pararía hasta hoy, cuando las consolas Playstation o Wii se han convertido en casi tan omnipresentes como los televisores.
>
> José Ángel Martos, «¡Echemos una partida!». *Muy Interesante,* 2015.

—¿Cuál fue el primer videojuego que alcanzó un éxito considerable?

—¿Cuáles crees que son las características que debe tener un emprendedor como Nolan Bushnell?

—Analiza morfosintácticamente estas oraciones del texto:

- El creador de Atari lo instaló en una máquina de monedas de un bar local y alcanzó un éxito inmediato.
- Alcorn es el diseñador del juego; es un pionero de la informática.
- Bushnell fracasó; sin embargo, un año después trabajó en otro proyecto.

2. Redacta un texto sobre el optimismo y la pérdida del miedo al fracaso. Utiliza oraciones que se ajusten a los siguientes esquemas:

- Una oración compuesta coordinada distributiva.
- Una oración yuxtapuesta.
- Dos oraciones compuestas coordinadas copulativas.
- Una oración compuesta coordinada explicativa.

La sinonimia y la antonimia

3. Busca dos sinónimos para cada una de las palabras subrayadas en el texto y un antónimo para las palabras destacadas en negrita.

El currículum vítae

4. Redacta el currículum vítae que prepararías para optar al puesto que se ofrece en el siguiente anuncio. No olvides acompañar el currículum de una buena carta de presentación.

Se precisa diseñador de videojuegos para importante compañía internacional. Los candidatos deben reunir los siguientes requisitos:

— Dominio de técnicas y procesos de dibujo (artístico, técnico y digital).
— Experiencia mínima en desarrollo de videojuegos.
— Conocimientos para la creación de entornos y personajes virtuales.
— Conocimientos de programación y lenguaje informático.
— Dominio del español, el inglés y el alemán.

Abreviaturas, siglas y acrónimos

5. @ Investiga en Internet cuáles son las siglas de las dos instituciones u organismos que aparecen en el texto.

6. Clasifica los siguientes términos en una tabla como la que aparece a continuación: *cap, ONU, Dr., Unicef, Talgo, radar, Imserso, láser, PS, n.º, uvi, DVD, RAE.*

Abreviaturas	Siglas	Acrónimos
....	....	....

—Explica las diferencias entre las abreviaturas, las siglas y los acrónimos.

Pon a prueba tus competencias

Observa la siguiente página web y contesta a las preguntas que se proponen a continuación:

http://institutocreayempre...

institutocreayemprende.es

INSTITUTO **CREA Y EMPRENDE**

La web para chicos y chicas de 14 a 18 años con espíritu emprendedor

Inicio | ¿Quiénes somos? | ¿Qué es emprender? | Nuestros proyectos | Las escuelas | Los alumnos

Documentos

Convocatorias

Formación

Buenas prácticas

Espacios para compartir experiencias

Blog

Ayudas

III Certamen Nacional de Escuelas Emprendedoras

El Instituto Crea y Emprende apoya los proyectos que fomentan el espíritu emprendedor y la innovación entre el alumnado de ESO. Por ello, convocamos este concurso, donde alumnos de ESO del territorio pueden presentar proyectos en los que se desarrollen ideas emprendedoras (inventos para su comercialización, planes de mejora energética y medioambiental, etc.). Se concederán 25.000€ a los diez mejores proyectos.

Presentación de solicitudes

Las solicitudes deberán entregarse al ICE dentro de los 20 días naturales a partir de la publicación de la convocatoria (7 de enero), e irán acompañadas de una memoria con los siguientes apartados:

a) Presentación de la escuela.
b) Equipo: alumnos y profesores.
c) Innovaciones que aporta el proyecto.
d) Descripción del proyecto: objetivos, estudio previo, diseño, presupuesto y desarrollo.
e) Conclusiones.

Criterios de valoración de los proyectos

Los proyectos serán valorados por una Comisión de Evaluación formada por cinco miembros (un presidente y cuatro vocales), atendiendo a los siguientes criterios:

a) Carácter innovador y emprendedor (10 puntos).
b) Uso de las nuevas tecnologías (10 puntos).
c) Creatividad y originalidad (10 puntos).
d) Viabilidad y correcto desarrollo (10 puntos).

1. ¿A qué organismo pertenece esta página web? ¿Qué actividad crees que desarrolla?

2. ¿Sobre qué tema trata el texto central de la página?

3. ¿En qué consiste la convocatoria? ¿Qué finalidad tiene?

- ¿A quién va dirigido este concurso?
- ¿Qué requisitos deben cumplir los candidatos?
- ¿Cuál es el premio que recibirá el mejor proyecto?

4. ¿Cuál es el plazo para presentar las solicitudes?

- ¿Qué datos se deben especificar en la memoria?
- ¿Dónde se debe presentar la solicitud?

5. ¿Quién decide qué proyectos son seleccionados?

- ¿Cuántas personas forman la comisión de valoración y qué criterios evaluativos aplicarán?
- ¿Cuál es la puntuación máxima que se puede otorgar a un proyecto?

6. Formad grupos de cuatro personas y elaborad una lista con todo aquello que os sugieran los conceptos *innovación* y *emprendimiento.*

— ¿Cuáles son las diferencias principales entre un proyecto innovador y un proyecto emprendedor?

— ¿Se trata de dos conceptos compatibles o incompatibles? ¿Por qué?

7. Pensad, por grupos, qué proyecto podríais presentar al concurso.

— Elaborad un esquema del documento que presentaríais con vuestra solicitud.

— Tened en cuenta todos los apartados que se piden en la página web del ICE.

— Exponed vuestro proyecto al resto de la clase y elegid entre todos el que os resulte más interesante. Para valorarlos, aplicad los criterios descritos en la web del certamen.

8. Accede al siguiente enlace, haz clic sobre «Juego» y resuelve la actividad que se propone: http://links.edebe.com/q5q

— ¿Cómo relacionarías las cualidades que definen a estos personajes con el emprendimiento?

— Imagina que Frodo Bolson, al regresar a la Comarca tras su gran aventura, quiere optar a un puesto de trabajo como guía de actividades de aventura. Elabora el currículum vítae que presentaría a la empresa. Inventa los datos de su vida que desconozcas.

— Redacta también la carta de presentación que adjuntaría al currículum. Ten en cuenta que la empresa valora por encima de todo la creatividad y el espíritu emprendedor en sus empleados.

9. Busca en el diccionario las siguientes palabras e indica las relaciones de sinonimia y antonimia existentes entre ellas: *emprendedor, ocioso, extravertido, perezoso, audaz, acometedor, hacendoso, comunicativo, apocado, activo, reservado.*

10. Indica si estas oraciones son coordinadas, subordinadas o yuxtapuestas. En las coordinadas, especifica de qué tipo son.

- Juan tiene espíritu emprendedor y quiere montar su propia empresa.
- La convocatoria se publicó el mes pasado, pero aún estamos a tiempo.
- Para acceder al puesto de trabajo debes presentar el currículum vítae o bien rellenar esta solicitud.
- Entra en la página web; presenta tu solicitud.
- La presentación del proyecto será breve, o sea, muy sintética.
- Esperamos que nuestros proyectos sean seleccionados.

11. Elabora un mapa mental en el que resumas los conceptos clave que has trabajado sobre la oración compuesta en la gramática de esta unidad.

SÍNTESIS

Completa en tu cuaderno el siguiente esquema del contenido que has trabajado en la unidad 3:

Léxico

- La ..... es la relación semántica que se establece entre palabras diferentes que comparten un .... o parecido. Pueden ser sinónimos ..... o .....
- Las palabras ..... tienen significados opuestos. Según el tipo de ..... que mantienen pueden ser ....., ... o .....

Los textos

- El **currículum vítae** es un texto ..... cuyo objetivo es dar a conocer los datos ..... de una persona que opta a un puesto de .....

Gramática

Una **oración** ..... es aquella formada por dos o más ..... unidas mediante un ...... Según la relación que mantienen las proposiciones, pueden ser:

— **Proposiciones** .....: mantienen una relación de .....; tienen ..... sintáctica, y se unen mediante un .... Pueden ser: ....., disyuntivas, ..., explicativas o ..... .

— **Proposiciones** .....: mantienen una relación de ..... (la proposición ..... depende de la .....), y se unen mediante un enlace ...... Pueden ser: sustantivas, ... o adverbiales.

— **Proposiciones** .....: pueden mantener una relación de ..... (oración coordinada) o de dependencia (oración .....). No existe ningún nexo explícito.

Diario de aprendizaje

Reflexiona

— ¿Qué sabías sobre la oración compuesta antes de empezar esta unidad? ¿Qué has aprendido?

— De las actividades en grupo que has realizado en esta unidad, ¿cuál te ha parecido más interesante? Explica en qué consistía el ejercicio, cómo lo realizaste y qué has aprendido.

— Ahora ya sabes cómo elaborar un currículum vítae; ¿crees que te resultará útil en el futuro?

4 Unidad

» **CONTENIDOS**

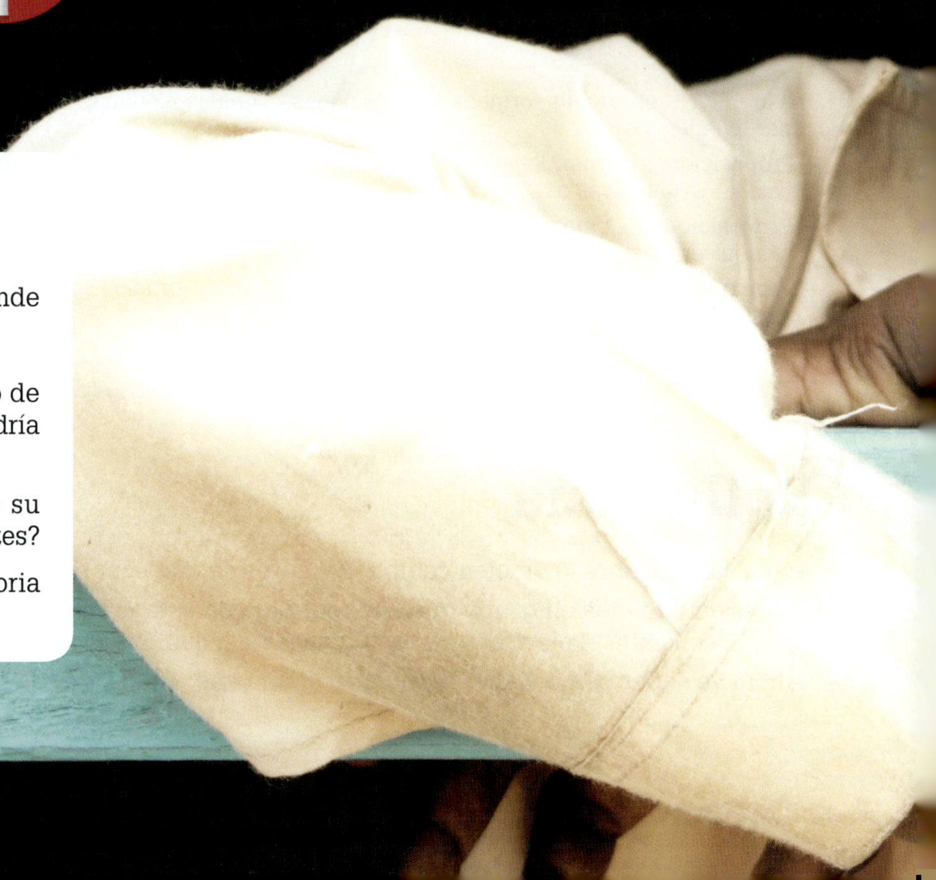

Rutina de pensamiento
PRINCIPIO - MEDIO - FINAL

Observa la fotografía. Reflexiona y responde a las siguientes preguntas:

- Si la imagen perteneciera al comienzo de la historia de este muchacho, ¿qué podría pasar a continuación?
- Si fuera una imagen de la mitad de su historia, ¿qué puede haber ocurrido antes?
- Y si fuera el final, ¿cuál sería su historia previa?

Jordi Sierra i Fabra

Nacido en Barcelona, escribió su primera novela con solo 12 años y ya cuenta con más de 400 publicaciones a sus espaldas. Sus obras se han publicado en España y América Latina, y algunas han sido llevadas al teatro, la televisión y el cine.

Este fragmento

Pertenece a una de las novelas más aclamadas del autor: *Llamando a las puertas del cielo,* publicada por la editorial edebé. Relata la aventura que emprende Silvia, una estudiante de Medicina que decide pasar un verano colaborando en un hospital de la India. Esta experiencia cambiará su vida para siempre.

Una aventura lejos de casa

Cuando el coche enfiló la recta final, en dirección al edificio de Gobernación, hizo sonar el claxon una sola vez. Fue suficiente para que la doctora Roca saliera al exterior vestida con su blanco uniforme, una mancha de pureza en aquel contorno formado por el color ocre de la tierra y la exuberancia de vegetación que lo circundaba.

Silvia la observó con curiosa atención.

Había oído hablar de ella, y mucho, pero ahora, por fin, la tenía delante. Le bastó un solo vistazo para darse cuenta de que las palabras no eran más que pálidos reflejos de una realidad. Su fama la precedía, pero fue suficiente con verle los ojos y mirarle las manos. Ojos determinantes. Manos de lucha.

Elisabet Roca era toda una mujer, en la mayor y mejor dimensión del término. Le calculó entre 45 y 50 años, aunque más lo segundo que lo primero. Alta, fornida, recia, mentón cuadrado, ojos limpios, cabello ya grisáceo recogido en una correcta trenza, cuerpo firme. Inspiraba fuerza. Daba *credibilidad*[1] al conjunto de pequeños edificios que formaba el centro después de aquel largo camino en coche a través de la India más profunda. Casi parecía como si, de pronto, sin aquella presencia, todo aquello no fuese más que un decorado irreal.

Al bajar del vehículo se encontró con sus brazos abiertos, una sonrisa cordial de salutación y un collar de flores.

—Bienvenida al RHT —pronunció las siglas en inglés. Luego juntó sus manos, inclinó la cabeza y pronunció el saludo indio—: *Namaste.*

—*Namaste.* Gracias.

No le dio la mano. No pudo. Se vio envuelta en sus brazos y sintió la presión en su cuerpo. Una presión cálida y vital que le transmitió, en menos de los tres segundos que duró, toda la confianza que le faltaba. Al cesar se encontró con su sonrisa y aquellos ojos transparentes.

—¿Cansada?

—No —mintió.

—Deberías estarlo, a pesar de tus insultantes diecinueve años de fortaleza. —Acentuó su sonrisa franca—. El vuelo desde Bombay no es nada, pero todas esas horas en coche y por estas carreteras... ¿A que se te han puesto los pelos de punta?

Tuvo que reconocer que sí. Los coches, sobre todo camiones, circulaban por el centro de las *angostas*[2] carreteras. En los dos sentidos. Ninguno aminoraba la velocidad hasta que el choque parecía inevitable. Entonces, como siguiendo una sincronización perfecta, cada uno se apartaba lo justo para cruzarse, dejando también lo justo entre ellos y las personas que caminaban incesantemente por los arcenes, inmutables ante el peligro.

El equilibrio del milagro.

—Sea como sea, da lo mismo. —El tono era *conminante*[3]—. Hoy te lo tomas con calma y mañana ya veremos. Ya sé que tienes ganas de empezar y estás dispuesta a trabajar y crees que el tiempo apremia y... —Movió la cabeza de un lado a otro con un deje de resignado cansancio—. Olvídate, ¿de acuerdo? Esto es un choque, un gran cambio. Primer aviso, que no consejo: calma. No vas a ayudar más por querer correr y aprovechar el tiempo. Aquí el tiempo cuenta en la medida en que sirva para algo, no por la cantidad.

—Está bien.

—Te acompañaré a tu cuarto. [...]

Ya habían llegado. La doctora Roca abrió la puerta y ella se asomó al que iba a ser su hogar a lo largo de aquellas semanas de verano.

Cuatro paredes, un *jergón*[4] con la mosquitera anudada encima, un estante, una mesa, una toalla y una silla. [...]

Se apoyó en el quicio para inspeccionar su nuevo hogar temporal con un poco más de calma. El Rural Hospital Trust lo formaban diversas construcciones amalgamadas en una amplia zona que bordeaba el lago por el sur y seguía un poco la carretera por el norte. La entrada y la explanada central dividían el conjunto en dos partes, con los edificios del hospital a la izquierda, flanqueados por improvisados jardines en los que crecían las plantas, y los comedores, cocinas y el teatrito a la derecha. Las dependencias del personal y las oficinas, salvo la de la entrada, cerraban la U por la parte baja. Tal vez por la hora, el movimiento era mínimo. Pronto anochecería y la principal atención médica debía llevarse a cabo por la mañana, desde la salida del sol. [...]

Elisabet Roca levantó su copa de vino y la mantuvo así, en alto, hasta que ella hizo lo mismo con la suya. Las hicieron entrechocar con un suave tintineo que acompañó sus sonrisas de ánimo. [...]

La noche era muy hermosa, y estaba preñada de silencios múltiples, porque se daba cuenta de que allí no había un solo silencio, sino una infinidad de ellos. El silencio de la jungla sureña, el del hospital, el del lago...

—¿Cuánto lleva usted aquí? —Lo rompió Silvia.

—Llegué con más o menos tu edad. Hace treinta años.

—Dios —suspiró ella.

—No me quedé de inmediato. Acabé los estudios, me casé, no tuve hijos, me enviudé... Pero sea como sea regresé para quedarme. Entonces no sabía nada de todo esto. Y no me refiero solo al hospital, la fundación, las ONG actuales y todo lo demás. Lo que no existía era la conciencia social que nos permite trabajar ahora, todavía con muchas limitaciones, pero con plenitud. [...] Lo malo es que en la India, veinte de cada cien personas viven por debajo del umbral de la pobreza. Hablamos de mil millones de personas que hablan setenta lenguas oficiales y mil dialectos, que todavía tienen castas, que casan a sus hijas mediante matrimonios concertados... —Su rostro se llenó de serenidad antes de continuar hablando—. No se puede entender la India, es imposible, son demasiados contrastes. Se la ama y punto. Pero supongo que eso es lo que la convierte en algo vivo, mágico. Todo lo que digas en pro y en contra es cierto. Es un país rico en recursos naturales y, sin embargo, la pobreza es *endémica*[5]. [...] La India es todo un mundo. Todas las grandes religiones existen aquí y por lo menos tres de ellas nacieron en esta tierra. Hay gente de todos los colores y de muchas culturas, pero es la nación por antonomasia, sólida, firme. Por algo ellos la llaman «Madre India». Y sí, puede que hable desde la pasión, pero llevo aquí demasiado tiempo como para no hacerlo. ¿Te cuento algo?

—Sí.

—En mi primera estancia, un día, al salir de un templo, me vi rodeada por un centenar de leprosos que me pedían limosna. Estaba sola, y me pillaron de improviso. Sé que la lepra no es contagiosa y, sin embargo, al verlos, destrozados por la falta de carne, sin labios, sin manos..., mi primera reacción fue echar a correr. La segunda, darles algo. No corrí, superé el miedo, me quedé allí. Pero lo segundo... ¡Eran cien! ¿Qué podía hacer?

—¿Y qué hizo?

—Nada. —No sonó a derrota, sino a realidad—. Pero fue mi primera lección práctica. Cambié unos dólares en monedas y, al día siguiente, regresé al mismo lugar. Los organicé y les di unas monedas a cada uno.

—Así que lo único que se necesita es orden.

—No. —Sonrió Elisabet Roca—. Tener esos dólares para cambiar por monedas y, por supuesto, el ánimo de querer regresar al día siguiente. [...] El mundo no lo va a cambiar nadie —reflexionó la mujer—. Lo importante es hacer algo allí donde estemos.

—Piensa globalmente, actúa localmente —repitió el viejo lema.

Vocabulario

[1]**credibilidad:** cualidad de creíble. / [2]**angostas:** estrechas o reducidas. / [3]**conminante:** exigiendo que alguien obedezca o cumpla una orden. / [4]**jergón:** colchón de paja, esparto o hierba. / [5]**endémica:** propia o característica de una determinada región o cultura.

Ortografía

Fíjate en los puntos suspensivos (...) que aparecen en algunas de las intervenciones de la doctora Roca. ¿Cuál es su función? Explica qué pretende expresar el autor mediante este recurso.

Para leer

Si te gustan las historias sobre lugares lejanos y misteriosos, te recomendamos:

La historia que cuenta *Al sur de ninguna parte* sucede en Balandú, el último pueblo de todos, más allá del cual se extiende un mundo desconocido, Ninguna Parte. *El secreto de Pulau Karang* narra la historia de Tina y su familia, que navegando por las aguas del mar de China, se ven sorprendidos por unos piratas que los conducirán a una isla de lo más misteriosa.

- Jordi Sierra i Fabra, *Al sur de Ninguna Parte.* Col. Periscopio. edebé.
- Francisco Díaz Valladares, *El secreto de Pulau Karang.* Col. Periscopio. edebé.

Visión 360º

Vicente Ferrer fue un exjesuita español que durante más de medio siglo trabajó en la India para mejorar la vida de los campesinos más pobres de aquel país. En el siguiente enlace puedes ver una película sobre su vida:

http://links.edebe.com/vi5

Después de ver el film, explica qué impresión ha causado en ti conocer su obra y su modo de entender la ayuda a los más desfavorecidos.

Obtención de información

Lee el fragmento de «Una aventura lejos de casa» y resuelve las siguientes actividades:

1. Responde a las preguntas sobre el texto:
   - ¿Con quién iba a encontrarse Silvia al llegar al hospital?
   - ¿Cómo era la doctora? ¿En qué aspectos se fijó Silvia a primera vista? ¿Qué dedujo de ellos?
   - ¿Qué significan las siglas RHT?
   - ¿Cómo fue el saludo de ambas? ¿Qué le aportó ese saludo a Silvia?
   - ¿Qué le recomienda la doctora que haga en su primer día? ¿En qué medida sirve el tiempo que se emplea al proyecto del hospital?
   - ¿En qué momento del día se producía la principal atención médica?
2. ¿Cómo ha sido el viaje de Silvia hasta el RHT? ¿Cómo era el tráfico y de qué manera se comportaban los peatones?
3. Completa esta tabla en tu cuaderno con la información que da la doctora Roca sobre sus dos estancias en la India y el período que pasó entre ambas.

Primera estancia	Intervalo entre estancias	Segunda estancia
....	....	....

Interpretación

4. Teniendo en cuenta los elementos que contiene, ¿cómo describirías la habitación de Silvia? ¿Por qué crees que es así?
5. Vuelve a leer el fragmento comprendido entre «Se apoyó...» y «... el movimiento era mínimo» y reescríbelo cambiando a presente el tiempo verbal.
6. Anota en tu cuaderno todos los adjetivos que la doctora utiliza para hablar de la India. Explica qué transmiten.

Reflexión

7. ¿Qué crees que significa el lema «Piensa globalmente, actúa localmente»?
8. ¿Qué tipo de persona te parece que es la doctora Elisabet Roca? ¿Cómo describirías su personalidad?
9. ¿Qué crees que quiere decir la siguiente frase?: «No se puede entender la India, es imposible, son demasiados contrastes. Se la ama y punto».

Expresión

10. @ Rabindranath Tagore, nacido en la India en 1861, fue el primer escritor no europeo que recibió un premio Nobel. Busca información en Internet y escribe una **reseña** acerca de su vida y su obra. Ten en cuenta estos aspectos:
    - **Vida:** lugar y fecha de nacimiento y defunción, relaciones familiares, premios y reconocimiento internacional.
    - **Experiencias:** lugares en los que vivió o que visitó, formación académica, ocupaciones aparte de la escritura e ideas políticas.
    - **Obra:** temas que trata, géneros, estilo y principales títulos.

Escucha

Escucha atentamente el siguiente corte radiofónico del programa *5 minutos para la cooperación:*

http://links.edebe.com/bbbcr6

1. Responde a las siguientes preguntas sobre el audio:
   - ¿Qué es y en qué consiste el codesarrollo?
   - ¿Con qué otra organización trabaja Escuelas para el Desarrollo? ¿Quién la creó?
   - ¿Qué problemas existen en el sur de Senegal?
   - ¿Qué ha conseguido ya la colaboración entre estas dos organizaciones?
   - ¿Cómo se financia el proyecto de construcción de escuelas desde 2010? ¿Qué provoca esta situación?
   - ¿Qué papel desempeña cada una de las organizaciones en la colaboración que prestan?

2. Define con tus palabras los siguientes conceptos:
   - Remesas
   - Poder adquisitivo
   - Desarrollo
   - Profesionales cualificados

3. ¿Qué te parece la idea del codesarrollo? ¿Cómo crees que se puede motivar a la población inmigrante para que colabore en estos proyectos? Y la población autóctona, ¿cómo crees que puede concienciarse?

Habla

4. Escenificad una **entrevista** entre los compañeros de la clase para conocer vuestra opinión sobre los proyectos solidarios y la participación en ellos.
   - Formad cuatro grupos. En cada uno habrá un entrevistador y unos entrevistados.
   - Los entrevistados deberán elegir un proyecto solidario desempeñado en vuestra localidad. Informaos debidamente acerca de en qué consiste para poder responder a todas las preguntas del entrevistador.
   - El entrevistador buscará información sobre el proyecto y elaborará una lista con 10 preguntas para los entrevistados.
   - Escenificad la entrevista, siguiendo las recomendaciones del cuadro de la derecha. El entrevistador deberá ir anotando lo esencial de cada respuesta.

5. Con las notas que habéis tomado, grabad una **crónica radiofónica** con las opiniones de vuestro entrevistado.
   - Comenzad presentando al entrevistado y continuad con un resumen de las preguntas y respuestas realizadas, evitando repetir textualmente el diálogo.
   - Finalizad con una conclusión sobre la información aportada por vuestro entrevistado.
   - No olvidéis incluir un saludo inicial y una despedida para vuestros oyentes.

Ágora

Los problemas que afectan a las personas más desfavorecidas son tratados a menudo en los medios de comunicación. Ante el impacto informativo, generosamente, miles de personas ofrecen su ayuda y sus recursos.

- ¿Piensas que la colaboración debe reducirse a las ocasiones en que un grave suceso sacude nuestras conciencias?
- ¿Crees que es necesario un compromiso cotidiano como una responsabilidad más de nuestra vida?

Hacer una entrevista

Una entrevista consiste en una conversación articulada a partir de preguntas que el entrevistador hace al entrevistado.

Si sois el entrevistador:

- Sed concretos en vuestras preguntas pero evitando aquellas cuyas respuestas se limiten a sí o no.
- No interrumpáis las explicaciones del entrevistado.
- Modificad ligeramente las preguntas o introducid alguna nueva en función de las respuestas que obtengáis.

Si vais a hacer el papel de entrevistado, seguid estos consejos:

- Sed sinceros, pero evitad expresar las opiniones que puedan molestar a otras personas.
- No os extendáis innecesariamente en vuestras explicaciones, sed concisos y claros.

La reclamación y el recurso

En la unidad anterior estudiaste las características del currículum vítae, que tiene una estructura expositiva. En esta te presentamos dos **textos formales** que presentan una **estructura argumentativa:** la *reclamación* y el *recurso.*

Estos textos tienen un objetivo común: presentar una serie de **razones o argumentos** para defender una **idea;** tienen un **carácter administrativo,** ya que pretenden facilitar la comunicación entre los ciudadanos y la Administración.

La reclamación

Si al llegar a la India Silvia se diera cuenta de que han perdido su equipaje en el vuelo, debería redactar una reclamación dirigida a la compañía aérea. Una reclamación es un escrito en el que el **consumidor** realiza una queja al considerar que no se han respetado sus derechos como **cliente.** Fíjate en su estructura.

DATOS DEL RECLAMADO

SERVICIO DE ATENCIÓN AL CLIENTE

Compañía Bombay Airlines

Bombay International Airport

BOMBAY AIRLINES

DATOS DEL RECLAMANTE

DATOS DEL RECLAMANTE

NOMBRE Y APELLIDOS: Silvia Prats Olivella

DOMICILIO: c/ Londres, n.º 16, 6.º, 2.ª PROVINCIA: Barcelona

CP: 08029 DNI: 47471112-L TELÉFONO: 639 57 28 88

CUASAS

MOTIVOS DE LA RECLAMACIÓN *En caso de precisar más espacio, adjunte un folio

Hoy, día 18 de abril, he viajado con la compañía Bombay Airlines en el vuelo 78459 de Barcelona a Bombay. Facturé mi equipaje en el aeropuerto del Prat sin ningún problema. Sin embargo, mi equipaje no ha llegado a su destino. Al dirigirme al mostrador de incidencias de la compañía, me han comunicado que no se ha registrado ningún equipaje a mi nombre y que, por tanto, no se puede localizar.

DOCUMENTACIÓN QUE SE ACOMPAÑA

Billete del vuelo

Documentación de la facturación del equipaje y resguardo del mismo.

El reclamante desea que las comunicaciones se realicen por (señale la que proceda):

☐ Correo ordinario ☒ Teléfono ☐ Correo electrónico (e-mail).

FIRMA DEL RECLAMANTE

En Bombay a 18 de abril de 2016

Firma:

Número de reclamación:
(a rellenar por la empresa)

Además de los datos formales que debemos cumplimentar en la reclamación, la parte más importante del texto es la que aporta los **datos, hechos** o razonamientos que **justifiquen nuestra queja.**

Todos los establecimientos que prestan algún tipo de servicio disponen de un **libro de reclamaciones** para formular las quejas. Este debe pedirse cuando el establecimiento incumpla algún deber que perjudique nuestros derechos como cliente: atención inapropiada, venta de productos en mal estado...

Si la reclamación comporta la devolución del dinero o del objeto y esta no se lleva a cabo, la reclamación debe cursarse dirigida a la **asociación de consumidores** o a la **junta arbitral,** presentes en todas las comunidades autónomas.

El recurso

Ahora imagina que a Silvia le hubieran denegado el visado para trabajar como voluntaria en la India; tendría que presentar un recurso a la Embajada de la India en España.

La finalidad del recurso es solicitar la **modificación de una resolución final de la Administración Pública,** bien por resultar perjudicado el ciudadano, bien porque no se han tenido en cuenta sus derechos. Observa su estructura y características.

RECURSO

Embajada de India

La abajo firmante, Dña. Silvia Prats Olivella, con DNI 47471112-L, con domicilio en la calle Londres n.° 16 (Barcelona).

EXPONE

Que mediante el presente escrito FORMULA RECURSO contra la decisión tomada por la Embajada de la India en Madrid, con fecha 12 de abril de 2016 y firmada por su secretario, por la que se la excluye de la tramitación del visado de trabajo, basándose en las siguientes

ALEGACIONES

PRIMERO. Se ha entregado toda la documentación para la solicitud del visado de trabajo voluntario, además del pasaporte, matrícula universitaria y carné de vacunas actualizado.

SEGUNDO. La empresa de acogida (Rural Hospital Trust) ha aprobado el acuerdo de cooperación con la solicitante, además de su acogida.

Por lo cual,

SOLICITA

Que se tenga por interpuesto este recurso contra la mencionada decisión y se declare su nulidad, revisando la documentación presentada y posibilitando la repetición de la tramitación del visado.

A efectos de notificación, la interesada señala como medio preferente el correo electrónico silviaprats@email.com, y como lugar de notificación c/ Londres, n.° 16, 6.°, 2.ª Barcelona.

En Barcelona, a 18 de abril de 2016.

Embajador de la India en España

ENCABEZAMIENTO

Datos del recurrente, es decir, de la persona afectada por la resolución administrativa.

CUERPO

Se compone de:

- **Formulación del recurso:** se señala la decisión contra la que se recurre.
- **Alegaciones:** argumentos que se aportan.
- **Solicitud:** petición concreta que imputa el recurrente.

CIERRE

Lugar, fecha, firma y destinatario que, generalmente, es el superior jerárquico del centro administrativo que adoptó la resolución.

Actividades

1. Escribe una reclamación dirigida al presidente de la asociación de consumidores de tu comunidad autónoma, teniendo en cuenta estos datos:
   - —Has comprado un libro electrónico.
   - —Según la promoción del mes, por la compra de un libro electrónico, la empresa regalaba otro ejemplar de forma gratuita.
   - —Has realizado la compra, pero no te han enviado el segundo libro electrónico gratuito. El vendedor se desentiende y afirma que el problema no es suyo.

2. ¿Qué tipo de texto deberías escribir en estas situaciones?:
   - Ha llegado una multa de tráfico a tu nombre pero tú no conducías ese coche.
   - Compraste un videojuego por Internet hace un mes. No lo has recibido y no quieren devolverte el dinero.
   - Redacta los documentos que correspondan.

3. Como alumno de 4.° de ESO has solicitado una beca. Esta te ha sido denegada por no reunir los requisitos para su concesión. Elabora un recurso dirigido al jefe del Servicio de Ayudas a los Estudiantes.

4. Por parejas, aplicad la **destreza** *compara y contrasta* para analizar las características de la reclamación y el recurso. Utilizad el siguiente organizador gráfico:

Compara y contrasta

Reclamación → Recurso

Se parecen

Se diferencian

Conclusión

La polisemia, la homonimia y la paronimia

En la unidad anterior trabajaste los recursos léxicos de la sinonimia y la antonimia, y su importancia a la hora de dominar un vocabulario amplio y variado. En esta unidad estudiarás otros tres recursos: la *polisemia,* la *homonimia* y la *paronimia.*

La polisemia

Una palabra **polisémica** es aquella que tiene **varios significados.** Generalmente, estos significados están relacionados entre sí por la similitud que existe entre las diferentes realidades que designan. La polisemia se debe a diversas causas:

Creación de una nueva realidad

billete: 'papel moneda que circula como medio legal de pago'. *Silvia llevaba un billete de cien mil rupias indias en el bolsillo.*

billete: 'tarjeta o papel impreso que da derecho a viajar en un medio de transporte'. *Silvia conservó el billete de avión como recuerdo de su viaje.*

Cambio de aplicación de un objeto

A lo largo de la historia, una palabra sirve para designar a un nuevo objeto.

coche: 'carruaje de cuatro ruedas de tracción animal'. *En la India todavía se ven coches tirados por burros y caballos.*

coche: 'automóvil'. *Silvia viajó cinco horas en coche para llegar al RHT.*

Lenguaje figurado

Una palabra adquiere un nuevo significado debido a una asociación establecida por los hablantes.

fortaleza: 'defensa natural que tiene un lugar'. *La fortaleza* de Gwalior data del siglo VIII.

fortaleza: 'fuerza y vigor'. *La fortaleza de Elisabet Roca era admirable.*

La homonimia

Las palabras **homónimas** son aquellas que se escriben o se pronuncian igual, pero tienen un **origen** y un **significado distintos.** Se clasifican en:

Homógrafas

Se escriben y se pronuncian igual.

sobre: 'cubierta, por lo común de papel, en que se incluye una carta'. *Metió la postal en el sobre para mandársela a su abuela.*

sobre: 'acerca de'. *En la postal hablaba sobre sus primeros días en la India.*

Homófonas

Se pronuncian igual, pero su escritura es diferente.

hola: 'fórmula de saludo'. *Cuando la vi le dije hola, y ella contestó* namaste.

ola: 'ondulación producida en el agua'. *Una gran ola hizo volcar el barco.*

¿Polisémicas u homónimas?

En ocasiones, las palabras polisémicas se confunden con las homónimas.

Para averiguar si dos palabras son polisémicas u homónimas, ten en cuenta que las homónimas:

- Pueden presentar **grafías distintas:** *vaca / baca.*
- No tienen por qué corresponder a la misma **categoría gramatical:** *era* (sustantivo), *era* (verbo).
- Pueden presentar **distinto género:** *el pez / la pez.*

Además, en el **diccionario,** las palabras polisémicas aparecen en **una sola entrada** que contiene **varias acepciones.** Las palabras homónimas aparecen en **entradas distintas.** Compruébalo accediendo al diccionario en línea de la RAE **(http://dle.rae.es/)** y buscando las siguientes palabras:

- Polisémicas: *hoja, pico, ojo.*
- Homónimas: *casa, nada, traje.*

La paronimia

Son **parónimas** aquellas palabras que tienen **distintos significante y significado,** pero que se asemejan mucho en **su pronunciación** y en su escritura. A menudo pueden confundirse y ocasionar errores ortográficos.

preceder: 'anteceder'. A la doctora Roca la **precede** su fama.
proceder: 'venir de un sitio'. Esta preciosa tela **procede** de la India.

Actividades

1. Copia y completa los siguientes pares de oraciones con una misma palabra polisémica:

- Creo que la pared necesitará otra ..... de pintura. / Se puso una ..... roja, como un superhéroe.
- Para enhebrar debes introducir el hilo por el ..... de la aguja. / No puedo ver, tengo arena en el .....
- Ese pájaro tiene una bonita ..... de colores. / El surfista alcanzó la ..... de la ola.

— ¿Por qué estas palabras son polisémicas? Explica qué relación existe entre sus significados.

2. Consulta el diccionario y completa las distintas acepciones de estas palabras polisémicas. Ten en cuenta que deben pertenecer a la misma entrada.

- **Capital:** 1. Perteneciente o relativo a la cabeza. / 2. ..... / 3. ..... / 4. ......
- **Letra:** 1. Signo gráfico del alfabeto. / 2. ..... / 3. .....
- **Planta:** 1. Parte inferior del pie. / 2. ..... / 3. ...../ 4. ..... / 5. .....

— Escribe oraciones con todas las palabras.

3. Forma oraciones con las siguientes palabras en las que emplees el lenguaje figurado:

manto - caparazón
copa - coma - lecho

4. Indica el significado de las siguientes palabras y escribe una oración con cada una de ellas:

el pez / la pez, hasta / asta,
barón / varón, cabo / cavo,
uso / huso, botar / votar,
bello / vello

— ¿Qué tipo de relación semántica existe entre estas palabras? Justifica tu respuesta.

5. Escribe un significado para cada una de estas palabras homógrafas, e indica cuál es su categoría gramatical: *aro / aro, alce / alce, balde / balde, canal / canal, morada / morada, vela / vela, honda / honda, botín / botín.*

6. Localiza en estas oraciones las palabras que tienen otras homónimas e indica cuál es su categoría gramatical, su origen y su significado:

- Tengo un vale de descuento de esa tienda.
- Ese chico habla una lengua que desconozco.
- Escogió la sudadera más cara de las dos.
- Introdujo la clave y el ordenador se desbloqueó.
- Le han regalado una muñeca por su cumpleaños.

7. @ Indica si estas palabras son polisémicas o si establecen relaciones de homonimia con otros términos. Anota también cuál es su origen: *consejo, bota, amo, llama, carpa, café, don, naranja.*

— Consulta el diccionario si lo necesitas **(http://dle.rae.es/).**

8. Forma parejas de parónimos a partir de estos términos: *infligir, expirar, aptitud, efecto, cotejo, infringir, sesión, afecto, infestar, cesión, actitud, cortejo, espirar, infectar.*

— Explica el significado de cada uno de los términos.

9. Escribe oraciones que ilustren los significados de estos parónimos: *ahí / hay, aprender / aprehender, diferencia / deferencia, espulgar / expurgar, yerro / hierro.*

10. Para profundizar sobre las relaciones semánticas, formad grupos y aplicad la **técnica cooperativa** *el juego de las palabras.*

— Vuestro profesor o profesora escribirá en la pizarra siete conceptos que habéis trabajado: *sinonimia, antonimia, polisemia, homonimia (homografía y homofonía) y paronimia.*

— Cada miembro del grupo construirá una frase con una de las palabras y la compartirá con los compañeros, que la ampliarán y matizarán hasta hacerla de todo el grupo.

La subordinación sustantiva

1. Las oraciones subordinadas

En la unidad anterior estudiamos las oraciones compuestas por coordinación y por yuxtaposición. A partir de esta unidad nos ocuparemos de las oraciones compuestas por subordinación.

Las oraciones compuestas por subordinación son aquellas que presentan las siguientes características:

— Se componen de dos proposiciones que mantienen una relación de dependencia: una proposición **principal** y una proposición **subordinada.**

— La proposición subordinada no tiene **independencia sintáctica,** por tanto, no puede funcionar aislada del resto de la oración.

— La proposición subordinada siempre va unida a la proposición principal por medio de un **nexo subordinante** (R).

Según la función que desempeñe la subordinada en la principal, se pueden distinguir tres tipos de proposiciones subordinadas: **sustantivas, adjetivas** y **adverbiales.**

Observa los siguientes ejemplos:

ORACIONES SIMPLES	ORACIONES SUBORDINADAS
Comprendo <u>tus inquietudes.</u> CD Predicado Oración simple	Comprendo <u>que sientas inquietudes.</u> **Prop. subordinada sustantiva** Predicado Oración compuesta por subordinación
La joven <u>estudiante</u> viajó a la India. CN Sujeto / Predicado Oración simple	La joven <u>que estudiaba Medicina</u> viajó a la India. **Prop. subordinada adjetiva** Sujeto / Predicado Oración compuesta por subordinación
Silvia y Elisabet viven <u>en la India.</u> CCL Sujeto / Predicado Oración simple	Silvia y Elisabet viven <u>donde te conté.</u> **Prop. subordinada adverbial** Sujeto / Predicado Oración compuesta por subordinación

Como ves, existen tres tipos diferentes de subordinación, que iremos estudiando a lo largo de este libro: **sustantiva, adjetiva** y **adverbial.**

En esta unidad comenzaremos con las subordinadas sustantivas.

2. Proposiciones subordinadas sustantivas

Las proposiciones subordinadas sustantivas son aquellas que **equivalen a un sustantivo** y desempeñan una **función sintáctica propia del sustantivo.** Observa el siguiente ejemplo:

Silvia supone <u>que llegará puntual.</u>
Prop. subordinada sustantiva
↓
Silvia supone su <u>puntualidad.</u> → Silvia <u>lo</u> supone.
sustantivo — CD

2.1. Reconocimiento de las subordinadas sustantivas

Para reconocer las proposiciones subordinadas sustantivas, debes asegurarte de que cumplen estos dos requisitos:

- Pueden **sustituirse** por un sustantivo, un SN o una palabra que funcione como pronombre neutro *(esto, eso, lo...).*

Comentó <u>que deseaba viajar</u>. (proposición)
→ Comentó <u>su deseo</u>. (SN)
→ Comentó <u>esto</u>. (Pron)

- Van introducidas por las **conjunciones** *que* y *si*, que desempeñan la función de **nexo subordinante** (R).

Creen **que** nada es imposible. (Prop. subordinada sustantiva)

Pregúntate **si** piensas globalmente. (Prop. subordinada sustantiva)

Las proposiciones sustantivas interrogativas, que estudiaremos más adelante, también pueden ir introducidas por **interrogativos tónicos:** *qué, quién, cómo...*

Las **proposiciones subordinadas sustantivas** son aquellas que **equivalen a un sustantivo** y, por lo tanto, desempeñan en la oración compuesta las mismas funciones sintácticas que un sustantivo realiza en una oración simple.

2.2. Funciones de las subordinadas sustantivas

Las proposiciones subordinadas sustantivas pueden desempeñar **distintas funciones** con respecto a la proposición principal.

— Subordinadas sustantivas de **sujeto (S).**

Me gusta que tengas un sueño. → Me gusta tu sueño.

que: R
que tengas un sueño: Prop. subordinada sustantiva
Me gusta: Predicado
que tengas un sueño: Sujeto

La proposición subordinada equivale a un sustantivo y es el sujeto de la principal. Observa que, en la oración de la derecha, al cambiar el número del verbo, debemos variar también el del sustantivo que actúa como sujeto.

Me gusta tu sueño. / Me gusta<u>n</u> tu<u>s</u> sueño<u>s</u>.

— Subordinadas sustantivas de **complemento directo (CD).**

Sus amigos no saben si regresará de la India.

saben: V
si: R
si regresará de la India: Prop. subordinada sustantiva / CD
Sus amigos: Sujeto
no saben si regresará de la India: Predicado

Para reconocer el CD, puedes sustituir la proposición subordinada por un pronombre neutro.

Sus amigos no saben <u>si regresará de la India</u>. → Sus amigos no <u>lo</u> saben.

— Subordinadas sustantivas de **complemento del nombre (CN).**

Tengo la certeza de que volverá algún día.

Tengo: V
certeza: N
de: Prep (r)
que: R
que volverá algún día: Prop. subordinada sustantiva
de que volverá algún día: SPrep → CN (de certeza)

Este tipo de subordinadas se caracteriza por que el relacionante siempre va **precedido de preposición,** es decir, forma parte de un **SPrep.** Además, la subordinada sustantiva se encuentra inmediatamente **después de un sustantivo** *(certeza)* o palabra sustantivada.

— Subordinadas sustantivas de **complemento del adjetivo (CA).**

Ella está orgullosa de que Silvia sea cooperante.

está: V
orgullosa: A
de: Prep (r)
que: R
que Silvia sea cooperante: Prop. subordinada sustantiva
de que Silvia sea cooperante: SPrep → CA (de orgullosa)

Como en el caso anterior, la subordinada va **precedida de preposición,** pero depende del adjetivo *(orgullosa).*

— Subordinadas sustantivas de **complemento de régimen (CR).** Dependen de verbos que necesariamente **exigen un SPrep.**

Todos confiamos en que su estancia en la India sea agradable.

confiamos: V
en: Prep (r)
que: R
que su estancia en la India sea agradable: Prop. subordinada sustantiva
en que su estancia en la India sea agradable: SPrep → CR (de confiamos)

Subordinadas sustantivas con función de CD

La proposición principal de las subordinadas sustantivas con función de CD se construye con **verbos** llamados **de entendimiento,** sentido, lengua y voluntad: *pensar, creer, suponer, ver, sentir, oír, decir, afirmar, prometer, desear...*

Hemos pensado que...

Silvia creía que...

3. El infinitivo

Las tres formas no personales del verbo (infinitivo, gerundio y participio) se caracterizan por tener **doble naturaleza,** ya que, por un lado, se comportan como verbos y, por otro, funcionan como categorías no verbales (sustantivo, adverbio o adjetivo, respectivamente).

En esta unidad nos centraremos en las características particulares del **infinitivo,** que podemos resumir en los siguientes puntos:

– **Equivale a un sustantivo** y, por lo tanto, puede sustituirse por este.

Comer es necesario para vivir. (Comer: infinitivo) ⟶ La comida es necesaria para vivir. (La comida: sustantivo)

– Puede ir **acompañado** de **determinantes, adjetivos** y **sintagmas preposicionales.**

El viajar es un placer. (El: Det; viajar: infinitivo)

Este ansiado saber... (Este: Det; ansiado: A; saber: infinitivo)

– Desempeña las **funciones** sintácticas del **sustantivo.**

A Silvia le gusta ayudar. (ayudar: S)

He pensado en colaborar. (en colaborar: CR)

Elisabet adora viajar. (viajar: CD)

Tiene la intención de lograrlo. (de lograrlo: CN)

Querer es poder. (poder: Atr)

La pregunta es difícil de responder. (de responder: CA)

Como todas las formas no personales, el infinitivo presenta una doble naturaleza:

- Como **sustantivo,** desempeña una función dentro de la oración.
- Como **forma verbal,** puede regir complementos.

Planificar rápidamente es arriesgado.
infinitivo | Av | V | A
SV | CCM | | Atr
SN (Sujeto) | Predicado
Oración

Silvia quiere trabajar en Bombay.
S | V | infinitivo | Prep | S
SV | CCL
SN (CD)
Sujeto | Predicado
Oración

Subordinadas sustantivas con infinitivo

Algunos lingüistas consideran que el infinitivo desempeña una función dentro de la oración, y además introduce una proposición subordinada sustantiva. Este tipo de subordinadas con infinitivo carece de nexo subordinante.

Comer mucho es perjudicial.
infinitivo | Av | V | A
V/Núcl. | CC | Núcl. | Atr
Prop. sub. sus.
Sujeto | Predicado

Actividades

1. Analiza sintácticamente las proposiciones de estas oraciones. Indica si son coordinadas o subordinadas y la función que desempeñan.

- No sabemos si los alumnos han preparado ya las maletas para el viaje.
- Me explicó emocionada que ella había ganado el premio.
- Estoy contenta de que hayas recapacitado.
- Unos comían macarrones; otros, tortilla.
- Confiaba en que su discurso fuera aplaudido.
- Estuvimos en la playa y nadamos en el mar.
- Descartaron la idea de que el joven hubiera robado la mercancía.

2. Completa las oraciones con una proposición subordinada sustantiva que realice la función que se indica.

- A mí me preocupa ..... (S).
- Hoy he pensado en ..... (CR).
- Pablo está contento de ..... (CA).
- Todavía hay esperanzas de ..... (CN).

3. Subraya la proposición subordinada sustantiva de las siguientes oraciones e indica su función sintáctica:

- El piloto sugirió que atrasaran el vuelo.
- Confío en que llegará a tiempo.
- Está satisfecha de que mantenga buena actitud.
- Tengo la seguridad de que estudias mucho.
- Me encanta que sonrías.

4. Lee el texto con atención.

> Silvia, que era una auténtica aventurera, me explicó que iría a Japón después de la India.
>
> Cuando me llamó, dijo que no quería volver a España. Estaba segura de que su destino era otro.
>
> Sin embargo, había muchas cosas de su anterior vida que echaba de menos, y dijo que le gustaría pasar un par de meses aquí.

— Localiza las oraciones subordinadas sustantivas y analiza su función.

— Inventa un final para el texto utilizando proposiciones subordinadas sustantivas que desempeñen, al menos, tres funciones diferentes.

5. Sustituye los pronombres neutros destacados de las siguientes oraciones por proposiciones subordinadas sustantivas:

- Eso es fantástico.
- Necesito asimilarlo cuanto antes.
- No sabía transmitirlo al público.
- Estoy escondiendo esto hasta que vuelva.

6. Señala los nexos subordinantes de las proposiciones sustantivas que encuentres en estas oraciones:

- No sé si es demasiado para mí.
- A mi primo le divierte que cuentes chistes.
- Raquel pregunta si volverás mañana.
- ¿Sabes que mañana irás de compras?

7. Sustituye los infinitivos de estas oraciones por sustantivos o sintagmas nominales. Realiza los cambios necesarios.

- Prefiero beber despacio.
- Me encanta vivir cerca del centro.
- Regresé para verte.
- Tiene ganas de bailar.

— Analiza la función de los infinitivos teniendo en cuenta su valor como sustantivo.

8. Indica qué complementos reciben los infinitivos de estas oraciones:

- Silvia quiere escribir un libro.
- Ellas prefieren viajar en avión.
- Fumar provoca enfermedades graves.
- Tener un documento de identidad es obligatorio.

9. Determina si en estas oraciones el infinitivo forma parte de una perífrasis verbal o no. En caso negativo, indica qué función desempeña.

- Necesitó que le ayudaran.
- Tuvo que añadir más sal a la comida.
- Estaba a punto de salir cuando me llamaste.
- Solo pido que me asistan cuanto antes.
- Han terminado por reconocer su error.

10. Además de las funciones que has estudiado, las subordinadas sustantivas pueden desempeñar la función de atributo.

Estas proposiciones suelen ser frases hechas o modismos que dependen de los verbos *ser* o *estar.* Fíjate en el ejemplo:

Tu amigo	está	que trina.
		Prop. sub. sustantiva
S	V	Atr

Identifica, en las siguientes oraciones, las proposiciones que realicen la función de atributo.

- Me sorprendería mucho que ganaran el concurso.
- La cosa está que arde.
- Paula está que echa humo por la cabeza.
- Me parece que estás solo esta vez.
- Les molesta que permanezcáis callados.

11. Formad grupos y aplicad la **técnica cooperativa** *del juego de las palabras.*

— Vuestro profesor o profesora escribirá en la pizarra seis conceptos clave relacionados con la subordinación sustantiva; por ejemplo:

- oración compuesta
- dependencia
- nexo
- sujeto
- complemento
- infinitivo

— Cada miembro del grupo escribirá una oración con una de estas palabras relacionada con el contenido que habéis estudiado.

— Compartid vuestras oraciones con el resto del grupo y, entre todos, corregidlas, matizadlas o ampliadlas, hasta que a todos os parezca que el mensaje que expresa es preciso y completo.

— Leed vuestras oraciones al resto de la clase y anotad en el cuaderno las de vuestros compañeros. ¿Son más completas que las vuestras? ¿Podríais mejorar las suyas?

4. Proposiciones subordinadas sustantivas interrogativas

Dentro del grupo de las proposiciones subordinadas sustantivas, debemos incluir las que vamos a estudiar a continuación: las **subordinadas interrogativas.**

Observa las oraciones que acompañan a la siguiente imagen:

Las proposiciones destacadas en las oraciones anteriores son **interrogativas.**

Elisabet Roca le preguntó: **«¿Estás cansada?».**

Elisabet Roca le preguntó **si estaba cansada.**

Aunque las dos proposiciones anteriores tienen el mismo contenido, su estructura sintáctica es diferente. La primera es **una interrogativa directa,** y la segunda, una **interrogativa indirecta.**

4.1. Interrogativas directas

Las proposiciones interrogativas directas presentan las siguientes características:

- Reproducen de forma **literal las palabras** del interlocutor al formular una pregunta.
- Van detrás de dos puntos y se **escriben entre signos de interrogación.**
- Realizan **una función sintáctica (CD)** con respecto a la proposición principal.
- Formalmente **están yuxtapuestas,** ya que carecen de nexo subordinante.

Observa, a continuación, cómo se analizan morfosintácticamente:

La viajera preguntó: «¿Hemos llegado a la ciudad?».(Nosotros)

- La (Det) viajera (N) preguntó (V): «¿Hemos llegado (V) a (Prep) la (Det) ciudad (N)?».(Nosotros)
- a la ciudad: SPrep
- Hemos llegado a la ciudad: Predicado; (Nosotros): Sujeto
- ¿Hemos llegado a la ciudad? (Nosotros): Prop. sub. sustantiva interrogativa — CD
- La viajera: Sujeto; preguntó: «¿Hemos llegado a la ciudad?»: Predicado
- Oración compuesta

Cre@ctividad

Sintaxis en línea

Analizar oraciones morfosintácticamente puede parecer complejo, pero si se practica a menudo se convierte en una actividad sencilla.

Para que puedas practicar con un dispositivo móvil (teléfono móvil, ordenador portátil...) te proponemos que accedas a la siguiente página web:

http://www.analisissintactico.com/

Con esta herramienta podrás analizar oraciones en distintos niveles de detalle y complejidad.

Estilos directo e indirecto

Las proposiciones interrogativas directas e indirectas son un claro ejemplo de las distintas formas de que dispone la lengua para reproducir el diálogo:

- El estilo directo reproduce exactamente las palabras, tal y como las formula el hablante.
- El estilo indirecto reproduce las palabras que ha dicho otra persona, efectuando las reestructuraciones oportunas de los tiempos verbales y de los pronombres.

4.2 Interrogativas indirectas

Las proposiciones interrogativas indirectas reproducen una pregunta de forma indirecta. Presentan estas características:

—A diferencia de las interrogativas directas, van introducidas por **nexo** un (R).

Silvia preguntó **si** podía trabajar como cooperante.

No supo **qué** decir cuando la abrazó.

—Sufren las modificaciones oportunas en los **tiempos verbales** y en los **pronombres** con respecto a las proposiciones interrogativas directas.

Interrogativa directa ⟶ La doctora preguntó: **«¿Te gusta ayudar?»**

Interrogativa indirecta ⟶ La doctora preguntó **si me gustaba ayudar.**

—Realizan la **función** de **CD** o de **sujeto** respecto a la proposición principal.

Los cooperantes preguntaban **si había terminado la jornada.**
Prop. sub. sust. interrogativa
CD

Le preocupa **qué pasó en Bombay.**
Prop. sub. sust. interrogativa
Sujeto

—Se clasifican en interrogativas indirectas **totales** y **parciales**.

- Las **interrogativas indirectas totales** siempre van introducidas por la **conjunción** *si*, que sustituye a los dos puntos de las interrogativas directas.

Elisabet preguntó si el viaje había sido duro.
N V Conj Det N V A
R SN/S SV/P
Prop. sub. sust. interrogativa / CD
Sujeto Predicado
Oración compuesta

- Las interrogativas **indirectas parciales** van introducidas por un **pronombre** o un **adverbio interrogativo tónico**, por lo que llevan acento gráfico: *qué, quién, cómo, cuántos...* Tienen una **doble función:** una de nexo subordinante, y otra dentro de la proposición interrogativa.

Le preocupa qué pensarán sus padres.
Pron V Pron V Det N
R/CD
SV/Predicado SN/Sujeto
Prop. sub. sust. interrogativa
SV/Predicado SN/Sujeto
Oración compuesta

La chica pregunta dónde está el aeropuerto.
Det N V Av V Det N
R/CC
SV/Predicado SN/Sujeto
Prop. sub. sust. interrogativa
CD
SN/Sujeto SV/Predicado
Oración compuesta

12. Transforma las siguientes proposiciones interrogativas indirectas en directas:

- Silvia preguntó cuánto costaba el trayecto desde el aeropuerto de Bombay hasta el hospital.
- Elisabet preguntó si se sentía ilusionada.
- Siempre pienso cómo es posible que existan tantas desigualdades en el mundo.
- Su amiga Marta preguntó si el viaje en avión había sido agradable.
- La primera pregunta del formulario era qué objetivos tenía el viaje.
- A veces pienso qué estará haciendo.
- Me preguntó si quería colaborar con una ONG.

— Ahora, observa con atención las proposiciones interrogativas directas que has escrito y responde:

- ¿Qué cambios has aplicado para transformarlas? Explícalos.
- Señala la proposición principal e indica qué función sintáctica desempeña la proposición interrogativa con respecto a esta. ¿Cómo puedes averiguarlo?
- ¿Tienen nexo subordinante? ¿Formalmente, cómo son estas oraciones?

13. Copia las siguientes oraciones y subraya las proposiciones subordinadas interrogativas:

- Me pregunto quién fue a su fiesta de cumpleaños.
- El alpinista dijo dónde se encontraba el mapa.
- Dime cuántas tazas de café te has bebido.
- La niña preguntó si podía salir al recreo.
- Mi abuelo preguntó si estaba enfermo.

— Rodea con un círculo los nexos.

— ¿Qué función sintáctica desempeñan las subordinadas con respecto a la proposición principal?

— Indica si son indirectas totales o parciales. ¿En qué se diferencian?

14. Transforma este texto al estilo directo:

> Matías no sabía cuándo saldrían a pasear. Cogió su abrigo con impaciencia, por lo que su madre le preguntó si estaba nervioso. Cuando estaba a punto de poner un pie en la calle, se preguntó si se había dejado las llaves en el recibidor. Dio media vuelta, y fue entonces cuando le respondió a su madre que sí lo estaba, y mucho.
>
> Poco después, quiso saber si la familia iría a verle al recital de música. Su madre contestó que estarían todos presentes y que no se preocupara.

15. Analiza morfosintácticamente estas oraciones:

- Me preguntó si sabía la respuesta.
- Cuéntame qué pasó aquella noche.
- Dime dónde tienes la chaqueta verde.
- La tenista preguntó: «¿Sabes dónde ha botado la pelota?».
- Pablo dirá cuántas entradas de la fiesta vendieron.

16. Cuando reproducimos las palabras que ha dicho otra persona, debemos modificar los tiempos verbales y los pronombres de su discurso.

— Busca información en la siguiente página web (**http://links.edebe.com/kgwa8x**) y completa una tabla como esta sobre los tiempos verbales en el estilo indirecto:

Verbo en estilo directo	V. en estilo indirecto	Ejemplo
Presente		
Imperativo		
Pret. perfecto		
Pret. indefinido		
Pret. pluscuamperfecto		
Futuro imperfecto		
Futuro perfecto		

17. Accede al siguiente enlace y escucha las respuestas de Jennifer Lawrence a las tres primeras preguntas de la entrevista:

http://links.edebe.com/u8nm

— Imagina que eres periodista y debes escribir un artículo explicando algunas respuestas de la actriz. Para hacerlo, deberás pasar a estilo indirecto las respuestas, teniendo en cuenta las reestructuraciones de los tiempos verbales y los pronombres, además del cambio de punto de vista.

Puedes empezar así: *Hablamos con Jennifer Lawrence y le preguntamos... Ella dijo que...*

— Añade una introducción a tu texto. En ella, debes emplear como mínimo tres proposiciones subordinadas sustantivas y tres proposiciones adjetivas sustantivadas.

Análisis sintáctico

A continuación, te mostramos el análisis morfosintáctico de varias oraciones y te proponemos que analices otras siguiendo el modelo.

Análisis de subordinada sustantiva de sujeto

A Silvia le preocupaba que Elisabet no llegara a tiempo al aeropuerto.

Prep N Pron V Conj N Av V Prep N Prep+Det N

Mod Núcleo CCT CCL

r Núcleo R SN/S SV/P

S Prep/CI CI Núcleo Prop. sub. sustantiva

SV/P SN/S

Oración compuesta por subordinación sustantiva

Análisis de subordinada sustantiva de CD

La cooperante confirmó que había llegado a Bombay. (Ella)

Det N V Conj V Prep N

r Núcleo

Núcleo Sprep/CCL Núcleo

R SV/P SN/S

Prop. sub. sustantiva

D Núcleo Núcleo SN/CD

SN/S SV/P

Oración compuesta por subordinación sustantiva

Análisis de subordinada sustantiva de CN

Silvia tenía el presentimiento de que algo no iba bien.

N V Det N Prep Conj Pron Av V Av

Núcleo Mod Núcleo CC

R SN/S SV/P

r Prop. sub. sustantiva

D Núcleo SPrep/CN

Núcleo Núcleo SN/CD

SN/S SV/P

Oración compuesta por subordinación sustantiva

Análisis de subordinada sustantiva de CA

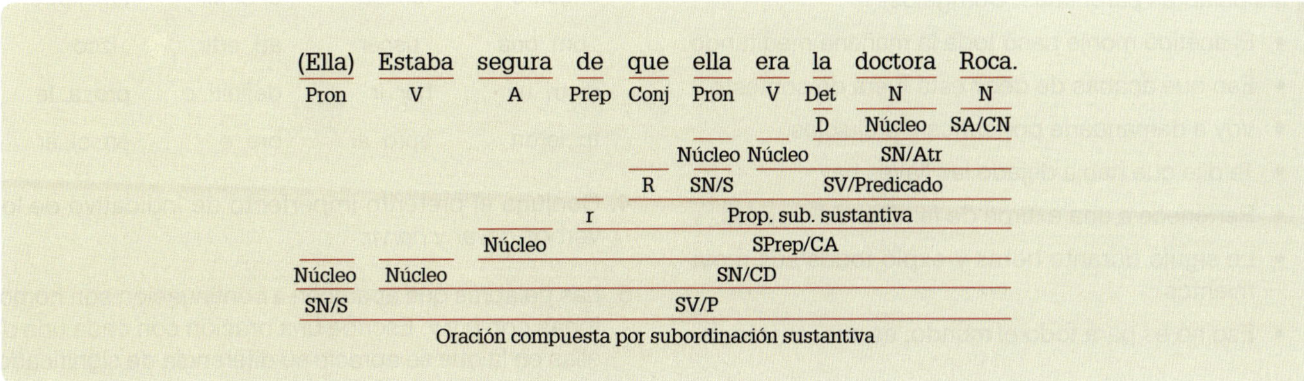

Análisis de subordinada sustantiva de CR

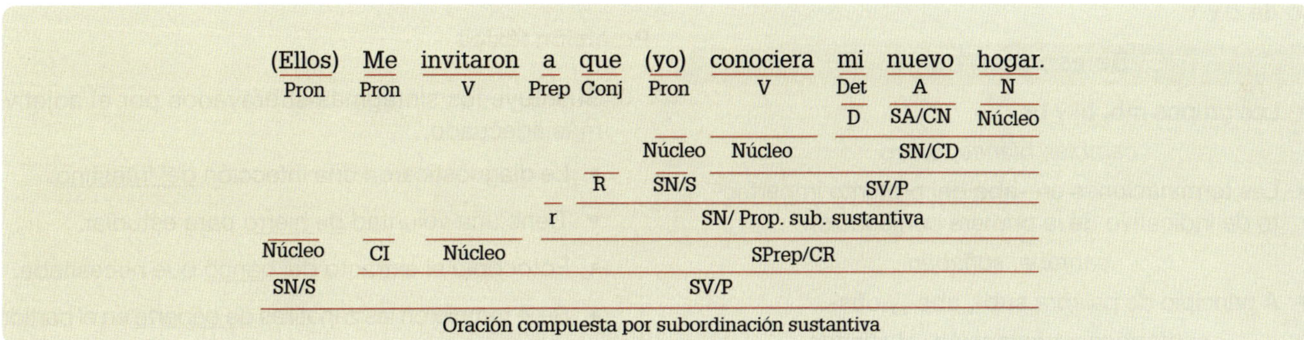

33. Realiza el análisis morfosintáctico de estas oraciones.

- Tengo ganas de que llegue a la ciudad.
- Me gusta que vengas a verme.
- Me preguntó si me gustaba el té con leche.
- Estaba convencido de que aprobarías el examen.
- Hablaron de que Sandra estaba resfriada.
- Insistió en conducir el camión.
- No me gusta ver la televisión por la noche.
- El médico dijo que Julián no estaba enfermo.
- Vive esperanzado de encontrar la felicidad.
- Le pregunté al librero si tenían mi libro favorito.
- Sergio siempre confió en que llegaría a tiempo.
- Sentía terror de que lo vieran.
- Marta estaba segura de que lo conseguiría.
- Antonio tiene la certeza de que Clara vendrá.
- Me encanta que vayas con él a casa de tu primo.
- La pintora estudió el lienzo que tenía cerca.
- Tengo el propósito de acompañar a mi hermana al campo de fútbol.
- Estoy cansada de que siempre llegues tarde.
- Temo que llueva esta tarde.
- Quien vino esta mañana era mi padre.
- Me acordé de que tenía una cita.
- Me pregunto cuánto dinero contiene la cartera.
- No sé si estarán disponibles los resultados de los exámenes.

Paronimia

1. En estas oraciones aparecen errores relacionados con las palabras parónimas. Corrígelos.
   - El acético monje pasó toda la mañana meditando.
   - Eso que acabas de decir está fuera de contesto.
   - Voy a demandarle por daños y prejuicios.
   - Te dije que había dejado las llaves hay.
   - Pertenece a una extirpe de familias adineradas.
   - Le siguió durante horas y expió todos sus movimientos.
   - Eso no es para todo el mundo, es muy exotérico.

2. Escribe dos oraciones, cada una con una de estas parejas de palabras parónimas: especie/especia, adaptar/adoptar.

Uso de *b* y *v*

Se escriben con *b*

- Los grupos **mb, bl** y **br.**
  cambiar, blanco, brazo
- Las terminaciones en **-aba** del pretérito imperfecto de indicativo de la primera conjugación.
  cantaba, soñaban
- A principio de palabra **sub-, abs-** y **obs-.**
  subterráneo, abstención, obstinado
- Las sílabas **bu-, bur-, bus-** y los prefijos **bio-, biblio-** y **bis-.**
  bucal, burla, búsqueda, biología, biblioteca, bisagra
- Las terminaciones **-bilidad** y **-bundo.**
  habilidad, vagabundo

Se escriben con *v*

- Las terminaciones de las formas del pretérito perfecto simple de los verbos **andar, estar** y **tener.**
  anduve, estuvimos, tuvo
- Las terminaciones adjetivales **-ave, -avo/a, -evo/a, -ivo/a.**
  suave, bravo, longeva, leve, altivo
- Después de las consonantes **n** y **d.**
  anverso, adversidad
- Los prefijos **vice-, vi-, viz-, video-.**
  vicepresidente, vital, vizcondesa, videojuego
- Los sufijos **-voro, -vora.**
  herbívoro, omnívora

3. Completa las siguientes palabras con *b* o *v*.

nausea...undo	en...idia	descam...iar	...rusco
o...scuro	ram...la	o...struir	am...iente
...om...ona	...uscar	ad...ertir	...izco
distri...uir	her...ir	definiti...o	pro...a...le
tu...ieron	apro...ar	bre...e	en...ol...er

4. Conjuga el pretérito imperfecto de indicativo de los verbos *cavar* y *hervir.*

5. Las palabras que aparecen a continuación son homófonas con *b* y *v*. Escribe una oración con cada una de ellas en la que se aprecie su diferencia de significado.
   - bienes/vienes
   - rebelarse/revelarse
   - tuvo/tubo
   - bascular/vascular
   - gravar/grabar
   - vasto/basto

Precisión léxica

6. Sustituye los sintagmas subrayados por el adjetivo más adecuado.
   - Le diagnosticaron una infección <u>del intestino</u>.
   - Tiene una voluntad <u>de hierro</u> para estudiar.
   - Fotocopió el extracto <u>del banco</u> que necesitaba.
   - Se le rompieron las zapatillas <u>de deporte</u> en el partido.
   - ¿Me sirve un café con leche <u>sin nata</u> y <u>sin cafeína</u>?
   - El presentador de ese programa es <u>de Murcia</u>.
   - La opinión <u>de la mayoría</u> es que sigamos adelante.

7. Completa cada oración con el término adecuado. Cambia el tiempo verbal en el caso de que sea necesario.

   abrir/haber
   - Mientras ..... la puerta llamaron al timbre.
   - ..... que ver si serías capaz de hacer lo que prometes.

   absolver/absorber
   - El líquido ..... la mancha sin dificultad.
   - ..... al delincuente tras el juicio.

   prever/proveer
   - Antes del viaje, debemos ..... de lo necesario.
   - El Gobierno ..... nuevas caídas en la bolsa.

   combinar/convenir
   - Nos puede ..... comprarlo ahora.
   - Estoy estudiando cómo ..... las telas para tapizar

La subordinación sustantiva

1. Lee el siguiente texto y contesta, en una hoja aparte, a las cuestiones que se plantean a continuación:

> Hacia finales del siglo XIX conocí en París a uno de tantos españoles que pululan por allí. Era un riojano, a quien llamábamos Luis el de Nájera, porque hablaba con frecuencia de este pueblo, que debía de ser el suyo. Luis no sabía el francés necesario para hacerse servir en el restaurante, y se mostraba al mismo tiempo reclamador y exigente, como si quisiera que le atendieran los que no le entendían.
>
> Él creía que eso de hablar francés era como una mala broma que algunos se empeñaban en sostener por capricho, cuando habría sido mucho más fácil que se hubieran puesto a hablar en castellano.
>
> Al parecer, aquel hombre era de casa rica, gastador y muy decidido. Él contaba una anécdota que demostraba su decisión. Había estado en Londres en una casa de huéspedes española poco tiempo. Un día, en un restaurante, había encontrado a una muchacha muy bonita que le sonreía. Él no sabía una palabra de inglés ni ella de español; pero él quería manifestar su admiración a la damisela.
>
> Luis, muy expedito, llamó por teléfono a la casa de huéspedes donde vivía y después hizo que la muchacha inglesa tomara el auricular del aparato, y los piropos del riojano fueron por teléfono pasando por la casa de huéspedes a la chica que estaba a su lado y que reía a carcajadas, sin duda asombrada del procedimiento y de la imaginación de los españoles.
>
> Pío Baroja, «La caja de música» en *Vidas sombrías*, Caro Raggio.

2. Las siguientes oraciones del texto contienen proposiciones subordinadas sustantivas:

- Él creía que eso de hablar francés era como una mala broma.
- Habría sido mucho más fácil que se hubieran puesto a hablar en castellano.
- Hizo que la muchacha inglesa tomara el auricular del aparato.

—Subráyalas y, a continuación, sustitúyelas por un sustantivo para determinar su función sintáctica. Después, analiza morfosintácticamente la última oración.

3. Ahora analiza morfosintácticamente estas oraciones:

- Luis quería enamorar a la bella muchacha.
- Preguntó: «¿Por qué me llamáis así?».
- La joven preguntó si era francés o español.

4. @ Elabora un mapa mental con la siguiente aplicación web sobre la oración subordinada sustantiva. Incluye ejemplos inventados, relacionados con el texto inicial:

https://www.mindomo.com/es/

La polisemia, la homonimia y la paronimia

5. Lee con atención las palabras subrayadas del texto y justifica, mediante un ejemplo, si se trata de palabras polisémicas, homónimas o parónimas.

6. Los **diagramas de Venn** son una forma de representar gráficamente las características comunes y particulares de distintos elementos. Por parejas, elaborad un diagrama de Venn en el que representéis las características de la polisemia, la homonimia y la paronimia. Utilizad el siguiente esquema como guía.

—En las zonas aisladas, deberéis escribir las características que son únicas de cada elemento; en las intersecciones de los círculos, anotad las propiedades comunes entre dos elementos. Finalmente, en la intersección de los tres círculos, deberéis anotar las características que comparten los tres tipos de relaciones semánticas.

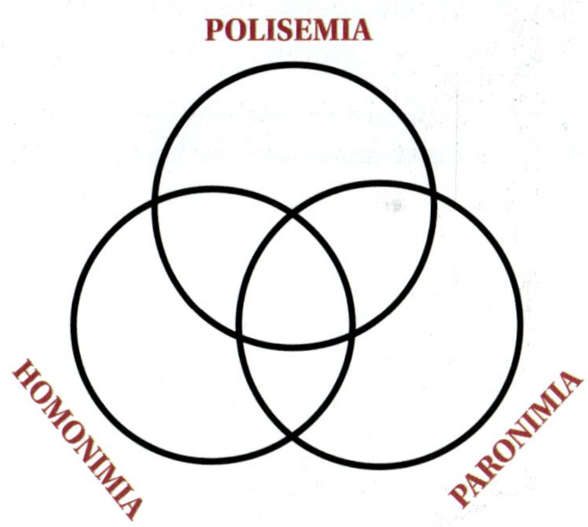

La reclamación y el recurso

7. Imagina que el protagonista de la historia no está satisfecho con el servicio de la casa de huéspedes en la que se aloja. ¿Qué tipo de texto debería presentar? ¿Por qué?

—Redacta el texto que debería presentar e inventa los datos que desconozcas.

Uso de b y v

8. Las siguientes palabras se escriben con *b* o con *v*. Explica la norma que siguen en cada caso o si se trata de excepciones: *bronce, hervir, furtivo, bisturí, estuve, vicerrector, subjuntivo, cavar, adverso, amable, vuelo, bibliografía, absorto, conversaba, movilidad, ablandar.*

Pon a prueba tus competencias

Observa con atención la siguiente infografía y realiza las actividades que se plantean a continuación:

www.vocesdelosninos.es

1. Lee los textos y responde:

- ¿De qué conflicto bélico son los datos que se ofrecen? ¿A qué aspecto del conflicto hacen referencia?
- ¿Qué es lo que más destaca en la imagen? ¿Por qué crees que esto es así?
- Explica por qué se utilizan diversos tamaños y colores de letra.
- ¿Por qué razón crees que se ha optado por representar un mapa en la infografía?

2. Anota en tu cuaderno los datos e informaciones que más han llamado tu atención. Argumenta tus respuestas.

3. ¿Qué organismos han elaborado esta infografía? ¿Qué objetivos crees que persiguen?

- ¿Qué posibles respuestas puede generar esta campaña? ¿Qué te sugiere a ti personalmente?

4. ¿A qué tipo de público crees que va dirigido este documento?

5. A partir de lo que ves, define el concepto de «infografía». Comparte tu definición con tus compañeros.

6. Distribuid la clase en grupos de tres personas y aplicad la **técnica cooperativa** del *rompecabezas* para elaborar una infografía sobre algunos graves problemas del mundo que afectan a los niños.

- Consultad la siguiente página web: **http://links.edebe.com/fvid4j.** Cada grupo debe elegir un conflicto o una emergencia de las que cuentan los niños.
- Un componente de cada grupo se especializará en un campo distinto: *causas del problema, dificultades que genera* y *consecuencias sobre la vida de los niños.* Ampliad la información que ofrece la página consultando periódicos digitales hasta convertiros en «expertos» en el tema que os ha correspondido.
- Después, los expertos del mismo tema de los diferentes grupos se reunirán y compartirán lo que han estudiado.
- Finalmente, se reunirán de nuevo los grupos originales y expondréis las informaciones que, como expertos, habéis obtenido. Entre todos, elaboraréis una lista con posibles medidas de prevención para evitar que los niños sufran este tipo de situaciones.

PBL

Vuestro centro quiere organizar una campaña de ayuda a un campo de refugiados, y cada clase debe presentar una propuesta. Para ello, en primer lugar, deberéis buscar información sobre los campos de refugiados y elegir uno. Una vez que sepáis a dónde mandaréis la ayuda, deberéis organizar la campaña, atendiendo a las siguientes cuestiones:

— **Información.** Averiguad cuántas personas viven en el campo, de dónde provienen, cuál es su situación y cuáles son sus necesidades.

— **Ayuda.** Según la información que habéis recopilado, determinad qué tipo de ayuda precisan los refugiados: ropa, alimentos, medicinas, dinero, juguetes...

— **Logística.** Planead la campaña de recogida. Pensad dónde será, qué actividades se organizarán, cómo se promocionará el evento y, finalmente, de qué modo enviaréis la ayuda al campo que habéis elegido.

Consultad las siguientes páginas web para recopilar toda la información que necesitáis:

http://links.edebe.com/rfsxi

http://acnur.es/

http://links.edebe.com/fq

Elaborad un informe con todos los procesos detallados y enviadlo a la junta de profesores de vuestro centro, para que valoren vuestra propuesta.

7. Analiza estas oraciones morfosintácticamente:

- Los refugiados se preguntan cuándo podrán volver a sus casas.
- Desconocemos cuál es el número exacto de personas desplazadas.
- Todos deberíamos colaborar con alguna ONG.
- Confiamos en que las cosas se arreglen.
- Queremos que todos tengan las mismas oportunidades.

SÍNTESIS

Completa en tu cuaderno el siguiente esquema del contenido que has trabajado en la unidad 4.

Léxico

- Las **palabras** ..... tienen varios ..... que, generalmente, presentan ..... entre las realidades que designan.
- Las **palabras** ..... se escriben o se pronuncian ....., pero tienen un origen y significado ..... Pueden ser ..... si se escriben y se pronuncian igual; u ....., si se pronuncian igual pero se escriben distinto.
- Las **palabras** ..... tienen distintos ..... y ....., pero que se asemejan en su pronunciación y en su escritura, por lo cual pueden confundirse.

Gramática

- **Proposiciones subordinadas sustantivas**:
  — Equivalen a un ..... y desempeñan funciones sintácticas propias de este.
  — Se introducen mediante los .... *que* y *si*, o por pronombres o adverbios .... *(qué, cómo...)*.
  — Según su función, pueden ser: de ....., de ....., de ....., de ..... o de .....
- **Proposiciones subordinadas sustantivas** .....:
  — Pueden ser ..... o ..... (totales o parciales).

Los textos

- **La** ..... es un texto formal en el que el ..... realiza una queja al considerar que no se han respetado sus derechos como ..... En él deben constar los datos del ..... y del ....., las ..... de la reclamación y la ..... del cliente.
- **El** ..... es un texto ..... en el que se solicita la ..... de una resolución tomada por la ..... Se estructura en ....., donde constan los datos del ....., cuerpo, que se compone de la formulación del recurso, las ..... y la solicitud, y el ....., con el lugar, la fecha, la firma y el .....

Diario de aprendizaje

Reflexiona

— ¿Qué técnicas de estudio has utilizado para asimilar los contenidos de esta unidad? Explícalas.

— ¿Qué te resulta más sencillo de los conceptos trabajados en la gramática de esta unidad? ¿Crees que necesitas mejorar en algún aspecto?

— ¿Cómo crees que puede ayudarte en un futuro conocer las características de la reclamación y del recurso?

5 Unidad

» **CONTENIDOS**

LECTURA

Los animales aman sin dobleces

LOS TEXTOS

Géneros periodísticos de opinión

LÉXICO

La hiponimia y la hiperonimia

GRAMÁTICA

La subordinación adjetiva

1. Proposiciones subordinadas adjetivas
2. Proposiciones subordinadas adjetivas sustantivadas
3. El participio

ORTOGRAFÍA

Uso del guion

Precisión léxica

Rutina de pensamiento

PALABRA - IDEA - FRASE

— Lee atentamente el texto de la lectura y selecciona:

- Una palabra que llame tu atención.
- Una frase que te haya ayudado a entender mejor el texto.
- Una idea que te haya resultado especialmente significativa.

— A continuación, por grupos, compartid la palabra, la frase y la idea, y explicad por qué las habéis elegido.

— A partir de las respuestas, tened en cuenta estos aspectos:

- ¿Qué temas comunes han surgido?
- ¿Qué interpretaciones podéis hacer del texto?

— Finalmente, comenta si las explicaciones de tus compañeros te han ayudado a entender mejor el texto.

Ima Sanchís

Esta periodista española empezó a ejercer su profesión a los 17 años. Desde entonces ha viajado por todo el mundo y ha colaborado con diversas publicaciones y programas de radio. En 1998, junto con los periodistas Víctor Amela y Lluís Amiguet, creó el suplemento «La Contra», que acompaña al periódico *La Vanguardia.*

La entrevista

En esta entrevista al profesor de Biología Marc Bekoff, experto en el comportamiento de los animales, se nos habla de las facetas menos conocidas de los animales y de aspectos emocionales relacionados con la moral, la compasión y la capacidad para amar, que comúnmente relacionamos solo con los seres humanos.

Los animales aman sin dobleces[1]

Tengo 60 años. Nací en Nueva York y vivo en las Montañas Rocosas.
Soy profesor e investigador en la Universidad de Colorado.
Escribo artículos y libros, y viajo demasiado.
Mi especialidad son los cánidos, investigo sus sentimientos.
Estoy casado y cuido a los perros de todos mis vecinos.

¿Se ha especializado en las emociones y sentimientos de los animales?

Llevo cuarenta años estudiando el comportamiento social de los animales, pero cuanto más sé, más me interesan sus sentimientos. Una de mis especialidades es el comportamiento de juego. De hecho, estoy escribiendo un libro sobre la moralidad en los animales.

¿Los animales saben diferenciar entre el bien y el mal?

Tienen un sentimiento moral y en ciertas situaciones saben lo que deberían hacer y lo que no, especialmente en el juego. ¿Sabe? Me sorprende que la gente se sorprenda de este hecho. Los animales fabrican herramientas, viven en sociedad, tienen normas, amigos preferidos, *empatía*[2]... Es una simpleza decir que todo eso se debe al instinto.

¿Hasta dónde llega esa moral animal?

Cuando juegan, sean perros, gatos, osos, lobos o rapaces, se comunican que van a jugar y, en ese juego, pueden simular que se atacan, que se matan, que se reproducen, pero lo hacen como juego. Nunca traicionan el juego, es decir, no atacan a un congénere cuando han pactado que están jugando.

¿Cómo se dicen los perros «quiero jugar»?

Apoyan las patas delanteras en el suelo, mantienen erguidas las traseras y mueven el rabo; esto significa: «¿Quieres jugar conmigo?». Este comportamiento lo hemos visto en perros, en coyotes, en lobos y en hienas; lo llamamos *justicia salvaje,* y demuestra que estos animales confían el uno en el otro.

Si se hacen daño, ¿se disculpan?

Sí, grabamos grupos de animales durante largos períodos y también hemos observado comportamientos de compasión, perdón, capacidad de disculparse, empatía... Comportamientos muy semejantes a los de los humanos.

¿Existe la traición entre ellos?

Existe, pero en proporciones mucho menores que entre los humanos. En las especies que viven en grupos es rara la traición, porque si un miembro del grupo ve a otro traicionando ya no quiere relacionarse con él, y para ellos es básica la vida social.

¿Es cierto que los perros ríen?

Se han hecho estudios neurológicos en los que se observa que a los perros se les activa la misma zona cerebral que a los humanos cuando ríen. Lo expresan con un jadeo y su risa es tan contagiosa como la nuestra: cuando un perro jadea, los de alrededor también lo hacen.

¿Se enamoran?

Absolutamente, sí. Tengo un grupo de zorros en observación, y precisamente ayer mostré una película en la que se ve todo el proceso de enamoramiento, cómo un pareja duerme entrelazada, viajan juntos, comen juntos y se tratan con mucho mimo. Es muy arrogante por parte de los humanos pensar que solo ellos pueden sentir amor.

¿Es otro tipo de amor?

Los cánidos expresan mucho mejor sus emociones profundas. En general expresan mejor la tristeza y la felicidad porque son más abiertos, no tienen prejuicios y no se reprimen. Son libres de expresar sus sentimientos. Entre ellos se sostienen la mirada, buscan en los ojos del otro.

¿Tienen intuición?

Sí, perciben si el otro está abierto o cerrado porque es muy importante para la convivencia en grupo.

¿Intuyen las intenciones humanas?

En especial perros y gatos, animales que llevan mucho tiempo conviviendo con nosotros, prevén e intuyen nuestras emociones.

¿Qué siente el perro por su amo?

Los perros han evolucionado de los lobos y ven a su guardián como parte de su manada, y creen que tienen que colaborar y hacer las cosas en común como harían los lobos.

¿También tienen depresiones?

Sí, ellos lo dan todo y tienen expectativas. Si los abandonas, se les hunde el mundo, has roto los códigos, se sienten confusos y deprimidos. Ese comportamiento se ha estudiado en perros, en gatos y en chimpancés. Todos ellos pueden llegar a morir de pena.

¿Qué ha aprendido de los animales?

Que tienen una vida sentimental muy profunda. Son mucho más de lo que se piensa, y no deberían estar encerrados en los zoos ni se debería hacer experimentos con ellos. Cuanto más te metes en sus mentes, más compasión sientes hacia ellos y hacia los otros humanos, porque ves los sentimientos en estado puro; los animales no tienen dobleces.

¿Qué episodio vivido con animales le ha conmocionado?

Cuando mi perro *Jethro* era joven, un día vi con asombro cómo sacaba de la boca una bola de pelo y la depositaba en mi mano: era una cría de conejo cuya madre probablemente había sido cazada por un coyote. Se sentó y me miró con una ternura infinita. Yo cogí a la cría y la puse en una caja; *Jethro* se sentó junta a ella y no se movió de ahí en dos semanas: se había propuesto cuidar del conejo.

Un perro muy compasivo.

Podría contarle mil historias similares a esa. Hay muchos libros con títulos que son variaciones de la vida secreta de los animales, pero los animales son muy públicos, basta mirarlos para entender sus motivos y sus sentimientos. Si usted le da cariño a una vaca, la vaca le corresponderá, y si se lo da a un periquito, también le corresponderá.

Dicen que no tienen conciencia de la muerte.

Está demostrado que los animales echan de menos al que se va o muere. Se ha estudiado en perros, en elefantes e incluso en ratas. Cuando huelen que un miembro de su grupo familiar ha muerto, muestran comportamientos de duelo, pero eso no significa que entiendan la muerte como lo hacemos nosotros.

Vocabulario

[1]**dobleces:** astucias o malicias en la manera de obrar, dando a entender lo contrario de lo que se siente. / [2]**empatía:** capacidad de identificarse con alguien y compartir sus sentimientos.

Ortografía

dónde / cómo / qué: localiza estas palabras en las preguntas de la periodista y justifica por qué llevan tilde. Comenta en qué casos no debe llevarla.

Para leer

Si te gustan las historias en las que los animales cobran protagonismo te recomendamos estos dos libros:

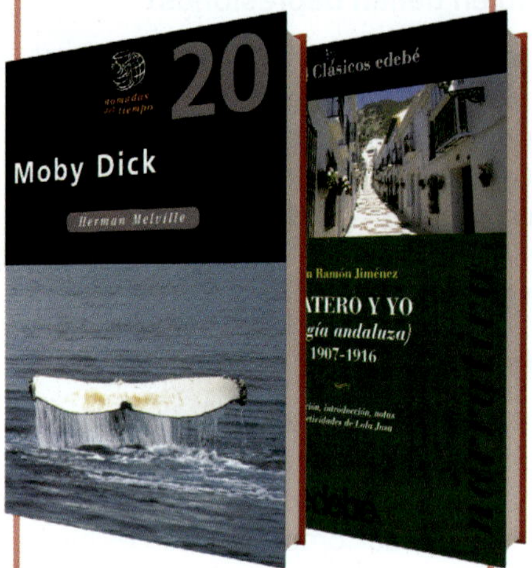

Moby Dick nos muestra el mundo marino desde la perspectiva de un despiadado marinero que tiene como único objetivo cazar a la ballena más grande del océano. *Platero y yo* es un clásico español que relata, de la manera más dulce, la vida y muerte de *Platero,* un burro muy entrañable.

- Herman Melville, *Moby Dick*. Col. Nómadas del Tiempo. edebé.
- Juan Ramón Jiménez, *Platero y yo*. Col. Clásicos. edebé.

Obtención de información

Lee la entrevista a Marc Bekoff y resuelve estas actividades:

1. Repasa la entrevista y explica cuáles de las siguientes afirmaciones son verdaderas y cuáles, falsas. Luego corrige estas últimas.
   — Los animales distinguen entre el bien y el mal. Son muy inteligentes, aunque la gente no lo crea.
   — En las especies que viven en manada, es frecuente la traición porque no entienden cómo funciona la vida en sociedad.
   — Los zorros y los perros aman, y se enamoran como los humanos, aunque no lo expresen.
   — Los sentimientos de los animales son muy imprevisibles: pueden ofrecerte cariño y luego mostrarse agresivos.
2. Algunas frases de la entrevista podrían servir como título del artículo. Selecciona la que creas que es más conveniente y explica por qué la has elegido.
3. Resume en una lista los distintos sentimientos y comportamientos animales que se mencionan en la entrevista (amor, empatía, vida social...) y haz una breve descripción de cada uno de ellos.

Interpretación

4. ¿Por qué crees que en el título de la entrevista se dice que los animales aman sin dobleces? Busca en el texto el fragmento que lo explica.
5. Señala cuál es la estructura del texto y busca en él tres características del género periodístico.
6. Explica con tus palabras la siguiente oración sobre la traición: «Existe, pero en proporciones mucho menores que entre los humanos».

Reflexión

7. De acuerdo con la lista que has realizado en la actividad 3, compara las actitudes que adoptan los animales con las de las personas. ¿Nos parecemos a ellos? ¿Por qué?
8. ¿Qué significan para ti estas expresiones que aparecen en la entrevista?: «No tienen prejuicios y no se reprimen» / «Buscan en los ojos del otro».
   — A partir de tu respuesta, piensa en las semejanzas y las diferencias entre la moral animal y la humana.

Expresión

9. Ahora que conoces un poco más cómo funcionan los sentimientos de algunos animales, vamos a intentar conocer cómo funcionan los nuestros. Dividid la clase en parejas y preparad una entrevista que tenga por título «¿Las personas saben hablar sin dobleces?».

   Cada pareja se distribuirá los roles de periodista y entrevistado. El primero deberá plantear tres preguntas relacionadas con el tema. Debe procurar que sean originales e interesantes, y, sobre todo, evita las cuestiones obvias. Por su parte, el entrevistado deberá responder de la manera más clara posible, razonando sus argumentos. Finalmente, entre los dos, transcribirán la entrevista pasando del estilo directo al indirecto.

Ágora

El profesor Bekoff nos habla de la **moral** de los animales, de su capacidad de sentir compasión y de amar.

– ¿En qué consiste la moral? Para responder, puedes consultar esta página web: **http://links.edebe.com/y3s**

Escucha

Observa y escucha atentamente la *masterclass* de Benjamín Prado en el programa *Torres* y *Reyes*:

http://links.edebe.com/tjfnr

1. Determina en cada caso si se está hablando de **aforismos** o de **tuits.**
   - Son una especie de filosofía en miniatura, algo así como una «opinión de bolsillo».
   - Tienen algo de telegrama, algo de pequeña crónica personal. A veces, parecen un secreto divulgado a los cuatro vientos.
   - En ellos, uno encuentra grandes verdades, buenas noticias, etcétera.
   - Están hechos con pocas palabras, pero han ocupado mucho espacio, el de la filosofía, el de la poesía y hasta el de la noticia.
   - En ellos podemos encontrar todo tipo de personas, desde las que insultan, hasta las que son capaces de escribir el mejor titular del día.

2. ¿Qué piensa Benjamín Prado sobre el hecho de que mucha gente se pasa la mayor parte del tiempo frente a una pantalla y está constantemente conectada a la Red?

3. ¿Por qué le gusta ver que la gente comparte aforismos de su libro en las redes sociales?

4. ¿Cuál es, para ti, el significado de la siguiente oración?

«El paso de hablar a escribir se parece mucho al paso que hay entre decir uno lo que piensa y pensar uno lo que dice».

5. Explica con tus palabras los siguientes aforismos que se citan en el vídeo:
   - «Todo lo que no es poesía es cajero automático».
   - «Una amenaza ya es medio golpe».
   - «Si la vida es hermosa, es muy corta; pero si no lo es, dura el doble».

Habla

6. Como habéis visto en el vídeo, Benjamín Prado publica en su blog numerosos aforismos escritos por él mismo.

   Os proponemos que dividáis la clase en grupos de cinco o seis alumnos con el objetivo de organizar **tertulias** para hablar acerca del significado de dichos aforismos.

   — Una vez organizados los grupos, entrad en el blog **(http://pradobenjamin. blogspot.com.es/)** y escoged algunos aforismos que os gusten o que os llamen la atención.

   — Durante la tertulia, debéis proponer los distintos aforismos escogidos de uno en uno. El objetivo es que lleguéis a una conclusión de lo que creéis que significa cada uno de ellos.

   — Al final de la clase, cada grupo puede explicar a los compañeros del resto de los grupos aquellos que les hayan parecido más interesantes.

La tertulia

Una **tertulia** es una reunión de personas en la que se debate sobre alguna materia pactada con anterioridad por los contertulios o tertulianos, es decir, por los participantes en la tertulia.

Las tertulias fueron muy frecuentes en el siglo XIX; solían organizarse por las noches, en cafés, y se centraban en temas filosóficos o literarios, entre otros.

Para dar tu opinión en una tertulia, ten en cuenta estas cuestiones:

- Estar atento al tema del que se está hablando y a las aportaciones de los demás con el objetivo de no repetir lo que ya se ha dicho.
- Expresar tu opinión con libertad y respetar las opiniones de los demás.
- Exponer tus argumentos con claridad y seguridad.

Géneros periodísticos de opinión

Los textos de opinión de periódicos y las revistas **informan, reflexionan** y **crean opinión** sobre lo que ocurre a nuestro alrededor, ya que reflejan la situación social del momento. Se trata, por tanto, de **textos subjetivos** con una **estructura argumentativa.** Los más importantes son el *artículo de opinión,* la *columna personal,* el *editorial* y las *cartas al director.*

El artículo de opinión y la columna personal

Son textos periodísticos en los que el autor expresa su **opinión personal** sobre un hecho o un tema de actualidad.

Lee este **artículo de opinión** y fíjate en su **estructura:**

En defensa de los adolescentes

Introducción

Los psicólogos conocen muy bien el fenómeno de las *self-fulfilling prophecies,* las profecías que se cumplen por el hecho de enunciarlas. Si digo a alguien con la suficiente constancia que es un inútil, posiblemente acabará siéndolo. En educación hablamos del efecto Pigmalión: las expectativas que tenemos sobre los alumnos influyen decisivamente en los resultados de esos alumnos. Durante decenios se ha hablado de la crisis de la adolescencia, de la inevitabilidad de las conductas irresponsables, de la falta de madurez de los adolescentes y estos se han convencido de que eso es lo que esperamos de ellos. [...]

Desarrollo

Sin embargo, según el informe *La juventud en España,* los adolescentes están mayoritariamente satisfechos con su vida. El nivel de satisfacción (una media de 7,6 en una escala de 1 a 10) se sitúa por encima de la media europea (7,3). Otras encuestas indican que la familia es el valor más importante para chicos y chicas y que, por regla general, la convivencia es buena. La concesión del Premio Nobel de la Paz a una adolescente (Malala, la niña que estuvo a punto de morir por querer ir a la escuela) indica hasta qué punto estamos infravalorando la responsabilidad, la capacidad, el talento de los adolescentes. [...]

Conclusión

Espero que esta nueva idea de la adolescencia, más vigorosa, exigente y optimista, penetre en nuestro sistema educativo, que vive horas de impotencia ante esa edad. De lo contrario, estaremos perjudicando a nuestros adolescentes. Mientras llega ese momento, se la cuento a ustedes, para que nos ayuden a cambiar el modelo.

José Antonio Marina, *El Mundo,* 21-10-2014.

Malala Yousafzai, defensora del derecho de las mujeres a recibir una educación, obtuvo el Premio Nobel de la Paz en 2014.

Como has visto, el artículo de opinión suele presentar una **estructura expositivoargumentativa.** A partir de un hecho de actualidad, el articulista expone una idea, la defiende o reflexiona sobre ella, y saca conclusiones. Por tanto, estos textos constan de una **introducción,** un **desarrollo** y una **conclusión.**

Además, el artículo de opinión se caracteriza por los siguientes rasgos:

- El **tema** es libre, lo elige el propio autor en función del **interés general** o de la actualidad del asunto tratado.
- Presenta un **estilo ágil** y un **lenguaje claro,** aunque cada autor posee un modo particular, que queda de manifiesto en el texto. A menudo está redactado en **primera persona,** pues el articulista se implica en lo que escribe.
- La **intención** es **difundir la opinión del autor** sobre un tema, que no tiene que coincidir necesariamente con la del periódico, y hacer reflexionar a los lectores sobre un hecho de actualidad o de interés.

Dentro del artículo de opinión, destaca la **columna personal.** Se trata de un **espacio reservado** por los periódicos o las revistas para **autores de reconocido prestigio**; tiene una periodicidad regular y siempre ocupa el mismo lugar en la publicación. Constituye un **género híbrido entre el periodismo y la literatura.**

El editorial

Es otro texto periodístico de opinión pero, en este caso, no se trata de la reflexión personal de un autor, sino de un texto que refleja la **postura oficial del periódico** que lo emite. Observa, mediante el siguiente texto, sus principales características:

Gestionar los riesgos urbanos

En la ciudad de Madrid se produce una media de tres atropellos diarios. El año pasado se registraron 1 525 y desde 2013 han muerto por esta causa 73 personas. Son cifras frente a las que no cabe la resignación. Como es obvio, no es un fenómeno exclusivo de la capital (el promedio en España es de 27 personas atropelladas cada día), pero son las zonas urbanas, con el 60 % de los accidentes con muertos o heridos, las que concentran la mayor siniestralidad. Las grandes ciudades resultan cada vez más problemáticas por la confluencia de diferentes modos de movilidad en un espacio reducido.

Peatones y ciclistas son los colectivos más vulnerables y la planificación urbana debe tenerlo en cuenta. Una buena gestión de la ciudad exige el cuidado de los distintos usos del espacio y medidas para que la convivencia entre automóviles, bicicletas y peatones sea pacífica. El código de circulación no parece suficiente para este propósito. Si se quiere promover el uso de la bicicleta, es preciso invertir en infraestructuras urbanas que garanticen la seguridad de los ciclistas, con carriles segregados e itinerarios seguros. Lo mismo cabe decir respecto de la protección de los peatones. Desde este punto de vista, todas las ciudades tienen mucho que mejorar.

Sobre ello inciden ahora además nuevos factores de riesgo, como el uso del móvil, que ya está implicado en el 26 % de los accidentes de tráfico. Uno de cada cuatro accidentes está causado por una distracción, y hablar por el móvil es la causa del 90 % de las distracciones. Contrariamente a lo que muchos conductores creen, el sistema de manos libres no ayuda a prevenir los accidentes y, en cambio, produce una falsa sensación de seguridad. Lo que causa los accidentes es el hecho de perder la concentración, y esa conducta de riesgo no afecta solo a los conductores, sino también, y cada vez más, a los peatones. Es ya habitual la imagen de jóvenes que cruzan las calles hablando por su móvil, chateando o mirando vídeos.

Editorial, *El País,* 14-3-2016.

- Aparece **sin firmar** aunque, normalmente, se trata de un texto redactado por el director del periódico. Esto permite distinguir el editorial de otros textos de opinión. En el texto anterior, vemos que no figura el nombre de un autor, sino únicamente el del periódico (en este caso, *El País*).
- Suele estructurarse en una **introducción,** un **cuerpo argumentativo** y una **conclusión.** Combina la **exposición** (presentación de un hecho) y la **argumentación** (defensa de la opinión que suscita este hecho). En el editorial de *El País,* el hecho objetivo que se expone es la problemática de gestionar los espacios urbanos. La argumentación se basa en la hipótesis de que existen muchos aspectos en cuanto a seguridad ciudadana que deben mejorarse.
- La intención es reflejar la **línea ideológica** del periódico ante un hecho relevante de actualidad; por ello, suele escribirse en **tercera persona** («peatones y ciclistas son los colectivos más vulnerables», «las ciudades tienen mucho que mejorar»).
- El **estilo** es **claro** y **culto:** uso de léxico preciso, de cultismos y de recursos literarios: «infraestructuras urbanas», «código de circulación», «cifras frente a las que no cabe la resignación»...

Las cartas al director

Observa, a partir de los siguientes textos publicados por los diarios *El Periódico* y *El País*, las características de las cartas al director en un periódico:

Hace un año que, por desgracia, me quedé sin empleo. He enviado más de ochocientos currículums, algunos por Internet y otros entregados en persona. Actualmente tengo 56 años y seguro que este es el verdadero problema, ya que hasta la fecha no he recibido una sola llamada para concertar ninguna entrevista, ni se me hado la oportunidad de demostrar mis aptitudes.

[...] Desde estas líneas hago una llamada a empresas de todo tipo para que no solo se fijen en la edad avanzada del candidato, pues este puede aportar aptitudes y experiencia.

Espero que esta carta sirva de referencia para muchísimas personas que se encuentran en mi misma situación. Todavía nos quedan unos años en el mercado laboral.

Carmen Coté, Castelldefels, 20-1-2016.

Recientemente leíamos en este periódico que los titulados que menos han sufrido la crisis son los médicos y los ingenieros, puesto que siempre hay enfermos a los que tratar e industrias que desarrollar. Por el contrario, las carreras de Humanidades se sitúan en el polo opuesto, apenas tienen salidas laborales. Bien es cierto que hoy en día impera la utilidad, pero ahora pensemos por un momento: ¿de qué serviría tener una sociedad plenamente empleada, si no tenemos bibliotecas a las que acudir, museos que visitar y teatros a los que asistir? ¿Preferimos una sociedad útil o una sociedad humanizada? Permitamos el desinteresado interés por nuestra cultura para entender el presente y soñar con el futuro.

Rubén Conde Rubio, Parla, 9-1-2016.

Si nuestra elección es ser conscientes de que cada día es único, pero no tiene por qué ser el último, y de que debemos preocuparnos por nuestra felicidad a largo plazo, ello nos lleva a tener que conocernos mejor. ¿De qué tipo de gente me gusta rodearme? ¿Es mi círculo de personas cercano lo que «necesito» para ser feliz, siendo yo como soy? ¿Me gusta mi profesión? ¿Me gusta lo que hago, es lo que necesito? Todos queremos un salario alto, pero ¿lo necesitamos? Merecería la pena pasar una media de ocho horas al día haciendo algo que no te gustase por el simple hecho de poder comprar aquello que quieres (o te hacen creer) que necesitas? Muchas veces no está en nuestras manos trabajar de lo que nos gusta, pero sí elegir nuestro entorno, qué hacer en nuestro tiempo libre...

Nuestra actitud a la hora de afrontar los problemas harán que seamos más felices, pero antes debemos pensar si lo que queremos es lo que necesitamos... o si aquello que queremos es aquello que nos han hecho creer que necesitamos.

Carlos Gaona, Mollet del Vallès, 17-12-2015.

Es alarmante lo mucho que creemos haber evolucionado y lo poco que lo demostramos. En pleno siglo XXI aún resulta habitual la existencia de casos extremos de maltrato animal. Las redes sociales hacen virales vídeos que así lo demuestran, los cuales, a pesar de ser vistos por millones de personas en todo el mundo, no logran más que conmocionarnos durante un instante para después pasar de nuevo al olvido. Un sentimiento expresado en 140 caracteres no es suficiente para marcar la diferencia. Me pregunto si algún día seremos capaces de atravesar la pantalla y abordar los problemas reales.

Alba Torrejón, Getafe, 20-1-2016.

Cre@ctividad

Publica tu opinión

Accede a la página web de un periódico digital y averigua cómo puedes enviar una carta al director.

- Elige un tema.
- Sigue la estructura propia de este tipo de texto: tesis defendida, argumentos que apoyen tu tesis y conclusión.
- Muéstrate respetuoso.

— El **destinatario** de estas cartas es el director del periódico. Pero en muchas ocasiones, y según su asunto, pueden también estar dirigidas a autoridades, personajes populares... A veces, como en el caso de la carta de Rubén Conde, el destinatario es el autor de un artículo del periódico o de otra carta anterior.

— Los **temas** pueden ser muy variados: reflexiones sobre un asunto de actualidad, denuncias de situaciones injustas, respuestas a otras cartas, opiniones personales...

— Los escritos aparecen **firmados** con el nombre y el apellido del autor, que es un lector del periódico, y con su procedencia. Cuando es relevante, puede aparecer explícito también su profesión o el cargo que desempeña.

— La **extensión** de la carta es **breve:** normalmente, no se aceptan más de treinta líneas.

— Suele utilizarse un **nivel de lengua estándar** y una **estructura,** generalmente, expositiva-argumentativa.

1. Lee atentamente el texto y contesta a las preguntas que se plantean a continuación:

> Es un aparato y, a la vez, un instrumento mágico. Nos arroja de bruces en la incertidumbre: estamos *empantallados* hasta las cejas y no sabemos cuánto de progreso y cuánto de pesadilla nos espera. Cuánto hay de carrera y de escapada en esta fascinación colectiva. Con el *smartphone* tenemos en la mano, por fin, la sensación de poseer la vara mágica de los cuentos.
>
> Sin llegar a un extremo violento, ¿cuántas broncas no habrá habido, no hay cada día, por la posesión infantil de ese rey indiscutible? Sí, es inquietante, pero no tan sorprendente, pensar ahora en la imagen del adolescente enrabietado, fuera de sí, por pertenecer, en nuestro «primer mundo», a ese grupo marginal de los desposeídos del poder mágico. En el nuevo medio ambiente virtual, no tener un móvil, no estar metido en la pantalla, no estar en la carrera en las aplicaciones, eso sí que es pobreza. En la sociedad *empantallada,* con televisión, móvil, tableta, ordenador, ¿quién quiere ser pobre virtual?
>
> El infantil ya no es un mercado potencial, es el gran caladero. En ese «primer mundo», según Ofcom, casi el 90 % de los menores de 15 años tiene acceso a un móvil. En España, cerca del 30 % de las niñas y los niños de 10 años. En poco tiempo, serán una excepción los adolescentes *desmovilizados.* [...]
>
> La principal explicación que da la mayoría de los padres para comprar o facilitar el *smartphone* a niños de 10 años o menos es la de incrementar su seguridad. No es una razón nimia. A lo largo de la historia, gran parte de los avances tecnológicos derivan de ese afán. Fíjense en la cerrajería, esa vanguardia en constante innovación. Pero también sabemos que hay seguridades muy inseguras. Aumentan los pequeños que sufren *nomofobia:* la angustia de estar sin móvil y no saber qué hacer. Creo que argumentan mejor los padres que facilitan esa tecnología a los menores con la intención de que aprendan de ellos. Es tener un máster en casa. Niñas y niños tienen en las manos una vara mágica, conectada a sus neuronas y a las yemas de los dedos. La mayoría de los adultos lo que tenemos es un cacharro con el que pelearnos con más o menos torpeza.
>
> El problema es el fetichismo, compartido por muchos mayores y menores. Esa falacia de asociar *empantallamiento* con conocimiento. Hay comunidades donde se ha recortado en recursos educativos y que luego alardean de iniciativas «innovadoras» consistentes en repartir gratis tabletas al alumnado. La escuela debería ser declarada espacio libre de *empantallamiento.* El lugar donde se aprende a leer en sonda de profundidad y no en fragmentos superficiales.
>
> Manuel Rivas, «Los niños del móvil», *El País,* 24-1-2016.

— ¿Cuál es el tema principal del texto? Resúmelo en una línea.

— ¿De qué tipo de texto se trata? Justifica la respuesta y distingue sus partes principales.

— Localiza en el texto las siguientes figuras literarias: una personificación y una metáfora.

— ¿Por qué aparecen en cursiva las palabras *empantallamiento* y *smartphone?*

— ¿Estás de acuerdo con la opinión del autor? Da dos argumentos a favor o en contra de la postura que expone.

2. @ Escribe un artículo de opinión siguiendo las siguientes pautas:

— Busca información en Internet acerca de un tema de actualidad que te interese.

— Escribe el artículo expresando tu opinión personal o tu reflexión sobre ese asunto. Ten en cuenta estos aspectos:

- Sigue la estructura de este tipo de textos.
- Escribe el artículo en primera persona.
- Utiliza algunos verbos y expresiones que indiquen opinión: *creo, me parece, opino, desde mi punto de vista...*

3. Lee la siguiente carta al director, publicada en el diario *El Periódico:*

> Déjennos al menos las aceras. Cada vez vemos más menguado nuestro pequeño territorio, pasto de bicicletas, patines eléctricos, monopatines, motos, *segways,* patinetes y demás artilugios sin licencia ni placa que encima tocan el claxon para que te apartes. Cada vez hay más locales que los alquilan a gente que no tiene ni idea de manejarlos con civismo ni por su sitio. Trabajo con mi mujer en la ONCE y llevamos perro guía. Tememos que nos den un golpe y nadie haga nada.
>
> Samuel Pérez, Barcelona, 29-10-15.

— ¿A quién crees que va dirigida la carta?

— ¿Crees que es relevante la profesión del autor de esta carta? ¿Por qué?

4. @ Imagina que trabajas en la redacción de un periódico de tu localidad y te han encargado redactar el editorial que se va a publicar al día siguiente.

- Elige un tema. Para hacerlo, busca en Internet alguna noticia importante de estos últimos días o que te llame la atención.
- A partir de esa noticia, redacta el editorial teniendo en cuenta las características que has estudiado (estructura, línea ideológica y estilo).

La hiponimia y la hiperonimia

Algunos términos establecen entre ellos relaciones de jerarquía. Los **hipónimos** son palabras cuyos significados se incluyen dentro de un término más genérico, que recibe el nombre de **hiperónimo.**

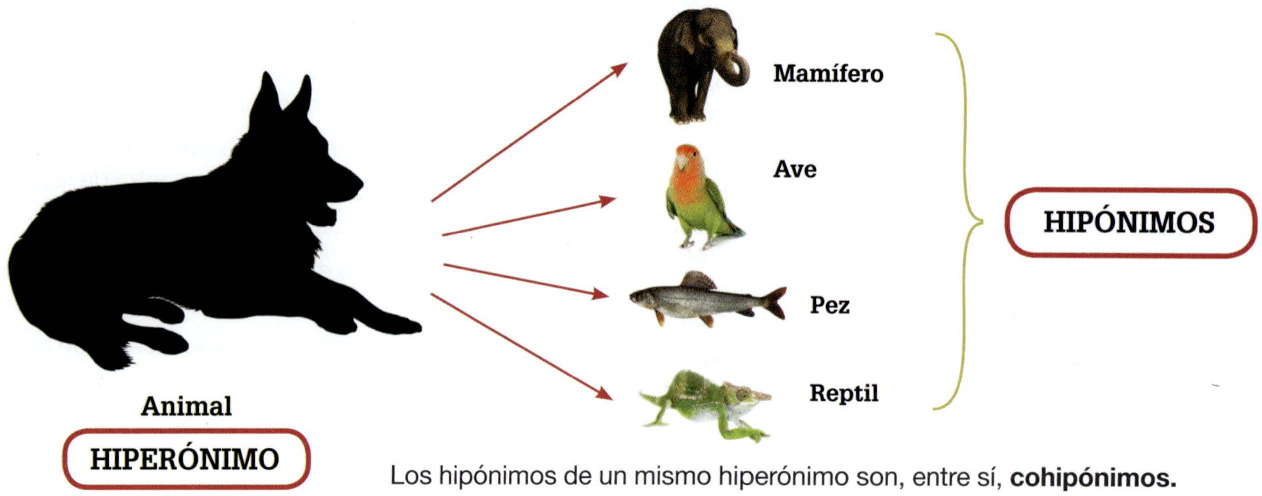

Los hipónimos de un mismo hiperónimo son, entre sí, **cohipónimos.**

En el ejemplo anterior, los hipónimos *(mamífero, ave, pez, reptil)* mantienen una **relación de inclusión** con respecto al hiperónimo *(animal),* ya que este los **incluye,** los **engloba.** Pero también puede producirse una **relación lineal,** cuando los hipónimos se presentan en una sucesión. Por ejemplo, los días de la semana *(lunes, martes, miércoles...),* los números *(uno, dos, tres...),* etcétera.

Actividades

1. Agrupa los cohipónimos que aparecen a continuación. Indica cuál es su hiperónimo en cada caso.

> viruela - cebada - cirro - omóplato - vértebra
> hortensia - estrato - gripe - centeno - roble
> nimbo - sinusitis - amapola - orquídea
> cúmulo - peroné - sorgo - cerezo - olmo

2. Forma grupos de cohipónimos cuyos hiperónimos sean estos términos: *herramienta, invertebrado, metal, especia, órgano, equino, lente.*

3. Subraya el término que no corresponde a estas series de cohipónimos. Después, indica cuál es el hiperónimo que corresponde en cada caso.

- Torre, fábrica, rascacielos, habitación, castillo.
- Alacena, aparador, librería, consola, radio.
- Carpintero, panadero, mecánico, fontanero, futbolista.
- Poleo, té, mate, sidra, manzanilla, tila.
- Estrella, meteorito, satélite, planeta.
- Euforia, alegría, tristeza, miedo, amor.
- Cuarteto, redondilla, serventesio, pareado, rima.

— ¿Qué tipo de relación existe entre estas palabras y sus hiperónimos: lineal o de inclusión?

4. Sustituye el hiperónimo que aparece subrayado por el hipónimo más adecuado.

- Se hospedó en un establecimiento cerca del centro.
- Si tocas esa planta te escocerán las manos.
- De la fermentación del zumo de las manzanas se obtiene una bebida.
- Juan corta cítricos para las bebidas refrescantes de sus amigos.
- Para el montaje de este mueble necesitaremos clavos y una herramienta.
- El funcionario dictaminó la sentencia.

5. Averigua cuál es el hiperónimo que corresponde a cada lista de palabras. Agrega, después, dos hipónimos más en cada caso.

- ....: madera, metal, cerámica, ..., ...
- ....: enero, febrero, marzo, ..., ...
- ....: revólver, bayoneta, machete, ..., ...
- ....: deportivas, alpargatas, botas ...., ...
- ....: primero, segundo, tercero, ..., ...
- ....: danza, pintura, poesía, ..., ...
- ....: león, tigre, leopardo, ..., ...

— Especifica si existe una relación de inclusión o de linealidad entre cada serie de cohipónimos y sus hiperónimos.

La subordinación adjetiva

1. Proposiciones subordinadas adjetivas

Las proposiciones subordinadas adjetivas **equivalen a un adjetivo** y, por tanto, desempeñan las mismas funciones que este dentro de la oración compuesta. Fíjate en las siguientes oraciones:

El profesor neoyorquino investigó los cánidos. → El profesor que nació en Nueva York investigó los cánidos.

El profesor neoyorquino	investigó los cánidos.	El profesor que nació en Nueva York	investigó los cánidos.
neoyorquino: CN		que nació en Nueva York: Prop. subord. adjetiva/ **CN**	
Sujeto	Predicado	Sujeto	Predicado
Oración simple		Oración compuesta por subordinación	

En el ejemplo anterior, la primera oración es simple y está constituida por un sujeto *(El profesor neoyorquino)* y un predicado *(investigó los cánidos)*. Analizándola se puede comprobar que el adjetivo *neoyorquino* desempeña la función de **CN.**

La segunda oración es compuesta: está formada por dos proposiciones, una principal *(El profesor investigó los cánidos)* y una subordinada *(que nació en Nueva York)*.

Como puedes ver, la proposición subordinada *que nació en Nueva York,* equivale al adjetivo *neoyorquino* de la oración simple (por eso recibe el nombre de **proposición subordinada adjetiva)** y realiza en la oración la misma función de CN con respecto al sustantivo al que acompaña *(profesor)*.

1.1. Reconocimiento de las proposiciones subordinadas adjetivas

Para reconocer las proposiciones subordinadas adjetivas, ten en cuenta las siguientes características:

– Pueden sustituirse por un **adjetivo,** como en el ejemplo anterior.

– Van introducidas por un **nexo** subordinante. Se trata siempre de un **relativo**, que puede ser un *pronombre,* un *determinante* o un *adverbio.*

El perro que (pronombre) levanta las patas traseras juega con el investigador.

El estudio, cuyo (determinante) autor es muy reconocido, es muy interesante.

Pasó días en la montaña donde (adverbio) vivía una jauría de cánidos salvajes.

– Complementan a un sustantivo de la proposición principal al que denominamos **antecedente,** y que es el mismo sustantivo o SN al que sustituye el relativo en la proposición subordinada.

Ha realizado una investigación (antecedente) que cambiará tu opinión sobre los animales (subordinada adjetiva).

– Siempre desempeñan la función de **CN** con respecto al antecedente.

Leeré el **estudio** (antecedente) cuyo autor defiende los sentimientos de los animales (subordinación adjetiva **(CN)**).

Clasificación de las subordinadas adjetivas

Pueden ser *especificativas* o *explicativas.*

Adjetiva especificativa

Los animales que conviven con las personas intuyen las intenciones humanas.

- La oración significa que **solo** algunos animales conviven con las personas.
- **Limita el significado** del antecedente (animales).
- **No se puede suprimir,** ya que se alteraría el sentido de la proposición principal.

Adjetiva explicativa

Los animales, que conviven con las personas, intuyen las intenciones humanas.

- Significa que **todos** los animales conviven con las personas y **todos** intuyen las intenciones humanas.
- **Añade una explicación** complementaria al antecedente, pero no es imprescindible para el sentido global.
- **Va entre comas y puede suprimirse** sin que se altere el significado de la proposición principal.

1.2. La doble función de los nexos relativos

Los nexos subordinantes que introducen las subordinadas adjetivas tienen una doble función: **introducen la subordinada adjetiva** y **desempeñan una función dentro de ella.**

Observa cómo hemos analizado esta proposición subordinada:

Miró al perro	que	levantaba	las	patas.
	Pron rel	V	Det	N
		Núcleo	SN/CD	
	R/Sujeto	SV/P		
	Prop. subord. adjetiva / CN			
Oración compuesta				

Las partículas que introducen las proposiciones subordinadas adjetivas poseen dos valores:

— El de **nexo subordinante** (R) que introduce la subordinada adjetiva.

— El de **pronombre, determinante** o **adverbio** que desempeña en la proposición adjetiva una **función** propia de estas categorías gramaticales; en este caso, el pronombre *que,* desempeña la función de sujeto.

Para **reconocer** la función que desempeña el relativo, sigue estos pasos:

— **Primer paso:**

- **Sustituye** el relativo por el antecedente.

  Estudió a los animales que mostraban sus sentimientos.
  antecendente

  Los animales mostraban sus sentimientos.

- El relativo puede ir precedido por una preposición. Si es así, al sustituirlo por el antecedente, formará un sintagma preposicional.

  Estudió a los animales de los que habló en la entrevista.

  De los animales habló.

— **Segundo paso:**

- Analiza la función sintáctica que desempeñaría el **antecedente** en el lugar donde se encuentra el relativo.

  Los animales mostraban sus sentimientos.
  S

  De los animales habló.
  CR

— **Tercer paso:**

- Esa misma **función** será la **del relativo** en la proposición subordinada adjetiva, que no tiene por qué coincidir con la función de su antecedente en la proposición principal.
- Estudió a los animales que mostraban sus sentimientos.
  CD R/S
- Estudió a los animales de los que habló en la entrevista.
  CD R/CR

1.3. Tipos de nexos relativos

Las proposiciones subordinadas adjetivas se llaman también **de relativo** porque van introducidas por **pronombres, adjetivos o adverbios relativos.** Vamos a estudiar estos nexos con más detalle:

Pronombre relativo *que*

- Es el nexo más empleado para introducir una proposición subordinada adjetiva: *Prepararon comida que le gustaba.*
- Puede ir precedido de artículo y de preposición: *Le prepararon comida de la que le gustaba.*
- Puede sustituirse por las formas *el cual, la cual, los cuales y las cuales: Le prepararon comida, la cual le gustaba.*

Pronombres relativos *quien/quienes*

- Se refieren a personas: *Bekkof, quien realizó el estudio, tiene 60 años.*
- Pueden ir precedidos de preposición, pero no de artículo: *Le consultó al investigador, a quien conocía desde hacía años.*
- Tienen variación de número: *Cuando conozcas a Bekkof, quien realizó el estudio de los cánidos, te sorprenderás. / Cuando conozcas a Bekkof y a su ayudante, quienes realizaron un estudio sobre los cánidos, te sorprenderás.*

Pronombres relativos *el/la/lo cual, los/las cuales*

- Siempre van precedidos de un artículo definido: *Habló con un periodista, el cual le concedió una entrevista.*
- Pueden ir precedidos de preposición: *Vi a la persona a la cual entrevisté.*
- Pueden sustituirse por *que: Habló con un periodista que lo entrevistó.*
- Cuando no van precedidos de preposición, deben introducirse con una coma. Tienen variación de número y de género; este último viene indicado por el artículo definido: *Habló con un periodista, el cual lo entrevistó. / Habló con una periodista, la ~~cuala~~ lo entrevistó.*

Determinantes relativos *cuyo/cuya/cuyos/cuyas*

- Tienen valor posesivo, ya que indican que el sustantivo que les sigue es una entidad que pertenece al antecedente: *El estudio cuyo investigador es un profesor de Biología.*

  El investigador del estudio es un profesor de Biología.
- Concuerdan en género y número con el sustantivo al que acompañan y no con el antecedente: *El perro, cuy**o** dueñ**o** es Bekkof, es muy compasivo.*
- Desempeñan la función de CN del sustantivo: *El perro, cuyo dueño es Bekkof, es muy compasivo.*
  det/CN V

Adverbios relativos *donde/cuando/como*

- Carecen de acento tónico y se escriben sin tilde: *Estudió el entorno donde viven los cánidos. / Bekkof recordó el día cuando su perro salvó a un conejo.*
- En ocasiones, pueden sustituirse por los pronombres relativos *que* y *cual* precedidos de preposición; como ellos, tienen un antecedente: *Estudió el entorno en que viven los cánidos. / Estudió el entorno en el cual viven los cánidos.*
- Desempeñan la función de CC en la proposición subordinada que introducen. *Estudió el entorno donde viven los cánidos.*
  Av/CC V

2. Proposiciones subordinadas adjetivas sustantivadas

Un adjetivo está sustantivado cuando va precedido de artículo y realiza la función de un sustantivo. Fíjate en el ejemplo:

La estudiante responsable obtuvo buenos resultados.
Det N A

La responsable obtuvo buenos resultados.
Det A
Sujeto

Del mismo modo que el adjetivo puede desempeñar las funciones propias del sustantivo, las subordinadas adjetivas también **pueden funcionar como un sustantivo**. Entonces decimos que son proposiciones adjetivas sustantivadas. Estas son sus características:

— **Carecen de antecedente** y **realizan la función de un sustantivo.**

La estudiante que es responsable obtendrá buenos resultados.
antecedente Prop. sub. adjetiva / CN

La Ø que es responsable obtendrá buenos resultados.
artículo sustantivador. Prop. sub. adjetiva / CN
Prop. subor. adjetiva sustantivada
Sujeto

— **Van introducidas por un relativo,** que puede ser:

- El **pronombre *que,* precedido de un artículo definido** como signo de sustantivación.

  Los que estudien matemáticas serán aprobados.

- **Los pronombres *quien, quienes, cuanto, cuanta, cuantos, cuantas.*** En estos casos, el artículo que precede a la subordinada desaparece.

  Los que estudien matemáticas serán aprobados.

  Quienes estudien matemáticas serán aprobados.

— Como ocurre en las proposiciones adjetivas, el relativo **tiene dos valores:**

- El de **nexo subordinante** (R), que introduce la proposición subordinada adjetiva.
- El de **pronombre,** que desempeña una función dentro de la proposición subordinada.

Fíjate en cómo hemos analizado estas oraciones:

Los que vengan estudiarán.
Det Pron V V
R/S SV/P
Prop. adjetiva
Prop. adj. sust.
SN/Sujeto SV/P
Oración compuesta

Manuela pagó cuanto pudo. [ella]
N V Pron V Pron
R/CD
SV/P SN/S
Prop. adj. sustantivada
CD
SN/Sujeto SV/Predicado
Oración compuesta

3. El participio

En la unidad anterior mencionamos algunas características generales de las formas no personales del verbo. Vamos a centrarnos ahora en las características particulares del **participio.**

Es la forma no personal del verbo que le permite actuar como **adjetivo.** Se forma añadiendo al lexema verbal las terminaciones *-ado* o *-ido:*

investig + **ado**

correg + **ido**

— Como **adjetivo** presenta las siguientes **características:**

- Presenta formas de **género, número** y **grado.**

  un estudio valorado
  masc. sing.

  unas investigaciones valoradas
  femen. plural

  una investigación **valoradísima**
  grado superlativo

- Puede desempeñar **funciones** propias de esta categoría gramatical: CN, Atr, Pvo.

  Realizó un estudio **dedicado** al comportamiento animal.
  CN

  Bekkof está muy **interesado** en los sentimientos de los animales.
  Atr

  El perro mantenía **erguidas** las patas traseras.
  Pvo

— Cuando funciona como **verbo,** puede llevar complementos verbales y formar proposiciones subordinadas adjetivas que complementan a un sustantivo.

La teoría propuesta por el profesor es muy interesante.
Ag
Prop. sub. adj. de participio

En estos casos, el participio concuerda en género y número con el antecedente al que complementa *(teoría propuesta).*

Esta proposición subordinada adjetiva de participio se puede sustituir por una proposición adjetiva introducida por un relativo y con un verbo en forma personal.

La teoría propuesta por el profesor es muy interesante.

La teoría que propuso el profesor es muy interesante.
Prop. sub. adjetiva

Verbos con doble participio

En español, existen algunos verbos cuyo participio presenta dos variantes, siendo ambas correctas. Por ejemplo: *corrompido/corrupto, imprimido/impreso, eximido/exento, freído/frito...*

Actividades

1. Localiza en la lectura que introduce la unidad al menos tres proposiciones subordinadas adjetivas.

2. Convierte estas oraciones simples en compuestas sustituyendo el sintagma subrayado por una proposición subordinada adjetiva:
   - El jugador <u>francés</u> ganó la copa.
   - Leí el artículo <u>recomendado</u>.
   - La flor <u>amarilla</u> es la más bonita.
   - La mayoría de las personas <u>fumadoras</u> tiene problemas de salud.
   - Pablo practica un deporte <u>peligroso</u>.
   - Con frecuencia visitaba museos <u>antiguos</u>.
   - El premio <u>escogido</u> por unanimidad fue un coche.

3. Localiza las proposiciones subordinadas que aparecen a continuación y sustitúyelas por un adjetivo:
   - Aquellos que olvidan sus objetivos fracasan.
   - La ciudad que ha sido devastada sigue en estado de alerta.
   - Las habitaciones que están al otro lado de la casa son más grandes.
   - Los chicos, que no creyeron en sus palabras, no aplaudieron.
   - He perdido la chaqueta que me prestó mi prima.
   - Siempre lee novelas que cuentan hechos reales.

4. Completa estas oraciones con una proposición subordinada adjetiva, convirtiéndolas así en oraciones compuestas:
   - Mi primo ha comprado un coche ......
   - Me gusta la música ......
   - El ilusionista ...... mostró su nuevo truco de magia.
   - El pintor ...... rechazó la oferta.
   - Los niños ...... crecieron juntos en aquel colegio.
   - Escuché una voz ...... al otro lado del teléfono.
   - Pidió ayuda al bombero ......

5. Indica si estas oraciones contienen una proposición adjetiva o una adjetiva sustantivada:
   - Quiero comprar el vestido que tiene las estrellas amarillas.
   - Prepararon la comida que había pedido.
   - Quiero comprarme la que tiene las estrellas rojas.
   - El profesor cuyo coche es azul es el de Lengua.
   - María recordó el día cuando se mojó por la lluvia.
   - Preguntó al policía con el que se encontró.

6. Localiza la proposición subordinada adjetiva en cada oración, e indica si es especificativa o explicativa:
   - Las facturas, que no estaban justificadas, provocaron sanciones al personal.
   - El libro, cuyas páginas están desgastadas, se encuentra encima de la mesa.
   - Los vehículos que contaminan no deberían circular.
   - La chica que recibió el premio ha subido al escenario.
   - Esas empresas, que gestionan nuestro capital, crecerán en poco tiempo.

7. Forma oraciones compuestas subordinadas adjetivas a partir de estas oraciones simples:
   - El martes nos reencontramos con unos viejos amigos. Tú ya los conocías.
   - Ese es un magnífico escritor. Sus novelas son realistas.
   - Ana quiere un aumento de sueldo. Con el aumento pagará un viaje a Islandia.
   - Marcos ha escrito una carta. Él deseaba escribirla desde hace tiempo.

8. Indica la función de la proposición subordinada adjetiva y la del sintagma del cual forma parte en la oración compuesta.
   - El caballo que ganó la carrera era el más joven.
   - Hemos visitado el castillo cuyos propietarios fueron detenidos.
   - En la ciudad donde nací residen mis abuelos.
   - Esta es la razón por la que no puedo asistir.
   - He recitado el poema que te gusta tanto.

9. Lee el siguiente texto con atención y contesta a las preguntas:

   > El desconocido que había bajado del tren parecía emocionado. Después de muchos años regresaba al pueblecito donde había nacido. El recuerdo del pasado, cuando era un niño ingenuo y feliz, lo abrumaba. Al llegar a la plaza miraba a todas partes con nostalgia: la iglesia, donde había sido bautizado, lucía un nuevo reloj; la escuela, que tantos recuerdos le traía, seguía exactamente igual; la fuente nueva, cuyas aguas frescas habían apagado tantas veces su sed, continuaba con su eterno murmullo.

   — Señala el relativo que introduce cada proposición adjetiva, y el antecedente al que se refiere.

   — Identifica la función sintáctica que desempeña cada relativo dentro de la proposición que introduce.

10. Rodea el nexo subordinante y subraya el antecedente en las proposiciones adjetivas.

- La casa que vimos ayer me gustaba.
- Escucharon a Laura, la cual dio su opinión.
- Me encanta el pueblo donde nací.
- Recordaba con nostalgia cuando era feliz.
- Adoro el modo como has resuelto el problema.
- Las personas a quienes avisaste ayer no asistirán.

11. Completa estas oraciones con un nexo relativo para formar oraciones subordinadas adjetivas:

- Explica la manera ..... tú has solventado el problema.
- El cantante tarareó la canción ..... letra se había convertido en un éxito internacional.
- Marta es la profesora ..... me enseñó a escribir.
- La canción ..... escogiste es mi favorita.
- Enseguida llegará María, ... te presenté la semana pasada.

12. Completa estas oraciones con un nexo relativo para formar oraciones subordinadas adjetivas:

- El restaurante ..... dueño es un gran cocinero está cerrado.
- Los amigos de ..... te hablé no vendrán.
- María es la escritora a ..... premiaron en el último certamen literario.
- Manuel es ..... lleva camiseta verde.
- Ese es el pueblo en ..... nació mi abuelo.

13. Escribe oraciones subordinadas adjetivas en las que el nexo desempeñe, además, las funciones que aparecen a continuación:

- Sujeto: ....
- CD: ....
- CN: ....

14. Señala el nexo de las siguientes proposiciones subordinadas adjetivas y especifica si se trata de un pronombre, un determinante o un adverbio relativo:

- La casa donde vive está en lo alto de la montaña.
- Este es el señor de cuya esposa hablamos el otro día.
- La mujer de quien te hablé ha salido de viaje hoy.
- Les aconsejo merluza a la plancha, que es el plato del día de este restaurante.
- Este es el punto de la reunión en el cual insistió más el presidente.

15. Señala en las siguientes oraciones si el relativo es un pronombre, un adjetivo o un adverbio. Indica su función sintáctica.

- Leímos una novela de Cortázar que nos gustó mucho.
- Visitamos una ciudad donde había una pista de hielo.
- Ese es el amigo cuyos abuelos vivieron en Berlín.
- Su esposo, que había nacido en París, hablaba perfectamente francés.

16. Convierte estas proposiciones subordinadas adjetivas en adjetivas sustantivadas:

- Acompaña a la señora que está enferma.
- Los padres que vengan con sus hijos podrán ver la función gratuitamente.
- No conocemos a los vecinos que se han instalado en el ático.
- Los ancianos que necesiten cuidados especiales serán atendidos.
- Una psicóloga ayudará a los estudiantes que tengan problemas.

17. Indica cuál es la función del relativo en las proposiciones adjetivas sustantivadas que se incluyen en las siguientes oraciones. Después, analízalas morfosintácticamente.

- Los que hayan acabado su trabajo pueden salir.
- Quien salga de las instalaciones sin permiso será sancionado.
- Coge la que esté más madura.
- Quienes levanten la mano durante la votación expresarán su consentimiento.
- Cuantos acierten conseguirán un premio.

18. Localiza los participios de estas oraciones y justifica su doble naturaleza verbal y adjetival. Señala su función sintáctica.

- Es una teoría propuesta por un científico famoso.
- Le regalé un cuadro pintado al óleo.
- Encontré a Raúl en la fiesta disfrazado de pirata.

19. Completa las siguientes oraciones con el participio del verbo que aparece entre paréntesis:

- El libro estuvo *(imprimir)* a finales del año pasado.
- El metal se ha *(corromper)* porque estuvo bajo la lluvia durante mucho tiempo.
- La comida *(freír)* tiene mucha grasa.
- El acusado quedó *(eximir)* de culpa.

Análisis sintáctico

Análisis de subordinada adjetiva de relativo (pronombre relativo)

El	famoso	profesor,	que	estudió	a	los	cánidos,	concedió	una	entrevista.
Det	A	N	Pron	V	Prep	Det	N	V	Det	N
						D	Núcleo			
					r	SN				
				Núcleo	SPrep/CD					
			R/S	SV/P					D	Núcleo
D	SA/CN	Núcleo	Prop. sub. adjetiva/CN					Núcleo	SN/CD	
SN/S								SV/P		
Oración compuesta por subordinación adjetiva										

1. Analiza estas oraciones siguiendo el modelo anterior:
   - La empresa en la que trabaja es chilena.
   - La chica a quien he saludado esta mañana trabajó en Madrid.
   - El coche que está mal aparcado es de mi primo.
   - Ha ocurrido un suceso del cual informarán mañana los periódicos.

Análisis de subordinada adjetiva (determinante relativo)

[3.ª pers. sing.]	Mañana	observará	en	ese	bosque	unos	perros	cuyas	costumbres	parecen	humanas.
	Av	V	Prep	Det	N	Det	N	Det	N	V	A
								R/CN	Núcleo	Núcleo	SA/Atr
				D	Núcleo			SN/S		SV/P	
			r	SN		D	Núcleo	Prop. sub. adjetiva/CN			
	SAv/CCT	Núcleo	SPrep/CCL			SN/CD					
SN/S	SV/P										
Oración compuesta por subordinación adjetiva											

2. Analiza estas oraciones siguiendo el modelo anterior:
   - El ordenador, cuya pantalla está rota, fue vendido ayer por la tarde.
   - La poesía cuyo autor es famoso fue recitada por Pablo.

3. Realiza el análisis morfosintáctico de las siguientes oraciones:
   - La casa que vimos ayer me gustó.
   - Examiné con cuidado la manera como construyó el puzle.
   - Los deberes de Lengua son los que han mandado para mañana.
   - El que tiene miedo a los espacios abiertos padece agorafobia.

Análisis de subordinada adjetiva (adverbio relativo)

[3.ª pers. sing.] Este año visitará el bosque donde observó a los perros. [3.ª pers. sing.]

Det N V Det N Av V Prep Det N

D Núcleo

r SN

R/CC Núcleo SPrep/CD

SV/P SN/S

D Núcleo D Núcleo Prop. sub. adjetiva/CN

SN/CCT Núcleo SN/CD

SN/S SV/P

Oración compuesta por subordinación adjetiva

4. Analiza estas oraciones siguiendo el modelo anterior:

- Me encanta el pueblo donde nací.
- El río por donde navegaba el barco es caudaloso.
- Recordaba la época cuando era feliz.
- El barrio donde vivo está fuera de la ciudad.

Análisis de subordinada adjetiva sustantivada

[2.ª pers. sing.] Regálales lápices de colores a los que sean más creativos en el dibujo.

V Pron N Prep N Prep Det Pron V Av A Prep Det N

Núcleo SA/Atr

Núcleo R/S SV/P

r SN Proposición subordinada adjetiva D Núcleo

Núcleo SPrep/CN r Proposición adjetiva sustantivada r SN

SN SPrep SPrep

Núcleo CI CD CI CCL

SN/S SV/P

Oración compuesta por subordinación adjetiva sustantivada

5. Analiza estas oraciones siguiendo el modelo anterior:

- Teresa cogió cuanto quiso de la mesa.
- Conozco personalmente a la que ganó el premio.
- Los que llegaron conmigo son de un pueblo cercano.
- El que juegue mejor tendrá un premio.

6. Realiza el análisis morfosintáctico de estas oraciones:

- Gabriel conoce el lugar donde jugábamos ayer.
- Recuerdo el día cuando vi a Marta.
- Multaron a los que entraron sin pagar.
- Necesito un camarero que sepa.
- Me gustan las que son rojas.
- Las personas en quienes confié en el pasado me han defraudado.

Actividades

Neologismos y extranjerismos

1. ¿Recuerdas la diferencia entre un neologismo y un extranjerismo?
   - Un neologismo es un término de incorporación ..... surgido por la ..... de nombrar nuevas realidades.
   - Un extranjerismo es un término tomado de otra ..... cuyo uso es innecesario, ya que ......

2. Identifica los extranjerismos de las siguientes oraciones y reescríbelos sustituyéndolos por las expresiones adecuadas:
   - Tuvo un accidente de tráfico, pero saltó el airbag a tiempo.
   - Su hándicap era lo nerviosa que se sentía antes de presentarse a los *castings.*
   - Las especialidades de mi hermana en la cocina son los *muffins* de chocolate y el *brioche.*
   - Recibirás un *e-mail* cada vez que *cliques* en el *link* de esa empresa de *marketing.*
   - El barman nos trajo las bebidas sin enfriar.
   - Ese *best-seller* está basado en el *apartheid* al que están sometidas algunas personas.
   - No podremos hospedarnos en ese bungaló porque el establecimiento tiene *overbooking.*

Ortografía

3. Vuelve a escribir este texto partiendo las palabras de final de renglón de todas las formas posibles:

> Era un día luminoso y frío de abril y los relojes daban las trece. Winston Smith, con la barbilla clavada en el pecho en su esfuerzo por burlar el molestísimo viento, se deslizó rápidamente por entre las puertas de cristal de las Casas de la Victoria, aunque no con la suficiente rapidez para evitar que una ráfaga polvorienta se co-
> lara con él.
>
> El vestíbulo olía a legumbres cocidas y a esteras viejas. Al fondo, un cartel de colores, demasiado grande para hallarse en un interior, estaba pegado a la pared. Re-
> presentaba solo un enorme rostro de más de un metro de anchura: la cara de un hombre de unos 45 años con un gran bigote negro y facciones hermosas y endure-
> cidas.
>
> George Orwell, 1984, Debolsillo.

4. Repasa las normas de uso del guion ortográfico y escríbelas en tu cuaderno. Después, separa con guion las palabras de esta lista que deban llevarlo. Puedes usar el diccionario.
   - francoalemana
   - árabeisraelí
   - máxilofacial
   - afroamericano
   - bucodental
   - sociocultural
   - teóricopráctico
   - paternofilial
   - lusoespañola

Precisión léxica

5. Elige el sinónimo que te parezca más adecuado para cada una de estas oraciones:
   - Después del accidente, la aseguradora lo ..... por los daños causados.

     indemnizó / ayudó / remuneró
   - Es un hombre muy ....., se burla de todos de una manera mordaz.

     virulento / sarcástico / agresivo
   - Su ..... era preocupante, pues no le permitía terminar nada de lo que empezaba.

     insensibilidad / abulia / aburrimiento
   - Esa obra literaria es ....., pues se desconoce si ese es su verdadero autor.

     errónea / simulada / apócrifa
   - Esa ley fue ..... en la última legislatura por mayoría absoluta.

     anulada / derogada / suprimida

6. Completa las siguientes oraciones escogiendo los sinónimos más adecuados de esta lista: *venenoso, perjudicial, pernicioso, insalubre, antihigiénico, peligroso.*
   - El cartel indica que es **sucio** no ducharse antes de tirarse a la piscina.
   - Fumar es **malo** para la salud.
   - Andrés practica paracaidismo, un deporte considerado **arriesgado.**
   - El uso que hace de los videojuegos es **dañino,** pues pasa demasiadas horas frente al ordenador.
   - Las condiciones de aquella casa eran **insanas,** se acumulaba la basura por todos los rincones.
   - Por los colores de esa serpiente, sé que debemos alejarnos porque es **tóxica.**

Actividades finales

Géneros periodísticos de opinión

1. Lee el siguiente texto y contesta a las preguntas:

> A pesar del gran número de escritores apasionados del *Quijote,* entre ellos, los grandes novelistas de nuestra época (algunos de los cuales, como William Faulkner o Carlos Fuentes, convertían su lectura anual en un ritual laico), en España una buena parte de lo que podríamos llamar lector común no se interesa por nuestra obra más universal.
>
> El *Quijote* resulta un libro mayoritariamente incomprendido por una razón fundamental: ese lector común busca en el texto el mito del Quijote y le resulta muy difícil encontrarlo. El mito del Quijote, el que conocen todos sin necesidad de haber leído la obra, está construido sobre la interpretación romántica. Según esa lectura, Cervantes nos habría ofrecido el inevitable fracaso de los más puros ideales ante la terca realidad. Para Guillermo Schlegel, el *Quijote* mostraría la poesía y la prosa de la vida, las dos facetas del alma humana, idealismo y materialismo, representadas por los dos protagonistas.
>
> La fuerza del mito, que ha cobrado vida propia con independencia del texto, ha tenido como consecuencia que buena parte de las lecturas del *Quijote* posteriores al Romanticismo, incluyendo las actuales, se hagan todavía con los presupuestos románticos, a pesar de que obedecían a concepciones estéticas e ideológicas muy distintas de las nuestras.
>
> Para el siglo XVII el personaje de don Quijote era, hablando en términos generales, un personaje cómico, de naturaleza casi carnavalesca. De ahí que apareciera enseguida en fiestas y celebraciones de muy diverso tipo. Lo que se apreciaba de la novela cervantina era su variedad temática, su amenidad. [...]
>
> El gran cambio que introdujo el Romanticismo fue el de la valoración positiva de los ideales de don Quijote, consecuencia de su mirada apreciativa del ideal caballeresco, tanto desde el punto de vista estético como ideológico. Su manía ya no era trastorno sino virtud, porque los románticos idealizaban, como lo hacía don Quijote, el mundo caballeresco, las virtudes relacionadas con el honor, propias del mundo feudal.
>
> Emilio Martínez Mata, «El mito romántico devora al 'Quijote'», en *El País,* 7-1-2016.

2. ¿De qué tipo de texto periodístico se trata? ¿Es informativo o de opinión? ¿Qué postura defiende? Justifica tu respuesta con ejemplos.

3. Escribe una carta al director en la que expreses tu opinión acerca de un tema relacionado con el que se trata en el texto. Ten en cuenta estos aspectos:

- El texto debe tener entre 10 y 20 líneas.
- Debes ser claro y preciso, y no intentar desarrollar demasiadas ideas a la vez.
- Escribe con respeto y corrección.

La hiponimia y la hiperonimia

4. Las palabras «escritores» y«novelistas», ¿son cohipónimos? Si no es así, ¿qué tipo de relación semántica mantienen? Justifica tu respuesta.

5. Busca en el texto dos hipónimos que puedan englobarse bajo el hiperónimo «género literario».

6. Escribe un sinónimo para cada una de estas palabras:

- añoranza
- vicisitud
- arcaico
- inocuo
- afable
- ávido

La subordinación adjetiva

7. Subraya las proposiciones subordinadas de las siguientes oraciones e indica de qué tipo son:

- La interpretación en la que piensa es romántica.
- Recuerda el día cuando acabó el *Quijote.*
- La obra, cuyo protagonista es un hidalgo, es mundialmente conocida.
- Han leído una obra de la cual han ofrecido una interpretación romántica.

—Indica cuál es la función de las proposiciones que has subrayado.

—Determina qué tipo de palabra es el relativo y la función sintáctica que desempeña dentro de la proposición que introduce.

8. Localiza la proposición adjetiva que se incluye en esta oración y transfórmala en una proposición adjetiva sustantivada. Realiza los cambios necesarios.

- «Los lectores que han leído el *Quijote* lo saben».

—Realiza el análisis morfosintáctico de la oración que has escrito.

9. Fíjate en la siguiente oración del texto y justifica si se trata de una subordinada adjetiva especificativa o explicativa.

- «Han releído la obra cervantina, que estaba mal interpretada por miles de apasionados lectores».

Pon a prueba tus competencias

Observa con atención el siguiente texto y resuelve las actividades que se plantean a continuación:

www.madridsalud.es/

1. Este tríptico forma parte de una campaña que promueve la adopción de animales de compañía. Responde a las siguientes preguntas sobre la información que contiene:

- ¿Cómo se titula la campaña? ¿Cuál es su eslogan? ¿Quién es el destinatario?
- Según la información que aporta el texto, ¿qué responsabilidades comporta tener un animal de compañía?
- Explica qué consideraciones deben tener en cuenta las personas interesadas en poseer una mascota.

2. ¿Qué crees que intentan transmitir las fotos que ilustran el tríptico?

3. ¿Por qué crees que en las fotografías aparecen una persona mayor y una niña?

4. ¿Qué formas de entrar en contacto con el Ayuntamiento de Madrid se proponen en el folleto?

5. Si has tenido o tienes un animal de compañía, responde a las preguntas siguientes. Si no es así, pregunta a alguien que sí haya vivido esta experiencia.

- ¿Por qué has querido tener una mascota?
- ¿Quién se ocupa de su cuidado?
- ¿Qué necesidades tiene el animal?
- ¿Cómo resuelves los problemas derivados de los viajes y las vacaciones?
- ¿Qué palabras utilizarías para describir los sentimientos que te vinculan a tu mascota?

6. @ Escribe un artículo de opinión explicando qué piensas sobre los derechos de los animales y sobre los centros que se dedican a acoger mascotas abandonadas. Para ello, investiga en Internet su funcionamiento: cómo se atiende a los animales, con qué fondos se sostienen, qué personal trabaja en ellos y qué expectativas de futuro tienen.

7. Lee la siguiente carta al director:

> Aun sabiendo que el abandono de animales está prohibido por ley, son muchos los que dejan a sus mascotas en la calle. Es alarmante pensar que hay familias que tienen el coraje de abandonar a su perro o a su gato, ya sea porque no lo pueden cuidar, porque no tienen espacio o, aún peor, porque ya no les gusta. Se me ponen los pelos de punta solo de pensarlo. Escribo esta carta porque soy socia de la protectora de animales de Barcelona, y sé que el abandono de animales de compañía cada vez es más frecuente. De hecho, el abandono no es estacional, pero estos meses posteriores al verano, sumado a la crisis, han hecho que este problema se agrave.
>
> No pido nada más que, en caso de no querer ya a su mascota, la deje en un lugar donde pueda ser cuidada. Los animales no tienen forma alguna de reclamar o luchar por sus derechos, pero sí de querernos y mostrarnos su afecto. La calle no es lugar para ellos.
>
> Marta Ramos Abad, Barcelona.
> *en El País,* 13-10-2013.

— Describe el tema de la carta, su extensión, sus características formales y el lenguaje empleado.

— Redáctalo de nuevo dándole forma y estilo de editorial. Explica qué diferencias debes integrar respecto a la carta al director.

8. Representa en forma de diagrama en árbol las relaciones entre los siguientes hiperónimos e hipónimos: en las raíces el hiperónimo, y en las ramas los hipónimos y cohipónimos.

vertebrado - animal - perro
gato - ser vivo - omnívoro

— Explica las relaciones de hiponimia e hiperonimia que se establecen entre estas palabras.

9. Analiza morfosintácticamente la siguiente oración:

Las casas que tienen las paredes de piedra son muy resistentes.

— Sustituye la proposición adjetiva por una con un determinante relativo.

— Transforma la oración inicial en una subordinada adjetiva sustantivada.

SÍNTESIS

Completa en tu cuaderno el siguiente esquema del contenido de la unidad 5.

Léxico

- Los **hipónimos** son palabras cuyos significados se ..... dentro de un término más ....., el cual recibe el nombre de ......
- Los ..... de un mismo hiperónimo son, entre sí, ... Puede producirse una relación ..... entre hipónimos si se presentan como una ......

Los textos

- En los **textos periodísticos** de ....., el autor ..... acerca de temas de actualidad. Son textos ..... con una estructura ......
  — El **artículo** ..... difunde la opinión del autor y no tiene que coincidir con la del ......
  — La .... es un espacio reservado a autores de ..... y responde a un género híbrido entre el ..... y la ......
  — El **editorial** responde a la postura ..... de quien lo publica.
  — Las .... tratan de temas muy .....; tienen una extensión ....., un nivel de lenguaje ..... y una estructura ......

Gramática

- Las **proposiciones** .... son aquellas que equivalen a un ...... Se caracterizan por:
  — Poder ..... por un ......
  — Ir ..... por un nexo ..... que puede ser un ....., un ..... o un ......
  — Complementar a un ..... de la proposición principal al que denominamos ....., y que es el ..... o ..... al que sustituye el relativo en la proposición ......
  — Desempeñar la función de ..... con respecto al antecedente.
- Las proposiciones **subordinadas adjetivas sustantivadas** funcionan como un ..... Carecen de ..... y van introducidas por un ..... que puede ser: ..... precedido de un .... o los pronombres ....., ..., ..., ..., ... o ......

Diario de aprendizaje

Reflexiona

— ¿Cómo puede ayudarte en tu vida diaria saber interpretar los textos periodísticos de opinión?

— ¿Qué sabías antes sobre la hiponimia y la hiperonimia? ¿Qué has aprendido?

— Explica una técnica de estudio que consideres útil para asimilar los contenidos de gramática.

6 Unidad

» **CONTENIDOS**

LECTURA

La mirada de la inocencia

LOS TEXTOS

Los mensajes publicitarios

LÉXICO

El cambio de significado

GRAMÁTICA

La subordinación adverbial

1. Proposiciones subordinadas adverbiales
2. El gerundio

Estructuras oracionales bimembres

1. Relación de las estructuras oracionales bimembres

ORTOGRAFÍA

Uso correcto de las formas verbales

Precisión léxica

Rutina de pensamiento

VEO - PIENSO - ME PREGUNTO

Observa la imagen de estas páginas y escribe en tres pósits la respuesta a estas preguntas:

1. Qué veo (¿qué observas?).
2. Qué pienso (¿qué crees que significa?).
3. Qué me pregunto (¿qué preguntas te sugiere la imagen?).

— A continuación, comparte tus respuestas con tus compañeros de clase y pega los pósits en un tablón para que todos podáis leerlos.

— Finalmente, comentad en grupo y preguntaos si ha cambiado vuestra forma de interpretar la imagen. ¿Si repitierais la actividad, responderíais lo mismo que antes?

Mark Haddon

Es un escritor británico que profesionalmente se ha desarrollado, además, en el campo de la ilustración y la televisión.

Después de trabajar durante varios años con personas de diversidad funcional mental y física, decidió escribir una novela relacionada con este tema, que le ha convertido en un escritor de renombre.

Este fragmento

Este fragmento pertenece a *El curioso incidente del perro a medianoche,* novela publicada por la editorial Salamandra, y narra la historia de Christopher, un muchacho que, a los 15 años, decide ponerse a escribir para explicar su personal visión de la realidad. Este escrito nos muestra cómo ve el mundo una persona autista.

La mirada de la inocencia

Me llamo Christopher John Francis Boone. Me sé todos los países del mundo y sus capitales, y todos los números primos hasta el 7507.

Hace ocho años, cuando conocí a Siobhan, me enseñó este dibujo

y supe que significaba 'triste', que es como me sentí cuando encontré al perro muerto.

Luego me enseñó este dibujo

y supe que significaba 'contento', como estoy cuando leo sobre las misiones espaciales Apolo, o cuando aún estoy despierto a las tres o las cuatro de la madrugada y recorro la calle de arriba abajo y me imagino que soy la única persona en el mundo entero.

Después hizo otros dibujos

pero no supe decir qué significaban.

Pedí a Siobhan que me dibujara más caras de esas y escribiera junto a ellas qué significaban exactamente. Me guardé la hoja en el bolsillo y la sacaba cuando no entendía lo que alguien me estaba diciendo. Pero era muy difícil decidir cuál de los diagramas se parecía más a la cara que veía, porque las caras de la gente se mueven muy deprisa.

Cuando le conté a Siobhan lo que hacía, sacó un lápiz y otra hoja y dijo que probablemente eso hacía que la gente se sintiera muy

y entonces se rió. Así que rompí mi hoja y la tiré. Y Siobhan me pidió disculpas. Ahora cuando no sé qué me está diciendo alguien le pregunto qué quiere decir o me marcho.

* * *

Esta es una novela policíaca.

Siobhan dijo que debería escribir algo que a mí mismo me apeteciera leer. En general leo libros de ciencias y matemáticas. No me gustan las novelas propiamente dichas. En las novelas propiamente dichas la gente dice cosas como «Estoy veteado de hierro, de plata y del barro más burdo. No puedo contraerme en ese puño firme que aprietan aquellos que no dependen de estímulos». ¿Qué significa eso? Yo no lo sé.

Padre tampoco. Siobhan y el señor Jeavons tampoco. Se lo he preguntado. [...]

Pero sí me gustan las novelas policíacas. Así que estoy escribiendo una.

* * *

Este no va a ser un libro gracioso. Yo no sé contar chistes ni hacer juegos de palabras porque no los entiendo. He aquí uno, a modo de ejemplo. Es uno de los de Padre.

El capitán dijo: «¡Arriba las velas!», y los de abajo se quedaron sin luz.

Sé por qué se supone que es gracioso. Lo pregunté. Es porque la palabra *velas* tiene dos significados, que son: 1) 'pieza de tela que tienen los barcos', y 2) 'cilindro de cera que se emplea para alumbrar'.

Si trato de decir esta frase haciendo que la palabra signifique dos cosas distintas a la vez, es como si escuchara dos piezas distintas de música al mismo tiempo, lo cual es incómodo y confuso, no agradable como el *ruido blanco*[1]. Es como si dos personas te hablaran a la vez sobre cosas distintas.

Y por eso en este libro no hay chistes ni juegos de palabras. [...]

* * *

La gente me provoca confusión.

Eso me pasa por dos razones principales.

La primera razón principal es que la gente habla mucho sin utilizar ninguna palabra. Siobhan dice [...] que si cierras la boca y *expeles*[2] aire con fuerza por la nariz puede significar que estás relajado, o que estás aburrido o que estás enfadado, y todo depende de cuánto aire te salga por la nariz y con qué rapidez y de qué forma tenga tu boca cuando lo hagas y de cómo estés sentado y de lo que hayas dicho justo antes y de cientos de otras cosas que son demasiado complicadas para entenderlas en solo unos segundos.

La segunda razón principal es que la gente con frecuencia utiliza metáforas. He aquí ejemplos de metáforas:

Se murió de risa.

Era la niña de sus ojos.

Tenían un cadáver en el armario.

Pasamos un día de mil demonios.

Tiene la cabeza llena de pájaros. [...]

Yo creo que debería llamarse mentira porque no hay días de mil demonios y la gente no tiene cadáveres en los armarios. Cuando trato de formarme una imagen en mi cabeza de una de estas frases me siento perdido porque una niña en los ojos de alguien no tiene nada que ver con que algo le guste mucho y te olvidas de lo que la persona decía.

* * *

Yo no digo mentiras. Madre solía decir que eso era porque soy buena persona. Pero no es porque sea buena persona. Es porque no sé decir mentiras.

Madre era una persona pequeña que olía bien. Y a veces llevaba un forro polar con cremallera delante, rosa y con una etiqueta minúscula en el pecho izquierdo que decía «Berghaus».

Una mentira es cuando dices que ha pasado algo que no ha pasado. Pero siempre es una sola cosa la que pasa en un momento determinado y en un sitio determinado. Y hay un número infinito de cosas que no han pasado en ese momento y en ese sitio. Cuando pienso en algo que no ha pasado, empiezo a pensar en todas las demás cosas que no han pasado.

Por ejemplo, esta mañana para desayunar he tomado cereales Ready Brek y batido de frambuesas caliente. Pero si digo que en realidad he tomado cereales Shreddies y una taza de té, empiezo a pensar en Coco-Pops y limonada y avena y Dr. Pepper y en que no estaba desayunando en Egipto y no había un rinoceronte en la habitación y en que Padre no llevaba un traje de buzo y así sucesivamente, incluso al escribir esto me siento débil y asustado, como me pasa cuando estoy en lo alto de un edificio muy alto y hay miles de casas y coches y personas debajo de mí y mi cabeza está tan llena de todas esas cosas que me da miedo olvidarme de seguir en pie, bien agarrado a la barandilla, y caerme y matarme.

Esa es otra razón por la que no me gustan las novelas propiamente dichas, porque son mentiras sobre cosas que no han ocurrido y me hacen sentir débil y asustado.

Y por eso todo lo que he escrito en este libro es verdad.

Vocabulario

[1]**ruido blanco:** tipo de ruido constante, como el sonido producido por una aspiradora en funcionamiento. / [2]**expeles:** expulsas o haces salir una cosa del interior de algo.

Ortografía

habitación / muerto: ambas palabras contienen dos vocales juntas y que pertenecen a la misma sílaba. ¿Por qué una se acentúa y las otras no?

Para leer

Si te has quedado con ganas de leer una novela policíaca o si lo que te gusta son las relaciones interpersonales, no te pierdas estos dos libros:

Al sur de ninguna parte narra una trepidante historia policíaca, y *Laluna.com* nos habla de las complicadas y apasionantes relaciones juveniles, en especial de las amorosas.

- Jordi Sierra i Fabra, *Al sur de ninguna parte.* Col. Periscopio. edebé.
- Care Santos, *Laluna.com.* Col. Periscopio. edebé.

Obtención de información

Lee el fragmento del libro *El curioso incidente del perro a medianoche,* de Mark Haddon, y resuelve las siguientes actividades:

1. Responde a las siguientes preguntas sobre la lectura:
   - ¿Para qué utiliza Siobhan los dibujos? ¿Qué intenta enseñarle al protagonista?
   - ¿Qué es lo que no le gusta a Christopher de las novelas propiamente dichas?
   - ¿Por qué las personas le provocan confusión?
   - ¿Qué son para Christopher las metáforas?
   - ¿Qué le ocurre si miente? ¿Cómo le hace sentir esto?
2. Analiza la forma de hablar de Christopher: ¿Qué estructuras oracionales utiliza? ¿Cuál es el tiempo verbal que predomina? ¿En qué persona habla?

Interpretación

3. ¿Qué quiere decir que la gente habla mucho sin utilizar ninguna palabra?
4. Busca en el texto tres palabras que, como *vela,* tengan más de un significado y explica cada uno de ellos.
5. ¿Qué significa la última cara que Siobhan le dibujó a Christopher? ¿Qué determinación toma este a partir de ese momento?

Reflexión

6. Di cuál de estas afirmaciones describe mejor la personalidad del protagonista. Explica por qué y en qué informaciones del texto te basas.
   - Christopher es un chico extremadamente inteligente a quien no le interesan las relaciones con otras personas.
   - Es una persona muy inteligente que tiene ciertas dificultades en relacionarse con los demás porque es un poco antipático.
   - Christopher es muy inteligente en algunos aspectos, pero no en el campo emocional, por lo que le cuesta empatizar con otras personas y entender el lenguaje no verbal.

Expresión

7. Por el autor del texto sabemos que el protagonista de la novela *El curioso incidente del perro a medianoche* padece el síndrome de Asperger. En España, la Federación ASPERGER vela por la investigación del síndrome y la integración de las personas que lo padecen. Te proponemos que entres en su página web **(http://www.asperger.es)** y realices una pequeña investigación de estas cuestiones:
   - Lee atentamente el apartado de *Características y el de Dificultades y necesidades.* Recopila la información que te parezca más relevante.
   - A continuación, prepara una exposición en la que expliques en qué consiste el síndrome de Asperger, cómo se manifiesta, qué cualidades y deficiencias presentan los afectados...
   - Finalmente, si conoces a alguna persona afectada por este trastorno, puedes contar tu experiencia.

Escucha

Mira y escucha atentamente este fragmento del documental *El cerebro de Hugo,* acerca de las personas con autismo:
http://links.edebe.com/wndt (min 47:12- 52:37)

1. Hugo es un personaje ficticio del que se sirve el documental para explicar las situaciones que viven las personas con autismo y su entorno. Aunque todas las experiencias corresponden a casos auténticos, el filme alterna imágenes de ficción con entrevistas a familiares y a personas autistas. En la primera escena, vemos cómo Hugo recibe su primera clase de piano; ¿qué es lo que tanto sorprende a su profesora?

2. ¿Cómo se llama la capacidad de oír una pieza y tocarla casi inmediatamente y sin partitura? Escoge la opción correcta.

   escucha inmediata | oído absoluto | oído inmediato

3. El caso de Daniel Tammet no está relacionado con la música. Sufre el síndrome de Asperger.
   — ¿Qué capacidad tiene?

4. ¿Qué capacidad desarrolló Lucie? ¿Cuál fue la respuesta que una asistenta social dio a su madre acerca de su extraño comportamiento?

5. Según lo que has visto en el fragmento, ¿crees que es un trastorno del que se tiene suficiente información? Razona tu respuesta. Si quieres saber más acerca del síndrome de Asperger y te ha interesado el fragmento, te recomendamos que veas el documental al completo.

Habla

6. Organizad la clase en grupos para preparar la siguiente actividad:
   — Se trata de que hagáis una narración oral sobre un personaje que padezca un trastorno mental. Pensad entre todos si conocéis a alguien con este tipo de trastorno y poned en común la experiencia.
   - En el caso de que no conozcáis a nadie, podéis inventar un personaje teniendo en cuenta la información que has extraído de la lectura de inicio de unidad y del vídeo *El cerebro de Hugo.*
   - Una vez que tengáis claro cómo es el personaje, qué trastorno mental sufre y cómo se manifiesta, debéis pensar una historia que os permita explicar cómo vive.
   - Vais a contar cómo es un día de la vida de esta persona: puede ser un día normal o un día excepcional. Encaminad la historia de la manera que más os convenga.
   - Finalmente, exponed a vuestros compañeros la historia que habéis diseñado entre todos. Cada miembro del grupo debe narrar una parte, así que preparad bien los turnos antes de empezar.

Hacer una narración oral

Ten en cuenta las siguientes cuestiones antes de comenzar tu narración.

- Mira hacia el auditorio, dirigiendo la vista hacia varios puntos alternativamente.
- Emplea un tono de voz adecuado para que el mensaje resulte claro, pero intenta que no sea monótono para que el público no pierda la atención.
- No alargues tu narración: respeta siempre el tiempo establecido, por respeto a tus compañeros.

Los mensajes publicitarios

Es habitual que la publicidad esté presente en nuestras vidas. De hecho, ejerce una influencia en nosotros constante: puede crear y fomentar hábitos, modelar actitudes y hasta deformar la realidad.

A lo largo del día, nos invaden por distintos medios multitud de mensajes cuyo principal objetivo es **persuadirnos** de la necesidad de adquirir determinado producto o servicio: son los mensajes publicitarios.

Observa los **elementos** de estos mensajes publicitarios:

ESLOGAN

Es la frase que resume las cualidades del producto que se quieren destacar. Debe ser una expresión atractiva y sorpresiva.

IMAGEN

Es la parte visual del anuncio en la que aparece el producto o se sugiere una idea, una valoración o un comportamiento. En este caso, se asocia con la idea de sencillez.

TEXTO

Es el cuerpo de texto en el que se desarrolla el mensaje publicitario. Debe mantener la atención del lector para lograr su objetivo fundamental: convencer al receptor e incitarlo a la adquisición del producto.

Medios de difusión

Los mensajes publicitarios no solo nos llegan gracias a los medios impresos (periódicos, revistas, carteles, etc.), también son difundidos en otros **soportes** técnicos y, en función de ellos, presentan distintas características:

- **Medios audiovisuales:** televisión, radio y cine.
- **Nuevas tecnologías:** Internet, televisión por cable, telefonía móvil...
- **Otros medios:** dentro de este grupo, se pueden incluir medios tan diversos como videojuegos, muestras de productos, carteles en transporte público, luminosos en el mobiliario urbano...

Técnicas publicitarias

En un mercado saturado de productos de calidad similar, todo buen anuncio debe presentar su marca con unos rasgos particulares. Para conseguirlo y lograr hacerse un hueco en la mente del receptor, los publicistas utilizan distintas técnicas.

Como consumidores, es muy importante conocer con detalle estas técnicas para no dejarnos manipular y mantener una actitud crítica ante este tipo de mensajes.

Algunas de las más utilizadas son las siguientes:

– **Asociación psicoemotiva.** Es lo que también se denomina publicidad emocional. En ella, predominan los **argumentos afectivos** para intentar persuadir al receptor. El producto suele llevar asociados diversos valores (felicidad, juventud, belleza, éxito, modernidad...) que no le son inherentes.

– Presentación de **testimonios:** se utiliza la imagen de algún personaje famoso, directivos de la empresa, usuarios del producto...

– Utilización de la **sorpresa** para llamar la atención del receptor y lograr que recuerde el anuncio: humor, metáforas visuales, sensualidad, violencia, acompañamiento musical (algunas veces se utilizan canciones ya existentes cambiándoles la letra), intriga para despertar su curiosidad...

– ***Product placement:*** se trata de la inserción de un producto o una marca dentro del transcurso de un programa (mostrado, citado o utilizado por los actores). Se usa, generalmente, en series y programas televisivos, en el cine, en videojuegos...

Campañas de concienciación social

La publicidad también puede tener como objetivo fomentar valores o cambiar determinadas conductas sin ninguna carga comercial, es decir, educar o concienciar al receptor de alguna idea. Son las llamadas campañas de concienciación social.

AIDA

Existe una teoría clásica que describe los efectos que debe producir todo mensaje publicitario y que se conoce con el nombre de **AIDA,** acrónimo formado por las iniciales de las siguientes palabras:

- **Atención:** atraer la atención del receptor.
- **Interés:** despertar su interés por el producto o servicio publicitado.
- **Deseo:** suscitar la necesidad o deseo de adquirirlo.
- **Acción:** incitar al receptor a la acción, es decir, al consumo del objeto o servicio publicitado.

Actividades

1. Observa estos mensajes publicitarios y señala sus principales elementos. A continuación, analiza a quiénes van dirigidos y qué técnicas han utilizado para convencer al receptor.

2. Busca en Internet las siguientes direcciones:

http://links.edebe.com/6pjb

http://links.edebe.com/t9im

— ¿Qué se anuncia en cada uno de ellas? ¿A quiénes van dirigidos?

— ¿Cuál es el objetivo del publicista? Explica qué estrategias utiliza para conseguirlo.

3. Os proponemos que realicéis un trabajo de investigación sobre las técnicas publicitarias más utilizadas en la actualidad. Para ello, repartíos en cuatro grupos y seguid estas indicaciones.

— Grupo 1. Buscad cinco anuncios cuya imagen sea algún personaje famoso. Relacionad la elección de ese personaje con el segmento de población al que va dirigido.

— Grupo 2. Analizad qué tipos de anuncios televisivos predominan en cada una de las franjas horarias y a qué público se dirigen.

— Grupo 3. Buscad cinco ejemplos de *product placement.*

— Grupo 4. Investigad qué tipos de productos o servicios se publicitan mayoritariamente en Internet, y cómo aparecen.

— Por último, cada grupo expondrá ante sus compañeros las conclusiones a las que ha llegado.

PBL

Una conocida firma internacional quiere fomentar el consumo responsable y, a la vez, que su marca se relacione con el cuidado del medioambiente y el desarrollo sostenible. Para ello, os pide que colaboréis aportando ideas y desarrollando una campaña publicitaria que se ajuste a los objetivos propuestos.

— Primero, debéis elaborar un documento en el que se explique de forma concisa y clara cuál es el objetivo de vuestra campaña y a quiénes va dirigida.

— A continuación, elegid una imagen que represente o sugiera el concepto propuesto.

— Cread un eslogan para llamar la atención del receptor.

— Finalmente, analizad qué medios de comunicación (audiovisuales, nuevas tecnologías, carteles...) pueden ser más adecuados para transmitir vuestro mensaje.

Podéis consultar las siguientes páginas web:

- **http://links.edebe.com/utvk**
- **http://links.edebe.com/xa9ef**
- **http://links.edebe.com/6sj4k**

El cambio de significado

Las lenguas evolucionan con el paso del tiempo. Una muestra del profundo dinamismo de una lengua son los cambios de significado que experimentan algunas palabras.

Los griegos ganaron la batalla a los **troyanos.** ⟶ antigua civilización

Han detectado un **troyano** en mi disco duro. ⟶ virus informático

Las **causas** que provocan los cambios semánticos son diversas:

Causas históricas	Un mismo objeto o realidad sufre cambios en su uso o en su forma, aunque se siga designando con el mismo término. Así, carretera, por ejemplo, antiguamente era un 'camino por donde circulaban los carros' y, actualmente, hace referencia a 'cualquier camino público y pavimentado, dispuesto para el tránsito de vehículos'.
Causas sociales o psicológicas	En ocasiones, por motivos sociales, morales..., evitamos emplear palabras o expresiones que pueden resultar desagradables. Hablamos, entonces, de palabras **tabú** *(ciego, parir...)*, que se sustituyen por otras con connotaciones menos negativas, denominadas **eufemismos** *(invidente, dar a luz...)*.
Causas lingüísticas	• **Elipsis por contagio.** Algunas palabras, que suelen aparecer siempre juntas, transfieren su significado de una a otra. Por ejemplo, decimos *puro* en lugar de *cigarro puro.* • **Metáfora.** Se designa una realidad con el nombre de otra por la semejanza que existe entre ellas. Es un recurso propio del lenguaje literario; sin embargo. en la vida cotidiana también se emplea con frecuencia: *Juan es un lince para los negocios* (*lince* = 'persona astuta y sagaz'). • **Metonimia.** Consiste en atribuir a una realidad el nombre de otra, porque entre ambas existe una relación de contigüidad: *Disparó e introdujo el cuero en la red* (*cuero* = 'balón de cuero').

Actividades

1. Identifica los eufemismos que aparecen en estos titulares de periódico. Después indica a qué palabra o expresión tabú están sustituyendo.

- España registra el quinto fallecimiento por la gripe A *(El Periódico).*
- Una ONG forma a invidentes de todo el mundo como emprendedores sociales *(El Mundo).*
- Un 28 % de las llamadas de teléfono de la tercera edad denuncian maltratos *(La Vanguardia).*
- Asesinan a tres empleados en un centro penitenciario del Cáucaso *(La Vanguardia).*
- La vacuna contra la malaria se administrará a gran escala en países del Tercer Mundo *(El País).*

2. Indica si en estas oraciones aparecen metáforas o metonimias. Justifica tus respuestas.

- Me cuesta mucho pasar el hilo por el ojo de la aguja.
- Tenemos tres bocas que alimentar.
- Ha conseguido otro Picasso para su colección.
- Las dos naciones tendieron un puente hacia la paz.
- Es tan presuntuoso que se cree el ombligo del mundo.
- Se cenó tres platos y se quedó con hambre.
- Por las noches siempre leo a Cervantes.

3. Indica qué cambio semántico se ha producido en cada una de estas oraciones. Justifica tus respuestas.

- Le pusieron una inyección en el trasero.
- Tras su exposición, no vendieron ni un solo lienzo.
- Mi abuelo solo fumaba rubio.
- Me han regalado un móvil.

4. Indica cuál es el significado actual de estas palabras, de las cuales te ofrecemos el significado original:

Palabras	Significado original	Significado actual
Fósforo	'Lucero de la mañana'	....
Anatomía	'Disección'	....
Estilo	'Punzón para escribir'	....
Pedante	'Maestro, pedagogo'	....
Bárbaro	'Extranjero'	....
Déspota	'Dueño'	....

5. @ Busca información en Internet y explica cuál es el significado metafórico de estas expresiones populares.

andarse por las ramas - hacerle a alguien la cama - tener el corazón en un puño - remover cielo y tierra - cantar a alguien las cuarenta

SUBORDINACIÓN ADVERBIAL

Proposiciones subordinadas adverbiales

Tiempo

Lugar

Modo

Subordinación adverbial

1. Proposiciones subordinadas adverbiales

En unidades anteriores has aprendido a analizar proposiciones subordinadas adjetivas y sustantivas. Finalizamos el estudio de la oración compuesta con las **proposiciones subordinadas adverbiales.**

Fíjate en el análisis de estas dos oraciones:

Cenaremos	cerca.
V	Av
	CCL
Oración simple	

Cenaremos	donde	te	dije.
	Av		V
	R/CCL		
	Prop. sub. adv. CCL		
O. compuesta por subord. adverbial			

Cenaremos cerca

El adverbio *cerca* indica el lugar en el que se lleva a cabo la acción del verbo y, sintácticamente, desempeña la **función de CC** de lugar.

Cenaremos donde te dije

La proposición *donde te dije* también indica el lugar en el que se realiza la acción verbal, y su comportamiento es similar al del adverbio *cerca.* Es una **proposición subordinada adverbial.**

Las **proposiciones subordinadas adverbiales** presentan las siguientes características:

— **Equivalen** a un **adverbio** o locución adverbial.

— Desempeñan la **función de complemento circunstancial** respecto al verbo de la proposición principal.

— Van introducidas por un **nexo subordinante** que desempeña dos funciones: la de nexo subordinante (R) y la de complemento circunstancial (CC) dentro de la proposición subordinada que introduce.

Cuando te decidas, me avisas.
R/CCT (Cuando)
Prop. sub. adv. CCT (Cuando te decidas)

Aparqué como me dijo el profesor.
R/CCM (como)
Prop. sub. adv. CCM (como me dijo el profesor)

Las proposiciones subordinadas adverbiales pueden ser de tres tipos: de **tiempo,** de **lugar** y de **modo.**

1.1. De tiempo

Indican el momento en que se produce la acción expresada por el verbo de la proposición principal.

> Cuando sonó la música, todos empezaron a bailar.
> Prop. sub. adv. tiempo/CCT
> O. compuesta por subordinación adverbial de tiempo

Responden a la pregunta **¿cuándo?**, pueden sustituirse por un **adverbio de tiempo** y desempeñan la función de **CCT** del verbo principal.

> Llámame en cuanto llegues. ⟶ Llámame después.
> Prop. sub. adverbial de tiempo — Av tiempo
> CCT — CCT

Los nexos que introducen estas proposiciones son: *cuando, mientras, antes que, siempre que, en cuanto...*

Respecto a la acción principal, las subordinadas de este tipo pueden tener diferentes valores atendiendo al tiempo que señalan. En este sentido, podemos distinguir tres clases:

- **Anterioridad.** Señalan un tiempo anterior a la acción expresada por la proposición principal.

  Llamaré cuando haya llegado.

- **Simultaneidad.** La acción de la subordinada ocurre al mismo tiempo que la acción de la principal.

  Mientras desayuno, leo el periódico.

- **Posterioridad.** La acción de la subordinada es posterior a la acción de la proposición principal.

  Arréglate antes de que lleguen.

1.2. De lugar

Señalan el lugar en el que se lleva a cabo la acción expresada por el verbo de la proposición principal.

> Lo encontramos donde nos señalaste.
> Prop. sub. adv. lugar/CCL
> O. compuesta por subordinación adverbial de lugar

Responden a la pregunta **¿dónde?,** pueden sustituirse por un **adverbio de lugar** y desempeñan la función de **CCL** del verbo principal.

> He buscado por donde me dijiste. ⟶ He buscado por allí.
> Prop. sub. adverbial de lugar — Av lugar
> CCL — CCL

El nexo más común para introducir este tipo de proposiciones es el adverbio **donde.** Este puede ir precedido de diversas preposiciones: *por donde, de donde, hacia donde...*

1.3. De modo

Expresan la **forma** o **manera** en que sucede la acción expresada por el verbo de la proposición principal.

María hizo el pastel según indicaba la receta de su abuela.
según indicaba la receta de su abuela: Prop. sub. adv. modo/CCM
O. compuesta por subordinación adverbial de modo

Responden a la pregunta **¿cómo?,** pueden sustituirse por un **adverbio de modo** y desempeñan la función de **CCM** del verbo principal.

Van introducidas por los siguientes nexos: *como, según, conforme, conforme a...*

2. El gerundio

El gerundio es una forma no personal del verbo que equivale a un adverbio y, por lo tanto, desempeña la misma función que este: complemento circunstancial. Fíjate en estas oraciones:

El atleta llegó a la meta cojeando. → El atleta llegó a la meta así.

llegó	a la meta	cojeando
		Gerundio
V	CCL	**CCM**

llegó	a la meta	así
		Av
V	CCL	**CCM**

Debido a su condición verbal, el gerundio puede estar acompañado por **complementos,** como cualquier verbo: son el CD, el CI y el CC.

Se divierte explicando historias de su infancia a sus amigos.

Se divierte	explicando	historias de su infancia	a sus amigos
	Gerundio	CD	CI
V	**CCM**		

Algunos lingüistas consideran que el gerundio introduce una **proposición subordinada adverbial sin nexo subordinante.** Este sería un ejemplo de análisis:

Marina ocupa su tiempo libre restaurando su nueva casa.

Marina	ocupa	su	tiempo	libre	restaurando	su	nueva	casa
N	V	Det	N	A	**Gerundio**	Det	A	N
				SA/CN			SA/CN	
		SN/CD				SN/CD		
					SV/Predicado			
					Prop. sub. adverbial/CCM			
SN/S	Predicado							
Oración compuesta por subordinación adverbial								

1. Completa las oraciones con el nexo adecuado e indica qué clase de subordinada introduce.
   - No estaba en casa ..... me llamaste al móvil.
   - Este año repetiremos vacaciones ..... estuvimos el verano anterior.
   - Instalamos el lavavajillas ..... nos explicó el técnico.

2. En cada una de estas oraciones compuestas aparece subrayada una proposición subordinada adverbial. Indica si son de lugar, de tiempo o de modo. Para ello, sustituye las proposiciones por un adverbio, como se indica en el ejemplo.
   - No estaba donde me dijiste. *No estaba allí.*
     Prop. sub. adv. lugar — Av
   - Los alumnos colocaron los libros según les indicó la bibliotecaria.
   - Cuando tú llegues, yo ya me habré ido.
   - Llegaremos a Valencia cuando se oculte el sol.
   - Baila como si fuera un profesional.
   - Colocó los paquetes donde le ordenaron.

3. Fíjate en los adverbios y las locuciones adverbiales que aparecen subrayados e indica de qué tipo son. Después, sustitúyelos por una proposición adverbial.
   - Diego se acostó muy tarde aquella noche.
   - Te esperaré ahí.
   - Avisé a Claudia rápidamente.
   - Explícame bien el recorrido para llegar a la estación de autobuses.
   - En un abrir y cerrar de ojos aquel misterioso hombre desapareció.
   - Mi hermano lo hace todo a tontas y a locas.
   - Mañana llegaremos lejos para recorrer la mayor parte del camino.

4. Identifica las proposiciones subordinadas adverbiales e indica la función sintáctica que desempeñan.
   - Me presenté donde estaban todos reunidos.
   - Haz el trabajo como puedas.
   - Atravesamos el puente por donde no había lodo.
   - Cuando vea a mis compañeros, les comentaré lo de la cena.
   - He pintado la casa como me dijisteis.
   - En cuanto termine este trabajo, te acompañaré a tu casa.

5. Forma oraciones compuestas añadiendo una proposición adverbial del tipo que se indica en cada caso.
   - Sergio compró un ordenador ..... (LUGAR).
   - Te llamaré ..... (TIEMPO).
   - He hecho el ejercicio ..... (MODO).
   - Alquilaremos un apartamento ..... (LUGAR).
   - Aplícate la pomada ..... (MODO).

   – Sustituye las proposiciones por un adverbio o una locución adverbial e indica qué función desempeñan.

6. Indica si las subordinadas adverbiales de tiempo que aparecen en estas oraciones son de anterioridad, de simultaneidad o de posterioridad. Fíjate en el ejemplo.
   - Cuando acabó la película, me marché.
     Antes — Después
   - En cuanto llegue Paco, nos vamos.
   - Abróchense el cinturón mientras aterriza el avión.
   - Cuando lo anunciaron, yo ya lo sabía.
   - No me interrumpas mientras hablo con ella.

7. + Los nexos *donde, cuando* y *como* pueden introducir subordinadas adjetivas, sustantivas y adverbiales. Indica qué tipo de proposición subordinada introducen en las siguientes oraciones compuestas:
   - Estoy donde habíamos quedado.
   - Busco una librería donde vendan cómics.
   - No recuerdo dónde escuché esa noticia.
   - Ella quería saber cuándo envié la carta.
   - ¿Recuerdas el año cuando nos conocimos en Granada?
   - Llegó cuando la película ya había empezado.
   - Desconozco el modo como lo han hecho.
   - Me preguntó cómo había llegado hasta aquí.
   - Rellené el impreso como me indicaron.

8. Señala los complementos que acompañan a los gerundios de estas oraciones y di qué función realizan:
   - Ana se ducha cantando bajo el agua.
   - Conoció Europa viajando en tren.
   - Mi hermana estudia escuchando música clásica.
   - Yendo hacia mi casa encontré a Marcos.
   - Ayer aproveché el día estudiando en casa.
   - Julia se divierte poniéndoles nombre a las nubes.

   – Indica ahora qué función desempeñan los gerundios dentro de la oración.

ESTRUCTURAS ORACIONALES BIMEMBRES

- Relación causal
- Relación final
- Relación concesiva
- Relación consecutiva
- Relación condicional
- Relación comparativa

Estructuras oracionales bimembres

Dedicaremos este último apartado de la unidad a estudiar un tipo de **oraciones distintas** a las que hemos analizado hasta ahora; las denominaremos **estructuras oracionales bimembres.**

Fíjate en esta oración:

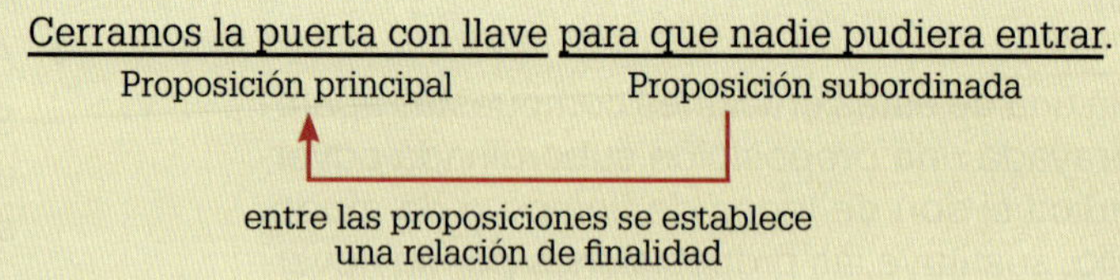

Como puedes apreciar en la oración anterior, entre ambas proposiciones no existe una relación de dependencia propiamente sintáctica, sino que la proposición subordinada **complementa a la totalidad de la principal.**

De esta manera, denominamos **estructuras oracionales bimembres** a aquellas oraciones en las que la proposición subordinada complementa a todo el sentido de la principal. Entre ambas proposiciones se establece una **relación lógica** que puede ser de causa, finalidad, consecuencia...

1. Tipos de relación en las estructuras oracionales bimembres

El **tipo de relación que se establece** entre las proposiciones de las estructuras oracionales bimembres puede ser *causal, final, concesiva, consecutiva, condicional* y *comparativa.*

1.1. Relación causal

Indican la **razón** o el **motivo** por el que sucede lo expresado en la proposición principal. Responden a la pregunta **¿por qué?**

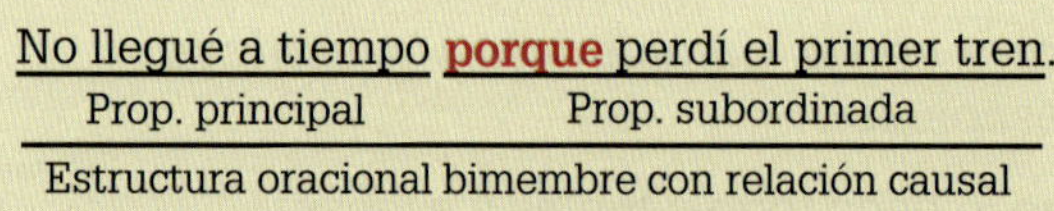

Los **nexos** que introducen estas subordinadas son: *porque, puesto que, ya que, dado que, a causa de, por causa de...*

1.2. Relación final

Indican el **objetivo,** la **intención** o la **finalidad** con que se lleva a cabo lo expresado por la proposición principal.

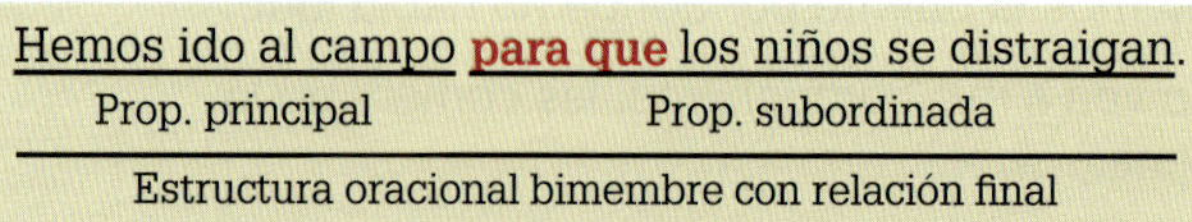

La conjunción *que* puede introducir este tipo de proposiciones y, también, los nexos *para, para que, a fin de que, con el objetivo de que...*

Terminología

Tradicionalmente, este tipo de estructura oracional se denominaba *adverbial impropia;* sin embargo, según la Gramática de la lengua española, esta terminología es **inexacta** y puede llevar a confusión, puesto que en ningún caso las proposiciones subordinadas equivalen ni pueden ser sustituidas por un adverbio.

Recuerda

Como ya vimos en la unidad 3, la RAE emplea el término **oración** para referirse a la misma estructura sintáctica a la que nosotros denominamos **proposición.**

1.3. Relación concesiva

Expresan un **obstáculo** o la **dificultad** a lo expresado por la proposición principal, pero que no impide su cumplimiento.

Iremos de excursión, **aunque** llueva.
Prop. principal — Prop. subordinada
Estructura oracional bimembre con relación concesiva

El nexo más común es *aunque,* pero también pueden estar introducidas por: *así, aun cuando, a pesar de que, por más que...*

1.4. Relación consecutiva

Expresan la **consecuencia** o el **efecto** que se deriva de lo enunciado por el verbo de la proposición principal.

Llueve a cántaros, **por tanto** hoy no saldré.
Prop. principal — Prop. subordinada
Estructura oracional bimembre con relación consecutiva

Los nexos pueden ser conjunciones o locuciones conjuntivas: *conque, por tanto, por consiguiente, así pues, así que, de ahí que...*

También pueden ir introducidas por **nexos correlativos,** uno aparece en la proposición principal *(tal, tan, tanto...)* y otro en la subordinada *(que): Estaba* ***tan*** *cansada* ***que*** *me dormí enseguida.*

1.5. Relación comparativa

Establecen una **comparación** con un elemento de la proposición principal. En este tipo de subordinadas adverbiales, se elide el verbo si coincide con el de la principal.

Has tenido **tanta** suerte **como** te merecías.
Prop. principal — Prop. subordinada
Estructura oracional bimembre con relación comparativa

La comparación se establece mediante dos **nexos correlativos;** uno aparece en la proposición principal *(tal, tan, tanto, más, menos...)* y la subordinada está introducida por el otro *(como, que, de...).*

1.6. Relación condicional

Indican una **condición** necesaria para que se cumpla lo expresado en la proposición principal. En este tipo de oraciones, la proposición principal se denomina **apódosis;** y la subordinada, **prótasis.**

Si mañana por la noche llueve mucho, iré a recogerte en coche.
Prop. sub. condicional **(prótasis)** — Prop. principal **(apódosis)**
Estructura oracional bimembre con relación condicional

La conjunción *si* suele introducir este tipo de subordinadas, pero estas pueden estar encabezadas por otros nexos: *siempre que, en caso de que, a menos que, a condición de que...*

Tipos de estructuras oracionales bimembres con relación consecutiva

Pueden ser de tres tipos:

- **De inferioridad.** La comparación se establece mediante un adverbio *(menos, menor, peor...)* de la principal y la conjunción *que: Isabel ha comprado menos regalos que yo.*
- **De igualdad.** La comparación se establece entre dos términos que se encuentran al mismo nivel: *Tengo tanta sed como antes de beber.*
- **De superioridad.** La comparación se establece mediante un adverbio *(más, mejor...)* de la principal y la conjunción *que* de la subordinada: *El coche de Jaime es más veloz que el tuyo.*

Actividades

1. Fíjate bien en los nexos de las siguientes estructuras oracionales bimembres e indica, después, el tipo de relación establecen.

Oraciones

1) Iré contigo **porque** te lo he prometido.
2) **Si** tienes dudas, pregúntale al profesor.
3) Ayer nevó, **por eso** fuimos a la montaña.
4) Eres **más** simpático **que** tu hermano.
5) **Aunque** insistas, no te acompañaré.
6) Cierra la ventana **para que** no haya corriente de aire.

Tipos

a) Final	c) Comparativa	e) Condicional
b) Causal	d) Concesiva	f) Consecutiva

2. Señala la relación que se establece entre las proposiciones de las siguientes estructuras oracionales bimembres.
   - El coche no arranca porque no tiene gasolina.
   - Aquel chico se ha despedido de todos, por tanto no volverá.
   - Si me avisas con tiempo, te acompañaré al cine.
   - Los hechos son más importantes que las palabras.
   - Aunque no te guste, estudiaré la carrera de Bellas Artes.
   - ¿Llevas los fascículos para que los encuadernen?
   - La habitación del hotel era tan lujosa como se mostraba en el catálogo.
   - Daniel fotocopió la página para que todos tuviéramos un ejemplar.

3. Escribe el nexo que falta en estas oraciones e indica qué tipo de relación se establece entre las proposiciones.
   - Préstale este libro ..... lo consulte.
   - La gente protestó ..... la organización no devolvió el dinero de las entradas.
   - ..... vienes conmigo, te invito al cine.
   - ..... le habíamos avisado, no asistió a la reunión.
   - Hoy lloverá ..... no olvides el paraguas.
   - Este chico es ..... trabajador ..... me habían dicho.
   - Estamos todos de acuerdo ..... no tenemos que votar.

4. Completa estas expresiones con una proposición subordinada según la relación que se indica en cada caso.
   - **Causal:** No podemos ir al campo...
   - **Final:** Te traigo este juguete roto...
   - **Concesiva:** Asistió al ensayo...
   - **Consecutiva:** Es tan estudioso...
   - **Comparativa:** Este cuadro cuesta menos...
   - **Condicional:** Compraré esos pantalones...

5. Señala si la relación que se da en estas estructuras oracionales bimembres es causal, comparativa o consecutiva.
   - Dado que el tren trae retraso, viajaré en coche.
   - Nuestro equipo ha cosechado más triunfos que el vuestro.
   - No le ayudes, puesto que no te lo agradece.
   - Llovió tanto que la carretera acabó anegada.
   - La atleta se esforzó de tal manera que quedó agotada.
   - No pudimos sentarnos porque no había sitio.
   - Como se cree muy inteligente, no estudia lo suficiente.
   - Tu aportación es tan válida como la de Ernesto.

6. Señala la relación que se da entre estas estructuras oracionales. Para comprobarlo, sustituye cada uno de los nexos por otro que tenga el mismo valor.
   - No sigas hablando, pues no tienes razón.
   - *No sigas hablando porque no tienes razón* (Causal).
   - Alberto está lesionado, por consiguiente no jugará.
   - Firmó los documentos, si bien no estaba totalmente de acuerdo.
   - En caso de que la tienda de comestibles esté cerrada, iré al mercado.
   - Llamó a su secretario a fin de que se agilizaran los trámites.
   - Enfermarás como te comas todas esas cerezas.
   - Apaga la televisión, que tienes que estudiar.
   - Por más que te empeñes, nunca conseguirás batir su récord.

7. Señala las estructuras oracionales bimembres en el siguiente texto poético de José Agustín Goytisolo:

Tú no puedes volver atrás
porque la vida ya te empuja
como un aullido interminable.
Hija mía, es mejor vivir
con la alegría de los hombres
que llorar ante el muro ciego. [...]

— Indica ahora qué relación se establece entre las proposiciones.

8. Subraya los verbos de estas oraciones y, a continuación, indica si son simples o compuestas:

- Cuando acabó el concierto, el público aplaudió.
- La temperatura media del planeta ha subido algunos grados durante el último siglo.
- Pregunta quién ha venido.
- He enviado un mensaje por correo electrónico a tu hermano esta mañana.
- Cuidaré de tu casa como si fuera mía.
- El Gobierno ha anunciado a los ciudadanos una subida de precios para el próximo año.

9. Indica si la palabra subrayada en cada una de estas oraciones es un sustantivo, un adjetivo o un adverbio. Después, sustitúyela por una proposición subordinada sustantiva, adjetiva o adverbial, según corresponda. Fíjate en el ejemplo.

- Me gusta su risa. ⟶ *Me gusta que se ría.*
  sustantivo — Pr. sub. sustantiva
- Redacta el cuento así.
- Se ha acabado el chocolate suizo.
- Desconozco la causa del retraso.
- Me gusta su mirada.
- Los viajeros impuntuales perdieron el tren.
- Quedaré con mis compañeros allí.

10. Transforma estas oraciones simples en compuestas. Fíjate en el ejemplo.

- No quiero café. ⟶ *No quiero café, prefiero té.*
  V (O. simple) — V V (O. compuesta)
- Ella compuso la música.
- Mi padre nació en un pueblo de Córdoba.
- Iré a su casa esta noche.
- Llegué a la ciudad por la mañana.
- Anoche nevó abundantemente.
- Las quejas de los viajeros fueron atendidas por el representante de la compañía aérea.

11. Indica si estas oraciones están compuestas por coordinación, yuxtaposición o subordinación:

- Si Ángela llega a tiempo, la invitaré al cine.
- No te has esforzado ni has demostrado interés.
- La novela que me prestaste es muy interesante.
- Los pájaros se guarecen cuando amenaza tormenta.
- Consiguió una beca, esto es, le pagaron los estudios.
- El joven tenista jugó su mejor partido; el público le animaba.

12. Localiza en este texto una oración de cada uno de los tipos que se indican a continuación:

> Soy escribiente de lápidas y me gusta mi trabajo. Siempre soy el primero en llegar, abro el taller por encargo del dueño y aparco mi Hyundai en el patio.
>
> Si me da tiempo antes de que lleguen los demás, voy al almacén de las estatuas para hablar un rato con ellas.
>
> Hoy es 20 de junio y llueve. Se estaba muy bien en la cama, pero ya he dicho que me gusta mi trabajo. Me acerco a *Rizos:*
>
> —¿Sabes que hoy llueve?
>
> —Ya lo sé. La lluvia repiquetea en el techo y en los cristales. Tengo frío.
>
> *Rizos* me mira con sus ojos blancos. Tiene los bracitos levantados, como si buscase a alguien que le calentase las manos. Le cojo las dos manos con las mías. Antes de que lo pueda calentar, me contagia su frialdad porque *Rizos* es una figura de mármol. Es uno de los ángeles que tenemos en el almacén de las estatuas.
>
> O. Xirinacs, *El escribiente de lápidas.* edebé (adaptación).

- Tres oraciones simples.
- Dos oraciones compuestas por coordinación.
- Una oración compuesta por subordinación adjetiva, otra por subordinación sustantiva y otra por subordinación adverbial.

13. Localiza las proposiciones subordinadas de estas oraciones e indica si son sustantivas, adjetivas o adverbiales:

- Es posible que no hayan llegado todavía.
- Tan pronto como llegue a casa, le llamaré.
- Dime si los invitados han quedado satisfechos.
- Cuando se lo contaron, se quedó atónito.
- Daremos la bienvenida a quienes lleguen primero.
- No sé dónde he dejado el monedero.
- Aquel es el bloque cuya fachada se desplomó ayer.
- Me preguntó dónde había dejado las llaves de casa.
- La casa donde nací ha sido derribada.
- Miguel comprobó que no había ningún fallo en el motor.

14. Corrige los errores de concordancia que aparecen en las siguientes oraciones:

- No creo que viniera Inés esta tarde.
- Es normal que piensas así.
- No sé de qué se quejen; todo está perfecto.
- Si quiera conseguirlo, tendrá que trabajar más.
- Ojalá el mecánico arreglaba mi moto.

15. Fíjate en las siguientes oraciones simples. Escribe, a partir de cada una de ellas, tres oraciones compuestas: por subordinación adjetiva, sustantiva y adverbial, respectivamente. Fíjate en el ejemplo.

- Ayer perdí el monedero.
  - → **Adjetiva:** *Ayer perdí el monedero que me regalaste* (adjetiva).
  - → **Sustantiva:** *Creo que ayer perdí el monedero* (sustantiva).
  - → **Adverbial:** *Ayer perdí el monedero cuando salí del cine* (adverbial).
- Ese perro ladra por las noches.
- Avisaremos al servicio técnico.
- Hemos instalado el acuario en el salón.

16. Señala la relación que se establece en las siguientes estructuras oracionales bimembres:

- Dado que el avión sale muy tarde, iré en coche.
- Nuestro equipo ha cosechado más triunfos que el vuestro.
- Ayer llegué tan cansado a casa que me acosté enseguida.
- Contesté como tú me dijiste.
- No le ayudes puesto que no te lo agradece.
- Cuando escribe, comete faltas de ortografía.
- Paré donde ocurrió el accidente.
- Llevé el perro al veterinario para que lo examinara.

17. Repasa las unidades anteriores y completa un cuadro resumen sobre las formas no personales del verbo. Debes indicar:

- El nombre de la forma no personal.
- La categoría gramatical a la que equivalen.
- Las funciones que pueden desempeñar.
- Los complementos que pueden recibir.

18. Localiza las proposiciones subordinadas que aparecen en estos fragmentos literarios e indica de qué tipo son:

> Cuando despertó, el dinosaurio todavía estaba allí.
>
> A. Monterroso, *Obras completas.*
>
> Su meridiana aparición en lo más intrincado, umbrío y silencioso de la verde enramada, me trajo a la memoria todas las apariciones, buenas o malas, de seres portentosos y de condición superior a la nuestra, que había yo leído en los autores sagrados.
>
> Juan Valera, *Pepita Jiménez.*
>
> Para crear hábitos saludables, que nos acompañen toda la vida, no hay peor camino que el de la gimnasia y los deportes que son ejercicios mecanizados.
>
> Antonio Machado, *Juan de Mairena.*
>
> En cuanto pude, me largué de allí, a Bilbao, donde decían que embarcaban mozos gratis para el canal de Panamá y que luego le descontaban a uno el pasaje de la soldada.
>
> Miguel Delibes, *Viejas historias de Castilla la Vieja.*
>
> El olor especial, el gran rumor de la gente, las luces siempre tristes, tenían para mí un gran encanto, ya que envolvía todas mis impresiones en la maravilla de haber llegado por fin a una ciudad grande, adorada en mis ensueños por desconocida.
>
> Carmen Laforet, *Nada.*
>
> En San Carlos corría como verdad indiscutible que Letamendi era un genio; uno de esos hombres águilas que se adelantan a su tiempo; todo el mundo le encontraba abstruso porque hablaba y escribía con gran empaque un lenguaje medio filosófico, medio literario.
>
> Pío Baroja, *El árbol de la ciencia.*

19. Os proponemos que repaséis los tipos de oraciones que habéis estudiado mediante la **técnica cooperativa** del *juego de las palabras*.

- El profesor o profesora anotará en la pizarra el nombre de varios tipos de oraciones que se han trabajado en la unidad (oraciones compuestas por coordinación, yuxtaposición y subordinación, y estructuras bimembres).
- Por grupos, escribid un ejemplo de cada uno de los tipos de oraciones que estén anotadas y, entre todos, corregidlas y ampliadlas de modo que el resultado final sea fruto de la participación de todos los miembros del grupo.
- Poned en común las oraciones que haya propuesto cada grupo, para poder realizar de este modo una síntesis del tema.

Análisis sintáctico

Análisis de subordinada adverbial (de tiempo)

Pilar se sintió satisfecha del esfuerzo cuando su hijo recogió el primer premio.

N V A Prep/Det N Av A N V Det Det N

D D Núcleo

D N D N Núcleo SN/CD

r SN R/CC SN/S SV/P

Núcleo SPrep/CA Pop. sub. adv. (de tiempo)

Núcleo Núcleo SA/Pvo CCT

SN/S SV/P

Oración compuesta por subordinación adverbial de tiempo

- Cuando me desperté, el parque estaba nevado.
- Cocinaremos una paella como nos enseñó tu madre.

Análisis de estructura bimembre (relación causal)

Julio participó en la maratón porque su padre lo animó.

N V Prep Det N Conj Det N Pron V

D Núcleo

r SN

Núcleo Núcleo SPrep/CR D Núcleo SN/CD Núcleo

SN/S SV/P R SN/S SV/P

Proposición principal Proposición subordinada

Estructura oracional bimembre con relación causal

Análisis de estructura bimembre (relación comparativa)

Pablo tiene mejores resultados este año que el año pasado [tuvo] [3.ªp. sing.]

N V A N Det N Conj Det N A

SA/CN Núcleo D Núcleo D Núcleo SA/CN

Núcleo Núcleo SN/CD SN/CCT SN/CCT Núcleo Núcleo

SN/S SV/Predicado R SV/Predicado SN/Sujeto

Proposición principal Proposición subordinada

Estructura oracional bimembre con relación comparativa

6. Como repaso final de la oración compuesta, realiza el análisis morfosintáctico de estas oraciones:

- Aunque no le conozco, sé muchas cosas de él.
- Nunca había visto el mar, sin embargo había navegado por varios ríos.
- Revisó el informe, firmó los documentos, salió del despacho con una sonrisa.
- La excusa que puso Roberto no es creíble.
- Me parece genial que os quedéis en casa esta semana.
- Hugo era tan aventurero que siempre viaja solo.
- Cuando comencé la novela, ya sabía el final.
- El repartidor me aseguró que mañana llegaría mi pedido.
- El sábado pasado vimos la película cuyo protagonista ha fallecido.

Norma

1. Lee las siguientes oraciones y escribe otras en las que utilices las palabras subrayadas con un significado más actual:
   - Irene se ha contagiado de un virus en el hospital.
   - Miguel se come una tableta de chocolate cada tarde.
   - Ana siempre se ofrece voluntaria en clase para salir a la pizarra.
   - La novia del príncipe heredero recibirá clases de protocolo antes de casarse.
   - Después del duro día en el mar, el pescador colgó su red.

2. Indica los gerundios mal empleados y sustitúyelos por una expresión equivalente:
   - Se marchó de viaje, llamando al día siguiente.
   - Entró silbando a la oficina.
   - Compró una tela, colocándola después en el salón de su casa.
   - Había emigrado a Alemania, regresando con una gran fortuna.
   - Salieron en coche, llegando muy tarde a Sevilla.
   - Está comprando en la tienda de la esquina.

Ortografía

3. Escribe la forma correcta del verbo entre paréntesis.
   - Yo cada mañana ..... (coger) el autobús para ir al instituto.
   - Aquel día ..... (rezar) todo lo que sabía para que el avión no cayera.
   - Nunca ..... (convencer) a nadie con mis argumentos.
   - ¡Ojalá el profesor ..... (corregir) generosamente mi examen!
   - La semana pasada ..... (realizar) tu sueño de visitar Buenos Aires.

4. Completa estas oraciones con las formas que correspondan de los verbos entre paréntesis:
   - Miguel siempre ..... (reñir) a sus alumnos cuando no atienden en clase.
   - Si ..... (estar) enfermo, no tendrías ganas de jugar con la consola.
   - Carmen pasa todo el día fuera y ..... (volver) a su casa a última hora de la tarde.
   - ..... (venir) del instituto por el camino que tú me recomendaste.

Precisión léxica

5. Sustituye el verbo *hacer* + *infinitivo* pde las oraciones siguientes por un solo verbo:
   - El portavoz del Gobierno prometió que haría bajar los impuestos a todos los ciudadanos.
   - El nuevo presidente ha hecho nacer la esperanza en el futuro.
   - El prestidigitador hizo desaparecer la paloma bajo la chistera.
   - El escándalo político que se vivió en aquel país hizo caer a varios de sus gobernantes.
   - Con la Constitución de 1978 se hizo cesar la pena de muerte en España.

6. Subraya la palabra que más se aproxime semánticamente a la que aparece en mayúsculas.
   - INGENUO: simple, benévolo.
   - TORCEDURA: percance, colisión, luxación, magulladura.
   - CONVENCER: zanjar, solventar, imbuir, sentenciar.
   - PRESENTIMIENTO: certidumbre, barrunto, confianza, persuasión.
   - ACOPLAR: asegurar, forzar, amarrar, ensamblar.
   - FANTASÍA: proyecto, empeño, anhelo, quimera.

7. Escoge, en cada caso, el término que te parezca más adecuado para cada una de estas oraciones:
   - Clara Campoamor fue la principal impulsora del ..... universal en España.

     ❑ voto ❑ sufragio ❑ elección
   - El concierto comienza a las 10, pero la ..... de puertas es a las 8.

     ❑ abertura ❑ obertura ❑ apertura
   - El cuarto de baño está acabado. Solo falta colocar un par de ..... en la pared.

     ❑ baldosas ❑ azulejos ❑ ladrillos
   - La policía ..... a quien colabore en aclarar el caso.

     ❑ premiará ❑ resarcirá ❑ recompensará
   - Encontrarás los yogures en la sección de alimentos ..... del supermercado.

     ❑ gélidos ❑ refrigerados ❑ congelados
   - El premio de novela fue ..... a mi escritor favorito.

     ❑ otorgado ❑ regalado ❑ entregado

La subordinación adverbial

1. Lee el siguiente texto y contesta, en una hoja aparte, a las cuestiones que se plantean a continuación:

> Llega a Barcelona el autista de ficción más famoso y entrañable de la literatura, el adolescente Christopher John Francis Boone [...], el protagonista de *El curioso incidente del perro a medianoche* (Salamandra, 2004).
>
> Manrique [...] asegura que solo se ha atrevido a dirigirla al saber que podía contar con Pol López para el papel de Christopher, ese chico tan especial al que (según su propia lista) no le gusta que le toquen, grita cuando está enfadado o confundido (o destroza cosas, o gime), detesta el amarillo y el marrón, las mentiras y las metáforas [...].
>
> El director señala que descubrió la novela al publicarse en nuestro país y se enamoró. Apunta que aunque no se especifique en el libro, Christopher, «una criatura especialmente sensible», sufre el síndrome de Asperger, que le convierte en una persona diferente de los *neurotípicos*, que es como denominan ellos al resto de la gente con canales distintos para los sentimientos. Manrique destaca que la mirada de Christopher sobre el mundo es muy interesante, sobre todo porque «no sabe decir mentiras ni las entiende». En ese aspecto, convertirlo en personaje teatral tiene especial miga, pues el teatro es esencialmente una mentira.
>
> Pol López se ha entrevistado con pacientes de Asperger para construir su personaje. Explica que lo que más le fascina de Christopher es «cómo pone de manifiesto lo absurdo de nuestro mundo, cómo lo desarticula dando pie con su visión y su actitud a situaciones cómicas y trágicas». En la misma dirección, Marta Marco, que encarna a Siobhan, la terapeuta del chico, afirma que «si todos fuéramos un poco más aspergers, el mundo iría mejor».
>
> *El País* [en línea], 8-4-2015.

2. Identifica a continuación las proposiciones subordinadas adverbiales y especifica de qué tipo son:

- Christopher grita cuando está enfadado o confundido.
- Representarán la obra donde se escenificó el último montaje de *Hamlet.*
- El actor ha preparado su personaje como le ha indicado el director.

3. Localiza en el texto una estructura oracional bimembre con relación concesiva, una causal y una condicional.

4. Realiza el análisis morfosintáctico de estas oraciones:

- El director señala que descubrió la novela al publicarse en nuestro país y se enamoró.
- Marta Marco, que encarna a Siobhan, afirma que si todos fuéramos un poco más aspergers el mundo iría mejor.

El cambio de significado

5. Explica el significado metafórico de la expresión subrayada.

«... convertirlo en personaje teatral tiene especial miga...».

6. *Autista* es una palabra tabú. ¿Por qué término o expresión eufemísticos se ha sustituido en el texto? A continuación, define qué es una palabra tabú y un eufemismo.

Uso correcto del gerundio

7. Indica los gerundios mal empleados y sustitúyelos por una expresión equivalente.

- Visité París, llegando al hotel por la noche.
- Fui al centro comercial, comprando por la tarde un vestido.
- Adquirimos entradas para la obra, dando después una sorpresa a mi madre.
- Salí del teatro llorando de la emoción.

Los mensajes publicitarios

8. Señala las características de estos mensajes publicitarios y qué técnicas se han empleado en cada uno:

9. Elabora un anuncio publicitario para una campaña de concienciación social en torno a uno de estos temas:

- Respeto al medio ambiente
- Uso responsable de las nuevas tecnologías
- Ayuda a personas en riesgo de exclusión social

Pon a prueba tus competencias

Observa el siguiente documento y contesta a las preguntas que se plantean a continuación:

http://www.vitasalud.com

1. ¿Qué representa la imagen? ¿Sabes de qué disciplina se trata?

- Esta serie se denomina *Saludo al Sol*. ¿De cuántos movimientos está constituida?
- ¿Te parece que la representación de las posturas es suficientemente clara? ¿Sabrías reproducirlas?
- ¿Por qué se representan dentro de un círculo?
- ¿Sabrías deducir qué significa el término *asana?*

2. En el yoga, el paso de una postura a la siguiente se denomina *transición.* El movimiento que se debe realizar en las transiciones puede deducirse de la posición del cuerpo en una postura y en la siguiente.

— Observa las posturas 6 y 7 y describe qué movimientos deben realizarse para pasar de una a otra. Esquematiza con un dibujo un momento de esta transición.

3. Elige cinco posturas consecutivas y redacta un texto describiendo cómo deben realizarse.

— Intercambia tu texto con un compañero. ¿Puedes deducir qué cinco posturas ha elegido a partir de lo que ha escrito?

4. Estas instrucciones para realizar el *Saludo al Sol* se basan fundamentalmente en imágenes. ¿Qué ventajas e inconvenientes crees que tiene esta presentación? Argumenta tu respuesta con ejemplos.

5. Diseña un folleto publicitario para fomentar la práctica del yoga. Para ello, infórmate sobre esta disciplina en estas páginas web:

@

http://links.edebe.com/wups
http://links.edebe.com/gct

— Elige cuál va a ser la idea fundamental de la campaña: *salud, felicidad, equilibrio, deporte, bienestar...* Piensa qué imagen o imágenes pueden reflejar mejor el concepto que has elegido.

— Crea un eslogan que transmita esta idea; debe ser breve, evocador y fácil de recordar.

— Escribe el texto del folleto sobre las ventajas de la práctica del yoga, basándote en pruebas científicas. Procura que la redacción sea breve, clara y concisa, y destaca en negrita las palabras clave.

— Un diseño atractivo es clave para captar la atención del público. Utiliza esta aplicación para editar tu folleto: **https://www.canva.com/**

6. Las imágenes pueden ser esenciales en la comunicación; a veces, no tanto por su contenido explícito, sino por lo que sugieren.

— Observa las siguientes fotografías relacionadas con la publicidad del yoga:

— Define el tipo de público al que se puede dirigir cada imagen (hombres o mujeres, jóvenes o mayores...).

— Escribe un eslogan que acompañe cada imagen, teniendo en cuenta el público al que se dirige.

7. Identifica en las siguientes oraciones las proposiciones subordinadas adverbiales y las estructuras oracionales bimembres:

- Empezó a practicar yoga porque se sentía muy cansado.
- Hemos pagado la cuota como decía en el folleto.
- Siempre acabo la sesión sonriendo.
- Comienzo las clases de yoga cuando salgo del trabajo.
- Me siento mejor, por tanto voy a seguir practicando.
- Aunque soy poco flexible, me mantengo en forma.

— Sustituye las proposiciones adverbiales por un adverbio o una locución adverbial equivalente.

— Indica de qué tipo son las estructuras oracionales bimembres.

8. Explica el significado de las expresiones destacadas y determina las causas del cambio semántico.

- Cervantes es la mejor **pluma** de la literatura.
- El museo ha comprado **un Picasso.**
- No te fíes de él, es un **villano.**
- Huyó del **establecimiento penitenciario.**

SÍNTESIS

Completa en tu cuaderno el siguiente esquema del contenido de la unidad 6:

Léxico

- Los **cambios de significado** en las palabras pueden ser debidos a distintas causas:

— .....: por la evolución del lenguaje y de la realidad.

— **Sociales o psicológicas:** por la existencia de palabras ..... que se sustituyen por .....

— **Lingüísticas:** se producen por contagio, por ..... y por .....

Los textos

- Los **mensajes publicitarios** tienen por objetivo ..... de la necesidad de ..... un producto. Se pueden **difundir** en publicaciones ....., medios ....., nuevas tecnologías...

Gramática

- Las **proposiciones subordinada adverbiales** son aquellas que **pueden sustituirse** por un ..... o una locución ....., y desempeñan la función de ..... con respecto al verbo de la proposición principal. Pueden ser de **tres tipos:** de ....., de ..... y de .....
- La **estructuras oracionales bimembres** son aquellas oraciones en las que la proposición subordinada complementa a ..... el sentido de la ..... Entre ambas proposiciones se establece una **relación lógica** que puede ser causal, ..., concesiva, ..., comparativa y .....

Reflexiona

Diario de aprendizaje

— ¿Has enriquecido tu conocimiento del léxico gracias al contenido de esta unidad? ¿Qué uso crees que puede tener conocer los cambios de significado de las palabras?

— ¿Te resulta útil el aprendizaje cooperativo? ¿Qué es lo que más valoras al trabajar en grupo? ¿Por qué?

— ¿Por qué crees que es necesario conocer las estrategias publicitarias?

Origen y actualidad del español

El español, una de las lenguas más habladas en el mundo, comenzó siendo un simple dialecto del latín que se hablaba en pequeñas zonas del norte de España, y que fue evolucionando con el tiempo hasta llegar a convertirse en el idioma que tú y más de 450 millones de personas utilizan actualmente para comunicarse.

1. Etapas de formación

Las **lenguas** son entidades vivas que **evolucionan constantemente.** El español evolucionó **a partir del latín,** y a lo largo de los siglos fue enriqueciéndose con el legado de los diferentes pueblos que habitaron la Península. A continuación estudiarás las principales etapas de formación de la lengua castellana.

1.1. El sustrato prerromano

Antes de la llegada de los romanos, la Península Ibérica estaba **habitada por distintos pueblos** (íberos, celtas, fenicios...), que poseían su propia lengua. Con la invasión romana, estas **lenguas,** excepto el euskera, desaparecieron y fueron **sustituidas por el latín.**

Sin embargo, estas lenguas prerromanas dejaron **huellas** en el léxico *(barro, perro, barraca, manteca...),* en algunos sufijos *(-orro, cachorro)...* e influyeron en la evolución del latín en la Península.

Denominamos **sustrato** a aquella lengua que al ser sustituida por otra, no desaparece en su totalidad, sino que deja rasgos lingüísticos en la nueva lengua.

1.2. La romanización

Con la llegada de los romanos (en el año 218 a. de C.) se inicia el proceso de romanización. La Península **adoptó las ideas y la cultura del mundo romano.** La intensidad de la romanización fue distinta en los diversos territorios, pero la **sustitución de las lenguas prerromanas por el latín** fue prácticamente general, con la excepción del euskera.

El español deriva del **latín vulgar** que hablaban los colonizadores romanos (soldados, comerciantes...), y de este **procede** la mayor parte del **léxico castellano.** Este latín, poseía diferencias dialectales respecto del que se extendió por otras zonas del Imperio; ello, junto con los rasgos de las lenguas que ya existían aquí, contribuyó a la formación de las **diferentes lenguas románicas y variedades peninsulares.**

El latín

El latín del Imperio Romano presentaba dos modalidades bien diferenciadas:

- **Latín clásico.** Se aprendía en las escuelas y lo empleaban los ciudadanos cultos para comunicarse.
- **Latín vulgar.** Era la modalidad popular, hablada por los comerciantes, los soldados, los funcionarios...
- Fue la **modalidad que se introdujo en la Península.** El contacto de esta modalidad con el sustrato prerromano y con otras lenguas que se introdujeron posteriormente determinaron la evolución de lo que se convertiría en el español.

1.3. El superestrato visigodo y árabe

A comienzos del siglo V, el debilitamiento del Imperio Romano propició la **invasión de los pueblos germánicos.** Sin embargo, a pesar de dominar gran parte del territorio peninsular, la influencia que ejercieron sobre la lengua fue prácticamente nula. Únicamente quedan rastros en el **léxico** *(falda, blanco, guerra, yelmo...).*

Más tarde, la llegada de los árabes a España en el siglo VIII tuvo consecuencias decisivas. Procedentes del norte de África, ejercieron durante casi seis siglos una gran influencia política y militar en todo el territorio peninsular.

Denominamos **superestrato** a aquella lengua que ejerce una influencia sobre otra a la que no ha logrado sustituir.

Debido al extenso espacio de tiempo que esta cultura permaneció en la Península, decimos que el árabe constituye el fenómeno de **superestrato lingüístico más importante** en la evolución y formación del castellano. La influencia de este superestrato se observa, sobre todo, en la gran cantidad de arabismos que siguen estando presentes en la lengua castellana *(cifra, álgebra, aceituna, zanahoria...).*

1.4. Fijación del castellano

Tras la invasión musulmana, la lengua que se hablaba en la Península ya no se considera latín. Desde el siglo VIII hasta el siglo X, el latín vulgar se escindió en distintas **lenguas romances,** entre las cuales se encuentra el **castellano.**

El castellano era la variedad lingüística utilizada por los habitantes poco romanizados de Castilla, zona que comprendía territorios del norte de la provincia de Burgos, del centro de Cantabria y de las tierras colindantes con Álava.

Las primeras palabras escritas en castellano datan del siglo X y aparecen en las *Glosas emilianenses* y en las *Glosas silenses.*

Hacia finales del siglo XI y comienzos del XII, se desarrolló una poesía anónima, cantada por juglares que relataban hechos gloriosos de héroes castellanos. De esta poesía anónima hay que destacar el *Cantar de Mio Cid.*

En este punto nos detendremos en el estudio de la consolidación de la lengua española desde el siglo XIII hasta nuestros días.

La norma alfonsí (s.XII-XIV)

- En el siglo XIII hay que destacar la figura de Alfonso X el Sabio, quien perfecciona el idioma castellano y lo convierte en lengua de cultura.
- En el siglo XIV, don Juan Manuel y el arcipreste de Hita escriben sus obras en una lengua más estructurada y expresiva.
- Aparecen dos obras fundamentales que contribuyen a la fijación definitiva del castellano: *El tesoro de la lengua castellana,* de Sebastián de Covarrubias (1611), y la *Gramática* de Nebrija, a finales del siglo XV.

Siglos de Oro (s. XVI-XVII)

- Se consolidan los cambios fonéticos que se habían iniciado en el siglo XV: aparición del fonema /χ/, que pasa a representarse con las grafías actuales «g» y «j»; desaparición de la aspiración de la «h», que se hace muda.
- Durante los siglos XVI y XVII, el castellano se convierte definitivamente en una lengua de cultura y de comunicación entre pueblos y naciones.

Siglo XVIII

- Se caracteriza por el interés que suscita todo lo relacionado con la ciencia y la cultura; este rasgo exigió la ampliación del léxico con términos técnicos de las nuevas ciencias para nombrar nuevas realidades: botánica, ingeniería...
- Con el objetivo de asegurar la pureza de la lengua y fijar las normas para su desarrollo, la Real Academia Española (RAE), creada en 1713, publica las siguientes obras: *Diccionario de Autoridades* (1726-1739), *Ortografía* (1741) y *Gramática* (1771).

Actualidad

- A partir del siglo XIX, la lengua ya está consolidada y no se producen cambios sustanciales, sino aquellos que tienen como finalidad adaptar la lengua a los nuevos tiempos.
- El castellano o español cuenta con instituciones que velan por su regularización y por su unidad. Entre las principales se encuentran la RAE y el Instituto Cervantes.

La RAE y el Instituto Cervantes

La **Real Academia Española** se fundó en el año 1713. Su lema es: «Limpia, fija y da esplendor».

Con el tiempo ha ido adaptando sus objetivos y funciones y, actualmente, la Academia «tiene como misión principal velar por que los cambios que experimente la Lengua Española en su constante adaptación a las necesidades de sus hablantes no quiebren la unidad esencial que mantiene en todo el ámbito hispánico».

Para conseguir estos objetivos ha publicado obras como: el *Diccionario de la lengua española,* el *Diccionario panhispánico de dudas* y la *Nueva gramática de la lengua española,* que por primera vez toma como referencia el español global y no solo el peninsular.

El **Instituto Cervantes,** fundado en 1991, tiene como objetivo principal difundir la enseñanza de la lengua y la cultura españolas e hispanoamericanas. Cuenta con más de setenta centros distribuidos, sobre todo, en Europa, Estados Unidos y diversos países árabes.

Instituto Cervantes (Madrid)

2. El español en la actualidad

El español es la lengua románica con mayor número de hablantes y goza, en la actualidad, de un indudable **prestigio como lengua de comunicación internacional** (en el mapa puedes observar la extensión geográfica actual del español).

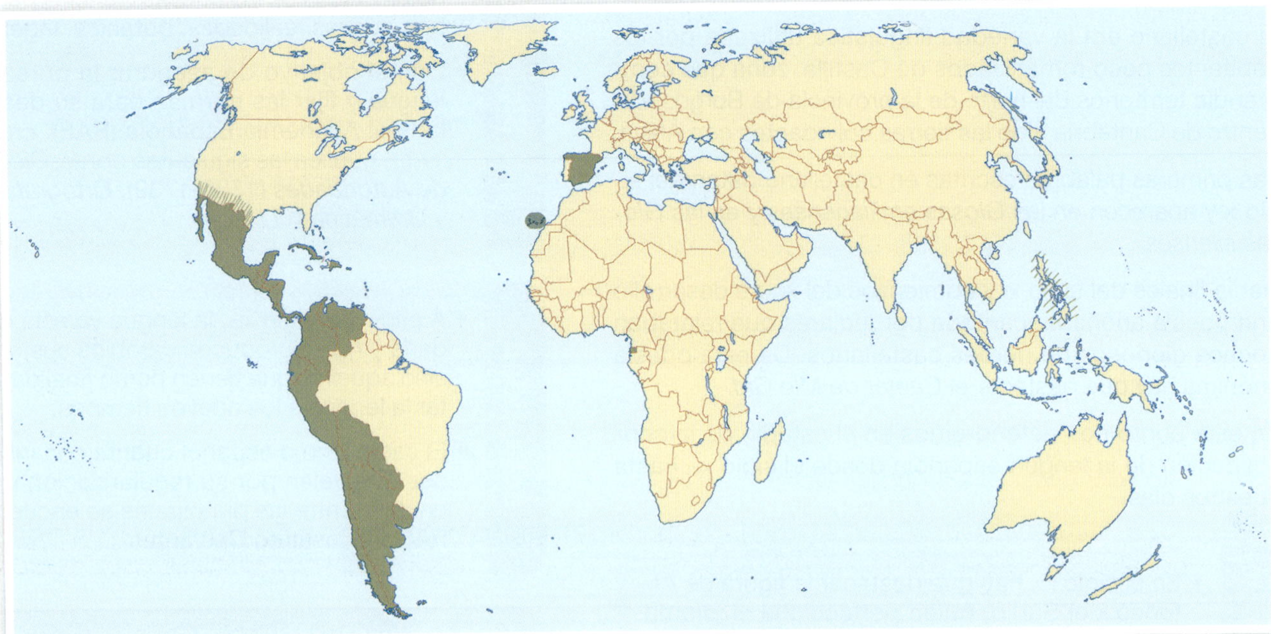

Sin duda, su enorme presencia en el mundo se debe a su importante **expansión geográfica** en la zona centro y sur del continente americano, donde es **lengua oficial en 18 países.** Sin embargo, también se habla español en otras zonas, aunque no sea lengua oficial:

- En **Filipinas** fue durante siglos lengua oficial, aunque desde 1898, y debido a la influencia de los Estados Unidos, dejó su lugar al inglés y a las lenguas autóctonas. Sin embargo, aún es hablado por unos tres millones de personas.
- En **Estados Unidos,** donde casi cuarenta millones de personas emplean el español como lengua habitual. Según estadísticas recientes, dos de cada tres estudiantes estadounidenses eligen el español como segunda lengua, y se cree que en 2050 Estados Unidos será el primer país hispanohablante del mundo.
- En **África** se habla el castellano en aquellas zonas que han mantenido estrecha relación con España (Guinea Ecuatorial).
- También hablan una variante del castellano, el **sefardí,** los descendientes de los judíos que fueron expulsados de España en 1492 y están dispersos por Israel, los Balcanes, Estados Unidos...

A pesar de la **gran diversidad geográfica y cultural** de sus hablantes, la lengua española se caracteriza, en general, por su **unidad lingüística.** Esta unidad se consigue, en gran parte, gracias a las **normas de corrección idiomática,** dictadas por las Academias de la Lengua, que sirven de guía para todos los hablantes; y, también, debido a la gran labor que realizan instituciones como el Instituto Cervantes.

El español en EE.UU.

Desde el punto de vista demográfico, la importancia del español viene dada por la cantidad de hispanohablantes que viven en Estados Unidos.

Es la segunda lengua extranjera elegida por los estudiantes de todos los niveles, por delante del francés y del alemán.

Actualmente, el español aumenta su presencia en los diferentes medios de comunicación: periódicos *(El Nuevo Herald)*, canales de televisión (**CNN** en español) y emisoras de radio *(CNN en Español Radio)*.

La presencia del español en EE. UU. está dando lugar al ***spanglish*** una modalidad lingüística de uso coloquial, que mezcla el español y el inglés.

3. Las variedades del español

Como acabamos de ver, en la actualidad la lengua española permite que se comuniquen millones de hablantes en todo el mundo, empleando un **mismo código.**

Sin embargo, es evidente que el español que habla un argentino no es igual que el de un burgalés; ni un estudiante tampoco se expresa del mismo modo que un científico durante una conferencia; es decir, la lengua presenta **distintas realizaciones o variedades** entre sus hablantes. Estas variedades se clasifican en tres grupos: *sociales, situacionales* y *geográficas.*

3.1. Variedades sociales

Existe una estrecha relación entre la lengua que se utiliza y las **circunstancias sociales y culturales** de sus hablantes (edad, sexo, profesión, hábitat...). Así, decimos que el español presenta tres niveles o variedades sociales: *nivel culto, nivel medio* y *nivel vulgar.*

- **Nivel culto.** Es la variedad **más elaborada,** utilizada por personas con un alto conocimiento de la lengua. Se caracteriza por la **precisión** en el vocabulario, el uso de **cultismos** y una **sintaxis compleja.** No admite vulgarismos y evita el uso de palabras comodín.
- **Nivel medio o estándar.** Es la variedad con mayor número de hablantes. Se caracteriza, sobre todo, por la **corrección** al hablar y al escribir, aunque no posee el virtuosismo de la lengua culta.
- **Nivel vulgar.** Esta variedad viene determinada por la **deficiente formación lingüística** de los hablantes. Se caracteriza por la **pobreza de recursos léxicos**, la falta de precisión, las expresiones malsonantes, las **incorrecciones** en los planos fonético, morfológico y sintáctico...

3.2. Variedades situacionales

Los diferentes contextos o situaciones en los que se puede producir un acto de comunicación también condicionan al hablante a la hora de emplear la lengua. Hablamos, entonces, de **variedades situacionales** o **registros de la lengua.**

El dominio que los hablantes tenemos de nuestra lengua radica, en gran parte, en nuestra capacidad de adaptar en cada situación el registro adecuado. Así, no se habla del mismo modo cuando se está entre amigos que cuando se expone un tema en clase.

Distinguimos dos tipos de variedades o registros situacionales: el *registro formal* y el *registro informal.*

- **Registro formal.** Se emplea cuando la relación entre los interlocutores es distante, o en situaciones solemnes. Se caracteriza por el **uso cuidado del idioma** (vocabulario rico y preciso, sintaxis correcta, dicción clara...) y por el empleo de **fórmulas establecidas.**
- **Registro informal.** Es propio de ámbitos familiares y relaciones de amistad. Suele darse en situaciones espontáneas y cotidianas, y se caracteriza por el **uso natural y expresivo de la lengua** (repeticiones, frases hechas, diminutivos afectivos...).

Granada

3.3. Variedades geográficas

La lengua también presenta variedades ligadas a la geografía. Según las características específicas que el castellano adopta en las distintas zonas donde se habla, nos referimos a *variedades históricas, variedades meridionales* y variedades del *español de América.* Nos centraremos en estas dos últimas.

Las variedades meridionales

Surgen a partir de la evolución del castellano según las diferentes zonas de la Península. Son el *andaluz,* el *canario,* el *extremeño* y el *murciano.*

ANDALUZ	CANARIO
Está formado por el conjunto de hablas de Andalucía. Presenta numerosos rasgos característicos fonéticos, léxicos y sintácticos: • Seseo, ceceo y yeísmo. • Aspiración del fonema /χ/: *^{h}amón.* • Pérdida del fonema /d/ intervocálico *(Graná, vestío...).*	Se extiende por las islas Canarias. Algunos de sus rasgos son: • Seseo y yeísmo. • Aspiración de los fonemas /χ/ y /f/. • Empleo de la forma *ustedes* en lugar de *vosotros.* • Preferencia por el pretérito perfecto simple.
EXTREMEÑO	**MURCIANO**
Es la forma peculiar de hablar el castellano en Cáceres y Badajoz. Algunos de sus rasgos son: • Yeísmo. • Pronunciación aspirada o desaparición del fonema /s/. • Aspiración de la «h» inicial: *^{h}ambre.*	Es un habla de transición que abarca la zona de Murcia y una parte de Alicante, Granada y Almería. Algunos de sus rasgos son: • Seseo. • Aspiración de la «s» final. • Pérdida o relajación del fonema /d/ intervocálico.

Seseo. Pronunciación de la «z» como una «s»: *corasón.* / **Ceceo.** Pronunciación de la «s» como una «z»: *meza.*
Yeísmo. Fusión de los fonemas /l/ y /y/: *gayeta.*

Cre@ctividad

Las variedades de la lengua en directo

Escuchad con atención cómo habla el presentador del programa en el siguiente vídeo e identificad algunas características de la variedad andaluza: **http://links.edebe.com/n4tp** (a partir del minuto 02:38)

Organizad una visita a una localidad cercana (ciudad, pueblo, aldea...) y formad grupos. Cada grupo deberá filmar una breve entrevista con un habitante de ese lugar. Podéis preguntarle cualquier cosa acerca de la región: fiestas, actividades...

Después, pasad los vídeos en clase y señalad qué registro emplean y si utilizan alguna variedad geográfica concreta. Si es así, señalad algunos rasgos de esa variedad.

El español de América

Con la llegada de Cristóbal Colón, en 1492, se inicia el proceso de implantación de la lengua y la cultura hispanas en el continente americano.

La influencia de las **lenguas indígenas** que ya existían (quechua, guaraní, náhuatl...) originaron los diversos dialectos que se distinguen en la actualidad, y dejaron huella, sobre todo, en el léxico del español de América.

Es evidente que un argentino no habla igual que un chileno o que un cubano, pero sí que puede establecerse una serie de **rasgos comunes** en el español de América. Son estos:

- Seseo *(busón)* y yeísmo *(gayina).* A veces, este yeísmo se produce con una vibración en el punto de articulación que le suma sonoridad.
- Voseo (empleo del pronombre *vos* en lugar de *tú*) y, sobre todo en Argentina, conservación del plural de segunda persona sin diptongar (arcaísmo): *Mejor cantás tú ahora.*
- Uso frecuente de diminutivos: *tantita lástima.*
- Empleo del pretérito perfecto simple en lugar del compuesto: *¡Qué bueno que viniste!*
- Empleo de arcaísmos *(mercar, prieto...),* neologismos *(balacera, rentar...),* indigenismos *(papa, mandioca...),* y acepciones diferentes a las del español peninsular.

Actividades

1. Indica si son verdaderos o falsos estos enunciados.

- Las lenguas prerromanas dejaron huellas en el latín que hablaban los romanos que llegaron a la Península.
- El euskera ya se hablaba cuando llegó el latín a la Península Ibérica.
- El latín clásico fue la modalidad que se introdujo en la Península.
- Los invasores visigodos no impusieron su lengua, sino que adoptaron el latín.
- El árabe constituye el fenómeno de sustrato lingüístico más importante de la evolución del castellano.

2. Estos lexemas tienen un origen latino. Consulta el diccionario y escribe palabras que los contengan.

- ferr- → hierro, ...
- terr- → ....
- ocul- → ....
- aur- → ....
- mort- → ....
- corp- → ....

3. La invasión de diferentes pueblos y culturas en la Península Ibérica influyó en la evolución de la lengua castellana. Pero, sin duda, fue la llegada de los árabes la que dejó una huella más profunda en nuestro idioma.

Escribe al menos tres arabismos que el castellano incorporó en cada uno de estos ámbitos. Puedes consultar la siguiente página de Internet: **http://links.edebe.com/zavi8x**

OFICIOS	CIENCIA	ALIMENTACIÓN
....	....	....
....	....	....

4. El paso de los árabes por la Península también dejó huellas en la toponimia, sobre todo en la zona del sur. Escribe los nombres de localidades españolas que comiencen por las siguientes partículas.

AL-	BENI-, BEN- (HIJO DE)	WADI > GUADI (RÍO)
Alcalá	....	....
....	....	....

5. Ordena cronológicamente estos hechos relevantes para la fijación del castellano.

- La RAE publica el esbozo de una gramática.
- Don Juan Manuel y el arcipreste de Hita escriben sus obras en castellano.
- Alfonso X el Sabio perfecciona el castellano.
- Se crea la Real Academia Española (RAE).
- Aparecen dos obras fundamentales: *El tesoro de la lengua castellana,* de Covarrubias, y la *Gramática* de Nebrija.

6. Vuelve a escribir en castellano actual este fragmento de *El conde Lucanor* sin alterar el sentido original.

> Señor conde Lucanor —dixo Patronio—, de estos dos omnes, el uno dellos llegó a tan grand pobreza quel non *fincó*[1] en el mundo cosa que no pudiese comer. Et desque fizo mucho por buscar alguna cosa que comiesse, non pudo aver cosa del mundo sinon una escudiella de atramuzes. Et acordándose de quando rico era et solía ser, que agora con fambre et con *mengua*[2], avía de comer los atramuzes, que son tan amargos et de tan mal sabor, començó de llorar muy fieramente, pero con grant fambre començó de comer atramuzes en pos sí. Et él estando en este pesar et en esta *coyta*[3], sintió que estava otro omne en pos dél et bolbió la cabeça et vio un omne cabo dél, que estava comiendo las cortezas de los atramuzes que él echava en pos de sí.
>
> Don Juan Manuel, *El conde Lucanor.* Espasa Calpe.

[1]**fincó:** quedó. / [2]**mengua:** humillación. / [3]**coyta:** cuita, desdicha.

7. Una misma palabra en latín puede dar lugar a dos términos: un término culto casi sin evolucionar, y otro popular evolucionado. Cuando esto ocurre hablamos de doblete léxico.

latín ▼ coagulare → culto ▼ coagular → popular ▼ cuajar

Explica la diferencia de significado entre los siguientes dobletes, y escribe una oración con cada uno de ellos.

- íntegro - entero
- frío - frígido
- pleno - lleno
- llama - flama
- estrecho - estricto
- rótula - rodilla

8. Completa un mapa como este con los nombres de las lenguas románicas que surgieron como resultado de la romanización en Europa. Señala, con distintos colores, los territorios donde se hablan estas lenguas.

Actividades

9. Indica a qué tipo de variedad se refieren estos enunciados.

- La forma específica de hablar de un andaluz.
- Los errores que comete una persona analfabeta.
- La conversación que mantienen unos estudiantes al finalizar un examen.
- Las diferentes formas de referirse a un coche de un español y un argentino.
- El debate de dos doctores sobre el diagnóstico de un paciente en una clínica.
- Los chismes y anécdotas que se cuentan durante una comida familiar.

10. Lee con atención estos textos.

A A las dos menos veinte el ascensor se detuvo en el tercero y escuché los pasos de dos o tres personas que se dirigían hacia la puerta de mi casa. Enseguida cogí de la mesilla el cuchillo falso y la mancha de sangre sintética y me coloqué ambas cosas sobre el pecho. Mientras yo hacía esto, los dueños de los pasos manipulaban mi cerradura. Me coloqué atravesando diagonalmente la cama, de forma bastante espectacular pero cómoda.

Juan José Millás, *Papel mojado*. Alianza.

B Yo le pedí que me lo explicara. Y ella dijo: «Lo cosa no pué ser más clara: er que le había dao er pinchaso a mi compadre mordió er polvo». Viendo que yo seguía sin entender, y con la expresión congelada, ella añadió: «Que palmó, niña. ¿Está claro? La lió, la diñó, que estiró la pata».

No entendía yo todavía, y ella, como el que da la explicación final, dijo: «En fin, hija, que lo dejó seco en el sitio». Yo apuntaba todas aquellas palabras, y cuando Elsa se hubo reído de mí me dijo que el sobrino de su comadre había matado al agresor para vengar a su tío.

Ramón J. Sender, *La tesis de Nancy*. Casals.

C Todos estamos de acuerdo en que la ciencia aplicada a la tecnología ha cambiado, o seguramente sería mejor decir revolucionado, la vida moderna. En pocos años se ha demostrado que el ingenio del hombre, como sus necesidades, no tienen límites.

El espíritu de invención y refinamiento de lo inventado arrumban objetos que hace apenas unos años no parecían insuperables. En la actualidad disponemos de cosas que, no ya nuestros abuelos, sino nuestros padres hace apenas cinco lustros, hubieran podido imaginar. El cerebro humano camina muy deprisa en el conocimiento de su entorno. El control de las leyes físicas ha hecho posible un viejo sueño de la humanidad: someter la naturaleza.

Miguel Delibes, *Un mundo que agoniza*. Destino (adaptación).

— Indica a qué variedad social pertenece cada uno de los textos anteriores. Razona tu respuesta.

11. Lee con atención estas oraciones.

A) ¡Me encuentro fatal! Estoy derrengada y tampoco tengo hambre.

B) Tengo muchas molestias. Me siento muy fatigada y también he perdido el apetito.

— Imagina contextos o situaciones en las que podrían emplearse estas expresiones.

— ¿A qué variedad situacional corresponde cada una de ellas? Razona tu respuesta.

12. Fíjate en este texto.

Mare, me jeché arena zobre la quemaúra. ¡Te yamé, te yamé dejde er camino...! ¡Nunca ejtubo ejto tan zolo! ¡Laj yama me comían, mare, y yo te yamaba, y tú nunca venía!

J. R. Jiménez, *La carbonerilla quemada* (adaptación).

— ¿Se trata de un texto propio de la lengua oral o de la lengua escrita? Razona tu respuesta.

— Indica a qué variedad geográfica crees que pertenece.

13. Calca o dibuja este mapa y colorea las zonas donde se hablan las diferentes variedades geográficas del castellano.

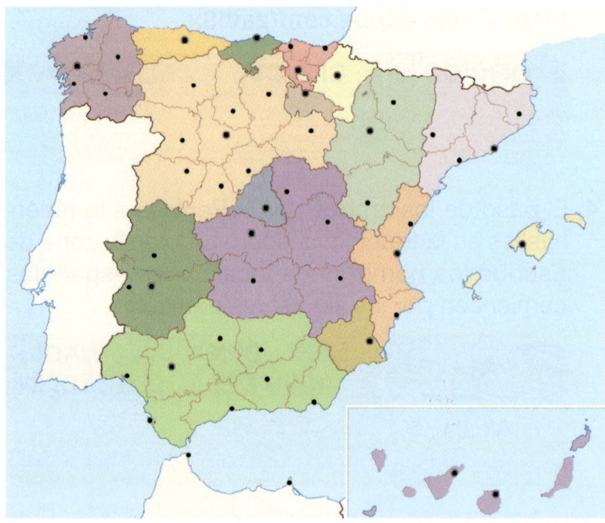

14. Señala qué rasgos lingüísticos del español de América se dan también en las variedades meridionales.

- ☐ El seseo.
- ☐ El yeísmo.
- ☐ El voseo.
- ☐ La aspiración o pérdida de la «s» final.
- ☐ El empleo del pretérito perfecto simple en lugar del compuesto.

Actividades

15. Indica qué rasgos propios del español de América destacan en este texto.

> —¿Cómo decís que te miro?
> —Me mirás fijo.
> —Vos sos loco; porque te miro no te echo la culpa de nada.
> —¿Culpa de qué? ¿Estás loco vos?
> —Bueno, si peleás es que ya estás mejor.
>
> Manuel Puig, *El beso de la mujer araña*. Seix Barral.

— Explica, brevemente, en qué consiste este fenómeno.

16. Consulta en internet cuál es el significado de estas palabras propias del español de América: *matero, entumido, orear, aguaitar, vasado, amanesquera.*

17. Algunas palabras empleadas en el español de América son viejos términos castellanos que aquí ya no se utilizan (arcaísmos), pero allí aún se conservan. Estas son algunas de ellas:

- Durazno
- Alcancía
- Fríjol
- Arveja
- Sancochar

— Consulta el diccionario e indica qué palabras se emplean en el castellano de España en lugar de estas.

18. Calca o dibuja el mapa que aparece a continuación y escribe el nombre de los países donde se habla español.

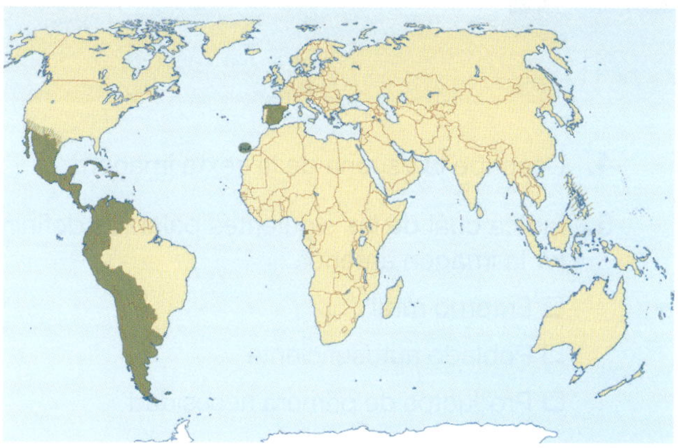

— Busca información en Internet e indica si el español es lengua oficial en cada uno de los países que has señalado.

— Señala, también, si el español convive con otras lenguas y cuáles son.

— Por último, indica el número de hablantes aproximado que tiene el español en cada uno de los países en los que se habla.

— Piensa en alguna duda que te asalte siempre sobre el uso de alguna palabra, el significado de algún término... Compartidlo en clase.

19. Lee el siguiente texto y, a continuación, responde a las preguntas que se plantean.

> «El español es el idioma común que nos desune». Tenía toda la razón el escritor chileno Jorge Edwards cuando se quejaba en una época pasada, aunque no muy lejana, de la exigencia de algunas editoriales españolas de traducir al español las novelas de autores latinoamericanos... ¡en español! Se pretendía sustituir vocablos perfectamente españoles, pero en desuso en España, por otros que sí se utilizaban en la madre patria. Un disparate impensable en estas fechas en las que el español vive uno de los mejores momentos de su historia, lo hablan más de 440 millones de personas y es idioma oficial en 21 países, asentándose además en Estados Unidos y Brasil. Expertos, académicos y gobernantes han tomado conciencia del valor cultural y económico que tiene como lengua y de la rentabilidad social que le puede sacar en el mundo de habla hispana.
>
> M. A. Noceda,
> «Una potencia de 440 millones de hablantes»,
> *El País*, (adaptación).

— Relaciona esta noticia con la necesidad de una gramática común a todos los hispanohablantes, que recoja todas sus realidades.

— Busca ejemplos de términos con una forma diferente en el español peninsular y en el de América.

— Opina sobre la idea de «traducir» al español peninsular las novelas hispanoamericanas.

20. El Diccionario panhispánico de dudas, editado por la RAE, fue creado gracias al trabajo de las 22 academias de la lengua española que existen en el mundo.

— Visualiza con atención el siguiente vídeo atendiendo a la información que ofrece: **http://links.edebe.com/ftcf**

— Explica cuál es la finalidad de esta obra.

21. El **flamenco** es una expresión artística propia de Andalucía, Extremadura y Murcia, que integra el baile, el cante y la música. En su origen encontramos numerosas influencias de culturas muy diversas: gitana, árabe, cristiana y judía.

En 2010 la Unesco declaró el flamenco Patrimonio Cultural Inmaterial de la Humanidad. Escucha un fragmento del siguiente vídeo con atención y responde a las preguntas: **http://links.edebe.com/afeg66**

— ¿Crees que el flamenco podría considerarse un elemento de riqueza cultural de nuestro país?

— Después de haber estudiado el tema sobre *El origen y la variedad del español*, ¿consideras que toda lengua o variedad lingüística merece el mismo respeto? Razona tu respuesta.

Pon a prueba tus competencias

Comprensión lectora

El siguiente cartel pertenece al proyecto Send a City. El objetivo de esta organización es desarrollar un sistema de infraestructuras en poblados con dificultades, para que puedan llegar a ser autosuficientes.

www.sendacity.com

1. ¿Qué crees que significan los símbolos de la segunda imagen?

— Completa en tu cuaderno la tabla con el significado de cada uno de ellos.

	....		....
	....		....
	....		....
	....		....
	....		....
	....		

2. Explica la información de la segunda imagen. Ten en cuenta todos los elementos que la componen: símbolos, líneas, imágenes y texto.

3. Fíjate ahora en la tercera imagen: ¿hay algo que te llame la atención?; ¿qué intención crees que tiene haber manipulado el color del suelo y del mobiliario urbano?

4. Describe la escena de la sexta imagen.

5. Indica cuál de las siguientes palabras definiría mejor la imagen anterior.

❑ Entorno rural

❑ Poblado autosuficiente

❑ Productos de primera necesidad

6. Traduce al español el texto en inglés de la cuarta imagen. Si necesitas ayuda, puedes utilizar un traductor en línea (**http://www.elmundo.es/traductor/**)

7. Fíjate ahora en la primera imagen.

— ¿Te parece un lugar agradable?

— ¿Cómo describirías ese espacio?

— Busca la palabra *resiliencia* en el diccionario y explica el significado que adquiere en relación con el cartel.

8. Con la información que has obtenido hasta el momento, explica cuál es la intención del cartel.

9. El siguiente fragmento pertenece a una entrevista realizada a la fundadora del proyecto *Send a City,* Patricia Sendín. Lee el texto con atención y explica las causas que la motivaron a desarrollar esta iniciativa y los objetivos que pretende alcanzar.

> **¿Cuándo y por qué decidiste crear Send a City?**
>
> [...] Me interesan las zonas rurales porque un gran porcentaje de la población mundial vive en ellas y es donde están los recursos naturales. Generalmente estas zonas no son prioritarias en los planes de desarrollo de sus respectivos gobiernos, que tienden a concentrar los esfuerzos en las principales ciudades. Esto provoca una precariedad laboral en el campo que conduce inevitablemente a la migración hacia la ciudad. Y es una pena por varios motivos: 1) porque las ciudades ya no son garantía de prosperidad, 2) porque deberíamos poder decidir libremente donde vivir sobre todo hoy en día que existe la tecnología que lo permite, y 3) por el gran poder regenerador que tiene la naturaleza. No tengo muy claro cómo funcionan los vínculos que nos unen con la tierra pero si sé que vivir lejos del sitio donde naces es para mucha gente causa de desarraigo y que el contacto con la naturaleza nos hace ser mejores personas.
>
> Así que con la intención de generar oportunidades en zonas rurales me puse a explorar cómo aplicar planteamientos típicamente urbanos a zonas rurales, no tanto desde el punto de vista urbanístico (aunque también) sino más enfocado a la coordinación de sistemas y a la creación de un marco que los integre
>
> http://blogs.elpais.com/

10. ¿Crees que el texto anterior está bien cohesionado? Indica algunos mecanismos lingüísticos del texto que confirmen esta idea.

11. Señala la categoría gramatical de las palabras que componen la primera oración del texto.

12. Localiza en el texto los siguientes tipos de proposiciones:

- una coordinada
- una subordinada adjetiva
- una subordinada sustantiva
- una subordinada sustantiva interrogativa
- una estructura bimembre

Comprensión oral

13. Escucha la siguiente locución y responde a las preguntas:

— ¿Cuál es la profesión de Patricia Sendín?
— ¿Qué objetivo tiene el proyecto *Send* a City?
— ¿Para qué organismos trabaja esta organización?
— Cita algunas de las dificultades que intenta solventar este proyecto.

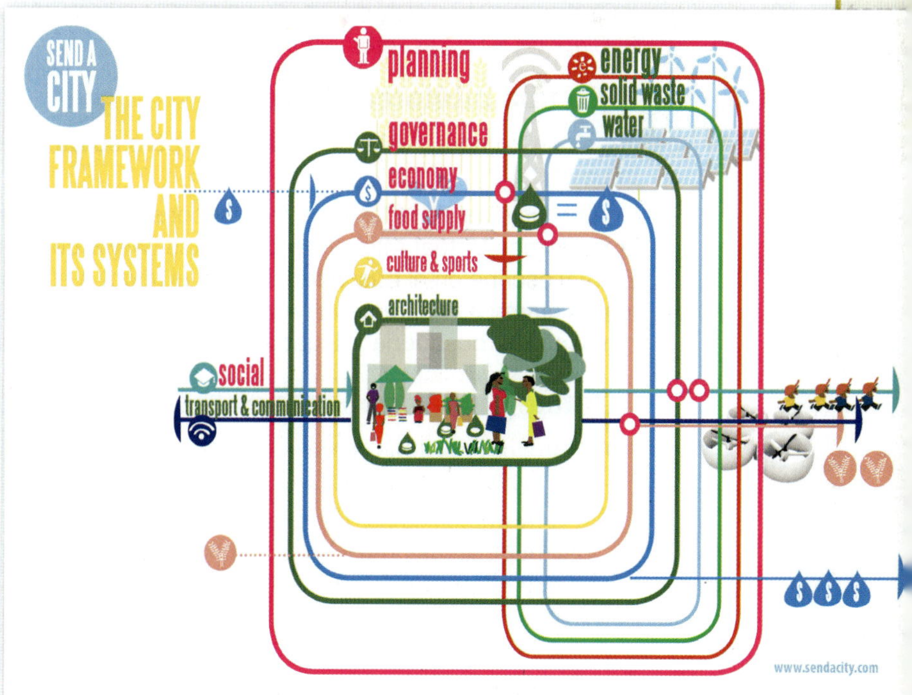

Expresión escrita

14. Observa el gráfico y redacta un texto expositivo en el que describas cómo están organizados los sistemas diseñados por *Send a City* para crear poblados que promuevan el bienestar y el progreso de sus habitantes. Ten en cuenta la estructura y la expresión de este tipo de textos.

Expresión oral

15. Lee la siguiente afirmación de Patricia Sendín sobre el éxito de un emprendedor. A continuación, formad grupos y compartid vuestras ideas sobre este tema.

«Todo el mundo es bueno en algo, la clave está en buscar ese algo donde eres imparable. En California tienen una bonita idea del emprendedor, se trata de iniciar algo y dejar que los demás entren y te ayuden a crecer».

Búsqueda de información

Elegir la información adecuada a nuestras necesidades es una tarea difícil, dadas las enormes posibilidades de comunicación disponibles.

Decidir qué información es importante y cuál accesoria, cuál es fiable y cuál no... son cometidos cruciales para conseguir nuestros fines. Así, para que la información sea útil y productiva, debemos establecer unos criterios de selección. Localizar, reconocer y usar de manera efectiva la información es una labor esencial para llevar a cabo un trabajo con éxito.

Las bibliotecas

Los libros y documentos de las bibliotecas están registrados por orden alfabético según tres criterios: materia, autor o título. Hay diferentes maneras de consultar los catálogos:
Los catálogos se pueden consultar mediante **ficheros manuales** o **informatizados** (bibliotecas tradicionales) o en **Internet** (bibliotecas virtuales).

1. En una biblioteca tradicional

Si no conoces el **título** ni el **autor** concretos sobre el tema que te ocupa, lo mejor será que realices una búsqueda por **materia**. En el ordenador de la biblioteca encontrarás una pantalla como la que tienes a la derecha. Introduce tu búsqueda en la casilla **cualquier campo**, por ejemplo: *medios de comunicación.*

Para localizar el libro o los libros en las estanterías de la biblioteca, debes tomar nota de los datos del campo **signatura** y buscarlo en la sección correspondiente. Las bibliotecas disponen sus libros por materias predeterminadas: *0. Generalidades. 1. Filosofía. Psicología. 2. Religión. Teología. 3. Ciencias Sociales,* etc.

Cualquier campo:
Autor:
Título:
Publicado desde:
Publicado hasta:

0. Generalidades. Ciencia y conocimiento. Organización. Información. Documentación. Escritura. Bibliografía. Biblioteconomía. Instituciones. Documentos y publicaciones en general.
1. Filosofía. Psicología.
2. Religión. Teología.
3. Ciencias Sociales. Estadística. Política. Economía. Comercio. Derecho. Gobierno. Asuntos militares. Bienestar social. Seguros. Educación. Folclore.
5. Matemáticas. Ciencias naturales.
6. Ciencias aplicadas. Medicina. Técnica.
7. Bellas artes. Juegos. Espectáculos. Deportes.
8. Lingüística. Filología. Literatura.
9. Geografía. Biografías. Historia.

2. En una biblioteca virtual

Funciona como la bibliteca tradicional, pero su búsqueda se realiza por Internet.

Una de las más visitadas para realizar consultas lingüísticas y literarias es la Biblioteca Virtual Miguel de Cervantes (**www.cervantesvirtual.com**). Entra y escribe en el buscador el *autor,* el *título,* o el tema que te interesa. Inmediatamente aparecerán en la pantalla varias opciones que te permitirán acotar tu búsqueda y llegar a la información que necesitas.

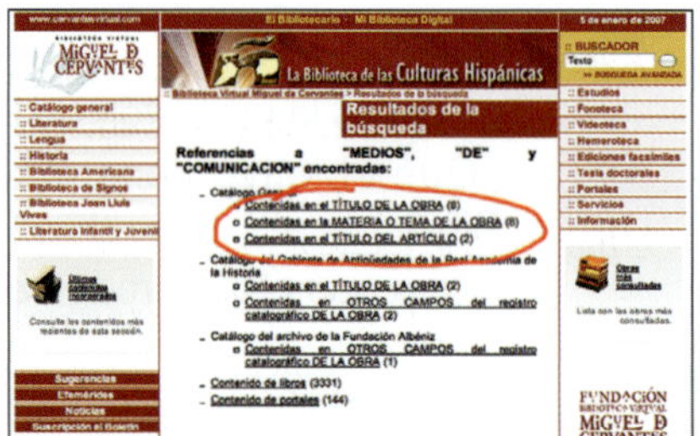

Consejos para buscar obras en una biblioteca

- No utilices palabras vacías (artículos, preposiciones, conjunciones, etc.).
- Si la búsqueda es por materia, comienza siempre en cualquier campo, pues los términos se buscarán en toda la referencia del documento, es decir, en autor, título, editorial, etc.
- Si la búsqueda es por autor, teclea su apellido. No escribas iniciales ni sustantivos propios.
- Cuantas más palabras introduzcas, menor número de registros obtendrás. Introduce una o dos palabras. Si el resultado es demasiado extenso, introduciremos más términos para concretar la búsqueda.

La hemeroteca

Es una sección de la biblioteca donde **se guardan publicaciones periódicas** (revistas científicas y culturales, periódicos...).
La mayoría de estos documentos están disponibles en papel, aunque algunos puedes consultarlos también en Internet. Estas publicaciones se encuentran agrupadas en volúmenes por meses o años.

Internet

Internet es un medio rápido, cómodo, gratuito y que permite el acceso a todo tipo de contenidos. Pero presenta algunos inconvenientes como la desorganización, la abundancia y la falta de credibilidad de la información. Para dirigirnos de forma eficaz hacia el tipo de información que necesitamos, los **buscadores** nos ofrecen una serie de **recursos** prácticos:

1. Nos permiten orientar la búsqueda hacia imágenes, **noticias, vídeos, libros, blogs...** relacionados con el tema.
2. Además de delimitar el tema a partir de unas **palabras clave,** podemos aplicar un criterio **geográfico** (por países), **idiomático** (en distintas lenguas), **cronológico** (última hora, semana, mes...), etc.
3. También puede realizarse la **búsqueda por voz** si tenemos instalado un micrófono en nuestro ordenador o dispositivo.
4. Para realizar búsquedas **más eficientes,** podemos emplear los **operadores;** se trata de términos y símbolos que se emplean para comparar dos valores.

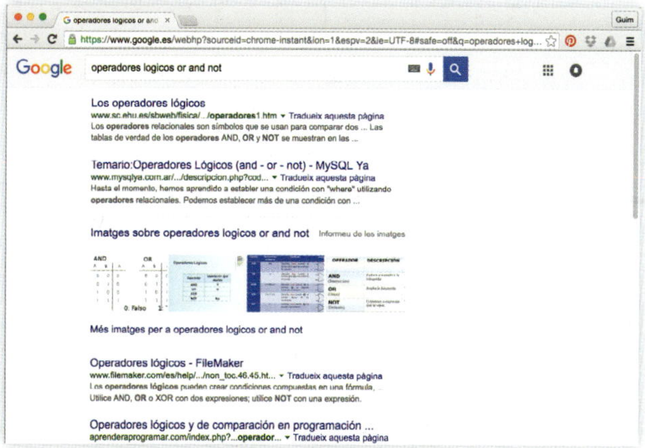

OPERADORES LÓGICOS:

- **OR:** incluye al menos una de varias palabras. Ejemplo: *libro* OR *lectura* dará un resultado relacionado con **uno u otro término.**
- **AND:** para localizar registros que contengan todos los términos de búsqueda especificados. Ejemplo: *mamífero* AND *gato* ofrecerá los registros en los que aparezcan **los dos términos.**
- **NOT:** elimina aspectos de los temas que no interesen. Ejemplo: *edificio* NOT *casa* dará los registros en los que aparezca **el primer término** y **no el segundo.**

OPERADORES DE TRUNCAMIENTO:

- El símbolo* significa que se omiten una o varias letras y el símbolo ?, que se omite una sola, tanto si es en medio o al final de palabra. Ejemplo: *escult** ofrecerá resultados como *escultural, escultura, escultor, escultórico...*

OPERADORES DE PROXIMIDAD:

- **NEAR, SAME, WITH:** se limita la búsqueda encontrando los registros que estén más cerca al término.
- El símbolo" " indica que deben buscarse los registros que contengan estas palabras de forma literal.

La **credibilidad de la información** parece el punto débil de Internet, y es un efecto secundario de la libertad que rige en este medio, pues cualquier usuario puede colgar contenidos. Determinar qué páginas ofrecen contenidos fiables y rigurosos es una tarea muy compleja. Te ofrecemos algunos consejos:

1. Utiliza los enlaces que ofrecen estas páginas oficiales, ya que suelen ser garantía de rigor y seriedad.
2. No aceptes cualquier información, y contrástala críticamente con otras fuentes de la propia red.
3. Elige información que esté firmada por personas de prestigio: profesores, académicos, periodistas...

Actividades

1. Describe en cinco pasos cómo buscarías en la bilbioteca la siguiente información.

- *Dos libros sobre la subordinación.*
- *El libro El buscón llamado Don Pablos, de Quevedo.*
- *La biografía de García Lorca.*

2. @ Introduce las siguientes entradas en un buscador y anota el número de webs que ofrece el programa: Cervantes, fútbol, Surrealismo, coordinación.

— Razona si la cantidad de información (número de sitios web) es asumible para una persona.

— Comenta cómo realizarías una búsqueda más eficiente empleando algunos operadores.

3. @ Debatid en clase sobre el siguiente tema: ¿creéis que puede determinarse la importancia de un hecho o de un personaje en función de la cantidad de información que aparece de ellos en Internet?

4. @ Visita las siguientes páginas web y valora y explica qué grado de fiabilidad te merecen.

- http://es.wikipedia.org
- http://rincondelvago.com
- http://rae.es
- http://buscamusik.com
- http://elpais.es
- http://mecd.gob.es/

5. @ Realiza un informe sobre la fiabilidad en Internet. Explica el proceso de búsqueda que has realizado para obtener información sobre este tema.

Anexo

CONOCIMIENTO DE LA LENGUA GRAMÁTICA

PALABRAS VARIABLES

PALABRAS INVARIABLES

FUNCIONES SINTÁCTICAS

PROPOSICIONES

CONOCIMIENTO DE LA LENGUA LÉXICO

CLASES DE PALABRAS SEGÚN SU FORMACIÓN

CLASES DE PALABRAS SEGÚN LAS RELACIONES SEMÁNTICAS

CONOCIMIENTO DE LA LENGUA LOS TEXTOS

PROPIEDADES DEL TEXTO: ADECUACIÓN, COHERENCIA Y COHESIÓN

TIPOS DE TEXTO

Palabras variables

Sustantivos
Designan distintas realidades: personas, animales, objetos, ideas, sentimientos…

Adjetivos calificativos
Señalan cualidades del sustantivo al que acompañan.

Determinantes
Acompañan al sustantivo y precisan su significado.

Artículos

	SINGULAR			PLURAL	
	Masculino	Femenino	Neutro	Masculino	Femenino
Definido	el	la	lo	los	las
Indefinido	un	una	—	unos	unas

Pronombres
Sustituyen a un sustantivo.

Pronombres personales

		SUJETO	OBJETO	
			SIN PREPOSICIÓN	CON PREPOSICIÓN
SINGULAR	1.ª PERSONA	yo	me, conmigo	mí
	2.ª PERSONA	tú / usted	te, contigo	ti, usted
	3.ª PERSONA	él, ella, ello	se, consigo / le, lo, la	sí / él, ella, ello
PLURAL	1.ª PERSONA	nosotros, -as	nos	nosotros, -as
	2.ª PERSONA	vosotros, -as / ustedes	os	vosotros, -as / ustedes
	3.ª PERSONA	ellos, -as	se / los, las, les	ellos, -as

Clases transversales
Son palabras que, dependiendo del contexto, pueden pertenecer a las categorías de determinante, pronombre o adverbio.

Demostrativos

	MASCULINO		FEMENINO	
	Singular	Plural	Singular	Plural
1.ª PERSONA	este	estos	esta	estas
2.ª PERSONA	ese	esos	esa	esas
3.ª PERSONA	aquel	aquellos	aquella	aquellas

Indefinidos

mucho/-a/-os/-as	todo /-a/-os/-as
algún (o alguno) /-a/-os/-as	otro /-a/-os/-as
ningún (ninguno) /-a/-os/-as	varios /-as
cualquiera, cualesquiera	cierto /-a/-os/-as
poco /-a/-os/-as	tanto /-a/-os/-as

Posesivos

		UN POSEEDOR			VARIOS POSEEDORES		
		1.ª Persona	2.ª Persona	3.ª Persona	1.ª Persona	2.ª Persona	3.ª Persona
MASCULINO	SINGULAR	mi / mío	tu / tuyo	su / suyo	nuestro	vuestro	su / suyo
	PLURAL	mis / míos	tus / tuyos	sus / suyos	nuestros	vuestros	sus / suyos
FEMENINO	SINGULAR	mi / mía	tu / tuya	su / suya	nuestra	vuestra	su / suya
	PLURAL	mis / mías	tus / tuyas	sus / suyas	nuestras	vuestras	sus / suyas

Numerales

CARDINALES	un, uno/-a, dos, tres, diez, veinte, mil...
ORDINALES	primer (o)/-a/-os/-as, segundo/-a...

Interrogativos y exclamativos

qué, cúanto, -a, -os, -as

Verbos

Los verbos son palabras que designan acciones. Se componen de un lexema y de morfemas flexivos que aportan información gramatical de persona, número, tiempo y modo.

Persona y número

La **persona** se refiere a quién realiza la acción. Las personas del verbo son: **primera, segunda** y **tercera.** El número indica si el sujeto es uno **(singular)** o varios **(plural).**

	SINGULAR	PLURAL
PRIMERA	cant-**o**	cant-**amos**
SEGUNDA	cant-**as**	cant-**áis**
TERCERA	cant-**a**	cant-**an**

Tiempo

Informa sobre el momento en que se realiza la acción: **presente** *(Canto en el coro),* **pasado** *(Ayer canté en el coro), o* **futuro** *(Mañana cantaré en el coro).*

Modo

Indica cuál es la actitud del hablante ante la acción del verbo: **indicativo** *(Yo canto),* **subjuntivo** *(Mi madre quiere que cante)* o **imperativo** *(¡Cantad!).*

Formas no personales del verbo

Son aquellas que no tienen morfemas flexivos de número y persona. Son el **infinitivo** *(cantar),* el **gerundio** *(cantando)* y el **participio** *(cantado).*

Conjugaciones verbales

Existen tres modelos de conjugación:

— **Primera:** infinitivos terminados en -ar *(cantar).*
— **Segunda:** infinitivos terminados en -er *(temer).*
— **Tercera:** infinitivos terminados en -ir *(partir).*

Palabras invariables

Adverbios

Complementan el significado de un verbo, de un adjetivo o de otro adverbio.

LUGAR	TIEMPO	MODO	CANTIDAD	AFIRMACIÓN	NEGACIÓN	DUDA
allí, encima, debajo, lejos...	ahora, hoy, ayer, luego...	bien, mal, despacio...	mucho, poco bastante...	sí, claro, ciertamente...	no, tampoco, nunca, jamás...	quizá, acaso, probablemente...

Preposiciones

Relacionan palabras en una oración.

PREPOSICIONES	LOCUCIONES PREPOSITIVAS
a - ante - bajo - cabe - con - contra - de - desde durante - en - entre - hacia - hasta - mediante - para por - según - sin - so - sobre - tras - versus- vía	encima de - debajo de - en contra de - conforme a enfrente de - a fuerza de - en virtud de - a favor de junto a - de acuerdo con - gracias a...

Conjunciones

Relacionan palabras en una oración.

COPULATIVAS	y/e, ni, que	CAUSALES	porque, ya que, puesto que...	CONCESIVAS	aunque, si bien, a pesar de...
DISYUNTIVAS	o/u, bien	CONDICIONALES	si, siempre que, con tal que...	FINALES	para que, a fin de que...
ADVERSATIVAS	pero, sino, sin embargo...	CONSECUTIVAS	luego, por tanto, por consiguiente...	DISTRIBUTIVAS	uno... otro, aquí... allá...

Interjecciones

Suelen ir entre signos de exclamación y se emplean fundamentalmente para expresar emociones (¡Ay, qué dolor!); llamar la atención (¡Eh, tú!); saludar (¡Hola!); despedirse (¡Hasta luego!); imitar sonidos (¡Zas!).

Funciones sintácticas

Todas las palabras o grupos de palabras que forman parte de una oración realizan una función sintáctica, es decir, desempeñan un papel dentro de la oración (núcleo, determinante, complemento del nombre, complemento del verbo…).

En este curso has estudiado algunas de las funciones sintácticas; en esta tabla aparecen todas:

SUJETO	**Determinante (D)**		Acompaña al sustantivo y precisa su significado.	*Su presencia era agradable.*
	Núcleo Sustantivo (N)		Generalmente, el núcleo del sujeto es un sustantivo.	*Mi vecino participó en el concurso.*
	Complementos del nombre (CN) Complementan el significado del núcleo del sujeto.	Adjetivo (A)		*El chico rubio es mi hermano.*
		Sintagma preposicional (SPrep)		*La estantería de madera resulta barata.*
		Aposición (Ap)		*Pablo, mi compañero, juega al ajedrez.*
PREDICADO	**Núcleo Verbo (V)**		El núcleo del predicado siempre es un verbo.	*Aquel famoso cantautor ha presentado un nuevo disco.*
	Complementos	**Atributo (Atr)**	Complementa a los verbos copulativos *(ser, estar, parecer).*	*Marta estaba entusiasmada.*
		Complemento directo (CD)	Concreta o precisa el significado del verbo.	*Vimos el partido desde las gradas.*
		Complemento indirecto (CI)	Indica la persona o cosa que recibe la acción del verbo.	*Dedicaron la victoria a los aficionados.*
		Complemento predicativo (Pvo)	Afecta a dos elementos de la oración: el sujeto y el verbo.	*Los futbolistas saludaron emocionados al público.*
		Complemento agente (Ag)	Señala el autor de la acción expresada por el verbo.	*La fiesta fue organizada por los alumnos.*
		Complemento de régimen (CR)	Es necesario para complementar el significado de algunos verbos.	*Confía en nosotros.*
		Complemento circunstancial (CC) Detalla el significado del verbo indicando circunstancias de lugar, tiempo, modo…	**Tiempo**	*Iremos al cine el próximo martes.*
			Lugar	*Dejaron el cuaderno en el pupitre.*
			Modo	*Los jóvenes actuaron hábilmente.*
			Instrumento	*Partimos la leña con un hacha.*
			Compañía	*Fui al teatro con unos amigos.*
			Cantidad	*Te lo he repetido mil veces.*
			Finalidad	*Juanjo estudia para ingeniero.*

Gramática

Proposiciones

La oración compuesta consta de dos o más verbos en forma personal; cada uno de los cuales constituye el núcleo de una estructura oracional a la que denominaremos proposición.

PROPOSICIONES COORDINADAS **Mantienen una relación de igualdad y están unidas por enlaces coordinantes.**		
COPULATIVAS	Se unen sumando sus significados: *Pablo vive en Vigo y Ana reside en León.*	y/e, ni
DISYUNTIVAS	Expresan acciones alternativas que no pueden darse al mismo tiempo, ya que son excluyentes: *Iremos al cine o saldremos a bailar.*	o/u, bien
DISTRIBUTIVAS	Indican una relación de alternancia por medio de nexos correlativos: *Unas veces ríe, otras veces llora.*	ya… ya, bien… bien, uno… otro
ADVERSATIVAS	Una de las proposiciones indica oposición o dificultad para el cumplimiento de la otra. Según la oposición, se clasifican en: • Parciales. Una proposición limita el significado de la otra: *Te busqué en la biblioteca, pero no te vi.* • Totales. La primera proposición es negativa, y la segunda, afirmativa. El contenido de ambas proposiciones es opuesto: *No iré al partido, sino que me quedaré en casa.*	pero, mas, no obstante, sin embargo, antes bien, sino, sino que...
EXPLICATIVAS	Una de las proposiciones explica o aclara el significado de la otra: *Es bilingüe; es decir, habla dos lenguas.*	es decir, esto es, es más...

PROPOSICIONES SUBORDINADAS **Mantienen una relación de dependencia y van unidas por un nexo o partícula subordinante.**		
SUSTANTIVAS	Equivalen a un sustantivo y desempeñan la función propia de un sintagma nominal. *Ha dicho que llegará tarde.*	Los nexos subordinantes que las introducen son las conjunciones *que* y *si*.
SUSTANTIVAS INTERROGATIVAS	Son un tipo de proposiciones sustantivas que dependen de un verbo de entendimiento (preguntar, decir, saber, pensar…) y formulan una pregunta. Se clasifican en: • Directas. Reproducen literalmente las palabras del interlocutor. *Luis preguntó: ¿quién ha llegado?* • Indirectas. Reproducen una pregunta de forma indirecta. *Luis preguntó quién había llegado.*	Los nexos que las introducen son: *qué, quién, cuál, dónde, cuándo, cómo, cuánto.*
ADJETIVAS	Equivalen a un adjetivo y complementan, por lo tanto, al sustantivo. *La película que ganó era venezolana.*	Las partículas que las introducen se denominan relativos: *que, quien, cual, cuyo…*
ADJETIVAS SUSTANTIVADAS	Carecen de antecedente explícito en la proposición principal y desempeñan funciones propias de sustantivo: *El que llegue tarde no entrará.*	Van introducidas por relativos sin antecedente explícito, a los que se suele anteponer un artículo: *que, quien, cuanto.*
ADVERBIALES	Pueden ser propias o impropias: *Aparcamos donde nos dijiste. Se fue pronto porque le esperaba Carlos.*	Van introducidas por conjunciones o locuciones conjuntivas: *donde, como, conforme a, porque…*
ESTRUCTURAS ORACIONALES BIMEMBRES	Son aquellas oraciones en las que la proposición subordinada **complementa a todo el sentido de la principal**. Entre ambas proposiciones se establece una **relación lógica** casual, final, concesiva, consecutiva, condicional o *comparativa*.	Van introducidas por conjunciones o locuciones conjuntivas: *porque, a fin de que, así...*

PROPOSICIONES YUXTAPUESTAS

Son aquellas que se unen sin nexo explícito; entre ellas hay una relación que viene dada por el contexto.

Cristina dibuja, (y) Laura la observa. *Cristina dibuja, (porque) Laura se lo ha pedido.*

Clases de palabras según su formación

Palabras simples y palabras compuestas

- Las palabras **simples** tienen un único lexema.
- Las palabras **compuestas** están formadas por la unión de dos o más lexemas.

boca (lexema) → Palabra simple

boca (lexema) + **calle** (lexema) → **bocacalle** — Palabra compuesta

Palabras primitivas y palabras derivadas

- Las palabras **primitivas** son las que no tienen origen en otra palabra.

mar (lexema) → Palabra primitiva

- Las palabras **derivadas** se forman añadiendo morfemas derivativos (prefijos o sufijos) al lexema.

mar (lexema) + **-ino** (sufijo) → **marino** — Palabra derivada

sub (prefijo) + **mar** (lexema) + **-ino** (sufijo) → **submarino** — Palabra derivada

ALGUNOS PREFIJOS	ALGUNOS SUFIJOS
• **anti-:** *antiaéreo, antiniebla…*	• **-ería, -ario, -dor:** *pastelería, balneario, comedor…*
• **des-, de-:** *despegar, decolorar…*	• **-ero/-a, -ista, -dor/-a, -ario/-a:** *fontanero, pianista…*
• **i-, im-, in-:** *ilegal, impuntual, inmóvil…*	• **-ado/-a, -edo/-a:** *alumnado, barriada, viñedo…*
• **pos-:** *posgrado, posparto…*	• **-aje, -ada, -anza:** *aterrizaje, abordaje, mudanza…*
• **pre-:** *prehistoria, prenatal…*	• **-dad, -ía, -ez/-a, -ancia:** *bondad, simpatía, sencillez…*
• **re-:** *readmitir, releer…*	• **-és/-a , -ano/ -a, -eño/-a , -ín/-ina, -ense…:** *avilés, italiano, brasileña, mallorquín, ovetense…*
• **sub-:** *subsuelo, subdirector…*	

Palabras parasintéticas

- Las palabras **parasintéticas** son palabras compuestas y derivadas a la vez, ya que están formadas, como mínimo, por dos lexemas y un sufijo.

para (lexema) + **caída** (lexema) + **-ista** (sufijo) → **paracaidista** — Palabra derivada

para + caída: composición; para + caída + -ista: derivación

Siglas y acrónimos

Las siglas se forman con la inicial de varias palabras y se refieren a organismos, instituciones… Se escriben con mayúscula y sin puntos.

OMS → Organización Mundial de la Salud

Los acrónimos son siglas que pueden llegar a lexicalizarse, es decir, a formar parte del léxico común, entonces, se escriben con minúscula y permiten variación de número: *ovni/ovnis, láser/láseres…*

ovni → Objeto Volador No Identificado

Clases de palabras según las relaciones semánticas

PALABRAS POLISÉMICAS	Son aquellas que tienen **dos o más significados** que **se relacionan entre sí.** *cabeza* → "parte superior del cuerpo" *cabeza* → "principio o parte extrema de una cosa" *cabeza* → "parte superior del corte de un libro"
PALABRAS SINÓNIMAS	Son palabras que se escriben de diferente manera pero tienen un significado **igual** o **muy parecido**. *fuerte / fornido / musculoso / robusto*
PALABRAS ANTÓNIMAS	Son aquellas palabras que tienen **significados opuestos.** *atento / distraído* *concluir / empezar*
PALABRAS HOMÓNIMAS	Son aquellas que **se escriben igual** pero tienen **diferente significado.** Se clasifican en: **Homógrafas:** se pronuncian igual y se escriben igual. *Vino a traerme una botella de vino.* **Homófonas:** se pronuncian igual pero su escritura es diferente. *Tuvo que cambiar el tubo de escape.*
PALABRAS PARÓNIMAS	Son palabras que **se parecen** en su **escritura** o **pronunciación,** pero tienen **significados distintos.** *actitud / aptitud* *revelar / relevar*
HIPERÓNIMOS HIPÓNIMOS	Los **hiperónimos** son palabras que tienen un **significado general** que **incluye** al de otros términos. Estos últimos son los **hipónimos.** Por ejemplo, *fruta* es el hiperónimo de *pera, fresa, piña, mango...,* que son sus hipónimos.

Cambio semántico

El **significado** de las palabras sufre diferentes **transformaciones,** a las que denominamos cambios semánticos. Existen **diversos tipos:**

ARCAÍSMOS	NEOLOGISMOS	METÁFORAS	TABÚS Y EUFEMISMOS
Son palabras que han caído en **desuso** o **han desaparecido** al perderse el referente o el contexto en el que se utilizaban. *maguer* (aunque) *apoteca* (botica)	Son términos de **nueva creación** que designan realidades que antes no existían. *aeronáutica* *estrés*	Son aquellas que amplían su significado con un nuevo sentido. Los términos metafóricos designan una realidad con el nombre de otra con la que **guarda cierto parecido** u **otra relación.** *ratón:* ha ampliado su significado para referirse al mando del ordenador.	Las palabras **tabú** son aquellas que tienen **connotaciones desagradables** entre los hablantes; por eso se sustituyen por otras de **mayor aceptación social:** los **eufemismos.** *preso* (tabú) *interno* (eufemismo)

Propiedades del texto

El **texto** es una unidad de comunicación, de extensión variable, que transmite un mensaje con **sentido completo.** Un texto bien elaborado debe presentar una serie de rasgos relacionados con su **adecuación,** su **coherencia** y su **cohesión.**

LA ADECUACIÓN

Para que un texto sea adecuado debe tener las siguientes características:

- **Presentación.** Ha de respetar una distribución adecuada de la información, emplear recursos (subrayado, negrita, fuentes...) para destacar las partes que interesen, y respetar la normativa de la lengua (ortográfica, sintáctica, léxica...).
- **Registro.** El registro de la lengua tiene que adaptarse a la situación comunicativa: el canal que se emplea (oral o escrito), el destinatario a quien va dirigido y la intención del autor (informar, persuadir, dar instrucciones...).

LA COHERENCIA

Un texto es coherente si las ideas que expone están relacionadas y adquieren entre sí un significado unitario. Para ello, debe mostrar estas características:

- **Tema.** Las ideas deben estar relacionadas por tratar un tema común, que se recoge en el título y da unidad al texto.
- **Organización.** Las ideas han de exponerse en un orden lógico, siguiendo una estructura. La estructura externa se refiere a las partes visibles del texto (párrafos, oraciones...); la interna alude al desarrollo de las ideas (presentación, nudo, desenlace).

LA COHESIÓN

Un texto está cohesionado cuando las distintas partes que lo forman se unen entre sí mediante procedimientos lingüísticos. Estos pueden ser de muchos tipos, aunque pueden englobarse en dos grupos:

- La **referencia.** Se trata de la sustitución de una palabra o elemento de la oración por otro.
  - **Sustitución sinonímica.** La cohesión se consigue sustituyendo palabras por sus sinónimos: «informe» por «documento», por ejemplo.
  - **Pronominalización.** La cohesión se consigue sustituyendo los elementos por pronombres, que evitan la repetición y ensamblan el texto: «jóvenes» por «estos», por ejemplo.
- La **conexión.** La relación se establece mediante conectores, cuya función es unir las partes del texto. Existen diferentes tipos de conectores: temporales (a veces), de orden (por último), de reformulación (de igual modo), etc.

Tipos de texto

Según la finalidad y sus rasgos, se distinguen diferentes tipos de texto.

TIPOS	FINALIDAD	CARACTERÍSTICA	EJEMPLOS
NARRATIVO	Contar hechos, reales o ficticios, que suceden a unos personajes en un espacio y un tiempo determinados.	• Generalmente, los textos narrativos se estructuran en tres partes (introducción, nudo y desenlace), y siguen un orden cronológico lineal. • Los elementos principales que conforman el texto narra-tivo son: narrador, personajes y ambientación (espacio y tiempo). • Los elementos lingüísticos que lo caracterizan son: uso del diálogo, importancia de los verbos, predominio de conectores temporales, etc.	Novelas, cuentos, leyendas, noticias, textos históricos...

Tipos de texto

TIPOS	FINALIDAD	CARACTERÍSTICA	EJEMPLOS
PERIODÍSTICO	Informar y opinar sobre sucesos de actualidad, a la vez que captar la atención del público lector.	• Los principios básicos de los textos periodísticos son la objetividad, la claridad y la concisión. • El lenguaje periodístico se caracteriza, entre otros rasgos, por la mezcla de estilo directo e indirecto, el empleo de cultismos y siglas, y la creación de nuevos términos.	Noticia, reportaje, entrevista, editorial, artículo de opinión, crónica…
DESCRIPTIVO	Representar con palabras las características que definen un objeto, un ambiente, una persona…	• El autor enumera una serie de elementos a los que atribuye unas cualidades específicas mediante técnicas descriptivas (adjetivos, enumeraciones, recursos literarios, etc.). • La descripción puede ser de dos tipos: literaria o científica. • Las descripciones literarias pueden clasificarse según el tema descrito: prosopografía, etopeya, retrato, caricatura, paisajística... • Los elementos lingüísticos que predominan son: abundancia de sustantivos y adjetivos, y uso de figuras literarias.	Novelas, cuentos, reportajes, guías turísticas…
HUMANÍSTICO	Lograr una expresión ordenada, clara y objetiva sobre una disciplina relacionada con el ser humano y su conocimiento.	• Las tipologías que predominan en los textos humanísticos son la exposición y la argumentación, aunque lo más frecuente es que se combinen estas dos formas del discurso. • Presenta los siguientes rasgos lingüísticos: empleo de adjetivos calificativos y verbos en tercera persona del singular, predominio de los períodos sintácticos amplios, abundancia de términos abstractos, empleo de tecnicismos, etc.	Ensayo
EXPOSITIVO	Explicar un tema de modo que las personas a las que va dirigido el texto adquieran un conocimiento global de este.	• Se desarrolla según una estructura lógica que consta de varias partes: planteamiento, desarrollo y conclusión. • Se emplea un estilo preciso, claro y objetivo. • Los elementos lingüísticos que lo caracterizan son: uso de léxico denotativo, verbos en tercera persona y uso de presente intemporal.	Artículos divulgativos, libros de texto, enciclopedias, diccionarios…
ARGUMENTATIVO	Defender una opinión o un hecho, aportando razones o pruebas que defiendan la postura o tesis del autor.	• La estructura del texto argumentativo puede adoptar diversas formas, pero suele constar de, al menos, una tesis y un cuerpo argumentativo. • Existen diversos tipos de argumento: de autoridad, de analogía, histórico y científico, etc. • Los elementos lingüísticos propios son: uso de un vocabulario específico, abundancia de comparaciones y, sintácticamente, de subordinadas.	Artículos de opinión, crítica, editorial, ensayo, debate, conferencia…
INSTRUCTIVO	Informar sobre los pasos que deben seguirse para poder usar, recomendar, ordenar…	• Este tipo de texto sigue una determinada estructura: finalidad u objetivo que se pretende conseguir y etapas del funcionamiento. • Algunos de los rasgos que estos textos presentan son: oraciones cortas y sencillas, empleo del imperativo o el infinitivo, construcciones impersonales, importancia de los tecnicismos, uso de imágenes y de recursos tipográficos, etc.	Instrucciones de uso, recetas, normas…
PREDICTIVO	Anticipar o informar sobre hechos todavía no acaecidos.	• Se suelen distinguir distintos tipos de textos predictivos según las bases en que se asienten: proféticos y científicos. • Algunos de los rasgos que presentan son: oraciones cortas, elisión de algunas palabras que se sobreentienden, lenguaje especializado, verbos en futuro, perífrasis de posibilidad, adverbios temporales, etc.	Horóscopos, partes meteorológicos…
JURÍDICO-ADMINISTRATIVO	Establecer y regular la comunicación entre los ciudadanos y la Administración.	• Estos textos se caracterizan por estructurarse mediante esquemas prefijados que, en algunos casos, se convierten en formularios. • Lingüísticamente se caracterizan por el uso de un registro culto, a veces arcaico, en el que destaca el estilo nominal con abundancia de sustantivos, tecnicismos, siglas y abreviaturas. Predominan las oraciones largas y complejas, las locuciones y las fórmulas con gerundios y participios.	Leyes, sentencias, decretos, contratos, instancias, memorandos, currículos…